HET EIL

Isabel Allende werd in 1942 uit Chileense ouders geboren in de Peruaanse hoofdstad Lima. In Chili werkte ze onder meer voor een feministisch vrouwenblad; ze publiceerde talrijke artikelen, kinderboeken en toneelstukken, en verzorgde verschillende televisieprogramma's. Na de militaire staatsgreep in 1973, waarbij haar oom, president Salvador Allende, de dood vond, vestigde ze zich met haar kinderen in Venezuela. Momenteel woont en werkt ze als schrijfster en journaliste in San Francisco (VS). Haar wereldwijde succes begon met de roman *Het huis met de geesten*, die in 1985 in Nederlandse vertaling verscheen, gevolgd door onder meer *Liefde en schaduw*, *Eva Luna*, *Het goud van Tomás Vargas*, *Het oneindige plan*, *Paula*, *Afrodite*, *Fortuna's dochter*, *Portret in sepia*, *Zorro* en *De som der dagen*. Enkele van haar romans zijn verfilmd, ze ontving verschillende literaire prijzen en is sinds 2004 ambassadrice van de Hans Christian Andersen-stichting.

Isabel Allende

Het eiland onder de zee

Zevende druk

WERELDBIBLIOTHEEK · AMSTERDAM

Voor mijn kinderen, Nicolás en Lori

Vertaald uit het Spaans door Rikkie Degenaar

Eerste druk april 2010
Tweede druk mei 2010
Derde, herziene druk mei 2010
Vierde druk juni 2010
Vijfde druk juni 2010
Zesde druk juli 2010
Zevende druk augustus 2010

Omslagontwerp Karin van der Meer
Omslagillustratie Nagib El Desouky / Arcangel Images / Hollandse Hoogte

Oorspronkelijke titel *La isla bajo el mar*

Spuistraat 283 · 1012 vr Amsterdam

www.wereldbibliotheek.nl

ISBN 978 90 284 2340 4

Zarité

In de veertig jaar van mijn leven is het lot mij, Zarité Sedella, goedgunstiger gestemd geweest dan andere slavinnen. Ik heb nog een lang leven voor me en mijn oude dag zal gelukkig zijn, want mijn ster – mijn *z'étoile* – schijnt ook in bewolkte nachten. Ik ken het genot samen te zijn met de man die mijn hart heeft gekozen wanneer zijn grote handen mijn huid wekken. Ik heb vier kinderen gekregen van wie er drie nog in leven zijn, en één kleinzoon – en ze zijn vrij. Mijn eerste gelukkige herinnering, uit de tijd dat ik nog een knokig kind met piekhaar was, is dat ik bewoog op het geluid van de trommels en dat is ook mijn meest recente geluksgevoel, want gisteravond was ik op het Place Congo en heb ik gedanst en gedanst, zonder gedachten in mijn hoofd, en nu is mijn lichaam warm en moe.

Muziek is een wind die de jaren en de herinneringen wegneemt; en de angst, dat dier dat ineengedoken in mij huist. Met de trommels verdwijnt de Zarité van alledag en word ik opnieuw het meisje dat al danste toen ze nog maar nauwelijks kon lopen. Ik stamp op de grond en het leven stijgt via mijn benen omhoog, trekt door mijn ruggengraat, maakt zich van mij meester, neemt mijn onrust weg en verzoet mijn herinneringen. De wereld huivert. Het ritme wordt geboren op het eiland onder de zee, het doet de aarde beven, doorklieft mij als een bliksemflits en vertrekt dan naar de hemel, al mijn verdriet meenemend naar Papa Bondye, zodat hij het kan fijnkauwen en doorslikken en ik schoon en tevreden achterblijf. De trommels zegevieren over de angst. De trommels zijn de erfenis van mijn moeder, de kracht van Guinea die in mijn bloed huist. Niemand die me dan kan kwetsen, ik word overweldigend sterk – net als Erzuli, de *loa* van de liefde – en sneller dan de zweep. De schelpen rond mijn enkels en mijn polsen klepperen, de kalebassen vragen, de bosstem van de *djembés* en de metalen stem van de timbalen antwoorden, de *djun djuns* – die kunnen praten – vragen, en de grote *maman* klinkt schor, als ze die trommel bespelen om de loa's te roepen. De trommels zijn heilig, via hen spreken de loa's.

In het huis waar ik mijn eerste jaren heb doorgebracht, zwegen de trommels in het vertrek dat ik deelde met Honoré, de andere slaaf, maar ze werden vaak mee naar buiten genomen. Mijn toenmalige meesteres, madame Delphine, wenste geen negerherrie te horen, alleen het melancholieke gejammer van haar klavichord. Op dinsdag en donderdag gaf ze les aan gekleurde meisjes en de rest van de week ging ze naar de chique huizen van de *grands blancs,* waar de jongedames op hun eigen klavichord speelden want ze konden geen instrument gebruiken dat door mulattenmeisjes was bespeeld. Ik leerde de toetsen met citroensap te reinigen, maar kon geen muziek maken omdat madame het ons verder verbood in de buurt van haar klavichord te komen. Niet dat we het nodig hadden; Honoré wist nog muziek te ontlokken aan een pan, alles wat hij vastpakte kreeg ritme, melodie, maat en stem; hij droeg de geluiden in zijn lichaam, hij had ze meegenomen uit Dahomey. Ik speelde op een holle kalebas; later leerde hij me hoe ik zijn trommels zacht kon liefkozen. En dat deed hij al toen ik nog heel klein was, toen hij me nog moest dragen en me meenam naar dansfeesten en voodooceremonies, waar hij het ritme aangaf met de belangrijkste trommel en de rest hem volgde.

Zo herinner ik het me.

Honoré leek heel oud omdat zijn botten koud waren geworden, hoewel hij in die tijd niet ouder was dan ik nu ben. Hij dronk *tafia* om de pijn te kunnen verdragen als hij zich bewoog, maar meer nog dan die bittere drank was de muziek zijn beste medicijn. Als hij het geluid van de trommels hoorde, kreunde hij niet langer maar begon hij te lachen. Honoré was nauwelijks in staat om met zijn misvormde handen de aardappels voor het eten van madame te schillen, maar als hij trommelde was hij onvermoeibaar, en als er werd gedanst was er niemand die zijn knieën hoger hief of zijn hoofd krachtiger heen en weer bewoog dan hij, niemand die enthousiaster met zijn achterwerk schudde. Toen ik nog niet kon lopen, liet hij me zittend dansen, en zodra ik op mijn benen kon staan, moedigde hij me aan mezelf in de muziek te verliezen, als in een droom. 'Dans, Zarité, dans, want de slaaf die danst is vrij… zolang hij danst,' zei hij tegen mij.

En gedanst heb ik altijd.

Deel 1

Saint-Domingue, 1770-1793

De Spaanse ziekte

Toulouse Valmorain kwam aan in Saint-Domingue in 1770, het jaar dat de Franse dauphin met de Oostenrijkse aartshertogin Marie-Antoinette trouwde. Voor hij naar de kolonie afreisde, toen hij er nog geen idee van had dat het lot hem een loer zou draaien en hij zich uiteindelijk tussen de suikerrietvelden van de Antillen zou begraven, was hij in Versailles nog uitgenodigd op een van de feesten ter ere van de nieuwe dauphine; een veertienjarig, blond meisje dat onverholen zat te gapen vanwege het strenge protocol van het Franse hof.

Dat lag allemaal achter hem. Saint-Domingue was een andere wereld. De jonge Valmorain had niet meer dan een vaag idee van de plek waar zijn vader zo goed en zo kwaad als het ging het geld bijeengaarde om zijn gezin te onderhouden, met de ambitie er een fortuin van te maken. Hij had ergens gelezen dat de Arowakken, de oorspronkelijke indiaanse bewoners, het eiland 'Haïti' hadden genoemd voor de conquistadores de naam in 'La Española' veranderden en met alle inboorlingen afrekenden. Binnen vijftig jaar was er niet één Arowak over en waren al hun sporen uitgewist: ze bezweken aan Europese ziekten, pleegden zelfmoord of vielen ten slachtoffer aan de slavernij. Het was een ras met een rossige huid en dik zwart haar, van een onbewogen waardigheid en zo zachtaardig dat een Spanjaard er op zijn eentje en met zijn blote handen wel tien tegelijk aankon. Ze leefden in polygame gemeenschappen en bewerkten de aarde met zorg, om haar niet uit te putten: zoete aardappelen, maïs, kalebassen, aardnoten, paprika, aardappelen en maniok. De aarde, net als de lucht en het water, was van niemand totdat de vreemdelingen zich haar toe-eigenden om onbekende gewassen te kweken, met de Arowakken als dwangarbeiders. In die tijd ontstond de gewoonte om 'de honden los te laten': weerloze mensen te doden door honden tegen hen op te hitsen. Toen er geen inboorlingen meer over waren, begon men ontvoerde slaven uit Afrika te importeren, en blanken uit Europa: veroordeelden, wezen, hoeren en opstandelingen.

Aan het eind van de zeventiende eeuw stond Spanje het westelijke deel van het eiland af aan Frankrijk, dat het 'Saint-Domingue' noemde. Het zou de rijkste kolonie ter wereld moeten worden. In de tijd dat Valmorain arriveerde, werd een derde deel van de Franse export – suiker, koffie, tabak, katoen, indigo en cacao – op dit eiland geproduceerd. Blanke slaven kwamen niet meer voor, maar er waren honderdduizenden negers. De suikerrietteelt was het meest veeleisend, het zoete goud van de kolonie; het kappen van het riet, het malen en persen... geen werk voor mensen maar voor beesten, zoals de plantagebezitters plachten te zeggen.

Valmorain was net twintig toen een dringende brief van zijn vaders handelsagent hem naar de kolonie riep. Toen hij aan land stapte, ging hij naar de laatste mode gekleed: kanten manchetten, een gepoederde pruik en schoenen met hoge hakken, ervan overtuigd dat hij uit de boeken over ontdekkingsreizen meer dan genoeg kennis had opgedaan om zijn vader een week of wat terzijde te staan. Hij reisde met zijn valet de chambre, die er haast net zo elegant uitzag als hijzelf, en verschillende hutkoffers bevatten zijn garderobe en zijn boeken. Hij beschouwde zichzelf als een geletterd man en overwoog zich na zijn terugkeer in Frankrijk aan de wetenschap te wijden. Hij bewonderde de filosofen en de encyclopedisten die in de voorafgaande decennia Europa zo op zijn kop hadden gezet, en stond achter een aantal van hun liberale ideeën: toen hij achttien was, had hij *Het maatschappelijk verdrag* van Rousseau op zijn nachtkastje liggen.

Toen hij nog maar net van boord was gestapt, na een overtocht die haast een ramp was geworden nadat ze in het Caribische gebied in een orkaan terecht waren gekomen, wachtte hem de eerste onaangename verrassing: niet zijn vader stond hem in de haven op te wachten, maar de handelsagent – een beminnelijke jood, van top tot teen in het zwart gekleed – die hem inlichtte over de voorzorgsmaatregelen die hij in acht diende te nemen om op het eiland te kunnen reizen, hem voorzag van paarden en een aantal muilezels voor de bagage, en hem een gids en een milicien meegaf om hem naar de *habitation* Saint-Lazare te vergezellen. De jongen had nog nooit een voet buiten Frankrijk gezet en was nooit bijster geïnteresseerd geweest in de verhalen – banaal, overigens – die zijn vader placht te vertellen tijdens de schaarse bezoekjes aan diens gezin in Parijs. Hij had zich niet kunnen voorstellen dat hij de plantage ooit zou bezoeken; een stilzwijgende overeenkomst hield in dat zijn vader op het eiland zou zorgen voor de consolidatie van zijn fortuin, terwijl hij zich om zijn moeder en zijn zusters bekommerde en toezicht hield op de zaken in Frankrijk.

De brief die hij had ontvangen, zinspeelde op gezondheidsproblemen en hij was ervan uitgegaan dat het om een voorbijgaande koortsaanval ging, maar toen hij na een overhaaste tocht door een gulzige, vijandige natuur in Saint-Lazare aankwam, realiseerde hij zich dat zijn vader stervende was. Hij leed niet aan malaria, zoals Toulouse had aangenomen, maar aan syfilis, een kwaal die geen onderscheid maakte tussen blanken, negers en mulatten. De ziekte bleek in het laatste stadium en zijn vader was praktisch nergens meer toe in staat, hij zat onder de etterpuisten, zijn tanden vielen uit en zijn geest was nevelig. De danteske genezingsmethoden – aderlatingen, het toedienen van kwik, de penis uitbranden met roodgloeiend ijzerdraad – hadden hem geen verlichting gebracht, maar hij bleef er als een soort boetedoening mee doorgaan. Nog maar net vijftig, was hij veranderd in een oude man die onbegrijpelijke bevelen uitdeelde, zijn urine liet lopen en de godganse dag in zijn hangmat doorbracht met zijn mascottes, een paar negerinnetjes die haast nog kinderen waren.

Terwijl de slaven Toulouse Valmorains bagage uitpakten onder toezicht van de kamerdienaar, een fat die de zeereis maar nauwelijks had doorstaan en ontzet was over de primitieve leefomstandigheden op de habitation, ging hijzelf op pad om de enorme plantage te verkennen. Hij had geen enkel verstand van de suikerrietteelt, maar die wandeling was voldoende om hem te doen beseffen dat de slaven honger leden en de plantage alleen nog bestond omdat de wereld steeds gulziger suiker consumeerde.

In de boekhouding vond hij de verklaring voor de penibele financiële positie van zijn vader, die niet in staat was zijn gezin in Parijs te onderhouden in de stijl overeenkomstig hun positie. De productie was rampzalig en de slaven stierven als ratten; Valmorain was ervan overtuigd dat de opzichters misbruik maakten van de schokkende aftakeling van de meester en hem bestalen. Hij vervloekte zijn lot, stroopte zijn mouwen op en ging aan de slag, iets wat in zijn kringen uiterst ongebruikelijk was voor een jongeman: werken was voor een ander soort mensen.

Om te beginnen wist hij dankzij de steun en de bankconnecties van zijn vaders handelsagent een fikse lening los te peuteren, vervolgens stuurde hij de *commandeurs* naar de suikervelden om daar schouder aan schouder te werken met dezelfde mensen die ze voorheen hadden geterroriseerd, en verving hen door opzichters die minder verdorven waren. Hij zorgde ervoor dat er minder streng werd gestraft en nam een dierenarts in dienst, die twee maanden in Saint-Lazare verbleef om te proberen de gezondheidstoestand van de slaven iets op te krikken. De dierenarts kon zijn valet niet redden, die binnen achtendertig uur bezweek aan een heftige aanval van diarree. Valmorain berekende dat de slaven van zijn vader het gemiddeld achttien maanden uithielden voor ze, veel eerder dan op andere plantages, ontsnapten of van uitputting dood neervielen. Vrouwen leefden langer dan mannen, maar leverden minder productie op de rietvelden en hadden de slechte gewoonte zwanger te worden. Aangezien maar heel weinig baby's bleven leven, hadden de plantage-eigenaren berekend dat het vruchtbaarheidscijfer dermate laag lag dat het houden van slavinnen niet lucratief was. De jonge Valmorain voerde de noodzakelijke veranderingen uit zonder er al te veel over na te denken, gehaast en zonder verdere plannen te maken, vastbesloten zo snel mogelijk weer te vertrekken. Maar toen zijn vader een paar maanden later stierf, moest hij het onontkoombare feit onder ogen zien dat hij in de val zat. Hij peinsde er niet over zich blijvend te begraven in die door muggen geteisterde kolonie, maar als hij voortijdig vertrok zou hij de plantage en daarmee zijn inkomsten en de sociale positie van zijn familie in Frankrijk op het spel zetten.

Valmorain hield zich afzijdig van de andere kolonisten. De *grands blancs,* de eigenaars van de andere plantages, vonden hem maar een verwijfd type en voorspelden dat hij het niet lang zou uithouden op het eiland, maar tot hun verbazing zagen ze hem een tijd later in modderlaarzen rondstampen, bruinverbrand door de zon. De antipathie was wederzijds. Valmorain vond die naar de Antillen verkaste Fransen boerenpummels, het tegendeel van de kringen waarin hij had verkeerd, waar ideeën, wetenschap en kunst hoog in het vaandel stonden en niemand het over geld of slaven had. Uit het 'tijdperk van de rede' in Parijs was hij terechtgekomen in een primitieve, gewelddadige wereld waarin de levenden en de doden hand in hand liepen. Hij sloot ook geen vriendschap met de *petits blancs*, wier enige kapitaal hun huidskleur was, arme drommels die, zoals hij zei, werden vergiftigd door afgunst en kwaadsprekerij. Ze kwamen overal vandaan en men kon op geen enkele manier vaststellen hoe zuiver hun bloed of hun verleden werkelijk was. In het beste geval waren het handelaren, ambachtslieden, dubieuze geestelijken, zeelieden, militairen en lagere ambtenaren, maar er zaten ook schurken tussen, nietsnutten, misdadigers en zeerovers die de uithoeken van het Caribisch gebied gebruikten voor hun vuile streken. Met die mensen had hij niets gemeen.

En dan waren er nog de *affranchi's*, de vrije mulatten, in meer dan zestig classificaties, afhankelijk van het percentage blank bloed dat hun sociale positie bepaalde. Valmorain zou er nooit in slagen al die verschillende kleuren van elkaar te onderscheiden of te onthouden hoe elke combinatie van de twee rassen werd genoemd. De affranchi's bezaten geen politieke macht, maar hadden veel geld; daarom werden ze door de arme blanken gehaat. Sommigen verdienden de kost met illegale zaken, van contrabande tot prostitutie, anderen hadden een opleiding in Frankrijk genoten en bezaten geld, grond en slaven. Het was niet alleen hun kleur – in alle subtiliteit – die de mulatten verbond, maar ook hun diepgewortelde afkeer van zwarten en het verlangen, van ieder van hen, zich als blanke voor te doen. De slaven, wier aantal dat van de blanken en de affranchi's samen tien keer overtrof, telden voor niemand mee, niet in de bevolkingscijfers en niet in het geweten van de kolonisten.

Omdat het hem niet goed leek zich volledig te isoleren, bracht Toulouse Valmorain van tijd tot tijd een bezoekje aan enkele families grands blancs in Le Cap, de stad het dichtst in de buurt van zijn plantage. Tijdens die uitstapjes sloeg hij zijn voorraden in en ging, als hij er niet onderuit kon, langs de Assemblée Coloniale om zijn gelijken te begroeten, zodat ze niet zouden vergeten wie hij was; maar hij nam niet deel aan de vergaderingen. Hij maakte dan ook van de gelegenheid gebruik om de schouwburg te bezoeken, naar de feesten van de *cocottes* te gaan – de prachtige prostituees, Frans, Spaans en van gemengd ras, die de toon aangaven in het nachtleven – en de ontdekkingsreizigers en wetenschappers te ontmoeten die het eiland aandeden op weg naar interessantere oorden. Saint-Domingue zelf trok weinig bezoekers, maar er kwam weleens iemand studie maken van de natuur of van de economie van de Antillen, en die werd dan door Valmorain op Saint-Lazare uitgenodigd in de hoop, al was het maar even, opnieuw het genoegen te smaken van de hoogstaande conversatie waarvan hij in zijn Parijse jaren zo had genoten.

Drie jaar na de dood van zijn vader kon hij trots zijn op zijn plantage; hij had dat failliete bedrijf met zijn zieke negers en uitgedroogde velden veranderd in een van de meest welvarende plantages van de achthonderd die het eiland rijk was en had de oogst van de ruwe, voor de export bestemde suiker vervijfvoudigd en een distilleerderij opgezet waar hij vaten rum produceerde die van een veel betere kwaliteit was dan de rum die hij gewoonlijk zelf dronk. Zijn gasten bleven een of twee weken in het rustieke houten huis logeren en zogen het landleven in zich op, van dichtbij kennismakend met de magische uitvinding van de suiker. Ze gingen te paard langs het dicht opeengeplante suikerriet dat dreigend floot in de wind, met een breedgerande strooien hoed op om zich tegen de zon te beschermen, naar adem happend in de gloeiend hete, klamme lucht van het Caribische gebied, terwijl de slaven als scherp afgetekende schaduwen de planten langs de grond afsneden zonder de wortel te doden, om nog meer oogsten mogelijk te maken. Van veraf leken ze insecten tussen het gevlekte suikerriet dat twee keer zo hoog was als zij. Voor die stadse mensen, die suiker alleen als witte kristalletjes kenden om hun koffie mee te zoeten, bleek de gang van zaken op de plantage fascinerend: het schoonmaken van de harde rietstengels die in getande machines werden geschoven, en het persen en in diepe koperen ketels verwarmen van het sap tot er een donkere stroop ontstond. Die bezoekers brachten Valmorain op de hoogte van de gebeurtenissen in een Europa dat voor hem steeds verder weg was, van de nieuwste vorderingen op technologisch en wetenschappelijk gebied, en van de filosofische ideeën die op dat moment in zwang waren. Ze openden voor hem een venster op de wereld en lieten wat boeken achter. Valmorain genoot van die bezoekjes, maar vond het nog fijner als zijn gasten weer vertrokken; eigenlijk had hij niet graag dat mensen getuige waren van zijn leven en zijn plantage. De vreemdelingen bezagen de slavernij met een mengeling van weerzin en morbide nieuwsgierigheid die hij als beledigend ervoer, omdat hij zichzelf als een rechtvaardige slavenbezitter beschouwde: als ze wisten hoe andere planters hun slaven behandelden, zouden ze het met hem eens zijn. Hij was zich ervan bewust dat het meer dan eens voorkwam dat zijn gasten als abolitionist naar de beschaving terugkeerden, vastbesloten om de suikerconsumptie te saboteren. Voor de omstandigheden hem hadden gedwongen zich op het eiland te vestigen zou de slavernij, als hij er meer van had geweten, hem ook geschokt hebben, maar zijn vader had het onderwerp nooit aangesneden. En nu, met honderden slaven onder zijn hoede, was hij er anders over gaan denken.

De eerste jaren had Toulouse Valmorain het druk met het uit het slop trekken van Saint-Lazare en kon hij niet een keer op reis buiten de kolonie. Hij verloor het contact met zijn moeder en zijn zussen, op sporadische, formele briefjes na waarin ze slechts banaliteiten uitwisselden over het dagelijkse leven en hun gezondheid.

Hij had het twee keer geprobeerd met een administrateur uit Frankrijk – de creolen, de op het eiland geboren blanken, hadden de naam corrupt te zijn – maar dat had slecht uitgepakt: de eerste stierf aan een slangenbeet en de tweede bezweek voor de verleiding van de rum en de concubines, tot zijn echtgenote hem kwam redden en hem zonder naar zijn praatjes te luisteren mee terug nam. Nu had hij Prosper Cambray in dienst genomen, die net als alle vrije mulatten in de kolonie zijn driejarige dienstplicht had vervuld bij de *Maréchaussée*, die zorgde voor de handhaving van de wet en de orde, de belastingen inde en weggelopen negerslaven achtervolgde. Cambray bezat geen geld of relaties en had ervoor gekozen zijn brood te verdienen als negerjager, ondankbaar werk in dat krankzinnige landschap dat uit vijandig oerwoud en steile bergen bestond waar zelfs muilezels nauwelijks uit de voeten konden. Hij had een gele huid vol littekens van de pokken, krullend roestbruin haar en groenige ogen die altijd geïrriteerd stonden: een bullebak met een zachte, welluidende stem die op een absurde manier contrasteerde met zijn wrede karakter en zijn moordenaarsuiterlijk. Terwijl hij van de slaven een stuitende onderdanigheid eiste, gedroeg hij zich zelf kruiperig jegens iedereen die boven hem stond. Aanvankelijk had hij nog geprobeerd met gekonkel Valmorains achting te verwerven, maar hij begreep al snel dat ze gescheiden werden door een diepe kloof van ras en stand. Valmorain betaalde Cambray goed, gaf hem de kans zijn omgeving te terroriseren en liet doorschemeren dat hij mettertijd de kans zou krijgen de baas over de rest van de opzichters te worden.

Sindsdien had Valmorain meer tijd om te lezen en te jagen, en voor zijn uitstapjes naar Le Cap. Hij had kennisgemaakt met Violette Boisier, de populairste cocotte van de stad, een vrij meisje met Afrikaans bloed en een blank uiterlijk dat de reputatie bezat schoon en gezond te zijn. Met haar zou hij niet op dezelfde manier eindigen als zijn vader, wiens bloed vergiftigd was door de 'Spaanse ziekte'.

Nachtvlinder

Violette Boisier was de dochter van een prostituee, een prachtige mulattin die op haar negenentwintigste stierf, aan de sabel geregen door een Franse officier – mogelijk Violettes vader, hoewel dat nooit was bevestigd – die uitzinnig was van jaloezie. Onder het toeziend oog van haar moeder was het meisje op haar elfde in het vak gegaan; op haar dertiende, toen haar moeder werd vermoord, beheerste ze alle fijne kneepjes van de liefdeskunst, en op haar vijftiende was ze beter dan al haar rivalen. Valmorain dacht er maar liever niet over na met wie zijn *petite amie* in zijn afwezigheid het bed deelde, want hij was niet bereid voor het alleenrecht op haar te betalen. Hij dweepte met het meisje, dat een en al lach en beweging was, maar bleef nuchter genoeg om zijn verbeelding in toom te houden, in tegenstelling tot de militair die Violettes moeder had gedood en zijn naam en carrière verspeeld. Hij beperkte zich ertoe Violette mee uit te nemen naar de schouwburg en naar de mannenfeesten die niet door blanke vrouwen werden bezocht en waar haar stralende schoonheid ieders blik trok. De afgunst die hij bij andere mannen wekte als hij met haar aan zijn arm pronkte, verschafte hem een pervers genoegen; velen zouden er hun eer voor over hebben om een hele nacht met Violette door te mogen brengen in plaats van de een of twee uur die ervoor stond, maar dat was zijn exclusieve privilege. Tenminste, dat dacht hij.

Het meisje bezat een appartement van drie kamers op de eerste verdieping van een gebouw vlak bij het Place Clugny, met een balkon met een smeedijzeren hek van Franse lelies. Dat appartement was het enige wat ze van haar moeder had geërfd, op een paar jurken na die ze tijdens de uitoefening van haar beroep kon gebruiken. Ze resideerde er in zekere stijl, met Loula, een dikke, koppige Afrikaanse slavin die als dienstmeid en lijfwacht optrad. Tijdens de heetste uren van de dag rustte Violette of ze besteedde die tijd aan haar schoonheid: massages met kokosmelk, epilaties met behulp van karamel, oliebehandelingen voor haar haren, kruidenaftreksels voor haar stem en haar ogen. En als ze zich geïnspireerd voelde, bereidde ze samen met Loula smeerseltjes voor de huid, amandelzeep en crèmes en poedertjes; schoonheidsmiddelen die ze aan haar vriendinnen verkocht.

Haar dagen waren traag en loom. Aan het eind van de dag, wanneer de zonnestralen hun kracht verloren en haar huid niet meer konden bederven, ging ze, als de weersomstandigheden het toelieten, een wandelingetje maken of liet ze zich door twee slaven die ze van een buurvrouw leende rondsjouwen in een draagstoel; op die manier voorkwam ze dat ze zich bevuilde aan de paardenstront, de troep en de modder in de straten van Le Cap. Ze ging discreet gekleed om andere vrouwen niet te beledigen: zo veel competitie was voor geen enkele vrouw te verdragen, blank of mulattin. Ze ging naar winkels om inkopen te doen en naar de kade om te kijken of de smokkelaars iets van haar gading aanboden, ze bezocht haar naaister, de kapper en haar vriendinnen. Onder het voorwendsel een vruchtensapje te willen drinken, wipte ze een hotel of een café binnen, waar ze altijd wel een heer tegenkwam die bereid was haar aan zijn tafel te noden. Ze stond op vertrouwelijke voet met de machtigste blanken van de kolonie; zelfs met de gouverneur, de hoogstgeplaatste militair.

Daarna ging ze terug naar huis om zich op te doffen voor de uitoefening van haar beroep, een gecompliceerd karwei dat enkele uren in beslag nam. Ze had japonnen in alle kleuren van de regenboog, van opvallende Europese en oosterse stoffen; bij elkaar passende schoenen en tassen; hoeden met pluimen; geborduurde Chinese sjaals; bontgevoerde capes om nonchalant over de grond te laten slepen omdat het klimaat het onmogelijk maakte ze te dragen; en een kistje met wat goedkope sieraden. Elke avond liet ze zich door de gelukkige vriend die aan de beurt was – ze had het nooit over 'klanten' – eerst meenemen naar een voorstelling, daarna gingen ze souperen, vervolgens naar een feest dat tot in de vroege uurtjes duurde, en dan mocht hij haar uiteindelijk naar haar huis begeleiden, waar ze zich veilig voelde, want Loula lag op gehoorsafstand op een stromatras te slapen en kon in geval van nood iemand die gewelddadig werd het huis uit zetten. Haar prijs was bekend, daar werd niet over gesproken; het geld lieten ze achter in een lakdoosje op tafel en de volgende afspraak hing af van de grootte van de fooi.

In een holle ruimte tussen twee planken in de muur waar alleen Loula van wist, verborg Violette een gemsleren etui met een aantal gouden munten die ze beetje bij beetje bijeen had gespaard als haar verzekering voor de toekomst, en daar bewaarde ze ook haar waardevolle juwelen, sommige cadeau gedaan door Toulouse Valmorain, van wie je van alles kon zeggen, behalve dat hij gierig was. Normaal gaf ze de voorkeur aan haar goedkope frutsels om dieven niet in de verleiding te brengen en geen praatjes uit te lokken, maar als ze uitging met degene die ze haar cadeau had gedaan, droeg ze haar echte juwelen.

De bescheiden ring met een opaal in een ouderwetse zetting, die Étienne Relais, een Franse officier, aan haar vinger had geschoven als bewijs van hun verbondenheid, droeg ze echter altijd. Ze zag hem maar heel weinig omdat hij al zijn tijd te paard aan het hoofd van zijn eenheid doorbracht, maar als hij in Le Cap was, stelde ze de afspraken met andere vrienden uit om bij hem te kunnen zijn. Relais was de enige bij wie ze zich kon overgeven aan het genot beschermd te zijn. Toulouse Valmorain had er geen idee van dat hij de eer de hele nacht met Violette door te mogen brengen met die ruwe soldaat deelde. Zij had het er niet over en omdat Valmorain en Relais nog niet tegelijk in de stad waren geweest, had ze nooit hoeven kiezen.

'Wat moet ik met die twee mannen die me als hun verloofde behandelen?' vroeg Violette ooit aan Loula.

'Dat soort zaken lost zich vanzelf op,' antwoordde de slavin, terwijl ze de rook van haar donkere sigaartje diep inhaleerde.

'Of er vloeit bloed. Denk maar aan mijn moeder.'

'Dat zal jou niet gebeuren, mijn engeltje, want jij hebt mij om voor je te zorgen.'

Loula had gelijk: de tijd maakte dat een van beide pretendenten afviel. Na een paar jaar had de verhouding met Valmorain zich ontwikkeld tot een warme vriendschap die niet meer zo hartstochtelijk was als in de eerste maanden, toen zijn verlangen nog zo urgent was dat hij in staat was zijn rijdier volledig af te jakkeren om haar in zijn armen te kunnen houden. Er kwamen steeds minder dure cadeaus en het gebeurde wel dat hij, als hij in Le Cap was, niet eens een poging deed haar te ontmoeten. Violette nam het hem niet kwalijk, want de grenzen van die relatie waren voor haar altijd duidelijk geweest, maar ze bleef contact met hem houden omdat ze daar beiden baat bij konden hebben.

Kapitein Étienne Relais had de naam onomkoopbaar te zijn in een omgeving waar ondeugd de norm was en eer te koop, waar wetten werden gemaakt om ze te schenden en men ervan uitging dat iemand die zijn macht niet misbruikte er ook geen recht op had. Zijn integriteit maakte het hem onmogelijk zich te verrijken zoals anderen in zijn positie dat deden, en zelfs het verlokkelijke idee voldoende bijeen te garen om in Frankrijk stil te gaan leven, zoals hij Violette Boisier had beloofd, kon hem niet verleiden om dat wat hij als zijn militaire eer beschouwde, geweld aan te doen. Hij aarzelde niet zijn mannen op te offeren in een gevecht of een kind te martelen om informatie over een moeder los te krijgen, maar nog nooit had hij zijn hand gelegd op geld dat hij niet eerlijk had verdiend en hij was overgevoelig op het gebied van eer en oprechtheid. Hij verlangde naar een leven met Violette op een plek waar ze hen niet kenden, waar niemand kon vermoeden dat zij aan de kost was gekomen met weinig deugdzame zaken en waar ook haar gemengde afkomst niet duidelijk zou zijn: je moest een in de Antillen getraind oog hebben om te raden dat er Afrikaans bloed onder haar lichte huid stroomde.

Violette vond het idee om naar Frankrijk te gaan niet bijster aantrekkelijk want ze vreesde de ijskoude winters meer dan de kwade tongen, waarvoor ze immuun was, maar ze had hem beloofd mee te gaan. Relais had uitgerekend dat als hij sober leefde, gevaarlijke missies accepteerde waar een extra beloning voor werd geboden en snel promotie maakte, zijn verlangen vervuld zou kunnen worden. Hij hoopte dat Violette tegen die tijd wat volwassener was en niet langer zo de aandacht zou trekken met haar brutale lach, die veel te ondeugende glans in haar donkere ogen en dat ritmische wiegen als ze liep. Onopvallend zou ze nooit worden, maar misschien zou ze kunnen doorgaan voor de echtgenote van een gepensioneerd militair. Madame Relais… Hij proefde die twee woorden in zijn mond, herhaalde ze als een bezwering. Het besluit met haar te trouwen was niet voortgekomen uit een uitgekiende strategie, zoals de rest van zijn bestaan, maar uit zo'n diepe hartstocht dat hij er nooit aan had getwijfeld. Hij was geen gevoelsmens, maar had geleerd te vertrouwen op zijn instinct, wat in tijden van oorlog heel nuttig was.

Hij had Violette een paar jaar eerder leren kennen tijdens de zondagsmarkt, te midden van het geschreeuw van de verkopers en de wirwar van mensen en dieren. In een armzalig theatertje, dat slechts bestond uit een platform met een dak van paarse lappen erboven, stond een zwaarbesnorde, met arabesken getatoeëerde kerel gewichtig te doen, terwijl een jongetje hem luidkeels aanprees als de wonderbaarlijkste magiër van heel Samarcanda. Die meelijwekkende voorstelling zou Relais' aandacht niet hebben getrokken zonder Violettes stralende aanwezigheid. Toen de magiër een vrijwilliger uit het publiek vroeg, baande zij zich met kinderlijk enthousiasme een weg tussen de toeschouwers door en klom lachend het plankier op, zwaaiend met haar waaier. Ze was nauwelijks vijftien, maar bezat al het lichaam en de houding van een vrouw met ervaring, zoals vaak het geval was in dat klimaat waar meisjes, net als fruit, snel rijpen. Naar de instructies van de magiër knielde Violette neer in een met Egyptische tekens bekladde kist. De omroeper, een tienjarig, als Turk verkleed negerjongetje, sloot het deksel af met twee zware sloten, en een tweede vrijwilliger moest de sloten controleren. De man uit Samarcanda bewoog zijn cape een paar keer heen en weer en gaf de vrijwilliger vervolgens de sleutels om de kist weer te openen. Toen het deksel werd opgelicht zagen ze dat het meisje niet meer in de kist zat en even later kondigde het negerjongetje met tromgeroffel haar wonderbaarlijke verschijning achter het publiek aan. Iedereen draaide zich om, met stomme verbazing naar het meisje kijkend dat daar uit het niets was opgedoken en zich, nonchalant met een been over een vat geslagen, met haar waaier koelte toewuifde.

Al bij de eerste aanblik wist Étienne Relais dat hij dit meisje van honing en zijde niet uit zijn hart zou kunnen rukken. Hij voelde iets in zijn lichaam ontploffen, zijn mond werd droog en hij verloor zijn oriëntatiegevoel. Hij moest zichzelf dwingen om terug te keren naar de werkelijkheid en tegen zichzelf zeggen dat hij op de markt was, omringd door mensen. Hij probeerde zijn zelfbeheersing te hervinden, ademde diep de vochtige lucht van het heetst van de dag in, de stank van vis en vlees dat in de felle zon lag te rotten, van bedorven fruit, vuiligheid en beestenstront. Hij wist niet hoe het mooie meisje heette, maar ging ervan uit dat het niet moeilijk zou zijn haar naam te achterhalen. Hij veronderstelde dat ze niet getrouwd was, want geen enkele echtgenoot had het haar toegestaan zich zo vrijmoedig in het openbaar te bewegen. Ze was zo mooi, dat alle ogen strak op haar gericht waren geweest, vandaar dat niemand behalve Relais, die getraind was om de kleinste details waar te nemen, de truc van de goochelaar doorzag. In andere omstandigheden had hij misschien uit louter pietluttigheid het geheim van de dubbele bodem van de kist en het luik in het podium onthuld, maar hij dacht aanvankelijk nog dat het meisje bij de voorstelling hoorde en wilde haar niet in de problemen brengen. Hij bleef niet om te zien hoe, zoals het negerjongetje aankondigde, de getatoeëerde zigeuner een muntstuk uit een fles zou halen en een vrijwilliger uit het publiek onthoofden, maar baande zich een weg tussen de mensen door en liep achter het meisje aan, dat haastig wegliep, arm in arm met een man in uniform, mogelijk een soldaat van zijn eigen regiment. Hij bereikte haar niet, want hij werd tegengehouden door een negerin met gespierde armen vol goedkope armbanden; ze kwam tegenover hem staan en waarschuwde hem achter in de rij aan te sluiten, want hij was niet de enige die belangstelling had voor haar meesteres, Violette Boisier. Toen ze zijn onthutste uitdrukking zag, boog ze zich naar de kapitein over om hem het bedrag in het oor te fluisteren dat hij haar toe moest stoppen; dan zou zij ervoor zorgen dat hij die week als eerste aan de beurt was. Zo kwam hij erachter dat hij verliefd was geworden op een van de courtisanes die Le Cap zo beroemd maakten.

De eerste keer dat Relais zich bij Violette Boisier thuis vervoegde, stram in zijn vers geperste uniform, had hij een fles champagne bij zich en een bescheiden cadeau. Hij deponeerde het geld op de plek die Loula aangaf en maakte zich op om de komende twee uur zijn toekomst op het spel te zetten. Loula maakte zich discreet uit de voeten en hij bleef alleen achter, zwetend van de hitte in die kleine, met meubels volgepropte kamer, een beetje misselijk van de zwaar zoete geur van de rijpe mango's op een schaal. Violette liet niet langer dan een paar minuten op zich wachten. Ze glipte stilletjes naar binnen en reikte hem haar beide handen, terwijl ze hem met half geloken ogen en een vage glimlach bestudeerde. Relais nam die lange, smalle handen in de zijne zonder te weten wat de volgende stap zou zijn. Zij maakte zich los, streek even langs zijn gezicht, aangenaam verrast dat hij zich voor haar had geschoren, en gebaarde naar de fles. Toen hij die ontkurkte, bruiste de champagne uit de hals voor zij haar glas eronder had kunnen houden en haar pols werd nat. Ze streek met haar natte vingers langs haar hals en Relais had het liefst de druppeltjes die op die volmaakte huid glansden willen aflikken, maar bleef als aan de grond genageld staan, stom en nergens toe in staat. Zij vulde het glas dat ze, zonder van de wijn te proeven, op een tafeltje naast de sofa zette, liep naar hem toe en knoopte met ervaren vingers de dikke kazak van zijn uniform los.

'Trek toch uit, het is veel te warm. En de laarzen ook,' wees ze, hem een Chinese kamerjas met een patroon van reigers aanreikend. Hoewel Relais het eigenlijk niet gepast vond, trok hij die, worstelend met de flapperende wijde mouwen, toch over zijn hemd aan en nam vervolgens gespannen plaats op de sofa. Hij was gewend zelf de touwtjes in handen te hebben, maar begreep dat tussen die vier muren Violette het voor het zeggen had.

Door de spleten in de zonneblinden drongen geluiden van het plein door en het laatste zonlicht filterde in verticale streepjes naar binnen. Het meisje had een smaragdgroene zijden tuniek aan die rond haar taille met een goudkleurig koord bijeen werd gehouden, ze droeg Turkse pantoffeltjes en een ingewikkelde, met pailletten geborduurde tulband. Een lokje krullend donker haar viel langs haar gezicht. Violette nam een slokje champagne en bood hem haar glas aan, dat hij in één gulzige slok leegdronk, als een drenkeling. Ze schonk het glas opnieuw vol en hield het vast bij het tere steeltje, wachtend tot hij haar uitnodigde naast hem op de sofa plaats te nemen. Dit was Relais' laatste initiatief; vanaf dat moment was zij degene die op haar manier de leiding nam over hun samenzijn.

Het duivenei

Violette had geleerd haar vrienden te behagen in de tijd die hun ter beschikking stond, zonder ze het gevoel te geven dat zij er haast achter zette. Relais werd volledig ontwapend door zo veel behaagzucht en speelse overgave in dat jonge lichaam. Langzaam wikkelde ze het lange windsel van haar tulband los, die met tinkelende pailletten op de houten vloer viel, en schudde de donkere waterval van haar haren uit over haar schouders en haar rug. Haar gebaren waren traag zonder gekunsteld te zijn, met de rust van een dans. Haar borsten waren nog niet helemaal volgroeid en haar tepels tekenden zich als harde steentjes af tegen de groene zijde. Onder de tuniek was ze naakt. Relais bewonderde dat mulattinnenlichaam, sterke benen met smalle enkels, stevige dijen en billen, haar smalle taille en haar ringloze, elegante, naar achter gebogen vingers. Haar lach begon als een dof spinnen in haar buik en werd langzaam luider, kristalhelder, schaterend, haar hoofd omhoog, met dat prachtige haar en die lange, kloppende hals.

Toen Violette met een zilveren mesje een stukje mango afsneed en dat gretig in haar mond stopte, liep er een straaltje mangosap in haar decolleté, vochtig van de champagne en het zweet. Met een vinger veegde ze het sap op, een dikke, amberkleurige druppel die ze uitwreef over Relais' lippen, terwijl ze met de souplesse van een roofdier schrijlings op zijn knieën ging zitten. Het gezicht van de man rustte tussen haar borsten, die naar mango geurden. Terwijl ze zich naar hem overboog, hem met haar wilde bos haren omvattend, kuste ze hem vol op zijn mond en gaf hem met haar tong het stukje mango door waar ze op gekauwd had. Relais nam het met een verraste huivering in ontvangst: nog nooit had hij iets zo intiems ervaren, zo schokkend, zo verrukkelijk. Ze likte zijn kin, nam zijn hoofd in haar handen en bedekte dat met snelle kusjes, als een pikkend vogeltje; zijn oogleden, zijn lippen, zijn keel, speels, lachend. De man omvatte haar middel en rukte haar met wanhopige handen de tuniek van het lijf, waarna dat slanke, naar muskus geurende meisje tevoorschijn kwam, dat zich aan hem overgaf, met hem versmolt, verbrokkelde tegen de botten en de stugge spieren van zijn in de strijd en door ontberingen geharde soldatenlichaam. Hij wilde haar in zijn armen nemen om haar naar het bed dragen dat hij in de slaapkamer daarnaast kon zien, maar Violette gunde hem daar de tijd niet voor; haar sierlijke handen maakten de kamerjas met de reigers los en trokken zijn broek naar beneden, haar weelderige dijen sensueel boven hem bewegend tot ze, met een diepe zucht van vreugde, zijn steenharde lid in zich voelde dringen. Étienne Relais voelde hoe hij werd ondergedompeld in een meer van genot, zonder verleden, zonder wil. Hij sloot zijn ogen terwijl hij die sappige mond kuste, genietend de mangogeur opsnoof en met zijn eeltige soldatenhanden die onwaarschijnlijk zachte huid en de overvloedige rijkdom van haar haren streelde. Hij verzonk in haar, zich overgevend aan de warmte, de smaak en de geur van dat meisje, met het gevoel dat hij na zo veel jaren eenzaam op drift te zijn geweest, eindelijk in deze wereld op zijn plek was aangekomen. Al binnen enkele minuten hield hij het niet meer en kwam hij als een onervaren puber heftig schokkend klaar, met een schreeuw van frustratie omdat hij haar niet naar een hoogtepunt had gebracht; want meer dan iets in zijn leven wilde hij dat ze verliefd op hem werd. Violette wachtte tot hij weer tot rust kwam, onbeweeglijk, bezweet, hijgend boven op hem, haar gezicht weggestopt in de holte van zijn schouder, onbegrijpelijke woordjes prevelend.

Relais had geen idee hoelang ze daar in elkaars armen hadden gelegen, hoelang het had geduurd voor hij weer normaal ademhaalde en de dichte mist die hem omvatte enigszins oploste, maar toen realiseerde hij zich dat zijn geslacht nog in haar zat, stevig vastgehouden door haar elastische spieren die het ritmisch masseerden, samenknepen en loslieten. Hij was nog net in staat zich af te vragen hoe het mogelijk was dat dit meisje in de liefdeskunst even bedreven was als een ervaren courtisane, voor hij zichzelf opnieuw verloor in het magma van de begeerte en de verwarring van een plotselinge liefde.

Toen Violette hem weer hard voelde worden, sloeg ze haar benen om zijn middel, kruiste haar voeten achter zijn rug en wees hem met een gebaar naar de slaapkamer daarnaast. Relais droeg haar in zijn armen, zijn geslacht nog altijd in haar, en viel met haar op het bed, waar ze tot diep in de nacht op alle manieren waar ze zin in hadden de liefde konden bedrijven, heel wat uren langer dan Loula had aangegeven. De vrouw was een paar keer binnengekomen met het vaste voornemen een eind te maken aan die overdreven fratsen, maar Violette, die het vertederend vond die geharde militair te zien huilen van liefde, stuurde haar vastbesloten weg.

De liefde, die Étienne Relais nog niet eerder had leren kennen, wierp hem volledig omver, als een enorme golf, pure energie, zout en schuim. Hij ging ervan uit dat hij onmogelijk de competitie aan kon gaan met Violettes andere cliënten, die knapper, machtiger of rijker waren, en toen het licht werd besloot hij haar daarom iets te bieden wat maar weinig blanke mannen haar zouden willen geven: zijn naam.

'Trouw met me,' vroeg hij haar tussen twee omhelzingen in. Violette ging in kleermakerszit op het bed zitten, haar klamme haren tegen haar huid geplakt, met glanzende ogen, haar lippen gezwollen van zijn kussen, in het schijnsel van de drie zieltogende kaarsen die hun eindeloze acrobatische toeren hadden verlicht.

'Ik ben niet geschikt voor het huwelijk,' antwoordde ze, en ze voegde eraan toe dat ze haar maandstonden nog niet had gehad en daar volgens Loula te laat mee was, ze zou nooit kinderen kunnen krijgen. Relais glimlachte, want kinderen leken hem maar lastig.

'Als ik met je trouw, zou ik altijd alleen zijn terwijl jij je missies uitvoert. De blanken zullen me niet accepteren en mijn eigen vrienden zouden uit angst voor jou niets meer van me willen weten, je bent een wreed man, wordt over je gezegd.'

'Dat eist mijn werk, Violette. Zoals een dokter gangreneuze ledematen amputeert, zo doe ik mijn plicht om erger te voorkomen, maar ik heb nog nooit iemand kwaad berokkend zonder daar een goede reden voor te hebben.'

'Ik kan je allerlei goede redenen bezorgen: ik wil niet op dezelfde manier eindigen als mijn moeder.'

'Je zult van mij nooit iets te vrezen hebben, Violette,' zei Relais, terwijl hij haar schouders vastpakte en haar een lang moment aankeek.

'Dat hoop ik maar,' zuchtte zij uiteindelijk.

'We trouwen, dat beloof ik je.'

'Je verdient niet genoeg om me te kunnen onderhouden. Met jou zou het me aan van alles ontbreken: jurken, parfum, de schouwburg, tijd om niets te doen. Ik ben lui, kapitein, dit is de enige manier waarop ik in mijn levensonderhoud kan voorzien zonder mijn handen te bederven, en dat zal niet lang meer duren.'

'Hoe oud ben je?'

'Nog jong, maar in dit beroep houdt niemand het lang uit. Mannen zijn gauw verveeld, ze willen een ander gezicht, een ander lichaam. Ik moet profijt zien te trekken van het enige wat ik bezit, zoals Loula altijd zegt.'

De kapitein probeerde haar zo vaak te bezoeken als zijn missies het toelieten en na een paar maanden had hij zich onmisbaar weten te maken; hij was zorgzaam voor haar als een oom en gaf haar raad, en uiteindelijk kon zij zich het leven zonder hem niet meer voorstellen en begon ze de mogelijkheid te overwegen om, in een romantische toekomst, met hem te trouwen. Relais had uitgerekend dat het over een jaar of vijf al tot de mogelijkheden zou behoren. Dat zou hun de tijd geven hun liefde op de proef te stellen en te sparen, ieder voor zich. Hij nam er genoegen mee dat Violette haar oude beroep bleef uitoefenen en betaalde haar voor haar diensten, net als de andere cliënten, dankbaar dat hij af en toe de hele nacht met haar mocht doorbrengen.

Aanvankelijk bedreven ze de liefde tot ze bont en blauw waren, maar na verloop van tijd sloeg de hartstocht om in tederheid en deden ze vele kostbare uren niets anders dan praten, plannen maken en in de hete schemering van Violettes appartement uitrusten in elkaars armen. Relais leerde het lichaam en het karakter van het meisje kennen, waardoor hij op haar reacties kon anticiperen en haar woede-uitbarstingen, die als tropische buien waren – plotsklaps en kort – kon voorkomen, en haar kon laten genieten. Dat zo sensuele meisje was getraind om genot te schenken, niet om het te ontvangen, ontdekte hij, en hij deed zijn uiterste best haar te bevredigen, opgewekt en geduldig. Het leeftijdsverschil en zijn autoritaire karakter wogen op tegen Violettes luchthartigheid. Om hem een plezier te doen liet ze zich soms in praktische zaken leiden, maar verder hield ze vast aan haar onafhankelijkheid en verdedigde ze haar geheimen.

Loula hield zich op uiterst koelbloedige wijze bezig met de financiën en regelde de zaken met de cliënten. Toen Relais Violette ooit met een blauw oog aantrof, wilde hij woedend weten wie dat had gedaan om ervoor te zorgen dat die brutaliteit de man heel duur zou komen te staan.

'Daar heeft Loula al voor gezorgd. We kunnen het prima alleen af,' antwoordde ze lachend, en het lukte hem niet haar zover te krijgen dat ze de naam opbiechtte van de dader.

De formidabele slavin was zich ervan bewust dat de gezondheid en de schoonheid van haar meesteres hun beider kapitaal was en dat er onvermijdelijk een moment zou aanbreken waarop het daarmee bergafwaarts zou gaan; ze moest ook rekening houden met de concurrentie van de aanstormende hordes nieuwe meisjes die zich elk jaar weer aandienden. Jammer dat de kapitein arm was, dacht Loula vaak, want Violette verdiende een goed leven. De liefde vond ze er weinig toe doen, want die verwarde ze met hartstocht en ze had gezien hoe snel die verwatert, maar ze durfde Relais er niet op slinkse wijze uit te werken. Het was een man om voor op te passen. En ach, Violette leek geen haast te maken met trouwen, en intussen kon zich altijd nog een beter gesitueerde kandidaat aandienen.

Loula besloot het sparen serieus aan te pakken; het was niet voldoende om snuisterijen in een gat in de muur te verstoppen, ze moest absoluut lucratievere investeringen verzinnen voor het geval het huwelijk met de officier niet doorging. Ze sneed in de uitgaven en verhoogde het tarief van haar meesteres, en hoe meer ze de cliënten berekende, des te exclusiever ze Violettes gunsten leken te vinden. Ze zorgde ervoor de roem van haar meesteres nog te vergroten door het verhaal de wereld in te sturen dat ze een man de hele nacht in zich kon houden en de energie van de meest vermoeide cliënten wel twaalf keer achtereen wist op te wekken; dat had ze van een Moorse vrouw geleerd en ze oefende met een duivenei, ze deed boodschappen, ging naar de schouwburg en naar hanengevechten met het ei op dat geheime plekje, zonder het te breken en zonder het te laten vallen. Er waren genoeg mannen die op de sabel vochten om de jonge cocotte, wat haar aanzien enorm opvijzelde. De rijkste, de machtigste blanken lieten zich braaf op de lijst zetten en wachtten hun beurt af.

Het was Loula's idee geweest om in goud te beleggen, om hun spaargeld niet als zand tussen hun vingers weg te laten lopen. Relais, die niet in de positie was veel bij te kunnen dragen, schonk Violette de ring van zijn moeder, het enige wat hem restte van zijn familie.

De bruid uit Cuba

In oktober 1778, het achtste jaar van zijn verblijf op het eiland, maakte Toulouse Valmorain weer een kort reisje naar Cuba, voor zaken die hij geheim wilde houden. De kolonisten in Saint-Domingue mochten alleen met Frankrijk handeldrijven, maar er bestonden eindeloos veel slinkse manieren om de wet te ontduiken, waarvan hij er een aantal kende. Hij zag er geen kwaad in om belastingen te ontduiken die uiteindelijk toch alleen maar in de bodemloze schatkisten van de koning terechtkwamen. Het was niet moeilijk om 's nachts ongemerkt uit te varen van die door stormen geplaagde kust en koers te zetten naar een andere baai in het Caribische gebied; bovendien was de grens met het Spaanse deel van het eiland – armer en minder dicht bevolkt dan het Franse – poreus, en achter de ruggen van de autoriteiten om wemelde het van smokkelexpedities. Er werd van alles gesmokkeld, van wapens tot boeven, maar het ging toch vooral om de balen suiker, koffie en cacao die buiten de douane om van de plantages naar andere bestemmingen werden getransporteerd.

Nadat Valmorain de schulden van zijn vader had afbetaald en een groter fortuin begon te vergaren dan hij ooit had kunnen dromen, besloot hij geld weg te zetten in Cuba, waar het veiliger zou zijn dan in Frankrijk en waar hij er gemakkelijk bij zou kunnen als hij het nodig had. Hij kwam naar Havana met het idee er een week te blijven om zijn zaken met zijn bankier te bespreken, maar dat bezoek liep uit omdat hij op een bal van het Franse consulaat Eugenia García del Solar leerde kennen. Vanuit een hoekje van de pronkerige balzaal zag hij in de verte een weelderige jonge vrouw met een albasten huid en een kastanjerode haardos, nogal provinciaals gekleed, het tegengestelde van de elegante Violette Boisier maar in zijn ogen niet minder knap. Het meisje was hem onmiddellijk opgevallen in de menigte in die danszaal en voor het eerst voelde hij zich niet op zijn gemak. Zijn pak, dat hij een paar jaar daarvoor in Parijs had aangeschaft, was inmiddels ouderwets, de zon had zijn huid gelooid, hij had de handen van een smid, zijn pruik prikte, hij stikte haast door het kant om zijn hals, en zijn fatterige puntschoenen met de diabolohakken knelden en dwongen hem te lopen als een eend. Zijn manieren, vroeger zo verfijnd, waren grof vergeleken bij de losheid van de Cubanen. De jaren op de plantage hadden hem innerlijk en uiterlijk verhard, en nu, nu hij het zo nodig had, ontbrak het hem aan de hoffelijke manieren die in zijn jonge jaren zo natuurlijk voor hem waren geweest. Tot overmaat van ramp bestonden de dansen die in zwang waren uit een snelle mengeling van pirouettes, buigingen, draaien en sprongen, die hij onmogelijk kon nadoen.

Hij vernam dat het meisje de zus was van een Spanjaard, Sancho García del Solar, uit een familie die tot de lage adel behoorde, die ondanks de indrukwekkende naam al verschillende generaties sterk was verarmd. De moeder had een eind aan haar leven gemaakt door van de klokkentoren van een kerk te springen, en de vader was jong gestorven nadat hij eerst nog het resterende familiekapitaal over de balk had gesmeten. Eugenia was opgevoed in een ijskoud klooster in Madrid, waar de nonnen haar hadden ingeprent wat het karakter van een dame moest sieren: bescheidenheid, bidden en borduren.

Sancho was intussen naar Cuba vertrokken om daar zijn geluk te beproeven, want Spanje bood een zo ongeremde fantasie als de zijne niet genoeg ruimte; dat Caribische eiland daarentegen, waar allerlei soorten avonturiers belandden, leende zich uitstekend voor lucratieve handeltjes, die trouwens niet altijd even legaal waren. Daar leidde hij een rusteloos vrijgezellenbestaan op het slappe koord van zijn schulden die hij met veel moeite en altijd op het laatste moment, als hij geluk had gehad aan de speeltafel of met hulp van zijn vrienden, betaalde. Hij zag er goed uit, bezat een fluwelen tong waarmee hij zijn medemensen inpalmde en wist zich zo goed voor te doen, dat niemand vermoedde hoe groot het gat in zijn portemonnee was. En toen, onverwacht, toen hij er het minst behoefte aan had, stuurden de nonnen hem zijn zus, met een gezelschapsdame en een briefje waarin kort en bondig werd uitgelegd dat Eugenia geen religieuze roeping had en dat het nu aan hem was, als haar enige familielid en haar voogd, om zich over haar te ontfermen.

Met een jonge maagd onder zijn dak was het voor Sancho afgelopen met de braspartijen, hij had de plicht een goede echtgenoot voor haar te zoeken voor ze te oud werd en zou overschieten. Hij was van plan haar aan de hoogste bieder uit te huwelijken, iemand die hen allebei uit de armoede zou helpen waar ze door de spilzucht van vorige generaties in waren beland, maar hij had niet durven hopen op zo'n dikke vis als Toulouse Valmorain. Hij wist heel goed om wie het ging en hoeveel de Fransman waard was, want eerder was hij al van plan geweest hem een aantal transacties voor te stellen, hoewel hij op het bal zijn zuster niet aan Valmorain had gepresenteerd omdat zij zo vreselijk afstak bij de befaamde Cubaanse schoonheden. Eugenia was verlegen, ze had geen geschikte garderobe en hij kon die ook niet voor haar kopen, ze wist zich niet op te maken ook al had ze – gelukkig – meer dan genoeg haar, en ze bezat ook niet het slanke middeltje dat de mode van dat moment voorschreef. Vandaar dat het hem overviel toen Valmorain de volgende dag toestemming vroeg hen te mogen bezoeken, 'met serieuze intenties', zoals hij te kennen gaf.

'Het is vast een oude mankepoot,' grapte Eugenia toen ze het hoorde, terwijl ze haar broer een klapje met haar gesloten waaier gaf.

'Hij is ontwikkeld, rijk, een heer, maar al had hij een bochel, ik zou je hoe dan ook aan hem uithuwelijken. Je bent al bijna twintig, en een bruidsschat heb je niet...'

'Mijn bruidsschat is mijn schoonheid!' onderbrak het meisje hem lachend.

'Er zijn heel wat knappere vrouwen in Havana, en slankere.'

'Vind je me dik?'

'Je kunt het je niet veroorloven je te laten smeken, zeker niet als het om iemand als Valmorain gaat. Hij is een uitstekende partij, met titels en landerijen in Frankrijk, hoewel een suikerplantage in Saint-Domingue de hoofdmoot van zijn fortuin is,' vertelde Sancho.

'Santo Domingo?' vroeg ze geschrokken.

'Saint-Domingue, Eugenia. Het Franse gedeelte van het eiland is heel anders dan het Spaanse. Ik zal het je aanwijzen op een kaart, dan zul je begrijpen dat het vlakbij is; je kunt me zo vaak komen opzoeken als je wilt.'

'Ik ben niet achterlijk, Sancho. Ik weet dat die kolonie een hel van dodelijke ziektes en opstandige slaven is.'

'Het is maar voor even. Blanke kolonisten gaan er weg zodra ze de kans krijgen. Binnen een paar jaar ben je in Parijs. Is dat niet waar alle vrouwen van dromen?'

‘Ik spreek geen Frans.’

‘Dat leer je wel. Vanaf morgen heb je een leraar.’ En daarmee sloot Sancho het gesprek af.

Als Eugenia García del Solar al van plan was geweest zich tegen de plannen van haar broer te verzetten, ze zag ervan af op het moment dat Toulouse Valmorain zich aandiende. Hij was stukken jonger en aantrekkelijker dan ze had verwacht, van gemiddelde lengte, goed geproportioneerd, met een brede rug en een mannelijk gezicht met harmonieuze trekken, een door de zon gebruinde huid en grijze ogen. Hij had een harde trek om zijn mond, en hij had dunne lippen. Onder zijn scheef zittende pruik staken een paar blonde krullen uit en hij leek zich niet op zijn gemak te voelen in zijn iets te strakke kleren. Eugenia vond het leuk dat hij zo rechtstreeks was en naar haar keek alsof hij haar met zijn ogen uitkleedde, waar ze het zondige, kriebelige gevoel van kreeg dat de nonnen van het naargeestige klooster in Madrid verafschuwd zouden hebben. Het bleef natuurlijk jammer dat Valmorain in Saint-Domingue woonde, maar als haar broer haar niet had voorgelogen, zou dat van korte duur zijn. Sancho nodigde de pretendent uit voor een drankje in de tuin en daar, onder de pergola, was de zaak in minder dan een halfuur beklonken. Eugenia werd buiten de details gehouden, die bespraken de mannen achter gesloten deuren, zij hield zich alleen met haar uitzet bezig, die ze op aanraden van de vrouw van de consul in Frankrijk bestelde. Haar broer wist met zijn onweerstaanbare oplichterspraatjes een lening tegen een woekerrente los te peuteren om alles te financieren. Als ze naar de ochtendmis ging, dankte Eugenia God vol overgave voor het zeldzame geluk van dit verstandshuwelijk met iemand van wie ze kon gaan houden.

Valmorain bleef een paar maanden in Cuba om Eugenia het hof te maken, wat onhandig, want hij was de omgang met vrouwen zoals zij niet meer gewend; hij kon haar niet behandelen zoals hij Violette Boisier had behandeld. Elke dag tussen vier en zes uur ’s middags begaf hij zich naar het huis van zijn fiancee om iets te drinken en een spelletje te kaarten, altijd in aanwezigheid van de gezelschapsdame, die van top tot teen in het zwart was gehuld en met één oog op haar kantkloswerk gericht hen met het andere in de gaten hield.

Sancho’s huis liet veel te wensen over en Eugenia, die geen talent voor het huishouden bezat, deed niets om de boel wat gezelliger te maken.

Om te voorkomen dat de vette meubels de kleren van haar aanstaande bevuilden, ontving ze hem in de tuin, waar de gulzige tropische vegetatie woekerde als een botanische dreiging. Soms maakten ze in gezelschap van Sancho een wandelingetje of zagen ze elkaar van veraf in de kerk, zonder met elkaar te kunnen praten.

De precaire omstandigheden waaronder Sancho en Eugenia leefden, waren Valmorain niet ontgaan en hij had bedacht dat als zijn verloofde het hierin uithield, ze zeker ook zou kunnen aarden op de habitation Saint-Lazare. Hij stuurde haar subtiele cadeautjes, bloemen en vormelijke briefjes, die ze in een met fluweel bekleed kistje opborg maar niet beantwoordde. Tot dan toe had Valmorain maar weinig te maken gehad met Spanjaarden – zijn vrienden waren Frans – maar hij merkte al snel dat hij zich bij hen op zijn gemak voelde. De communicatie was geen enkel probleem want de tweede taal van de hogere klasse en de ontwikkelde mensen in Cuba was Frans; hij verwarde het stilzwijgen van zijn verloofde met schroomvalligheid, een in zijn ogen prijzenswaardige vrouwelijke eigenschap, en had er geen idee van dat ze hem domweg nauwelijks verstond.

Eugenia had geen aanleg voor talen en de inspanningen van de leraar om haar de subtiliteiten van de Franse taal bij te brengen, bleven vruchteloos. Eugenia's bescheidenheid en haar novicegedrag leken Valmorain een waarborg dat ze niet, zoals zo veel vrouwen in Saint-Domingue die hun deugd vergaten en het klimaat daar de schuld van gaven, zou vervallen in zedeloosheid.

Toen hij de Spaanse volksaard eenmaal begreep, met zijn overdreven eergevoel en gebrek aan ironie, voelde hij zich op zijn gemak bij het meisje, en kon het hem eigenlijk niet meer schelen dat hij zich in haar gezelschap verveelde. Dat deed er niet toe. Hij wilde een eerbare echtgenote en een voorbeeldige moeder voor zijn nageslacht; om zich te amuseren had hij zijn boeken en zijn zaken.

Sancho was het tegenovergestelde van zijn zuster en de andere Spanjaarden die Valmorain kende: cynisch, zorgeloos, ongevoelig voor melodrama en niet vatbaar voor jaloezie, hij was ongelovig en bezat een fijne neus voor profijtelijke handeltjes. Hoewel hij sommige eigenschappen van zijn toekomstige zwager tamelijk schokkend vond, verkeerde Valmorain graag in diens gezelschap en hij liet zich door hem in de luren leggen, maar al te bereid om er in ruil voor wat plezier en het genot van een geestige conversatie, geld bij in te schieten. Als eerste stap maakte hij hem tot zijn compagnon in een smokkelhandel: Franse wijn, waar veel vraag naar was, en die hij via Saint-Domingue naar Cuba wilde laten komen. Dit betekende het begin van een lange, hechte samenwerking, die hen zou verenigen tot in de dood.

Het huis van de meester

Eind november keerde Toulouse Valmorain terug naar Saint-Domingue om de komst van zijn toekomstige echtgenote voor te bereiden. Net als andere plantages had Saint-Lazare haar 'grote huis', maar dat had in dit geval weinig meer om het lijf dan een rechthoekige barak van hout en bakstenen, op palen van drie meter hoog om het te beschermen tegen overstromingen tijdens het seizoen van de orkanen en veiligheid te bieden tijdens een slavenopstand. Het huis had een groot aantal slaapvertrekken, sommige met rottende vloerdelen, verder een ruime salon en een eetkamer met ramen die tegen elkaar opengezet konden worden om van de wind te profiteren, met aan het plafond een systeem van linnen waaiers die slaven heen en weer konden bewegen door aan een touw te trekken. Die ventilatoren veroorzaakten dan een wolk van fijn stof en droge muggenvleugeltjes die als roos neersloeg op je kleren. In de ramen zat geen glas maar waspapier en de meubels waren grof, typisch voor het huis van een man alleen die niet van plan is er lang te blijven wonen. Aan het plafond sliepen vleermuizen, in de hoeken zat altijd allerlei ongedierte en 's nachts hoorde je in alle kamers muizen trippelen. Aan drie kanten van het huis bevonden zich galerijen of overdekte terrassen met krakkemikkige rieten meubels. Om het huis lag een verwaarloosde moestuin en er stonden wat aangevreten fruitbomen, verder waren er patio's waar door de hitte verdwaasde kippen rondscharrelden, een stal voor de paarden, hondenhokken en een koetshuis, en daarachter de grommende oceaan van rietvelden tegen een decor van paarse bergen die zich aftekenden tegen een grillige lucht. Misschien was er ooit een siertuin geweest, maar daaraan was zelfs de herinnering verloren gegaan. De suikermolens, de slavenhutten en -barakken waren vanuit het huis niet te zien.

Toen Toulouse Valmorain alles met een kritisch oog bezag, viel hem voor het eerst op hoe armoedig en sjofel het was. Vergeleken met Sancho's huis was het een paleis, maar vergeleken met de landhuizen van de andere grands blancs op het eiland en het kleine *château* van zijn familie in Frankrijk, dat hij al acht jaar niet meer had bezocht, was het van een beschamende lelijkheid. Hij besloot zijn leven als getrouwd man goed te beginnen en zijn bruid te verrassen met een huis dat de namen Valmorain en García del Solar waardig was.

Violette Boisier nam het bericht van het huwelijk van haar cliënt nogal filosofisch en goedgehumeurd op. Loula, die altijd overal van op de hoogte was, vertelde haar dat Valmorain zich in Cuba had verloofd. 'Die gaat je nog missen, mijn engel, en ik zweer het je, hij komt terug,' zei ze. Dat gebeurde ook. Enige tijd later klopte Valmorain aan bij het appartement, niet om de gebruikelijke diensten te vragen maar om zijn voormalige geliefde te verzoeken hem te helpen zijn vrouw op passende wijze te ontvangen. Hij wist niet hoe hij het aan moest pakken en kende niemand anders aan wie hij dit zou kunnen vragen.

'Is het waar dat Spaanse vrouwen in een nonnenhemd slapen, met aan de voorkant een gat voor het liefdesspel?' vroeg Violette hem.

'Hoe kan ik dat nu weten, ik ben nog niet getrouwd. Maar als het zo is, scheur ik het aan stukken,' zei de aanstaande bruidegom lachend.

'Niet doen! Breng het naar mij, dan maak ik er met Loula nog een gat in, aan de achterkant,' antwoordde zij.

De jonge cocotte was bereid om tegen een redelijke commissie van vijftien procent van de totale kosten het huis voor hem in te richten. Deze opdracht had, voor de eerste keer in haar omgang met mannen, niets te maken met acrobatische toeren in bed, en ze zette zich vol enthousiasme aan haar taak. Ze vertrok met Loula naar Saint-Lazare om zich een idee te vormen van de aangenomen opdracht en had nog maar nauwelijks een voet over de drempel gezet of er viel een hagedis van de plafondbalken in haar decolleté. Op haar gekrijs snelden verschillende slaven van de patio toe, die zij meteen grondig aan het poetsen zette. Een week lang stond die mooie courtisane – Valmorain had haar nooit anders gezien dan in het gouden licht van lampen, gekleed in zijde en taf, opgemaakt en geparfumeerd – aan het hoofd van een ploeg slaven, blootsvoets, een schort van een grove stof voorgebonden en een lap om haar hoofd. Ze leek volledig op haar gemak, alsof ze dat soort ruw werk haar hele leven had gedaan. Onder haar leiding werden de gave vloerdelen schoongekrabd en de rotte planken vervangen, kwam er nieuw waspapier in de ramen, hingen ze nieuwe muskietennetten op, werd het huis gelucht, gif voor de muizen gestrooid en tabak verbrand om ander ongedierte te verjagen; en toen uiteindelijk de kapotte meubels naar de slavenverblijven waren afgevoerd, was het huis schoon en naakt. Violette liet het aan de buitenkant wit verven en gebruikte de overgebleven kalk voor de hutten van de huisslaven die vlak bij het grote huis stonden, en liet als laatste paarse viooltjes planten aan de voet van de galerij. Valmorain nam zich voor het huis voortaan op orde te houden en wees een aantal slaven aan om een tuin aan te leggen die was geïnspireerd op Versailles, hoewel het extreme klimaat ongeschikt was voor de geometrische kunst van de landschapsarchitecten van het Franse hof.

Violette reisde terug naar Le Cap met een boodschappenlijst. 'Geef niet te veel uit, we wonen hier maar tijdelijk. Zodra ik een geschikte rentmeester heb gevonden, vertrekken we naar Frankrijk,' zei Valmorain, terwijl hij haar een bedrag overhandigde dat volgens hem genoeg moest zijn. Zij trok zich van die waarschuwing niets aan, want inkopen doen was het leukste wat ze zich kon voorstellen.

De haven van Le Cap was de plek waarvandaan de eindeloze stroom schatten van de kolonie werd weggevoerd en waar de legale handel en smokkelwaren binnenkwamen. Een bonte menigte bevolkte de modderige straten, in vele talen onderhandelend te midden van wagens, muilezels en paarden, en meutes zwerfhonden die zich tegoed deden aan het afval. Er was van alles te koop, van luxeartikelen uit Parijs en oosterse snuisterijen tot de buit van de piraten; en elke dag, behalve op zondag, werden er slaven geveild om aan de vraag te voldoen: tussen de twintig- en dertigduizend per jaar alleen al om het aantal stabiel te houden, want lang gingen ze niet mee. Toen Violette door het geld heen was, kocht ze de rest op krediet, Valmorains naam stond garant.

Ondanks haar jeugdige leeftijd wist ze precies wat ze wilde, want het mondaine leven had haar smaak verfijnd, niemand die haar iets wijs hoefde te maken. Bij een kapitein van een schip dat van eiland naar eiland voer bestelde ze zilveren bestek, glaswerk en een porseleinen servies voor diners. De bruid moest de lakens en de tafelkleden inbrengen, die het kind vast en zeker al van jongs af aan had zitten borduren, dus daar maakte Violette zich niet druk om. Voor de salon bemachtigde ze meubels uit Frankrijk, een zware Amerikaanse tafel met achttien stoelen die waren gemaakt om generaties mee te gaan, wandkleden uit

Holland, lakhouten kamerschermen, Spaanse hutkoffers om kleding in op te bergen, een enorme hoeveelheid ijzeren kandelaars en olielampen omdat ze van mening was dat je niet in het duister kon leven, Portugees aardewerk voor het dagelijks gebruik en allerlei prulletjes, maar geen vloerkleden, want die waren zo weg in het vochtige klimaat. De handelaars zegden toe de spullen te versturen en Valmorain de rekening te presenteren. Spoedig begonnen de wagens op de habitation Saint-Lazare aan te komen, boordevol kisten en manden; uit het stro groeven de slaven een eindeloze stroom spullen op: Duitse klokken, vogelkooien, Chinese kisten, replica's van verminkte Romeinse beelden, Venetiaanse spiegels, gravures en schilderijen in diverse stijlen, gekozen op thema aangezien Violette absoluut geen verstand had van kunst; verder muziekinstrumenten die niemand kon bespelen en zelfs een onbegrijpelijk samenraapsel van dikke stukken glas, bronzen buizen en radertjes, die Valmorain als een puzzel in elkaar zette en een verrekijker bleken te vormen om vanaf de galerij de slaven in de gaten te kunnen houden. Hij vond de meubels pronkerig en de prullaria volkomen nutteloos, maar legde zich erbij neer omdat hij ze toch niet kon teruggeven. Nadat ze zich volledig had uitgeleefd, inde Violette haar commissie en kondigde ze aan dat Valmorains toekomstige echtgenote huispersoneel nodig had: een goede kokkin, bedienden en een persoonlijke dienstmeid. Dat was het minste, was haar verzekerd door madame Delphine Pascal, die iedereen van de hogere kringen in Le Cap kende.

'Ik niet,' merkte Valmorain op.

'Wil je dat ik help of niet?'

'Goed dan, ik zal Prosper Cambray zeggen dat hij wat slaven traint.'

'God man, nee! Hier mag je niet op bezuinigen! Veldslaven deugen daar niet voor, die zijn afgestompt. Ik zal het huispersoneel persoonlijk voor je uitzoeken,' besloot Violette.

Zarité was nog net geen negen jaar toen Violette haar kocht van madame Delphine, een Française met pluizige krulletjes en een kippenborst; al wat ouder maar goed geconserveerd, het verwoestende klimaat in aanmerking genomen. Delphine Pascal was de weduwe van een bescheiden Franse ambtenaar, maar deed zich voor als heel wat vanwege haar relaties met de grands blancs, hoewel die alleen met haar omgingen als ze haar hulp nodig hadden bij troebele zaken. Ze was op de hoogte van veel geheimen, wat haar goed van pas kwam als ze gunsten nodig had. Ze deed het voorkomen of ze leefde van het pensioen van wijlen haar echtgenoot en de klavichordlessen aan jongedames, maar onderhands heelde ze gestolen goederen, trad ze als koppelaarster op en verrichtte ze in noodgevallen abortussen. Verder gaf ze, ook heimelijk, Franse les aan cocottes die zich als blanke vrouwen voor wilden doen maar door hun accent werden verraden, ook al hadden ze de juiste huidskleur. Op die manier had ze Violette Boisier leren kennen, een van haar meest blanke leerlingen. Violette had echter geen enkele behoefte zich als Française voor te doen; integendeel, het meisje sprak openlijk over haar Senegalese grootmoeder. Zij wilde correct Frans kunnen spreken om respect af te dwingen bij haar blanke vrienden.

Madame Delphine bezat slechts twee slaven: een oude man, Honoré, voor al het werk, zelfs voor het koken, die ze heel voordelig had kunnen kopen omdat hij scheve beenderen had, en Zarité – Tété –, een mulattinnetje dat ze als baby van een paar weken zomaar had gekregen en die haar dus helemaal niets had gekost. Toen Violette het meisje voor Eugenia García del Solar kocht, was ze een mager, hoekig kind, niets dan botten en met een dikke bos dicht kroeshaar, maar ze bewoog zich gracieus, had een edel gevormd gezicht en prachtige honingkleurige ogen. Misschien stamde het kind ook van een Senegalese af, net als zijzelf, bedacht Violette.

Tété had al heel jong geleerd dat het beter was te zwijgen en met een lege uitdrukking op haar gezicht te doen wat haar werd opgedragen, zonder te laten blijken dat ze begreep wat er om haar heen gebeurde, maar Violette had haar er altijd van verdacht dat ze veel slimmer was dan ze op het eerste gezicht leek. Gewoonlijk besteedde ze geen aandacht aan slaven – met uitzondering van Loula beschouwde ze hen als koopwaar – maar dat meisje deed haar wat. In sommige opzichten leken ze op elkaar, hoewel zij vrij was, mooi, en het geluk had door haar moeder te zijn vertroeteld en de begeerte te wekken van alle mannen die haar pad kruisten. Tété had niets van dat alles; zij was slechts een haveloos slavinnetje, maar Violette bevroedde haar innerlijke kracht. Toen zij zo oud was als Tété, was ze ook een en al bot, pas in de puberteit was ze opgebloeid, was haar hoekigheid veranderd in rondingen en hadden zich de vormen afgetekend waar ze beroemd om zou worden. Toen was haar moeder begonnen haar te trainen in het beroep waar ze zelf zo veel profijt van had gehad, zodat haar dochter zich niet kapot zou hoeven te werken als dienstmeid. Violette bleek een goede leerlinge en toen haar moeder werd vermoord, kon ze zich al alleen redden – met hulp van Loula, die haar met vurige trouw verdedigde. Dankzij de toewijding van die vrouw had ze de bescherming van een pooier niet nodig en was ze succesvol in een ondankbaar beroep, waarin andere jonge meisjes hun gezondheid op het spel zetten en soms zelfs het leven verloren.

Violette had meteen aan Tété gedacht toen ze op het idee was gekomen een persoonlijke slavin voor de echtgenote van Toulouse Valmorain te kopen. 'Wat zie je toch in dat kind?' had Loula haar wantrouwig als altijd gevraagd toen ze merkte waar ze op uit was. 'Het is een voorgevoel, ik denk dat onze wegen elkaar ooit zullen kruisen,' luidde de enige verklaring die in Violette opkwam. Loula raadpleegde de kaurischelpen, zonder een bevredigend antwoord te krijgen; die methode om de toekomst te voorspellen werkte alleen voor onbeduidende vragen, niet om licht te werpen op fundamentele kwesties.

Madame Delphine ontving Violette in een heel klein kamertje, waarin het klavichord zo groot leek als een olifant. Ze namen plaats op fragiele stoeltjes met gekrulde poten om koffie te drinken uit met bloemen beschilderde kopjes voor dwergen en te babbelen over van alles en nog wat, zoals ze zo vaak hadden gedaan. Via verschillende omwegen kwam Violette met de reden van haar bezoek. Het verbaasde de weduwe dat iemand geïnteresseerd was in de onbetekenende Tété, maar slim als ze was rook ze onmiddellijk winst.

'Ik heb nooit overwogen Tété te verkopen, maar omdat u het bent, zo'n lieve vriendin...'

'Ik neem aan dat het meisje gezond is. Ze is zo mager,' onderbrak Violette haar.

'Maar niet omdat ze te weinig te eten krijgt,' riep de weduwe gepikeerd uit.

Ze serveerde nog een kopje koffie en toen kwamen ze al snel te spreken over de prijs, die Violette overdreven hoog leek. Hoe meer ze betaalde, des te hoger haar commissie, maar ze kon Valmorain niet té onbeschaamd het vel over de oren trekken; iedereen was op de hoogte van de prijzen van de slaven, zeker de plantagebezitters, die immers altijd aan het kopen waren. Zo'n mager kind kon niet veel waard zijn, ze was meer iets wat je iemand cadeau deed, een aardigheidje.

‘Het doet me verdriet Tété weg te doen,’ zuchtte madame Delphine, een onzichtbare traan wegpinkend nadat ze het eens waren geworden. ‘Het is een goed kind, ze steelt niet en ze spreekt correct Frans. Ik heb nooit toegelaten dat ze in dat negertaaltje tegen me praat: in mijn huis doet niemand de mooie taal van Molière geweld aan.’

‘Ik zou niet weten wat ze daaraan heeft,’ merkte Violette geamuseerd op.

‘Hoezo! Het is heel elegant om een dienstmeisje te hebben dat Frans spreekt. U zult veel plezier aan Tété beleven, dat verzeker ik u. En nog iets, mademoiselle, ik moet u wel bekennen dat ik haar heel wat slaag heb moeten geven om haar slechte gewoonte weg te lopen, te breken.’

‘Maar dat is ernstig! Daar helpt niets tegen, zeggen ze...’

‘Dat geldt voor sommige wilden die de vrijheid gekend hebben, maar Tété is in slavernij geboren. Vrijheid! Hoe halen ze het in hun hoofd!’ riep de weduwe uit, haar kraaloogjes gericht op het meisje dat naast de deur stond te wachten. ‘Maar maak u geen zorgen, mademoiselle, ze zal het niet nog een keer proberen. De laatste keer was ik haar een paar dagen kwijt en toen ze haar terugbrachten, was ze gebeten door een hond en had ze een vliegende koorts. U hebt geen idee wat een werk het is geweest haar weer op te knappen. Maar ze heeft haar straf gehad!’

‘Wanneer was dat?’ vroeg Violette, zich bewust van de vijandige stilte van het slavinnetje.

‘Een jaar geleden. Zoiets stoms zou ze zich nu niet meer in haar hoofd halen, maar u moet haar hoe dan ook in de gaten houden. Het is het verdoemde bloed van haar moeder. Ze moet aangepakt worden, ze heeft een harde hand nodig.’

‘Wat vertelde u me ook alweer over haar moeder?’

‘Ze was een koningin. Maar dat zeggen ze allemaal, dat ze daar in Afrika koningin waren,’ zei de weduwe spottend. ‘Ze was zwanger, zo is het nu eenmaal, het zijn net loopse teven.’

‘La *pariade*. Op de boten worden ze door de zeelui verkracht, dat weet u ook. Geen vrouw die daaraan ontkomt,’ antwoordde Violette met een huivering, denkend aan haar eigen grootmoeder, die de tocht over de oceaan had overleefd.

‘Die vrouw stond op het punt haar eigen dochter te vermoorden. Onvoorstelbaar! Ze moesten haar het kind uit haar handen trekken. Monsieur Pascal, mijn echtgenoot, zijn ziel ruste in vrede, nam haar mee als een cadeautje voor mij.’

'Hoe oud was ze toen?'

'Een paar maanden, ik weet het niet meer precies. Honoré, mijn andere slaaf, heeft haar die rare naam gegeven, Zarité, en haar met ezelinnenmelk grootgebracht; vandaar dat ze sterk is en ijverig, maar ook koppig. Ik heb haar over het huishouden alles geleerd. Ze is meer waard dan ik voor haar vraag, mademoiselle Boisier. En ik verkoop haar alleen omdat ik van plan ben binnenkort terug te keren naar Marseille. Daar kan ik nog een nieuw leven beginnen, denkt u ook niet?'

'Maar natuurlijk, madame,' antwoordde Violette, terwijl ze aandachtig naar het gepoederde gezicht van de vrouw tegenover haar keek.

Ze nam Tété dezelfde dag nog mee, met niets meer dan de vodden die ze aanhad en zo'n grove houten pop die de slaven voor hun voodooceremonies gebruiken. 'Ik heb geen idee waar ze die vuiligheid vandaan heeft,' zei madame Delphine, terwijl ze aanstalten maakte de pop van het meisje af te pakken, maar dat klampte zich met zo veel wanhoop vast aan haar enige schat, dat Violette tussenbeide kwam. Honoré nam huilend afscheid van Tété en beloofde haar te komen opzoeken als ze hem dat toestonden.

Toulouse Valmorain kon een kreet van afgrijzen niet onderdrukken toen Violette hem de slavin liet zien die ze als dienstmeisje voor zijn vrouw had gekozen. Hij had iemand verwacht die ouder was, er beter uitzag, met ervaring, niet dat armoedige, mishandelde schepseltje, dat als een slak ineenkromp toen hij haar vroeg hoe ze heette. Maar Violette verzekerde hem dat zijn echtgenote heel tevreden met haar zou zijn als het kind behoorlijk door haar was opgeleid.

'En wat gaat me dat kosten?'

'Daarover worden we het wel eens als Tété zover is.'

Drie dagen later kwam er voor het eerst geluid uit Tété toen ze vroeg of die meneer haar meester zou worden; ze had gedacht dat Violette haar voor zichzelf had gekocht.

'Je moet geen vragen stellen en niet aan de toekomst denken. Voor slaven telt alleen de dag van vandaag,' waarschuwde Loula.

De bewondering die Tété voor Violette voelde, brak haar verzet en al snel voegde ze zich enthousiast naar het ritme van het huis. Ze at met de gretigheid van iemand die weet wat honger is en na een paar weken kreeg ze al wat vlees op haar botten. Ze was ook een gretige leerling en liep als een hondje achter Violette aan, haar verslindend met haar ogen terwijl ze in het diepste hoekje van haar hart de onmogelijke wens koesterde net zo te worden als zij, net zo mooi en elegant, maar boven alles: vrij.

Violette leerde haar de ingewikkelde kapsels maken die op dat moment in de mode waren, een massage geven, de fijne was stijven en strijken, en alles wat haar toekomstige meesteres verder van haar kon verlangen. Volgens Loula was het niet nodig dat ze zich zo uitsloofde want Spaanse vrouwen waren vreselijk lomp, lang niet zo verfijnd als Françaises.

Loula had zelf Tétés smerige bos haar afgeschoren en dwong haar regelmatig in bad te gaan, iets waaraan het meisje niet gewend was omdat volgens madame Delphine water niet goed was voor je gezondheid; madame haalde alleen een vochtige lap over haar geheime delen en besprenkelde zich met parfum. Loula ervoer het kind als een indringer, ze pasten nauwelijks samen in het kamertje dat ze 's nachts moesten delen. Ze achtervolgde het kind met bevelen en beledigingen, meer uit gewoonte dan uit kwaaiigheid, en ze sloeg haar als Violette niet in de buurt was, maar beknibbelde niet op haar eten.

'Hoe meer je aankomt, des te eerder ben je weg,' zei ze.

Ze was daarentegen buitengewoon vriendelijk tegen de oude Honoré als die verlegen op bezoek kwam. Ze installeerde hem in de beste stoel, schonk hem eerste kwaliteit rum en luisterde vol naïeve bewondering naar zijn verhalen over trommels en artritis.

'Die Honoré is een echte heer. Was een van jouw vrienden maar zo welgemanierd als hij!' zei ze dan later tegen Violette.

Zarité

De eerste tijd, een week of twee, drie, dacht ik niet aan ontsnappen. Mademoiselle was leuk en mooi, ze had jurken in allerlei kleuren, rook naar bloemen en ging 's nachts uit met haar vrienden, die daarna mee naar huis kwamen en dan deden ze van alles terwijl ik in Loula's kamer mijn vingers in mijn oren stopte, hoewel dat niet echt hielp en ik ze toch hoorde. Als mademoiselle wakker werd, rond een uur of twaalf, bracht ik haar haar lunch op het balkon, zoals ze me had gezegd dat ik moest doen, en dan praatte ze met me over haar feesten en liet ze me de cadeaus van haar bewonderaars zien.

Ik wreef haar nagels op met een stukje zeemleer tot ze glansden als schelpen, borstelde haar golvende haren en smeerde haar in met kokosolie. Ze had een huid als crème caramel, het toetje van melk en eierdooiers dat Honoré achter madame Delphines rug om weleens voor me klaarmaakte. Ik leerde snel. Mademoiselle zei dat ik slim was en sloeg me nooit. Misschien zou ik niet zijn weggelopen als zij mijn meesteres was geweest, maar ze leidde me op tot dienstmeisje voor een Spaanse vrouw op een plantage ver van Le Cap. En een Spaanse vrouw betekende volgens Loula, die alles wist en in de toekomst kon kijken, niet veel goeds; ze had al in mijn ogen gelezen dat ik ervandoor zou gaan voor ik dat zelf had besloten en dat had ze ook tegen mademoiselle gezegd, maar die besteedde er geen aandacht aan.

'Dat gaat ons veel geld kosten! Wat doen we nu?' schreeuwde Loula toen ik was verdwenen.

'Afwachten,' antwoordde mademoiselle, terwijl ze heel rustig van haar koffie nipte. In plaats van een negerjager achter me aan te sturen, zoals gebruikelijk was, vroeg ze haar verloofde, kapitein Relais, zijn soldaten naar me te laten uitkijken, zonder al te veel ophef – en ze mochten me geen kwaad doen. Zo hebben ze het me verteld.

Het was heel simpel om uit dat huis te ontsnappen. Ik stopte een mango en een brood in een zakdoek, liep de voordeur uit en vertrok, zonder te rennen, want ik wilde geen aandacht trekken. Ik had ook mijn pop meegenomen, die heilig was, net als de heiligen van madame Delphine, maar krachtiger, zoals Honoré me had verteld toen hij de pop voor me sneed. Honoré praatte altijd met me over Guinea, over de loa's en voodoo, en hij waarschuwde me nooit mijn toevlucht te zoeken bij de goden van de blanken, omdat de blanken onze vijanden zijn. Hij legde me uit dat in de taal van zijn ouders voodoo 'goddelijke geest' betekent. Mijn pop symboliseerde Erzuli, de loa van de liefde en de moederlijkheid. Madame Delphine liet me tot de maagd Maria bidden, een godin die niet danst en alleen maar huilt omdat ze haar zoon hebben gedood en omdat ze nooit het genot heeft gekend bij een man te liggen.

Honoré heeft mijn eerste jaren voor me gezorgd, tot zijn botten zo knoestig werden als droge takken, en toen was het mijn beurt om voor hem te zorgen. Wat zal er van Honoré zijn geworden? Hij is vast bij zijn voorouders op het eiland onder de zee, want het is al dertig jaar geleden dat ik hem voor het laatst heb gezien, in het appartement van mademoiselle op het Place Clugny, achter zijn koffie met rum, snoepend van Loula's gebakjes. Ik hoop dat hij de revolutie met al haar ellende heeft overleefd, dat het hem gelukt is als een vrij man te leven in de vrije Zwarte Republiek Haïti en dat hij daarna rustig van ouderdom is gestorven. Hij droomde altijd van een lapje grond, een paar dieren houden, zijn eigen groente kweken, net als zijn ouders in Dahomey hadden gedaan. Ik noemde hem 'opa', want volgens hem was het niet nodig hetzelfde bloed te hebben of tot dezelfde stam te behoren om familie van elkaar te zijn, maar eigenlijk had ik hem maman moeten noemen. Hij was de enige moeder die ik heb gekend.

Niemand hield me tegen op straat toen ik het appartement van mademoiselle had verlaten, ik liep een paar uur achtereen, ik denk dat ik van de ene naar de andere kant van de stad ben gegaan. In de buurt van de haven raakte ik de weg kwijt, maar de bergen waren van heel ver weg te zien en ik hoefde maar die richting aan te houden. Wij slaven wisten dat de marrons in die bergen zaten, maar we wisten niet dat er achter die eerste toppen nog veel meer waren, zo veel dat je ze niet kon tellen. Het werd donker, ik at het brood en bewaarde de mango. Ik verstopte me in een stal, onder een hoop stro, hoewel ik de paarden eng vond met hun poten als hamers en hun dampende neuzen. De dieren stonden vlakbij, ik kon hun adem door het stro heen ruiken, groen en zoet als de kruiden in het badwater van mademoiselle. Ik hield mijn pop Erzuli – de moeder van Guinea – stevig vast en sliep de hele nacht door zonder enge dromen, behaaglijk in de warmte van de paarden. Tegen de morgen werd ik gevonden door een slaaf die de stal binnenkwam, want ik snurkte en mijn voeten staken onder het stro uit; hij pakte me bij mijn enkels en trok me tevoorschijn. Ik weet niet wat hij dacht aan te treffen, maar vast geen klein meisje, want in plaats van me te slaan tilde hij me op en droeg me naar het licht om me met open mond te bekijken.

'Ben je gek geworden? Hoe haal je het in je hoofd om je hier te verbergen?' vroeg hij uiteindelijk, zonder zijn stem te verheffen.

'Ik moet naar de bergen,' legde ik uit, ook fluisterend. De straf die stond op het helpen van ontvluchte slaven was maar al te bekend, en de man aarzelde.

'Laat me alstublieft gaan, niemand weet dat ik hier ben geweest,' smeekte ik.

Hij dacht even na en uiteindelijk zei hij me heel stil in de stal te blijven zitten, keek alle kanten op om er zeker van te zijn dat er niemand in de buurt was en liep weg. Even later kwam hij terug met een hard stuk biscuit en een uitgeholde kalebas met heel zoete koffie. Hij wachtte tot ik had gegeten en wees me toen hoe ik de stad uit kon komen. Als hij me had aangegeven, zou hij zijn beloond, maar hij heeft het niet gedaan. Ik hoop dat Papa Bondye hem ervoor beloond heeft.

Ik zette het op een rennen en liet de laatste huizen van Le Cap achter me. Die hele dag liep ik door, zonder te stoppen, hoewel mijn voeten bloedden en ik zweette van angst als ik dacht aan de honden van de negerjagers, aan de Maréchaussée. De zon stond hoog aan de hemel toen ik in het oerwoud aankwam, groen, alles was groen, je kon de hemel niet meer zien en er drong nauwelijks licht door de bladeren. Ik hoorde dierengeluiden en gemurmel van geesten. Het pad werd vager. Ik at de mango maar kotste die meteen weer uit. De soldaten van kapitein Relais hebben hun tijd niet hoeven verspillen met een zoektocht, want ik ben uit mezelf teruggegaan, na de nacht ineengedoken tussen de wortels van een levende boom te hebben gezeten, ik kon zijn hart horen kloppen, net als dat van Honoré. Zo herinner ik het me.

Ik liep en liep, vragend en vragend, tot ik weer terug was op het Place Clugny. Ik was zo moe en hongerig toen ik het appartement van mademoiselle binnenkwam, dat ik de oplawaai die Loula me gaf nauwelijks voelde.

Met bloedend gezicht viel ik op de grond. Daarop verscheen mademoiselle, die zich voorbereidde om uit te gaan, nog in negligé en met losse haren. Ze greep me bij een arm, tilde me op en bracht me naar haar kamer waar ze me op haar bed duwde; ze was veel sterker dan ze leek. Ze bleef met haar armen in haar zij voor me staan, keek me aan zonder iets te zeggen en reikte me vervolgens een zakdoek aan om het bloed af te vegen.

'Waarom ben je teruggekomen?' vroeg ze. Ik had daar geen antwoord op. Ze gaf me een glas water en toen kwamen de tranen, als warme regen, die zich mengden met het bloed uit mijn neus.

'Wees blij dat ik je niet met de zweep afransel zoals je verdient, dwaas kind. Waar wilde je heen? Naar de bergen? Dat had je nooit gehaald. De mannen lukt het heel soms, maar alleen de meest wanhopige, de dapperste. Als het je als door een wonder zou lukken uit de stad te ontsnappen, de bossen en de moerassen door te komen en niet te stranden op een plantage waar de honden je aan stukken zouden scheuren, als het je zou lukken de miliciens, de boze geesten en de giftige slangen te ontwijken en de bergen te halen, zouden de marrons je doden. Wat moeten ze met een meisje als jij? Kun je soms jagen, vechten, met een machete omgaan? Je bent niet eens in staat een man genot te schenken.'

Dat moest ik toegeven. Ze zei dat ik me in mijn lot moest schikken, dat ik nog niet zo slecht af was. Ik smeekte bij haar te mogen blijven, maar ze zei dat ze me nergens voor kon gebruiken. Ze gaf me de raad me goed te gedragen als ik niet in de rietvelden wilde eindigen. Ik zou de persoonlijke slavin van madame Valmorain worden en licht werk doen: ik zou in het huis gaan wonen en goed te eten krijgen, ik zou het beter krijgen dan bij madame Delphine. Ze voegde eraan toe dat ik niet naar Loula moest luisteren. Spaans zijn was geen ziekte en betekende alleen dat ze een andere taal sprak dan wij. Ze kende mijn nieuwe meester, zei ze, een fatsoenlijk heer, iedere slavin zou blij zijn om hem toe te behoren.

'Ik wil vrij zijn, net als u,' zei ik snikkend. Toen vertelde mademoiselle me over haar grootmoeder, die ze uit Senegal, waar de mooiste mensen van de wereld leven, hadden geroofd. Zij was gekocht door een rijke zakenman, een Fransman die een vrouw in Frankrijk had maar halsoverkop verliefd op haar was geworden toen hij haar op de slavenmarkt zag. Ze had hem verschillende kinderen geschonken, die hij allemaal had vrijgelaten; hij was van plan geweest ze een goede opleiding te geven zodat ze als zo veel gekleurde mensen in Saint-Domingue vooruit konden komen in de wereld, maar hij was onverwachts gestorven en had hen in ellende achtergelaten omdat zijn echtgenote al zijn bezittingen opeiste. De Senegalese grootmoeder zette een *friture* op in de haven om haar gezin te onderhouden, maar haar twaalfjarige jongste dochter had er geen zin in haar schoonheid al vissen schoonmakend te laten verleppen tussen de dampende pannen met ranzige olie en koos voor een ander leven: heren van dienst zijn. Dat meisje, dat haar moeders trotse schoonheid had geërfd, zou de meest gewilde courtisane van de stad worden en kreeg op haar beurt een dochter, Violette Boisier, die in het voetspoor van haar moeder trad. Zo heeft mademoiselle het me verteld.

'Als die blanke haar niet in een aanval van jaloezie had vermoord, zou mijn moeder in Le Cap nog steeds de koningin van de nacht zijn. Maar haal je niets in je hoofd, Tété, zo'n liefdesgeschiedenis als die van mijn grootmoeder komt maar heel zelden voor. Eens een slaaf, altijd een slaaf. Als je ontsnapt, sterf je tijdens de vlucht, als je geluk hebt. Anders krijgen ze je levend te pakken. Ban de vrijheid uit je hart, dat is het beste wat je kunt doen,' zei mademoiselle. Daarna bracht ze me naar Loula, die me te eten moest geven.

Toen meester Valmorain me een paar weken later kwam halen, herkende hij me niet, zo was ik aangekomen. Ik was schoon, had kortgeknipt haar en droeg een nieuwe jurk, die Loula voor me had genaaid. Hij vroeg hoe ik heette en ik antwoordde hem met een zo vast mogelijke stem, zonder mijn ogen op te slaan, want je mag een blanke nooit recht aankijken.

'Zarité de Saint-Lazare, meester.' Zo had mademoiselle het me geleerd. Mijn nieuwe meester glimlachte en liet bij het weggaan een zak achter; ik had geen idee hoeveel hij voor me betaalde.

Op straat wachtte een andere man, met twee paarden, die me van boven tot onder opnam en me mijn mond liet opendoen om mijn tanden te controleren. Dat was Prosper Cambray, de hoofdopzichter. Hij tilde me ruw omhoog en zette me achter zich op zijn paard, een hoog beest, breed en warm, dat onrustig snoof. Mijn benen waren niet lang genoeg om me vast te kunnen klemmen en ik moest me vasthouden aan het middel van de man. Ik had nog nooit op een paard gezeten, maar slikte mijn angst weg: het kon niemand iets schelen wat ik voelde. Meester Valmorain steeg ook op en we reden stapvoets weg. Ik draaide me om. Mademoiselle stond op het balkon en zwaaide me gedag tot we de hoek omgingen en ik haar niet meer kon zien. Zo herinner ik het me.

De bestraffing

Zweet en muggen, gekwaak van padden en het geluid van de zweep, vermoeiende dagen en angstige nachten voor de stoet slaven, voor de opzichters, de huurlingen en voor Toulouse en Eugenia Valmorain, de meesters. Ze zouden er drie lange dagen over doen om van de plantage naar Le Cap te komen, dat nog steeds de belangrijkste haven van de kolonie was. Niet langer de hoofdstad, die functie was naar Port-au-Prince overgeheveld in de hoop dat het gebied dan beter onder controle gehouden kon worden, een maatregel die weinig effect sorteerde: de kolonisten trokken zich niets van de wet aan, piraten bevoeren de kust en duizenden slaven vluchtten de bergen in. Die marrons, steeds talrijker en onversaagder, vielen met gegronde woede plantages en reizigers aan. Kapitein Étienne Relais, 'de buldog van Saint-Domingue', had vijf van hun aanvoerders te pakken gekregen, een moeilijke missie, want de vluchtelingen waren thuis in de omgeving, bewogen zich voort als de wind en verborgen zich in bergachtig terrein dat voor paarden ontoegankelijk was. Maar ze waren slechts bewapend met messen, machetes en stokken, en durfden de soldaten niet in het open veld aan te vallen; dit was een oorlog van schermutselingen, verrassingsaanvallen en schielijk terugtrekken, van nachtelijke strooptochten, roofovervallen, brandstichting en moord, die de Maréchaussée en het leger uitputten. De plantageslaven namen de marrons in bescherming, sommige omdat ze zich bij hen hoopten te voegen, andere omdat ze bang voor hen waren.

Relais verloor nooit uit het oog dat de marrons, die wanhopig hun leven en vrijheid verdedigden, in het voordeel waren ten opzichte van zijn soldaten, die alleen orders gehoorzaamden. De kapitein was van ijzer, droog, slank, sterk, puur spieren en pezen, taai en heetgebakerd, met kille ogen en een doorgroefd gelaat dat altijd blootgesteld was aan weer en wind, een man van weinig woorden, accuraat, ongeduldig en streng. Niemand voelde zich op zijn gemak in zijn aanwezigheid, niet de grands blancs wier belangen hij beschermde, noch de petits blancs, die tot zijn eigen klasse behoorden, en de affranchi's, die het grootste deel van zijn troepen uitmaakten, al helemaal niet. De burgers respecteerden hem omdat hij de orde handhaafde, en de soldaten omdat hij nooit iets van hen eiste wat hij zelf ook niet bereid was te doen. Hij had er vanwege de talloze valse sporen lang over gedaan om de rebellen te vinden, maar nooit betwijfeld of het hem zou lukken. Hij gebruikte dermate wrede methoden om informatie los te krijgen dat men het in normale tijden als gespreksonderwerp zou mijden, maar sinds de periode-Macandal gingen zelfs de dames gruwelijk tekeer tegen opstandige slaven. Dezelfde dames die flauwvielen als ze een schorpioen zagen of stront roken, lieten zich de kans niet ontgaan op een martelpartij die ze achteraf onder het genot van een taartje en een verfrissend drankje becommentarieerden.

Le Cap, met zijn huizen met rode daken, rumoerige straatjes en markten, met in de haven altijd tientallen boten die voor anker lagen om met hun schat aan suiker, tabak, indigo en koffie naar Europa terug te keren, was nog immer het Parijs van de Antillen, zoals de Franse kolonisten het schertsend noemden – want het was ieders streven zo snel mogelijk fortuin te maken, naar Parijs terug te keren en de haat die op het eiland in de lucht hing te vergeten, net als de wolken muggen en de ondraaglijke stank in april. Sommigen lieten hun plantage achter in de handen van een bedrijfsleider of rentmeester die haar naar eigen goeddunken beheerde, daarbij het risico incalculerend dat ze werden bestolen en de slaven zich doodwerkten; dat was nu eenmaal de prijs voor een terugkeer naar de beschaving. Voor Toulouse Valmorain, die zich inmiddels al een paar jaar op de habitation Saint-Lazare had begraven, lag het anders.

De hoofdopzichter, Prosper Cambray, knabbelde op het bit van zijn ambitie maar ging heel voorzichtig te werk, want Valmorain was argwanend en lang niet zo'n gemakkelijke prooi als hij aanvankelijk had gedacht. Hij hield echter goede hoop dat zijn baas het niet lang meer zou uithouden in de kolonie: hij had de ballen en de koelbloedigheid niet om een plantage te leiden en nu had hij ook nog die Spaanse op zijn nek, dat vrouwtje met haar zwakke zenuwgestel dat niets liever wilde dan zo snel mogelijk weer vertrekken.

In het droge seizoen en met goede paarden was het mogelijk om de afstand van Le Cap naar Saint-Lazare in één dag af te leggen, maar

Toulouse Valmorain reisde met Eugenia in een draagstoel, en de slaven moesten lopen. Hij had de vrouwen, de kinderen en de mannen wier wil al was gebroken en die geen lesje meer nodig hadden, op de plantage achtergelaten. Cambray had voor de jongste slaven gekozen, degenen die zich nog konden voorstellen wat vrijheid was. De commandeurs konden de slaven afranselen wat ze wilden, meer dan wat menselijk mogelijk was kreeg de zweep ook niet voor elkaar. De weg was onzeker en ze zaten midden in het regenseizoen. Het was alleen te danken aan het instinct van de honden en aan het goede inschattingsvermogen van Cambray, die in de kolonie was geboren en het terrein goed kende, dat ze niet verdwaalden in de dichte begroeiing die de zintuigen verwarde en waarin iemand voor altijd rond kon blijven dolen. Iedereen was bang: Valmorain voor een aanval van marrons of voor een opstand van zijn slaven – het zou niet de eerste keer zijn dat negers zich bij een kans om te vluchten ongewapend teweerstelden tegen vuurwapens, ervan overtuigd dat hun loa's hen voor de kogels zouden beschermen –, de slaven vreesden de zwepen en de kwade geesten van het bos, en Eugenia was bang voor haar eigen waanbeelden. Cambray was alleen bang voor de levende doden, de zombies; niet om ze tegen te komen want ze waren heel zeldzaam en schuw, maar om er zelf een te worden. Een zombie was de slaaf van een *bokor,* een tovenaar, en omdat hij al dood was kon zelfs de dood hem niet bevrijden.

De hoofdopzichter was goed bekend in het gebied omdat hij er voorheen met andere miliciens van de Maréchaussée op vluchtelingen had gejaagd. Hij kon de signalen van de natuur duiden, tekenen die voor andere ogen onzichtbaar waren, een spoor volgen als de beste bloedhond en hij rook de angst en het zweet van een prooi op enkele uren afstand, hij kon in het donker zien als een wolf en voorzag een opstand en sloeg hem neer nog voor die goed op gang kon komen. Hij ging er prat op dat er van Saint-Lazare tijdens zijn bewind maar weinig slaven waren gevlucht, zijn methode hield in dat hij hun ziel en hun wil vermorzelde. Alleen angst en uitputting konden de verlokking van de vrijheid de kop indrukken. Werken, werken, werken, tot de laatste snik, die overigens nooit te lang uitbleef – een jaar of drie, vier, nooit meer dan zes of zeven, want niemand kreeg hier oude botten.

'Niet overdrijven alsjeblieft, Cambray, als je mijn mensen zo streng straft, heb ik niets meer aan ze,' had Valmorain hem meer dan eens gezegd, walgend van de zwerende wonden en de amputaties die de slaven ongeschikt maakten voor het werk, maar hij viel hem nooit af in aanwezigheid van de slaven; het woord van de hoofdopzichter moest onherroepelijk zijn om de discipline te kunnen handhaven. Valmorain wilde het ook zo, want het stond hem tegen zelf de slaven te moeten disciplineren. Als Cambray de rol van beul op zich nam, kon hij de welwillende meester spelen, wat meer overeenkwam met de humanistische ideeën uit zijn jeugd. Volgens Cambray was het economisch gunstiger om slaven te vervangen dan hen te ontzien; als de kosten er eenmaal uit waren, kon je ze zich maar beter laten doodwerken en vervolgens jongere, sterkere aanschaffen. En als iemand al twijfelde aan de noodzaak ze met harde hand aan te pakken, bewees de geschiedenis van Macandal, de *mandinga* met magische krachten, zijn ongelijk.

Tussen 1751 en 1757, toen Macandal dood en verderf zaaide onder de blanken van de kolonie, had Toulouse Valmorain, een verwend jochie dat vlak buiten Parijs leefde, in een klein château dat al verscheidene generaties in het bezit van de familie was, nog nooit van de naam Macandal gehoord. Hij wist niet dat zijn vader als door een wonder was ontkomen aan de collectieve vergiftigingen in Saint-Domingue, en dat als ze Macandal niet te pakken hadden gekregen, de wind van de opstand het eiland zou hebben schoongeveegd. De executie werd uitgesteld om de planters de gelegenheid te geven met hun slaven naar Le Cap te komen; dan zouden de negers er eens en voor altijd van worden doordrongen dat Macandal sterfelijk was.

'De geschiedenis herhaalt zich, er verandert niets op dit verdoemde eiland,' zei Toulouse Valmorain tegen zijn vrouw, terwijl ze dezelfde weg gingen als zijn vader jaren eerder, en met hetzelfde doel: zijn aanwezigheid bij een bestraffing. Hij legde haar uit dat dit de beste manier was om opstandelingen te ontmoedigen, zoals de gouverneur en de intendant, die het voor één keer met elkaar eens waren, hadden besloten. Hij hoopte dat het schouwspel Eugenia gerust zou stellen, maar had zich niet kunnen voorstellen dat de reis zo'n nachtmerrie zou worden. Het liefst had hij rechtsomkeert gemaakt naar Saint-Lazare, maar dat was onmogelijk, de planters moesten één front vormen tegenover de negers. Hij wist dat er achter zijn rug over hem werd geroddeld dat hij met een halfgare Spaanse was getrouwd, en dat hij arrogant was en misbruik maakte van de privileges die zijn sociale positie met zich meebrachten, maar zijn verplichtingen niet nakwam in de Assemblée Coloniale, waar de zetel van de familie Valmorain sinds de dood van zijn vader onbezet was gebleven. De *chevalier* was een fervent monarchist geweest, maar zijn zoon verafschuwde Lodewijk XVI, die besluiteloze vorst in wiens pafferige handen de monarchie rustte.

Macandal

De geschiedenis van Macandal die door haar echtgenoot was verteld, had Eugenia's krankzinnigheid ontketend, maar was er niet de oorzaak van geweest want die zat bij haar in de familie; maar toen Toulouse Valmorain in Cuba om haar hand dong, had niemand hem verteld dat er in de geschiedenis van de familie García del Solar krankzinnigheid voorkwam.

Macandal was een neger die uit Afrika was gehaald, een muzelman. Hij was ontwikkeld, kon Arabisch lezen en schrijven en had verstand van geneeskunde en planten. Hij was zijn rechterarm kwijtgeraakt in een afgrijselijk ongeluk waarbij een zwakkere man de dood zou hebben gevonden, en omdat hij van geen nut meer was op de rietvelden, liet zijn meester hem het vee hoeden. Hij zwierf door de omgeving, zich voedend met melk en fruit, tot hij met zijn linkerhand en zijn tenen zo handig was geworden dat hij vallen kon zetten en knopen leggen; op die manier wist hij knaagdieren, reptielen en vogels te verschalken. In de eenzaamheid en de stilte kwamen de beelden terug van zijn jeugd, toen hij oefende voor de oorlog en de jacht zoals dat een koningszoon betaamde; hij had een hoog voorhoofd, een rechte borst, snelle benen, waakzame ogen en een vaste hand met de speer. De vegetatie op het eiland was anders dan die van de betoverende omgeving uit zijn jeugd, maar hij begon te proeven van bladeren, wortels, schors en allerlei paddestoelen, en ontdekte dat sommige geneeskrachtige eigenschappen bezaten, andere dromen of een trance veroorzaakten en weer andere konden doden. Hij had altijd geweten dat hij zou vluchten, omdat hij liever bezweek onder de vreselijkste martelingen dan als slaaf te blijven leven; maar hij bereidde zich zorgvuldig voor en wachtte geduldig op een geschikte gelegenheid. Uiteindelijk trok hij de bergen in en begon van daaruit de slavenopstand die het eiland zou raken als een vreselijke wervelwind. Hij sloot zich aan bij andere marrons, en algauw maakte men kennis met de gevolgen van zijn woede en met zijn geslepenheid:

een verrassingsaanval in de stikdonkere nacht, het schijnsel van toortsen, geroffel van blote voeten, geschreeuw, metaal tegen kettingen, brandende rietvelden. De naam van de mandinga, van Macandal, de prins uit Guinea, ging van mond tot mond, werd door de negers steeds weer herhaald, als een gebed van hoop. Macandal kon zichzelf veranderen in een vogel, een hagedis, een vlieg, een vis. De slaaf die aan de paal stond gebonden zag een haas voorbijrennen voor hij zijn bewustzijn verloor na een aframmeling met de zweep: Macandal, die getuige was van zijn lijden. Een onverstoorbare leguaan staarde naar het verkrachte meisje dat in het stof lag. 'Sta op, ga je wassen in de rivier en vergeet het niet, want ik kom je spoedig wreken,' floot de leguaan. Macandal. Onthoofde hanen, met bloed getekende symbolen, een bijl in de deur, een maanloze nacht, opnieuw brand.

Eerst stierf het vee. De kolonisten gaven de schuld aan een dodelijk giftige plant die op de weidegronden stond maar die ze niet konden vinden, en zochten tevergeefs hun toevlucht tot Europese plantkundigen en lokale tovenaars om erachter te komen welke plant het betrof. Toen volgden de paarden in de stallen en de woeste honden, en uiteindelijk stierven hele families, zomaar ineens. De slachtoffers kregen opgezwollen buiken, hun tandvlees en hun nagels werden zwart, hun bloed verwaterde, hele lappen huid lieten los en ze stierven onder de vreselijkste krampen. De symptomen pasten bij geen van de ziektes die de Antillen normaal teisterden, maar toen bleek dat alleen blanken werden getroffen was er geen twijfel meer mogelijk: ze werden vergiftigd. Macandal, alweer Macandal. Mannen vielen dood neer na een slok rum, vrouwen en kinderen na een kop chocolade, alle genodigden aan een banket voordat het nagerecht werd geserveerd. Niets leek nog veilig, een vrucht aan een boom, een nog niet ontkurkte fles wijn, zelfs een sigaar niet, want ze hadden geen idee in welke vorm het gif werd toegediend. Er werden honderden slaven gemarteld zonder dat ze ontdekten hoe de dood hun huizen binnenkwam, tot een vijftienjarig meisje – een van de vele die 's nachts door de mandinga in de vorm van een vleermuis werd bezocht –, toen ze dreigden haar levend te verbranden, vertelde waar ze Macandal konden vinden. Ze verbrandden haar natuurlijk toch en haar bekentenis leidde de miliciens naar Macandals schuilplaats, te voet, als geiten over bergtoppen en passen klauterend tot ze de askleurige hellingen van de oude Arowakken-caciques bereikten. Ze kregen hem levend te pakken. Er waren inmiddels zesduizend mensen gestorven. Het einde van Macandal, zeiden de blanken. Dat zullen we nog wel eens zien, fluisterden de negers.

Het plein was aan de kleine kant voor het publiek dat van de plantages was afgereisd. De grands blancs installeerden zich onder hun zonneschermen met eten en drankjes, de petits blancs moesten het doen met een plekje op de galerijen en de affranchi's hadden rond het plein de balkons afgehuurd, die eigendom waren van andere vrije kleurlingen. De plaatsen met het beste zicht waren gereserveerd voor de slaven, die door hun meesters overal vandaan waren meegesleept, opdat ze goed konden zien dat Macandal niet meer was dan een armzalige manke neger die zou braden als een varken. Ze stouwden de Afrikanen rond de brandstapel, bewaakt door honden die aan hun kettingen rukten, gek van de mensenlucht. De dag van de executie begon bewolkt en heet, zonder een zuchtje wind. De stank van de dicht opeengepakte menigte mengde zich met die van verbrande suiker, het vet van de frituren en de bloemen van de klimplanten die in de bomen groeiden. Verschillende priesters zwaaiden met de wijwaterkwast en boden een beignet aan in ruil voor een biecht. De slaven hadden geleerd de priesters met de merkwaardigste zondes te belazeren, aangezien opgebiechte fouten direct werden doorgefluisterd aan hun meesters; maar bij die gelegenheid was niemand in de stemming voor beignets. Ze wachtten vol vreugde op Macandal.

De bewolkte hemel dreigde met regen, maar de gouverneur, die verwachtte dat de bui elk moment kon losbarsten, moest wachten op de intendant, de vertegenwoordiger van de burgerlijke regering. Eindelijk verschenen de intendant en diens jonge vrouw op een van de twee erepodia. Zij was doodmoe onder het gewicht van haar zware japon, haar hoofdtooi met veren en haar walging; ze was als enige Française tegen haar zin in Le Cap aanwezig. Haar echtgenoot – ook nog jong, hoewel twee keer zo oud als zij – had kromme benen, dikke billen en een buik, maar een prachtige, klassiek Romeinse senatorkop onder zijn ingewikkelde pruik. Tromgeroffel kondigde de komst van de gevangene aan. Hij werd door de blanken ontvangen met dreigend geschreeuw en beledigingen, de mulatten jouwden hem uit en de Afrikanen begroetten hem met hartstochtelijk enthousiaste kreten. De slaven trokken zich niets aan van de honden, de zweepslagen en de bevelen van de opzichters en de soldaten, ze sprongen met hun handen in de lucht overeind om Macandal welkom te heten. Hierop reageerde iedereen, zelfs de gouverneur en de intendant, door ook overeind te komen.

Macandal was een lange, heel donkere man. Zijn lichaam, dat onder de littekens zat, werd nauwelijks bedekt door een smerige broek, een vod dat onder het bloed zat. Hij was geketend, maar ging rechtop, hooghartig en onverschillig. Hij schonk geen aandacht aan de blanken, de soldaten, de priesters en de honden; zijn ogen gleden langzaam langs de slaven, en ieder van hen wist dat de blik uit die donkere ogen voor hem persoonlijk was bedoeld, dat hij hun het wezen doorgaf van zijn ontembare geest. Hij was geen slaaf die geëxecuteerd ging worden, maar de enige werkelijk vrije mens in de menigte. Dat werd door iedereen zo ervaren, en er viel een diepe stilte op het plein.

Uiteindelijk reageerden de slaven en een onbeheersbaar koor scandeerde de naam van hun held: 'Macandal, Macandal, Macandal!' De gouverneur begreep dat hij maar beter zo snel mogelijk kon ingrijpen om te voorkomen dat zijn hele opzet in een bloedbad zou eindigen; hij gaf het teken en de soldaten bonden de gevangene aan de staak op de brandstapel. De beul stak het stro aan en algauw stond het ingevette hakhout in de brand en steeg er een dikke rook op. Er was geen zucht meer te horen op het plein toen de diepe stem van Macandal zich verhief: 'Ik kom terug! Ik kom terug!'

En wat gebeurde er daarna? Dat zou de meest gestelde vraag in de geschiedenis van het eiland worden, zoals de kolonisten zeiden. Blanken en mulatten zagen hoe Macandal zijn ketenen afwierp en over de brandende houtblokken sprong, maar ook dat de soldaten hem grepen, in elkaar sloegen en naar de vuurstapel terugvoerden, waar hij enkele minuten later werd verzwolgen door de vlammen en de rook. De negers zagen hoe Macandal zijn ketenen afwierp en over de brandende houtblokken sprong, maar ook dat hij toen de soldaten hem wilden grijpen, in een mug veranderde en door de dikke rookwolken ontsnapte, nadat hij eerst nog een rondje langs het hele plein had gevlogen om iedereen in de gelegenheid te stellen afscheid van hem te nemen en dat hij vervolgens verdween, net voor de bui losbarstte die de brandstapel doorweekte en het vuur doofde.

De blanken en de affranchi's zagen het verkoolde lichaam van Macandal, de negers zagen alleen de lege staak. De blanken en de affranchi's vluchtten in allerijl weg voor de regen, de negers bleven op het plein achter, zingend, gereinigd door de bui. Macandal had gezegevierd en zijn belofte ingelost. Macandal zou terugkeren.

En daarom, omdat het noodzakelijk was die absurde legende eens en voor altijd uit te wissen, zoals Valmorain tegen zijn verwarde vrouw zei, waren zij drieëntwintig jaar later met hún slaven op weg naar deze executie in Le Cap.

De lange karavaan werd bewaakt door vier miliciens met musketten, door Prosper Cambray en Toulouse Valmorain, die pistolen hadden, en door commandeurs die, omdat ze slaven waren, alleen sabels en machetes droegen. Ze waren niet te vertrouwen, want in het geval van een aanval was het mogelijk dat ze de kant van de marrons kozen. De slaven, mager en hongerig, kwamen maar heel langzaam vooruit. Ze droegen bagage op hun rug en waren met een ketting aan elkaar gebonden, wat het lopen bemoeilijkte; het leek de meester wat overdreven, maar hij kon zijn hoofdopzichter niet afvallen.

'Niemand zal proberen te vluchten, negers zijn banger voor de demonen van het oerwoud dan voor giftig ongedierte,' legde Valmorain zijn vrouw uit, maar Eugenia was niet geïnteresseerd in negers, demonen of ongedierte. De kleine Tété liep los, naast de draagstoel van haar meesteres, die werd getorst door twee slaven die uit de sterksten waren gekozen. Het pad verdween regelmatig in de wirwar van de vegetatie en in de modder, de trieste stoet reizigers bewoog zich als een slang in de richting van Le Cap, in stilte. Van tijd tot tijd klonk het geblaf van de honden, een paard dat hinnikte of de droge knal van een zweep gevolgd door een schreeuw, verder alleen het geruis van de ademhaling van de mensen en de geluiden van het bos. In het begin had Prosper Cambray de slaven nog laten zingen, zoals ze op de rietvelden deden om de moed erin te houden en slangen af te schrikken, maar Eugenia, die gek werd van misselijkheid en vermoeidheid, kon daar niet tegen.

In het bos werd het onder de dichte koepel van de bomen vroeg donker, en omdat de nevel in de varens bleef hangen werd het pas laat licht. Voor Valmorain, die haast had, was de dag te kort, maar de rest leek het een eeuwigheid te duren. De enige maaltijd die de slaven kregen, was een brij van maïs of zoete aardappels met gedroogd vlees en een kop koffie, die hun 's avonds, als ze het kamp hadden opgeslagen, werden uitgereikt. De meester had bevolen dat er een klont suiker en een scheut tafia – de rum van de armen – in ieders koffie moest om de mensen op te warmen. De slaven sliepen dicht tegen elkaar aan op de grond, doorweekt van de regen en de dauw, en konden makkelijk kou vatten. Dat jaar hadden epidemieën vreselijk huisgehouden op de plantage, ze hadden veel slaven moeten vervangen en geen van de pasgeborenen was in leven gebleven. Cambray waarschuwde zijn baas nog dat drank en suiker slaven verpestte, en dat het daarna niet meer mogelijk was hen ervan te weerhouden op suikerriet te kauwen. Er stond een speciale straf op dat vergrijp, maar Valmorain was geen voorstander van ingewikkelde martelingen: behalve in het geval van weglopers, dan hield hij zich letterlijk aan de *Code Noir*. Valmorain vond de executie van de marrons in Le Cap zonde van de tijd en het geld, het was genoeg geweest hen te wurgen, zonder al die koude drukte.

De miliciens en de commandeurs wisselden elkaar 's nachts af bij het bewaken van het kamp en de vuren, die dieren op afstand hielden en de mensen rust brachten. Niemand die zich veilig voelde in het donker. De meesters sliepen in hangmatten in een ruime tent van wasdoek, met hun koffers en een paar meubels. Eugenia, vroeger een echte smulpaap, had inmiddels de eetlust van een kanariepietje maar kwam wel keurig aan tafel zitten want ze nam de etiquette nog steeds in acht. Die avond zat ze in een satijnen jurk op een met blauw fluweel beklede stoel, haar smerige haren in een staart, en ze dronk met rum aangelengde limonade. Tegenover haar zat haar echtgenoot, zonder wambuis en met openhangend hemd, en boven een stoppelbaard waren zijn ogen rood doorlopen; hij dronk de rum zo uit de fles. De vrouw kon haar afkeer voor het eten nauwelijks verhullen: gestoofd lamsvlees met chilipeper en kruiden om de stank te maskeren – want het was al de tweede dag van hun reis –, verder bonen, rijst, zoute maïskoeken en vruchten op siroop. Tété waaierde haar koelte toe om het haar wat makkelijker te maken; ze was gesteld geraakt op doña Eugenia, zoals die het liefst genoemd wilde worden. De meesteres sloeg haar niet en vertrouwde haar haar zorgen toe, hoewel het kind haar in het begin niet kon verstaan omdat ze Spaans tegen haar sprak. Ze vertelde haar slavin hoe haar echtgenoot haar in Cuba het hof had gemaakt met complimentjes en cadeautjes, maar dat daarna, in Saint-Domingue, zijn echte karakter pas naar boven was gekomen: hij was verloederd door het vreselijke klimaat en de toverkunsten van de negers, net als alle andere kolonisten op de Antillen. Zij daarentegen had in Madrid in de hoogste kringen verkeerd en was afkomstig uit een adellijke, katholieke familie.

Tété had geen idee hoe het haar meesteres in Spanje of in Cuba zou zijn vergaan, maar ze merkte wel dat ze zienderogen achteruitging. Toen ze haar voor het eerst zag, was Eugenia een pronte jonge vrouw, bereid om zich aan te passen aan haar nieuwe leven van jonggehuwde, maar ze was binnen enkele maanden steeds zenuwzieker geworden. Alles joeg haar angst aan en ze huilde om niets.

Zarité

In de tent aten de meesters net als in de eetkamer van het grote huis. Een slaaf veegde het ongedierte van de vloer en verjoeg de muggen, terwijl twee andere slaven achter hun stoelen stonden, op blote voeten, in klamme livreien, met afgrijselijke witte pruiken op, klaar om hen op hun wenken te bedienen. De meester was in gedachten verzonken, hij slikte zijn eten haast zonder te kauwen door terwijl doña Eugenia mondenvol in haar servet uitspuugde, want ze vond alles naar zwavel smaken. Haar man kon haar nog zo vaak vertellen dat ze rustig kon eten omdat de opstand was neergeslagen voor hij goed en wel was begonnen en dat de aanvoerders in Le Cap achter slot en grendel zaten, in zo veel ijzer geklonken dat ze niet eens meer overeind konden komen, zij was bang dat ze hun ketenen zouden verbreken, net als de tovenaar Macandal. Het was een slecht idee van de meester geweest om haar over Macandal te vertellen, want dat had haar alleen maar bang gemaakt. Doña Eugenia had verhalen gehoord over het verbranden van heidenen want in haar eigen land hadden ze dat in vroeger tijden ook gedaan, en ze voelde er niets voor om bij zo afgrijselijke taferelen aanwezig te zijn. Die avond klaagde ze over een knellende hoofdpijn, ze hield het niet meer uit, ze wilde naar Cuba om haar broer op te zoeken, ze kon toch alleen gaan, het was geen lange reis. Ik wilde met een zakdoek haar voorhoofd deppen, maar ze duwde me weg. De meester antwoordde dat ze dat wel uit haar hoofd kon zetten, dat het veel te gevaarlijk was en dat het geen pas gaf als ze alleen naar Cuba reisde.

'Punt uit!' riep hij woedend, terwijl hij opstond voor de slaaf de stoel achteruit had kunnen schuiven, en hij liep weg om de hoofdopzichter de laatste aanwijzingen te geven. Doña Eugenia wenkte me, ik pakte haar bord, legde er een doek over, zette het in een hoekje weg om de restjes later te eten, maar eerst hielp ik haar met de voorbereidselen voor de nacht. Ze droeg toen de korsetten, kousen en onderrokken al niet meer waarmee haar hutkoffers vol hadden gezeten toen ze als bruid naar Saint-Domingue kwam, en op de plantage ging ze gekleed in lichte peignoirs, maar ze knapte zich altijd op voor het diner. Ik kleedde haar uit, bracht haar de po, waste haar met een vochtige lap, besprenkelde haar met kamfer tegen de muggen, wreef haar gezicht en handen in met een crème, trok de haarspelden uit haar kapsel en borstelde haar kastanjebruine haren met honderd slagen, terwijl zij me met een verloren blik in haar ogen liet begaan. Ze was doorschijnend. De meester zei vaak dat ze heel mooi was, maar ik vond die groene ogen en puntige hoektanden eng, niet menselijk.

Toen ze schoon en netjes was, knielde ze neer op haar bidstoel en bad hardop een heel rozenhoedje, terwijl ik met haar mee bad, want dat was mijn plicht. Ik had de gebeden geleerd, hoewel ik er niets van begreep. Ze gaf geen bevelen in het Frans of creools, maar ik kende inmiddels een paar Spaanse woorden en kon haar opdrachten uitvoeren; wíj waren degenen die hun best moesten doen om te communiceren, niet zij. Zo zei ze dat. De paarlemoeren kralen gleden tussen haar witte vingers door, terwijl ik probeerde in te schatten hoelang het nog zou duren voor ik kon gaan eten en slapen. Eindelijk kuste ze het kruis van de rozenkrans, die ze wegborg in het platte leren zakje, langgerekt als een envelop, dat ze altijd om haar hals droeg. Dat was haar bescherming, zoals mijn pop Erzuli mij beschermde. Om het haar makkelijker te maken in slaap te komen, gaf ik haar een glas port dat ze met een vies gezicht leegdronk. Toen hielp ik haar in haar hangmat, trok het muskietennet over haar heen en begon haar te wiegen, stilletjes smekend dat ze vlug in slaap zou vallen zonder zich te laten storen door het geluid van de vleermuizen, het zachte sluipen van de dieren en de stemmen die ze op dat tijdstip altijd hoorde. Dat waren geen menselijke stemmen, had ze me uitgelegd, ze kwamen uit de schaduwen, uit het oerwoud, onder de grond vandaan, de hel, Afrika, en ze spraken niet met woorden, maar ze schreeuwden en lachten schril.

'Het zijn de geesten die door de negers worden opgeroepen,' huilde ze doodsbang.

'Ssst, doña Eugenia, sluit uw ogen, bid...' Maar ik was net zo bang als zij, hoewel ik die stemmen nog nooit had gehoord en ook geen geestverschijningen zag.

'Jij bent hier geboren, Zarité, daarom ben jij er doof en blind voor. Als je uit Guinea was gekomen, zou je wel merken dat er overal geesten rondwaren,' had tante Rose, de genezeres van Saint-Lazare, me verzekerd. Ze hadden mij onder haar hoede gesteld toen ik op de plantage kwam, ze was mijn *madrina,* die me alles moest leren en ervoor moest zorgen dat ik niet ontsnapte. 'Waag het niet het te proberen, Zarité, je zou verdwalen in de suikerrietvelden, en de bergen zijn verder weg dan de maan.'

Doña Eugenia viel in slaap en ik sleepte me naar mijn hoekje, buiten bereik van het bevende licht van de olielampen, tastte naar het bord en stopte met mijn vingers een hapje lamsvlees in mijn mond. Ik merkte dat de mieren me voor waren geweest, maar ik vind dat die wel een lekker pittig smaakje hebben. Ik wilde net een tweede hap nemen toen de meester binnenkwam, met een slaaf, twee grote schaduwen op het tentdoek, en de intense mannengeur van leer, tabak en paarden. Ik dekte het bord af en wachtte, mijn adem inhoudend, in de hoop dat ze me niet zouden opmerken.

'Heilige Maria, Moeder van God, bidt voor ons zondaars,' mompelde de meesteres in haar droom en ze voegde er schreeuwend aan toe: 'Duivelse hoer!' Ik vloog naar haar toe om de hangmat te wiegen voor ze wakker zou worden.

De meester ging in zijn stoel zitten en de slaaf trok hem zijn laarzen uit; daarna hielp hij hem met zijn broek en de rest van zijn kleren, tot hij alleen nog zijn hemd aanhad, dat tot zijn heupen reikte en zijn geslachtsdeel bloot liet, rozig en klein, als een stukje varkensdarm in een nestje van stroachtige haar. De slaaf hield hem de po voor om in te plassen, wachtte tot de meester hem wegzond, doofde de olielampen maar liet de kaarsen branden en trok zich terug. Doña Eugenia begon weer te woelen en werd ditmaal met grote angstogen wakker, maar ik stond alweer klaar met een glas port. Ik bleef haar wiegen en ze viel opnieuw in slaap. De meester kwam met een kaars dichterbij en liet het licht over zijn vrouw glijden; ik weet niet wat hij zocht, misschien het meisje dat hij een jaar daarvoor had verleid. Hij maakte een gebaar of hij haar aan ging raken, maar bedacht zich en bleef alleen naar haar kijken, met een vreemde blik in zijn ogen.

'Mijn arme Eugenia. 's Nachts gekweld door nachtmerries en overdag door de werkelijkheid,' mompelde hij.

'Ja, meester.'

'Je begrijpt niets van wat ik zeg, nietwaar Tété?'

'Nee, meester.'

'Dat is maar beter ook. Hoe oud ben je?'

'Ik weet het niet, meester. Tien jaar, ongeveer.'

'Dan duurt het nog even voor je een vrouw bent, nietwaar?'

'Misschien, meester.'

Zijn blik gleed van boven naar onder over me heen. Hij bracht zijn hand naar zijn geslacht en hield het vast, alsof hij het woog. Ik trok me met een gloeiend gezicht terug. Er viel een druppel kaarsvet op zijn hand en hij slaakte een vloek; daarna zei hij dat ik kon gaan slapen maar ook een oogje op madame moest houden. Hij ging in zijn hangmat liggen terwijl ik als een hagedis naar mijn hoekje schuifelde. Ik wachtte tot de meester sliep en begon daarna heel voorzichtig te eten, zonder het minste geluid te maken. Buiten begon het te regenen. Zo herinner ik het me.

Het bal van de intendant

De uitgeputte reizigers kwamen een dag voor de terechtstelling van de marrons in Le Cap aan. De stad zinderde van verwachting en er hadden zich zo veel mensen verzameld dat de lucht stonk naar menigte en paardenpoep. Er waren nergens overnachtingsmogelijkheden. Valmorain had iemand in galop vooruitgestuurd om een barak voor zijn slaven te reserveren, maar de man was te laat geweest en had alleen ruimte kunnen huren in de buik van een schoener die voor de haven voor anker lag. Het was nog een hele klus om de slaven in de sloepen te krijgen en van de kade naar het schip, want ze wierpen zich krijsend van angst op de grond, ervan overtuigd dat ze de gruwelijke reis die hen van Afrika naar het eiland had gebracht, opnieuw zouden moeten doormaken. Prosper Cambray en de opzichters dreven hen met geweld voort en bonden hen vast in het ruim om te voorkomen dat ze zich in zee zouden werpen. De hotels voor blanken zaten vol, de meesters waren een dag later aangekomen dan was voorzien en konden nergens meer terecht. Met Eugenia kon Valmorain niet naar een pension voor affranchi's. Als hij alleen was geweest, zou hij niet hebben geaarzeld om naar Violette Boisier te gaan, die nog bij hem in het krijt stond. Ze waren geen minnaars meer, maar hun vriendschap had zich versterkt in de tijd dat ze zijn huis in Saint-Lazare had helpen inrichten, en door een paar schenkingen die hij had gedaan om haar uit schulden te helpen; Violette vond het heerlijk om te kopen, op krediet, zonder op de kosten te letten, tot de standjes van Loula en Étienne Relais haar hadden gedwongen het wat rustiger aan te doen.

Die avond gaf de intendant een diner voor de crème de la crème van de burgerbevolking, terwijl een paar blokken verder de gouverneur de generale staf van het leger ontving om bij voorbaat al het eind van de opstand van de marrons te vieren. De druk der omstandigheden noopte Valmorain aan te kloppen bij de residentie van de intendant om hem om onderdak te vragen. De gasten zouden over drie uur komen en er heerste de gehaaste sfeer die aan een orkaan voorafgaat: slaven renden af en aan met flessen drank, vazen met bloemen, lampen, kandelaars en meubels die op het laatste moment nog tevoorschijn waren gehaald, terwijl de muzikanten, allen mulatten, onder leiding van een Franse dirigent hun instrumenten opstelden, en de huismeester met een lijst in de hand het gouden bestek voor op tafel telde. De ongelukkige Eugenia arriveerde half bewusteloos in haar draagstoel, terwijl Tété met een flesje reukzout en een kamerpot achter haar aan dribbelde. Toen de intendant was bekomen van de verrassing hen zo vroeg voor de deur te zien staan, heette hij hen welkom hoewel hij hen nauwelijks kende, onder de indruk van het prestige van de naam 'Valmorain' en Eugenia's betreurenswaardige toestand.

De intendant kon hooguit een jaar of vijftig zijn, maar hij leek veel ouder. Hij had zo'n buik dat hij zijn eigen voeten niet kon zien en liep met zijn stramme benen wijd; zijn armen waren te kort om zelf zijn jasje dicht te kunnen knopen, hij haalde adem als een blaasbalg en zijn eens zo aristocratische profiel was verdwenen tussen dikke wangen en een opgeblazen drankneus. Zijn echtgenote, klaar om de gasten te ontvangen, was echter met de jaren weinig veranderd. Ze was opgedirkt naar de laatste Parijse mode, met een pruik die met vlindertjes was versierd en een japon vol kanten strikken en versiersels en een diep decolleté dat haar jongemeisjesborsten onthulde: nog dezelfde grauwe mus die ze op haar achttiende was geweest toen ze bij de terechtstelling van Macandal op het erepodium had gezeten. Sindsdien had ze genoeg martelpartijen aanschouwd om de rest van haar nachten met nachtmerries te kunnen vullen. Het gewicht van haar japon meezeulend ging ze haar gasten voor naar de bovenverdieping, waar ze Eugenia in een kamer installeerde en verordonneerde dat er een bad voor haar in orde moest worden gemaakt – maar Eugenia wilde alleen rusten.

Een paar uur later druppelden de gasten binnen en al snel vulde de residentie zich met muziek en stemmen die vaag tot Eugenia doordrongen. Ze lag in bed en was zo misselijk dat ze zich niet kon bewegen, terwijl Tété koudwaterkompressen op haar voorhoofd aanbracht en haar koelte toewuifde. Op een bank wachtten haar ingewikkelde japon van waterbrokaat, gestreken door een van de huisslavinnen, haar kousen van witte zijde en haar zwarte, tafzijden pumps met hoge hakken.

Beneden dronken de dames hun champagne staand, omdat hun omvangrijke rokken en strak aangetrokken keurslijfjes het hun haast onmogelijk maakten te gaan zitten, en becommentarieerden de heren het schouwspel van de komende dag, kalm en beheerst aangezien het niet van goede manieren getuigde je al te zeer op te winden over de terechtstelling van een stelletje opstandige negers. Van tijd tot tijd werd de conversatie door een kornetstoot onderbroken en dan bracht de intendant een heildronk uit op het herstel van de normaliteit in de kolonie. Iedereen hief zijn glas en Valmorain dronk het zijne leeg, zich afvragend wat dat in godsnaam betekende, 'normaliteit': blanken en negers, vrijen en slaven, iedereen leefde in doodsangst.

De huismeester, in een opzichtig admiraalsuniform, sloeg drie keer met een gouden staf op de grond om met gepast uiterlijk vertoon het diner aan te kondigen. Met zijn vijfentwintig jaar was hij aan de jonge kant voor een functie met zo veel verantwoordelijkheid en uitstraling. Hij was ook geen Fransman, zoals je zou verwachten, maar een knappe Afrikaanse slaaf met een volmaakt gebit. Enkele dames hadden al naar hem geknipoogd; het was ook nauwelijks mogelijk hem over het hoofd te zien... hij was bijna twee meter lang en bewoog zich eleganter en met meer autoriteit dan de allerbelangrijkste gasten. Na de toost begaf het gezelschap zich naar de luisterrijke eetzaal, die door honderden kaarsen werd verlicht. Buiten had de avond verkoeling gebracht, maar binnen werd het steeds warmer. Valmorain, kriegel door de kleffe stank van zweet en parfum, keek naar de lange tafels, glanzend van het goud en het zilver, met Baccaratkristal en Sèvresporselein; hij keek naar de slaven in livrei, een achter elke stoel en andere in een rij langs de muren om de wijn te schenken, schalen aan te reiken en borden te brengen, en hij voorzag dat het een heel lange avond zou worden; de overdreven etiquette maakte hem net zo ongeduldig als de banale conversatie. Misschien had zijn vrouw toch gelijk als ze hem ervan beschuldigde dat hij bezig was in een kannibaal te veranderen.

Het duurde lang eer de genodigden, onder het geluid van stoelen die werden verschoven, ritselende zijde, gesprekken en muziek, aan tafel zaten. Eindelijk trad een dubbele rij bedienden binnen met het eerste van de vijftien gerechten die in gouden letters op het menu stonden aangegeven: piepkleine kwarteltjes, gevuld met pruimen en geserveerd tussen de blauwe vlammen van brandende cognac. Valmorain was nog niet klaar met het afkluiven van de botjes van zijn vogeltje toen de indrukwekkende huismeester op hem af kwam en hem toefluisterde dat zijn echtgenote onwel was. Op dat moment bracht een andere bediende dezelfde boodschap ook aan de gastvrouw over, die Valmorain van de overzijde van de tafel een seintje gaf. In het geroezemoes van al de stemmen en het lawaai van het bestek tegen het porselein viel het niet op dat zij beiden opstonden en zich naar boven begaven.

Eugenia zag groen van ellende, en de kamer stonk naar braaksel en poep. De vrouw van de intendant stelde voor dokter Parmentier te roepen, die gelukkig ook in de eetzaal zat, en de slaaf die buiten voor de deur op wacht stond, vertrok onmiddellijk om hem te halen. De dokter – een jaar of veertig, klein, kaal en met haast vrouwelijke trekken – was de vertrouwenspersoon van de grands blancs van Le Cap vanwege zijn discretie en vakkundigheid, hoewel zijn geneesmethoden niet altijd even orthodox waren: hij gebruikte liever de geneeskrachtige planten en kruiden van de armen in plaats van de laxeermiddelen, aderlatingen, lavementen, cataplasma's en de rest van de methoden die in de Europese geneeskunde in zwang waren. Parmentier was erin geslaagd de onzinnigheid aan te tonen van het gebruik van een bepaald elixer, samengesteld uit hagedis en goudzand, dat de gele koorts zou genezen – alleen bij de rijken uiteraard, omdat verder niemand zich dat mengsel kon permitteren. Hij had zelfs bewezen dat het brouwsel giftig was en dat als de patiënt de ziekte wist te overleven, hij aan het zogenaamde geneesmiddel zou sterven.

Hij liet zich niet smeken om madame Valmorain boven te bezoeken; dan kon hij tenminste een paar teugen wat minder bedompte lucht inademen dan die in de eetzaal. Hij trof Eugenia beweginloos aan tussen de kussens op het bed en onderzocht haar terwijl Tété de kommen en doeken weghaalde die ze had gebruikt om haar te wassen.

'We hebben drie dagen gereisd om bij de terechtstelling van morgen aanwezig te kunnen zijn en kijk nou toch eens hoe mijn vrouw eraan toe is,' zei Valmorain, die met een zakdoek voor zijn neus in de deuropening was blijven staan.

'Madame kan niet aanwezig zijn bij de executie, ze moet een à twee weken rust houden,' kondigde Parmentier aan.

'Zijn het haar zenuwen weer?' vroeg de echtgenoot geërgerd.

'Ze moet het kalm aan doen om problemen te voorkomen. Ze is in verwachting,' antwoordde de dokter, terwijl hij een laken over Eugenia heen trok.

'Een zoon!' riep Valmorain uit, die naar voren liep om de slappe handen van zijn vrouw te strelen. 'We blijven net zolang hier als u voorschrijft, dokter. Ik zal een huis huren om monsieur de intendant en zijn vriendelijke echtgenote niet tot last te zijn.'

Toen ze dat hoorde, deed Eugenia haar ogen open en richtte zich onverwacht energiek op.

'We vertrekken vandaag nog!' krijste ze.

'Dat is onmogelijk, *ma chérie*, je kunt onmogelijk reizen in jouw toestand. Cambray zal na de executie met de slaven naar Saint-Lazare teruggaan, en ik blijf bij je om voor je te zorgen.'

'Tété, help me met aankleden,' gilde Eugenia, en ze wierp het laken van zich af.

Toulouse Valmorain probeerde haar tegen te houden, maar ze duwde hem weg en eiste met vlammende ogen dat ze onmiddellijk zouden vluchten omdat de troepen van Macandal al onderweg waren om de marrons uit de kerkers te bevrijden en zich op de blanken te wreken. Haar echtgenoot smeekte haar niet zo te schreeuwen, want het hele huis kon meeluisteren, maar ze bleef krijsen. De intendant snelde toe om te zien wat er aan de hand was en trof zijn gaste zo goed als naakt aan, zich verzettend tegen haar man.

Dokter Parmentier haalde een flesje uit zijn tas en de drie mannen dwongen bij Eugenia een dosis laudanum naar binnen die een boekanier nog in slaap zou krijgen.

Zeventien uur later werd Eugenia Valmorain wakker van de schroeilucht die door het raam naar binnen dreef. Haar nachthemd en het bed zaten onder het bloed; zo eindigde de droom van de eerste zoon. En zo ontkwam Tété aan de verplichting de executie bij te wonen van de veroordeelden, die omkwamen op de brandstapel, net als Macandal.

De gekkin van de plantage

Zeven jaar later, tijdens de snoeihete, door orkanen geteisterde zomer van 1787, beviel Eugenia Valmorain van een zoon, haar eerste levende kind na verschillende mislukte zwangerschappen, die haar haar gezondheid kostten. Die zo gewenste zoon kwam op een tijdstip dat ze zelf al niet meer van hem kon houden. Ze was inmiddels één bundel zenuwen en had regelmatig aanvallen van krankzinnigheid waarin ze dagenlang, soms zelfs weken achtereen in een andere wereld zwierf. In die periodes verdoofden ze haar met opiumtinctuur, en de rest van de tijd hielden ze haar rustig met de plantenaftreksels van tante Rose, de wijze genezeres van Saint-Lazare, die Eugenia's angsten afzwakten tot een soort verwarring die het de mensen om haar heen makkelijker maakten om met haar te leven. Aanvankelijk had Valmorain de spot gedreven met die 'negerkruiden' maar hij was van mening veranderd toen hij merkte hoe hoog dokter Parmentier tante Rose achtte.

Met de smoes Eugenia te willen onderzoeken, bezocht de dokter de plantage als zijn werk het maar even toeliet, ondanks de schade die de rit aan zijn zwakke gezondheid toebracht; maar eigenlijk kwam hij om de genezingsmethoden van tante Rose te bestuderen, die hij daarna in zijn ziekenhuis uitprobeerde, met pijnlijke nauwkeurigheid de resultaten bijhoudend omdat hij van plan was een verhandeling te schrijven over de natuurgeneeswijzen van de Antillen; alleen de botanische, aangezien zijn collega's de magie, die hem overigens net zo intrigeerde als de planten, nooit serieus zouden nemen. Toen tante Rose eenmaal gewend was aan de nieuwsgierigheid van die blanke, stond ze hem toe haar te vergezellen naar het bos als ze ingrediënten ging zoeken. Valmorain gaf hun dan muilezels en twee pistolen mee, die Parmentier gekruist achter zijn gordel droeg, hoewel hij geen idee had hoe hij ze moest gebruiken. De genezeres weigerde een gewapende commandeur mee te laten gaan omdat dat volgens haar de beste manier was om schurken aan te trekken.

Als tante Rose op haar tochten niet vond wat ze nodig had en geen gelegenheid had om zelf naar Le Cap te gaan, gaf ze de dokter een boodschappenlijst mee; zo raakte hij thuis in de talloze winkeltjes in kruiden en magische artikelen, waar mensen van alle kleuren bediend werden. Parmentier voerde urenlange gesprekken met de kruidendokters in de straatstalletjes en de achterkamertjes van de winkels waar natuurgeneesmiddelen werden verkocht, drankjes om mensen mee te betoveren, fetisjen – katholieke en voodoo –, verdovende middelen, vergiften, voorwerpen die geluk brachten of waarmee je een vloek over iemand kon uitspreken, poeder van engelenvleugels en dat van duivelshoorns. Hij had tante Rose verwondingen zien genezen waar hij zelf geamputeerd zou hebben, ze kreeg amputatiestompen schoon die bij hem door gangreen zouden zijn aangetast en was succesvol in de behandeling van koorts, diarree en dysenterie, aandoeningen waaraan de Franse soldaten, dicht opeengepakt in hun kazernes, massaal plachten te bezwijken.

'Zorg dat ze geen water drinken, geef ze veel koffie zonder melk, en rijstwater,' had tante Rose hem geleerd. Parmentier had daaruit opgemaakt dat het slechts een kwestie was van geen ongekookt water drinken, maar later constateerde hij dat de zieken zonder het kruidenaftreksel van de medicijnvrouw niet genazen. Negers waren beter tegen die aandoeningen bestand, maar blanken vielen als door de bliksem getroffen neer, en als ze niet na een paar dagen al bezweken, bleven ze nog maanden slap.

Voor geestelijke aandoeningen die zo ernstig waren als die van Eugenia hadden de negerdokters echter niet meer remedies dan Europese artsen. Gewijde kaarsen, het branden van salie en massages met slangenvet bleken allemaal net zo zinloos als de kwikoplossingen en de onderdompelingen in ijskoud water die de geneeskundeboeken aanraadden. In het krankzinnigengesticht van Charenton-Saint-Maurice, waar Parmentier in zijn jonge jaren een korte periode stage had gelopen, bestond geen behandeling voor de patiënten.

Op haar zesentwintigste was er van Eugenia's schoonheid, waarop Toulouse Valmorain in Cuba tijdens dat bal op het consulaat verliefd was geworden, niets meer over, ze was uitgeteerd door haar obsessies en verzwakt door het klimaat en de spontaan optredende abortussen. Dat proces was al begonnen toen ze nog maar net op de plantage was komen wonen, en haar toestand werd met elke niet-voldragen zwangerschap ernstiger. Ze gruwde van de insecten, waarvan er op Saint-Domingue eindeloos veel soorten bestonden; ze droeg handschoenen, een breedgerande hoed met een dikke sluier tot aan de grond en hemden met lange mouwen. Twee kindslaven wisselden elkaar af om haar koelte toe te wuiven en elk insect te verpletteren dat zich in haar buurt waagde. Een kever kon al een crisis veroorzaken. Haar wanen werden dermate extreem dat ze zich nog maar zelden buiten waagde, en in de namiddag, als de muggen kwamen, al helemaal niet. Ze was in zichzelf gekeerd en had momenten van angst of van religieuze extase die werden afgewisseld met buien waarin ze zo ongeduldig was dat ze mepte naar iedereen die bij haar in de buurt kwam – maar nooit naar Tété.

Ze was in alles van het meisje afhankelijk, zelfs voor de meest intieme zaken, het kind was haar vertrouwelinge en de enige die bij haar bleef als de demonen haar kwelden. Tété vervulde haar wensen nog voor ze die had uitgesproken, ze was zo oplettend dat ze Eugenia een glas limonade aanreikte als die zelf nog nauwelijks besefte dat ze dorst had; een bord uit de lucht plukte dat ze tegen de grond wilde gooien; ervoor zorgde dat haar haarspelden niet in haar hoofd prikten; haar zweet afveegde en haar bijtijds op de kamerpot hielp. Eugenia merkte het nooit als haar slavin er was, alleen als ze er niet was. Tijdens haar angstaanvallen, als ze zo hard schreeuwde dat ze haar stem verloor, sloot Tété zich met haar op om voor haar te zingen of met haar te bidden, tot de angst afnam en ze in een diepe slaap viel waaruit ze uren later ontwaakte zonder zich iets te herinneren. Tijdens haar lange perioden van zwaarmoedigheid ging het meisje bij Eugenia op schoot zitten om haar te liefkozen als een minnaar, tot ze uitgeput raakte van het huilen.

'Wat een vreselijk leven heeft doña Eugenia! Ze is meer slavin dan ik, want zij kan niet ontsnappen aan haar angsten,' zei Tété eens tegen tante Rose. De genezeres kende Tétés vrijheidsdromen maar al te goed, want ze had haar verschillende keren moeten vastbinden, maar sinds een paar jaar leek het meisje zich te schikken in haar lot en had ze het niet meer over ontsnappen gehad.

Tété was de eerste die zich realiseerde dat een crisis van haar meesteres vaak samenviel met de oproep van de trommels voor een *calenda*, als de slaven samenkwamen om te dansen. Die calenda's ontaardden gewoonlijk in voodooceremonies, die feitelijk waren verboden maar die Cambray en de commandeurs oogluikend toestonden uit angst voor de bovennatuurlijke krachten van de *mambo,* tante Rose. Voor Eugenia kondigden de trommels geestverschijningen aan, hekserij en vervloekingen, en ze gaf de voodoo de schuld van al haar ellende. Dokter Parmentier had haar vergeefs uitgelegd dat voodoo niets griezeligs had, dat het een verzameling ideeën en rituelen betrof, net als elk ander geloof, zelfs het katholieke, en dat het in een grote behoefte voorzag omdat daarmee zin werd gegeven aan het ellendige bestaan van de slaven.

'Ketterij! Dat is typisch Frans, om het heilige geloof in Jezus Christus te vergelijken met het bijgeloof van deze wilden,' had Eugenia uitgeroepen. Voor Valmorain, rationalist en atheïst, verschilde de trance van de negers niet wezenlijk van de rozenkrans van zijn vrouw, en in principe had hij op geen van beide zaken iets tegen. Met dezelfde gelijkmoedigheid tolereerde hij zowel de voodooceremonies als de missen van de paters die regelmatig op de plantage neerstreken, aangetrokken door de uitgelezen rum uit zijn destilleerderij.

De Afrikanen ontvingen het doopsel groepsgewijs zodra ze in de haven werden uitgeladen, zoals de Code Noir eiste, maar hun contact met het christendom ging niet verder dan dat en die snelle missen van de rondreizende priesters. Als de voodooceremonies hun troost boden, was er geen reden om ze te verbieden, was Toulouse Valmorains mening.

Gezien Eugenia's onverbiddelijke achteruitgang opperde haar echtgenoot het plan haar mee te nemen naar Cuba, om te zien of verandering van omgeving haar goed zou doen, maar zijn zwager Sancho waarschuwde hem per brief dat de goede naam van de Valmorains en die van de familie García del Solar op het spel stond. Discretie voor alles. Het zou buitengewoon ongunstig zijn voor hun beider zaken als er roddelpraatjes zouden ontstaan over de krankzinnigheid van zijn zuster. Verder verklaarde hij dat hij zich vreselijk schuldig voelde nu bleek dat hij Valmorain een vrouw had uitgehuwelijkt die krankzinnig was. Hij had er echt geen vermoeden van gehad, want in het klooster had zijn zuster nooit enig verontrustend gedrag vertoond, en in Cuba had ze, hoewel ze niet al te snugger was, verder normaal geleken. Hoe had hij kunnen weten dat de religieus getinte zwaarmoedigheid van hun grootmoeder en de overdreven hysterie van hun moeder erfelijk waren geweest?

Toulouse Valmorain trok zich niets aan van de waarschuwing van zijn zwager en bracht de zieke naar Havana, waar hij haar acht maanden lang overliet aan de zorg van de nonnen. In die tijd had Eugenia het niet één keer over haar man, maar ze vroeg wel regelmatig naar Tété, die in Saint-Lazare was gebleven. In de vredige kalmte van het klooster kwam Eugenia tot rust, en toen haar echtgenoot haar weer kwam halen was ze kerngezond en tevreden. Die goede gezondheid hield in Saint-Domingue evenwel niet lang stand. Algauw was ze weer zwanger, en het drama herhaalde zich; ze verloor het kind en werd opnieuw van de dood gered door ingrijpen van tante Rose.

Tijdens de korte perioden waarin Eugenia hersteld leek van haar stoornis, haalden de bewoners van het grote huis opgelucht adem; zelfs de slaven op de rietvelden, die haar alleen van veraf zagen als ze zich, gehuld in haar muskietennet, in de open lucht vertoonde, voelden de verbetering.

'Ben ik nog mooi?' vroeg ze regelmatig aan Tété, haar lichaam, dat alle wulpsheid had verloren, betastend. 'Ja, heel mooi,' verzekerde het meisje haar dan, maar ze zorgde ervoor dat haar meesteres zichzelf niet in de Venetiaanse spiegel van de salon zag voor ze haar in bad had gedaan, haar haren had gewassen, haar een van haar mooie jurken had aangetrokken – ook al waren die uit de mode – en haar had opgemaakt met een vleugje karmijn op haar wangen en wat houtskool op haar wimpers.

'Sluit de luiken van het huis en steek tabaksbladeren aan om de insecten te verjagen, ik wil met mijn echtgenoot dineren,' beval Eugenia haar dan in een beter humeur. Zo uitgedost, aarzelend, met uitpuilende ogen en handen die trilden door de opium, trad ze de eetkamer binnen waar ze in geen weken een voet had gezet, en waar ze door Valmorain met gemengde gevoelens van verrassing en wantrouwen werd ontvangen, want je wist nooit hoe die sporadische verzoeningen eindigden.

Na al die ellende had hij ervoor gekozen haar te negeren, te doen alsof dat haveloze spook niets met hem te maken had, maar als Eugenia in haar feestjurk in de eetkamer verscheen, in het flatterende licht van de kandelaars, koesterde hij weer heel even nieuwe hoop. Hij hield allang niet meer van haar, maar ze waren getrouwd en zouden samen moeten blijven tot de dood.

Die korte oplevingen van normaliteit eindigden gewoonlijk in bed, waar hij haar zonder enige inleiding, met de haast van een zeeman besprong. Die omhelzingen wisten hen niet dichter bijeen te brengen en brachten Eugenia ook niet terug in de werkelijkheid, maar leidden soms tot een nieuwe zwangerschap en zo herhaalde zich de cyclus van hoop en teleurstelling.

In juni van dat jaar bleek ze opnieuw zwanger, en niemand, zijzelf al helemaal niet, deed enige moeite om het nieuws te vieren. Toevallig vond er dezelfde avond waarop tante Rose bevestigde dat ze zwanger was, een calenda plaats, en Eugenia geloofde dat de trommels aankondigden dat ze een monster zou baren. Het schepsel in haar buik was verdoemd door de voodoo, het was een zombiekind, een levende dode. Ze was op geen enkele manier gerust te stellen en haar hallucinatie werd zo levensecht, dat ze er Tété mee aanstak.

'En als het nu eens waar is?' vroeg het meisje bevend aan tante Rose. De genezeres verzekerde haar dat er nog nooit iemand zwanger was geworden van een zombie, zombies moesten worden gemaakt met een pasgestorven lichaam, iets wat nog helemaal niet zo makkelijk was.

Tante Rose stelde voor een ceremonie te houden om de zieke inbeeldingen van de meesteres te bestrijden. Ze wachtten een moment af waarop Valmorain niet thuis was en tante Rose stelde alles in het werk om de veronderstelde zwarte magie van de trommels met ingewikkelde rituelen en bezweringen af te wenden, en de kleine zombie te veranderen in een normale baby.

'Hoe weten we of het is gelukt?' vroeg Eugenia na afloop. Tante Rose had haar een misselijkmakend drankje gegeven om in te nemen en vertelde Eugenia dat als haar urine blauw zou zijn, alles goed was gegaan.

De volgende dag bracht Tété een po met blauwe vloeistof weg. Eugenia was maar half gerustgesteld, want wie zei haar dat ze niets in de po hadden gestopt? Dokter Parmentier, met wie ze met geen woord over de tussenkomst van tante Rose hadden gesproken, schreef voor dat Eugenia Valmorain tot de bevalling in een langdurige sluimertoestand moest worden gehouden. Hij had inmiddels alle hoop haar te genezen opgegeven, hij geloofde dat het leven op het eiland haar beetje bij beetje vermoordde.

Voodoopriester

De drastische maatregel Eugenia gedrogeerd te houden, werkte beter uit dan zelfs Parmentier had durven hopen. In de maanden die volgden groeide haar buik normaal, terwijl zij onder een muskietennet op een bank op de galerij lag, dommelend of naar de voorbijdrijvende wolken starend, zonder enig besef van het wonder dat zich in haar lichaam voltrok.

'Was ze maar altijd zo rustig, dat zou perfect zijn,' hoorde Tété de meester zeggen. Ze werd gevoed met suiker, met geconcentreerde kippensoep en met in een vijzel fijngestampte groenten waarmee je een dode nog tot leven zou kunnen wekken, naar een recept van tante Mathilde, de kokkin. Als Tété klaar was met haar huishoudelijke taken, installeerde ze zich op de galerij om aan de babyuitzet te naaien en met haar hese stem Eugenia's favoriete religieuze liederen te zingen. Soms, als er verder niemand was, kwam Prosper Cambray langs met de smoes dat hij een glas limonade wilde. Vervolgens dronk hij dat verbijsterend langzaam leeg, een been over de balustrade, terwijl hij met zijn opgerolde zweep tegen een laars sloeg. De altijd rood doorlopen ogen van de hoofdopzichter gleden over Tétés lichaam.

'Ben je aan het nadenken over de prijs, Cambray? Ze is niet te koop.' Toulouse Valmorain verraste hem toen hij op een middag onverwacht op de galerij verscheen.

'Wat zegt u, monsieur?' antwoordde de mulat op uitdagende toon, zonder van houding te veranderen.

Toen Valmorain hem gebaarde mee te komen, volgde Cambray hem met tegenzin naar het kantoor. Tété had geen idee wat daar was besproken; haar meester zei alleen dat hij niet meer wilde dat er nog iemand zonder zijn toestemming rond het huis hing, zelfs de hoofdopzichter niet. Cambrays onbeschofte houding veranderde niet na die confrontatie; hij zorgde er alleen voortaan voor dat hij zich ervan had vergewist dat Valmorain niet in de buurt was voor hij naar de galerij kwam om een verfrissing te vragen en Tété met zijn ogen uit te kleden. Hij had al tijdenlang geen ontzag meer voor Valmorain, maar durfde niet te ver buiten zijn boekje te gaan omdat hij nog altijd hoopte ooit als rentmeester te worden aangesteld.

Tegen december nodigde Valmorain dokter Parmentier uit om op de plantage te komen logeren tot Eugenia's bevalling, omdat hij die niet aan tante Rose durfde overlaten.

'Zij weet meer van dit soort zaken dan ik,' wierp de dokter tegen, maar hij ging op de uitnodiging in omdat het hem de tijd zou geven uit te rusten, te lezen en nog meer geneesmethoden van de genezeres te noteren voor zijn boek.

Ook andere plantages riepen vaak de hulp van tante Rose in, zowel voor de dieren als voor de slaven. Ze behandelde infecties, hechtte wonden, bestreed koorts en de gevolgen van ongelukken, hielp bij bevallingen en probeerde het leven van gestrafte negers te redden. Ze had toestemming om in de wijde omgeving rond te zwerven om haar planten te zoeken en werd regelmatig naar Le Cap gebracht, waar ze haar ingrediënten kocht; ze lieten haar met wat geld achter en pikten haar een paar dagen later weer op.

Zij was de mambo, de priesteres die de calenda's leidde, waar negers van andere plantages ook naartoe kwamen; en ook daar had Valmorain niets op tegen, ondanks de waarschuwingen van zijn hoofdopzichter dat die bijeenkomsten gewoonlijk eindigden in seksuele orgieën of dat er tientallen mensen met weggedraaide ogen in trance over de grond kronkelden.

'Wees toch niet zo streng, Cambray, laat ze zich uitleven, dan gaan ze des te gehoorzamer weer aan het werk,' antwoordde de meester goedgemutst.

Tante Rose was vaak dagenlang verdwenen en als de hoofdopzichter dan al had aangekondigd dat de vrouw vast naar de marrons was gevlucht of de rivier was overgestoken naar Spaans gebied, dook ze weer op, hinkend, uitgeput, maar met haar tas vol spullen. Tante Rose en Tété ontsnapten aan Cambrays autoriteit, want voor tante Rose was hij bang omdat ze hem in een zombie kon veranderen, en het meisje was als de persoonlijke slavin van de meesteres onmisbaar in het grote huis.

'Niemand die je bewaakt, madrina, waarom vlucht je niet?' vroeg Tété een keer.

'Ik zou niet ver komen met mijn manke been. En wat zou er dan worden van de mensen die mijn zorg nodig hebben? Bovendien heeft het geen zin, ik als enige vrij en de rest slaaf,' had de genezeres geantwoord.

Dat idee was nog nooit bij Tété opgekomen en het bleef maar in haar hoofd rondzoemen. Ze sprak haar madrina er nog vaak over aan, maar de gedachte dat haar vrijheid onlosmakelijk was verbonden met die van alle andere slaven, kon ze niet accepteren; als ze zou kunnen ontsnappen, zou ze dat doen, zonder te denken aan degenen die achterbleven, daarvan was ze overtuigd.

Als Tante Rose terugkwam van haar excursies, riep ze Tété bij zich in haar hut, waar ze zich opsloten om de geneesmiddelen te bereiden die met verse spullen uit de natuur gemaakt moesten worden; een heel precies werkje dat bovendien bepaalde rituelen vereiste. 'Tovenarij,' zei Cambray, dat was wat die twee vrouwen deden, en daaraan kon hij een eind maken met een goed pak rammel. Maar hij durfde geen vinger naar hen uit te steken.

Op een dag, nadat hij tijdens de warmste uren van de middag een diepe siësta had gehouden, ging dokter Parmentier bij tante Rose op bezoek om haar te vragen of er een middel bestond tegen de steek van een duizendpoot. Omdat Eugenia rustig was en een andere slavin op haar kon letten, vroeg hij Tété mee. Een liedje neuriënd in een Afrikaanse taal, zat de genezeres op een rieten stoel voor de deur van haar sinds de laatste stormen zwaar beschadigde hut, terwijl ze de blaadjes van een droge tak stripte en op een lap legde. Ze ging zo op in haar werk dat ze hen pas opmerkte toen ze vlak voor haar stonden. Ze maakte aanstalten overeind te komen, maar Parmentier hield haar met een gebaar tegen. Toen de dokter met een zakdoek het zweet van zijn hals en voorhoofd veegde, bood tante Rose hem water aan in haar hut. Het was er ruimer dan je zou verwachten, donker en koel, en heel netjes, alles had zijn eigen plekje. Vergeleken met de andere slaven had ze schitterende meubels: een tafel van planken, een afgebladderde Hollandse kast, een hutkoffer van geoxideerd blik, verschillende dozen die Valmorain haar had gegeven om haar geneesmiddelen in op te bergen, en een verzameling aardewerken kookpotten. Een hoop droge bladeren en stro fungeerde als bed, met daaroverheen een geblokte lap en een dunne deken. Aan het dak van palmbladeren hingen takken, bundels kruiden, gedroogde reptielen, veren, kralenkettingen, zaden, schelpen en andere zaken die ze nodig had voor de uitoefening van haar wetenschap.

De dokter nam twee slokken uit een kalebas en wachtte een minuut of wat tot hij weer op adem was, en toen hij zich wat beter voelde liep hij naar een klein altaar om dat te bestuderen. Er lagen papieren bloemen, stukjes zoete aardappel en een vingerhoedje met water en tabak, offergaven voor de loa's. Hij wist dat het kruis geen katholiek symbool was, het verwees naar de kruispunten waar de geesten bijeen konden komen, maar het beschilderde gipsen beeld was een Maria, dat leed geen twijfel. Tété vertelde dat zij het aan haar madrina had gegeven, maar het was een geschenk van de meesteres.

'Ik geef de voorkeur aan Erzuli, en mijn madrina ook,' voegde ze eraan toe.

Bijna had de dokter de in de voodoo heilige *asson* opgepakt, een met symbolen beschilderde kalebas op een stok, versierd met schelpen en gevuld met botjes van een kind dat bij de geboorte was gestorven, maar hij hield zich op tijd in; niemand mocht een asson aanraken zonder toestemming van de eigenaar.

'Het is dus waar wat ik heb gehoord, tante Rose is een priesteres, een mambo,' zei hij tegen zichzelf. Een asson was meestal in het bezit van een *hungan,* een mannelijke priester, maar omdat er op Saint-Lazare geen hungan was, leidde tante Rose de ceremonies. De dokter dronk nog wat water, maakte zijn zakdoek nat en bond die om zijn hals voor hij de hitte weer in ging.

Tante Rose keek niet op van haar precieze werkje en bood hem ook geen stoel aan want ze had er maar een. Het was moeilijk om in te schatten hoe oud ze was, ze had een jong gezicht maar een vreselijk gehavend lichaam. Haar armen waren dun en sterk, haar borsten hingen als papaja's onder haar bloes, haar huid was heel donker en ze had een rechte neus met een brede basis, scherp afgetekende lippen en een intense blik. Ze droeg een zakdoek om haar hoofd, waaronder je de enorme bos ruige, dichte krulletjes, als sisaltouw, kon raden, die nog nooit was geknipt.

Toen op haar veertiende een kar over een van haar benen was gereden, had ze verschillende botten gebroken die slecht weer aan elkaar waren gegroeid waardoor ze moeizaam liep, leunend op een stok die een dankbare slaaf voor haar had gesneden. De vrouw beschouwde het ongeluk als een zegen, want het had haar van de rietvelden bevrijd. Iedere andere verminkte slavin zou aan het werk zijn gezet bij de verwerking van de kokend hete melasse, of bij het wassen van kleren in de rivier, maar zij was een uitzondering omdat de loa's haar al heel jong als mambo hadden aangewezen. Parmentier had nog nooit een ceremonie bijgewoond, maar hij kon zich haar in trance voorstellen, van gedaante veranderd. In de voodoo was iedereen priester en kon iedereen van wie de loa's bezit namen, de goddelijkheid ervaren; de taak van de hungan of de mambo bestond slechts uit het klaarmaken van de *hounfort* voor de ceremonie.

Valmorain had tegenover Parmentier te kennen gegeven dat hij bang was dat tante Rose een charlatan was die gebruikmaakte van de onwetendheid van haar patiënten.

'Het enige wat telt is het resultaat. Zij krijgt meer voor elkaar met haar geneesmethode dan ik met die van mij,' luidde het antwoord van de dokter.

Van de rietvelden klonken de stemmen van de slaven die riet aan het kappen waren, allemaal in hetzelfde tempo. Hun dag ving al aan voor het licht werd, want ze moesten eerst voer voor de dieren en hout voor de kookvuren zoeken, en daarna werkten ze van zonsopgang tot zonsondergang, met een pauze van twee uur tussen de middag, als de hemel wit werd en de aarde zweette. Cambray had geprobeerd die door de Code Noir voorgeschreven rustperiode, waar het merendeel van de planters zich overigens niet aan hield, te schrappen, maar Valmorain vond haar nodig. Hij gaf zijn slaven ook een vrije dag per week zodat ze hun eigen groente konden kweken, en hij verstrekte voedsel, nooit genoeg, maar meer dan op sommige andere plantages, waar de meesters vonden dat de slaven maar moesten zien te leven van wat hun moestuintjes opbrachten. Tété had horen praten over een hervorming van de Code Noir: drie vrije dagen per week en afschaffing van de zweep, maar ze had ook horen zeggen dat, in het denkbeeldige geval dat de koning die wet zou ondertekenen, geen enkele kolonist zich eraan zou houden. Want wie zou er nog voor een ander werken zonder de zweep?

De dokter kon de liederen van de slaven niet verstaan. Hij woonde al jaren op het eiland en was gewend aan het creools van de stad, een van het Frans afgeleide taal, ingekort en met een Afrikaans ritme, maar het creools van de plantages, dat door de slaven in een geheimtaal was veranderd om de blanken buiten te sluiten, was voor hem onbegrijpelijk;

vandaar dat hij Tété nodig had als tolk. Hij bukte zich om een van de blaadjes die tante Rose van de tak plukte te bekijken.

'Waar worden ze voor gebruikt?'

Zij legde hem uit dat *koelant* nuttig was bij hartproblemen, bij lawaai in het hoofd, vermoeidheid in de vroege avond en bij wanhoop.

'Zou ik er iets aan hebben? Ik heb last van mijn hart,' zei Parmentier.

'Ja hoor, het zou goed voor u zijn, want koelant helpt ook tegen winderigheid,' antwoordde zij en ze barstten alle drie in lachen uit.

Op dat moment hoorden ze een galopperend paard dichterbij komen. Het was een van de commandeurs, die tante Rose kwam waarschuwen dat er een ongeluk was gebeurd in de suikermolen.

'Seraphine zat met haar hand ergens in en dat had ze maar beter niet kunnen doen,' schreeuwde hij vanaf zijn paard, en zonder aan te bieden de genezeres mee te nemen, reed hij meteen weer weg. Tante Rose stopte de blaadjes zorgvuldig in de lap en bracht ze naar de hut, pakte haar tas – die altijd klaarstond – en ging op pad, zo snel mogelijk, met Tété en de dokter in haar kielzog.

Onderweg haalden ze verschillende wagens in, die voortrolden in het trage tempo van de ossen, boordevol vers gekapt suikerriet dat binnen enkele dagen verwerkt moest worden. Toen ze de primitieve houten gebouwen van de molen naderden, voelden ze de dichte melassegeur aan hun huid kleven. Aan beide kanten van de weg waren slaven met messen en machetes aan het werk, onder toezicht van de commandeurs. Bij het minste teken van vermoeidheid stuurde Cambray hen terug naar de velden en verving hen door anderen. Valmorain had twee extra ploegen van zijn buurman Lacroix ingehuurd, en omdat het Cambray niets uitmaakte hoe lang die rendabel zouden blijven, hadden die slaven het nog zwaarder te verduren dan de rest. Kinderen liepen met emmers en grote lepels langs de rijen om water uit te delen. Veel negers waren vel over been, de mannen droegen niet meer dan een korte broek van grove jute en een strooien hoed, de vrouwen gingen gekleed in een lang hemd en hadden een zakdoek om hun hoofd geknoopt; de jonge moeders onder hen werkten gebukt, hun kinderen op de rug gebonden. De eerste twee maanden kregen ze de in de Code Noir voorgeschreven minuten om hun baby de borst te geven, daarna moesten ze hen achterlaten in een loods, waar een oude vrouw en de grotere kinderen naar hun beste vermogen voor hen zorgden. Veel kinderen stierven aan tetanus, verlamd en met verkrampte kaken, een van de raadselen van het eiland, want blanken leden nooit aan die kwaal. De meesters hadden er geen idee van dat je die symptomen – zonder dat er ook maar iets van te zien was – kon veroorzaken door een naald in het zachte gedeelte van de schedel te steken, voordat de botten aan elkaar groeien. Op die manier ging het kindje tevreden naar het eiland onder de zee en hoefde het niet onder de slavernij te lijden. Je zag maar heel zelden een neger met grijze haren, zoals tante Mathilde, de kokkin van Saint-Lazare, die nooit in de velden had gewerkt. Toen Violette Boisier haar voor Valmorain kocht, was ze al wat ouder, maar in haar geval telde alleen ervaring, en zij had gewerkt in de keuken van een van de rijkste affranchi's van Le Cap, een mulat die in Frankrijk had gestudeerd en de hele indigo-export onder zijn beheer had.

In de molen, in het geraas van de door muilezels aangedreven apparaten, troffen ze het meisje aan. Ze lag op de grond, met een wolk vliegen om haar heen. Het werk in de molen was lastig, en werd alleen toevertrouwd aan de meest kundige slaven, die in staat waren heel precies te bepalen hoeveel kalk moest worden toegevoegd en hoe heet de melasse gestookt moest worden om suiker van hoge kwaliteit te krijgen. Daar vonden de ergste ongevallen plaats, en ditmaal was Séraphine het slachtoffer. Ze bloedde zo hevig, dat Parmentier aanvankelijk dacht dat er iets in haar borst was ontploft, maar toen zag hij dat het bloed uit de stomp van haar arm stroomde die ze tegen haar bolle buik geklemd hield. Met een snel gebaar pakte tante Rose de lap die ze om haar hoofd droeg en bond die om de stomp, boven de elleboog, een bezwering mompelend. Tante Rose legde het hoofd van het meisje in haar schoot, pakte een flesje uit haar tas, deed Séraphines mond open en goot er een scheut donkere vloeistof in.

'Het is alleen melasse, om haar bij te brengen,' zei ze, hoewel Parmentier niets had gevraagd. Een slaaf vertelde dat het meisje zich, terwijl ze riet in de molen duwde, even had laten afleiden en toen met haar hand in de getande pers vast was komen te zitten. Op haar geschreeuw was hij aan komen rennen en hij had de muilezels kunnen stoppen voor haar arm tot haar schouder in de pers getrokken werd. Om haar te los te krijgen had hij haar hand met de bijl die voor dat doel aan een haakje hing, moeten afhakken.

'Het bloeden moet stoppen. Als de stomp niet geïnfecteerd raakt, zal ze blijven leven,' oordeelde de dokter en hij zond de slaaf naar het grote huis om zijn tas te halen. De slaaf aarzelde omdat hij alleen bevelen van de commandeurs aannam, maar op een woord van tante Rose rende hij weg. Séraphine opende haar ogen op een kiertje en siste tante Rose iets toe wat de dokter nauwelijks kon horen. De vrouw boog zich naar het meisje over.

'Dat kan ik niet, *p'tite*, de blanke is hier, ik kan het niet,' fluisterde ze.

Twee slaven tilden Séraphine op, droegen haar naar een houten barak en legden haar op een ruwhouten tafel. Tété verjoeg de kippen en het varken dat tussen het afval op de grond scharrelde, terwijl de mannen Séraphine ondersteunden en de genezeres haar waste met water uit een emmer.

'Dat kan ik niet, p'tite, ik kan het niet,' fluisterde ze Séraphine van tijd tot tijd in het oor. Een andere man haalde wat gloeiende houtskool uit de molen, en gelukkig was het meisje buiten bewustzijn toen tante Rose de stomp cauteriseerde. De dokter zag dat ze zo'n maand of zes, zeven zwanger was en verwachtte dat het bloedverlies zeker een miskraam zou veroorzaken.

Toen verscheen een paard in de deuropening van de barak; een van de slaven snelde toe om de teugels aan te pakken en Prosper Cambray sprong op de grond, met een pistool aan zijn riem en zijn zweep in de hand, gekleed in een donkere broek en een hemd van goedkope stof, maar met leren laarzen en een eenzelfde dure Amerikaanse hoed als Valmorain droeg. Nog verblind door het buitenlicht herkende hij dokter Parmentier niet meteen.

'Wat is dit hier voor herrie?' vroeg hij met zijn zachte stem die zo dreigend klonk, en terwijl hij zoals altijd met zijn zweep tegen zijn laarzen tikte, deed iedereen een stapje achteruit zodat hij het zelf kon zien. Toen pas merkte hij de dokter op en veranderde hij van toon.

'Stoor u niet aan deze flauwekul, dokter. Tante Rose regelt het verder. Sta me toe u naar het grote huis te begeleiden. Waar is uw paard?' vroeg hij op vriendelijke toon.

'Breng dit meisje naar de hut van tante Rose, dan kan ze daar worden verzorgd. Ze is zwanger,' antwoordde de dokter.

'Dat is geen nieuws voor mij,' lachte Cambray.

'Als de wond door koudvuur wordt aangetast, moet haar hele arm eraf,' drong Parmentier aan, rood van verontwaardiging. 'Ik zeg nogmaals dat ze onmiddellijk naar de hut van tante Rose moet worden gebracht.'

'Daarvoor hebben we het ziekenhuis, dokter,' antwoordde Cambray.

'Dit is geen ziekenhuis maar een gore stal!'

De hoofdopzichter keek om zich heen, met een nieuwsgierige uitdrukking op zijn gezicht, alsof hij de barak voor het eerst zag.

'Het is de moeite niet waard, maak u toch niet zo druk om die vrouw, dokter; ze is toch niet meer geschikt voor de suiker, ik zal haar ander werk moeten laten doen...'

'Hebt u me niet begrepen, Cambray?' onderbrak de dokter hem uitdagend. 'Wilt u dat ik monsieur Valmorain erbij haal om deze kwestie op te lossen?'

Tété durfde niet naar het gezicht van de hoofdopzichter te kijken; ze had nog nooit iemand op die toon tegen hem horen praten, zelfs de meester niet, en ze was bang dat Cambray zijn hand tegen de blanke zou opheffen, maar toen hij antwoord gaf, klonk zijn stem nederig, als die van een bediende.

'U hebt gelijk, dokter. Als tante Rose haar redt, hebben we tenminste het kind nog,' besloot hij, en hij tikte met de greep van zijn zweep tegen Séraphines bebloede buik.

Een wezen dat niet menselijk is

De tuin van Saint-Lazare, waar Valmorain vlak na zijn trouwen in een opwelling aan was begonnen, was mettertijd zijn favoriete project geworden. Hij had hem ontworpen naar tekeningen uit een boek over de paleizen van Lodewijk XIV, maar omdat de Europese bloemen en planten op de Antillen niet voorkwamen, had hij een Cubaanse botanicus, een vriend van Sancho García del Solar, als adviseur in dienst moeten nemen. De tuin was prachtig geworden, weelderig en kleurrijk, maar om hem te verdedigen tegen de gulzigheid van de tropen had hij de nietaflatende aandacht nodig van wel drie slaven, die ook de orchideeën verzorgden, die in de schaduw werden gekweekt. Tété kwam er elke morgen bloemen plukken voor in het grote huis, voor het te heet werd.

Die morgen wandelde Valmorain met dokter Parmentier over het smalle tuinpad dat de geometrisch aangelegde tuin verdeelde in perken met struiken en bloemen. Hij vertelde de dokter dat hij na de orkaan van het jaar daarvoor de tuin helemaal opnieuw had moeten inplanten, maar de dokter was met zijn gedachten elders. Parmentier had geen oog voor de schoonheid van die tuin, want hij beschouwde sierplanten als een verspilling van de natuur en was veel meer geïnteresseerd in de lelijke planten in het tuintje van tante Rose, die de macht hadden te genezen of te doden. Hij was ook geboeid door de bezweringen van de genezeres want hij had kunnen vaststellen dat de slaven er baat bij hadden. Hij bekende Valmorain dat hij meer dan eens de verleiding had gevoeld een zieke te behandelen met de methoden van de zwarte tovenaars, maar dat hij dat uit pragmatisme – hij was tenslotte Fransman – en uit angst zich belachelijk te maken, niet had gedaan.

'Dat bijgeloof verdient de aandacht van een wetenschapper als u niet, dokter,' zei Valmorain spottend.

'Ik ben getuige geweest van wonderbaarlijke genezingen, mon ami, net zoals ik mensen heb zien sterven zonder duidelijke oorzaak, alleen omdat ze geloofden dat ze het slachtoffer waren van zwarte magie.'

'Afrikanen zijn heel suggestibel.'

'Blanken ook. Uw vrouw bijvoorbeeld, om dicht bij huis te blijven...'

'Er is een fundamenteel verschil tussen een Afrikaan en mijn echtgenote, al is ze nog zo in de war, dokter! U gelooft toch niet echt dat negers hetzelfde zijn als wij?' onderbrak Valmorain hem.

'In biologisch opzicht wel, dat is bewezen.'

'Ik merk wel dat u maar heel weinig met hen te maken hebt. Negers zijn gebouwd voor zwaar werk, ze hebben minder last van pijn en vermoeidheid, hun denkvermogen is beperkt, ze hebben geen inzicht, zijn gewelddadig, ongeordend en het ontbreekt hun aan ambitie en edele gevoelens.'

'Datzelfde geldt voor een blanke die is afgestompt door de slavernij, monsieur.'

'Wat een krankzinnig argument,' zei Valmorain met een minachtend lachje. 'Negers hebben een harde hand nodig. En laat daar geen misverstand over bestaan: ik bedoel hard, niet wreed.'

'Wat dat betreft bestaat er geen middenweg. Als je het concept van de slavernij accepteert, doet de behandeling er niet meer toe,' wierp de dokter tegen.

'Ik ben het niet met u eens. Slavernij is een noodzakelijk kwaad, de enige manier om een plantage te kunnen drijven; maar het kan op een humane manier.'

'Het kan nooit humaan zijn om iemand anders te bezitten en uit te buiten,' wierp Parmentier tegen.

'Hebt u zelf nooit een slaaf gehad, dokter?'

'Nee, en ik zal er in de toekomst ook geen bezitten.'

'Dan kan ik u feliciteren. U hebt geluk dat u geen planter bent,' zei Valmorain. 'Ik kan u verzekeren dat ik de slavernij onaangenaam vind, en hier te moeten wonen nóg onaangenamer, maar iemand moet nu eenmaal het werk doen in de kolonies, zodat u suiker in uw koffie hebt en uw sigaartje kunt roken. In Frankrijk neemt men onze spullen maar al te graag af, maar niemand die wil weten hoe ze worden geproduceerd. Ik geef de voorkeur aan de houding van de Engelsen en de Amerikanen, die eerlijk toegeven de slavernij uit praktische overwegingen te accepteren.'

'Ook in Engeland en de Verenigde Staten zijn er mensen die de slavernij serieus ter discussie stellen en weigeren de producten die van de eilanden komen te consumeren, met name de suiker,' bracht Parmentier hem in herinnering.

'Dat zijn er maar weinig, dokter. Ik heb net in een wetenschappelijk tijdschrift gelezen dat negers tot een andere soort behoren dan wij.'

'Hoe verklaart de auteur dan dat die twee verschillende soorten samen kinderen kunnen krijgen?' vroeg de arts.

'Als je een paard met een ezel kruist krijg je een muilezel, die niet tot de ene, maar ook niet tot de andere soort behoort. Uit de combinatie van blanken en negers worden mulatten geboren,' zei Valmorain.

'Muilezels zijn niet vruchtbaar, monsieur, mulatten wel. Vertelt u me eens, stel dat een van uw slavinnen een kind van u kreeg, zou dat kind dan menselijk zijn? Zou het een onsterfelijke ziel bezitten?'

Geërgerd draaide Valmorain hem de rug toe en beende naar het huis terug. Ze zagen elkaar die avond pas weer. Parmentier had zich gekleed voor het diner en toen hij de eetkamer betrad, had hij een vreselijke hoofdpijn, die hem al kwelde sinds hij dertien dagen daarvoor op de plantage was aangekomen. Hij leed aan migraineaanvallen en flauwtes en beweerde dat zijn organisme het klimaat van het eiland niet verdroeg, maar desondanks had hij geen van de ziektes opgelopen waaraan andere blanken in groten getale bezweken. De omgeving van Saint-Lazare deprimeerde hem en de discussie met Valmorain had hem een slecht humeur bezorgd. Hij wilde terug naar Le Cap, waar andere patiënten hem nodig hadden en zijn lieve Adèle op hem wachtte met haar discrete troost, maar hij had nu eenmaal beloofd Eugenia bij te staan en was van plan zich aan zijn woord te houden. Hij had haar die morgen nog onderzocht en schatte in dat de bevalling niet lang meer op zich zou laten wachten.

Zijn gastheer was er al en ontving hem glimlachend, alsof de onaangename woordenwisseling van die morgen nooit had plaatsgevonden. Tijdens het eten spraken ze over boeken en over de Europese politiek, die met de dag onbegrijpelijker werd. Ze waren het erover eens dat de Amerikaanse Revolutie van 1776 op Frankrijk een enorme invloed had uitgeoefend, waar een aantal groeperingen de monarchie aanviel in net zulke onheilspellende bewoordingen als de Amerikanen hadden gebruikt in hun Onafhankelijkheidsverklaring.

Parmentier stak zijn bewondering voor de Verenigde Staten niet onder stoelen of banken en Valmorain deelde die met hem, hoewel hij durfde te wedden dat Engeland koste wat het kost zou proberen het gezag over de Amerikaanse kolonie terug te krijgen, zoals elk imperium dat een imperium wilde blijven. En als Saint-Domingue zich nu eens van Frankrijk zou afscheiden, zoals de Amerikanen zich onafhankelijk van Engeland hadden verklaard, speculeerde Valmorain, er onmiddellijk aan toevoegend dat het natuurlijk een retorische vraag was en in geen geval moest worden opgevat als een oproep tot muiterij.

Ze hadden het ook over het ongeval in de molen, en de dokter bevestigde dat ongelukken voorkomen zouden kunnen worden als de slaven minder lang achtereen werkten, want het zware werk in de molen en de hitte van de ketels vertroebelde de helderheid van geest. Hij vertelde dat de bloeding van Séraphine was gestelpt en dat het nog te vroeg was om te kunnen constateren of er een infectie was opgetreden, maar ze had veel bloed verloren, was verward en zo zwak dat ze niet reageerde; hij voegde er niet aan toe dat hij zo goed als zeker wist dat tante Rose haar met haar drankjes in slaap hield. Hij was niet van plan het gesprek nogmaals op de slavernij te brengen, omdat zijn gastheer daar zo ontstemd op had gereageerd, maar na het diner, toen ze op de galerij genoten van de avondkoelte, van een glas cognac en een sigaar, begon Valmorain er zelf over.

'Vergeef me mijn uitbarsting van vanmorgen, dokter. Ik vrees dat ik in deze eenzame omgeving ben vergeten hoe een intellectuele discussie gevoerd dient te worden. Ik wilde u niet voor het hoofd stoten.'

'Dat hebt u niet gedaan, monsieur.'

'U zult me niet geloven, dokter, maar voordat ik op dit eiland terechtkwam, was ik een bewonderaar van Voltaire, Diderot en Rousseau,' vertelde Valmorain.

'Nu niet meer?'

'Tegenwoordig trek ik de humanistische theorieën in twijfel. Het leven op dit eiland heeft me harder gemaakt, of beter gezegd: realistischer. Ik weiger te accepteren dat negers net zo menselijk zijn als wij, hoewel ze wel degelijk intelligentie bezitten, en een ziel. Het blanke ras heeft onze beschaving geschapen. Afrika is een primitief, duister continent.'

'Bent u er geweest, mon ami?'

'Nee.'

'Ik wel, ik heb twee jaar door Afrika gereisd, van de ene naar de andere kant van het continent,' vertelde de dokter. 'In Europa is maar weinig bekend over dat enorme, afwisselende gebied. Afrika bezat al een complexe beschaving toen wij in Europa nog in huiden gehulde grotbewoners waren. Ik geef toe dat het blanke ras in één opzicht superieur is: we zijn veel agressiever en hebzuchtiger. En dat is wat onze macht en de omvang van onze imperia verklaart.'

'Lang voor de Europeanen naar Afrika gingen, maakten de Afrikanen elkaar al tot slaaf en dat doen ze nog steeds,' zei Valmorain.

'Net zoals blanken dat met elkaar doen, monsieur,' wierp Parmentier tegen. 'Niet alle negers zijn slaaf en niet alle slaven zijn neger. Afrika is een continent van vrije mensen. Er zijn miljoenen Afrikanen onderworpen aan de slavernij, maar er zijn er veel meer vrij. Het is niet hun bestemming om slaaf te zijn, net zomin als dat het geval is met de duizenden blanke slaven.'

'Ik begrijp uw weerstand tegen de slavernij, dokter,' zei Valmorain. 'Ik zou haar ook liever vervangen door een ander systeem, maar ik vrees dat het in bepaalde gevallen, op de plantages bijvoorbeeld, niet anders kan. Ze is een pijler onder de wereldeconomie, de slavernij kán domweg niet worden afgeschaft.'

'Misschien niet van de ene op de andere dag, maar op den duur moet het mogelijk zijn. Hier in Saint-Domingue gebeurt het tegenovergestelde, hier neemt het aantal slaven van jaar tot jaar toe. Kunt u zich voorstellen wat er gebeurt als ze in opstand komen?' vroeg Parmentier.

'U bent een pessimist,' antwoordde Valmorain, en dronk zijn glas leeg.

'Hoe kan ik anders? Ik woon al lang in Saint-Domingue, monsieur, en om eerlijk te zijn: ik heb er genoeg van. Al die ellende die ik heb gezien. Hier vlakbij nog… Een tijdje geleden heb ik de habitation Lacroix bezocht, waar de laatste twee maanden verschillende slaven zelfmoord hebben gepleegd. Twee van hen hebben zich in een ketel met kokende melasse geworpen, zo wanhopig waren ze.'

'Niemand die u dwingt te blijven, dokter. Met uw artsendiploma kunt u uw beroep uitoefenen waar u maar wilt.'

'Ik denk dat ik ooit wel zal vertrekken,' antwoordde Parmentier. Zijn werkelijke reden om te blijven kon hij niet noemen, bedacht hij: Adèle en de kinderen.

'Ook ik zou liever met mijn gezin naar Parijs gaan,' voegde Valmorain eraan toe, zich realiserend dat die kans er eigenlijk niet in zat.

Frankrijk bevond zich in een crisis. Dat jaar was een Assemblée des Notables bijeengeroepen om de adel en de geestelijke stand te dwingen belasting te betalen en medeverantwoordelijkheid te nemen voor de economische malaise, maar dat verzoek was aan dovemansoren gericht geweest. Vanuit de verte kon Valmorain zien hoe het politieke systeem langzaam afbrokkelde. Dit was niet het juiste moment om naar Frankrijk terug te keren en de plantage achter te laten in handen van Prosper Cambray. Hij vertrouwde de man niet, maar ontsloeg hem ook niet. Cambray werkte al vele jaren voor hem, en het zou nog erger zijn hem te vervangen. Maar diep in zijn hart, en dat zou hij nooit toegeven, was Valmorain bang voor hem.

Ook Parmentier dronk zijn glas leeg, genietend van het kriebelende gevoel aan zijn gehemelte en de illusie van welbehagen die hem enkele ogenblikken beving. Zijn slapen klopten en de hoofdpijn zat nu achter zijn ogen. Hij dacht aan Séraphines woorden die hij in de molen had weten op te vangen. Ze had tante Rose gesmeekt haar met haar ongeboren kind te helpen vertrekken naar de plaats van de Doden en de Mysteriën, terug naar Guinea. 'Dat kan ik niet, p'tite.' Hij vroeg zich af wat de vrouw zou hebben gedaan als hij er niet bij was geweest. Misschien zou ze haar wel hebben geholpen, ondanks het risico dat ze, als ze betrapt werd, er zwaar voor zou moeten boeten. Er zijn onopvallende methoden om het te doen, bedacht de dokter dodelijk vermoeid.

'Vergeef mij, maar ik wil toch nog even terugkomen op ons gesprek van vanmorgen, monsieur. Uw vrouw denkt dat ze het slachtoffer is van voodoo, ze zegt dat de slaven haar hebben behekst. Ik denk dat het mogelijk is om haar obsessie in haar voordeel te gebruiken.'

'Dat begrijp ik niet,' zei Valmorain.

'We zouden kunnen proberen haar ervan te overtuigen dat tante Rose de zwarte magie kan ontkrachten. We verliezen er niets mee als we het proberen.'

'Ik zal erover nadenken, dokter. Eerst de bevalling, daarna zullen we ons met Eugenia's zenuwen bezighouden,' antwoordde Valmorain met een zucht.

Op dat moment zagen ze Tétés silhouet over de patio glijden, in het licht van de maan en de toortsen die ze uit veiligheidsoverwegingen 's nachts lieten branden. De mannen volgden haar met hun blik. Valmorain floot om haar te roepen en een moment later verscheen ze op de galerij, stilletjes en licht als een kat. Ze droeg een rok die een afdankertje was van haar meesteres, verschoten en opgelapt maar van goede kwaliteit, en een ingewikkelde tulband met verschillende knopen die haar zo'n tien centimeter langer maakte. Ze was een slank, gracieus meisje met geprononceerde jukbeenderen en ogen die nog sprekender werden door haar lome wimpers en haar gouden irissen. Ze bewoog zich vloeiend, doelgericht, en straalde een krachtige energie uit die de dokter op zijn huid kon voelen. Achter haar ernstige uiterlijk vermoedde hij de ingehouden energie van een roofdier in rust.

Toen Valmorain naar zijn glas wees, begaf zij zich naar het dressoir in de eetkamer, kwam terug met de cognacfles en schonk hen beiden in.

'Hoe is madame?' vroeg Valmorain.

'Rustig, meester,' antwoordde het meisje, en ze deed een stap achteruit om weer te gaan.

'Wacht even, Tété. Misschien kun jij ons uit de brand helpen. Dokter Parmentier is van mening dat negers net zo menselijk zijn als blanken, en ik beweer het tegendeel. Wat vind jij ervan?' vroeg hij op een toon die Parmentier eerder vaderlijk dan sarcastisch in de oren klonk.

Ze zweeg, haar ogen op de grond gericht, haar handen samengevouwen.

'Vooruit, Tété, je hoeft niet bang te zijn. Ik wacht...'

'De meester heeft altijd gelijk,' mompelde ze uiteindelijk.

'Oftewel: jij bent van mening dat negers niet helemaal menselijk zijn...'

'Een wezen dat niet menselijk is heeft geen mening, meester.'

Dokter Parmentier kon zich niet inhouden en barstte spontaan in lachen uit, waar Toulouse Valmorain zich na een korte aarzeling bij aansloot. Hij wuifde de slavin met een handgebaar weg, en ze loste op in het donker.

Zarité

De volgende dag, in de namiddag, werd doña Eugenia's baby geboren. Het ging snel, hoewel ze pas op het allerlaatste moment meewerkte. De dokter was erbij, toekijkend vanuit een stoel, want baby's halen is geen mannenzaak, zoals hij tegen ons zei. Meester Valmorain dacht dat een doktersdiploma met een koninklijk zegel meer waard was dan ervaring, en weigerde tante Rose te laten komen, toch de beste vroedvrouw van het noordelijke deel van het eiland; zelfs blanke vrouwen riepen haar hulp in als hun tijd was gekomen. Ik ondersteunde de meesteres, verfriste haar, bad met haar in het Spaans en besprenkelde haar met het wijwater dat ze haar uit Cuba hadden gestuurd.

De dokter kon het hartje van het kind duidelijk horen kloppen, het was klaar om geboren te worden, maar doña Eugenia weigerde te helpen. Toen ik hem uitlegde dat mijn meesteres een zombie zou baren en dat Baron Samedi was gekomen om hem mee te nemen, moest hij zo hard lachen dat de tranen hem over zijn wangen liepen. Die blanke hield zich al jaren bezig met voodoo, hij wist dat Baron Samedi de dienaar en de compagnon is van Ghédé, de loa van de dodenwereld, dus ik begrijp echt niet waarom hij zo'n lol had.

'Wat een krankzinnig idee! Ik zie helemaal geen baron!' Maar Baron Samedi laat zich alleen zien aan mensen die hem respecteren.

Al snel begreep de dokter dat er niets grappigs aan de situatie was, want doña Eugenia was vreselijk onrustig. Hij stuurde me weg om tante Rose te halen. De meester, die een paar glazen cognac had gedronken en in een stoel in de woonkamer zat te dommelen, gaf me toestemming mijn madrina te halen en ik vloog weg naar haar hut. Ze zat al op me te wachten in haar witte, ceremoniële gewaad en met haar tas, haar kettingen en de asson. Zonder verder iets te vragen liep ze naar het grote huis, klom de galerij op en trad het huis via de slaveningang binnen. Om naar doña Eugenia's kamer te komen moest ze door de woonkamer, en het geluid van haar stok op de vloertegels wekte de meester.

'Voorzichtig met wat je doet met madame,' waarschuwde hij met een afgeknepen stem, maar zij negeerde hem en liep verder, de donkere gang door naar de kamer waar ze zo vaak was geweest als doña Eugenia haar hulp nodig had. Ditmaal kwam ze echter niet als genezeres maar als mambo, ze ging het opnemen tegen de compagnon van de Dood.

Toen tante Rose in de deuropening stond en Baron Samedi zag, kon ze een huivering niet onderdrukken, maar ze week niet. Ze groette hem met een buiging, terwijl ze de asson met zijn klepperende botjes schudde, en vroeg hem toestemming om naar het bed toe te gaan. De loa van de begraafplaatsen en de kruispunten, met zijn zwarte hoed en zijn gezicht zo wit als een schedel, trad opzij en nodigde haar uit om naar doña Eugenia te komen, die als een vis naar adem hapte, nat van het zweet, met rode angstogen, vechtend tegen haar lichaam dat het kind eruit wilde duwen, terwijl zij dat uit alle macht binnen probeerde te houden. Tante Rose hing doña Eugenia een van haar kettingen met zaden en schelpen om haar hals en voegde haar wat woorden van troost toe, die ik in het Spaans herhaalde. Daarna wendde ze zich tot de Baron.

Dokter Parmentier keek gefascineerd toe, hoewel hij alleen kon zien wat tante Rose deed; ik zag daarentegen alles. Mijn madrina stak een sigaar aan en zwaaide ermee rond, de lucht vullend met rook die het onmogelijk maakte nog adem te halen want het raam zat altijd potdicht om de muggen buiten te houden. Daarna tekende ze met krijt een cirkel rond het bed en begon dansend rond te draaien, met de asson naar alle vier de hoeken van de kamer wijzend. Nadat ze de geesten op die manier had begroet, bouwde ze met verschillende heilige voorwerpen uit haar tas een altaar, plaatste er de rum en steentjes als offergaven op en nam uiteindelijk plaats op het voeteneind van het bed, klaar om met de Baron in gesprek te gaan. Ze raakten verwikkeld in een langdurige onderhandeling in het creools, zo snel en onverstaanbaar dat ik er maar weinig van begreep, hoewel ik verschillende keren Séraphines naam opving. Ze discussieerden, werden boos en lachten, zij rookte haar sigaar en de door haar uitgeblazen rook zoog hij gretig naar binnen. Zo ging het een hele tijd door en dokter Parmentier begon zijn geduld te verliezen. Hij probeerde het raam te openen maar dat was zo lang niet gebruikt dat het vastzat. Hoestend en tranend vanwege de rook voelde hij doña Eugenia de pols, alsof hij niet wist dat kinderen er aan de onderkant uitkomen, een heel eind bij een kloppende pols vandaan.

Eindelijk werden tante Rose en de Baron het eens. Zij begaf zich naar de deur en nam met een diepe buiging afscheid van de loa, die met zijn kikkersprongetjes vertrok. Daarna legde tante Rose de meesteres de situatie uit: wat ze in haar buik droeg was geen vlees voor de begraafplaats, maar een normale baby die niet zou worden meegenomen door Baron Samedi.

Doña Eugenia gaf haar verzet op en concentreerde zich uit alle macht op het persen, en algauw waren de lakens bevlekt met een gelige vloeistof en met bloed. Toen het hoofdje van het kind tevoorschijn kwam, pakte mijn madrina het voorzichtig vast en hielp de rest van het lijfje eruit te komen. Ze gaf mij het pasgeboren kindje en vertelde de moeder dat het een jongetje was, maar die wilde het niet eens zien; ze draaide haar hoofd naar de muur en sloot uitgeput haar ogen. Ik drukte het kind tegen mijn borst, stevig, want het zat onder het vet en was glibberig en ik voelde met absolute zekerheid dat het mijn bestemming was van deze baby te houden alsof het mijn eigen kind was en nu, na zo veel jaren en zo veel liefde, weet ik dat ik me toen niet heb vergist. Ik begon te huilen.

Tante Rose wachtte tot de meesteres dat wat nog binnen in haar zat kwijt was, en waste haar. Daarna sloeg ze de rum van de offergaven op het altaar in een slok achterover, stopte haar spullen weer in haar tas en liep leunend op haar stok de kamer uit.

De dokter zat druk te schrijven in zijn schrift terwijl ik, nog steeds huilend, het kind in bad deed. Hij was zo licht als een jong katje. Ik wikkelde hem in het dekentje dat ik tijdens mijn middagen op de galerij had gebreid en bracht hem naar zijn vader om kennis met hem te maken, maar die had zo veel cognac in zijn lijf dat ik hem niet wakker kreeg. In de gang wachtte een slavin met gezwollen borsten, net gebaad en met kaalgeschoren hoofd vanwege de luizen, die haar melk in het grote huis aan het kind van de meesteres zou geven terwijl het hare in de slavenverblijven groot moest worden op rijstewater. Ik dacht indertijd dat blanke vrouwen hun kinderen nooit zelf voedden.

De vrouw ging in kleermakerszit op de grond zitten, knoopte haar bloes open en pakte het jongetje aan, dat haar borst nam. Ik voelde mijn huid gloeien en mijn tepels hard worden: mijn lichaam was klaar voor dat kind.

Op datzelfde moment stierf Séraphine in de hut van tante Rose, alleen en zonder dat ze er weet van had, want ze sliep. Zo is het gegaan.

De concubine

Ze noemden hem Maurice. De vader was diep ontroerd door dit onverwachte geschenk uit de hemel, dat zijn eenzaamheid kwam bestrijden en een antwoord was op zijn verlangen. Die zoon zou de dynastie van de Valmorains voortzetten. Toulouse Valmorain riep een vrije dag uit, niemand op de plantage hoefde te werken; hij liet een paar dieren roosteren en wees tante Mathilde drie assistenten toe om pikante stoofschotels met maïs en een uitgebreide sortering groentegerechten en gebak te bereiden, genoeg voor iedereen. Hij gaf toestemming voor een calenda op de grootste patio, die tegenover het grote huis, die volstroomde met een rumoerige menigte. De slaven pronkten met het weinige dat ze bezaten – een gekleurde lap, een schelpenketting, een bloem – namen hun trommels en andere geïmproviseerde instrumenten mee en binnen de kortste keren klonk er muziek en waren de mensen onder de spottende blikken van Cambray aan het dansen.

De meester liet ook twee vaten tafia uitdelen en iedere slaaf ontving een royale portie in zijn kalebas om op het kind te kunnen drinken. Tété verscheen op de galerij met de baby in een omslagdoek gewikkeld, en de vader nam hem over en tilde hem boven zijn hoofd om hem aan zijn slaven te laten zien.

'Dit is mijn erfgenaam! Hij zal Maurice Valmorain heten, naar mijn vader!' riep hij uit, schor van ontroering en nog een beetje katterig vanwege zijn dronkenschap van de avond daarvoor.

Op die woorden viel een diepe stilte. Zelfs Cambray was geschrokken: die stomme blanke had de ongelooflijke onvoorzichtigheid begaan zijn zoon naar een overleden grootvader te noemen die, als hij werd opgeroepen, uit zijn graf kon opstaan om zijn kleinzoon te stelen en mee te nemen naar het dodenrijk. Valmorain dacht dat de stilte van respect getuigde en gaf het bevel ter verhoging van de feestvreugde een tweede ronde tafia uit de delen. Tété kreeg de boreling terug en rende met hem naar binnen, zijn gezichtje met een regen van speeksel besproeiend om hem te beschermen tegen het ongeluk dat zijn vader in diens onvoorzichtigheid over hem had uitgeroepen.

De volgende dag, toen de huisslaven op de patio bezig waren de resten van het feest op te ruimen en de rest naar de rietvelden was vertrokken, trof dokter Parmentier voorbereidingen voor zijn terugkeer naar de stad. De kleine Maurice dronk als een kalf bij zijn min en Eugenia gaf geen blijk van symptomen van de dodelijke kraamvrouwenkoorts. Tété had de borsten van haar meesteres ingewreven met een mengsel van boter en honing en met een rode lap strak opgebonden, volgens tante Rose de beste manier om de melk op te laten drogen voordat de productie op gang kwam. Eugenia's nachtkastje stond vol flesjes en potjes, met druppeltjes om te kunnen slapen, pilletjes tegen verdrietigheid en drankjes om de angst te verdragen, maar niets van dat alles kon haar genezen, zoals de dokter zelf toegaf, dat was nu eenmaal onmogelijk; het kon haar bestaan slechts draaglijker maken.

Er was nog maar een schim van de Spaanse over, haar gezicht zag grauw, maar dat kwam meer door de opiumtinctuur dan door haar geestesstoornis. Maurice had het moeilijk gehad in de buik van zijn moeder, had de dokter Valmorain uitgelegd, vandaar dat hij zo klein en zwak ter wereld was gekomen. Hij zou ongetwijfeld ziekelijk zijn en had frisse lucht nodig, zon en goede voeding. Hij schreef de min drie rauwe eieren per dag voor om de melkproductie goed op gang te houden.

'Nu moet jij verder voor madame en de baby zorgen, Tété. Ze zouden niet in betere handen kunnen zijn,' voegde hij eraan toe.

Toulouse Valmorain beloonde de dokter gul voor zijn diensten en nam met spijt afscheid, want hij was oprecht gesteld op die ontwikkelde, goedhartige man. Hij had genoten van hun ontelbare spelletjes kaart tijdens de lange middagen op Saint-Lazare en zou hun gesprekken missen, vooral de discussies waarin ze het niet met elkaar eens waren, want dat dwong hem te oefenen in de vergeten kunst van het voor je plezier argumenteren. Hij wees twee gewapende opzichters aan om de dokter op diens terugtocht naar Le Cap te begeleiden.

Parmentier was aan het inpakken, een karweitje dat hij niet aan slaven overliet omdat hij heel precies was op zijn spullen, toen Tété zachtjes op de deur klopte en met een klein stemmetje vroeg of ze misschien even met hem kon praten, vertrouwelijk. De dokter had vaak in haar gezelschap verkeerd, hij gebruikte haar om met Eugenia, die haar Frans vergeten leek te zijn, en met de slaven te communiceren, in het bijzonder met tante Rose.

'Je bent een prima verpleegster Tété, maar hoed je je meesteres als een invalide te behandelen, ze moet weer op eigen benen leren staan,' had hij gewaarschuwd, toen hij zag dat ze haar meesteres pap voerde en haar op de po zette en haar billen afveegde zodat ze zich niet zou bevuilen.

Het meisje gaf antwoord op alles wat hij vroeg, nauwgezet en in correct Frans, maar begon nooit uit zichzelf een gesprek en keek hem ook nooit recht aan, wat hem in staat had gesteld haar goed te bestuderen. Ze moest een jaar of zestien zijn, hoewel ze geen meisjeslichaam had maar dat van een vrouw. Valmorain had hem Tétés geschiedenis verteld tijdens een van hun gezamenlijke jachtpartijen. Hij wist dat de moeder van de slavin zwanger op het eiland was aangekomen en was gekocht door een affranchi, een paardenhandelaar uit Le Cap. De vrouw had geprobeerd zichzelf te aborteren en was voor dat vergrijp met meer zweepslagen gestraft dan een ander in haar omstandigheden zou hebben overleefd, maar het wezen in haar buik was koppig en werd, toen haar tijd daar was, gezond geboren. Zodra de moeder overeind kon komen, probeerde ze het kind te doden door het tegen de grond te smijten, maar ze hadden haar op tijd weten tegen te houden. Daarna was het meisje een aantal weken aan de zorgen van een andere slavin toevertrouwd, tot haar eigenaar besloot haar te gebruiken als inlossing voor een speelschuld aan een Franse ambtenaar, een zekere Pascal, maar dat heeft de moeder nooit geweten want die had zich eerder al van een verschansing in zee geworpen. Valmorain vertelde Parmentier dat hij Tété had gekocht als persoonlijke meid voor zijn vrouw en dat het een koopje was gebleken nu ze zich tot verpleegster en huishoudster had ontwikkeld. Kennelijk zou ze ook Maurice' kindermeisje worden.

'Wat kan ik voor je doen, Tété,' vroeg Parmentier terwijl hij zijn zilveren en bronzen instrumenten voorzichtig in een glanzende houten kist vlijde.

Zij sloot de deur en vertelde hem in een paar woorden en met een volkomen uitdrukkingsloos gezicht dat zij een kind had van iets meer dan een jaar, een zoon, die ze toen hij net geboren was maar heel kort had mogen zien. Parmentier dacht even dat haar stem brak, maar toen ze verder sprak om hem uit te leggen dat ze het kind had gekregen in de tijd dat de meesteres in een klooster in Cuba op krachten kwam, klonk haar stem weer net zo vlak als daarvoor.

'De meester heeft me verboden het over hem te hebben. Doña Eugenia weet van niets,' zei Tété.

'Dat was heel verstandig van monsieur Valmorain. Zijn vrouw kon geen kinderen krijgen en raakte vreselijk overstuur met kinderen in haar buurt. Is er nog iemand die het weet?'

'Alleen tante Rose. En ik denk dat de hoofdopzichter iets vermoedt, maar hij heeft het nooit kunnen bewijzen.'

'Nu madame haar eigen baby heeft, is de situatie veranderd. De meester zal je kindje vast terug willen halen, Tété. Het is tenslotte zijn eigendom, nietwaar?' zei Parmentier.

'Zijn eigendom, en ook zijn kind.'

Hoe is het mogelijk dat ik dat niet doorhad, bedacht de dokter. Hij had nooit iets gemerkt van intimiteit tussen Valmorain en de slavin, maar het was logisch dat de man, met zijn vrouw in die toestand, troost had gezocht bij de vrouwen die hem ter beschikking stonden. En Tété was buitengewoon aantrekkelijk, ze had iets raadselachtigs, iets sensueels. Vrouwen als zij zijn als edelstenen die alleen iemand met een geoefend oog van ruwe kiezels kan onderscheiden, dacht hij, ze zijn als een gesloten kistje dat een minnaar voorzichtig moet openmaken om de mysteries die het bevat te onthullen. Iedere andere man zou zich gelukkig prijzen met haar liefde, maar hij betwijfelde of Valmorain haar naar waarde kon schatten. Hij dacht met heimwee aan zijn Adèle, ook zo'n ruwe diamant. Ze had hem drie kinderen geschonken en hij genoot al vele jaren van haar gezelschap, zo discreet dat hij in de bekrompen maatschappij waarin hij zijn beroep uitoefende nooit iets had hoeven uitleggen. Als het bekend werd dat hij een concubine en gekleurde kinderen had, zou hij door de blanke gemeenschap zijn uitgestoten; met het feit dat hij homoseksueel zou zijn en daarom vrijgezel, zoals werd gefluisterd, en met grote regelmaat in de wijken kwam waar de affranchi's woonden en pooiers jongens naar ieders smaak aanboden, had men daarentegen geen enkele moeite. Het was vanwege zijn liefde voor Adèle en de kinderen dat hij niet terug naar Frankrijk kon, hoezeer het leven op het eiland hem ook naar de keel greep.

'Dus de kleine Maurice heeft een broertje... In mijn beroep maakt een mens toch van alles mee...' mompelde hij binnensmonds.

Valmorain had zijn vrouw dus niet naar Cuba gestuurd om weer op krachten te komen, zoals hij bij die gelegenheid had verkondigd, maar om voor haar verborgen te houden wat er in haar eigen huis gebeurde. Waarom al dat gedoe? Het was een heel gebruikelijke en algemeen geaccepteerde situatie, het wemelde op het eiland van de bastaards van gemengd ras, hij had ook tussen de slaven van Saint-Lazare een paar kleine mulatjes bespeurd. Maar waarschijnlijk had Eugenia het niet verdragen dat haar echtgenoot juist Tété had gekozen, haar enige anker in de diepe verwarring van haar waanzin. Valmorain was waarschijnlijk bang geweest dat het haar dood zou worden als ze erachter kwam, en de gedachte dat zijn vrouw dan eigenlijk beter af zou zijn kwam niet in hem op, daar was hij niet cynisch genoeg voor. Maar goed, het was zijn zaak niet, besloot Parmentier. Valmorain zou zo zijn redenen hebben en het was niet aan hem om daarnaar te gissen, maar hij was wel razend nieuwsgierig of de vader het kind had verkocht of het slechts zolang het nodig was uit de buurt wilde houden.

'Maar wat kan ík doen, Tété?'

'Alstublieft, dokter, kunt u monsieur Valmorain vragen... Ik wil zo graag weten of mijn zoon nog leeft, of hij hem heeft verkocht en aan wie...'

'Maar dat kan ik niet doen, dat zou vreselijk onbeleefd zijn. In jouw geval kun je het kind maar beter uit je hoofd zetten.'

'Ja dokter,' antwoordde ze, met nauwelijks hoorbare stem.

'Maak je geen zorgen, ik weet zeker dat hij in goede handen is,' voegde Parmentier er getroffen aan toe.

Tété liep de kamer uit en deed de deur geruisloos achter zich dicht.

Met de geboorte van Maurice veranderde de dagelijkse gang van zaken in het huis. Als Eugenia rustig was als ze wakker werd, kleedde Tété haar aan, nam haar mee naar buiten om een beetje met haar heen en weer te lopen over de patio, en installeerde haar daarna op de galerij, met Maurice in zijn wiegje naast haar. Van een afstand leek Eugenia, op de muskietennetten na waar zij en haar kind in gewikkeld zaten, een moeder als alle andere, die over de slaap van haar kind waakte. Maar die illusie verdween zodra je dichterbij kwam en de afwezige gezichtsuitdrukking van de vrouw zag. Een paar weken na de bevalling kreeg ze opnieuw een aanval en weigerde ze nog langer naar buiten te gaan, ervan overtuigd dat de slaven haar bespiedden om haar te vermoorden.

Ze bleef de hele dag in haar kamer, volkomen versuft door de laudanum of raaskallend in haar waanzin, zo verward dat ze zich nauwelijks nog realiseerde dat ze een kind had. Ze vroeg nooit hoe ze hem voedden en niemand vertelde haar dat Maurice de borst kreeg van een Afrikaanse vrouw; ze zou hebben gedacht dat ze het kind met de melk wilden vergiftigen. Valmorain had gehoopt dat het onverbiddelijke moederinstinct zijn vrouw weer bij haar verstand zou brengen, dat haar hart geraakt zou worden als door een windvlaag die haar vanbinnen schoon zou vegen, maar toen hij zag hoe ze de baby als een slappe pop door elkaar schudde om hem tot zwijgen te brengen, met het risico zijn nek te breken, begreep hij dat Maurice' eigen moeder de grootste bedreiging voor het kind vormde. Hij rukte haar de baby uit handen en kon zich niet meer inhouden: hij gaf haar zo'n harde klap in haar gezicht dat ze achterover op de grond viel. Hij had Eugenia nog nooit geslagen en stond zelf verbaasd over zijn gewelddadigheid. Tété hielp haar meesteres, die huilde zonder te begrijpen wat er aan de hand was, overeind, stopte haar in bed en liep weg om een kalmerend drankje te halen. Valmorain hield haar halverwege tegen en reikte haar het kind aan.

'Vanaf nu ben jij verantwoordelijk voor mijn zoon. Als er iets met hem gebeurt, zul je er duur voor betalen. Zorg dat Eugenia hem nooit meer aanraakt!' brulde hij.

'En wat moet ik doen als madame om haar kind vraagt?' vroeg Tété, terwijl ze de kleine Maurice tegen haar borst drukte.

'Het kan me niet schelen wat je doet! Maurice is mijn enige zoon en ik zal niet toestaan dat die idioot hem iets aandoet.'

Tété hield zich niet volledig aan die opdracht. Ze bracht het kind zo nu en dan even naar Eugenia, die hem dan heel even mocht vasthouden terwijl zij erbij bleef. De moeder zat onbeweeglijk met het bundeltje op haar schoot, dat ze met een verwonderde uitdrukking bekeek, maar haar verbazing veranderde snel in ongeduld. Dan gaf ze de baby terug aan Tété en zweefde haar aandacht weer naar iets anders.

Toen tante Rose op het idee kwam een pop in Maurice' dekentje te wikkelen en ze merkten dat de moeder het verschil niet eens opviel, bouwden ze die bezoekjes af tot ze niet meer nodig waren. Ze installeerden Maurice met zijn min in een andere kamer, en overdag bond Tété hem in een doek gewikkeld op haar rug, net als de vrouwen in Afrika. Als Valmorain in huis was, legde ze het kind in zijn wiegje in de kamer of op de galerij, zodat de vader hem kon zien. Tétés geur was het enige wat Maurice tijdens de eerste maanden van zijn leven herkende; de min moest een door Tété gedragen bloes aantrekken tijdens het voeden, anders weigerde het kind de borst.

De tweede week van juli, nog voor zonsopgang, wist Eugenia op blote voeten en in nachthemd te ontsnappen. Ze wankelde over de met kokospalmen omzoomde weg van het grote huis naar de rivier. Tété sloeg alarm en er werden onmiddellijk ploegen samengesteld om haar te zoeken, met de patrouilles die de plantage bewaakten. De bloedhonden leidden hen naar de rivier en daar stond ze, haar voeten vastgezogen in de modder, tot haar nek in het water. Niemand begreep hoe ze zo ver had kunnen komen, want ze was bang in het donker. 's Nachts was haar bezeten geschreeuw vaak tot in de hutten van de slaven te horen, die er kippenvel van kregen.

Valmorain was ervan overtuigd dat Tété haar niet genoeg druppeltjes uit het blauwe flesje had gegeven, want als ze voldoende verdoofd was geweest zou ze nooit zijn ontsnapt, en hij dreigde haar met de zweep, iets wat hij nooit eerder had gedaan. Tété leefde enkele dagen in angst dat die straf zou worden uitgevoerd, maar Valmorain gaf het bevel nooit.

Spoedig daarna sloot Eugenia zich volledig af voor de buitenwereld; alleen Tété liet ze nog toe, die 's nachts ineengerold naast haar op de grond sliep, klaar om haar meesteres te redden uit haar nachtmerries. Als Valmorain de slavin bij zich wilde, liet hij dat tijdens het diner met een gebaar weten. Zij wachtte dan tot de zieke vrouw sliep en liep vervolgens stilletjes door de gangen naar de grote slaapkamer, aan de andere kant van het huis. Tijdens zo'n gelegenheid was Eugenia in haar kamer wakker geworden en ontsnapt naar de rivier, en waarschijnlijk was dat de reden dat Valmorain Tété niet voor haar fout liet boeten. Die nachtelijke omhelzingen tussen de meester en de slavin, achter gesloten deuren en in het echtelijke bed dat jaren daarvoor door Violette Boisier was uitgekozen, hoorden alleen bij de nacht, bij daglicht werd erover gezwegen.

Na Eugenia's tweede zelfmoordpoging – ditmaal stichtte ze een brand die het huis bijna in de as legde – was de situatie zo duidelijk dat ze zelfs de schijn niet meer probeerden op te houden. In de kolonie wist men dat madame Valmorain krankzinnig was en dat verbaasde maar weinigen want er werd al jaren gefluisterd dat de familie van die Spaanse knettergek was. Bovendien gebeurde het wel vaker dat blanke vrouwen die van elders kwamen in de kolonie in de war raakten. Hun mannen stuurden hen weg om in een ander klimaat te herstellen, en troostten zich met een assortiment meisjes in alle kleuren die het eiland bood. De creoolse vrouwen, daarentegen, floreerden in die decadente omgeving, waarin je je aan verleidingen kon overgeven zonder de consequenties te hoeven dragen.

Wat Eugenia betreft, voor haar was het te laat om haar ergens naartoe te sturen, behalve naar een krankzinnigengesticht, een mogelijkheid die Valmorain uit een gevoel van verantwoordelijkheid en trots nooit zou hebben overwogen: de vuile was hou je in huis. En zijn huis bevatte vele slaapkamers, een salon en een eetkamer, een kantoor en twee kelders, zodat er weken voorbij konden gaan zonder dat hij zijn vrouw zag. Haar vertrouwde hij toe aan Tété en zelf richtte hij zich op zijn zoon.

Valmorain had zich nooit kunnen voorstellen dat hij zo veel van een ander wezen kon houden, meer dan van alles wat hij ooit had bemind bij elkaar, meer dan van zichzelf. Geen enkel ander gevoel leek op de liefde die Maurice bij hem wekte. Hij kon uren naar hem kijken, hij stond er verbaasd over hoe vaak zijn gedachten bij dat kind waren; ooit was hij zelfs halverwege Le Cap omgedraaid en in vliegende galop teruggereden, overvallen door het gruwelijke voorgevoel dat zijn zoon iets vreselijks was overkomen. De opluchting die hem beving toen bleek dat er niets aan de hand was, was zo overstelpend dat hij in snikken uitbarstte. Hij ging met het kind in zijn armen in de luie stoel zitten, voelde het zoete gewicht van het hoofdje tegen zijn arm, zijn warme ademhaling in zijn hals, en snoof de geur op van zure melk en kinderzweet. Hij beefde bij de gedachte aan de ongelukken of ziektes die dit wezentje bedreigden. De helft van de kinderen in Saint-Domingue stierf voor het vijfde levensjaar en kinderen waren de eerste slachtoffers bij een epidemie, en dan rekende hij ongrijpbare gevaren als vervloekingen, waarmee hij niet helemaal oprecht altijd de spot dreef, niet eens mee, of een slavenopstand die de blanken tot de laatste uit zou roeien, zoals Eugenia jarenlang had voorspeld.

Slavin voor alle diensten

Voor Valmorain was de geestesziekte van zijn vrouw een goed excuus om zich terug te trekken uit het sociale leven, dat hem toch al verveelde, en drie jaar na de geboorte van zijn zoon was hij in een kluizenaar veranderd. Zijn zaken noopten hem met enige regelmaat naar Le Cap en soms naar Cuba te gaan, maar reizen was gevaarlijk vanwege de talloze negerbendes die uit de bergen naar beneden kwamen en uitzwermden over de wegen. De terechtstellingen van de marrons in 1780 en daarna hadden de slaven er niet van weten te weerhouden te vluchten en evenmin een eind gemaakt aan de overvallen die de marrons op plantages en reizigers pleegden. Valmorain was het liefst op Saint-Lazare. Hij had niemand nodig, zei hij, met de koppige trots van mensen die zich tot de eenzaamheid geroepen voelen. Naarmate hij ouder werd, raakte hij steeds meer teleurgesteld in de mensen; op dokter Parmentier na vond hij iedereen stompzinnig en corrupt. Hij onderhield alleen nog zakelijke contacten, zoals met zijn joodse agent in Le Cap of met zijn bankier in Cuba. De andere uitzondering, naast Parmentier, was zijn zwager Sancho García del Solar, met wie hij een intensieve correspondentie voerde, maar ze zagen elkaar weinig. Sancho amuseerde hem en de zaken die ze samen hadden opgezet waren profijtelijk voor hen beiden, en dat was, had Sancho hem goedgemutst bekend, een regelrecht wonder want voor hij Valmorain had leren kennen was hem nooit iets gelukt.

'Hou er maar vast rekening mee, zwager, er komt een dag dat ik je ruïneer,' grapte hij regelmatig, maar hij bleef geld lenen dat hij na verloop van tijd verveelvoudigd terugbetaalde.

Tété gaf vriendelijk en vastberaden leiding aan de huisslaven, zo min mogelijk ophef makend van problemen om te voorkomen dat de meester zich ermee bemoeide. Haar slanke gestalte in een donkere rok, een bloes van perkaline en een gesteven *tignon* op haar hoofd, leek overal tegelijk te zijn, met een rammelende sleutelbos om haar middel en Maurice op haar heup of later, toen het kind leerde lopen, aan haar rokken. De instructies voor de keuken, het bleken van de was, het werk van de naaisters en de noden van de meester of het kind, niets ontsnapte aan haar aandacht. Ze wist te delegeren en had een slavin die niet langer geschikt was om op de rietvelden te werken, opgeleid om haar te helpen met de zorg voor Eugenia en haar te ontlasten van de taak in de kamer van de zieke te slapen. De vrouw liet de zieke geen moment alleen, maar Tété diende Eugenia haar medicijnen toe en waste haar, want ze liet zich door niemand anders aanraken.

Het enige wat Tété niet uit handen, gaf was de zorg voor Maurice. Ze aanbad het nukkige, tere, gevoelige jongetje alsof het haar eigen kind was. De min was intussen weer terug naar de slavenverblijven, en Tété sliep bij Maurice in zijn kamer. Zij lag op een matras op de grond en Maurice, die weigerde in zijn eigen bedje te slapen, kroop dicht tegen haar grote, warme lichaam aan, tegen haar volle borsten. Soms werd ze wakker van de ademhaling van het kind en dan liefkoosde ze hem in het donker, tot tranen toe geroerd door zijn geur, zijn warrige krullen, die slappe handjes en dat in de slaap ontspannen lijfje. Dan gingen haar gedachten naar haar eigen zoon en hoopte ze dat ergens een vrouw net zo veel liefde koesterde voor hem als zij voor Maurice. Ze gaf het kind alles wat Eugenia hem niet kon geven: verhaaltjes, liedjes, kusjes, haar lach en zo nu en dan een klap om hem te leren gehoorzamen. Bij die zeldzame gelegenheden dat ze hem strafte, wierp het kind zich trappelend op de grond en dreigde het aan zijn vader te vertellen, maar dat deed hij nooit, want op een of andere manier voorvoelde hij dat het ernstige gevolgen zou hebben voor die vrouw die zijn hele wereld was.

Prosper Cambray was er niet in geslaagd zijn schrikbewind aan het huispersoneel op te leggen doordat er een duidelijke scheiding was ontstaan tussen Tétés kleine territorium en de rest van de plantage. Haar domein functioneerde als een school, dat van hem als een gevangenis. In het huis wist iedere slaaf precies wat er van hem of haar verwacht werd, en de taken werden rustig en in harmonie uitgevoerd. Op de suikerrietvelden liepen de mensen in het gelid, voortdurend in angst voor de zweep van de commandeurs; ze gehoorzaamden zonder tegen te sputteren, altijd op hun hoede, want elke onachtzaamheid moesten ze met hun bloed bekopen. Cambray voerde de straffen persoonlijk uit. Valmorain hief nooit zijn hand op tegen een slaaf, dat vond hij beneden zijn waardigheid, maar hij was bij de tuchtigingen wel aanwezig om duidelijk te laten blijken wie er de baas was en om zich ervan te verzekeren dat de hoofdopzichter niet overdreef. Hij wees de man nooit in het openbaar terecht, maar zijn aanwezigheid bij de martelpaal dwong Cambray zich enigszins te matigen. Hoewel het huis en de velden aparte werelden waren, kwamen Tété en de hoofdopzichter elkaar toch regelmatig tegen, en dan laadde de atmosfeer zich met de dreigende energie van een orkaan. Cambray zat achter haar aan, de duidelijke minachting van het meisje wond hem op, en zij meed hem, verontrust door zijn ongegeneerde geilheid.

'Als Cambray je lastigvalt, wil ik dat onmiddellijk weten, begrepen?' had Valmorain haar meer dan eens gewaarschuwd, maar zij liet nooit iets merken; ze keek er wel voor uit de hoofdopzichter te tarten.

Op bevel van haar meester, die Maurice absoluut geen *néc*, geen negertaaltje wilde horen brabbelen, sprak Tété in huis altijd Frans. Met de rest van de mensen op de plantage communiceerde ze in het creools en met Eugenia in een Spaans dat zo langzamerhand beperkt was geraakt tot een paar onmisbare woorden. De zieke was weggezakt in zo'n diepe zwaarmoedigheid en reageerde zo totaal onverschillig op zintuiglijke prikkels, dat als Tété haar niet had gevoed en gewassen, ze zo smerig als een varken zou zijn omgekomen van de honger; als Tété haar niet steeds in een andere houding had gelegd, waren haar botten vergroeid, en ze zou stom zijn geworden als Tété haar niet had aangespoord te praten. Ze had geen paniekaanvallen meer, overdag zat ze als een grote pop met starende ogen te dommelen in een fauteuil. Ze bad nog wel de rozenkrans, die ze altijd in het leren zakje om haar hals droeg, maar lette niet meer op de woorden.

'Als ik doodga is mijn rozenkrans voor jou, zorg ervoor dat niemand hem van je afpakt, want hij is door de paus gezegend,' zei ze tegen Tété. De zeldzame momenten dat ze helder was, smeekte ze God haar mee te nemen. Volgens tante Rose zat haar *ti-bon-ange* vast op deze wereld en was er een speciale ceremonie nodig om die te bevrijden, niets pijnlijks of ingewikkelds, maar Tété durfde zo'n onherroepelijke oplossing niet aan. Ze wilde haar ongelukkige meesteres helpen, maar de verantwoordelijkheid voor haar dood zou een drukkende last zijn, ook als ze die met tante Rose deelde. Misschien had de ti-bon-ange van doña Eugenia nog iets te doen in haar lichaam; ze moesten hem de tijd geven zich langzaam zelf uit haar los te maken.

Dat Toulouse Valmorain Tété regelmatig naar zijn bed riep, had meer met gewoonte te maken dan met liefde of verlangen, want de eerdere drang, toen ze net in de puberteit was gekomen en hij haar met een plotselinge hartstocht had begeerd, was verdwenen. Eugenia's ziekte was de enig mogelijke verklaring voor het feit dat ze niet doorhad wat zich onder haar ogen afspeelde.

'Madame vermoedt het wel, maar wat moet ze? Ze kan er niets tegen doen,' zei tante Rose, de enige die Tété in vertrouwen had durven nemen toen ze zwanger was. Tété was bang geweest voor Eugenia's reactie als je het zou gaan zien, maar voor die tijd was Valmorain op het idee gekomen zijn vrouw naar Cuba te brengen, waar hij haar het liefst voor altijd had gelaten als de nonnen in het klooster bereid waren geweest voor haar te blijven zorgen. Toen hij haar naar de plantage terughaalde, was Tétés pasgeboren kindje verdwenen en Eugenia heeft nooit gevraagd waarom haar slavin zo huilerig was.

Valmorain was gulzig en gehaast in bed. Hij zocht zijn gerief zonder zijn tijd te verspillen aan inleidende flauwekul. Net zoals het ritueel met het grote tafelkleed en de zilveren kandelaars, dat Eugenia hem voorheen tijdens het diner had opgedrongen, hem had verveeld, vond hij het liefdesspel ook onzin.

Voor Tété was het gewoon de zoveelste taak, binnen een paar minuten bekeken, behalve wanneer de duivel in haar meester voer. Dat gebeurde niet vaak, maar ze was er altijd bang voor. Toch dankte ze haar lot, want Lacroix, de eigenaar van de plantage naast Saint-Lazare, hield in een barak een hele harem meisjes vastgeketend, om met hen zijn fantasieën te bevredigen, orgieën waaraan zijn gasten en een paar negers die hij 'mijn dekhengsten' noemde, deelnamen. Valmorain was een keer op zo'n wreed feestje aanwezig geweest, en had het zo afgrijselijk gevonden dat hij nooit meer was gegaan. Hij was niet fijngevoelig, maar geloofde wel dat je voor dergelijk vreselijke misdaden vroeger of later werd gestraft en hij wilde liever niet in de buurt zijn als er met Lacroix afgerekend werd. Ze waren bevriend, hadden gemeenschappelijke belangen – van het fokken van dieren tot het elkaar uitlenen van slaven tijdens de suikeroogst – en hij ging naar zijn buurmans feesten, rodeo's en dierengevechten, maar wenste geen voet meer in die barak te zetten. Lacroix vertrouwde hem volledig en gaf Valmorain, met slechts een ondertekend reçuutje als garantie, zijn spaargeld om het op een geheime rekening te zetten als hij naar Cuba ging, buiten bereik van de begerige klauwen van zijn vrouw en haar familie. Valmorain moest zich in allerlei bochten wringen om de uitnodigingen voor Lacroix' orgieën telkens weer af te slaan.

Tété had geleerd zich zo passief als een schaap te laten gebruiken, haar lichaam slap, zonder verzet, haar hart en gedachten elders, in de hoop dat haar meester gauw klaar zou zijn en in een diepe, diepe slaap zou wegzakken. Ze wist dat alcohol haar bondgenoot was als ze hem precies de juiste hoeveelheid toediende. Van een of twee glazen raakte de meester opgewonden, na het derde moest ze uitkijken want dan werd hij agressief, maar na het vierde glas verkeerde hij in de nevelen van de dronkenschap en als ze het dan handig aanpakte, sliep hij voor hij haar had aangeraakt.

Valmorain vroeg zich nooit af wat zij voelde, net zo min als het in hem opkwam zich af te vragen wat zijn paard voelde als hij het bereed. Hij was aan haar gewend en ging zelden naar andere vrouwen. Soms werd hij met een vaag gevoel van beklemming wakker in zijn lege bed, met de haast niet meer waarneembare afdruk van Tétés warme lichaam naast zich, en dan dacht hij terug aan die lang voorbije nachten met Violette Boisier of aan de avontuurtjes in zijn jeugd in Frankrijk. Het was net of die iemand anders waren overkomen, iemand wiens verbeelding al op hol sloeg als hij de enkels van een dame zag en die in bed keer op keer met hernieuwde energie de liefde bedreef. Dat leek hem nu onmogelijk. Tété wond hem minder op dan vroeger, maar het kwam niet in hem op haar te vervangen omdat het wel makkelijk was, zo, en hij was een man van vaste gewoonten. Soms vergreep hij zich in het voorbijgaan aan een jonge slavin, maar zoiets was niet meer dan een gehaaste verkrachting en eigenlijk minder bevredigend dan een bladzijde lezen in het boek waar hij op dat moment mee bezig was.

Hij weet zijn matheid aan een malaria-aanval die hem bijna naar de andere wereld had gezonden en hem ernstig had verzwakt. Dokter Parmentier had hem gewaarschuwd voor de gevolgen van overmatig alcoholgebruik, in de tropen net zo funest als koorts, maar hij dronk niet te veel, dat wist hij zeker, alleen wat hij nodig had om de verveling en de eenzaamheid te verdrijven. Hij had geen idee met hoeveel vasthoudendheid Tété zijn glas bijschonk. Voorheen, toen hij nog regelmatig naar Le Cap reisde, maakte hij van de gelegenheid gebruik om zich te vermaken met een van de courtisanes die op dat moment in de mode waren, een van die mooie *poules* die zijn hartstocht deden ontvlammen maar hem altijd teleurstelden. Op de heenweg verheugde hij zich op genoegens die hij zich naderhand niet eens meer kon herinneren, mede doordat hij zich tijdens die uitstapjes vreselijk bezatte. Hij betaalde die meisjes voor hetzelfde wat hij uiteindelijk ook met Tété deed: dezelfde grove vrijpartij, dezelfde haast. En na afloop vertrok hij wankelend, met het gevoel belazerd te zijn. Met Violette zou het anders zijn geweest, maar zij was uit het vak gestapt sinds ze met Relais samenwoonde. Meestal ging Valmorain eerder dan voorzien naar Saint-Lazare terug, omdat hij aan Maurice dacht en zich eigenlijk het liefst in de veiligheid van zijn vaste gewoonten verschanste.

'Ik word oud,' mompelde Valmorain als hij, terwijl zijn slaaf hem schoor, in de spiegel keek en hij het web dunne lijntjes rond zijn ogen zag en een beginnende onderkin. Hij was veertig, net zo oud als Prosper Cambray, maar lang niet zo energiek als de hoofdopzichter, en hij werd dik. 'Het is het klimaat,' voegde hij er dan aan toe. Hij ervoer het leven als een boottocht zonder dat hij over een roer of een kompas beschikte, hij was op drift, wachtend op iets wat hij niet kon benoemen. Hij verafschuwde het eiland.

Overdag was hij bezig met het bestieren van de plantage, maar de avonden en de nachten duurden eindeloos. Als de zon onderging en de duisternis viel, begonnen de uren zich voort te slepen met een last aan herinneringen, angsten, spookverschijningen en berouw. Hij probeerde de tijd om de tuin te leiden door te lezen en met Tété te kaarten. Ze stortte zich enthousiast in het spel, en dat waren de enige momenten waarop ze haar verdediging liet vallen. In het begin, toen hij het haar leerde, had zij altijd verloren, maar hij verdacht haar ervan dat ze hem expres liet winnen omdat ze bang was dat hij anders boos zou worden.

'Zo vind ik er niets aan. Je moet proberen te winnen,' eiste hij, en vanaf dat moment begon hij te verliezen. Hij vroeg zich vol verbazing af hoe die mulattin zich met hem kon meten in een spel dat om logisch denken, handigheid en berekening ging. Niemand had Tété leren rekenen, maar ze telde de kaarten instinctief, zoals ze het huishoudgeld beheerde. Dat ze mogelijk net zo slim was als hij, was voor Valmorain een verwarrende, verontrustende gedachte.

De meester dineerde gewoonlijk vroeg, in de eetkamer, bediend door twee zwijgende slaven, in drie simpele, voedzame gangen. Hij dronk er een paar glazen goede wijn bij, dezelfde die hij als smokkelwaar naar zijn zwager Sancho stuurde en die in Cuba voor het dubbele werd verkocht. Na het dessert reikte Tété hem de fles cognac aan en bracht hem op de hoogte van de gang van zaken in huis. Het meisje glipte op haar blote voeten geruisloos naar binnen, alsof ze zweefde, maar hij hoorde het zachte getinkel van de sleutels, het ruisen van haar rokken en hij voelde de warmte van haar aanwezigheid al voor ze er was.

'Ga zitten, ik vind het niet prettig als je uit de hoogte tegen me praat,' zei hij elke avond weer tegen haar; ze ging pas zitten als hij dat bevel had gegeven, dicht bij hem, heel rechtop in haar stoel, haar handen rustend in haar schoot en met neergeslagen wimpers. In het licht van de kaarsen leken haar harmonieuze gezicht en haar slanke hals als uit hout gesneden. In haar langgerekte, kalme ogen glansden gouden lichtjes. Ze beantwoordde zijn vragen op vlakke toon, behalve als ze het over Maurice had; dan werd ze levendig, trots op elke kwajongensstreek, alsof het heldendaden waren.

'Alle jongens zitten achter de kippen aan, Tété,' zei hij spottend, maar eigenlijk was hij het met haar eens dat ze een genie opvoedden. En daarom, vooral daarom, waardeerde Valmorain haar: zijn zoon kon niet in betere handen zijn. Ondanks zichzelf, want hij was geen voorstander van overdreven verwennerij, vond hij het ontroerend om hen samen te zien in die saamhorigheid van moeders met hun kinderen, van liefkozingen en geheimen. Maurice beantwoordde Tétés liefde met zo'n onvoorwaardelijke trouw dat zijn vader er vaak jaloers op werd. Valmorain had hem verboden haar 'maman' te noemen, maar Maurice hield zich niet aan dat verbod.

'Maman, zweer dat ze ons nooit, nooit scheiden,' had hij zijn zoon achter zijn rug horen fluisteren.

'Ik zweer het, mijn kind.'

Bij gebrek aan andere gesprekspartners had hij zich aangewend Tété zijn zorgen over zijn zaken, over het beheer van de plantage en de slaven toe te vertrouwen. Omdat hij geen antwoord verwachtte, waren het geen echte gesprekken, meer een soort monologen om stoom af te blazen en het geluid van een menselijke stem te horen, al was het maar die van hemzelf. Hoewel hij het gevoel had dat zij niets bijdroeg, wisselden ze soms wel degelijk ideeën uit; hij besefte niet hoezeer ze hem met een paar zinnetjes manipuleerde.

‘Heb je de handelswaar gezien die Cambray gisteren heeft meegenomen?’

‘Ja, meester. Ik heb tante Rose geholpen die na te kijken.’

‘En?’

‘Ze zien er niet goed uit.’

‘Ze zijn er nog maar net, onderweg verliezen ze veel gewicht. Cambray heeft ze op een veiling gekocht, allemaal tegen dezelfde prijs. Het is een rotmethode, je kunt ze niet van tevoren bekijken en dus loop je het risico knollen voor citroenen te kopen. Negerhandelaren zijn nu eenmaal enorme zwendelaars. Maar ik ga ervan uit dat de hoofdopzichter weet wat hij doet. Wat zegt tante Rose?’

‘Twee hebben last van diarree, die kunnen niet meer op hun benen staan. Ze zegt dat ze een week met rust gelaten moeten worden om ze te kunnen genezen.’

‘Een week!’

‘Dat is beter dan ze kwijt te raken, meester. Dat zegt tante Rose tenminste.’

‘Zit er een vrouw bij? We hebben iemand nodig in de keuken.’

‘Nee, maar wel een jongen van een jaar of veertien…’

‘Die Cambray onderweg met de zweep heeft bewerkt? Volgens hem wilde het joch ontsnappen en moest hij hem ter plekke een lesje leren.’

‘Dat zegt monsieur Cambray, meester.’

‘En jij, Tété, wat denk jij dat er is gebeurd?’

‘Ik weet het niet, meester, maar ik denk dat de jongen nuttiger zal zijn in de keuken dan op de velden.’

‘Dan probeert hij vast weer te ontsnappen, er is hier weinig toezicht.’

‘Er is nog nooit een huisslaaf ontsnapt, meester.’

De dialoog eindigde onbeslist, maar later, toen Valmorain zijn nieuwe aanwinsten bekeek en de jongen zag, nam hij een besluit.

Na het eten ging Tété gewoonlijk naar Eugenia om te controleren of ze schoon was en rustig in bed lag, en daarna bleef ze bij Maurice tot hij sliep. Als het weer het toeliet, installeerde Valmorain zich op de galerij met een boek of een krant en zijn derde glas cognac in zijn hand; anders in de naargeestige salon, bij het magere licht van een olielamp. Het nieuws bereikte hem met weken achterstand, maar dat deerde hem niet, de feiten vonden plaats in een ander universum. Hij stuurde het huispersoneel weg, want aan het eind van de dag had hij er genoeg van dat al zijn gedachten geraden werden, en bleef in zijn eentje zitten lezen. Wat later, als de hemel een ondoordringbare zwarte deken was en hij alleen nog het aanhoudende suizen van de rietvelden hoorde, het gemompel van de schaduwen in het huis en soms de geheime vibratie van de trommels, begaf hij zich naar zijn slaapkamer en kleedde zich uit bij het licht van slechts één kaars. Tété zou zo komen.

Zarité

Zo herinner ik het me. Buiten de krekels en de roep van de uil, binnen het licht van de maan die haar stralen precies op zijn slapende lichaam richt. Zo jong! Bewaar hem voor mij, Erzuli, loa van de diepste wateren, smeekte ik, mijn pop stevig vasthoudend, de pop die ik van opa Honoré had gekregen en die toen nog bij me was. Kom Erzuli, moeder, geliefde, met je kettingen van zuiver goud, je cape van toekanveren, je kroon van bloemen en je drie ringen, een voor iedere echtgenoot. Help ons, loa van de dromen en de hoop. Bescherm hem tegen Cambray, maak hem onzichtbaar voor de blikken van de meester, maak hem voorzichtig tegenover anderen maar trots in mijn armen, breng als het dag is zijn vrije negerhart tot zwijgen om hem te laten overleven, en geef hem ’s nachts moed opdat hij zijn verlangen naar de vrijheid niet verliest. Zie welwillend op ons neer, Erzuli, loa van de afgunst. Wees niet jaloers op ons, want dit geluk is teer als de vleugeltjes van een vlieg. Hij zal vertrekken. Als hij niet gaat zal hij sterven, dat weet je, maar haal hem nu nog niet van me weg, laat me zijn smalle rug strelen, die van een jongen, voordat die verandert in de rug van een man.

Hij was een krijger, mijn geliefde, als de naam die zijn vader hem had gegeven: Gambo, wat krijger betekent. Ik fluisterde zijn verboden naam als we samen waren, ‘Gambo’, en dat woord weerklonk in mijn aderen. Hij is veel geslagen voor hij luisterde naar de naam die ze hem hier hadden gegeven en zijn werkelijke naam verzweeg. ‘Gambo,’ zei hij tegen mij, zijn borst aanrakend, de eerste keer dat we elkaar beminden. ‘Gambo, Gambo,’ herhaalde hij, tot ik het tegen hem durfde te zeggen. Toen sprak hij nog in zijn taal en ik gaf hem antwoord in de mijne. Het duurde even voordat hij creools leerde en ik iets van zijn taal begreep – mijn moeder had me die niet kunnen geven – maar van het begin af aan hadden we het niet nodig om met elkaar te praten. De liefde heeft stomme woorden, helderder dan de rivier.

Gambo was net aangekomen, hij leek nog een kind, vel over been, doodsbang. Andere gevangenen, groter en sterker, waren stuurloos achtergebleven in de bittere zee, op drift, zoekend naar de weg terug, naar Guinea. Hoe had hij de overtocht overleefd? Zijn huid was opengereten door de zweepslagen, Cambrays methode om nieuwelingen te breken, zoals hij dat ook met honden en paarden deed. Op zijn borst, ter hoogte van zijn hart, droeg hij een brandmerk met de initialen van de handelsmaatschappij, dat ze hadden aangebracht voor hij in Afrika werd ingescheept; het was nog niet geheeld. Tante Rose droeg me op zijn wonden uit te wassen met water, met veel water en ze daarna te bedekken met kompressen van zwarte nachtschade, aloë en boter, omdat ze van binnen naar buiten moesten genezen. Op de brandwond alleen vet, geen water. Geen genezer die zo goed was als zij; zelfs dokter Parmentier probeerde achter haar geheimen te komen. En zij deelde die met hem, al gebruikte hij ze om andere blanken te helpen, want de kennis komt van Papa Bondye en is van iedereen, en als je haar niet deelt, raak je de gave kwijt. Zo is het. In die dagen had zij haar handen vol aan de verzorging van de nieuwe slaven die ziek aankwamen, en ze droeg mij op om Gambo te genezen.

De eerste keer dat ik hem zag lag hij op zijn buik in het slavenziekenhuis, onder de vliegen. Ik kreeg hem met moeite overeind om hem een scheut tafia te geven en een lepeltje van de druppeltjes van de meesteres die ik uit haar blauwe flesje had gestolen. Ik zette me onmiddellijk aan de ondankbare taak de jongen schoon te maken. De wonden waren niet heel erg ontstoken omdat Cambray de kans niet had gehad er zout en azijn in te doen, maar de pijn moet verschrikkelijk zijn geweest. Gambo beet op zijn lippen, zonder te klagen. Toen ging ik naast hem zitten om voor hem te zingen, omdat ik geen woorden van troost in zijn taal kende. Ik wilde hem vertellen hoe je het moet aanleggen om de hand die de zweep grijpt niet te tergen, hoe je werkt en gehoorzaamt en toch je wraakgevoelens blijft voeden, het vuur dat binnenin woedt.

Mijn madrina wist Cambray ervan te overtuigen dat de jongen een besmettelijke ziekte had en beter apart gehouden kon worden om de rest van de ploeg niet te besmetten. De hoofdopzichter gaf toestemming hem in haar hut te installeren, want hij koesterde nog steeds de hoop dat tante Rose met een dodelijke ziekte besmet zou worden. Maar zij was immuun, ze had een verbond gesloten met Légbé, de loa van de bezweringen. Intussen was ik begonnen de meester het idee in te fluisteren Gambo in de keuken aan het werk te zetten. Op de rietvelden zou hij het nooit redden, want de hoofdopzichter had het vanaf het begin op hem gemunt.

Als ik met hem bezig was, liet tante Rose ons in haar hut alleen. Ze had het geraden. En op de vierde dag gebeurde het. Gambo was zo overweldigd door de pijn, door alles wat hij had verloren – zijn land, zijn familie, zijn vrijheid – dat ik hem wilde omhelzen zoals zijn moeder zou hebben gedaan; tederheid bespoedigt de genezing. De ene beweging leidde tot de andere en ik gleed onder hem zonder zijn rug aan te raken, zodat hij zijn hoofd op mijn borst kon laten rusten. Zijn lichaam gloeide, hij had nog steeds hoge koorts, ik denk niet dat hij wist wat we deden. Ik kende de liefde niet. Wat de meester met me deed was duister en beschamend, zo vertelde ik Gambo, maar hij geloofde me niet. Met de meester maakte mijn ziel, mijn ti-bon-ange, zich los van mijn lichaam en vloog ergens anders heen; alleen mijn lichaam-lijk bleef in dat bed achter.

Gambo. Zijn lichaam, licht, boven op het mijne, zijn handen om mijn middel, zijn adem in mijn mond, zijn ogen die me aankeken vanaf de andere kant van de zee, Guinea, dat was liefde. Erzuli, loa van de liefde, red hem van alle kwaad, bescherm hem. Zo smeekte ik.

Roerige tijden

Het was meer dan dertig jaar geleden dat Macandal, die legendarische tovenaar, het zaad van de opstand had geplant. Sindsdien reisde zijn geest op de wind van de ene naar de andere kant van het eiland, hij drong de barakken binnen, de hutten, de *ajoupa's* en de suikerrietmolens, de slaven lokkend met de belofte van vrijheid. Hij nam de vorm aan van een slang, een tor, een aap, een papegaai, hij troostte met de fluisteringen van de regen, smeekte met de donder, riep op tot rebellie met de bulderstem van de storm. De blanken voelden het ook: iedere slaaf was een vijand. Er waren er al meer dan een half miljoen en twee op de drie slaven waren direct uit Afrika geïmporteerd, met de immens zware last van hun wrok en met maar één doel in hun leven: hun ketenen verbreken en wraak nemen.

Er kwamen duizenden slaven in Saint-Domingue aan, maar het waren er nooit voldoende om aan de onverzadigbare vraag van de plantages te voldoen. Zweep, honger, werk. Waakzaamheid noch de meest wrede onderdrukking kon verhinderen dat velen ontsnapten; sommigen deden dat al in de haven, zodra ze werden ontscheept en van hun ketenen werden ontdaan om hen te kunnen dopen. Naakt en ziek als ze waren wisten ze te ontsnappen, met maar één gedachte: weg van de blanken. Ze staken de enorme vlaktes over, zich voortslepend over het grasland, drongen het oerwoud binnen en klommen tegen de bergen van dat onbekende gebied op. Als ze zich bij een groep marrons wisten aan te sluiten, ontkwamen ze aan de slavernij. Oorlog, vrijheid. Degenen die op het eiland geboren waren, die de vrijheid niet kenden en voor wie Guinea een vaag rijk op de bodem van de zee was, raakten besmet met de moed van de als vrije mensen in Afrika geboren slaven, die bereid waren te sterven om weer vrij te zijn. De planters hielden hun wapens altijd bij de hand, wachtend. Het regiment in Le Cap was versterkt met vierduizend Franse soldaten die, zodra ze aan land kwamen, werden getroffen door cholera, malaria en dysenterie.

De slaven geloofden dat de muggen, de veroorzakers van die sterfte, Macandals troepen waren die de blanken bestreden. In de gedaante van een mug was Macandal ontkomen aan de brandstapel, en hij was teruggekomen, zoals hij had beloofd. In Saint-Lazare waren minder slaven gevlucht dan elders. Valmorain zocht de oorzaak daarvan in het feit dat hij zijn negers minder wreed behandelde; hij smeerde ze niet in met melasse om ze daarna voor de rode mieren te laten liggen, zoals Lacroix deed. Tijdens zijn vreemde nachtelijke monologen zei hij tegen Tété dat niemand hem van wreedheid kon beschuldigen, maar dat als de situatie bleef verslechteren, hij Cambray carte blanche moest geven. Zij paste er wel voor op in zijn nabijheid het woord 'opstand' te laten vallen. Tante Rose had haar verzekerd dat een algemene slavenopstand slechts een kwestie van tijd was en dat Saint-Lazare en alle andere plantages op het eiland in vlammen op zou gaan.

Prosper Cambray had het met zijn baas over dit onwaarschijnlijke gerucht gehad. Zolang hij zich kon heugen werd daar al over gesproken, maar het was nog nooit werkelijkheid geworden. Wat kon een handjevol miezerige slaven uitrichten tegen de Maréchaussée en mannen als hij, die tot alles in staat waren? Hoe wilden ze zich organiseren? Hoe kwamen ze aan wapens? Wie zou hen leiden? Onmogelijk. Hij zat de hele dag op zijn paard, sliep met twee pistolen binnen handbereik en één oog open, was altijd op zijn hoede. De zweep was een verlengstuk van zijn vuist, de taal die hij het best sprak en die door iedereen werd gevreesd; hij genoot van niets zo hevig als van de angst die hij in anderen wekte. Slechts de gewetensbezwaren van zijn baas hadden Cambray ervan weerhouden fantasierijkere onderdrukkingsmethoden te gebruiken, maar nu de verzetshaarden zich hadden verveelvoudigd, zat er verandering in de lucht. Hij zou eindelijk de gelegenheid krijgen om te laten zien dat hij de plantage ook onder de slechtst denkbare omstandigheden kon leiden, hij hoopte al veel te veel jaren op het rentmeesterschap. Hij had niets te klagen, want hij had inmiddels een niet te versmaden kapitaal opgebouwd met steekpenningen, diefstal en smokkelhandeltjes; Valmorain had geen idee wat er allemaal uit zijn kelders verdween. Cambray snoefde over zijn seksuele prestaties, geen meisje ontkwam aan de plicht hem in zijn hangmat ter wille te zijn, en niemand die zich daarmee bemoeide. Hij kon alle vrouwen grijpen die hij maar wilde, op Tété na. Haar kon hij niet lastigvallen, terwijl zij de enige was die zijn wellust wekte. En zijn wrok, omdat zij buiten zijn macht viel. Hij hield haar van een afstand in de gaten, bespioneerde haar van dichtbij en betrapte haar op de minste nalatigheid, maar zij wist hem altijd weer te ontglippen. 'Pas op, monsieur Cambray. Als u me aanraakt, zeg ik het tegen de meester,' waarschuwde Tété, terwijl ze het trillen van haar stem probeerde te beheersen.

'Pas jij maar op, hoer, als ik je in mijn vingers krijg zul je ervan lusten. Wie denk je wel dat je bent, kreng? Je bent al twintig, nog even en de meester ruilt je in voor een jongere en dan ben ik aan de beurt. Ik ga je kopen, en voor een habbekrats want je bent niets waard, niet eens voor de fok. Of ontbreekt het hem aan mannelijkheid? Bij mij zul je merken wat een kerel is, wacht maar af. Je meester zal je al te graag verkopen,' dreigde hij, met de zweep van gevlochten leer spelend.

Intussen was het nieuws van de Franse Revolutie in de kolonie aangekomen als een klap van een drakenstaart; de mensen waren tot in het diepst van hun hart geschokt. Voor de grands blancs, conservatief en koningsgezind, waren de veranderingen afgrijselijk, maar de petits blancs steunden de Republiek, die een eind had gemaakt aan de klassenverschillen: vrijheid, gelijkheid en broederschap. De affranchi's hadden delegaties naar Parijs gestuurd om voor de Assemblée Nationale hun burgerrechten op te eisen, want in Saint-Domingue was niet één blanke, of die nu rijk was of arm, bereid hun die te geven. Valmorain stelde zijn terugkeer naar Frankrijk eindeloos uit omdat niets hem nog aan zijn vaderland bond. Voorheen had hij gefoeterd op de verspillingen van de monarchie, nu gaf hij af op de chaos van de republikeinen. Eindelijk, na zo veel jaar met tegenzin in de kolonie te hebben geleefd, kon hij accepteren dat hij in de Nieuwe Wereld thuishoorde.

Sancho García del Solar schreef hem met diens gebruikelijke openhartigheid dat hij Europa in het algemeen en Frankrijk in het bijzonder maar beter kon vergeten, daar was geen plaats voor mannen met ondernemingszin. Louisiana had de toekomst. Hij beschikte over goede contacten in New Orleans, het ontbrak hem alleen aan kapitaal om een project op poten te zetten waarvoor hij al een aantal mensen had weten te interesseren, maar omdat ze familie waren en alles wat zijn zwager aanraakte uiteindelijk in goud veranderde, wilde hij liever met hém in zee. Louisiana was oorspronkelijk een Franse kolonie geweest maar was sinds een jaar of twintig in Spaanse handen. De bevolking hield echter koppig vast aan haar afkomst: de regering was Spaans, maar cultuur en taal waren Frans gebleven. Het klimaat leek op dat van de Antillen en er konden dezelfde gewassen worden verbouwd, met het voordeel dat er ruimte te over was, op spotgoedkope grond; je kon er een grote plantage kopen en exploiteren, zonder politieke problemen of slavenopstanden. Ze zouden er in een paar jaar een fortuin bijeengaren, beloofde hij.

Na het verlies van haar eerste zoon bleef Tété even onvruchtbaar als de muilezels van de molen. Om over te moederen en van te houden had ze genoeg aan Maurice, dat tere jongetje dat in snikken kon uitbarsten bij het horen van muziek en het in zijn broek deed als hij met wreedheid werd geconfronteerd. Hij was als de dood voor Cambray, en hoefde de hakken van diens laarzen maar op de galerij te horen of hij rende weg om zich te verstoppen. Net als de andere slavinnen gebruikte Tété de middeltjes van tante Rose om te voorkomen dat ze opnieuw zwanger werd, maar die waren niet altijd betrouwbaar. De genezeres zei dat sommige kinderen per se geboren willen worden omdat ze geen idee hebben van wat hun op de wereld te wachten staat. Dat was ook het geval met Tétés tweede kind. De dotten in azijn gedrenkte ruwe katoen en de aftreksels van borage hadden niet geholpen de zwangerschap te voorkomen, en mosterdbaden noch de aan de loa's geofferde haan hadden een abortus kunnen veroorzaken. Toen haar menstruatie voor de derde keer was weggebleven, smeekte ze haar madrina haar probleem op te lossen met een puntig stuk hout, maar tante Rose weigerde; het risico van infectie was enorm, en als ze betrapt werden bij het schaden van eigendommen van de meester, gaf dat Cambray een volmaakte aanleiding hun huid met zweepslagen open te rijten.

'Ik neem aan dat deze ook weer van de meester is,' zei tante Rose.

'Dat weet ik niet zeker, madrina. Het kan ook van Gambo zijn.'

'Van wie?'

'Het keukenhulpje. Zijn echte naam is Gambo,' zei Tété.

'Die lijkt nog een jongen, maar ik zie dat hij al heel wat mans is; maar hij moet vijf of zes jaar jonger zijn dan jij.'

'Wat doet dat ertoe? De meester zal ons allebei vermoorden als dit een donker kind blijkt te zijn.'

'Het komt wel vaker voor dat kinderen van gemengd bloed net zo zwart zijn als hun grootouders,' verzekerde tante Rose haar.

Doodsbang voor de mogelijke gevolgen van haar zwangerschap probeerde Tété zich in te beelden dat ze een gezwel in haar buik had, maar vanaf de vierde maand, toen ze een koppig gekriebel voelde, het klapwieken van een duif, de eerste, onmiskenbare manifestatie van leven, kon ze niet anders dan liefde voelen voor het ineengekrulde wezentje in haar buik – en medelijden. Als ze 's nacht naast Maurice lag, vroeg ze het fluisterend om vergeving voor de vreselijke belediging als slaaf op de wereld gezet te worden. Ditmaal was het niet nodig om haar buik te verbergen en de meester hoefde niet halsoverkop met zijn vrouw naar Cuba, want de ongelukkige was zich nergens meer van bewust. Er was al heel lang geen enkele communicatie meer tussen Eugenia en haar echtgenoot, en de zeldzame keren dat zij in de mistige wereld van haar krankzinnigheid een glimp van hem opving, vroeg ze wie die man was. Maurice herkende ze ook niet. Op haar goede momenten keerde ze terug naar haar meisjesjaren; dan was ze veertien jaar en speelde ze met andere rumoerige schoolmeisjes in het nonnenklooster in Madrid, waar de dikke chocoladedrank van het ontbijt op hen wachtte. De rest van de tijd zwierf ze door een mistig landschap zonder herkenbare omtrekken, waar ze niet meer zo leed als voorheen. Toen Tété op eigen initiatief besloot langzaam te stoppen met de opium, veranderde er niets aan Eugenia's gedrag. Volgens tante Rose had de meesteres haar opdracht in het leven vervuld door Maurice te baren en nu was er voor haar niets meer te doen op de wereld.

Valmorain was vertrouwder met Tétés lichaam dan hij ooit met dat van Eugenia of van een van zijn kortstondige geliefden was geweest. Het ontging hem niet dat haar borsten zwollen en haar middel dikker werd. Hij vroeg haar uit toen ze in bed lagen, na een van die paringen die zij lijdzaam onderging en die voor hem slechts een weemoedige ontlading waren. Tot zijn verbazing – want hij had haar sinds hij haar eerste kind had weggehaald nooit meer een traan zien vergieten – barstte Tété in snikken uit.

Valmorain had horen vertellen dat negers minder aanleg hebben om te lijden – het feit dat geen enkele blanke zou weerstaan wat zij verdroegen, was daar het bewijs van – en dus kon je, zoals je de puppies van een hond wegneemt of de kalveren van een koe, een slavin best haar kinderen afnemen; binnen de kortste keren waren ze over het verlies heen en later konden ze het zich niet eens meer herinneren. Hij had zich nooit verdiept in Tétés gevoelsleven en ging ervan uit dat dat heel beperkt was. Als ze niet in zijn buurt was, loste ze op, vervaagde, verbleef ze in het niets tot hij haar weer sommeerde en zij opnieuw tevoorschijn kwam. Ze bestond alleen om hem te dienen.

Ze was geen meisje meer, maar in zijn ogen was ze niet veranderd. Hij herinnerde zich nog vaag het magere kind dat Violette Boisier hem jaren geleden had overhandigd; het bloeiende meisje dat uit die zo weinig belovende cocon tevoorschijn was gekomen en dat hij zonder omhaal had ontmaagd in dezelfde kamer waar Eugenia gedrogeerd lag te slapen; de jonge vrouw die haar kind had gebaard zonder een kik te geven, met een stuk hout tussen haar tanden om de pijn te verbijten; de achttienjarige moeder die met een kus op het voorhoofd afscheid had genomen van het kind dat ze nooit meer zou zien; de vrouw die Maurice met oneindige tederheid had gewiegd, die haar ogen sloot en op haar lippen beet als hij bij haar naar binnen drong, die soms naast hem in slaap viel, uitgeput door de inspanningen van die dag, maar altijd weer snel wakker schrok en met de naam van Maurice op haar lippen wegsnelde. Al die beelden van Tété waren tot één beeld samengesmolten, alsof de tijd voor haar niet voorbijging.

Die avond, nadat Valmorain de veranderingen in haar lichaam had opgemerkt, zei hij haar de lamp aan te steken, hij wilde haar bekijken. Het beviel hem wat hij zag, dat lichaam met zijn lange, scherpe lijnen, die bronskleurige huid, die gulle dijen en die sensuele lippen. Hij besloot dat zij zijn kostbaarste bezit was. Met zijn vinger veegde hij de traan die langs haar neus biggelde weg en bracht hem zonder erbij na te denken naar zijn lippen. Hij was zout, net als de tranen van Maurice.

'Wat is er?' vroeg hij.

'Niets, meester.'

'Niet huilen. Ditmaal kun je de baby houden, want voor Eugenia doet het er niet meer toe.'

'Als dat zo is, meester, waarom halen we mijn zoon dan niet terug?'

'Dat zou een heel gedoe zijn.'

'Zeg me dan of hij nog leeft…'

'Maar natuurlijk leeft hij! Mens, hij zal zo'n jaar of vier, vijf zijn, nietwaar? Jij hebt Maurice om voor te zorgen. Ik wil niet dat je nog over je eigen zoon praat, wees blij dat ik je het kind dat je nu draagt laat houden.'

Zarité

Gambo wilde liever naar de rietvelden, want het werk in de keuken was te vernederend voor hem.

'Als mijn vader me zag, zou hij uit de dood opstaan om me op mijn voeten te spugen en niets meer van mij, zijn enige zoon, willen weten omdat ik vrouwenwerk doe. Mijn vader stierf toen hij ons dorp tegen aanvallers verdedigde, het is natuurlijk dat een man op die manier sterft.' Zo vertelde hij het me.

De slavenjagers waren leden van een andere stam, ze kwamen van ver, uit het westen, met paarden en geweren, net als de hoofdopzichter. Andere dorpen waren al in vlammen opgegaan, de jonge mensen hadden ze meegenomen, de ouderen en de kleine kinderen gedood, maar zijn vader had gedacht dat zij veilig waren, beschermd door de afstand en het woud. De jagers verkochten de gevangenen aan wezens met hyenatanden en krokodillenklauwen, die zich voedden met mensenvlees. Niemand keerde ooit terug. Gambo was de enige van zijn familie die ze levend te pakken kregen; gelukkig voor mij, maar voor hem was het erg.

Het eerste deel van de reis, die twee complete maancycli duurde, hield hij het nog wel vol. Ze moesten lopen, met touwen aan elkaar vastgebonden en met een houten juk om hun nek, opgejaagd met stokslagen, vrijwel zonder eten en water. Toen hij geen stap meer kon zetten, doemde voor zijn ogen de zee op, die niemand in de lange rij gevangenen ooit eerder had gezien, en zagen ze een indrukwekkend kasteel op het zand. Ze hadden geen tijd om zich te verbazen over de uitgestrektheid en de kleur van het water, dat aan de horizon overging in het blauw van de hemel, want ze werden opgesloten.

Dat was de eerste keer dat Gambo blanken zag, en hij dacht dat het duivels waren; later kwam hij erachter dat het mensen zijn, maar hij heeft nooit kunnen geloven dat ze net zo menselijk zijn als wij. Ze droegen bezwete lappen, metalen borstbeschermers en leren laarzen, en schreeuwden en sloegen zonder aanleiding. Geen hyenatanden of krokodillenklauwen, maar er groeide haar op hun gezicht, ze hadden wapens en zwepen, en hun geur was zo weerzinwekkend dat de vogels in de lucht er misselijk van werden. Zo heeft hij het me verteld.

Ze scheidden hem van de vrouwen en de kinderen, en hij werd opgesloten in een kraal, overdag heet en 's nachts koud, samen met honderden mannen die zijn taal niet spraken. Hij wist niet hoe lang hij daar is geweest, want hij vergat om op het voortschrijden van de maan te letten; hij wist ook niet hoeveel van hen stierven, want niemand had een naam en niemand hield het bij. Aanvankelijk zaten ze zo stijf opeengepakt dat ze zich niet eens op de grond konden uitstrekken, maar naarmate er meer lijken werden weggedragen, kregen ze meer ruimte. Daarna zag hij het ergste, waar hij niet meer aan wilde denken maar dat hij wel steeds weer beleefde in zijn dromen: het schip. Ze werden naast elkaar gestouwd, als stukken hout, in verschillende verdiepingen van planken vloeren, met een ijzer om hun nek en geketend, zonder te weten waar ze naartoe werden gevoerd, of waarom die gigantische kalebas heen en weer schommelde – iedereen jammerde, kotste, scheet zichzelf onder, mensen stierven. Het was er zo smerig, dat de stank de wereld van de doden bereikte, waar zijn vader hem rook. Ook daar kon Gambo de tijd niet inschatten, hoewel hij verschillende keren onder de zon en de sterren kwam, als ze hen in groepen aan dek haalden om hen te wassen met emmers zeewater en hen dwongen te dansen opdat ze het gebruik van hun armen en benen niet zouden verleren.

De zeelui smeten de doden en zieken overboord, en kozen daarna een paar gevangenen uit om die voor de lol met de zweep af te ranselen. De brutaalsten hingen ze op aan hun polsen en lieten hen langzaam in het water zakken, waar het krioelde van de haaien, en als ze hen weer ophaalden, waren alleen hun armen nog over. Gambo zag ook wat ze met de vrouwen deden.

Hij loerde op een kans om overboord te springen, hij dacht dat als de haaien, die van Afrika tot de Antillen achter het schip aan zwommen, zich aan zijn lichaam te goed hadden gedaan, zijn ziel verder zou zwemmen naar het eiland onder de zee om zich te verenigen met zijn vader en de rest van zijn familie.

'Als mijn vader wist dat ik wilde sterven zonder te vechten, zou hij weer op mijn voeten spugen.' Zo vertelde hij het me.

Hij bleef alleen maar in de keuken van tante Mathilde werken omdat hij een ontsnapping voorbereidde. Hij kende de risico's. In Saint-Lazare waren slaven die geen neus of oren meer hadden, of bij wie boeien om hun enkels waren gesoldeerd die onmogelijk af konden en waardoor ze niet meer konden rennen. Ik denk dat hij zijn vlucht uitstelde vanwege mij, om de manier waarop we elkaar aankeken, om de boodschappen van steentjes in het kippenhok, de lekkernijen die hij voor mij uit de keuken stal, het verlangen naar onze omhelzingen dat als een opwindende huivering door je hele lichaam voer, en om die zeldzame momenten dat we eindelijk samen waren en elkaar aanraakten.

'We zullen vrij zijn, Zarité, en dan gaan we nooit meer uit elkaar. Ik hou van je, meer dan van iemand anders, meer dan van mijn vader en van zijn vijf vrouwen die mijn moeders waren, meer dan van mijn broers en zusters, meer dan van hen allemaal samen, maar niet meer dan van mijn eer.'

Een krijger doet wat hij moet doen, dat is belangrijker dan de liefde, maar natuurlijk begrijp ik dat. De liefde die wij vrouwen voelen is dieper en standvastiger, dat weet ik ook. Gambo was trots en niets is gevaarlijker voor een slaaf dan trots. Ik smeekte hem zijn werk in de keuken vol te houden als hij in leven wilde blijven, zich onzichtbaar te maken om Cambray te ontlopen, maar dat was te veel gevraagd, het was hem vragen het bestaan van een lafaard te leiden. Het leven staat in onze z'étoile geschreven en we kunnen er niets aan veranderen.

'Ga je met me mee, Zarité?'

Maar ik kon niet met hem mee, ik was al heel dik en samen zouden we niet ver zijn gekomen.

De geliefden

Een paar jaar eerder had Violette Boisier zich teruggetrokken uit het nachtleven van Le Cap, niet omdat ze verwelkt was – want ze kon zich nog steeds meten met elk van haar rivalen – maar vanwege Étienne Relais. Hun verhouding had zich ontwikkeld tot een diepe, rijpe liefde, dankzij zijn passie en haar goede humeur. Ze waren al bijna tien jaar samen, een tijd die voorbij was gevlogen. Aanvankelijk waren ze ieder hun eigen leven blijven leiden, en zagen ze elkaar alleen tijdens de korte bezoekjes van Relais tussen militaire campagnes in. Zij was haar beroep nog een tijdlang blijven uitoefenen, maar verleende haar uitgelezen diensten nog slechts aan een handjevol cliënten, de meest vrijgevige. Ze werd zo selectief dat Loula hartstochtelijke mannen, lelijkerds en cliënten die uit hun mond stonken van de lijst kon schrappen. Wat oudere mannen had ze daarentegen graag, omdat die zo dankbaar waren. Een paar jaar nadat hij Violette had leren kennen, werd Relais tot luitenant-kolonel bevorderd en kreeg hij de verantwoordelijkheid voor de veiligheid in het noorden; sindsdien was hij kortere periodes weg. Zodra hij zich in Le Cap kon vestigen, zocht hij daar een huis en trouwde hij met haar.

De huwelijksvoltrekking was nogal provocerend geweest, met pracht en praal in de kerk en een aankondiging in de krant, net als bij een bruiloft van de grands blancs, tot verbijstering van zijn wapenbroeders, die zich niet konden voorstellen waarom hij trouwde met een vrouw met gemengd bloed die ook nog eens een twijfelachtige reputatie genoot, als hij haar als zijn geliefde kon onderhouden; maar niemand die het hem ronduit vroeg en Relais bood geen verklaringen. Hij ging ervan uit dat niemand zijn vrouw onheus zou durven bejegenen.

Violette liet haar 'vrienden' weten dat ze niet langer beschikbaar was, deelde de feestjurken die ze niet kon vermaken tot discretere kledingstukken uit onder andere cocottes, verkocht haar appartement en nam samen met Loula haar intrek in een huis dat Relais had gehuurd in een wijk waar petits blancs en affranchi's woonden. Haar nieuwe kennissen waren mulatten, sommige tamelijk vermogend, die grond en slaven bezaten en katholiek waren, hoewel ze heimelijk hun heil zochten in voodoo. Ze stamden af van dezelfde blanken die op hen neerkeken, ze waren hun kinderen of hun kleinkinderen en imiteerden hen in alles, terwijl ze het Afrikaanse bloed van hun moeders zoveel ze maar konden verloochenden.

Relais was geen sociale man, hij voelde zich alleen op zijn gemak in de rauwe kameraadschappelijkheid van de kazerne, maar van tijd tot tijd vergezelde hij zijn echtgenote naar sociale bijeenkomsten.

'Lach toch eens, Étienne, zodat mijn vrienden hun angst verliezen voor de buldog van Saint-Domingue,' vroeg ze dan. Violette had Loula bekend dat ze de glans miste van de feesten en de voorstellingen die voorheen haar avonden hadden gevuld.

'Toen had je geld en plezier, mijn engel, nu ben je arm en verveel je je. Wat ben je er eigenlijk op vooruitgegaan met die soldaat van je?'

Ze leefden van zijn luitenant-kolonelssalaris, maar Violette en Loula zetten zonder zijn medeweten wat zaken op: kleine smokkelhandeltjes, woekerpraktijken. Op die manier groeide het kapitaal dat Violette bijeen had gegaard en dat Loula verstandig wist te investeren.

Étienne Relais was zijn plannen om naar Frankrijk terug te keren niet vergeten, zeker niet nu de Republiek gewone burgers zoals hij macht had gegeven. Hij had genoeg van het leven in de kolonie, maar nog niet voldoende geld bijeengegaard om ontslag te kunnen nemen uit het leger. Het was niet dat hij weerzin had tegen oorlog voeren – hij had in vele veldslagen gestreden en was gewend om te lijden en te doen lijden – maar hij was de eeuwige onrust moe. Hij begreep de situatie in Saint-Domingue niet: het sluiten en weer opzeggen van overeenkomsten was een kwestie van uren, de blanken vochten onderling en tegen de affranchi's, en niemand die enig belang hechtte aan de groeiende opstandigheid van de negers, die hij ernstiger inschatte dan wat dan ook.

Ondanks de chaos en het geweld vonden de geliefden een vredig geluk dat geen van beiden ooit eerder had gekend. Het onderwerp 'kinderen' gingen ze uit de weg, zij kon ze niet krijgen en hem kon het niet schelen, maar toen op een onvergetelijke middag Toulouse Valmorain bij hen aanklopte met een pasgeboren baby in een omslagdoek gewikkeld, namen ze het kind op als een soort huisdier dat de uren van Violette en Loula zou vullen, zonder te vermoeden dat hij de zoon zou worden waar ze nooit van hadden durven dromen.

Valmorain bracht hem naar Violette omdat het hem de beste manier leek om het kind te laten verdwijnen voor Eugenia van Cuba zou terugkeren. Hij moest voorkomen dat zijn vrouw zou ontdekken dat Tétés baby ook van hem was; het kon niet van een ander zijn, want hij was de enige blanke op Saint-Lazare. Toulouse Valmorain wist niet dat Violette inmiddels met de militair was getrouwd. In het appartement op het Place Clugny trof hij een andere eigenaar, maar het was niet moeilijk om Violettes nieuwe adres te achterhalen en daar klopte hij aan, met het kind en een van zijn buurman Lacroix geleende min. Hij vroeg het echtpaar of ze hem voorlopig wilden helpen met zijn probleem, zonder te weten hoe hij het later zou gaan oplossen, en het was een hele opluchting dat Violette en haar echtgenoot bereid waren de baby op te nemen zonder meer te willen weten dan zijn naam.

'Ik heb hem niet gedoopt, jullie kunnen hem noemen zoals je wilt,' antwoordde hij bij die gelegenheid.

Étienne Relais had inmiddels een bos grijs haar maar was nog net zo onstuimig, energiek en gezond als in zijn jonge jaren, dezelfde pezige spierbundel, met het ijzeren karakter dat hem een carrière in het leger en verschillende onderscheidingen had bezorgd. Eerst had hij de koning gediend, en nu diende hij de Republiek net zo loyaal. Hij was nog steeds een onstuimig minnaar en Violette kwam hem maar al te graag tegemoet in die liefdescapriolen, die volgens Loula voor een volwassen echtpaar ongepast waren. Er zat een groot verschil tussen zijn reputatie van houwdegen en de intieme liefde waarmee hij zijn vrouw en het kind omringde. Het jongetje had zijn hart al heel snel gewonnen, dat orgaan waaraan het hem, zoals ze op de kazerne beweerden, ontbrak.

'Dit kind zou mijn kleinzoon kunnen zijn,' zei hij regelmatig en hij vertoonde inderdaad de zwakheden van een grootvader. Violette en het kind waren de enige twee mensen in Relais' leven van wie hij ooit had gehouden, maar als ze hem een beetje plaagden, gaf hij toe dat hij ook van Loula hield, die bedilzieke Afrikaanse die hem in het begin, toen ze wilde dat Violette een geschiktere pretendent koos, zo had tegengewerkt.

Relais had aangeboden haar vrij te laten, maar daarop had Loula zich op de grond geworpen, kermend dat ze zich van haar wilden ontdoen, zoals zo veel slaven gebeurde die, oud en ziek, niet langer bruikbaar waren en door hun meester de straat op werden geschopt om ze niet langer te hoeven onderhouden; dat ze haar hele leven voor Violette had gezorgd en dat ze haar nu veroordeelden tot de bedelstaf of de hongerdood, enzovoort, enzovoort, krijsend en schreeuwend. Uiteindelijk wist Relais tot haar door te dringen toen hij haar verzekerde dat ze tot haar laatste snik slaaf kon blijven als ze dat wilde. Sindsdien was de vrouw als een blad aan de boom omgedraaid, en in plaats van poppen met spelden erin onder zijn bed te verstoppen, sloofde ze zich nu uit om Relais' lievelingsgerechten voor hem klaar te maken.

Violette was gerijpt als een mango, langzaam. Met de jaren had ze niets van haar frisse schoonheid, haar rechte houding of haar klaterende lach verloren, ze was alleen iets molliger geworden, wat haar echtgenoot verrukkelijk vond. Ze bezat de zelfverzekerdheid van iemand die zich bemind weet. Met het verstrijken van de tijd en door de verhalen die Loula rondbazuinde, was ze in een legende veranderd. Waar ze ook maar ging trok ze de aandacht en werd er over haar gefluisterd, zelfs door de mensen die haar niet wensten te ontvangen.

'Ze vragen zich vast af hoe het met het duivenei zit,' zei Violette lachend. De heren, zelfs de meest hooghartige, namen hun hoed voor haar af als ze alleen waren wanneer ze haar tegenkwamen, want velen van hen herinnerden zich de hartstochtelijke nachten in het appartement op het Place Clugny. Maar de vrouwen, van welke kleur ook, keken weg uit jaloezie.

Violette ging gekleed in vrolijke kleuren, met als enige sieraden de ring met de opaal die haar echtgenoot haar had geschonken en twee zware gouden oorringen, die haar beeldschone trekken en haar marmeren huid, die nooit aan een sprankje zon was blootgesteld, nog beter deden uitkomen. Andere juwelen bezat ze niet, die had ze verkocht om het nodige kapitaal bijeen te garen voor haar geldschieterspraktijken. Zonder medeweten van haar echtgenoot had ze haar spaargeld jarenlang opgepot in een kuil in de patio, in degelijke gouden munten, tot het moment aanbrak om te vertrekken.

Op een zondag, tijdens de siësta, toen ze in bed lagen zonder elkaar aan te raken omdat het daar veel te warm voor was, kondigde zij aan dat als het echt waar was dat hij naar Frankrijk terug wilde, zoals hij al een eeuwigheid beweerde, zij genoeg geld had om dat mogelijk te maken. Diezelfde nacht nog, beschermd door de duisternis, groef ze samen met Loula haar schat op. Toen de luitenant-kolonel de zak met geld op zijn hand had gewogen, zich had hersteld van zijn verbazing en zijn bezwaren opzij had geschoven – in zijn mannelijkheid aangetast door deze vrouwelijke sluwheid – besloot hij zijn ontslag in te dienen. Hij had zijn plichten jegens Frankrijk ruim vervuld.

Toen begon het echtpaar de reis te plannen en moest Loula toch nog wennen aan het idee dat ze vrij zou zijn, want in Frankrijk was de slavernij afgeschaft.

De kinderen van de meester

Die middag verwachtte het echtpaar Relais het belangrijkste bezoek van hun leven, zoals Violette Loula had uitgelegd. Het huis van de militair was ruimer dan het driekamerappartement op het Place Clugny, comfortabel, maar niet luxueus. De eenvoud waarmee Violette zich was gaan kleden, kwam ook tot uiting in haar huis, dat ze had ingericht met meubels van lokale ambachtslieden, zonder de frutsels waar ze voorheen zo dol op was. Het was een knus huis, met fruitschalen, vazen met bloemen, vogelkooitjes en een stel katten.

De eerste die zich die middag meldde, was de notaris, met zijn jeugdige klerk en een dik boek met een blauw omslag. Violette installeerde hen in de kamer naast de woonkamer, die Relais als kantoor gebruikte, en bood koffie aan met heerlijke beignets van de nonnen – volgens Loula alleen gebakken deeg, die zij zelf veel beter maakte. Vlak daarna klopte Toulouse Valmorain aan. Hij was een paar kilo aangekomen en zag er vermoeider en breder uit dan Violette zich herinnerde, maar zijn typische grand-blancarrogantie was nog onverminderd intact. Zij had die altijd komisch gevonden, omdat ze getraind was mannen met een enkele blik te ontkleden en titels, macht, fortuin of ras er niet meer toe doen als iemand naakt is – dan tellen nog slechts fysieke conditie en bedoelingen. Valmorain begroette haar met het gebaar van een handkus, zonder haar met zijn lippen aan te raken want dat was onhoffelijk geweest tegenover Relais, en accepteerde de stoel en het glas vruchtensap die hem werden aangeboden.

'Er zijn alweer heel wat jaartjes verstreken sinds de laatste keer dat we elkaar zagen, monsieur,' zei Violette met een vormelijkheid die nieuw tussen hen was. Ze moest haar best doen om niets te laten merken van de spanning die haar borst beklemde.

'Voor u heeft de tijd stilgestaan, madame, u bent niets veranderd.'

'Beledig me niet, ik zie er beter uit,' glimlachte ze. Het verbaasde haar dat de man bloosde; misschien was hij net zo zenuwachtig als zijzelf.

'Zoals u in mijn brief hebt gelezen, monsieur Valmorain, zijn we van plan binnenkort naar Frankrijk te vertrekken,' begon Étienne Relais, in uniform en zo recht als een paal in zijn stoel.

'Jaja,' Valmorain onderbrak hem. 'Maar eerst wil ik u beiden danken voor het feit dat u de afgelopen jaren voor het kind hebt gezorgd. Hoe heet het?'

'Jean-Martin,' antwoordde Relais.

'Ik veronderstel dat het inmiddels al een heel jongetje is. Ik zou hem graag willen zien, als dat kan.'

'Dat kant straks, Loula heeft hem mee uit wandelen genomen en ze zijn zo terug.'

Violette trok de rok van haar eenvoudige, met paars afgezette jurk van donkergroene crêpe recht en schonk de glazen nog eens vol. Haar handen beefden. Een paar eindeloos durende minuten zei niemand wat. De drukkende stilte werd doorbroken toen een van de kanaries in de kooitjes begon te zingen. Valmorain nam Violette heimelijk op, de veranderingen bestuderend in het lichaam dat hij ooit zo hartstochtelijk had bemind, hoewel hij niet meer precies wist wat ze indertijd in bed deden. Hij vroeg zich af hoe oud ze was en of ze misschien geheimzinnige zalfjes gebruikte om haar schoonheid te behouden, zoals, had hij ergens gelezen, de koninginnen van het oude Egypte deden, die uiteindelijk als mummie eindigden. Hij voelde een steek van jaloezie toen hij zich het geluk van haar en Relais voorstelde.

'We kunnen Jean-Martin onder de huidige omstandigheden niet mee naar Frankrijk nemen, Toulouse,' zei Violette uiteindelijk op dezelfde vertrouwelijke toon als toen ze elkaar nog beminden, terwijl ze een hand op zijn schouder legde.

'Hij is niet van ons,' voegde de luitenant-kolonel er met strakke mond aan toe, zijn blik op zijn vroegere rivaal gericht.

'Maar we houden veel van dit kind en Jean-Martin denkt dat we zijn ouders zijn. Ik heb altijd kinderen gewild, Toulouse, maar God heeft ze me niet gegund. Daarom willen we hem kopen, vrijlaten en meenemen naar Frankrijk, onder de naam Relais, als ons wettige kind,' zei Violette, die ineens in snikken uitbarstte.

Geen van beide mannen maakte aanstalten haar te troosten. Ze staarden ongemakkelijk naar de kanaries, tot zij zichzelf weer in de hand had, en op dat moment kwam Loula binnen met een jongetje aan de hand.

Het was een mooi kind. Hij rende op Relais af om hem iets te laten zien wat hij in zijn vuist klemde, opgewonden babbelend, met hoogrode wangen. Relais wees naar de bezoeker en het kind liep naar Valmorain toe, reikte hem een mollig handje en groette hem zonder enig teken van verlegenheid. Valmorain nam hem van boven tot onder op en concludeerde tevreden dat hij in niets op hemzelf of zijn zoon Maurice leek.

'Wat heb je daar?' vroeg hij.

'Een slakkenhuis.'

'Krijg ik dat van je?'

'Dat kan niet, het is voor papa,' antwoordde Jean-Martin, die naar Relais terugliep en bij hem op schoot klauterde.

'Hup, mee met Loula, jongen,' zei Relais. Het kind gehoorzaamde ogenblikkelijk, pakte de rok van de vrouw vast en ze verdwenen.

'Als je het ermee eens bent... We hebben een notaris laten komen voor het geval je ons voorstel accepteert, Toulouse. Daarna zouden we ook nog bij een rechter langs moeten,' stamelde Violette, op het punt opnieuw in snikken uit te barsten.

Valmorain was zonder vastomlijnd plan op de uitnodiging ingegaan. Hij wist wat ze hem wilden vragen omdat Relais hem dat in zijn brief had uitgelegd, maar hij was nog niet tot een besluit gekomen; hij wilde het kind eerst zien. Jean-Martin had een goede indruk gemaakt, het was een mooi jongetje en zo op het eerste gezicht had het karakter. Het was ook duidelijk dat hij van jongs af aan in de watten was gelegd en geen idee had van zijn werkelijke positie in de maatschappij. Het kind was veel geld waard, maar wat had hij zelf aan die kleine bastaard van gemengd bloed? Hij zou hem de eerste paar jaar in het grote huis moeten laten wonen en had geen idee hoe Tété zou reageren; ze zou vast haar liefde uitstorten over haar eigen zoon waardoor Maurice, die tot dan toe als enig kind was opgegroeid, zich in de steek gelaten zou voelen. Het wankele evenwicht in zijn huis kon erdoor verstoord worden. Valmorain dacht ook aan Violette Boisier, aan de vage herinnering van de liefde die hij voor haar had gekoesterd, aan de diensten die ze elkaar in de loop der jaren over en weer hadden bewezen en aan de eenvoudige waarheid dat zij voor Jean-Martin veel meer moeder was dan Tété. Violette en haar echtgenoot boden het kind een leven waarover hij niet piekerde het hem te geven: vrijheid, een opleiding, een achternaam en een plaats in de maatschappij.

'Alstublieft, monsieur, verkoop ons Jean-Martin. We betalen u wat u maar vraagt, hoewel we, zoals u kunt zien, niet erg vermogend zijn,' smeekte Étienne Relais, verkrampt en gespannen, terwijl Violette bevend tegen de post van de deur geleund stond die hen van de notaris scheidde.

'Mag ik u vragen, overste, wat hebt u de afgelopen jaren uitgegeven aan zijn onderhoud?' vroeg Valmorain.

'Dat heb ik nooit bijgehouden,' antwoordde Relais verrast.

'Goed, dat is wat de jongen waard is. We zijn het eens. U hebt uw zoon al.'

Tétés zwangerschap veranderde niets aan haar dagelijkse leven; ze werkte van zonsopgang tot zonsondergang, als altijd, en kwam naar het bed van haar meester als hij haar wilde, en toen haar buik in de weg begon te zitten deden ze het op zijn hondjes. Tété vervloekte Valmorain hartgrondig, maar ze was ook bang dat hij haar door een andere slavin zou vervangen en aan Cambray zou verkopen, het ergste wat ze zich kon voorstellen.

'Maak je geen zorgen, Zarité, als het zo ver komt, zal ik me met de hoofdopzichter bezighouden,' beloofde tante Rose haar.

'Waarom niet nu meteen, madrina?' vroeg de jonge vrouw.

'Omdat je nooit mag doden zonder een heel goede reden.'

Die avond had Tété een opgeblazen gevoel, alsof ze een watermeloen in haar buik droeg, terwijl ze in een hoekje zat te naaien, een paar meter van Valmorain vandaan, die in zijn stoel zat te lezen en te roken. Normaal vond ze de pittige tabaksgeur lekker, maar nu werd ze er misselijk van.

Het was alweer maanden geleden dat iemand Saint-Lazare had bezocht. Zelfs hun trouwste gast, dokter Parmentier, durfde de tocht niet meer aan; zonder een zwaar escorte was het onmogelijk om het noorden van het eiland te bereizen. Valmorain had de gewoonte ingesteld dat Tété hem na het diner gezelschap hield, hoewel zij op dat tijdstip alleen nog maar naar haar bed verlangde, zich naast Maurice wilde opkrullen en slapen. Ze hield het nauwelijks vol, haar lichaam was altijd warm, moe en zweterig, met de druk van het kind op haar botten, pijn in haar rug en harde borsten met gloeiende tepels, maar zo erg als die dag was het nog niet geweest, ze kreeg te weinig lucht. Het was nog vroeg, maar omdat er onweer dreigde was het al donker geworden en toen het losbarstte had ze de luiken moeten sluiten. De atmosfeer in huis was verstikkend als in een gevangenis. Eugenia was een halfuur geleden gaan slapen, haar verzorgster was bij haar, en Maurice lag op haar te wachten maar had geleerd niet om haar te roepen omdat zijn vader dan boos werd.

Het onweer hield net zo plotsklaps op als het was begonnen, het geluid van de roffelende regen en de zwiepende wind maakte plaats voor een koor van kwakende padden. Tété begaf zich naar een raam, deed de luiken open en ademde de vochtige, frisse buitenlucht diep in. De dag had eeuwig geduurd. Met het excuus dat ze tante Mathilde moest spreken was ze een paar keer naar de keuken gegaan, maar ze had Gambo niet gezien. Waar zou de jongen zitten? Ze beefde van angst om hem. Op Saint-Lazare begonnen geruchten vanuit de rest van het eiland door te dringen, van mond tot mond overgebracht door de negers en besproken door de blanken, die nooit op hun woorden letten met hun slaven in de buurt.

Het laatste nieuwtje was dat in Frankrijk de Verklaring van de Rechten van de Mens en de Burger was opgesteld. De blanken waren geschokt en de affranchi's, die zich altijd achtergesteld hadden gevoeld, zagen eindelijk de kans dezelfde rechten te verwerven als de blanken. Die Rechten van de Mens golden niet voor negers, legde tante Rose uit tijdens een calenda; vrijheid kreeg je niet voor niets, je moest haar bevechten. Iedereen wist dat er op de omliggende plantages honderden slaven waren verdwenen, die zich hadden aangesloten bij de groepen opstandelingen. Van Saint-Lazare waren er twintig ontsnapt, maar Prosper Cambray en zijn mannen gingen naar hen op jacht en haalden er veertien terug. De andere zes waren volgens de hoofdopzichter neergeschoten, maar niemand had de lichamen gezien en tante Rose was ervan overtuigd dat ze naar de bergen hadden kunnen ontkomen. Dat had Gambo gesterkt in zijn voornemen. Tété kon hem niet meer tegenhouden en was begonnen aan de lijdensweg van het afscheid; ze moest hem uit haar hart rukken. 'Geen groter lijden dan beminnen met angst,' zei tante Rose altijd.

Toen Valmorain opkeek uit zijn boek om nog een slokje cognac te nemen, bleven zijn ogen rusten op zijn slavin, die al een tijdlang naast het open raam stond. In het zwakke lamplicht zag hij haar hijgen, bezweet en met gebalde vuisten tegen haar buik.

Ineens slaakte Tété een gesmoorde kreet; ze tilde haar rok op en wierp een verontruste blik op de plas die zich uitbreidde over de vloer en haar blote voeten.

'Het is zover,' mompelde ze, en ze liep steun zoekend bij de meubels in de richting van de galerij. Twee minuten later kwam een andere slavin haastig aan om de vloer te dweilen.

'Roep tante Rose,' droeg Valmorain haar op.

'Die wordt al gehaald, meester.'

'Laat het me weten als het is geboren. En breng nog wat cognac.'

Zarité

Op dezelfde dag dat Gambo verdween, werd Rosette geboren. Zo was het. Rosette hielp me de angst te verdragen dat ze hem levend te pakken zouden krijgen en vulde de leegte die hij in mijn lichaam achterliet. Ik werd volledig in beslag genomen door mijn meisje. Gambo, rennend door het bos, achtervolgd door Cambrays honden, vulde maar een deel van mijn gedachten. Erzuli, loa, moeder, zorg voor dit meisje. Nog nooit had ik die vorm van liefde ervaren, want mijn eerste kind had ik niet aan de borst kunnen nemen; de meester had tante Rose gezegd dat ik hem helemaal niet mocht zien, dan zou de scheiding me minder zwaar vallen, maar zij heeft me mijn zoon even laten vasthouden voordat ze hem meenamen. Daarna, terwijl ze me waste, vertelde ze dat het een gezond, sterk kind was.

Met Rosette besefte ik pas echt wat ik had verloren. Als ze me haar ook afnamen, zou ik gek worden, net als doña Eugenia. Ik probeerde er niet aan te denken, want dan kunnen de dingen ook gebeuren, maar een slavin moet altijd leven met die onzekerheid. Wij kunnen onze kinderen niet beschermen of beloven dat we bij hen zullen blijven zolang ze ons nodig hebben; we raken hen veel te vroeg kwijt, daarom is het beter ze niet geboren te laten worden. Uiteindelijk heb ik mijn moeder kunnen vergeven. Zij wilde die kwelling niet doormaken.

Ik heb altijd geweten dat Gambo zonder mij zou vertrekken. In ons hoofd hadden we dat allebei geaccepteerd, maar in ons hart niet. Op zijn eentje zou Gambo zich in veiligheid kunnen brengen, als dat in zijn z'étoile stond geschreven en de loa's het toestonden, maar alle loa's samen zouden nog niet kunnen voorkomen dat ze hem oppakten als ik met hem meeging.

Gambo legde zijn hand op mijn buik en voelde het kind bewegen, ervan overtuigd dat het van hem was en Honoré zou heten, naar de slaaf die mij had opgevoed in het huis van madame Delphine. Hij kon hem niet vernoemen naar zijn eigen vader, die bij de Doden en de Mysteriën was, maar Honoré was geen bloedverwant en daarom was het geen onvoorzichtigheid zijn naam te gebruiken. En het is een goede naam voor iemand die eer boven alles stelt, zelfs boven de liefde.

'Zonder vrijheid is er geen eer voor een krijger. Ga met me mee, Zarité.' Maar dat had ik met mijn dikke buik nooit gekund en ik kon doña Eugenia ook niet in de steek laten, die inmiddels niet meer was dan een pop in haar bed, en Maurice al helemaal niet: mijn zoon, die ik had beloofd dat ze ons nooit zouden scheiden.

Gambo wist niet of ik een jongen of een meisje had gekregen, want terwijl ik in de hut van tante Rose aan het persen was, snelde hij voort, als de wind. Hij had alles goed overdacht en was er tijdens de schemering vandoor gegaan, nog voor de bewakers er met de honden op uitgingen. Tante Mathilde sloeg de volgende dag pas om een uur of twaalf alarm, hoewel ze zijn afwezigheid al vroeg in de ochtend had opgemerkt, en dat gaf hem een paar uur voorsprong; tante Mathilde was Gambo's madrina. In Saint-Lazare, net als op andere plantages, wezen ze de slaven die vers uit Afrika kwamen toe aan een andere slaaf, die zo iemand moest leren gehoorzamen, een *padrino*, maar omdat Gambo in de keuken aan het werk werd gezet, hadden ze hem onder de hoede van tante Mathilde gesteld. Zij was al wat ouder, had haar eigen kinderen verloren en was van hem gaan houden, daarom hielp ze hem.

Prosper Cambray was met de Maréchaussée op pad, achter de slaven aan die kort daarvoor waren ontsnapt, hoewel hij eerder had verteld dat hij hen had gedood. Gambo ging precies de andere kant op en had juist die nacht gekozen omdat de loa's hem dat hadden aangegeven: zijn vlucht viel samen met Cambrays afwezigheid en met volle maan. Je kon 's nachts niet rennen als de maan geen licht gaf, had hij bedacht.

Mijn dochter kwam met haar ogen groot en open ter wereld, ze hadden dezelfde kleur als de mijne. Het duurde even voor ze ademhaalde, maar toen krijste ze zo hard dat het vlammetje van de kaars begon te trillen. Voor ze haar waste, legde tante Rose haar op mijn borst, ze zat nog met een dikke streng aan me vast. Ik noemde haar Rosette, naar tante Rose, die ik vroeg of ze haar grootmoeder wilde zijn, aangezien we verder geen familie hadden.

De volgende dag werd ze gedoopt door de meester, die wat water over haar voorhoofd gooide en wat katholieke gebeden prevelde, maar de zondag daarna organiseerde tante Rose een echte *rada*-ceremonie voor

Rosette. De meester gaf toestemming voor een calenda en we mochten een paar geiten roosteren. Zo is het gegaan. Het was een hele eer, want op de plantage werd de geboorte van een slaaf nooit gevierd.

De vrouwen maakten eten klaar en de mannen legden vuren aan, en op de hounfort, de plaats waar tante Rose de ceremonies uitvoerde, ontstaken ze toortsen en bespeelden ze trommels. Mijn madrina tekende met maïsmeel in een dunne lijn een *vévé*, een religieus symbool, op de grond rond de paal die in het midden stond, de *poteau-mitan*. Daar kwamen de loa's naar beneden om bezit te nemen van verschillende aanwezigen, maar niet van mij. Tante Rose offerde een kip, eerst brak ze de vleugels en daarna rukte ze met haar tanden de kop eraf, zoals dat hoort. Toen bood ze Erzuli mijn dochter aan. Ik danste en danste op het geluid van de trommels, mijn borsten zwaar, mijn handen omhoog, mijn heupen gek, mijn benen gescheiden van mijn gedachten.

Aanvankelijk toonde de meester geen enkele belangstelling voor Rosette. Het ergerde hem als ze huilde of als ik me met haar bezighield, hij vond het ook niet goed dat ik haar op mijn rug droeg, zoals ik met Maurice had gedaan, ik moest haar in een kistje achterlaten als ik aan het werk was. De meester riep me ook al heel gauw weer naar zijn slaapkamer, omdat hij mijn borsten opwindend vond, ze waren dubbel zo groot geworden en je hoefde er maar naar te kijken of de melk spoot eruit. Pas veel later begon hij zich meer om Rosette te bekommeren omdat Maurice zo dol op haar was.

Toen Maurice net geboren was, paste hij in mijn ene hand, hij was nauwelijks meer dan een stil, bleek muisje, heel anders dan mijn dochter, die groot en luidruchtig was. Het had Maurice goed gedaan om zijn eerste maanden tegen me aan te liggen, net als de kinderen in Afrika die, zo is me verteld, de grond niet aanraken tot ze leren lopen, ze worden altijd gedragen. Dankzij mijn lichaamswarmte en zijn goede eetlust is hij gezond geworden en groeide hij over de ziektes heen waaraan zo veel andere kinderen bezwijken. Hij was slim, begreep alles en stelde vanaf zijn tweede jaar al vragen die zelfs zijn vader niet kon beantwoorden. Niemand heeft hem creools geleerd, maar hij sprak het net zo vlot als het Frans. De meester verbood hem met de slaven om te gaan, maar hij piepte ertussenuit om met de paar negerkindertjes van de plantage te spelen, en ik kon hem daar niet voor straffen want er is niets zo zielig als een kind dat alleen op moet groeien.

Vanaf het begin wierp Maurice zich op als Rosettes bewaker. Hij week niet van haar zijde, behalve als zijn vader hem meenam op zijn ronde over de plantage om hem zijn bezittingen te tonen. De meester had zich altijd tot het uiterste ingespannen voor die erfenis, daarom kwam het verraad van zijn zoon, jaren later, zo hard aan.

Maurice installeerde zich naast Rosettes kistje om daar urenlang met zijn blokken en zijn houten paardjes te spelen, hij huilde als zij huilde, trok gekke gezichten voor haar en lachte zich helemaal dood als ze reageerde. De meester had me verboden te zeggen dat Rosette zijn dochter was, wat hoe dan ook nooit in me zou zijn opgekomen, maar Maurice raadde het, of hij is erachter gekomen, want hij noemde haar zijn zusje. Zijn vader waste Maurice' mond uit met zeep, maar kon het hem niet afleren zoals hij hem wel de gewoonte had afgeleerd mij maman te noemen. Voor zijn echte moeder was hij bang, hij weigerde haar op te zoeken en noemde haar 'de zieke mevrouw'. Maurice had geleerd mij Tété te noemen, zoals iedereen, behalve de paar mensen die me vanbinnen kennen; zij noemen me Zarité.

De krijger

Prosper Cambray zat al verschillende dagen achter Gambo aan en zag inmiddels scheel van woede. Er was geen spoor van de jongen te bekennen en zijn meute honden kón inmiddels niet meer, de beesten waren half blind, hun bekken zaten onder de wonden. Hij stelde Tété verantwoordelijk. Het was voor het eerst dat hij haar openlijk ergens van beschuldigde en hij was zich ervan bewust dat dit tot een conflict tussen hem en zijn baas zou leiden. Tot dan toe was een enkel woord van hem voldoende geweest voor de onherroepelijke veroordeling van een slaaf en een onmiddellijke straf, maar met Tété had hij dat nooit aangedurfd.

'Het huis wordt niet op dezelfde manier geleid als de plantage, Cambray,' wierp Valmorain tegen.

'Zij is verantwoordelijk voor de huisslaven!' drong hij aan. 'Als we geen voorbeeld stellen, gaan anderen er ook vandoor.'

'Ik los dit op mijn eigen manier op,' antwoordde Valmorain, die geen zin had om Tété, die net was bevallen en het huishouden altijd voorbeeldig had georganiseerd, aan Cambray uit te leveren. Alles liep op rolletjes en het personeel deed zijn werk goed. Verder moest hij natuurlijk rekening houden met Maurice, en de liefde die zijn kind voor de vrouw koesterde. Haar zweepslagen geven, zoals Cambray wilde, zou zijn alsof Maurice de zweep kreeg.

'Ik heb het al een tijd geleden gezegd, monsieur, dat die neger niet deugde. Daarom moest ik hem breken toen ik hem net had gekocht, maar het is nóg niet genoeg geweest.'

'Het is goed, Cambray, als je hem te pakken krijgt, kun je met hem doen wat je wilt,' gaf Valmorain toe, terwijl Tété, die als een beklaagde in een hoekje stond te luisteren, haar angst probeerde te verbergen.

Valmorain had het veel te druk met zijn zaken en de toestand in de kolonie om zich druk te maken over een slaaf meer of minder. Hij had er geen idee van om wie het ging, het was onmogelijk ze uit elkaar te houden als je er honderden bezat. Tété had een paar keer over 'de jongen in de keuken' gesproken, en hij had het idee gekregen dat het om een kind ging, maar dat was onmogelijk als hij dit had gedurfd, je moest ballen hebben om te vluchten. Hij was er zeker van dat Cambray de slaaf binnen afzienbare tijd te pakken zou krijgen, de man had meer dan genoeg ervaring in de jacht op negers. En de hoofdopzichter had gelijk: ze moesten de discipline opvoeren, er heersten op het eiland al te veel problemen tussen vrije mensen om ook nog eens slavenstreken te tolereren.

In Frankrijk had de Assemblée Nationale de kolonie het kleine beetje autonomie dat men had bezeten, afgenomen, wat betekende dat een stelletje Parijse bureaucraten die nog nooit een voet op de Antillen hadden gezet en nauwelijks hun eigen reet konden afvegen, zoals hij dat zei, nu beslisten over zaken van enorm belang. Niet één grand blanc was bereid om zich aan de absurde decreten te houden die ze daar verzonnen. De onwetendheid van die lieden! Het resultaat was chaos en narigheid, zoals in het geval van Vincent Ogé, die rijke mulat die naar Parijs was gegaan om gelijke rechten te eisen voor de affranchi's en met de staart tussen de benen terug was gekomen, wat wel te verwachten was geweest, want waar zou het heen gaan als de natuurlijke verschillen van klasse en ras werden weggevaagd.

Ogé en zijn kornuit Chavannes organiseerden met de hulp van een stelletje abolitionisten, die er altijd als de kippen bij zijn, een opstand in het noorden, vlak bij Saint-Lazare. Driehonderd goedbewapende mulatten! Het regiment van Le Cap had alles op alles moeten zetten om hen te verslaan, vertelde Valmorain Tété tijdens een van zijn nachtelijke alleenspraken. De held van de dag was een kennis van hem geweest, voegde hij eraan toe, luitenant-kolonel Étienne Relais, een ervaren militair, een dapper man, hoewel hij er republikeinse ideeën op na hield. De overlevenden waren in een snelle actie gevangengenomen, en de dagen daarna werden er in het centrum van de stad honderden galgen opgericht; het woud aan gehangenen ging in de hitte snel tot ontbinding over, een feest voor de gieren. Op het centrale plein werden de twee aanvoerders in het openbaar langdurig gemarteld, zonder hun de genade van een onthoofding te gunnen. Niet dat hijzelf voorstander was van wrede straffen, maar soms was het opvoedkundig noodzakelijk.

Tété luisterde sprakeloos, met haar gedachten bij luitenant-kolonel Relais, die ze zich nauwelijks kon herinneren en die ze niet zou herkennen als ze hem zag, want ze had hem in het appartement op het Place Clugny maar een paar keer gezien en dat was jaren geleden. Als die man nog steeds van Violette Boisier hield, zou het hem niet makkelijk vallen om tegen affranchi's te vechten; Ogé zou een vriend geweest kunnen zijn, of een familielid.

Voor hij was gevlucht, had Gambo de mannen moeten verzorgen die door Cambray waren gepakt en die in de smerige stal lagen die als ziekenhuis fungeerde. De vrouwen van de plantage voedden hen met maïs, zoete aardappelen, okra, maniok en bananen uit hun eigen voorraden, maar tante Rose wendde zich tot de meester – aangezien het geen zin had naar Cambray te gaan – om hem te zeggen dat de gestrafte slaven het niet zouden overleven als ze geen soep kregen die getrokken was van bepaalde kruiden en van de botten en de lever van de dieren die ze in het grote huis aten. Valmorain keek geïrriteerd op uit zijn boek over de tuinen van de Zonnekoning, maar liet zich door die merkwaardige vrouw intimideren en luisterde naar wat ze te zeggen had.

'Die negers hebben hun straf gehad. Geef ze je soep, vrouw, en als je ze redt, beperkt dat mijn verlies,' antwoordde hij.

De eerste dagen moest Gambo hen voeren omdat ze zelf niet konden eten, en verder gaf hij hun een dikke brij van de bladeren en de as van de quinoaplant, die ze van tante Rose als een bolletje door hun mond moesten laten gaan om de pijn te verlichten en energie op te doen; een geheim van de caciques van de Arowakken, dat op raadselachtige wijze driehonderd jaar bewaard was gebleven en slechts bij enkele genezers bekend was. De plant, die heel zeldzaam was, werd niet te koop aangeboden op de markten waar tante Rose haar voodoospullen kocht en het was niet gelukt haar in haar moestuin zelf te kweken, vandaar dat ze quinoa alleen in noodgevallen voorschreef.

Gambo maakte gebruik van de momenten waarop hij met de gestrafte slaven alleen was om erachter te komen hoe ze waren ontsnapt, waarom ze weer waren opgepakt en wat er was gebeurd met de zes die ontbraken. Degenen die in staat waren om te praten, vertelden hem dat ze uiteen waren gegaan zodra ze de plantage hadden verlaten en dat sommigen naar de rivier waren gegaan met het idee stroomopwaarts te zwemmen, maar het gevecht tegen de rivier hou je niet lang vol, de rivier wint uiteindelijk altijd. Ze hadden schoten gehoord en wisten niet zeker of de anderen waren gedood, maar wat hun lot ook mocht zijn, het was altijd beter dan het hunne. Hij vroeg hen uit over het bos, de bomen, de lianen, de modder, de stenen, de kracht van de wind, de temperatuur en het licht.

Cambray en de andere negerjagers kenden het gebied op hun duimpje maar er waren plekken waar ze liever niet kwamen, zoals de moerassen en de kruispunten van de doden, waar de vluchtelingen evenmin heen gingen, hoe wanhopig ze ook waren. Verder waren sommige stukken ontoegankelijk voor muilezels en paarden. De negerjagers waren volkomen afhankelijk van hun dieren en hun vuurwapens, maar soms werden ze er in hun bewegingen door gehinderd. Paarden die een been braken, moesten worden afgemaakt. Een musket laden nam verschillende seconden in beslag, ze wilden ook nog wel eens terugslaan of het kruit kon nat worden, en in dergelijke gevallen kon een naakte man met een kapmes zijn kans grijpen. Gambo begreep dat de honden eigenlijk het grootste gevaar vormden, ze konden de geur van een mens op een kilometer afstand ruiken. Er was niets angstwekkender dan een meute blaffende honden naderbij te horen komen.

De hondenhokken van Saint-Lazare bevonden zich achter de stallen, op een van de patio's van het grote huis. De honden, voor de jacht en voor de bewaking, zaten overdag altijd vast om te voorkomen dat ze te vertrouwd raakten met mensen, en werden door de bewakers meegenomen op hun nachtelijke ronden. De twee Jamaicaanse mastiffs, die onder de littekens zaten en getraind waren om te doden, waren Prosper Cambrays persoonlijke eigendom. Hij had ze speciaal aangeschaft voor de hondengevechten, die een dubbel doel dienden: ze bevredigden zijn lust tot wreedheid en leverden geld op.

Die sport was in de plaats gekomen van de slavengevechten waarmee hij had moeten stoppen toen Valmorain ze verbood. Een goede Afrikaanse kampioen die in staat was zijn tegenstander met zijn blote handen te doden, kon zijn eigenaar veel geld opleveren. Cambray had zo zijn foefjes, hij gaf ze rauw vlees te eten, hitste ze voor elk gevecht op met een mengsel van tafia, kruiden en hete rode peper en beloonde ze na een overwinning met vrouwen; als ze verloren, werden ze zwaar gestraft. Met zijn kampioenen, een uit Congo en een uit Guinea, had hij zijn loon aangevuld toen hij nog slavenjager was, maar toen hij ze had moeten verkopen, had hij de mastiffs aangeschaft, die tot in Le Cap beroemd werden. Hij liet ze honger en dorst lijden en ze lagen altijd aan de ketting omdat ze elkaar anders op zouden vreten. Gambo moest ze onschadelijk maken, maar hij kon ze niet vergiftigen omdat Cambray voor elke hond vijf slaven zou martelen tot iemand bekende.

Tijdens de siësta, toen Cambray bij de rivier verkoeling was gaan zoeken, begaf de jongen zich naar de hut van de hoofdopzichter, aan het eind van de oprijlaan met de kokospalmen en op enige afstand van het grote huis en de hutten van de huisslaven. Hij had nagevraagd hoe de twee vrouwen heetten die de hoofdopzichter die week als concubines had gekozen; jonge meisjes, nog maar net in de puberteit. Ze waren doodsbang, als mishandelde dieren, en schrokken vreselijk van zijn komst, maar hij wist ze voor zich te winnen met een stuk taart dat hij uit de keuken had gestolen, en vroeg ze koffie te zetten voor bij het gebak. Terwijl zij het vuur opstookten sloop hij naar binnen. Het was een klein maar gerieflijk huis, zo gebouwd dat het profiteerde van de wind, en net als het grote huis wat hoger gelegen om tijdens overstromingen schade te voorkomen. De spaarzame meubels waren eenvoudig, afdankertjes van Valmorain toen hij ging trouwen. Gambo had het binnen een minuut gezien. Hij was van plan geweest een deken te stelen, maar toen hij in een hoek een mand met vuile was zag staan, haalde hij er snel een hemd van de hoofdopzichter uit, frommelde dat ineen tot een prop die hij door het raam in het struikgewas wierp, dronk vervolgens rustig zijn koffie en nam afscheid van de meisjes met de belofte nog meer taart te brengen.

Toen het donker werd kwam hij terug om het hemd te halen. In de provisiekamer, waarvan de sleutel altijd om Tétés middel hing, had hij een zak met hete chilipeper verstopt, giftig poeder waarmee schorpioenen en schadelijke knaagdieren werden bestreden: als ze eraan roken waren ze de volgende dag verdroogd.

Op de dag die door de loa's was aangegeven, vertrok de jongen bij het allerlaatste sprankje licht. Hij moest eerst door de slavennederzetting, die hem herinnerde aan de nederzetting waar hij de eerste vijftien jaar van zijn leven had doorgebracht en die de laatste keer dat hij haar zag, gebrand had als een toorts. De mensen waren nog niet terug van de velden en de nederzetting was zo goed als leeg. Een vrouw die met twee grote emmers water sjouwde, verbaasde zich niet over een onbekend gezicht, want er waren zo veel slaven en er kwamen steeds nieuwe bij. Die eerste uren zouden voor Gambo het verschil uitmaken tussen vrijheid en de dood.

Tante Rose, die 's nachts kon komen waar anderen zich zelfs overdag niet waagden, had hem onder het voorwendsel te vertellen over medicinale planten, het terrein beschreven, en ook gewaarschuwd waar hij voor moest oppassen: giftige paddestoelen, bomen met bladeren die maken dat je huid loslaat, anemonen waarin zich padden verstoppen die naar je spugen; één kloddertje spuug in je ogen en je was blind. Ze had hem uitgelegd hoe hij in het bos kon overleven op fruit, noten, wortels en stengels die zo voedzaam waren als een stuk geroosterde geit, en hoe hij zich kon laten leiden door de glimwormen, de sterren en het fluiten van de wind. Gambo was nooit buiten Saint-Lazare geweest, maar had dankzij tante Rose de hele omgeving in zijn hoofd, met mangrovebossen en moerassen waar alle slangen giftig waren en je de kruispunten tussen de twee werelden kon vinden waarop de Onzichtbaren wachtten.

'Ik ben er geweest en heb met eigen ogen Kalfou en Ghédé gezien, maar ik was niet bang. Je moet hen eerbiedig groeten, vragen of je voorbij mag en of ze je de weg willen wijzen. Als het je tijd niet is om te sterven, helpen ze je. De beslissing is aan hen,' had de genezeres gezegd.

De jongen had haar ook gevraagd naar de zombies, over wie hij op het eiland voor het eerst had gehoord; in Afrika wist niemand van hun bestaan. Zij legde uit dat je ze kon herkennen aan hun kadaverachtige uiterlijk, aan hun stank van rottend vlees en hun manier van lopen, met stijve armen en benen.

'Maar van sommige levenden, zoals Cambray, heb je meer te vrezen,' had ze eraan toegevoegd. Die boodschap was Gambo niet ontgaan.

Toen de maan opkwam, zette de jongen het zigzaggend op een lopen. Om de zoveel tijd liet hij een stukje van Cambrays hemd in de begroeiing achter om de mastiffs om de tuin te leiden, want die zouden alleen de geur van de hoofdopzichter identificeren omdat die als enige bij hen in de buurt kwam, en het zou de rest van de honden ook op een dwaalspoor brengen.

Twee uur later kwam hij bij de rivier. Hij ging met een zucht van opluchting tot zijn hoofd het water in, maar zorgde ervoor dat de zak op zijn hoofd droog bleef. Hij waste het zweet en het bloed uit de krassen van de takken en de sneeën van de keien, en maakte van de gelegenheid gebruik om te drinken en te plassen. Hij liep verder door het water en meed de oever, hoewel dat de honden niet zou misleiden, want die liepen al snuffelend in steeds grotere cirkels tot ze het spoor weer oppakten, maar het kon ze een tijdje ophouden. Gambo deed geen poging de rivier over te steken. De stroom was onverbiddelijk en er waren maar weinig plekken waar een goede zwemmer het kon proberen, maar die kende hij niet en hij kon ook niet zwemmen. Aan de stand van de maan te oordelen moest het ongeveer middernacht zijn. Hij probeerde de afstand in te schatten die hij had afgelegd; toen kwam hij het water uit en begon het chilipoeder rond te strooien. Hij voelde geen vermoeidheid, hij was dronken van vrijheid.

Hij liep drie dagen en drie nachten met alleen die magische blaadjes van tante Rose als voedsel. De zwarte bal in zijn mond verdoofde zijn tandvlees, onderdrukte de honger en hield hem wakker. Na de rietvelden kwam hij door het bos en de moerassen en daarna stak hij de vlakte aan de rand van het oerwoud over in de richting van de bergen. Hij hoorde geen honden blaffen en dat gaf hem moed. Hij dronk water uit plassen als hij die tegenkwam, maar op de derde dag moest hij het zonder stellen, met boven zich een zon die als een bal van vuur de wereld witgloeiend schilderde.

Toen hij geen stap meer kon zetten, viel er een hoosbui uit de hemel, kort en koud, die hem weer tot leven wekte. Hij liep inmiddels over open terrein, de route die alleen een idioot zou durven nemen en die Cambray daarom zou uitsluiten. Hij kon geen tijd verdoen met het zoeken naar voedsel en als hij rust nam, zou hij niet meer overeind kunnen komen. Zijn benen bewogen uit zichzelf, voortgedreven door het delirium van de hoop en de bal van blaadjes in zijn mond. Hij dacht niet meer, hij voelde geen pijn, hij was de angst vergeten en alles wat hij had achtergelaten, zelfs de vorm van Zarités lichaam; hij herinnerde zich slechts zijn eigen naam, die van een krijger.

Grote stukken kon hij stevig doorlopen, maar zonder te rennen – obstakels overwinnend, rustig, om zichzelf niet uit te putten en om niet te verdwalen, precies zoals tante Rose hem had aangeraden. Op een gegeven moment meende hij dat de tranen hem over de wangen liepen, maar hij wist het niet zeker, het kon ook de herinnering zijn aan de dauw of de regen op zijn huid. Hij zag een geit met een gebroken poot die aan de voet van een steile helling lag te mekkeren en weerstond de verleiding om haar te kelen en haar bloed te drinken, zoals hij ook de verleiding weerstond om zich tussen de steile bergen, die binnen handbereik leken, te verbergen of om heel even een dutje te doen in de vrede van de nacht. Hij wist waar hij heen moest en elke stap, elke minuut telde.

Eindelijk bereikte hij de voet van de bergen en hij begon aan de loodzware klim naar boven, steen voor steen, zonder naar beneden te kijken om niet door duizeligheid te worden bevangen, maar ook niet omhoog, om de moed niet te verliezen. Hij spuugde zijn laatste blaadjes uit en werd opnieuw door dorst overvallen. Zijn lippen waren gezwollen en gebarsten. De lucht kookte, hij was verward, misselijk, hij kon zich de aanwijzingen van tante Rose nauwelijks meer herinneren en snakte naar schaduw en water, maar hij bleef klimmen, zich vastklemmend aan rotsen en wortels.

Ineens was hij in de buurt van zijn kraal, in de eindeloze vlakte, waar hij de koeien met hun grote hoorns hoedde en zich haastte naar de maaltijd die zijn moeders zouden opdienen in de woning van zijn vader, het middelpunt van de familiebehuizing. Alleen hij, Gambo, de oudste zoon, at met zijn vader samen, als gelijken, naast elkaar. Sinds zijn geboorte werd Gambo voorbereid om zijn vader op te volgen; ooit zou hij zelf rechter en gezinshoofd zijn. Hij struikelde en de scherpe pijn van de klap tegen de stenen bracht hem terug naar Saint-Domingue; de koeien, zijn dorp, zijn familie verdwenen en zijn ti-bon-ange zat opnieuw opgesloten in de boze droom van zijn gevangenschap die al een jaar duurde.

Hij klom verder tegen de steile hellingen, uren- en urenlang, tot hij het niet zelf meer was die bewoog, maar iemand anders: zijn vader. Zijn vader herhaalde zijn naam, Gambo. En zijn vader hield de grote zwarte vogel met de harige nek die in cirkels boven zijn hoofd vloog, op afstand.

Hij kwam bij een steil, smal pad dat langs een afgrond tussen rotsblokken en kloven kronkelde. In een bocht dacht hij vage, in de rotsen uitgehakte treden te zien, een van de geheime paden van de caciques, die volgens tante Rose niet waren verdwenen toen de blanken hen vermoordden, omdat ze onsterfelijk waren. Vlak voor het donker werd bereikte hij een van de vreeswekkende kruispunten. De tekenen wezen het hem voor hij het zag: een door twee stokken gevormd kruis, een menselijke schedel, botten, een bos veren en haren, nog een kruis. De wind bracht de weergalm van wolvengehuil tussen de rotsen, en twee zwarte kalkoengieren hadden zich bij de eerste gevoegd, van boven op hem loerend. De angst die hij drie dagen op een afstand had weten te houden, viel hem rechtstreeks aan, maar hij kon zich al niet meer terugtrekken. Zijn tanden klapperden en zijn zweet werd koud. Het smalle pad van de caciques hield abrupt op bij een lans die in de aarde stak, overeind gehouden door een hoop stenen: de poteau-mitan, het kruispunt tussen de hemel en een plaats een trapje lager; tussen de wereld van de loa's en die van de mensen in. En toen zag hij hen.

Eerst twee schaduwen, toen het glanzen van het metaal, messen of machetes. Hij sloeg zijn ogen niet op, groette nederig en herhaalde het wachtwoord dat tante Rose hem had gegeven. Er kwam geen antwoord, maar hij voelde de warmte van die wezens die zo dichtbij kwamen dat hij hen, als hij een hand uitstak, zou kunnen aanraken. Ze stonken niet naar bederf of lijken, ze gaven dezelfde geur af als de mensen op de rietvelden. Hij vroeg toestemming aan Kalfou en Ghédé om verder te gaan en ook daar kwam geen antwoord op. Uiteindelijk, met het beetje stem dat hij nog overhad ondanks al dat schurende zand dat zijn keel afkneep, vroeg hij welke weg hij moest nemen. Hij voelde dat ze hem bij zijn armen namen.

Veel later werd Gambo wakker in de duisternis. Hij wilde overeind komen maar elke vezel in zijn lichaam deed zo veel pijn dat hij zich niet kon bewegen. Een jammerklacht ontsnapte hem, hij sloot opnieuw zijn ogen en zonk weg in de wereld van de mysteriën, waar hij binnentrad en weer uit vertrok zonder er zelf iets over te zeggen te hebben, soms ondergedompeld in lijden, dan weer zwevend in een donkere ruimte, diep als het firmament tijdens een maanloze nacht. Langzaam kwam hij weer bij bewustzijn, in nevel gehuld en verstijfd. Hij bleef onbeweeglijk liggen wachten zonder geluid te maken, en liet zijn ogen aan het schemerduister wennen. Geen maan, geen sterren, geen fluisterend briesje, stilte, kou. Hij herinnerde zich alleen de lans van het kruispunt.

Toen ontwaarde hij een aarzelend lichtje, niet al te ver weg, en vlak daarna boog een gestalte met een lampje zich over hem heen, een vrouwenstem zei iets onbegrijpelijks tegen hem, een arm hielp hem overeind en een hand bracht een kalebas met water naar zijn lippen; hij dronk die helemaal leeg, wanhopig. En zo kwam hij te weten dat hij zijn doel had bereikt: hij was in een van de heilige grotten van de Arowakken, die de marrons als uitkijkpost gebruikten.

Tijdens de dagen, weken en maanden daarna zou Gambo de wereld van de vluchtelingen leren kennen, die op hetzelfde eiland en in dezelfde tijd bestond, maar in een andere dimensie, een wereld zoals die in Afrika, maar dan veel primitiever en ellendiger. Hij zou vertrouwde talen horen en naar bekende verhalen luisteren. Hij zou de *fufu* van zijn moeders eten, weer naast een fel brandend vuur plaatsnemen om zijn wapens te scherpen, zoals hij met zijn vader placht te doen, maar onder andere sterren. De kampementen lagen verspreid over het meest ontoegankelijke deel van het gebergte; het waren complete dorpen van duizenden en duizenden mannen en vrouwen die de slavernij waren ontvlucht, én van hun kinderen, in vrijheid geboren. Ze leefden altijd in het defensief en wantrouwden slaven die van de plantages waren ontsnapt omdat die hen konden verraden, maar tante Rose had hun via geheimzinnige lijnen doorgegeven dat Gambo onderweg was.

Van de twintig vluchtelingen uit Saint-Lazare waren er maar zes op het kruispunt aangekomen, twee van hen zo zwaargewond dat ze het niet hadden overleefd. En toen begreep Gambo dat hij het bij het rechte eind had gehad met zijn vermoeden dat tante Rose als contactpersoon fungeerde tussen de slaven en de groepen marrons. Maar geen van de martelingen die Cambray op de gevangen slaven had losgelaten, had hun de naam van tante Rose kunnen ontrukken.

De samenzwering

Acht maanden later stierf Eugenia García del Solar in het grote huis van de habitation Saint-Lazare, zonder angst, zonder misbaar. Ze was eenendertig jaar, waarvan ze er zes buiten zinnen was geweest en vier in de sluimer van de opium had doorgebracht. Die morgen had haar verzorgster zich verslapen en Tété, die als altijd binnenkwam om haar haar pap te voeren en haar aan te kleden voor de dag, had haar ineengekruld als een pasgeborene tussen haar kussens aangetroffen. Haar meesteres had geglimlacht, en in haar blijdschap te sterven een zekere schoonheid en jeugd herkregen. Tété was de enige die treurde om haar dood, want ze had zo lang voor haar gezorgd dat ze uiteindelijk echt van haar was gaan houden. Ze waste haar, kleedde haar aan, kamde haar haren voor de laatste keer en stak Eugenia's missaal tussen haar over haar borst gevouwen handen. Toen hing Tété de door de paus gezegende rozenkrans in het zeemleren zakje om haar eigen hals, onder haar lijfje. Voordat ze afscheid van haar nam, deed ze haar de kleine gouden medaille af die Eugenia altijd had gedragen, om die aan Maurice te geven. Daarna riep ze Valmorain.

De kleine Maurice realiseerde zich niet dat zijn moeder dood was omdat 'de zieke mevrouw' al maanden haar kamer niet had verlaten en ze hem haar lijk niet lieten zien. Toen ze de notenhouten kist met de zilveren handvatten die Valmorain in de tijd van Eugenia's zelfmoordpogingen van een Amerikaanse smokkelaar had gekocht, het huis uit droegen, waren Maurice en Rosette op de patio de begrafenis van een dode kat aan het improviseren. Maurice was nog nooit bij dergelijke rituelen aanwezig geweest, maar bezat meer dan genoeg verbeeldingskracht. De begrafenis van het dier werd plechtiger en met meer gevoel uitgevoerd dan het afscheid dat zijn moeder ten deel viel.

Rosette was een voorlijk kind, een echte durfal. Ze kroop met een verbluffende snelheid op haar mollige knietjes over de vloer, met Maurice in haar kielzog, die haar van 's morgens vroeg tot 's avonds laat geen moment alleen liet. Tété liet kisten en meubels waar Rosette met haar vingertjes in vast kon komen, beveiligen; de toegang tot de galerij liet ze met kippengaas afsluiten om te voorkomen dat ze eraf zou rollen. Tété nam de muizen en de schorpioenen voor lief omdat haar dochter haar neus in het vergiftigde chilipoeder kon stoppen, iets wat Maurice, die veel voorzichtiger was, nooit in zijn hoofd zou hebben gehaald.

Rosette was een mooi kind. Haar moeder gaf dat met pijn in haar hart toe, want schoonheid betekende voor een slavin alleen maar ellende, je kon beter onzichtbaar zijn. Tété, die als tienjarig meisje zo graag op Violette Boisier had willen lijken, moest verwonderd vaststellen dat haar dochter als door een wonderlijke speling van het lot op die knappe vrouw leek, met haar krullende haren, haar betoverende glimlach en die kuiltjes in haar wangen.

In de ingewikkelde raciale classificatie van het eiland was Rosette een kwartbloed, de dochter van een blanke en een mulattin, en haar huidskleur lag dichter bij die van haar vader dan bij die van haar moeder. Toen ze begon te praten, brabbelde Rosette een onbegrijpelijk koeterwaals dat Maurice zonder enig probleem vertaalde. De jongen gaf toe aan al haar grillen, met een grootvaderlijk geduld dat later zou uitgroeien tot een diepe liefde die hun beider leven zou bepalen. Hij zou haar enige vriend zijn, hij zou haar troosten in haar verdriet en haar bijbrengen wat ze nodig had: van uit de buurt blijven van de woeste honden tot de letters van het alfabet, maar dat speelde pas later. Het belangrijkste was dat hij haar de directe route wees naar het hart van hun vader. Maurice deed wat Tété niet had gedurfd: hij drong het meisje op onontkoombare wijze op aan Toulouse Valmorain, tot de meester haar niet langer beschouwde als een van de vele slaven die hij bezat en begon te zoeken naar iets van zichzelf in haar trekken en in haar karakter. Dat vond hij niet, maar hij vatte desondanks een toegeeflijke liefde voor Rosette op van het soort dat mensen voor hun huisdieren koesteren, en in plaats van haar naar de slavenverblijven te sturen, vond hij het goed dat ze in het grote huis bleef wonen. In tegenstelling tot haar moeder, die haast ziekelijk ernstig was, groeide Rosette op tot een praatgraag, verleidelijk wezentje, een woelwater die in huis voor vrolijkheid zorgde, het beste middel tegen de wurgende onzekerheid van die jaren.

Toen Frankrijk de Assemblée Coloniale van Saint-Domingue ontbond, weigerden de patriotten, zoals de monarchistische kolonisten zichzelf noemden, zich te onderwerpen aan de autoriteiten in Parijs. Valmorain zocht na al die jaren van isolement op zijn plantage weer het gezelschap van zijn gelijken en omdat hij regelmatig naar Le Cap ging, huurde hij daar het gemeubileerde huis van een rijke Portugese handelaar die tijdelijk naar zijn vaderland was teruggekeerd. Het lag in de buurt van de haven en hoewel hij het er naar zijn zin had, overwoog hij toch zo spoedig mogelijk een eigen huis te kopen, via de agent die zijn suikerproducten voor hem verhandelde, dezelfde oude, uiterst eerlijke jood die Valmorains vader nog had gediend.

Het was Valmorain die de aanzet gaf tot geheime gesprekken met de Engelsen. In zijn jonge jaren had hij een zeeman leren kennen die inmiddels het commando voerde over de Britse vloot in het Caribische gebied, met de opdracht om in de Franse kolonie te interveniëren zodra de kans zich voordeed. De confrontaties tussen blanken en mulatten hadden inmiddels extreem gewelddadige vormen aangenomen; de negers maakten van de chaos gebruik en kwamen in opstand, eerst in het westelijke deel van het eiland en later in het noorden, in Limbé. De patriotten volgden de gebeurtenissen met grote aandacht en wachtten vol spanning af tot de gelegenheid zich voor zou doen om de Franse regering te kunnen verraden.

Valmorain verbleef een maand in Le Cap, met Tété, de kinderen en Eugenia's doodskist. Hij nam zijn zoon altijd mee als hij op reis ging en Maurice wilde op zijn beurt nergens heen zonder Rosette en Tété. De politieke situatie was te onzeker om het kind op de plantage achter te laten en hij wilde Tété niet overleveren aan de genade van Prosper Cambray, die zelfs had voorgesteld om haar te kopen. Valmorain veronderstelde dat een ander in zijn situatie op dat verzoek zou zijn ingegaan om de man te vriend te houden en zich in één moeite door te ontdoen van een slavin die hem eigenlijk al niet meer interesseerde, maar Maurice hield van Tété als van een moeder. Daar kwam bij dat die zaak rond Tété zich tot een stilzwijgende krachtmeting tussen hem en de hoofdopzichter had ontwikkeld.

Tijdens die weken in Le Cap waren er politieke bijeenkomsten van patriotten in zijn huis georganiseerd, in een sfeer van geheim en samenzwering, hoewel er eigenlijk niemand op hen lette. Hij was van plan een privéleraar voor Maurice te zoeken; de jongen werd al vijf en was een kleine wilde, maar hij zou op zijn minst voldoende moeten leren om later naar een internaat in Frankrijk te kunnen gaan. Tété hoopte dat die dag nooit zou aanbreken, ervan overtuigd dat Maurice dood zou gaan zonder haar en Rosette. Verder moest Valmorain Eugenia nog kwijt zien te raken. De kinderen waren eraan gewend die kist ergens in een gang te zien staan en vonden het in het geheel niet vreemd dat daarin de stoffelijke resten zaten van de zieke mevrouw. Ze vroegen niet wat dat precies waren, stoffelijke resten, en daarmee bespaarden ze Tété de noodzaak iets uit te moeten leggen wat bij Maurice ongetwijfeld nieuwe nachtmerries zou hebben veroorzaakt, maar toen Valmorain hen betrapte terwijl ze de kist met een keukenmesje probeerden open te peuteren, begreep hij dat het tijd was voor een besluit. Hij droeg zijn agent op de kist naar het kerkhof van de nonnen in Cuba te sturen waar Sancho een grafnis had gekocht, want Eugenia had hem laten zweren haar niet in Saint-Domingue te begraven, waar haar botten in een negertrommel konden eindigen. De agent was van plan de kist mee te geven als er toch een schip die kant op ging, en zette hem tot die tijd rechtop in een hoekje van de kelder, waar hij verder vergeten werd tot de vlammen hem twee jaar daarna verteerden.

Opstand in het noorden

Op de plantage werd Prosper Cambray vroeg in de ochtend wakker toen een van de rietvelden in brand stond en er geschreeuw klonk van de slaven, van wie er velen niet waren gekend in het geheim van de opstand. Cambray maakte gebruik van de algehele ontreddering om het terrein rond de slavenverblijven hermetisch af te sluiten en de slaven te overmeesteren. De huisbedienden deden nergens aan mee, die bleven samenklitten in de buurt van het grote huis, in afwachting van het ergste. Cambray liet de vrouwen en kinderen opsluiten en voerde persoonlijk de zuivering uit onder de mannen. Er was niet veel schade, het vuur was snel onder controle en slechts twee velden met droog suikerriet waren afgebrand; op andere plantages in het noorden was de situatie veel erger. Toen de eerste detachementen van de Maréchaussée arriveerden met de opdracht de orde in de regio te herstellen, leverde Prosper Cambray alleen die slaven uit die hij verdacht vond. Hij had eigenlijk liever zelf met hen afgerekend, maar het idee was de krachten te bundelen om eens en voor altijd met de opstandelingen af te rekenen. Ze voerden hen mee naar Le Cap om de namen van de aanvoerders uit hen te trekken.

De hoofdopzichter realiseerde zich pas dat tante Rose was verdwenen toen de slaven die op Saint-Lazare gegeseld waren de volgende dag weer opgelapt moesten worden.

Violette Boisier en Loula hadden in Le Cap ondertussen hun bezittingen gepakt en bij de haven in opslag gegeven, in afwachting van het schip dat hen naar Frankrijk zou brengen. Eindelijk, na bijna tien jaar wachten, werken, sparen, woekeren en geduld, zou het plan dat Étienne Relais in het begin van zijn verhouding met Violette had bedacht, werkelijkheid worden. Ze waren al begonnen met afscheidsbezoekjes aan hun vrienden, toen de luitenant-kolonel op het kantoor van de gouverneur, burggraaf Blanchelande, werd ontboden. Het gebouw was niet vergelijkbaar met de overdadige residentie van de intendant, het bezat de soberheid van een kazerne en het rook er naar leer en metaal. De burggraaf was een wat oudere man met een indrukwekkende militaire carrière die, voor hij naar Saint-Domingue was gestuurd, veldmaarschalk en gouverneur van Trinidad was geweest. Hij was kort daarvoor op het eiland aangekomen en net begonnen zijn nieuwe omgeving de pols te voelen; hij wist niet dat er vlak buiten de stad een opstand broeide. Hij had een speciale aanstelling van de Parijse Assemblée Nationale, maar de grillige gedelegeerden konden hun vertrouwen in hem net zo snel weer opzeggen als ze het hadden verleend. In de ogen van de jakobijnen, de meest radicale groepering die wilde afrekenen met alles wat maar met het monarchistische regime te maken had, pleitten zijn adellijke achtergrond en zijn rijkdom zwaar tegen hem.

Étienne Relais werd naar het kantoor van de burggraaf geleid via verschillende, haast kale ruimtes, met donkere schilderijen van massale veldslagen, geblakerd door het roet van de lampen. De gouverneur, in burger en zonder pruik, verdween haast in het niet achter een zware, na vele jaren van gebruik wat armoedige kazernetafel. Achter zijn rug hing de Franse vlag met het wapenschild van de Revolutie erboven, en links van hem, aan de andere muur, een uitgevouwen fantasiekaart van de Antillen met tekeningen van zeemonsters en oude galjoenen.

'Luitenant-kolonel Étienne Relais, Regiment Le Cap,' zo stelde Relais zich voor, met al zijn onderscheidingen opgespeld en in zijn gala-uniform, waarin hij zich opgelaten voelde nu zijn superieur zo eenvoudig gekleed ging.

'Ga zitten, overste, ik neem aan dat u een kop koffie wilt,' zuchtte de burggraaf, die een slechte nacht achter de rug leek te hebben. Hij kwam achter de tafel vandaan en ging Relais voor naar twee versleten leren fauteuils. Onmiddellijk kwam uit het niets een ordonnans tevoorschijn met drie slaven achter zich aan – vier personen voor twee kopjes koffie: een slaaf hield het dienblad vast, een tweede schonk de koffie in en de derde offreerde de suiker. Daarna trokken de slaven zich terug, achteruitlopend, maar de ordonnans bleef strak in de houding tussen de twee stoelen in staan.

De gouverneur was een niet al te grote man, slank, met diepe lijnen in zijn gezicht en dun grijs haar. Van dichtbij was hij veel minder indrukwekkend dan wanneer je hem te paard zag, met een gepluimde hoed op zijn hoofd, al zijn medailles op en de sjerp die bij zijn functie hoorde schuin over zijn borst. Relais zat uiterst ongemakkelijk op het puntje van zijn stoel, het porseleinen kopje dat hij zo in stukken kon blazen, onhandig vasthoudend. Hij was niet gewend om het zonder de strakke legeretiquette te moeten stellen.

'U zult zich wel afvragen waarom ik u heb laten komen, luitenant-kolonel Relais,' zei Blanchelande, de suiker door zijn koffie roerend. 'Hoe denkt u over de situatie in Saint-Domingue?'

'Hoe denk ik over wat?' herhaalde Relais, van zijn stuk gebracht.

'Er zijn kolonisten die onafhankelijkheid willen en voor de haven ligt een Engelse vloot die hen maar al te graag wil helpen. Engeland staat te trappelen om zich meester maken van Saint-Domingue! U moet weten wie de opstandelingen zijn; kunt u me hun namen geven?'

'Die lijst zou meer dan vijfduizend personen bevatten, maarschalk, alle plantagehouders en mensen met geld, zowel blanken als affranchi's.'

'Daar was ik al bang voor. Ik heb niet genoeg manschappen om de kolonie te verdedigen en gehoorzaamheid af te dwingen aan de nieuwe Franse wetten. En ik zal eerlijk zijn tegenover u, overste, sommige decreten vind ik absurd, zoals dat van de vijftiende mei, dat de mulatten politieke rechten geeft.'

'Maar dat betreft alleen affranchi's, mannen die geboren zijn uit een vrije vader en grond in bezit hebben; minder dan vierhonderd man.'

'Dat is het niet,' onderbrak de burggraaf hem. 'Waar het om gaat is dat de blanken nooit gelijkheid voor de mulatten zullen accepteren en ik kan hun dat niet kwalijk nemen. Dit brengt het evenwicht in de kolonie in gevaar. Niets is duidelijk in de huidige Franse politiek, en wij hebben last van de chaos daar. Ze veranderen de wetten met de dag, luitenant-kolonel. Ik krijg met het ene schip opdrachten die met het volgende schip alweer ongedaan worden gemaakt.'

'En dan is er nog het probleem van de opstandige slaven,' voegde Relais eraan toe.

'Ah, de negers... daar kan ik me op dit moment niet mee bezighouden. De opstand in Limbé is neergeslagen, de leiders zullen we spoedig te pakken kunnen nemen.'

'Geen van de gevangenen heeft namen genoemd, mijnheer. Ze praten niet.'

'Dat zullen we nog wel eens zien. De Maréchaussée weet hoe ze hiermee om moet gaan.'

'Met alle respect, burggraaf, ik denk toch dat dit onderwerp uw aandacht verdient,' drong Étienne Relais aan terwijl hij zijn kopje op een tafeltje zette. 'De situatie in Saint-Domingue is niet vergelijkbaar met die in andere kolonies. Hier hebben de slaven zich nooit neergelegd bij hun lot, ze komen al bijna een eeuw keer op keer in opstand, er zitten tientallen duizenden marrons in de bergen. We hebben op dit moment een half miljoen slaven. Ze weten dat de Republiek de slavernij in Frankrijk heeft afgeschaft en zijn bereid te vechten om dat ook hier te bewerkstelligen. De Maréchaussée kan dat nooit aan.'

'Stelt u voor om het leger tegen de negers in te zetten, overste?'

'Het is zelfs nódig het leger in te zetten om de orde te herstellen, mijnheer de maarschalk.'

'Maar hoe wilt u dat doen? Ik vraag tien keer zoveel soldaten als ze me sturen en die worden ook nog eens ziek zodra ze voet aan wal zetten. En daar wilde ik het met u over hebben, luitenant-kolonel Relais: ik kan uw ontslag op dit moment niet accepteren.'

Étienne Relais stond op, wit weggetrokken. De gouverneur kwam ook overeind en de twee mannen keken elkaar enkele seconden strak aan.

'Mijnheer de maarschalk, ik ben op mijn zestiende in het leger gekomen en heb vijfendertig jaar dienst gedaan, ik ben zes keer gewond geraakt en ben al eenenvijftig,' zei Relais.

'Ik ben zelf vijfenvijftig en ook ik was van plan me terug te trekken op mijn landgoed in Dijon, maar Frankrijk heeft me nodig, zoals het u nodig heeft,' antwoordde de burggraaf droogjes.

'Mijn ontslag is ondertekend door uw voorganger, gouverneur Peiner. Ik heb geen huis meer, mijnheer, ik verblijf met mijn gezin in een pension, we zijn klaar om ons komende donderdag in te schepen op het galjoen de Marie-Thérèse.'

De blauwe ogen van Blanchelande boorden zich in die van de luitenant-kolonel, die uiteindelijk zijn ogen neersloeg en salueerde. 'Tot uw orders, gouverneur,' zei Relais, verslagen.

Blanchelande slaakte opnieuw een zucht en wreef uitgeput in zijn ogen, vervolgens gebaarde hij de ordonnans zijn secretaris te roepen en liep naar de tafel.

'Maak u geen zorgen, de regering zal u een huis toewijzen, overste. Maar kunt u dan nu op deze kaart de meest kwetsbare punten op het eiland aangeven? Niemand die het terrein beter kent dan u.'

Zarité

Zo hebben ze het me verteld. Zo is het gebeurd in Bois Cayman. Zo staat het geschreven in de legende die het verhaal vertelt van de plek die ze tegenwoordig Haïti noemen, de eerste onafhankelijke negerrepubliek. Ik weet niet wat dat betekent, maar het moet belangrijk zijn, want als negers het erover hebben klappen ze in hun handen terwijl de blanken zich er woedend over maken. Bois Cayman ligt in het noorden, in de buurt van de grote vlakten, richting Le Cap, op enkele uren afstand van de habitation Saint-Lazare. Het is een immens woud met kruispunten en heilige bomen, waar Dambala, de loa van de bronnen en de rivieren, de behoeder van het bos, verblijft in de gedaante van een slang. In Bois Cayman leven de geesten van de natuur en die van de dode slaven die de weg terug naar Guinea niet hebben kunnen vinden. Die nacht waren er nog meer geesten naar het bos gekomen, die het eigenlijk goed naar hun zin hadden op de plek waar ze woonden, tussen de Doden en de Mysteriën, maar ze waren bereid om mee te vechten omdat ze geroepen waren. Een leger van vele honderdduizenden geesten streed met de negers zij aan zij, daarom hebben ze uiteindelijk de blanken kunnen verslaan. Daar is iedereen het over eens, zelfs de Franse soldaten, die hun woede hebben gevoeld.

Meester Valmorain, die niet geloofde in wat hij niet kon begrijpen en maar heel weinig begreep omdat hij nergens in geloofde, was er ook van overtuigd dat de gestorvenen de opstandelingen hadden geholpen. Anders hadden ze het beste leger van Europa nooit kunnen overwinnen, zei hij. Het was half augustus toen de slaven zich in Bois Cayman verzamelden, op een warme nacht, vochtig vanwege het zweet van de aarde en van de mensen. Hoe wisten ze ervan? Ze zeggen dat de boodschap is overgebracht door de trommels, van calenda naar calenda, van hounfort tot hounfort, van ajoupa naar ajoupa; het geluid van de trommels reist verder en sneller dan het geluid van een storm, en iedereen kent hun taal. De slaven kwamen van de noordelijke plantages, hoewel de meesters en de Maréchaussée op hun hoede waren sinds de opstand in Limbé, die een paar dagen daarvoor had plaatsgevonden. Ze hadden verschillende rebellen levend gevangengenomen en men ging ervan uit dat ze informatie uit hen los hadden gekregen, niemand doorstaat de kerkers van Le Cap zonder iets te bekennen. Binnen enkele uren verhuisden de marrons hun kampementen naar de hoogste toppen om de ruiters van de Maréchaussée te ontwijken en ze vervroegden de bijeenkomst in Bois Cayman. Ze wisten niet dat nog geen van de gevangenen had doorgeslagen en dat dit ook later niet zou gebeuren.

Duizenden marrons daalden uit de bergen af. Gambo maakte deel uit van de groep van Zamba Boukman, een reus van een vent die op twee manieren respect afdwong; hij was niet alleen aanvoerder in de strijd maar ook hungan. Gambo was in de anderhalf jaar van zijn vrijheid uitgegroeid tot een man; hij had brede schouders, onvermoeibare benen en een machete om mee te doden. Hij had het vertrouwen van Boukman gewonnen. Hij sloop plantages binnen om voedsel, gereedschap, wapens en dieren te stelen en heeft nooit geprobeerd mij op te zoeken. Dat was te riskant. Hij hield contact met me via tante Rose. Mijn madrina heeft me nooit verteld hoe ze die boodschappen ontving en na verloop van tijd was ik zelfs bang dat ze ze verzon om mij gerust te stellen, want in die tijd was mijn behoefte om met Gambo samen te zijn, teruggekeerd, brandend als gloeiende houtskool.

'Geef me iets tegen deze liefde, tante Rose.'

Maar er bestaat geen medicijn voor. Ik was uitgeput van het werk als ik naar bed ging, met links en rechts een kind naast me, maar ik kon de slaap niet vatten. Urenlang luisterde ik naar de hijgende ademhaling van Maurice en het spinnen van Rosette, de geluiden van het huis, het blaffen van de honden, het kwaken van de padden en het kraaien van de hanen, en als ik eindelijk in slaap viel, was het alsof ik werd ondergedompeld in melasse.

Soms – ik vertel het met schaamte –, als ik met de meester was, stelde ik me voor dat ik met Gambo sliep. Ik beet op mijn lippen om zijn naam niet uit te roepen en in de duisternis van mijn gesloten ogen deed ik of de alcohol die ik in de adem van de blanke rook, Gambo's geur van groen gras was, want hij had nog geen rotte tanden door het eten van bedorven vis; ik deed of het niet de harige, zware man was die boven op me lag te hijgen, maar Gambo, smal en soepel, met zijn jonge huid die onder de littekens zat, zijn zoete lippen, zijn vreemde taal, zijn fluisterende stem. Dan ging mijn lichaam open en kronkelde ik als ik aan dat genot terugdacht.

Na afloop, als de meester me een klap op mijn billen gaf en tevreden lachte, keerde mijn ti-bon-ange terug naar dat bed en naar die man, dan deed ik mijn ogen open en realiseerde me waar ik was. Vol woede rende ik dan naar de patio om me te wassen voor ik bij de kinderen ging liggen.

De mensen moesten uren en uren lopen voor ze in Bois Cayman aankwamen, sommigen waren overdag al van hun plantages vertrokken, anderen kwamen van de baaien langs de kust, maar ze kwamen allemaal pas in het holst van de nacht aan. Ze zeggen dat er ook een groep marrons van Port-au-Prince was gekomen, maar dat is zo ver weg dat ik het niet geloof. Het bos zat vol mensen, zwijgende mannen en vrouwen die zich in complete stilte tussen de bomen door bewogen, samen met de doden en de schaduwen, maar toen ze met hun voeten de trilling van de eerste trommels voelden, vatten ze moed, werd hun stap veerkrachtiger en begonnen ze eerst fluisterend maar later schreeuwend met elkaar te praten en begroetten ze elkaar, noemden elkaars namen. Het bos lichtte op door de toortsen. Sommigen kenden de weg en leidden de anderen naar de grote open plek die Boukman, de hungan, had aangewezen. Een ring van vuren en toortsen verlichtte de hounfort.

De mannen hadden de heilige poteau-mitan in orde gemaakt, ditmaal een dikke, hoge boomstronk omdat de toegang voor de loa's breed moest zijn. Een lange rij in het wit geklede meisjes, de *hounsi's*, begeleidde tante Rose, ook in het wit, die de asson van de ceremonie droeg. Mensen bukten zich om de zoom van haar rok of haar rinkelende armbanden aan te raken. Ze was jonger geworden omdat Erzuli bij haar was sinds ze de habitation Saint-Lazare had verlaten; ze had zichzelf onvermoeibaar gemaakt om het hele eind zonder stok te kunnen lopen, en onzichtbaar opdat de Maréchaussée haar niet zou vinden. De trommels stonden in een halve cirkel en riepen: tam, tam, tam. De mensen stonden in groepjes te praten over de gebeurtenissen in Limbé en over het lijden van de gevangenen in Le Cap. Boukman nam het woord en riep de hoogste god aan, Papa Bondye, en vroeg hem hen naar de overwinning te leiden.

'Luister naar de stem van de vrijheid, die in het hart van ons allen zingt!' schreeuwde hij en de slaven antwoordden hem zo luid dat het eiland trilde.

Zo hebben ze het me verteld.

De trommels begonnen te praten en te antwoorden, en gaven het ritme aan van de ceremonie. De hounsi's dansten rond de poteau-mitan, ze bewogen als flamingo's, bukten en richtten zich weer op met golvende halzen, armen als vleugels, en zingend riepen ze de loa's aan, eerst Légbé – als altijd –, daarna de rest, een voor een. De mambo, tante Rose, tekende de *vévé* rond de heilige paal, met een mengsel van meel en as, om de loa's te voeden en de doden eer te bewijzen. Het geluid van de trommels zwol aan, het ritme versnelde en het hele bos trilde, van de diepste wortels tot de verste sterren.

Toen daalde Ogun neer, strijdlustig, Ogun-Feraille, de manhaftige god van de wapenen, agressief, geïrriteerd, gevaarlijk, en Erzuli verliet tante Rose om plaats te maken voor Ogun, die bezit van haar nam. Iedereen zag de transformatie: tante Rose richtte zich op, werd twee keer zo groot, was niet langer kreupel, haar jaren verdwenen, haar ogen draaiden wit weg, ze maakte een ongelooflijke sprong en kwam drie meter verder neer, voor een van de vuren. Uit Oguns mond klonk het gebrul van de donder, en de loa danste, sprong op van de grond en viel weer neer, stuiterend als een bal, met de kracht van de loa's, begeleid door het daverende geluid van de trommels. Er kwamen twee mannen naar Ogun toe, de dapperste, die hem suiker gaven om hem tot rust te brengen, maar de loa greep hen vast en smeet ze ver weg, als lappenpoppen. Hij was gekomen om een boodschap te brengen, een boodschap van oorlog, gerechtigheid en bloed. Ogun nam een gloeiend stuk houtskool tussen zijn vingers, stopte het in zijn mond, draaide vuurspuwend om zijn as en spoog de houtskool daarna weer uit zonder zijn lippen te hebben gebrand. Toen nam hij de dichtstbijzijnde man een groot mes af, liet de asson op de grond liggen, begaf zich naar het zwarte offervarken dat aan een boom was gebonden en onthoofdde het met één houw van zijn machtige arm. Het bloed spoot over hem heen.

Inmiddels waren veel gelovigen bezeten geraakt en het bos vulde zich met Onzichtbaren, Gestorvenen en Mysteriën, met loa's en geesten die zich mengden onder de mensen, alles door elkaar heen, zingend, dansend, springend en met de trommels over de grond rollend. Ze liepen over vurige houtskool, likten aan het roodgloeiende lemmet van hun mes en aten handenvol hete chilipeper. De lucht van de nacht was geladen, als voor een vreselijke storm, maar er stond geen zuchtje wind.

De toortsen verlichtten de hounfort alsof het midden op de dag was, maar de Maréchaussée, die toch in de buurt was, zag het niet.

Zo hebben ze het me verteld.

Veel later, de enorme menigte sidderend als één persoon, brulde Ogun als een leeuw om haar stilte op te leggen. De trommels zwegen meteen en iedereen, behalve de mambo, werd weer zichzelf, en de loa's trokken zich terug in de kruinen van de bomen. Ogun-Feraille hief de asson naar de hemel en uit tante Roses mond eiste de stem van de machtigste loa luidkeels het einde van de slavernij; hij kondigde de totale opstand af en wees de aanvoerders aan: Boukman, Jean-François, Jeannot, Boisseau, Célestin en nog een aantal. Toussaint niet, want de man die later de ziel van de opstand zou worden, werkte op dat moment nog als koetsier op de plantage in Bréda. Hij zou zich pas een aantal weken later bij de rebellen aansluiten, nadat hij eerst de hele familie van zijn meester in veiligheid had gebracht. Ikzelf hoorde de naam Toussaint pas een jaar later.

Dat was het begin van de revolutie. Er zijn sindsdien vele jaren verstreken en er vloeit nog steeds bloed dat de aarde van Haïti doordrenkt, maar ik ben niet meer daar om te huilen.

De wraak

Zodra Toulouse Valmorain hoorde dat de gevangenen in Limbé waren gestorven zonder te hebben bekend en dat de slaven in opstand waren gekomen, beval hij Tété hun terugkeer naar Saint-Lazare voor te bereiden, hoewel hij van alle kanten, en vooral door dokter Parmentier, werd gewaarschuwd dat blanken groot gevaar liepen op de plantages.

'Niet overdrijven, dokter. De negers zijn altijd al opstandig geweest, maar Prosper Cambray heeft hen goed onder controle,' benadrukte Valmorain, hoewel hij ook zijn twijfels had.

Terwijl in het noorden de echo klonk van de trommels die de slaven opriepen in Bois Cayman bijeen te komen, was de koets van Valmorain, met een gewapende geleide, in draf op weg naar de plantage. Ze kwamen aan in een wolk van stof, verhit en bang; de kinderen waren helemaal doorgedraaid en Tété was slaperig geworden in het schommelende voertuig. De meester sprong van de koets en sloot zich met de hoofdopzichter in het kantoor op om zich te laten informeren over de verliezen, die op Saint-Lazare eigenlijk minimaal waren. Vervolgens maakte hij een inspectietocht over de plantage en daarna zag hij de slaven die volgens Cambray iets met de opstand te maken hadden gehad, maar niet in dezelfde mate als de paar man die hij aan de Maréchaussée had uitgeleverd.

Valmorain voelde zich niet tegen deze situatie opgewassen, en dat kwam de laatste tijd maar al te vaak voor. De hoofdopzichter verdedigde de belangen van Saint-Lazare beter dan de planter; Cambray vertoonde vastberadenheid waar Valmorain zelf aarzelde, hij was niet echt bereid zijn handen vuil te maken aan bloed. Het was de zoveelste keer dat hij blijk gaf van zijn ongeschiktheid. In de ruim twintig jaar dat hij nu in de kolonie woonde, had hij zich niet aangepast, hij bleef het gevoel houden er maar tijdelijk te zijn en de slaven ervoer hij als zijn meest onaangename last. Hij kon het gewoon niet, iemand op een laag vuurtje laten roosteren, een maatregel die wat Cambray betreft onontbeerlijk was.

Het argument waarmee hij zich tegen de hoofdopzichter en de grands blancs verdedigde – want hij had zijn gedrag meer dan eens moeten rechtvaardigen – was dat wreedheid contraproductief werkte: de slaven saboteerden wat ze maar konden, niet alleen het gereedschap maar zelfs hun eigen gezondheid, want ze pleegden zelfmoord, of aten bedorven vlees waardoor ze verzwakten omdat ze moesten overgeven en aan de diarree raakten, extreme situaties die hij probeerde te voorkomen. Maar hij vroeg zich af of zijn toegeeflijkheid iets uitmaakte of dat hij net zo werd gehaat als Lacroix. Misschien had Parmentier gelijk en waren geweld, angst en haat inherent aan de slavernij, maar een planter kon zich de luxe van gewetensbezwaren niet veroorloven.

De zeldzame keren dat hij niet dronken was als hij naar bed ging, werd Valmorain geplaagd door spookbeelden. Aan het familiefortuin, waarvoor zijn vader de basis had gelegd en dat door hem was verveelvoudigd, kleefde bloed. In tegenstelling tot de andere grands blancs lukte het hem niet zich doof te houden voor de stemmen die in Europa en Amerika de hel van de plantages op de Antillen aan de kaak stelden.

Eind september had de opstand zich over het hele noorden uitgebreid, de slaven gingen er massaal vandoor en staken voor ze vluchtten alles in brand. Op de rietvelden was gebrek aan arbeidskrachten, maar de planters voelden er weinig voor slaven te blijven kopen als die er bij de eerste de beste gelegenheid toch vandoor gingen. De slavenhandel in Le Cap lag zo goed als stil. Prosper Cambray verdubbelde het aantal commandeurs en voerde de bewaking en de discipline tot het uiterste op, en Valmorain legde zich neer bij de wreedheden die zijn hoofdopzichter beging. Niemand sliep meer rustig in Saint-Lazare. Het leven, dat nooit makkelijk was geweest, bestond alleen nog maar uit werken en lijden. De calenda's werden verboden en de middagpauze werd afgeschaft, ook al leverde het werk in de ondraaglijke hitte midden op de dag niets op.

Sinds tante Rose was verdwenen, was er niemand meer die zieken kon helpen, raad gaf of geestelijke steun verleende. De enige die blij was met de afwezigheid van de mambo was Prosper Cambray, die niet eens de schijn ophield haar te achtervolgen, want hoe verder weg die heks was die een sterfelijk wezen in een zombie kon veranderen, hoe beter. Waarom verzamelde ze het stof van graven en de levers van kogelvissen, padden en giftige planten, als het niet voor kwalijke praktijken was? Daarom trok de hoofdopzichter nooit zijn laarzen uit, want er konden glasscherven op de grond zijn gestrooid, met gif dat dan via de sneeën in je voetzolen naar binnen drong; de nacht na de begrafenis groeven ze dan je lijk op, dat in een zombie was veranderd, en wekten het weer tot leven met een enorm pak slaag.

'Maar dat soort leugens geloof je toch niet!' Valmorain had gelachen toen ze een keer over dergelijke dingen spraken.

'Geloven niet, monsieur, maar zombies bestaan, dat staat vast,' had de hoofdopzichter geantwoord.

In Saint-Lazare werd, net als op de rest van het eiland, het tempo van het leven door wachten bepaald. Tété hoorde allerlei geruchten, van haar meester of van andere slaven, maar zonder tante Rose kon ze die niet langer duiden. De plantage had zich voor de rest van de wereld gesloten, als een vuist. De dagen sleepten zich voort en aan de nachten leek geen eind te komen. Zelfs Eugenia miste ze. De dood van de krankzinnige vrouw liet een leegte achter, er waren uren en ruimte over, het huis leek enorm en ook de kinderen konden het met al hun lawaai niet vullen.

In de onzekerheid van die periode versloften de regels en werden de afstanden kleiner. Valmorain raakte uiteindelijk gewend aan Rosettes aanwezigheid en aan haar vrijpostige gedrag. Ze sprak hem niet aan met meester maar zei monsieur, wat klonk als een kattenmauwtje.

'Als ik groot ben, trouw ik met Rosette,' zei Maurice vaak. Er zou later nog tijd genoeg zijn om de zaken weer recht te trekken, dacht zijn vader. Tété probeerde de kinderen in te prenten dat er fundamentele verschillen tussen hen bestonden: Maurice mocht dingen die voor Rosette absoluut verboden waren, zoals zomaar een kamer binnenkomen of bij de meester op schoot klimmen zonder dat hij was geroepen. Hij was op een leeftijd dat kinderen overal verklaringen voor eisen, en Tété beantwoordde zijn vragen altijd met de volle waarheid: 'Omdat jij de rechtmatige zoon bent van de meester, omdat jij een jongen bent, omdat jij blank bent vrij en rijk, en Rosette niet.' Maar daarop moest Maurice vreselijk huilen, die antwoorden konden hem niet troosten.

'Waarom, waarom?' herhaalde hij in tranen.

'Omdat het leven nu eenmaal niet leuk is, mijn jongen. Kom hier met die snotneus, dan poets ik je schoon,' antwoordde Tété.

Valmorain vond zijn zoon allang groot genoeg om alleen te slapen, maar telkens als ze hem daartoe probeerden te dwingen, kreeg het kind driftbuien en werd het ziek en dan liet hij hem maar weer bij Tété en

Rosette slapen – tot de situatie op het eiland weer normaal zou zijn, had hij zijn zoon gewaarschuwd, maar het zag er niet naar uit dat dit snel zou gebeuren.

Op een middag arriveerde een groep miliciens die naar het noorden was gestuurd in een poging de anarchie daar onder controle te brengen. Parmentier was met hen meegereisd; de dokter verliet Le Cap haast nooit meer, de wegen waren te gevaarlijk en hij had zijn verplichtingen in het ziekenhuis, waar de doodzieke Franse soldaten verpleegd werden. In een van de kazernes brak gele koorts uit die ze onder controle hadden weten te krijgen voordat het een epidemie was geworden, maar malaria, cholera en de knokkelkoorts eisten veel slachtoffers. Parmentier had zich bij de miliciens aangesloten, de enige min of meer veilige manier om te reizen, niet zozeer om Valmorain te bezoeken, want die zag hij wel in Le Cap, maar om tante Rose te raadplegen. Hij was diep teleurgesteld toen hij vernam dat ze was verdwenen. Valmorain bood zijn vriend en de dorstige, uitgeputte miliciens, die onder het stof zaten, zijn gastvrijheid aan.

Een paar dagen lang bruiste het grote huis van activiteit, het vulde zich met mannenstemmen en zelfs met muziek, want enkele miliciens bespeelden snaarinstrumenten. Eindelijk kwamen de instrumenten van pas die Violette Boisier, toen ze dertien jaar geleden het huis inrichtte, in een opwelling had gekocht; ze waren ontstemd, maar konden nog worden gebruikt. Valmorain liet een aantal slaven op hun trommels spelen en er werd een feest op touw gezet. Tante Mathilde plunderde de provisiekast, bakte vruchtentaarten en bereidde de ingewikkelde, pittige en vette creoolse stoofschotels die ze in geen tijden had gemaakt. Prosper Cambray nam de taak op zich een lam te roosteren, een van de weinige die er nog waren want de rest was net als de varkens op mysterieuze wijze verdwenen, en aangezien de marrons die zware dieren zonder hulp van de plantageslaven onmogelijk hadden kunnen meeslepen, wees Cambray altijd tien willekeurige negers aan om hen te laten geselen als er weer een beest ontbrak; iemand moest boeten voor het vergrijp.

Die laatste maanden had de hoofdopzichter steeds meer macht naar zich toe getrokken en inmiddels gedroeg hij zich alsof hij de werkelijke meester op Saint-Lazare was. Zijn steeds openlijker onbeschofte gedrag tegenover Tété was zijn manier om zijn baas uit te dagen, die sinds de uitbarsting van de opstand meer en meer in zijn schulp was gekropen.

Het onverwachte bezoek van de miliciens, net als hij mulatten, maakte hem nog brutaler: hij schonk drank uit Valmorains voorraad zonder het te vragen, ordonneerde in diens aanwezigheid het huispersoneel in het rond en maakte grappen ten koste van zijn baas. Dokter Parmentier had dit opgemerkt, en het was hem ook opgevallen dat Tété en de kinderen doodsbang waren voor de hoofdopzichter. Hij had op het punt gestaan zijn gastheer erover aan te spreken, maar de ervaring had hem voorzichtig gemaakt. Elke plantage was een wereld apart, met een eigen systeem van relaties, eigen geheimen en eigen defecten. Dat meisje bijvoorbeeld, Rosette, had zo'n blanke huid dat ze alleen een kind van Valmorain kon zijn. En wat was er van Tétés eerste kind geworden? Hoe graag hij het ook wilde weten, hij zou Valmorain er nooit naar durven vragen; het was in hun kringen taboe om een blanke te vragen naar de verhouding met zijn slaven.

'Ik neem aan dat u hebt kunnen zien hoeveel schade de opstand heeft veroorzaakt, dokter,' merkte Valmorain op. 'De bendes hebben alles in de omgeving verwoest.'

'Zeker, op weg hierheen zagen we de rookwolken van een brand op de plantage van Lacroix,' vertelde Parmentier. 'Toen we dichterbij kwamen, merkten we dat de rietvelden nog steeds brandden. Er was geen mens te zien. De stilte was angstwekkend.'

'Ik weet het, dokter, want ik was er na de overval als een van de eersten bij,' antwoordde Valmorain. 'De hele familie Lacroix, de opzichters en het huispersoneel, iedereen is vermoord. De rest van de slaven is verdwenen. We hebben een grote kuil gegraven om de lichamen voorlopig te bergen, tot de autoriteiten komen onderzoeken wat er gebeurd is. We konden ze niet zo als aas laten liggen. De negers hebben een bloedbad aangericht, een orgie van geweld.'

'Bent u niet bang dat hier net zoiets gebeurt?' vroeg Parmentier.

'We hebben wapens en zijn op ons hoede, en ik heb een groot vertrouwen in Cambray,' antwoordde Valmorain. 'Maar ik moet bekennen dat ik me grote zorgen maak. De manier waarop die negers hun woede hebben gekoeld op Lacroix en zijn gezin...'

'Uw vriend Lacroix had de reputatie een wreed man te zijn,' onderbrak de dokter Valmorain. 'Dat moet de gemoederen van de overvallers extra verhit hebben, maar in deze oorlog toont niemand genade, mon ami. U dient zich voor te bereiden op het ergste.'

'Weet u wat de standaard van de rebellen is, dokter? Een blank kind, aan een bajonet geregen.'

'Dat is algemeen bekend. In Frankrijk wordt met afschuw gereageerd op deze feiten. De slaven kunnen op geen enkele sympathie meer rekenen in de Assemblée, zelfs de Société des Amis des Noirs zwijgt, maar laten we wel zijn, deze wreedheden zijn het logische antwoord op alles wat wij hun hebben aangedaan.'

'Wij niet, dokter, wij horen daar niet bij!' riep Valmorain uit. 'U en ik, wij hebben ons nooit schuldig gemaakt aan dergelijke excessen!'

'Ik heb het over niemand in het bijzonder, maar over de norm die wij, de Fransen, hebben gesteld. Het was onontkoombaar dat de negers ooit wraak zouden nemen. Ik schaam me Fransman te zijn,' zei Parmentier treurig.

'Als we het over wraak hebben... we zijn op een punt aangekomen dat we een keuze moeten maken: zij of wij. Wij planters zullen onze eigendommen en onze investeringen verdedigen. We krijgen de kolonie terug, hoe dan ook! We kunnen niet met de armen over elkaar blijven zitten!'

En ze zaten niet met de armen over elkaar. De kolonisten, de Maréchaussée en het leger gingen op jacht en de opstandige negers die ze te pakken kregen, werden levend gevild. Ze lieten vijftienhonderd honden uit Jamaica komen en het dubbele aantal muilezels uit Martinique; die muilezels waren getraind om kanonnen de bergen op te sjouwen.

De angst

De plantages in het noorden brandden, de ene na de andere. Het duurde maanden. De weerschijn van de vlammen was 's nachts tot in Cuba te zien en de dichte rook verstikte Le Cap en reikte volgens de slaven tot in Guinea. Luitenant-kolonel Étienne Relais, wiens taak het was de gouverneur over de verliezen te informeren, had eind december onder de blanken meer dan tweeduizend doden geteld en als zijn berekeningen klopten, nog eens tienduizend onder de negers. In Frankrijk veranderde de stemming toen men daar vernam wat het lot was van de kolonisten in Saint-Domingue, en de Assemblée Nationale annuleerde haar nog maar zo kort daarvoor uitgevaardigde decreet waarin de affranchi's politieke rechten kregen toegekend. Zoals Relais tegen Violette zei: een volstrekt onbegrijpelijke maatregel, aangezien de mulatten niets te maken hadden met de opstand, ze waren de ergste vijanden van de negers en de natuurlijke bondgenoten van de grands blancs, met wie ze alles gemeen hadden behalve hun kleur.

Gouverneur Blanchelande, wiens sympathie niet bij de republikeinen lag, moest het leger inzetten om de slavenopstand, die catastrofale proporties aannam, te onderdrukken en om tussenbeide te komen in het barbaarse conflict tussen blanken en mulatten dat in Port-au-Prince was begonnen. De petits blancs richtten onder de affranchi's een slachtpartij aan die door hen werd beantwoord met nog gruwelijkere beestachtigheden dan die van de negers en de blanken samen. Niemand was veilig. Het hele eiland vibreerde onder een dreunende, oude haat, en elke aanleiding was voldoende om die opnieuw te doen opvlammen. In Le Cap viel blank gespuis, verhit door de gebeurtenissen in Port-au-Prince, gekleurde mensen aan op straat. Ze vielen hun huizen binnen, verkrachtten hun vrouwen, onthoofdden de kinderen en hingen de mannen op aan hun eigen balkons. De lijkenstank was te ruiken tot in de schepen die buiten de haven voor anker lagen. Parmentier schreef een briefje aan Valmorain, waarin hij de gebeurtenissen in de stad becommentarieerde: 'Niets is zo gevaarlijk als straffeloosheid, mon ami, want dan worden de mensen gek en begaan ze de vreselijkste beestachtigheden, welke huidskleur ze ook hebben, iedereen is gelijk. Als u hetzelfde had gezien als ik, zou u niet meer zo zeker zijn van de superioriteit van het blanke ras, waar we zo vaak over hebben gediscussieerd.'

De situatie liep zo uit de hand dat Parmentier doodsbang werd en belet vroeg bij het spartaanse kantoor van Étienne Relais, die hij kende van zijn werk in het militair hospitaal. Hij wist dat Relais getrouwd was met een gekleurde vrouw en zich openlijk, zonder zich iets van boze tongen aan te trekken, met haar aan zijn arm op straat vertoonde; en dat had hij nooit aangedurfd met zijn Adèle. Parmentier vermoedde dat deze man, meer dan wie dan ook, begrip zou kunnen opbrengen voor zijn situatie en hij was er klaar voor zijn geheim met hem te delen.

'Vergeef mij dat ik u durf lastig te vallen met een persoonlijke kwestie, luitenant-kolonel...' stamelde Parmentier.

'Waarmee kan ik u van dienst zijn, dokter?' antwoordde Relais vriendelijk. Parmentier had verschillende van zijn ondergeschikten het leven gered.

'Het zit zo, ik heb een gezin. Mijn vrouw heet Adèle. Niet dat ik officieel met haar ben getrouwd, enfin, u begrijpt het wel. Maar we zijn al vele jaren samen en we hebben drie kinderen. Zij is een affranchie.'

'Dat wist ik al, dokter,' antwoordde Relais.

'Hoe kan dat?' riep Parmentier ontsteld uit.

'Het is nu eenmaal mijn taak om alles te weten en Violette Boisier, mijn echtgenote, kent Adèle. Ze heeft een aantal jurken bij haar gekocht.'

'Adèle is een uitstekende coupeuse,' zei de dokter.

'Ik veronderstel dat u het wilt hebben over de geweldplegingen tegen de affranchi's. Ik kan u niet beloven dat de situatie snel zal verbeteren, dokter. We doen ons uiterste best, maar het leger beschikt niet over voldoende middelen en manschappen. Ik maak me ernstig zorgen. Mijn vrouw heeft zich al twee weken lang niet meer buiten vertoond.'

'Ik ben bang voor Adèle en de kinderen...'

'Wat mijzelf betreft, ik stuur mijn gezin voorlopig naar Cuba, dat is de enige manier om hen te beschermen tot de storm is overgewaaid. Ze vertrekken morgen. Ik kan uw gezin een plaats bieden op hetzelfde schip, als u dat wat lijkt. Het is niet al te comfortabel, maar de reis duurt niet lang.'

Die avond brachten ze de vrouwen en de kinderen naar de boot, onder geleide van een peloton soldaten. Adèle was een donkere, gezette mulattin, op het eerste gezicht niet al te aantrekkelijk, maar oneindig lief en goedgehumeurd. Niemand kon het verschil ontgaan tussen haar, gekleed als een dienstmeid en vastbesloten niet op te vallen uit bezorgdheid om de reputatie van de vader van haar kinderen, en de mooie Violette met haar koninginnengedrag. Ze behoorden niet tot dezelfde sociale klasse, Violette was een paar tinten lichter en in Saint-Domingue was dat bepalend voor je lot, vandaar dat Adèle coupeuse was en Violette haar klant. Maar ze omhelsden elkaar vol genegenheid, nu ze samen de gevaren van de ballingschap tegemoet zouden treden.

Loula snikte en hield Jean-Martin stevig bij de hand. Ze had hem katholieke en voodoofetisjen omgehangen, onder zijn bloes, zodat Relais, een overtuigd atheïst, ze niet zou zien. De slavin had nooit gevaren, laat staan op zo'n groot schip, en gruwde van het idee zich in dat bundeltje slordig in elkaar getimmerde balken, met zeilen die op onderjurken leken, op die zee vol haaien te wagen.

Terwijl dokter Parmentier zijn gezin discreet van grote afstand gedag zwaaide, nam Étienne Relais in het volle zicht van zijn soldaten afscheid van Violette, de enige vrouw die hij in zijn leven had bemind, met een wanhopige kus en de bezwering dat ze heel spoedig weer samen zouden zijn. Hij zou haar nooit meer terugzien.

In het kampement van Zambo Boukman leed niemand meer honger en de mensen begonnen aan te sterken: de ribben van de mannen staken niet langer uit, de paar kinderen die er rondliepen waren geen skeletjes meer met dikke buiken en dode ogen, en de vrouwen begonnen weer zwanger te raken. Voor de opstand, toen de marrons zich nog in hun bergkloven verborgen moesten houden, bestreden ze de honger door zoveel mogelijk te slapen, en lesten ze hun dorst met regendruppeltjes. De vrouwen legden wat armetierige maïsveldjes aan die ze vaak alweer moesten achterlaten voor ze konden oogsten, en ze verdedigden de paar geiten die ze hadden met gevaar voor eigen leven, want de verschillende kinderen in het kampement die in vrijheid waren geboren, waren gedoemd om maar heel kort te leven als ze de melk van die dieren moesten ontberen.

De zes dapperste mannen, onder wie Gambo, waren belast met de bevoorrading. Een van hen had een musket en kon van een onmogelijke afstand een rennende haas neerleggen, maar ze bezaten maar zo weinig munitie dat ze die reserveerden voor groter wild. De groep mannen sloop 's nachts de plantages binnen, waar de slaven, of ze nu veel of weinig bezaten, hun voorraden met hen deelden, maar dat waren enorm riskante ondernemingen omdat ze verraden of betrapt konden worden. Als het hun lukte door te dringen tot de keukens of het huispersoneel, konden ze een paar zakken meel stelen, of een ton gedroogde vis, nooit veel, maar alles was beter dan op hagedissen te moeten kauwen. Gambo, die wonderbaarlijk goed met dieren kon omgaan, sleepte vaak een van de oude muilezels van de molen mee, waarvan ze alles gebruikten, tot het laatste botje. Die acties vereisten zowel geluk als moed, want als zo'n beest zich koppig verzette was het op geen enkele manier in beweging te krijgen, en als het gewillig bleek moesten ze onopgemerkt de schaduwen van het oerwoud zien te bereiken. Daar vroeg Gambo het dier, zoals zijn vader hem had geleerd als ze op jacht gingen, vergeving omdat hij het ging doden, en meteen daarna slachtte hij het. Iedereen sjouwde een deel van het vlees de berg op, de sporen achter hen uitwissend om hun achtervolgers om de tuin te leiden.

Deze wanhoopstochten behoorden inmiddels tot het verleden, want er was niemand meer om hen tegen te houden; de plantages waren bijna allemaal verlaten, en wat het vuur had gespaard konden ze zo meenemen. Vandaar dat er in het kamp nu varkens en kippen waren, meer dan tien geiten, en ze over zakken maïs, yuca, zoete aardappelen en bonen beschikten, zelfs over rum en net zoveel koffie als ze maar wilden. En suiker, iets wat de meeste slaven nooit eerder hadden geproefd, al hadden ze het jarenlang geproduceerd. De vluchtelingen van weleer waren de revolutionairen van nu. Het waren niet langer broodmagere boeven maar vastberaden strijders, want een weg terug was er niet: ze stierven in de strijd of op de pijnbank. Ze konden alleen inzetten op de overwinning.

Het kampement was omgeven door staken met schedels en gespietste lijken die rotten in de zon. In een kraal zaten de blanke, mannelijke gevangenen, die hun beurt afwachtten om geëxecuteerd te worden. De blanke vrouwen werden tot slavinnen en concubines gemaakt, net als de blanken voorheen met de negerinnen op de plantages hadden gedaan. Gambo had geen medelijden met de gevangenen, hij zou ze zelf afmaken mocht dat nodig zijn, maar dat werd hem niet opgedragen. Hij had snelle benen en een scherp inzicht, vandaar dat Boukman hem ook met boodschappen naar andere aanvoerders stuurde en als spion inzette. Overal zaten groepen marrons en de jongen kende de streek inmiddels goed.

De blanken in het kampement van Jeannot hadden het gruwelijkste lot getroffen. Jeannot wees er elke dag een paar aan die langzaam en op gruwelijke wijze dood werden gemarteld, geïnspireerd door de wreedheden waarmee de kolonisten zelf waren begonnen. Jeannot én Boukman waren machtige hungans, maar Jeannot was door de oorlog volledig ontspoord en zijn honger naar wreedheid was onverzadigbaar geworden. Hij pochte dat hij het bloed van zijn slachtoffers dronk uit een menselijke schedel. Zelfs zijn eigen mensen waren bang voor hem. Gambo had andere aanvoerders met elkaar horen praten over de plicht hem uit de weg te ruimen voordat zijn abjecte gedrag Papa Bondye zou ergeren.

In een van de kampementen leerde hij Toussaint kennen, die niet alleen oorlogsadviseur was maar ook arts, want hij had verstand van geneeskrachtige planten en oefende een grote invloed uit op de aanvoerders, hoewel hij zich in die periode nog op de achtergrond hield. Hij was een van de weinigen die konden lezen en schrijven, en via hem bleven ze, zij het met vertraging, op de hoogte van wat er op de rest van het eiland en in Frankrijk gebeurde. Niemand had een beter inzicht in de mentaliteit van de blanken. Toussaint was op een plantage in Bréda als slaaf geboren en opgegroeid, had zichzelf leren lezen en schrijven, was overtuigd katholiek en had het respect weten te winnen van zijn meester, die hem zelfs zijn gezin had toevertrouwd toen het moment daar was om te vluchten. Die relatie wekte achterdocht, velen geloofden dat Toussaint zich aan de blanken onderwierp, zich als voetveeg opstelde, maar Gambo had hem vaak horen zeggen dat hij zich ten doel had gesteld een einde te maken aan de slavernij in Saint-Domingue en dat niets of niemand hem daarvan zou kunnen weerhouden.

Gambo voelde zich vanaf het begin aangetrokken tot Toussaints persoonlijkheid, en besloot dat als de man aanvoerder werd, hij zonder aarzeling naar diens groep zou overlopen. Boukman, die reus met zijn donderstem, de oogappel van Ogun-Feraille, was de vonk die het vuur van de rebellie in Bois Cayman had ontstoken, maar Gambo voorzag dat de felst brandende ster aan de hemel die van Toussaint was, dat lelijke mannetje met zijn vooruitstekende kaak en zijn kromme benen, die sprak als een prediker en de Jezus van de blanken aanbad.

En hij vergiste zich niet, want een paar maanden later werd Boukman, de onoverwinnelijke, die het vijandelijke vuur tegemoet trad terwijl hij met de stierenstaart die hij als zweep gebruikte de kogels wegmepte als vliegen, tijdens een schermutseling door het leger gevangengenomen. Om de reacties van de opstandelingen uit andere kampementen voor te zijn, liet Étienne Relais hem onmiddellijk executeren. Ze staken zijn hoofd op een lans en plantten die in het midden van het grote plein in Le Cap, waar iedereen het kwam bekijken.

Gambo was de enige die dankzij zijn verbluffende snelheid aan de hinderlaag had weten te ontsnappen, en hij had het bericht kunnen verbreiden. Vervolgens sloot hij zich aan bij de groep waarvan Toussaint ook deel uitmaakte, al telde de bende van Jeannot meer mensen. Maar Gambo wist dat Jeannots dagen geteld waren. En inderdaad, de leider werd vroeg in de morgen aangevallen en gewurgd, zonder hem te onderwerpen aan de martelingen die hij op zijn slachtoffers had toegepast – daar hadden ze de tijd niet voor omdat ze voorbereidingen aan het treffen waren om met de vijand te onderhandelen. Gambo had gedacht dat met de dood van Jeannot en verschillende van zijn officieren ook het laatste uur van de blanke gevangenen zou hebben geslagen, maar Toussaint wist de groep ervan te overtuigen dat het beter was hen in leven te laten, zodat ze tijdens de onderhandelingen als gijzelaars konden worden gebruikt.

Gezien de ramp die zich in de kolonie voltrok, zond Frankrijk een delegatie om met de zwarte aanvoerders te spreken, die als gebaar van goede wil bereid bleken de gijzelaars vrij te laten. Ze spraken af op een plantage in het noorden.

Toen de blanke gevangenen die al die maanden in de door Jeannot gecreëerde hel hadden overleefd, in de buurt van het huis kwamen en begrepen dat ze daar niet naartoe werden gebracht om op afgrijselijke wijze vermoord te worden maar om ze hun vrijheid terug te geven, zetten ze het op een rennen; de vrouwen en kinderen werden door de mannen, in hun haast zichzelf in veiligheid te brengen, onder de voet gelopen. Gambo slaagde erin in de buurt te blijven van Toussaint en de andere aanvoerders die waren aangewezen om met de afgevaardigden te onderhandelen. Een stuk of zes grands blancs, de vertegenwoordiging van de rest van de kolonisten, vergezelden de autoriteiten die kortelings uit Parijs waren aangekomen en nog niet precies wisten op welke manier men gewoon was de zaken in Saint-Domingue te regelen. Gambo schrok toen hij zijn oude meester herkende en trok zich schielijk terug, maar Valmorain merkte hem niet eens op. Al was zijn oog op de jongen gevallen, hij zou zijn vroegere slaaf niet herkend hebben.

De onderhandelingen vonden plaats in de open lucht, onder de bomen van de patio, en al in de eerste woorden was de spanning voelbaar. Onder de opstandelingen heersten wantrouwen en wrok, de kolonisten straalden blinde arrogantie uit. Gambo was verbijsterd toen hij de vredesvoorwaarden van de slavenaanvoerders hoorde: in ruil voor hun eigen vrijheid en die van een handjevol getrouwen, zou de rest van de opstandelingen rustig terugkeren naar de slavernij op de plantages. De Parijse afgevaardigden wilden dat voorstel onmiddellijk accepteren – de voorwaarden konden niet gunstiger zijn – maar de grands blancs van Saint-Domingue waren niet bereid ook maar een duimbreed toe te geven: zij wilden de onvoorwaardelijke overgave van alle slaven. Wat ze zich in hun hoofd haalden! Dat ze zouden onderhandelen met negers?

'Laat ze blij zijn dat ze er hun leven niet bij inschieten!' riep een van hen uit. Valmorain probeerde de andere planters tot rede te brengen, maar uiteindelijk won de meerderheid en besloot men die opstandige negers nergens in tegemoet te komen. De rebellenleiders trokken zich beledigd terug en Gambo volgde hen, brandend van woede omdat hij wist dat zij bereid waren de mensen met wie ze samen leefden en streden, te verraden. Zodra ik de kans heb vermoord ik ze allemaal, een voor een, beloofde hij zichzelf. Hij was zijn geloof in de revolutie kwijt.

Hij kon zich niet voorstellen dat die gebeurtenis bepalend zou zijn voor de toekomst van het eiland, want de onverzoenlijke houding van de kolonisten zou de rebellen dwingen de oorlog nog jaren voort te zetten, tot de overwinning en het einde van de slavernij.

De afgevaardigden konden in die algehele chaos niets meer uitrichten en verlieten Saint-Domingue. Niet veel later arriveerde een nieuwe delegatie van drie man, onder leiding van Sonthonax, een jonge, dikkige advocaat; ze hadden zesduizend soldaten bij zich en nieuwe instructies uit Parijs. Daar had men de wet opnieuw gewijzigd en de vrije mulatten dezelfde rechten toegekend als iedere Franse burger, rechten die hun nog maar zo kort geleden waren geweigerd. Een aantal affranchi's werd tot officier in het leger benoemd, waarop veel blanke militairen, die weigerden onder hen te dienen, deserteerden. Dit verhitte de gemoederen en de eeuwenoude haat tussen blanken en affranchi's nam bijbelse proporties aan. De Assemblée Coloniale, die tot dan toe de interne zaken op het eiland had geregeld, werd vervangen door een commissie die uit zes blanken, vijf mulatten en een vrije neger bestond. En te midden van dat almaar toenemende geweld dat door niemand nog in de hand gehouden kon worden, werd gouverneur Blanchelande ervan beschuldigd de mandaten van de republikeinse regering niet uit te voeren en de monarchisten te bevoordelen. Hij werd met voetboeien om naar Frankrijk afgevoerd en verloor kort daarna zijn hoofd onder de guillotine.

De smaak van de vrijheid

Zo stonden de zomer daarop de zaken ervoor, toen Tété op een avond wakker schrok doordat een sterke hand zich over haar mond sloot. Ze dacht dat het eindelijk zover was, de overval op de plantage die ze al zo lang vreesde, en smeekte dat de dood snel zou volgen, tenminste voor Maurice en Rosette, die naast haar lagen te slapen. Ze wachtte af, zonder een poging te doen zich te verdedigen omdat ze de kinderen niet wakker wilde maken en omdat het heel misschien niet meer was dan een nachtmerrie – tot ze in de flauwe weerschijn van het licht van de toortsen op de patio, dat door het waspapier voor de ramen siepelde, de gestalte die zich over haar heen boog kon onderscheiden. Ze herkende hem aanvankelijk niet, want in de anderhalf jaar die waren verstreken was de jongen veranderd, maar toen hij haar naam fluisterde, Zarité, voelde ze een steek in haar hart, niet meer van angst, maar van geluk. Ze hief haar handen om hem naar zich toe te trekken en voelde het metaal van het mes dat hij tussen zijn tanden geklemd hield. Ze pakte het mes en hij liet zich kreunend op haar lichaam vallen dat klaar was om hem te ontvangen. Gambo's lippen zochten de hare met de wanhopige dorst die zich in die lange afwezigheid had opgebouwd, zijn tong drong haar mond binnen en zijn handen grepen zich onder het dunne hemd vast aan haar borsten. Zij voelde hoe hard hij was tussen haar dijen en opende zich voor hem, maar dacht ineens aan de kinderen, die ze even was vergeten, en duwde hem van zich af. 'Kom mee,' fluisterde ze.

Ze stonden voorzichtig op en stapten over Maurice heen. Gambo pakte zijn mes en stak het achter de reep geitenleer die hij om zijn middel droeg, terwijl zij het muskietennet instopte om de kinderen te beschermen. Tété gebaarde hem te wachten en ging naar het vertrek van de meester om zich ervan te vergewissen dat hij nog in bed lag zoals zij hem een paar uur eerder had achtergelaten, blies daarna de lamp op de gang uit en leidde haar geliefde op de tast naar de kamer van de gekkin, aan de andere kant van het huis, die sinds Eugenia's dood leegstond.

Ze vielen in elkaars armen op het door vocht en verwaarlozing vergane matras, en beminden elkaar in het duister, in totale stilte; hun gesmoorde woorden en kreten van genot gingen over in zuchten. In de tijd dat ze gescheiden waren geweest had Gambo zich in de kampementen met andere vrouwen getroost, maar dat had zijn honger naar deze onbevredigde liefde niet kunnen stillen. Hij was achttien jaar en werd verteerd door een constant verlangen naar Zarité. In zijn herinnering was ze lang, overvloedig en gul geweest, maar inmiddels was ze kleiner dan hij en haar borsten, die hem voorheen enorm groot hadden geleken, pasten makkelijk in zijn handen. Zarité werd schuim onder hem. In de gedrevenheid en gulzigheid van die zo lang ingehouden liefde lukte het hem niet bij haar binnen te dringen en toen liep het leven in één uitbarsting uit hem weg. Hij werd de leegte in gezogen, tot de gloeiende adem van Zarité in zijn oor hem terugbracht naar het vertrek van de gekkin. Zij suste hem, gaf hem zachte klopjes op zijn rug, zoals ze bij Maurice deed als ze hem troostte, en toen ze voelde dat hij weer tot leven kwam, draaide ze hem om en hield hem met één hand op zijn buik tegen, terwijl ze hem met haar andere hand en met haar zachte lippen en haar hongerige tong masseerde en likte en hem naar het firmament voerde waar hij verdween tussen de vluchtige sterren van die liefde waaraan hij al die tijd had gedacht, elk moment dat hij niets te doen had, tijdens elke gevechtspauze, elke mistige morgenstond in de eeuwenoude rotsspleten van de caciques waar hij zo vaak op wacht had gestaan. Niet in staat zich nog langer over te geven, pakte de jongen haar bij haar middel, en zij ging schrijlings op hem zitten, zijn gloeiende lid, waar ze zo naar had verlangd, in zich, ze boog zich naar hem over om zijn gezicht met kussen te bedekken, zijn oren te likken, hem te liefkozen met haar borsten, hem samen te knijpen met haar amazonedijen, kronkelend als een paling op de zanderige bodem van de zee. Ze bedreven de liefde alsof het de eerste en de laatste keer was, nieuwe passen verzinnend voor een oude dans. De lucht in de kamer raakte verzadigd van de geur van zweet en sperma, van het behoedzame geweld van het genot en de vrijpostigheden van de liefde, van verstikt gekreun, geluidloze lachjes, aanvallen van wanhoop, gehijg, alsof ze stierven en meteen daarna elkaar weer vonden in vreugdevolle kussen. Misschien deden ze niets wat ze niet ook met anderen hadden gedaan, maar met liefde de liefde bedrijven is iets heel anders.

Uitgeput van geluk sliepen ze in, een hechte kluwen armen en benen, verdoofd door de zware hitte van die julinacht. Gambo werd na een paar minuten wakker, geschokt omdat hij zijn waakzaamheid zomaar had laten varen, maar toen hij de vrouw naast zich voelde, volledig ontspannen spinnend in haar slaap, gunde hij zich de tijd haar heel zachtjes te betasten zonder haar te wekken, en de veranderingen te ontdekken in dat lichaam dat, toen hij was vertrokken, heel anders was vanwege haar zwangerschap. Haar borsten zaten nog vol melk, maar waren slapper en met uitgerekte tepels; haar taille leek heel smal, maar hij wist niet hoe die was geweest voor haar zwangerschap; haar buik, haar heupen, haar billen en dijen waren een en al weelde en zachtheid. Tétés geur was ook veranderd, ze rook niet meer naar zeep maar naar melk, en was op dat moment doordrenkt van de geur van hen beiden. Hij begroef zijn neus in haar hals, voelde het bloed door haar aderen stromen, het ritme van haar ademhaling, het kloppen van haar hart.

Tété rekte zich met een tevreden zucht uit. Ze droomde over Gambo en het duurde even voordat ze besefte dat ze werkelijk samen waren en ze niet over hem hoefde te fantaseren.

'Ik kom je halen, Zarité. Het is tijd om te gaan,' fluisterde Gambo.

Hij vertelde haar dat hij niet eerder had kunnen komen omdat hij geen plek had om haar mee naartoe te nemen, maar nu kon hij niet langer wachten. Hij wist niet of het de blanken zou lukken de opstand neer te slaan, maar ze zouden de negers tot de laatste man moeten doden voor ze de overwinning konden uitroepen. Geen van de opstandelingen was bereid terug te keren naar de slavernij. De dood waarde rond en lag overal op het eiland op de loer. Niet één plek was veilig, maar erger dan angst en oorlog was van elkaar gescheiden blijven. Hij vertelde haar dat hij de aanvoerders niet vertrouwde, zelfs Toussaint niet, maar hij was hun niets verschuldigd en van plan de strijd op zijn eigen manier voort te zetten, van groep te veranderen of te deserteren, zoals het hem uitkwam. Ze zouden voorlopig samen kunnen leven in zijn kampement, zei hij; hij had een ajoupa gebouwd van palen en palmbladeren en ze zouden genoeg te eten hebben. Hij kon haar slechts een hard leven bieden en zij was gewend aan de gerieflijkheid van dat huis van de blanke, maar ze zou nooit spijt krijgen, want als je eenmaal van de vrijheid hebt geproefd kun je niet meer terug. Hij voelde hete tranen op Tétés gezicht.

‘Ik kan de kinderen niet in de steek laten, Gambo,’ zei ze.

‘We nemen mijn zoon mee.’

‘Het is een meisje, ze heet Rosette en ze is niet van jou maar van de meester.’

Gambo richtte zich op, verrast. In die anderhalf jaar had hij steeds aan zijn kind gedacht, het donkere jongetje dat Honoré heette; het was niet in hem opgekomen dat het ook het kind van de meester kon zijn, een meisje, een mulattin.

‘Maurice kunnen we niet meenemen want hij is blank, en Rosette is nog te klein om ontberingen te leiden,’ zei Tété.

‘Je moet met me meekomen, Zarité. En vannacht nog, want morgen is het te laat. Die kinderen zijn van de blanke. Vergeet ze. Denk aan ons, en aan de kinderen die wij samen zullen hebben, denk aan de vrijheid.’

‘Waarom zeg je dat het morgen te laat is?’ vroeg ze, haar tranen afvegend met de rug van haar hand.

‘Omdat ze de plantage gaan aanvallen. Het is de laatste die over is, de rest is al verwoest.’

Toen drong de draagwijdte van wat Gambo haar vroeg pas echt tot haar door, het was veel meer dan van de kinderen scheiden, het was hen overleveren aan een verschrikkelijk lot. Ze ontstak in een woede die net zo heftig was als de passie van enkele minuten daarvoor: ze zou hen nooit in de steek laten, niet voor hem en niet voor de vrijheid.

Gambo drukte haar tegen zijn borst alsof hij van plan was haar zo mee te nemen. Hij zei dat Maurice hoe dan ook verloren was, maar dat Rosette in het kampement misschien geaccepteerd zou kunnen worden, als ze niet te blank was, tenminste.

‘Geen van beide kinderen zou het overleven tussen de opstandelingen, Gambo. De meester moet ze meenemen, dat is de enige manier om ze te redden. Ik weet zeker dat hij Maurice met zijn leven zou verdedigen. Rosette niet, denk ik.’

‘Daar is geen tijd meer voor, jouw meester is al zo goed als dood, Zarité,’ antwoordde hij.

‘Als hij sterft, sterven de kinderen ook. Ze moeten alle drie uit Saint-Lazare weg zijn voor het licht wordt. Als jij me niet wilt helpen, doe ik het alleen,’ besloot Tété in het halfduister, terwijl ze haar hemd weer aantrok.

Haar plan was kinderlijk eenvoudig, maar ze bracht het met zo veel overtuiging dat Gambo uiteindelijk toegaf. Hij kon haar niet dwingen met hem mee te gaan maar kon haar ook niet achterlaten. Hij kende de streek, was gewend zich te verbergen en in staat 's nachts te reizen, gevaren te ontwijken en zich te verdedigen; zij niet.

'Denk jij dat die blanke daaraan mee zal werken?' vroeg hij uiteindelijk.

'Wat kan hij anders? Als hij blijft, worden hij en Maurice afgeslacht. Hij zal niet alleen meewerken, hij moet er ook voor betalen. Blijf hier op me wachten,' antwoordde zij.

Zarité

Mijn lichaam was warm en klam, mijn gezicht gezwollen van het kussen en huilen, mijn huid rook naar wat ik met Gambo had gedaan, maar dat kon me niet schelen. In de gang stak ik een paar olielampen aan, ik liep naar zijn kamer en ging binnen zonder te kloppen, wat ik nooit eerder had gedaan. Hij lag op zijn rug, dronken, zijn mond open met een sliertje spuug op zijn kin, een baard van twee dagen en zijn lichte haar in de war. Alle walging die ik voor hem voelde schoot door me heen en ik dacht dat ik moest overgeven. Het duurde even voor mijn aanwezigheid en het licht doordrongen in zijn mist van cognac, maar toen werd hij met een schreeuw wakker en haalde met een snel gebaar het pistool tevoorschijn dat onder zijn kussen lag. Toen hij me herkende liet hij de loop zakken, maar hij legde het wapen niet weg.

'Wat is er, Tété?' snauwde hij, terwijl hij uit bed sprong.

'Ik kom u een voorstel doen, meester,' zei ik. Mijn stem was vast en de hand die de lamp vasthield, trilde niet.

Hij vroeg niet hoe ik het in mijn hoofd haalde om hem in het holst van de nacht wakker te maken, hij voorvoelde dat het om iets heel ernstigs ging. Hij ging met het pistool in zijn schoot op bed zitten en ik vertelde dat de opstandelingen van plan waren Saint-Lazare over een paar uur te overvallen. Het had geen zin om Cambray te waarschuwen, alleen een heel leger zou hen tegen kunnen houden. Net als elders zouden zijn slaven zich bij de aanvallers voegen, er zou gemoord worden, brandgesticht, en daarom moesten we onmiddellijk met de kinderen vluchten, anders zouden we morgen dood zijn – als we geluk hadden, tenminste, het zou erger zijn als we dan nog lagen te zieltogen. Zo zei ik het tegen hem.

Hoe ik dat wist? Een van zijn slaven, die meer dan een jaar geleden was ontsnapt, was teruggekomen om me te waarschuwen. Die man zou ons leiden, want alleen zouden we Le Cap nooit bereiken, de hele streek was in handen van de rebellen.

'Wie is het?' vroeg hij, terwijl hij zich haastig aankleedde.

'Hij heet Gambo en hij is mijn geliefde...'

Hij sloeg me zo hard in mijn gezicht dat het me duizelde, maar toen hij aanstalten maakte opnieuw uit te halen, greep ik hem met zo veel kracht bij zijn pols dat het me zelf verbaasde. Tot dat moment had ik hem nog nooit recht aangekeken, en ik wist niet dat zijn ogen heel licht van kleur waren, als de hemel wanneer die bewolkt is.

'We gaan proberen uw leven en dat van Maurice te redden, maar de prijs daarvoor is mijn vrijheid, en die van Rosette,' zei ik. Elk woord sprak ik met nadruk uit opdat hij me goed begreep.

Hij klemde zijn vingers om mijn armen en bracht zijn gezicht dicht bij het mijne, dreigend. Zijn tanden knarsten terwijl hij me beledigde, buiten zichzelf van woede. Lange tijd verstreek, een eeuwigheid, ik voelde me opnieuw misselijk worden maar bleef hem aankijken. Uiteindelijk ging hij weer zitten, zijn gezicht in zijn handen, verslagen.

'Smeer hem maar met die klootzak. Je hebt het niet nodig dat ik je vrijlaat.'

'En Maurice? U bent niet in staat hem te beschermen. En ik wil niet altijd blijven vluchten, ik wil vrij zijn.'

'Het is goed, je krijgt je zin. Kom, schiet op, kleed je aan en zorg dat de kinderen klaarstaan. Waar is die slaaf?' vroeg hij.

'Hij is geen slaaf meer. Ik zal hem roepen, maar eerst schrijft u op een papier dat u mij en Rosette vrijlaat.'

Zonder nog een woord te zeggen nam hij plaats achter zijn bureau en schreef in grote haast iets op een papier, droogde de inkt met talk, blies erover en zette er met zijn zegelring zijn lakstempel onder, zoals ik hem altijd had zien doen met belangrijke documenten. Hij las het me hardop voor, aangezien ik zelf niet kon lezen. Mijn keel kneep dicht en ik voelde mijn hart in mijn borst kloppen: dat stukje papier had de macht mijn leven en dat van mijn dochter te veranderen. Ik vouwde het voorzichtig vier keer dubbel en borg het weg in het zakje van de rozenkrans van doña Eugenia, dat ik altijd om mijn hals droeg, onder mijn bloes. Ik moest de rozenkrans achterlaten. Ik hoop dat doña Eugenia het me vergeeft.

'Geef me nu het pistool,' zei ik.

Maar hij wilde geen afstand doen van het wapen; hij legde me uit dat hij niet van plan was het tegen Gambo te gebruiken, want die was onze enige kans. Ik weet niet meer precies hoe we het voor elkaar hebben gekregen, maar binnen een paar minuten was hij bewapend met nog twee pistolen en had hij, in de tijd dat ik de kinderen laudanum gaf uit een van de blauwe flesjes van doña Eugenia die nog steeds in huis stonden, al zijn gouden munten uit het kantoor gehaald. De kinderen leken wel dood, ik was bang dat ik ze te veel had gegeven.

Ik maakte me niet druk om de veldslaven, morgen zou hun eerste dag zijn als vrije mensen, maar bij dit soort overvallen werd het huispersoneel vaak even wreed behandeld als de meesters. Gambo besloot tante Mathilde te waarschuwen. De kokkin had hem indertijd toen hij vluchtte, een voorsprong van verschillende uren gegeven, en was daar toen voor gestraft; nu was het zijn beurt om haar die gunst terug te betalen. Ze moest nog een halfuur wachten, tot wij ver genoeg weg waren; dan zou ze de huisslaven kunnen verzamelen en met hen opgaan in de rest.

Maurice bond ik vast op zijn vaders rug, Gambo gaf ik twee pakken met voedselvoorraden en zelf droeg ik Rosette. De meester vond het gekkenwerk om te voet te gaan, we konden paarden uit de stal halen, maar volgens Gambo zou dat de aandacht van de bewakers trekken en bovendien was de route die we zouden nemen niet geschikt voor paarden.

In de schaduw van de gebouwen staken we de patio over in de richting van de rietvelden; we meden de oprijlaan met de palmen, waar een bewaker liep. Het wemelde op de velden van de ratten met walgelijke staarten, die voor onze voeten wegschoten. De meester aarzelde en Gambo zette hem zijn mes op de keel maar doodde hem niet omdat ik zijn arm tegenhield. We hadden hem nodig om de kinderen te beschermen, herinnerde ik Gambo.

We zonken weg in het angstwekkende gesis van het suikerriet, dat zwaaide in de wind. Gefluit, Gambo die voor ons een doorgang kapte, demonen die zich op het veld verborgen hielden, slangen, schorpioenen, een labyrint waarin het geluid vervormt, waarin je geen idee meer hebt van de afstanden en voor altijd kunt verdwalen en, hoe je ook schreeuwt en schreeuwt, nooit meer wordt gevonden. Daarom worden de rietvelden in vierkante blokken opgedeeld en kapt men altijd van buiten naar binnen. Een van Cambrays straffen bestond eruit een slaaf 's nachts in de velden achter te laten en de volgende morgen de honden op hem los te laten.

Ik weet niet hoe Gambo ons heeft geleid, misschien volgde hij zijn instinct, misschien kende hij de omgeving van zijn strooptochten naar de andere plantages. We liepen in een rij, vlak achter elkaar om elkaar niet kwijt te raken, ons zo goed en kwaad als het ging beschermend tegen de scherpe bladeren, tot we eindelijk, na een hele tijd, de grens van de plantage bereikten en het oerwoud betraden. We liepen urenlang, maar schoten niet erg op. Toen het licht werd, konden we duidelijk zien dat de hemel boven Saint-Lazare oranje gekleurd was door het vuur, en de prikkelende, zoetige lucht die de wind in onze richting voerde, benam ons de adem. De slapende kinderen wogen zwaar als stenen op onze schouders. Erzuli, loa, moeder, kom ons te hulp.

Ik heb altijd op blote voeten gelopen, maar omdat ik niet gewend was aan dat terrein, begonnen mijn voeten te bloeden. Ik viel om van vermoeidheid; de meester daarentegen, twintig jaar ouder dan ik, liep voort zonder stil te houden, en torste daarbij het gewicht van Maurice. Eindelijk zei Gambo, de jongste en sterkste van ons drieën, dat we moesten rusten. Hij hielp ons de kinderen los te maken en we legden hen op een stapel bladeren, na er eerst met een stok in gepord te hebben om de slangen te verjagen. Gambo wilde de pistolen van de meester, maar die wist hem ervan te overtuigen dat ze in zijn handen van meer nut waren omdat Gambo ze niet kon gebruiken. Ze kwamen overeen dat hij er een kreeg en de meester de andere twee zou dragen.

We naderden de moerassen, er drong nauwelijks een straaltje licht door de dichte begroeiing. De lucht voelde aan als warm water. Het drijfzand kon iemand in twee minuten verzwelgen, maar daar leek Gambo zich niet bezorgd om te maken. Hij vond een plas water, we dronken, maakten de kleren van de kinderen, die nog buiten kennis waren, nat, deelden wat brood uit onze voorraad en namen even rust.

Al snel zette Gambo ons weer in beweging en de meester, die nog nooit in zijn leven van iemand bevelen had ontvangen, gehoorzaamde zwijgend. In tegenstelling tot wat ik me ervan had voorgesteld, waren de moerassen geen grote modderpoelen maar plassen met smerig, stinkend stilstaand water. De modder zat onderin. Ik moest aan doña Eugenia denken die nog liever in handen van de rebellen zou zijn gevallen dan door die dichte muggenwolk te moeten lopen, maar gelukkig was ze al in de hemel van de christenen.

Gambo wist precies waar je kon lopen, maar onder het gewicht van de kinderen viel het niet mee hem te volgen. Erzuli, loa van het water, red ons. Gambo scheurde mijn tignon aan flarden en bond met de lappen stof bladeren onder mijn voeten. De meester droeg hoge laarzen en Gambo was ervan overtuigd dat zijn eigen voeten zo'n dikke eeltlaag hadden dat ongedierte hem niet kon deren.

Maurice ontwaakte toen we nog in het moerasgebied waren, en hij schrok. Toen daarna ook Rosette wakker werd, nam ik haar zonder stil te houden even aan de borst, waarna ze weer in slaap viel.

Na een hele dag lopen bereikten we Bois Cayman, waar we niet langer het gevaar liepen in het drijfzand weg te zakken, maar wel konden worden aangevallen. Hier had Gambo het begin van de rebellie meegemaakt, toen mijn madrina, bezeten door Ogun, de oorlog uitriep en de aanvoerders aanwees. Zo vertelde Gambo het me. Sindsdien trok tante Rose van het ene naar het andere kampement om mensen te genezen, ceremonies te houden voor de loa's en de toekomst te voorspellen; ze werd gevreesd en gerespecteerd door iedereen en vervulde het lot dat in haar z'étoile geschreven stond. Zij was degene die Gambo had gezegd zich bij Toussaint aan te sluiten omdat Toussaint koning zou worden als de oorlog afgelopen was. Gambo had haar gevraagd of we dan vrij zouden zijn en zij had hem dat verzekerd, maar eerst zouden alle blanken gedood moeten worden, zelfs de pasgeborenen, en de aarde zou zo doordrenkt raken van bloed dat de maïskolven rood zouden kleuren.

Ik gaf de kinderen nog wat druppeltjes en legde ze tussen de wortels van een grote boom. Gambo was banger voor meutes wilde honden dan voor mensen of geesten, maar we durfden geen vuur te maken om ze op afstand te houden. We lieten de meester met de drie geladen pistolen bij de kinderen, want we wisten zeker dat hij niet van Maurice' zijde zou wijken, terwijl Gambo en ik een stukje verderop gingen doen wat we wilden doen. Het gezicht van de meester vertrok van haat toen ik opstond om Gambo te volgen, maar hij zei niets. Ik werd bang voor wat er later zou gebeuren, want ik weet hoe wreed de blanken zijn als het uur van de wraak is aangebroken, en dat zou vroeger of later gebeuren. Ik was uitgeput en mijn hele lichaam deed pijn van het dragen van Rosette, maar het enige wat ik wilde was Gambo's omhelzing. Op dat moment deed niets anders ertoe. Erzuli, loa van het genot, maak dat deze nacht eeuwig duurt.

Zo herinner ik het me.

Vluchtelingen

De opstandelingen overvielen Saint-Lazare op het onzekere uur waarin de nacht zich terugtrekt, vlak voor de bel klinkt om de mensen voor het werk te wekken. Aanvankelijk was niet méér waar te nemen dan de lichtgevende staart van een komeet, snel bewegende lichtpuntjes: de toortsen. In de suikerrietvelden waren de menselijke gestalten niet te zien, maar toen ze uit de dichte begroeiing tevoorschijn kwamen werd het duidelijk dat ze met honderden waren. Een van de bewakers, die de bel nog wist te bereiken, werd door twintig met messen zwaaiende handen gereduceerd tot een onherkenbare, weke brij. Het droge riet brandde het eerst, de hitte deed de rest ontvlammen en binnen twintig minuten stonden de velden in brand en kroop het vuur in de richting van het grote huis. De vlammen sprongen alle kanten op, zo hoog en krachtig dat de brandgang die de patio's vormden ze niet kon tegenhouden. Bij het lawaai van het vuur voegde zich het oorverdovende geschreeuw van de aanvallers en het lugubere loeien van de schelpen waarop ze bliezen om de oorlog aan te kondigen. De rebellen waren naakt of met niet meer dan wat flarden aan hun lichaam. Ze waren gewapend met machetes, kettingen, messen, stokken, bajonetten en musketten zonder kogels die ze als knuppels hanteerden. Velen hadden zich met roet ingesmeerd, anderen waren dronken of in trance, maar ondanks de complete chaos had iedereen maar één doel: alles vernietigen. De slaven, ook het huispersoneel – dat tijdig door de kokkin was gewaarschuwd –, kwamen uit de hutten en sloten zich bij de bendes aan om deel te nemen aan die orgie van wraak en verwoesting. Aanvankelijk aarzelde een aantal van hen, bang voor het onstuitbare geweld van de rebellen en de onvermijdelijke vergelding van de meester, maar ze hadden geen keus meer. Als ze terugkrabbelden, werden ze omgebracht.

De commandeurs vielen een voor een in handen van de aanvallers, maar Prosper Cambray had zich met nog twee mannen in de kelders van het grote huis verschanst, met genoeg wapens en munitie om het een paar uur uit te houden. Ze vertrouwden erop dat het vuur de aandacht van de Maréchaussée zou trekken, of van soldaten die in de buurt patrouilleerden. De aanvallen van de negers hadden altijd de woede en de gejaagdheid van een tyfoon: een paar uur, dan verspreidden ze zich weer.

De hoofdopzichter vond het merkwaardig dat het huis leeg was, maar veronderstelde dat Valmorain uit voorzorg een ondergrondse schuilplaats had ingericht waar hij zich met zijn zoon, Tété en het meisje kon verbergen. Hij liet de twee mannen achter en begaf zich naar het kantoor, dat normaal altijd was afgesloten, maar nu stond de deur open. Hij kende de cijfercombinatie van de brandkast niet en was van plan hem open te breken, niemand zou later weten wie het goud had gestolen. Maar ook de brandkast stond open. Toen kwam voor het eerst de gedachte in hem op dat Valmorain ervandoor was, zonder hem te hebben ingelicht.

'Vervloekte lafaard!' riep hij woedend uit. Om zijn eigen huid te redden had zijn baas de plantage in de steek gelaten. Maar Cambray had geen tijd om te blijven jammeren en was weer bij de anderen terug op het moment dat de aanval over hen heen kwam.

Cambray hoorde de paarden hinniken, en het geblaf van de honden, zijn eigen moordenaarshonden erbovenuit, heser en woester dan de rest. Hij rekende erop dat zijn kostbare dieren verschillende slachtoffers zouden maken voor ze er zelf aan gingen. Het huis was omsingeld, de aanvallers waren al op de patio's en stampten door de tuin, waar niet één van de kostbare orchideeën van zijn baas het overleefde. De hoofdopzichter hoorde hen op de galerij; ze trapten de deuren in, drongen door de ramen naar binnen en vernielden alles wat ze op hun weg vonden; ze haalden de Franse meubelen open, scheurden de Hollandse wandtapijten aan flarden, versplinterden de Chinese kamerschermen en smeten het porselein aan diggelen. Alles wat Violette indertijd had aangeschaft ging eraan: de Duitse klokken, de vergulde kooien, de Romeinse beelden en de Venetiaanse spiegels. Toen ze er genoeg van kregen, gingen ze op zoek naar mensen.

Cambray en de twee commandeurs hadden de kelderdeur gebarricadeerd met zakken, vaten en meubels, en schoten tussen de tralies door die de kleine vensters beschermden. Alleen de houten wanden scheidden hen van de rebellen die, dronken van vrijheid, zich niets van de kogels aantrokken. In het licht van de dageraad zagen ze er verschillende vallen, zo dichtbij dat ze hen ondanks de stinkende rook van het brandende suikerriet konden ruiken. Andere rebellen sprongen over de gevallenen heen voor Cambray en zijn mannen opnieuw hadden kunnen laden. Ze hoorden hen tegen de deur beuken, het hout dreunde en bezweek haast onder een orkaan van haat die zich in honderd jaar in het Caribische gebied had opgebouwd. Tien minuten later was het grote huis één enorme vuurzee. De opstandige slaven wachtten op de patio en toen de commandeurs naar buiten kwamen om aan de vlammen te ontkomen, namen ze hen levend gevangen. Op Prosper Cambray konden ze zich niet wreken voor alle martelingen, want hij koos ervoor de loop van zijn pistool in zijn mond te plaatsen en zijn hoofd op te blazen.

Intussen worstelden Gambo en zijn kleine troep verder, ze klemden zich vast aan rotsen, boomstammen, wortels en lianen, staken kloven over en waadden tot hun middel door onstuimige beken. Gambo had niet overdreven, dit was geen route voor paarden maar voor apen. In al dat diepe groen lichtten van tijd tot tijd felle kleuren op: het geel en oranje van de snavel van een toekan, de regenboogkleuren van de veren van papegaaien en ara's, tropische bloemen die aan boomtakken hingen. Overal was water, regen, waren stroompjes, plassen, kristalheldere watervallen met regenbogen die van de hemel vielen en achter dikke bossen glanzende varens uit het zicht verdwenen.

Tété maakte een zakdoek nat en bond die om haar hoofd om het blauwe oog te bedekken dat ze aan de klap van Valmorain had overgehouden. Om een confrontatie tussen de twee mannen te voorkomen had ze tegen Gambo gezegd dat ze door een insect was gebeten.

Valmorain trok zijn drijfnatte laarzen uit; zijn voeten lagen helemaal open. Gambo moest lachen toen hij dat zag, hij kon maar niet begrijpen hoe die blanke door het leven kon gaan met zulke zachte, rozige voeten die net gevilde konijnen waren. Na een paar stappen moest Valmorain zijn laarzen alweer aantrekken. Hij was niet meer in staat Maurice te dragen. Sommige stukken liep de jongen zelf, aan de hand van zijn vader, soms nam Gambo hem op zijn schouders, terwijl de jongen zich vasthield aan diens stevige haardos.

Ze moesten zich verschillende keren verstoppen voor rebellen, die overal zaten. Eén keer liet Gambo de anderen in een grot achter om in zijn eentje een kleine groep opstandelingen op te zoeken die hij kende uit de tijd dat ze deel hadden uitgemaakt van Boukmans kampement. Een van de mannen droeg een ketting van oren, sommige droog als leer, andere vers en roze. Terwijl ze hun voorraad – gekookte zoete aardappelen en wat plakken gerookt geitenvlees – met hem deelden, bespraken ze het verloop van de strijd en de geruchten over een nieuwe aanvoerder, Toussaint. Ze zeiden dat hij haast niet menselijk leek, hij had het hart van een oerwoudhond, listig en eenzelvig; hij was niet vatbaar voor de verleidingen van alcohol, vrouwen en de vergulde medailles waar de andere aanvoerders zo gevoelig voor waren; hij sliep niet, leefde op fruit en kon twee dagen en twee nachten achtereen te paard blijven. Nooit verhief hij zijn stem, maar de mensen beefden in zijn aanwezigheid. Hij was kruidendokter en waarzegger en kon de boodschappen van de natuur duiden, de tekenen in de sterren en de meest geheime signalen van de mensen, en wist zich op die manier te vrijwaren voor verraad en hinderlagen.

Tegen de avond, toen het nog maar net begon af te koelen, namen ze afscheid. Het duurde even voordat Gambo de weg terug vond, want het was een behoorlijk eind naar de grot. De anderen hielden het niet meer uit van de dorst en de hitte, maar hadden het niet aangedurfd naar buiten te gaan of water te zoeken. Gambo leidde hen naar een waterplas in de buurt waar ze zo veel konden drinken als ze wilden, maar met hun beperkte voedselvoorraad moesten ze het zuinig aan doen.

Valmorains voeten waren één grote wond, de pijnscheuten trokken door naar zijn benen en hij huilde van woede, het liefst was hij op de grond gaan liggen om te sterven, maar hij hield vol vanwege Maurice. Bij het vallen van de avond van de tweede dag zagen ze een paar met machetes bewapende mannen, naakt op een strook leer om hun middel na waarin ze hun kapmes droegen. De vluchtelingen konden zich op tijd verstoppen tussen de varens, waar ze meer dan een uur bleven wachten tot de mannen weer verdwenen in de dichte vegetatie. Gambo liep naar een kokospalm die een paar meter boven de rest van de begroeiing uitstak, klom naar boven en plukte enkele kokosnoten, die zonder geluid te maken op de varens ploften. De kinderen konden de melk drinken en het verrukkelijke vruchtvlees delen. Hij zei dat hij boven in de boom de vlakte had gezien; ze naderden Le Cap.

Ze brachten de nacht onder de bomen door en bewaarden de rest van hun schamele voorraad voor de volgende dag. Maurice en Rosette sliepen op een hoopje, onder het wakend oog van Valmorain, die in die paar dagen duizend jaar ouder was geworden; er was niets meer van hem over, hij had zijn eer verloren, zijn mannelijkheid en zijn ziel, hij was teruggebracht tot een beest, tot bloedend vlees en lijden, en hij liep als een hond achter een vervloekte nikker aan die op een paar meter van hem vandaan ontucht pleegde met zíjn slavin. Hij kon hen ook die nacht weer horen, net als de nachten daarvoor, ze hielden zich niet eens in uit fatsoen of omdat ze bang voor hem waren. Hij kon hen heel duidelijk horen kreunen van genot, zuchten van verlangen, verzonnen koosnaampjes stamelend, ingehouden lachend. Keer op keer paarden ze, als beesten, want zo veel begeerte en zo veel energie was niet menselijk, jankte de meester vernederd.

Hij stelde zich Tétés vertrouwde lichaam voor, haar lange benen, haar stevige billen, haar smalle taille en haar gulle borsten, haar gladde, zachte huid, nat van het zweet, van verlangen en zonde, van onbeschaamdheid en provocatie. Het was op die momenten alsof hij haar gezicht zag, haar geloken ogen, haar zachte lippen die gaven en ontvingen, haar stoutmoedige tong, haar trillende neusvleugels terwijl ze aan die man rook. En ondanks alles, ondanks de kwellende pijn aan zijn voeten, zijn onmetelijke vermoeidheid, zijn vertrapte trots en zijn angst om te sterven, voelde Valmorain zijn opwinding groeien.

'Morgen laten we de blanke en zijn zoon op de vlakte achter. Vanaf daar hoeft hij alleen nog maar rechtuit te lopen,' kondigde Gambo tussen twee kussen door in het donker aan.

'En als ze opstandelingen tegenkomen voordat ze in Le Cap zijn?'

'Ik heb me aan mijn deel van de afspraak gehouden, ik heb ze levend van hun plantage gehaald. Laat ze het verder zelf maar uitzoeken. Wij gaan morgen door naar Toussaints kampement. Zijn z'étoile is de helderste aan de hemel.'

'En Rosette?'

'Die blijft bij ons, als je dat wilt.'

'Ik kan het niet, Gambo, ik moet met de blanke mee. Vergeef me...' fluisterde ze, ineengekrompen van verdriet.

De jongen duwde haar vol ongeloof van zich af. Ze moest het twee keer herhalen voor de ernst van haar beslissing tot hem doordrong: het was het enige wat ze kon doen, want tussen de rebellen zou Rosette, een lichtgekleurde kwartbloed, geen leven hebben, afgewezen en hongerig, blootgesteld aan de wisselvalligheden van de revolutie. Bij Valmorain zou ze betrekkelijk veilig zijn. Ze probeerde Gambo uit te leggen dat ze de kinderen niet in de steek kon laten, maar het enige wat tot hem doordrong was dat zijn Zarité de voorkeur gaf aan de blanke.

'En de vrijheid? Kan die je dan niet schelen?' Hij greep haar bij haar schouders en schudde haar door elkaar.

'Ik ben vrij, Gambo. Ik heb het papier in dit zakje, het staat op schrift en is gezegeld. Rosette en ik zijn vrij. Ik blijf de meester nog dienen tot de oorlog voorbij is, daarna ga ik met je mee, waarheen je maar wilt.'

Ze scheidden op de vlakte. Gambo nam de pistolen, keerde hun de rug toe en verdween in het dichte kreupelhout, rennend, zonder afscheid te nemen of nog een laatste keer naar hen te kijken, om niet toe te geven aan de heftige verleiding Valmorain en diens zoon te doden. Hij had het zonder enige aarzeling gedaan, maar wist dat hij Tété voor altijd zou verliezen als hij Maurice iets aandeed.

Valmorain, Tété en de kinderen kwamen bij de weg, een breed spoor waarop drie paarden naast elkaar pasten, vreselijk onbeschut als ze zwarte opstandelingen tegen zouden komen, of mulatten die het op blanken hadden gemunt. Valmorain sleepte zich kermend voort op zijn ontvelde voeten, met Maurice, die met hem meehuilde, in zijn kielzog. Tété vond een schaduwplek onder wat bosjes, gaf Maurice de laatste restjes van hun voorraad en legde hem uit dat ze terug zou komen om hem te halen maar dat het lang kon duren en dat hij flink moest zijn. Ze gaf hem een kus, liet hem achter bij zijn vader en liep met Rosette op haar rug verder, over de weg. Nu was het een kwestie van geluk. De zon stond loodrecht boven haar onbedekte hoofd. Het terrein, van een deprimerende eenvormigheid, lag bezaaid met stenen. Er groeiden wat lage, door de harde wind scheefgegroeide bosjes en een soort gras, dik, hard en kort. De aarde was droog en korrelig en nergens was water. De weg, die in normale tijden druk begaan was, werd sinds de opstand alleen nog door het leger en de Maréchaussée gebruikt. Tété had een vaag idee van de afstand, maar kon onmogelijk inschatten hoe lang ze moest lopen voor ze de vestingwerken van Le Cap zou bereiken, omdat ze de reis daarheen altijd in de koets van Valmorain had gemaakt.

'Erzuli, loa van de hoop, laat me niet in de steek.'

Ze liep zonder te aarzelen, zonder te piekeren over hoe ver het nog was, alleen denkend aan wat ze al was opgeschoten. Het landschap was desolaat, zonder oriëntatiepunten, alles was hetzelfde; ze leek als in een nachtmerrie vastgenageld op één plek. Rosette jammerde met droge lippen en koortsachtige ogen om water. Ze gaf haar nog wat druppeltjes uit het blauwe flesje en wiegde haar tot het kind in slaap viel en ze weer verder kon.

Ze liep een uur of drie, vier, zonder pauze te houden, haar gedachten nergens.

'Water, ik kan niet verder zonder water.' Een stap, nog een stap, nog een. 'Erzuli, loa van het zoete en het zoute water, laat ons leven.'

Haar benen bewogen op eigen kracht, ze hoorde trommels: de roep van de *boula*, het contrapunt van de *segon*, het diepe gefluister van de *maman*, die het ritme breekt, de andere trommels die het opnieuw oppakken met variaties, verfijningen, sprongetjes; plotsklaps het vrolijke geluid van de *maraca's* en opnieuw onzichtbare handen die op de gespannen huid van de trommels roffelen. Het geluid vulde haar van binnenuit en ze begon op het ritme van de muziek te bewegen. Nóg een uur. Ze zweefde in een witgloeiende ruimte. Steeds meer onthecht, de zweepslagen tegen haar botten voelde ze niet meer en het geluid van de stenen in haar hoofd hoorde ze niet langer. Nóg een stap, nóg een uur.

'Erzuli, loa van het mededogen, help me.'

Toen ze door haar knieën zakte, schoot de stroom van een bliksemstraal door haar heen, van haar schedel tot haar voeten, vuur, ijs, wind, stilte. En toen nam de godin Erzuli als een krachtige lichtflits bezit van Zarité, haar dienares.

Étienne Relais was de eerste die haar zag omdat hij aan het hoofd ging van zijn peloton ruiters. Een donkere, smalle lijn op de weg, een schijnbeeld, een trillend silhouet in de weerspiegeling van dat meedogenloze licht. Hij gaf zijn paard de sporen en reed vooruit om te zien wie het in zijn hoofd durfde te halen een zo gevaarlijke reis te ondernemen in die verlatenheid en die hitte. Toen hij dichterbij kwam, zag hij de vrouw, van hem af lopend, rechtop, trots, haar armen uitgespreid als om te vliegen, zich kronkelend op het ritme van een geheime, heilige dans. Hij zag het bundeltje dat ze op haar rug had gebonden en begreep dat ze een kind droeg, dood misschien. Hij schreeuwde haar iets toe maar ze reageerde niet, bleef zweven als een luchtspiegeling, tot hij met zijn paard voor haar kwam staan. Toen hij haar weggedraaide ogen zag, begreep hij dat ze gek was, of in trance. Hij had die geëxalteerde uitdrukking op de calenda's gezien, maar had altijd gedacht dat die alleen optrad tijdens de collectieve vervoering door de trommels. Als Franse militair, pragmaticus en atheïst stond dat soort bezetenheid hem tegen, hij zag het als het zoveelste bewijs van de primitiviteit van de Afrikanen. Tegenover de ruiter richtte Erzuli zich op, verleidelijk, mooi, haar slangentong tussen haar rode lippen, haar lichaam één steekvlam. Toen de officier zijn rijzweep hief en haar schouder aanraakte, verdween de betovering op slag. Erzuli loste op en Tété zakte zonder een zucht ineen tot een hoopje vodden in het stof van de weg.

De soldaten hadden zich inmiddels bij hun officier gevoegd en de paarden stonden om de vrouw op de grond heen. Étienne Relais sprong van zijn paard, boog zich over haar heen en begon aan haar geïmproviseerde rugzak te plukken tot hij de inhoud had bevrijd: een kind, slapend of bewusteloos. Hij draaide het lichaam van de vrouw om en zag een mulattin die in niets leek op de gestalte die dansend over de weg was gegaan; dit was een armoedige jonge vrouw, onder het stof, nat van het zweet, met een verwrongen gezicht, dode ogen, gesprongen lippen van de dorst en bloedende voeten die onder de vodden uit staken. Een van zijn soldaten steeg ook af en goot een straaltje water uit zijn veldfles in de mond van de vrouw en daarna in die van het kind. Tété deed haar ogen open; de eerste minuten herinnerde ze zich helemaal niets, niet haar geforceerde mars, noch haar dochter, de trommels of Erzuli. Ze hielpen haar overeind en gaven haar nog wat water, tot de beelden in haar hoofd weer wat helderder werden.

'Rosette...' stamelde ze.

'Ze leeft, maar ze reageert niet en we krijgen haar niet wakker,' zei Relais. Toen herinnerde de slavin zich alle ellende van de laatste dagen weer: de laudanum, de brandende plantage, Gambo en haar meester en Maurice die op haar wachtten.

Valmorain zag de stofwolk op de weg en maakte zich tussen de struiken zo klein mogelijk, bevangen door een blinde angst die al in hem was gevaren toen hij het gevilde lijk van zijn buurman Lacroix had gezien en die daarna alleen maar was toegenomen. Hij was elk besef van tijd, ruimte en afstand verloren, en wist niet meer waarom hij zich daar als een haas onder het struikgewas had ingegraven, of wie dat joch was dat bewusteloos naast hem lag. De groep ruiters hield vlak bij hem stil en pas toen een van hen luidkeels zijn naam riep, durfde Valmorain zijn ogen weer open te doen. Hij zag de uniformen en een schrille kreet van opluchting welde op in zijn binnenste. Kruipend kwam hij tevoorschijn, verward, haveloos, onder de schrammen, de korsten en de opgedroogde modder, snikkend als een kind. Hij bleef op zijn knieën voor de paarden liggen, dank u wel zeggend, dank u wel, dank u wel, en was zo verblind door het licht en zo uitgedroogd dat hij Relais niet herkende en ook niet zag dat het hele peloton uit mulatten bestond; voor hem was het genoeg het Franse legeruniform te zien om te begrijpen dat hij gered was. Hij pakte de zak die hij aan zijn riem had gebonden en wierp een hand goudstukken voor de voeten van de soldaten. Het goud lag glanzend op de grond, dank u wel, dank u wel.

Vol walging over dat schouwspel droeg Étienne Relais hem op zijn geld weer bijeen te harken. Relais maakte een gebaar naar zijn mannen en een van hen steeg af om Valmorain water te geven en hem zijn paard af te staan. Tété, die achter een van de soldaten op een paard zat, steeg moeizaam af want ze was niet gewend aan paardrijden en droeg Rosette weer op haar rug. Ze ging op zoek naar Maurice en vond hem tussen de struiken, opgekruld, ijlend van de dorst.

Ze waren niet ver van Le Cap en een paar uur later reden ze zonder verdere tegenslagen de stad binnen. In de tussentijd ontwaakte Rosette uit haar diepe laudanumverdoving, viel Maurice uitgeput in de armen van een ruiter in slaap en hervond Valmorain zijn zelfbeheersing. De beelden van de drie voorafgaande dagen begonnen te vervagen en in zijn geest veranderden de gebeurtenissen.

Toen hij de gelegenheid had om zijn verhaal te doen, kwam dat in de verste verte niet overeen met dat wat Relais van Tété had gehoord: Gambo speelde er geen rol in, Valmorain had de aanval van de rebellen zelf voorzien en was, toen hij zich had gerealiseerd dat de plantage onmogelijk te verdedigen viel, op de vlucht geslagen om zijn zoon te beschermen, waarbij hij de slavin die Maurice had opgevoed en haar dochtertje had meegenomen. Hij was het, hij alleen, die hen gered had. Relais gaf geen commentaar.

Het Parijs van de Antillen

Le Cap zat vol vluchtelingen die hun plantages hadden verlaten. Nog wekenlang voer de wind de rook van de branden mee. Het Parijs van de Antillen stonk naar afval en uitwerpselen, naar de lijken van de geëxecuteerden die aan de galgen hingen te rotten en de massagraven waarin de slachtoffers van de oorlog en de epidemieën waren begraven. De bevoorrading was heel onregelmatig en de bevolking was voor haar voedsel afhankelijk van de schepen en de vissersboten, maar de grands blancs bleven zich omringen met dezelfde luxe als voorheen, ook al moesten ze er inmiddels meer voor betalen. Aan hun dis ontbrak het aan niets, de rantsoenering gold niet voor hen. De feesten gingen gewoon door, zij het met bewapende wachters voor de deuren. De theaters en de cafés sloten niet en nog steeds vrolijkten de oogverblindend mooie cocottes de nachten op. Alle woonruimte in Le Cap was tot de laatste kamer verhuurd, maar Valmorain nam zijn intrek in het huis van de Portugees – dat hij nog vóór de opstand had gekocht – om daar bij te komen van de schrik en te herstellen van zijn lichamelijke en geestelijke verwondingen. Onder leiding van Tété stonden hem zes huurslaven ten dienste, want het leek hem niet handig slaven te kopen nu hij overwoog zijn leven een andere draai te geven. Hij schafte alleen een in Frankrijk opgeleide kok aan omdat hij die altijd weer zonder verlies van de hand zou kunnen doen; de prijs van een goede kok was een van de weinige zaken die stabiel waren gebleven.

Hij was er zeker van dat hij zijn plantage terug zou krijgen, dit was uiteindelijk niet de eerste slavenopstand op de Antillen en tot dan toe waren ze altijd neergeslagen; Frankrijk zou niet toestaan dat een paar negerboeven de kolonie ten gronde richtten. Maar al zou alles weer in de oude orde worden hersteld, hij vertrok hoe dan ook van Saint-Lazare, dat had hij al besloten. Hij was op de hoogte van de dood van Prosper Cambray, want de soldaten hadden het lijk van de hoofdopzichter in het puin van het grote huis gevonden; op een andere manier was ik nooit van hem afgekomen, dacht hij. Zijn bezittingen lagen volledig in as, maar de grond was er nog, die kon niemand meenemen. Hij zou een rentmeester zoeken, iemand met ervaring, die gewend was aan het klimaat, want het waren geen tijden om personeel uit Frankrijk te halen, legde hij aan zijn vriend Parmentier uit toen deze zijn voeten behandelde met de genezende kruiden die hij tante Rose had zien gebruiken.

'Keert u naar Parijs terug, mon ami?' vroeg de dokter.

'Dat denk ik niet. Mijn belangen liggen in het Caribisch gebied, niet in Frankrijk. Ik ben geassocieerd met Sancho García del Solar, de broer van Eugenia, moge haar ziel rusten in vrede, en we hebben land aangekocht in Louisiana. En u, wat zijn uw plannen, dokter?'

'Als de situatie hier niet verbetert, denk ik erover om naar Cuba te gaan.'

'Hebt u daar een gezin?'

'Ja,' gaf de dokter blozend toe.

'De vrede in de kolonie hangt af van de Franse regering. Wat hier heeft plaatsgevonden, is volledig de schuld van de republikeinen, de koning zou het nooit zo ver hebben laten komen.'

'Ik denk niet dat de Franse Revolutie nog kan worden teruggedraaid,' antwoordde Parmentier.

'De Republiek heeft geen idee hoe je deze kolonie moet besturen, dokter. De afgevaardigden hebben de helft van het regiment van Le Cap weggestuurd en vervangen door mulatten. Dat is pure provocatie, geen enkele blanke zal bereid zijn zich onder het bevel van een gekleurde officier te stellen.'

'Misschien is het tijd dat blanken en affranchi's leren samenwerken; de echte vijanden zijn immers de negers!'

'Ik vraag me af waar die wilden op uit zijn,' zei Valmorain.

'Vrijheid, mon ami,' verklaarde Parmentier. 'Een van de aanvoerders, Toussaint heet hij geloof ik, beweert dat de plantages ook kunnen functioneren met vrije werkkrachten.'

'Al kregen ze betaald, een neger zou uit zichzelf nooit werken!' riep Valmorain uit.

'Dat kan niemand met zekerheid zeggen want het is nog nooit geprobeerd. Toussaint zegt dat de Afrikanen boeren zijn, en vertrouwd met de aarde, en dat landbouw is wat ze kunnen en wat ze willen,' hield Parmentier vol.

'Wat ze kunnen en wat ze willen is moorden en vernietigen, dokter! Overigens is die Toussaint naar de Spaanse kant overgelopen.'

'Hij heeft de bescherming gezocht van de Spaanse vlag omdat de Franse kolonisten hebben geweigerd met de rebellen te onderhandelen,' bracht de dokter hem in herinnering.

'Ik was daar zelf bij, dokter. Ik heb de andere planters er vergeefs van proberen te overtuigen de vredesvoorwaarden van de negers te accepteren. Het enige wat ze eisten, was de vrijlating van de aanvoerders en hun officieren, zo'n tweehonderd in totaal,' vertelde Valmorain.

'Maar dan is de oorlog niet het gevolg van de incompetentie van de republikeinse regering in Frankrijk,' voerde Parmentier aan, 'maar van de trots van de kolonisten van Saint-Domingue.'

'Ik geef toe dat we redelijker moeten worden, maar we kunnen niet op voet van gelijkheid onderhandelen met slaven, dat zou een precedent scheppen.'

'Ze zouden met Toussaint moeten onderhandelen, hij lijkt de meest redelijke van de aanvoerders.'

Tété spitste haar oren als ze het over Toussaint hadden. Haar liefde voor Gambo had ze diep weggestopt, berustend in het idee dat ze hem heel lang niet zou zien, misschien nooit meer, maar ze droeg hem in haar hart en vermoedde dat hij zich bij die Toussaint had aangesloten. Ze had Valmorain horen zeggen dat slavenopstanden in de geschiedenis nog nooit succesvol waren afgelopen, maar zij durfde te dromen en vroeg zich af hoe het leven zou zijn zonder slavernij.

Het huishouden had ze geregeld zoals ze dat altijd had gedaan, maar Valmorain maakte haar duidelijk dat het leven in Le Cap anders was dan dat in Saint-Lazare, waar alleen gemak en comfort telden en het er niet toe deed of het eten met of zonder handschoenen werd geserveerd. In Le Cap werd in stijl geleefd. De kolonie mocht buiten de poorten van de stad nog zo in brand staan, Valmorain moest de families die hem veelvuldig uitnodigden en zich ten doel hadden gesteld een echtgenote voor hem te zoeken, terugvragen.

De meester deed wat navraag en vond een mentor voor Tété: de huismeester van de intendant. Het was dezelfde Afrikaanse adonis die in de residentie had gewerkt toen Valmorain daar in 1780 – toen Eugenia zo ziek was – onderdak had gevraagd, en hij was er met het toenemen der jaren alleen maar aantrekkelijker op geworden. Zijn naam luidde Zacharie en hij was in de residentie geboren en getogen. Zijn ouders waren slaven van andere intendanten, die hen aan hun opvolgers overdeden als ze terug moesten naar Frankrijk, en op die manier waren ze deel uit gaan maken van de inventaris. Zacharies vader, net zo knap als zijn zoon, had hem van jongs af aan getraind voor de prestigieuze functie van huismeester, omdat hij zag dat zijn zoon de eigenschappen bezat die essentieel waren voor dat werk: hij was intelligent, sluw, waardig en voorzichtig. Zacharie hoedde zich voor de loerende blikken van de blanke dames omdat hij zich bewust was van de risico's; zo had hij heel wat problemen voorkomen. Valmorain had de intendant aangeboden voor de diensten van zijn huismeester te betalen, maar daar wilde hij niets van weten.

'Geef de man maar een fooi, dat is voldoende. Zacharie spaart voor zijn vrijlating, hoewel ik niet goed begrijp waarom. Zijn huidige positie kan niet gunstiger zijn,' had hij geantwoord. Ze kwamen overeen dat Tété dagelijks naar de residentie zou komen om bijgeschaafd te worden.

Zacharie ontving haar koeltjes en creëerde vanaf het begin een zekere afstand, want hij stond het hoogst in de hiërarchie van alle huisslaven in Saint-Domingue en zij was maar een gewone slavin, maar algauw werd hij meegesleept door zijn eigen enthousiasme en uiteindelijk onderwees hij haar in de geheimen van zijn werk met een groothartigheid die niet in verhouding stond tot Valmorains fooi. Het verbaasde hem dat de jonge vrouw zo weinig van hem onder de indruk leek, hij moest altijd zijn uiterste best doen om zich de flirtende vrouwen van het lijf te houden, maar Tété had geen bijbedoelingen en daarom kon hij met haar een ontspannen relatie onderhouden. Ze bleven heel formeel: 'monsieur Zacharie' en 'mademoiselle Zarité'.

Tété stond op bij het krieken van de dag, zette de slaven aan het werk, trof voorbereidingen voor het eten, de was en het naaiwerk, liet de kinderen achter onder de hoede van het kindermeisje dat de meester voorlopig had ingehuurd, en vertrok in haar mooiste bloes en met een pas gesteven tignon naar haar lessen. Ze kwam er nooit achter hoeveel bedienden er in totaal op de residentie werkten – alleen in de keuken al waren drie koks en zeven hulpen – maar ze schatte dat het er zeker vijftig waren. Zacharie hield zich bezig met de financiën en onderhield de contacten tussen de meesters en het personeel, hij was de hoogste autoriteit in die ingewikkelde organisatie. Geen slaaf durfde ongevraagd het woord tot hem te richten, daarom had iedereen eigenlijk een hekel aan Tétés bezoekjes, want zij trok zich na een paar dagen niets meer van de regels aan en begaf zich direct naar de verboden tempel, het piepkleine kantoortje van de huismeester.

Zonder het zich te realiseren begon Zacharie uit te kijken naar haar komst, want hij vond het prettig haar dingen te leren. Zij meldde zich stipt op tijd, ze dronken samen een kopje koffie en meteen daarna begonnen de lessen. Ze liepen door alle ruimtes van de residentie om het personeel aan het werk te zien. Tété was een snelle leerling en wist algauw dat acht glazen onontbeerlijk waren bij een banket en aan welke kant het vingerkommetje hoorde te staan, ze leerde het verschil tussen een vorkje voor slakken en dat voor langoest, de volgorde waarin de verschillende soorten kaas moesten worden geserveerd, de meest discrete manier om tijdens een feest de po's te legen, de hiërarchie van de gasten aan tafel en wat je moest doen als een dame dronken werd.

Na de les nodigde Zacharie haar uit voor nog een kopje koffie, waarbij hij van de gelegenheid gebruikmaakte om de politiek te bespreken, zijn favoriete onderwerp. Aanvankelijk hoorde ze hem uit beleefdheid aan, verbaasd, want waarom zou een slaaf zich druk maken om de ruzies tussen vrije mensen – tot hij met haar sprak over de mogelijkheid van afschaffing van de slavernij.

'Stel u eens voor, mademoiselle Zarité,' lachte Zacharie, 'ik ben al jaren voor mijn vrijheid aan het sparen, en wie weet krijg ik die cadeau voor ik haar kan kopen.'

Hij was op de hoogte van alles wat in de residentie werd besproken, zelfs van zaken die achter gesloten deuren plaatsvonden, en hij wist dat men in de Assemblée Nationale in Parijs discussieerde over de onrechtvaardige ongerijmdheid dat de slavernij in de kolonies werd gehandhaafd terwijl men haar in Frankrijk had afgeschaft.

'Weet u iets van Toussaint, monsieur Zacharie?' vroeg Tété.

De huismeester vertelde haar Toussaints levensverhaal dat hij in vertrouwelijke papieren van de intendant had gelezen, en voegde eraan toe dat de afgevaardigde Sonthonax en de gouverneur er niet onderuit konden te proberen met hem tot een akkoord te komen, omdat hij een uiterst goed georganiseerd leger aanvoerde en kon rekenen op de steun van de Spanjaarden op de andere kant van het eiland.

Onheilsnachten

Na een paar maanden liep Valmorains huishouden dankzij Zacharies lessen op rolletjes: zo had hij het sinds zijn jonge jaren in Parijs niet meer meegemaakt. Hij besloot een feest te geven waarvoor hij de dure, maar prestigieuze diensten inhuurde van monsieur Adrien, een door Zacharie gerecommandeerde vrije mulat. Twee dagen voor het feest nam monsieur Adrien, met een ploeg slaven in zijn kielzog, het huis in beslag, schoof de kok aan de kant en verving hem door vijf gezette matrones die een menu van veertien gangen bereidden dat geïnspireerd was op een banket in de residentie. Hoewel het huis zich eigenlijk niet goed leende voor dit soort deftige diners, was de sfeer er haast elegant nadat de afgrijselijke ornamenten van de Portugees waren verwijderd en her en der potten met dwergpalmpjes en Chinese vazen met bloemen waren neergezet. Op de bewuste avond kwam monsieur Adrien opdraven met tientallen bedienden in blauwe livreien met veel goud, die gedisciplineerd als een bataljon hun posities innamen. De afstand tussen de meeste huizen van de grands blancs bedroeg zelden meer dan een paar blokken, maar de genodigden kwamen per koets, en toen de rij koetsen weer was vertrokken, lag de straat bezaaid met paardenstront, die meteen door de lakeien werd opgeruimd om te voorkomen dat de stank het parfum van de dames zou overstemmen.

'Hoe zie ik eruit?' vroeg Valmorain aan Tété. Hij droeg een brokaten vest, met goud- en zilverdraad geborduurd, voldoende kant rond zijn polsen en zijn hals om er een heel tafellaken uit te maken, roze kousen en dansschoenen. Zij gaf geen antwoord, onthutst naar zijn lavendelkleurige pruik kijkend.

'Die jakobijnse boerenpummels willen de pruik afschaffen, maar aan een ontvangst als deze geeft het net wat extra cachet. Dat zegt mijn kapper tenminste,' zei Valmorain.

Toen monsieur Adrien voor de gasten een tweede glas champagne had laten inschenken en het orkest een nieuw menuet inzette, kwam een secretaris van de gouverneur aanrennen met het ongelooflijke bericht dat ze in Frankrijk Lodewijk XVI met de guillotine hadden onthoofd. Het koninklijke hoofd was door de straten van Parijs gesjouwd, zoals dat in Le Cap was gebeurd met dat van Boukman en zo veel anderen. Hoewel de gebeurtenissen al in januari hadden plaatsgevonden, hoorden ze het in Saint-Domingue nu pas, in maart. Iedereen raakte in paniek, de genodigden vertrokken schielijk en zo eindigde, nog voor het diner was geserveerd, het eerste en enige feest dat Toulouse Valmorain in dat huis zou geven.

Diezelfde avond, nadat monsieur Adrien, een hartstochtelijk monarchist, zich snikkend met zijn mensen had teruggetrokken, viste Tété de lavendelkleurige pruik die Valmorain weg had gesmeten van de grond, controleerde of Maurice rustig lag te slapen, vergrendelde de deuren en ramen en ging naar bed in het kleine kamertje dat ze met Rosette deelde. Valmorain had de verhuizing aangegrepen om zijn zoon uit Tétés kamer te krijgen; hij wilde het kind laten wennen aan alleen slapen, maar Maurice werd daar zo verschrikkelijk nerveus van dat zijn vader bang was dat de jongen weer ziek zou worden en hij had hem daarom in een geïmproviseerd bedje in zijn eigen kamer geïnstalleerd.

Sinds ze in Le Cap waren had Valmorain het niet meer over Gambo gehad, maar hij had Tété 's nachts ook niet meer laten komen. De schaduw van die geliefde vormde een belemmering. Het duurde weken voordat zijn voeten genazen, maar zodra hij kon lopen ging hij elke avond uit om de doorstane ellende te vergeten. De kleffe bloemengeur die in zijn kleren hing als hij terugkwam, deed Tété vermoeden dat hij zich met de cocottes amuseerde, en ze had goede hoop eindelijk verlost te zijn van de vernederende omhelzingen van de meester; daarom was ze helemaal van de kaart toen ze hem in haar kamer aantrof, op zijn sloffen en in een groenfluwelen kamerjas, op het voeteneind van het bed waarin Rosette de slaap der onschuldigen sliep.

'Meekomen,' beval hij, terwijl hij haar aan haar arm meesleurde naar een van de gastenkamers. Hij smeet haar neer, scheurde haar kleren stuk en verkrachtte haar in het duister met een drang die dichter bij haat lag dan bij begeerte.

Als Valmorain terugdacht aan de vrijpartijen van Tété en Gambo, ontstak hij in woede, maar het veroorzaakte ook onweerstaanbare fantasieën. Die schurk had het gewaagd met zijn smerige handen aan zijn eigendom te zitten; als hij hem te pakken kreeg, zou hij hem vermoorden. Het was klip en klaar dat ook de vrouw straf verdiende, maar in de afgelopen twee maanden had hij haar nog steeds niet laten boeten voor haar ongelooflijke brutaliteit. Teef. Hete teef. Je kon geen moraal en fatsoen van een slavin eisen, maar het was zijn plicht haar zijn wil op te leggen. Waarom had hij dat niet gedaan? Er was geen excuus voor haar gedrag. Zij had hem het hoofd geboden en hij moest haar corrigeren. Toch stond hij ook bij haar in het krijt, want zijn slavin had afgezien van haar vrijheid om hem en Maurice te redden. Voor het eerst vroeg hij zich af wat die mulattin voor hem voelde.

Hij kon zich die vernederende nachten in het oerwoud nog zo voor de geest halen, toen zij lag te vrijen met haar minnaar, de omhelzingen, de kussen, het hernieuwde vuur, hij kon zich zelfs nog herinneren hoe ze roken als ze terugkwamen. Tété, veranderd in een duivel, een en al begeerte, likkend, zwetend en kreunend; terwijl hij haar in het gastenvertrek verkrachtte bleef dat beeld door zijn geest spoken. Hij besprong haar opnieuw, drong vol woede in haar, verrast over zijn eigen energie. Zij kreunde en hij begon haar te slaan met de woede van de jaloezie en het genot van de wraak: smerige teef, ik ga je verkopen, hoer, hoer, en je dochter ook. Tété sloot haar ogen en gaf zich over, haar lichaam week, bood geen verzet en ontweek de klappen niet, terwijl haar ziel elders zweefde. Erzuli, loa van de begeerte, maak dat het snel voorbij is.

Valmorain klapte voor de tweede keer boven op haar in elkaar, nat van het zweet. Tété bleef enkele minuten liggen wachten, zonder te bewegen. Hun ademhaling kwam langzaam tot rust en zij probeerde voorzichtig uit bed te glippen, maar hij hield haar tegen.

'Je gaat nog niet weg,' beval hij.

'Wilt u dat ik een kaars aansteek, monsieur?' vroeg ze met een gebroken stem. Haar gekneusde ribben belemmerden haar ademhaling.

'Nee, liever zo.'

Het was voor het eerst dat ze hem met 'monsieur' aansprak in plaats van met 'meester', maar Valmorain liet het passeren. Tété ging op het bed zitten, terwijl ze met haar aan flarden gescheurde bloes het bloed van haar mond en neus veegde.

'Morgen haal je Maurice uit mijn slaapkamer,' zei Valmorain. 'Hij moet alleen slapen. Je hebt hem te veel verwend.'

'Hij is pas vijf.'

'Op die leeftijd leerde ik lezen, ging ik op mijn eigen paard op jacht en kreeg ik schermles.'

Ze bleven even stil zitten en eindelijk besloot Tété de vraag te stellen die haar al sinds ze in Le Cap waren aangekomen op de lippen brandde: 'Wanneer zal ik vrij zijn, monsieur?' Ze kromp ineen, in afwachting van een nieuwe aframmeling, maar hij kwam zonder haar aan te raken overeind.

'Jij kunt niet vrij zijn. Waar zou je van moeten leven? Ik onderhoud je, ik bescherm je, jij en je dochter zijn veilig bij mij. Ik heb je altijd heel goed behandeld, waar klaag je over?'

'Ik klaag niet...'

'Dit zijn gevaarlijke tijden. Ben je de verschrikkingen die we hebben meegemaakt nu al vergeten? De wreedheden die zijn begaan? Geef antwoord!'

'Nee, monsieur.'

'Vrijheid, zeg je. Wil je Maurice soms in de steek laten?'

'Als u het ermee eens bent, kan ik voor Maurice blijven zorgen, zoals altijd, tot u hertrouwt.'

'Trouwen?' hij lachte. 'Met Eugenia heb ik mijn lesje geleerd! Dat is wel het laatste wat ik zou doen. Als je toch voor me blijft werken, waarom wil je dan vrij worden gelaten?'

'Iedereen wil vrij zijn.'

'Maar vrouwen zijn nooit vrij, Tété. Ze hebben een man nodig die voor hen zorgt. Als ze nog niet zijn getrouwd, zijn ze van hun vader, en als ze trouwen, van hun echtgenoot.'

'Het papier dat u me hebt gegeven... dat is mijn vrijheid, nietwaar?' drong ze aan.

'Natuurlijk.'

'Maar monsieur Zacharie zegt dat het nog door een rechter getekend moet worden om geldig te zijn.'

'Wie is Zacharie?'

'De huismeester van de intendant.'

'Hij heeft gelijk. Maar dit is niet het juiste moment. Laten we wachten tot de rust in Saint-Domingue is weergekeerd. We hebben het er niet meer over. Ik ben moe. En je hebt het gehoord: morgen wil ik mijn kamer weer voor mezelf en is alles weer als voorheen, begrepen?'

Generaal Galbaud, de nieuwe gouverneur, kreeg opdracht de chaos op het eiland aan te pakken. Hij had onbeperkte militaire volmacht, maar de autoriteiten van de Republiek werden vertegenwoordigd door Sonthonax en twee andere afgevaardigden. Étienne Relais moest de gouverneur als eerste op de hoogte brengen van de situatie. Er werd op Saint-Domingue niets meer geproduceerd, het noorden was één rokende ashoop en in het zuiden gingen de moordpartijen nog steeds door. Port-au-Prince was tot de grond toe afgebrand. Er was geen vervoer meer, de havens functioneerden niet, niemand was veilig. De negerrebellen werden gesteund door Spanje, en het Engelse leger, dat het Caribische gebied beheerste, bereidde een actie voor om de kuststeden in te nemen. Ze waren geïsoleerd, Frankrijk kon geen troepen of voorraden meer sturen, het was zo goed als onmogelijk de kolonie te verdedigen.

'Maak u geen zorgen, overste, we vinden wel een diplomatieke oplossing,' antwoordde Galbaud. Hij voerde geheime onderhandelingen met Toulouse Valmorain en de patriottische grands blancs, die felle voorstanders waren van onafhankelijkheid voor de kolonie, die ze onder Engels protectoraat wilden stellen.

De gouverneur was het met de samenzweerders eens dat de Parijse republikeinen geen flauw benul hadden van wat er op het eiland aan de hand was en de ene na de andere blunder begingen. Een van de grootste fouten was de ontbinding van de Assemblée Coloniale geweest, waardoor Saint-Domingue alle autonomie had verloren. Elk Frans besluit deed er weken over om het eiland te bereiken. Galbaud bezat grond op het eiland en was getrouwd met een creoolse op wie hij na een jarenlang huwelijk nog steeds verliefd was; hij begreep de spanningen tussen rassen en sociale klassen beter dan wie ook.

De patriottische grands blancs vonden in de generaal, die zich meer zorgen maakte om de strijd tussen de blanken en de affranchi's dan over de opstand van de negers, de ideale bondgenoot. Veel grands blancs verdienden hun geld in het Caribische gebied en de Verenigde Staten, ze hadden het moederland nergens voor nodig en beschouwden onafhankelijkheid als de beste keus, tenzij de zaken veranderden en er in Frankrijk een sterke monarchie werd hersteld. De executie van de koning was een tragedie geweest, maar ook een fantastische gelegenheid om een wat minder stompzinnige vorst op de troon te zetten.

Voor de affranchi's daarentegen was onafhankelijkheid volslagen ongewenst omdat alleen de republikeinse regering in Frankrijk bereid was hen als volwaardige burgers te accepteren, wat nooit zou gebeuren als Saint-Domingue onder protectoraat van Engeland, Spanje of de Verenigde Staten kwam. Generaal Galbaud was ervan overtuigd dat het, zodra het probleem tussen de blanken en de mulatten was opgelost, een fluitje van een cent zou zijn om de negers te overwinnen, hen opnieuw in de ketenen te slaan en de orde te herstellen, maar daar had hij het met Étienne Relais niet over.

'En de afgevaardigde Sonthonax, overste?' vroeg hij.

'Hij voert de orders uit van de regering, generaal. Het decreet van vier april kent de vrije kleurlingen politieke rechten toe. De afgevaardigde is met zesduizend soldaten naar de kolonie gekomen om dat decreet uit te voeren.'

'Ja, ja... dat weet ik al. Vertel me eens, vertrouwelijk uiteraard, wat voor iemand is het, deze Sonthonax?'

'Ik ken hem niet goed, generaal, maar men zegt dat hij heel intelligent is, en dat hij het belang van Saint-Domingue uiterst serieus neemt.'

'Sonthonax heeft verklaard dat het niet in zijn bedoeling ligt de slaven in vrijheid te stellen, maar ik heb horen vertellen dat hij het misschien toch van plan is,' zei Galbaud, terwijl hij het onaangedane gezicht van de officier bestudeerde. 'U realiseert zich toch dat dit het eind van de beschaving op het eiland zou betekenen, nietwaar? Stelt u zich de chaos eens voor: de negers vrij, de plantages verlaten, de blanken in ballingschap en de mulatten die maar doen wat in hen opkomt.'

'Daar weet ik niets van, generaal.'

'Wat zou u doen in dat geval?'

'Mijn plicht, als altijd, generaal.'

Om de strijd met het moederland aan te kunnen gaan, had Galbaud officieren nodig die hij blindelings kon vertrouwen, maar op Étienne Relais kon hij niet rekenen. Hij had ontdekt dat Relais met een mulattin getrouwd was, dus waarschijnlijk sympathiseerde de luitenant-kolonel met de affranchi's, en zo op het eerste gezicht leek hij bewondering voor Sonthonax te koesteren. De man kwam niet al te intelligent over, met die ambtenarenmentaliteit; en zonder ambitie, want daar moest het hem totaal aan ontbreken, gezien het feit dat hij met een gekleurde vrouw was getrouwd. Het was verbazingwekkend dat hij met die ballast nog zo ver had kunnen komen. Aan de andere kant interesseerde Relais hem in hoge mate omdat zijn soldaten absoluut loyaal aan hem waren: hij was de enige die in staat was blanken, mulatten, en zelfs negers door elkaar op te nemen in zijn gelederen. Hij vroeg zich af wat het zou kosten die man aan zich te binden; iedereen heeft zijn prijs.

Diezelfde middag meldde Toulouse Valmorain zich bij de kazerne om 'van vriend tot vriend' met Relais te praten, zoals hij dat zelf uitdrukte. Als eerste sprak hij zijn dank uit voor de redding van zijn leven, toen hij zijn plantage had moeten ontvluchten.

'Ik sta bij u in het krijt, luitenant-kolonel,' zei hij op een toon die eerder arrogant dan dankbaar klonk.

'Niet bij mij, monsieur, maar bij uw slavin. Ik was daar toevallig, zij is degene aan wie u uw leven te danken hebt,' antwoordde Relais, enigszins ongemakkelijk.

'U bent te bescheiden. En vertelt u mij eens, hoe gaat het met uw gezin?'

Relais kreeg onmiddellijk het gevoel dat Valmorain hem om wilde kopen, en zijn gezin noemde om hem eraan te herinneren dat hij hem Jean-Martin had gegeven en dat ze quitte stonden: Valmorains leven in ruil voor zijn geadopteerde zoon. Hij voelde zich gespannen, als vlak voor een veldslag, en keek Valmorain aan met de kilheid die zijn ondergeschikten deed beven, in afwachting van wat zijn bezoeker nu precies van hem wilde. Valmorain negeerde de messcherpe blik en de stilte.

'Geen enkele affranchi is nog veilig in deze stad,' zei hij vriendelijk. 'Uw echtgenote loopt gevaar, vandaar dat ik mijn hulp kom aanbieden. En wat het kind betreft, hoe heet hij ook alweer?'

'Jean-Martin Relais,' antwoordde de officier met opeengeklemde kaken.

'Natuurlijk, Jean-Martin. Vergeef mij, met zo veel problemen aan mijn hoofd was ik het vergeten. Ik bezit een tamelijk gerieflijk huis aan de haven, in een goede wijk waar geen problemen zijn. Ik kan uw vrouw en uw zoon onderdak aanbieden...'

'U hoeft zich om hen geen zorgen te maken, monsieur, ze zitten veilig in Cuba,' onderbrak Relais hem.

Valmorain was even uit het lood geslagen; hij had op deze kaart ingezet maar herstelde zich onmiddellijk.

'Ach, daar woont mijn zwager, don Sancho García del Solar. Ik zal hem vandaag nog schrijven uw gezin bij te staan.'

'Dat is niet nodig, monsieur, dank u wel.'

'Maar natuurlijk is dat nodig, overste. Een vrouw alleen heeft altijd de bescherming nodig van een heer, zeker een vrouw die zo mooi is als de uwe.'

Bleek van verontwaardiging over die verhulde belediging kwam Relais overeind om het gesprek te beëindigen, maar Valmorain bleef koppig zitten, alsof het zijn eigen kantoor was, en begon hem in hoffelijke, maar zeer directe bewoordingen uit te leggen dat de grands blancs alles zouden doen wat in hun macht lag om de controle over de kolonie terug te krijgen, en dat iedereen zich moest uitspreken en partij kiezen. Niemand, een hooggeplaatste militair al helemaal niet, kon het zich permitteren afzijdig te blijven of zich neutraal op te stellen, gezien de verschrikkelijke gebeurtenissen die waren ontketend en alles wat – ongetwijfeld nog erger – in de toekomst nog te gebeuren stond. Het was de taak van het leger om een burgeroorlog te voorkomen. De Engelsen waren in het zuiden aan land gegaan en het was nog maar een kwestie van dagen voor Saint-Domingue de onafhankelijkheid zou uitroepen en zich onder de Britse vlag zou scharen. Of dat op een beschaafde manier zou gebeuren of te vuur en te zwaard, was afhankelijk van het leger. Een officier die de nobele zaak van de onafhankelijkheid steunde zou veel macht krijgen, hij zou de rechterhand worden van gouverneur Galbaud, en die positie had natuurlijk haar economische en sociale voordelen. Niemand zou nog op een man met een gekleurde vrouw neerkijken als deze, bijvoorbeeld, de nieuwe legerbevelhebber op het eiland was.

'Kortom, monsieur, u zet mij aan tot verraad,' antwoordde Relais, zonder een ironische glimlach te kunnen verbergen, die door Valmorain overigens werd uitgelegd als een uitnodiging het gesprek voort te zetten.

'Het gaat niet om verraad aan Frankrijk, overste Relais. We moeten doen wat het beste is voor Saint-Domingue. We leven in een tijd van ingrijpende veranderingen, niet alleen hier, maar ook in Europa en Amerika. Daar moeten we op inspelen. Maar vertelt u me op zijn minst wat uw mening is over wat we zojuist hebben besproken,' zei Valmorain.

'Ik zal er zorgvuldig over nadenken, monsieur,' antwoordde Relais terwijl hij hem naar de deur begeleidde.

Zarité

Het duurde twee weken voor de meester Maurice zover had dat zijn zoon alleen sliep. Hij beschuldigde mij ervan hem op te voeden alsof hij een meisje was, een lafaard, en ik antwoordde hem in een opwelling dat vrouwen niet laf zijn. Hij tilde zijn hand op maar sloeg me niet, ik denk dat hij respect voor me had gekregen. Eén keer, op Saint-Lazare nog, toen een ontsnapte waakhond een kip had doodgebeten op de patio en op het punt stond er nog een te grijpen, werd het beest aangevallen door het hondje van tante Mathilde. Dat kleine mormeltje, niet groter dan een kat, kwam grommend en kwijlend en met opgetrokken lippen tegenover hem staan. Ik weet niet wat er door de kop van dat monster ging, maar hij draaide zich om en ging er met zijn staart tussen zijn poten vandoor, het hondje achter zich aan. Later heeft Prosper Cambray de waakhond met een schot afgemaakt omdat hij laf was. De meester, zo gewend om hard te blaffen en angst in te boezemen, kromp net als die grote hond ineen bij de eerste de beste die hem het hoofd bood: Gambo. Ik denk dat hij al die drukte maakte over Maurice' moed omdat hij zelf een lafaard was.

Als het nog maar net donker werd, begon het kind zich al druk te maken bij het idee straks alleen naar bed te moeten. Ik liet Rosette bij hem in slaap vallen. Zij was in twee minuten weg, tegen haar broertje aan gekropen, terwijl hij naar de geluiden van het huis en van de straat lag te luisteren. Op het plein hadden ze de galgen voor de veroordeelden opgericht en het geschreeuw van de veroordeelden drong door de muren heen en bleef in de kamers hangen; we konden hen vele uren nadat de dood hen tot zwijgen had gebracht nog horen.

'Hoor je ze, Tété?' vroeg Maurice bevend. Ik hoorde ze ook, maar hoe kon ik hem dat vertellen? 'Nee, mijn kind, ik hoor niets, ga maar slapen,' en dan zong ik voor hem. Als hij eindelijk uitgeput in slaap viel, droeg ik Rosette naar onze eigen kamer.

Toen Maurice tegen zijn vader zei dat de veroordeelden door het huis liepen, sloot de meester hem op in een kast, stopte de sleutel in zijn zak en vertrok. Rosette en ik gingen samen voor de kast zitten om met hem over vrolijke dingen te praten, we lieten hem geen moment alleen, maar de spoken drongen naar binnen en toen de meester terugkwam en hem bevrijdde, was Maurice ziek van al dat huilen. Hij lag twee dagen met hoge koorts in bed, terwijl zijn vader niet van zijn zijde week en ik hem verkoeling probeerde te brengen met koude kompressen en lindebloesemthee.

De meester was dol op Maurice, maar in die periode lag zijn hart elders; hij was alleen nog maar met politiek bezig, sprak nergens anders over en liet zich niets meer aan zijn zoon gelegen liggen. Maurice wilde niet eten en begon 's nachts in bed te plassen. Dokter Parmentier, de enige echte vriend van de meester, zei dat het kind ziek was van angst en veel liefde nodig had. Toen zwichtte de meester en kon ik hem weer naar mijn kamer brengen.

Die keer bleef de dokter bij Maurice wachten tot de koorts zakte, en konden we praten zonder anderen erbij. Hij stelde me veel vragen. Étienne Relais had hem verteld dat ik de meester van de plantage had helpen ontsnappen, maar dat verhaal klopte niet met wat de meester hem had verteld. Hij wilde precies weten hoe het gegaan was. Ik moest over Gambo vertellen, maar zweeg over de liefde tussen ons. Ook liet ik hem mijn vrijheidsbrief zien.

'Wees er zuinig op, Tété, want dat papier is goud waard,' zei hij toen hij het had gelezen. Maar dat wist ik al.

De meester kwam in zijn huis met andere blanken samen. Madame Delphine, mijn eerste eigenaar, had me geleerd stil te zijn, waakzaam, en vooruit te lopen op de wensen van de meesters; een slavin moet onzichtbaar zijn, zei ze altijd. Zo heb ik leren spioneren. Ik snapte niet veel van wat de meester met de patriotten besprak en eigenlijk was ik alleen geïnteresseerd in berichten over de rebellen, maar Zacharie, met wie ik bevriend was gebleven na de lessen op de residentie, vroeg me of ik hem alles waarover zij spraken wilde komen vertellen.

'Blanken denken dat wij negers doof zijn, en onze vrouwen dom. Daar kunnen wij ons voordeel mee doen. Luister goed en kom het mij vertellen, mademoiselle Zarité.'

Van hem kwam ik te weten ik dat er duizenden rebellen in de nabije omgeving van Le Cap kampeerden. De verleiding Gambo te gaan zoeken hield me uit mijn slaap, maar ik wist dat er daarna geen weg terug meer was. Hoe kon ik mijn kinderen achterlaten? Ik vroeg Zacharie, die contacten had tot aan de maan, of hij erachter kon komen of Gambo zich onder de rebellen bevond, maar hij bezwoer me dat hij van niets wist. Ik zond mijn geliefde in gedachten boodschappen, en daarmee moest ik me tevredenstellen. Soms haalde ik mijn in vieren gevouwen vrijheidsbrief uit het zakje, streek die dan met mijn vingertoppen recht, voorzichtig, om hem niet te beschadigen, en keek ernaar alsof ik de tekst uit mijn hoofd kon leren, maar ik kende de letters niet.

Toen brak in Le Cap de burgeroorlog uit. De meester had me uitgelegd dat in een oorlog iedereen vecht tegen een gemeenschappelijke vijand en dat in een burgeroorlog de mensen verdeeld zijn – evenals het leger – en elkaar doden. En zo gebeurde het ook, blanken en mulatten die elkaar doodden; negers telden niet mee, want dat waren geen mensen maar bezittingen. De burgeroorlog was niet van de ene op de andere dag achter de rug, hij duurde meer dan een week, en toen was het afgelopen met de markten en de calenda's van de negers en met het sociale leven van de blanken. Bijna geen winkel opende nog zijn deuren en zelfs de galgen op het plein bleven leeg. Er hing onheil in de lucht.

'Bereid je voor, Tété, want er gaat binnenkort heel wat veranderen,' kondigde de meester aan.

'Hoe wilt u dat ik dat doe?' vroeg ik, maar dat wist hij zelf ook niet. Ik deed hetzelfde als Zacharie, die eten in voorraad nam en de kostbaarste dingen liet inpakken voor het geval de intendant en zijn echtgenote besloten zich in te schepen naar Frankrijk.

Op een avond werd er bij de dienstingang een kist vol pistolen en musketten bezorgd; we hadden genoeg munitie voor een heel regiment, zei de meester. Het werd steeds heter, in huis hielden we de vloertegels nat en de kinderen liepen in hun blootje rond.

Toen kwam generaal Galbaud onaangekondigd op bezoek. Hoewel hij vaak bij de vergaderingen van de patriotten aanwezig was geweest, herkende ik hem niet op het eerste gezicht, want hij droeg een donker reiskostuum in plaats van zijn kleurige uniform met de rijen medailles. Die blanke heb ik nooit gemogen, hij was heel hooghartig en altijd slechtgehumeurd, hij ontdooide alleen als zijn rattenoogjes op zijn echtgenote rustten, een jonge vrouw met rode haren.

Terwijl ik wijn serveerde met wat kaas en koud vlees, hoorde ik dat de afgevaardigde Sonthonax gouverneur Galbaud uit zijn functie had gezet, hem beschuldigend van samenzwering tegen het wettige gezag van de kolonie. Sonthonax was een massale deportatie van zijn politieke vijanden aan het voorbereiden en had al vijfhonderd mensen opgesloten in het ruim van de schepen die in de haven wachtten op zijn bevel om uit te varen. Galbaud kondigde aan dat het tijd was om in actie te komen.

Kort daarna arriveerden meer patriotten die gewaarschuwd waren. Ik hoorde dat de blanke soldaten van het reguliere leger en bijna drieduizend mariniers in de haven klaarstonden om voor Galbaud te vechten, en dat Sonthonax slechts kon rekenen op de steun van de Maréchaussée en de mulattenregimenten. De generaal verzekerde de aanwezigen dat de strijd in enkele uren zou zijn beslecht en dat Saint-Domingue daarna onafhankelijk zou worden: Sonthonax' laatste uur had geslagen, de rechten van de affranchi's zouden worden teruggedraaid en de slaven zouden naar de plantages terugkeren. Iedereen ging staan om een toost uit te brengen.

Ik schonk de glazen nogmaals vol, trok me rustig terug en rende naar Zacharie, die me alles woord voor woord liet herhalen. Ik heb een goed geheugen. Hij gaf me een glaasje limonade tegen de zenuwen en stuurde me terug met de waarschuwing mijn mond te houden en het huis heel goed af te sluiten... En zo heb ik het gedaan.

De burgeroorlog

De afgevaardigde Sonthonax, in zijn zwarte kazak geperst en met een overhemd aan dat zijn nek afknelde, legde Étienne Relais zwetend van de hitte en de zenuwen in enkele woorden de situatie uit. Hij verzweeg echter dat hij niet via zijn uitgebreide spionagenetwerk op de hoogte was gebracht van Galbauds samenzwering, maar dat het hem was ingefluisterd door de huismeester van de intendant. Er had zich een boomlange, knappe neger bij zijn kantoor aangediend, gekleed als een grand blanc, schoon en geparfumeerd alsof hij zo uit bad was gestapt, die zich voorstelde als Zacharie en erop had gestaan met hem alleen te spreken. Sonthonax had hem naar een aangrenzend vertrek geleid, een verstikkend heet hok zonder raam en met vier kale muren, een brits, een stoel, een kan water en een lampet op de grond. Daar sliep hij al maanden. Hij nam plaats op het bed en bood zijn bezoeker de enige stoel aan, maar die gaf er de voorkeur aan te blijven staan. Sonthonax, een klein gedrongen mannetje, keek met een zekere afgunst naar de lange, gedistingeerde gestalte van de ander, wiens hoofd het plafond raakte. Zacharie herhaalde Tétés woorden.

'Waarom vertelt u me dit?' vroeg Sonthonax wantrouwig. Hij kon die man niet plaatsen; zijn bezoeker had zich alleen met zijn voornaam voorgesteld, zonder achternaam, als een slaaf, maar hij gedroeg zich als een vrije en had de manieren van iemand uit de hogere klasse.

'Omdat mijn sympathie bij de republikeinse regering ligt,' luidde het eenvoudige antwoord van Zacharie.

'Hoe komt u aan die informatie? Hebt u bewijzen?'

'De informatie komt direct van generaal Galbaud. De bewijzen krijgt u binnen het uur, als u de eerste schoten hoort.'

Sonthonax maakte zijn zakdoek nat in de kan water en depte zijn gezicht en zijn hals. Hij had last van zijn maag, een doffe, aanhoudende pijn die hem kwelde als hij onder spanning stond, dat wil zeggen: sinds hij voet aan land had gezet in Saint-Domingue.

'Kom terug als u meer hoort. Ik zal de benodigde maatregelen treffen,' zei hij, het gesprek beëindigend.

'Mocht u me willen spreken, afgevaardigde, u weet dat ik me in de residentie bevind,' zei Zacharie ten afscheid.

Sonthonax zond onmiddellijk om Étienne Relais, die hij in hetzelfde kamertje ontving want de rest van het gebouw was vergeven van de ambtenaren en militairen. Relais, de hoogste officier op wie hij kon rekenen in een confrontatie met Galbaud, had zich altijd onberispelijk loyaal getoond tegenover de Franse regering, wie er ook aan de macht was.

'Zijn er uit uw regiment blanken gedeserteerd, overste?' vroeg hij.

'Ik heb zojuist begrepen dat ze er vanmorgen bij zonsopgang allemaal vandoor zijn gegaan, afgevaardigde. Alleen de mulatten zijn gebleven.'

Sonthonax herhaalde wat Zacharie hem zojuist had verteld.

'Dat betekent dat we allerlei soorten blanken tegenover ons hebben: burgers, militairen én de mariniers van Galbaud, meer dan drieduizend,' besloot hij.

'We zijn zwaar in het nadeel, afgevaardigde. We hebben versterkingen nodig,' zei Relais.

'Die hebben we niet. U voert het bevel over de verdediging, overste. Na de overwinning zal ik er zorg voor dragen dat u wordt bevorderd,' beloofde Sonthonax.

Relais accepteerde de opdracht met zijn gebruikelijke gelijkmoedigheid, nadat hij het er met de gedelegeerde over eens was geworden dat ze hem in plaats van te promoveren zouden toestaan zich uit de dienst terug te trekken. Hij had er al heel wat jaren op zitten, en eerlijk gezegd, hij had er genoeg van; zijn vrouw en zijn zoon wachtten in Cuba, hij telde de uren tot hij zich bij hen kon voegen, zei hij. Sonthonax verzekerde hem dat hij ervoor zou zorgen, hoewel hij absoluut niet van plan was zich aan die belofte te houden; dit waren geen tijden om zich met persoonlijke problemen bezig te houden, van wie dan ook.

Intussen krioelde het in de haven van de sloepen vol gewapende mariniers, die Le Cap binnenvielen als een horde piraten. Ze vormden een merkwaardig gezelschap van verschillende nationaliteiten, wetteloze mannen die maandenlang op volle zee hadden gezeten en reikhalzend uitzagen naar een paar dagen ongelimiteerd feesten aan de wal. Ze vochten niet uit overtuiging, want ze waren niet eens zeker van de kleuren van de vlag waaronder ze voeren, maar om het genot vaste grond onder hun voeten te hebben en zich over te kunnen geven aan plundering en vernietiging. Ze waren al heel lang niet meer uitbetaald en die rijke stad bood van alles, van vrouwen en rum tot goud, als ze het konden vinden. Galbaud rekende op hun militaire expertise bij de organisatie van de aanval, ondersteund door de blanken die onmiddellijk na hun desertie uit het leger naar zijn partij waren overgelopen omdat ze genoeg hadden van de vernederingen die ze zich door de gekleurde soldaten hadden moeten laten welgevallen. De grands blancs waren nergens te bekennen terwijl de petits blancs en de mariniers de straten wijk voor wijk doorzochten, waarbij ze tegenover groepen slaven kwamen te staan die van de chaos gebruik hadden gemaakt om het ook op een plunderen te zetten. De negers hadden zich solidair verklaard met Sonthonax om hun meesters een hak te zetten en een uur of wat feest te kunnen vieren, hoewel het hun volslagen koud liet wie die strijd, waarbij zij zich niet betrokken voelden, zou winnen. Groepen schurken van beide partijen vielen in de haven de pakhuizen binnen waar de vaten rum voor de export lagen opgeslagen, en al snel stroomde de drank over het plaveisel door de straten. Tussen de dronkenlappen liepen gedesoriënteerde ratten en honden die de rum hadden opgelikt en nauwelijks meer op hun poten konden staan. De affranchi's hadden zich met hun gezinnen in hun huizen verschanst, van plan hun huid zo duur mogelijk te verkopen.

Toulouse Valmorain had zijn slaven weggestuurd, aangezien die er hoe dan ook vandoor zouden gaan. Hij had de vijand liever niet binnenshuis, zei hij tegen Tété. Hij had ze gehuurd, dus het waren niet zijn eigen slaven, en hun eigenaars moesten zelf maar zien hoe ze hen weer terugkregen.

'Die komen met hangende pootjes weer thuis als de orde is hersteld. Wat zal het druk zijn in de gevangenis,' zei hij. Omdat de slaveneigenaren in de stad hun handen liever niet zelf vuilmaakten, stuurden ze hun slaven die wat op hun kerfstok hadden naar de gevangenis om hun straf – tegen een bescheiden vergoeding – door staatsbeulen op hen te laten uitvoeren.

De kok weigerde te vertrekken en had zich in het houthok op de patio verschanst. Ze kregen hem onder geen enkele bedreiging uit zijn schuilplaats en hij was niet bereid iets te eten te maken. Tété, nauwelijks in staat een vuur aan te maken omdat koken nooit tot haar talloze taken had behoord, gaf de kinderen brood, fruit en kaas. Ze bracht hen vroeg naar bed, kalmte fingerend om ze niet bang te maken, hoewel ze beefde van angst. In de uren daarna leerde Valmorain haar de wapens te laden, een ingewikkeld karweitje dat een soldaat in slechts een paar seconden voor elkaar had maar waar zij minuten over deed. Valmorain had een deel van zijn wapens onder de andere patriotten verspreid maar er een stuk of tien gehouden voor zijn eigen verdediging, hoewel hij ervan overtuigd was dat hij ze niet zou hoeven gebruiken, want het was niet zíjn taak om te vechten, daarvoor waren de soldaten en de mariniers van Galbaud.

Kort na zonsondergang meldden zich drie jonge samenzweerders die Tété regelmatig op de politieke bijeenkomsten had gezien, met de mededeling dat Galbaud het arsenaal had ingenomen en de gevangenen die Sonthonax in de schepen had opgesloten om ze te deporteren, had bevrijd. Natuurlijk hadden die zich allemaal onder het bevel van de generaal gesteld. Vanwege de gunstige ligging besloten ze Valmorains huis als hoofdkwartier te gebruiken; het had uitzicht op de haven, waar je zo'n honderd schepen kon zien liggen en waar het een komen en gaan was van sloepen die manschappen vervoerden. Na een lichte maaltijd vertrokken ze om te gaan vechten, zeiden ze, maar hun enthousiasme was snel bekoeld want ze waren binnen het uur weer terug, sloegen een paar flessen wijn achterover en gingen om beurten slapen.

Vanachter de ramen keken ze naar het gedrang van de aanvallers, maar ze zagen zich slechts één keer gedwongen de wapens te gebruiken om zich te verdedigen, niet tegen slavenbendes of soldaten van Sonthonax, maar tegen hun eigen bondgenoten, een stel dronken mariniers op strooptocht. Ze schoten in de lucht om hen af te schrikken, en Valmorain probeerde hen te lijmen met een vat tafia. Een van de patriotten werd aangewezen om het vat met drank de straat op te rollen, terwijl de rest het gespuis vanachter de ramen onder schot hield. De mariniers openden het vat ter plekke en bij de eerste slok sloegen er verschillende stomdronken tegen de grond, want ze waren al sinds de vroege morgen aan het drinken. Uiteindelijk vertrokken ze, luidkeels schreeuwend dat die zogenaamde veldslag een compleet fiasco was geweest want er was niemand om tegen te vechten; dat was ook zo, want het merendeel van Sonthonax' troepen was uit de straten vertrokken zonder de confrontatie met hen aan te gaan en had posities ingenomen in de buitenwijken van de stad.

Halverwege de volgende morgen had Étienne Relais, met een kogelwond in een schouder maar strak in de houding in zijn bebloede uniform, nogmaals geprobeerd om Sonthonax, die met zijn generale staf naar een nabije plantage was gevlucht, duidelijk te maken dat de vijand zonder hulp niet verslagen zou kunnen worden. De strijd had inmiddels niets meer van het carnavaleske van de eerste dag, Galbaud had zijn mensen weten te organiseren en stond op het punt de stad in te nemen. De lichtgeraakte afgevaardigde had een dag eerder geweigerd naar rede te luisteren, hoewel de overstelpende vijandelijke overmacht toen al duidelijk was. Ditmaal echter wist Relais eindelijk tot hem door te dringen. De voorspelling van Zacharie was helemaal uitgekomen.

'We zullen moeten onderhandelen over een eerzame uitweg, afgevaardigde, want ik heb geen idee waar we versterkingen vandaan kunnen halen,' besloot Relais, bleek en met diep weggezonken ogen. Zijn arm was met een provisorische mitella tegen zijn borst gebonden, een mouw van zijn kazak hing leeg naar beneden.

'Ik wel, luitenant-kolonel Relais. Ik heb er goed over nagedacht. Vlak buiten Le Cap zitten meer dan vijfduizend rebellen: zij zijn onze versterkingen,' antwoordde Sonthonax.

'Negers? Ik denk niet dat die hier iets mee te maken willen hebben,' zei Relais.

'In ruil voor hun vrijheid wel. Hun vrijheid en die van hun gezinnen.'

Het was niet zijn eigen idee, maar dat van Zacharie, die voor de tweede keer belet had gevraagd. Inmiddels wist Sonthonax dat Zacharie een slaaf was, en hij begreep dat de man hoog spel speelde; als Galbaud als overwinnaar uit de bus kwam – wat op dat moment onvermijdelijk leek – en erachter kwam dat Zacharie informatie had doorgespeeld, zou hij op het centrale plein aan het rad sterven. Zacharie had hem doen inzien dat de slaven Sonthonax' enige mogelijkheid waren. Hij moest ze alleen zover zien te krijgen.

'Verder krijgen ze het recht om de stad te plunderen. Wat vindt u van dat plan, luitenant-kolonel?' kondigde Sonthonax triomfantelijk aan.

'Riskant.'

'Er zijn honderdduizenden opstandige negers, over het hele eiland verspreid, en ik ben van plan ze over te halen zich bij ons aan te sluiten.'

'De meesten zitten aan de Spaanse kant,' bracht Relais hem in herinnering.

'In ruil voor hun vrijheid zullen ze zich onder de Franse vlag scharen, dat verzeker ik u. Ik weet dat Toussaint, en niet alleen hij, wenst terug te keren naar de Franse schoot. Ik wil dat u een klein detachement zwarte soldaten samenstelt en me naar de rebellen begeleidt om met ze te onderhandelen. Ze zitten op een uur marcheren hiervandaan. En pas op met die arm, man, zorg dat de wond niet infecteert.'

Étienne Relais, die geen vertrouwen in het plan had, was verbaasd om te merken met hoeveel gretigheid de opstandelingen bereid waren het aanbod te accepteren. Ze waren keer op keer door de blanken verraden, en toch klampten ze zich vast aan die zwakke belofte van vrijheid. Plundering was bijna net zo verlokkelijk als vrijheid, want ze hadden al weken niets te doen en de verveling begon hun stemming te ondermijnen.

Bloed en as

Vanaf zijn hoge balkon ontwaarde Toulouse Valmorain als eerste de donkere massa die zich van de vlakte naar de stad begaf. Het duurde even voor hij zich realiseerde waar het om ging, want zijn ogen waren niet meer zo goed als voorheen en er was een dunne mist opgestoken, de lucht trilde van de hitte en het vocht.

'Tété! Kom hier en vertel wat je ziet!' beval hij.

'Negers, monsieur. Duizenden negers,' antwoordde zij, zonder een huivering te kunnen onderdrukken, een mengeling van angst voor wat hun boven het hoofd hing en hoop dat Gambo erbij zou zijn.

Valmorain wekte de patriotten die in de kamer lagen te snurken en zond hen weg om alarm te slaan. Al snel trokken de inwoners van de stad zich in hun huizen terug en barricadeerden deuren en ramen, terwijl de mannen van generaal Galbaud hun dronkenschap van zich af schudden en zich gereedmaakten voor een strijd die al verloren was voor hij goed en wel was begonnen. Ze wisten het nog niet, maar er waren vijf negers op elke blanke, stuk voor stuk ontstoken in de krankzinnige moed die Ogun hun verleende.

Eerst hoorden ze geschreeuw en de scherpe roep van de oorlogsschelpen, een huiveringwekkende sarabande die in volume toenam. De rebellen waren met veel meer en ze waren veel dichterbij dan iemand voor mogelijk had gehouden. Ze stortten zich met een oorverdovend tumult op Le Cap, in het wilde weg, zo goed als naakt, slecht bewapend en bereid alles te vernietigen. Eindelijk konden ze zich straffeloos wreken en vernielen wat ze maar wilden. Binnen de kortste keren verschenen er duizenden toortsen en de stad veranderde in een grote vuurzee: de huizen waren van hout en het vuur sloeg gemakkelijk over, de ene straat na de andere ging in vlammen op, hele wijken. De hitte werd onverdraaglijk, de hemel en de zee kleurden rood en oranje. Behalve het geknetter van vlammen en het geraas van de in rook gehulde, instortende gebouwen, waren de triomfkreten van de negers en het doodsbange geschreeuw van hun slachtoffers overal te horen. De straten vulden zich met de lichamen van mensen die vol ontzetting op de vlucht waren geslagen, vertrapt door de aanvallers en de honderden op hol geslagen paarden, die uit de stallen waren ontsnapt. Niemand kon een dergelijk geweld het hoofd bieden; de meeste mariniers waren de eerste uren al afgeslacht, terwijl Galbauds reguliere troepen de blanke burgers in veiligheid probeerden te brengen. Duizenden vluchtelingen renden in de richting van de haven. Sommigen probeerden eerst nog pakken mee te sjouwen, maar die lieten ze in hun haast om te ontsnappen na een paar stappen al vallen.

Vanachter een raam op de bovenverdieping kon Valmorain in een oogopslag de situatie inschatten. Het vuur was vlakbij, één vonkje was voldoende om zijn huis in een brandstapel te veranderen. In de zijstraten zag hij groepen negers rennen, kletsnat van het zweet en het bloed. Ze stelden zich zonder enige aarzeling bloot aan de wapens van de paar soldaten die nog overeind stonden. De aanvallers sneuvelden bij tientallen tegelijk, maar achter hen kwamen steeds weer anderen, die over de opeengestapelde lichamen van hun kameraden heen sprongen. Valmorain zag hoe een van die groepen een familie die de kade probeerde te bereiken, omsingelde; twee vrouwen en een stel kinderen, beschermd door een wat oudere man, vast en zeker de vader, en een paar jongens. De blanken, die waren bewapend met pistolen, slaagden er nog in om van dichtbij een schot te lossen voor de horde negers hen insloot en ze uit het zicht verdwenen. Terwijl enkele negers de blanken aan hun haren meesleepten, ramden andere de deur van een huis in – het dak brandde al – en renden brullend naar binnen. Door de ramen smeten ze een gekeelde vrouw naar buiten, meubels en allerlei andere spullen, tot de vlammen hen weer naar buiten dwongen. Enkele ogenblikken later hoorde Valmorain het eerste bonken tegen de voordeur van zijn eigen huis. De verlammende angst die in hem voer was hem niet onbekend, hij had die ook gevoeld toen hij achter Gambo aan van zijn plantage ontsnapte. Hij begreep niet hoe de zaken zo uit de hand hadden kunnen lopen en hoe de rumoerige coup van de dronken mariniers en de blanke soldaten in de straten, die volgens Galbaud maar een paar uur zou duren en in een zekere overwinning zou eindigen, had kunnen veranderen in die nachtmerrie vol woeste negers. Hij hield zijn wapens in zijn handen geklemd, maar zijn vingers waren zo verkrampt dat hij niet eens zou hebben kunnen vuren. Hij was doorweekt van het zweet, een zurige lucht, een stank die hij herkende: de geur van onmacht en angst, van de slaven die door Cambray gemarteld werden. Hij voelde dat zijn lot was bezegeld en dat er, net als voor de slaven op zijn plantage, geen uitweg was. Hij vocht tegen de misselijkheid en tegen de onverdraaglijke verleiding verlamd in deerniswekkende lafheid weg te kruipen in een hoekje. Een warme vloeistof bevochtigde zijn broek.

Tété stond midden in de kamer, ze had de kinderen onder haar rokken verstopt en hield met beide handen een pistool vast, de loop naar boven gericht. Ze had de hoop opgegeven Gambo nog te vinden; al was hij in de stad, hij zou haar nooit kunnen bereiken voor het gespuis haar te pakken kreeg. In haar eentje kon ze Maurice en Rosette niet verdedigen. Toen ze zag dat Valmorain het van angst in zijn broek deed, begreep ze dat het offer dat ze had gebracht door van Gambo te scheiden, nutteloos was geweest omdat de meester niet in staat was hen te beschermen. Ze had zich beter met de kinderen bij de rebellen kunnen voegen. Het beeld van wat er met haar kinderen zou gaan gebeuren, verleende haar een blinde moed en de ontzaglijke kalmte van iemand die de dood in de ogen ziet.

De haven was maar een paar blokken verder, en hoewel de afstand onder die omstandigheden onoverbrugbaar leek, zat er niets anders op. 'We vertrekken via de achterkant van het huis, door de dienstingang,' kondigde Tété met vaste stem aan. Vanachter de voordeur klonk luid gedreun en je kon het glas in de ramen van de benedenverdieping horen breken, maar Valmorain geloofde dat ze binnen toch veiliger waren, misschien konden ze zich ergens verstoppen.

'Ze steken straks het huis in brand. Ik ga, met de kinderen,' antwoordde zij, en keerde hem de rug toe. Op dat moment kwam Maurice met zijn smerige snoetje, onder de tranen en het snot, onder Tétés rokken vandaan. Hij rende naar zijn vader en klemde zich vast aan diens benen. Er schoot een golf van liefde voor dat kind door de man heen, en hij werd zich bewust van zijn beschamende toestand. Hij kon niet toestaan dat, als zijn zoon dit door een wonder overleefde, hij zich zijn vader zou herinneren als een lafaard. Hij haalde diep adem in een poging het beven van zijn lichaam onder controle te krijgen, stak het ene pistool in zijn gordel, spande het andere, nam Maurice bij een hand en sleepte hem bijna door de lucht achter Tété aan, die met Rosette in haar armen via de smalle wenteltrap die de eerste verdieping met de slavenverblijven in de kelder verbond, naar beneden liep.

Ze kwamen via de dienstingang uit op het steegje achter het huis, vol rotzooi en as van de overal brandende gebouwen, maar verder leeg. Valmorain wist niet waar hij was, hij had die deur nooit eerder gebruikt en kon niet zeggen waar de steeg op uitkwam, maar Tété ging vastberaden verder, regelrecht naar de plek waar de strijd gevoerd werd. Toen ze het strijdgewoel niet meer leken te kunnen ontwijken, hoorden ze schoten en zagen ze een sterk gereduceerd peloton van Galbauds troepen. De soldaten probeerden niet langer de stad te verdedigen, maar vochten zich een weg terug naar de schepen. Ze schoten ordelijk, rustig, zonder de rijen te verbreken. De opstandige negers bezetten de straat gedeeltelijk, maar de kogelregen hield hen op afstand. Toen pas was Valmorain weer in staat om enigszins helder te denken en hij zag dat ze geen moment langer mochten aarzelen.

'Snel! Rennen!' schreeuwde hij. Ze wierpen zich achter de soldaten om zich te verschansen, en terwijl de vuurwapens de weg voor hen openden legden ze, springend over gevallen lichamen en brandend afval, de afstand van die paar blokken af, de langste van hun leven.

Zonder te begrijpen hoe, stonden ze ineens in de haven, waar het door de brand net zo licht was als op een heldere dag. Er dromden al duizenden vluchtelingen samen en er kwamen er steeds meer bij. Verschillende rijen soldaten beschermden de blanken door in de menigte negers te schieten, die van drie kanten tegelijk aanvielen terwijl de vluchtelingen vochten als beesten om een plekje in een van de beschikbare sloepen. Niemand had de leiding in de terugtrekking, het was één grote, doodsbange horde. In hun wanhoop wierpen sommigen zich in het water om te proberen de schepen zwemmend te bereiken, maar in zee wemelde het van de haaien die op de geur van het bloed afkwamen.

Toen verscheen generaal Galbaud, te paard, met zijn vrouw achterop, omringd door een kleine lijfwacht van getrouwen die de weg voor hem vrijmaakten door met hun wapens op de menigte in te hakken. De aanval van de negers had Galbaud volledig verrast, maar hij had onmiddellijk beseft dat de situatie volledig was omgeslagen en hij alleen nog maar kon proberen het vege lijf te redden. Hij had nog net genoeg tijd gehad om zijn echtgenote op te pikken, die een paar dagen het bed moest houden om van een malaria-aanval te herstellen en geen idee had van wat zich buiten afspeelde. Ze droeg een omslagdoek over haar negligé, was blootsvoets, droeg haar haren in een vlecht op haar rug en had een afwezige uitdrukking op haar gezicht, alsof niets van de strijd en het vuur tot haar doordrong. Op de een of andere manier was het gelukt haar onbeschadigd daar te krijgen; de baard en de haren van haar echtgenoot daarentegen waren verschroeid, zijn kleren aan flarden en hij zat onder het bloed en het roet.

Valmorain rende op de generaal af, zijn pistool omhoog houdend. Hij wist door de wacht heen te breken, ging voor het paard staan en greep de ruiter met zijn vrije hand bij zijn been.

'Een sloep! Een sloep!' smeekte hij de man die hij als zijn vriend had beschouwd, maar Galbaud schopte hem met een trap tegen zijn borst weg. Valmorain raakte verblind door de woede die plotseling door hem heen schoot en die de hele steiger van goede manieren die hem de drieënveertig jaren van zijn leven overeind had gehouden, omverhaalde. Hij veranderde in een in het nauw gedreven wild dier. Met een ongekende kracht en soepelheid sprong hij op, greep de vrouw van de generaal bij haar middel en rukte haar van het paard. Ze kwam wijdbeens op het hete plaveisel van de straat terecht, en voor de soldaten konden reageren had Valmorain zijn pistool tegen haar hoofd gezet.

'Een sloep of ik vermoord haar ter plekke,' dreigde hij, met zo veel vastberadenheid dat niemand eraan twijfelde dat hij het ook echt zou doen. Galbaud hield zijn mannen tegen.

'Het is goed, mijn vriend, rustig maar, ik zorg voor een sloep,' zei hij met een stem die schor was van de rook en het buskruit. Valmorain greep de vrouw bij haar haren, trok haar omhoog en dwong haar voor hem uit te lopen, het pistool tegen haar nek gedrukt. De omslagdoek bleef op de grond achter en in het oranje licht van die verschrikkelijke nacht zag je haar slanke lichaam door de doorschijnende stof van haar negligé; ze bewoog zich struikelend voort, op de punten van haar tenen omdat Valmorain haar aan haar vlecht optilde. Zo kwamen ze bij de sloep die op Galbaud lag te wachten.

De generaal probeerde op het laatste moment nog te onderhandelen: er was alleen plaats voor Valmorain en de jongen, ze konden de mulattin niet vóór de duizenden blanken laten gaan. Valmorain duwde de echtgenote van de generaal naar de rand van de kade, onder haar was het water rood van de weerschijn van het vuur en van het bloed. Galbaud begreep dat de man zo overstuur was dat hij zijn vrouw bij de minste aarzeling van zijn kant voor de haaien zou gooien en gaf toe. Valmorain stapte met de zijnen in de sloep.

Stervenshulp

Een maand later riep Sonthonax op de smeulende resten van Le Cap, waar niet meer dan puin en as van over was, de vrijlating van de slaven van Saint-Domingue uit. Zonder hen had hij het nooit van zijn binnenlandse vijanden en van de Engelsen, die het zuiden al bezet hielden, kunnen winnen. Op diezelfde dag deed Toussaint dat ook in zijn kampement op de Spaanse kant van het eiland. Hij ondertekende het document met 'Toussaint Louverture', de naam waarmee hij de geschiedenis in zou gaan. Zijn leger groeide, hij had meer invloed dan enige andere opstandelingenaanvoerder en overwoog in die tijd al om van partij te veranderen, want alleen het republikeinse Frankrijk zou bereid zijn de vrijheid van zijn mensen te erkennen.

Zacharie had sinds hij het zich kon herinneren op die gelegenheid gewacht, vrijheid was altijd een ware obsessie voor hem geweest, ook al had zijn vader er bij hem van jongs af aan de trots op zijn positie ingehamerd, want de functie van huismeester van de intendant werd gewoonlijk bekleed door een blanke. Hij trok zijn operette-uniform uit, haalde zijn spaargeld tevoorschijn en scheepte zich in op het eerste het beste schip dat in de haven aanlegde, zonder naar de bestemming te vragen. Hij realiseerde zich dat de vrijlating slechts een politieke maatregel was die elk moment weer kon worden ingetrokken en had besloten dat híj er niet meer zou zijn als dat gebeurde. Hij had zo veel met blanken te maken gehad dat hij hun reacties kon voorzien, en hij ging ervan uit dat als in Frankrijk de monarchisten bij de volgende verkiezingen van de Assemblée Nationale de overwinning zouden behalen, ze Sonthonax uit zijn functie zouden ontheffen en tegen de vrijlating zouden stemmen, zodat de negers in de kolonie opnieuw voor hun vrijheid zouden moeten vechten. Maar hij had geen behoefte zich op te offeren, hij vond oorlog een verspilling van geld en levens, de minst redelijke manier om conflicten op te lossen. Verder had zijn ervaring als huismeester toch geen waarde meer op dat sinds de tijden van Columbus door geweld verscheurde eiland, en hij moest van de gelegenheid gebruikmaken om zijn horizon te verruimen. Hij was achtendertig jaar en klaar voor een nieuw leven.

Enkele uren voor hij stierf, hoorde Étienne Relais van die dubbele proclamatie. De verwonding aan zijn schouder was tijdens de dagen dat Le Cap werd geplunderd en tot de fundering in de as was gelegd, snel verergerd, en toen hij er eindelijk aandacht aan kon besteden was de gangreen al ingetreden. Met hulp van de nonnen die de verkrachtingen hadden overleefd, had dokter Parmentier de honderden gewonden verzorgd, maar toen hij Relais onderzocht was het al te laat. Het sleutelbeen was verbrijzeld en op die plek kon hij niet overgaan tot de meest extreme oplossing: amputatie. De remedies die hij van tante Rose en andere genezers had geleerd, waren zinloos. Étienne Relais, die allerlei soorten verwondingen had gezien, wist door de stank dat hij ten dode was opgeschreven; het ergste vond hij dat hij Violette niet meer kon beschermen tegen de wisselvalligheden van de toekomst. Hij lag op zijn rug op een houten ziekenhuisbed zonder matras, en haalde moeizaam adem, kletsnat van het klamme zweet van zijn doodsstrijd. Voor ieder ander zou de pijn ondraaglijk zijn, maar hij was vaker gewond geweest, had een leven vol ontberingen geleid en voelde een stoïcijnse minachting voor lichamelijk ongemak. Hij klaagde niet.

Met gesloten ogen riep hij Violette op, haar koele handen, haar schorre lach, haar gladde middel, haar doorschijnende oorschelpen, haar donkere tepels, en hij glimlachte. Hij voelde zich de gelukkigste man van deze wereld omdat zij veertien jaar de zijne was geweest; Violette verliefd, zo mooi, voor eeuwig de zijne. Parmentier deed geen poging hem af te leiden, hij bood hem alleen de keuze tussen opium – het enige pijnstillende middel dat beschikbaar was – en een snelwerkend drankje om binnen enkele minuten een eind te maken aan die marteling. Dit laatste was een mogelijkheid die hij als arts niet zou mogen geven, maar hij was op dat eiland van zo veel lijden getuige geweest dat de eed om het leven ten koste van alles in stand te houden, zinloos was geworden; het was ethischer om iemand in bepaalde gevallen stervenshulp te bieden.

'Het gif, maar alleen als u het niet nodig hebt voor andere soldaten,' besloot de gewonde. De dokter boog zich over hem heen om hem te kunnen verstaan, want Relais' stem was niet meer dan gemurmel.

'Ga naar Violette en vertel haar dat ik van haar hou,' voegde Étienne Relais hem toe voordat Parmentier een flesje in zijn mond leegde.

In Cuba stootte Violette Boisier precies op datzelfde moment met haar rechterhand tegen de stenen put waar ze water was gaan halen. De opaal in de ring die ze veertien jaar lang had gedragen, sloeg aan stukken. Ze viel neer naast de bron, met een ingehouden schreeuw en haar hand tegen haar hart gedrukt. Adèle, die bij haar was, dacht dat ze door een schorpioen was gestoken.

'Étienne, Étienne...' stamelde Violette in tranen, volledig overstuur.

Vijf blokken van de plek waar Violette vernam dat ze weduwe was geworden, stond Tété in de tuin van het beste hotel van Havana onder een parasol, naast de tafel waaraan Maurice en Rosette een glaasje ananassap dronken. Zij mocht niet tussen de gasten zitten. Rosette eigenlijk ook niet, maar het meisje ging door voor een Spaanse; niemand had een idee van haar ware positie. Maurice droeg bij aan het bedrog door haar als zijn jongere zusje te behandelen. Aan een ander tafeltje had Valmorain een gesprek met zijn zwager Sancho en zijn bankier.

De vloot met vluchtelingen die generaal Galbaud die onheilsnacht uit Le Cap wist te krijgen, had onder een regen van as met volle zeilen koers gezet naar Baltimore, maar enkele van die honderd schepen waren naar Cuba gevaren met de grands blancs die daar familie of belangen bezaten. Van de ene op de andere dag arriveerden op het eiland duizenden Franse gezinnen die aan het politieke noodweer in Saint-Domingue waren ontsnapt. Ze werden met gulle gastvrijheid ontvangen door de Cubanen en de Spanjaarden, die nooit hadden kunnen vermoeden dat de doodsbange vluchtelingen voor altijd zouden blijven.

Onder hen bevonden zich Valmorain, Tété en de kinderen. Sancho García del Solar nam hen mee naar zijn huis, dat in de tussentijd een nog grotere rotzooi was geworden. Toen Valmorain de kakkerlakken zag, nam hij maar liever zijn intrek in het beste hotel van Havana, waar hij en Maurice zich installeerden in een suite met twee balkons en uitzicht op zee. Tété en Rosette sliepen in de ruimtes die bestemd waren voor slaven die hun meesters op hun reizen vergezelden, hokjes zonder raam en met een vloer van aangestampte aarde.

Sancho leidde het lege leventje van een verstokte vrijgezel; hij gaf meer uit dan verstandig was aan feesten, vrouwen, paarden en de speeltafel, maar hij bleef een dromer die, net als toen hij jong was, fortuin wilde maken en de familienaam herstellen in de glorie van weleer, de dagen van zijn grootouders. Hij was altijd op jacht naar buitenkansjes om geld te verdienen; een paar jaar eerder had hij grond in Louisiana gekocht met de middelen die Valmorain hem ter beschikking stelde. Zijn aandeel bestond uit zijn zakeninstinct, zijn sociale contacten en zijn inspanningen, als dat laatste maar niet te gek werd, zei hij lachend. Hij was met enige regelmaat naar New Orleans gereisd en had er een landgoed aangeschaft dat aan de Mississippi grensde.

Aanvankelijk had Valmorain het project als een dwaas waagstuk beschouwd, maar nu was het de enige zekerheid die hij nog bezat, en hij nam zich voor die verlaten landerijen in een grote suikerplantage te veranderen. Hij had behoorlijk veel geld verloren in Saint-Domingue, maar dankzij zijn investeringen, zijn zaken met Sancho en het verstandige oordeel van zijn joodse agent en zijn Cubaanse bankier, had hij nog genoeg over.

Dat was tenminste wat hij had verklaard tegenover Sancho en degenen die zo onkies waren ernaar te vragen. Als hij zichzelf in de spiegel aankeek, kon hij de waarheid die hij in zijn ogen las niet ontkennen: het grootste deel van dat kapitaal was niet van hem, maar van Lacroix geweest. Hij hield zichzelf steeds weer voor dat zijn geweten schoon was omdat hij nooit van plan was geweest zijn voordeel te doen met het tragische lot dat zijn vriend had getroffen, en dat hij dat geld nooit had willen inpikken, dat het gewoon uit de hemel was komen vallen.

Toen Lacroix met zijn gezin in Saint-Domingue door de rebellen was vermoord en de door hen beiden ondertekende ontvangstbewijzen in het vuur waren verbrand, was Valmorain ineens in het bezit van een rekening in goudpesos die hij in Havana zelf had geopend om Lacroix' spaargeld, waarvan niemand het bestaan vermoedde, weg te sluizen. Tijdens zijn vele reizen naar Cuba had hij het geld dat zijn buurman hem overhandigde steeds vastgezet op een rekening onder nummer, niet op naam. Zijn bankier wist niets van Lacroix, en maakte geen bezwaar toen Valmorain het geld op een andere rekening liet zetten, want hij ging ervan uit dat het diens eigen geld was. Lacroix' erfgenamen in Frankrijk hadden het volste recht op die nalatenschap, maar Valmorain besloot na lang piekeren dat het niet aan hem was om naar hen op zoek te gaan en dat het stompzinnig zou zijn om het goud in de kelders van een bank begraven te laten liggen. Dit was een van die zeldzame gelegenheden dat het geluk aan je deur klopt, en je moest wel gek zijn om die deur dan niet open te doen.

Twee weken later, toen de berichten uit Saint-Domingue geen twijfel lieten over de bloedige anarchie die in de kolonie heerste, besloot Valmorain met Sancho naar Louisiana te gaan. Het leven in Havana was heel amusant voor iemand die bereid was veel geld te spenderen, maar hij kon niet nog meer tijd verliezen. Hij zag ook wel in dat er, als hij Sancho van speelhol naar speelhol en van bordeel naar bordeel bleef volgen, van zijn spaargeld en zijn gezondheid spoedig niet veel meer over zou zijn. Het was beter om die charmante zwager mee te nemen, ver weg van zijn vriendjes, en een project met hem op te zetten dat aansloot bij zijn ambities; wellicht zou de plantage in Louisiana het kleine vuurtje van de morele kracht die in bijna iedereen wel sluimert, in Sancho aanwakkeren.

Valmorain was in die jaren als een oudere broer gaan houden van die man die heel andere tekortkomingen en deugden had dan hijzelf. Daarom konden ze het ook zo goed met elkaar vinden. Sancho was breedsprakig, avontuurlijk, moedig en vol verbeelding, het soort man dat net zo makkelijk met prinsen als met zeerovers omgaat en onweerstaanbaar is voor vrouwen: een schavuit met een lichtzinnig hart. Valmorain had Saint-Lazare nog niet opgegeven, maar zolang hij zijn plantage niet terug had, kon hij zijn energie op Sancho's project in Louisiana richten. De politiek interesseerde hem niet meer, het fiasco van Galbaud had hem kopschuw gemaakt. Het was tijd om weer suiker te gaan produceren, het enige waar hij goed in was.

Straf

Valmorain liet Tété weten dat ze over twee dagen met een Amerikaanse schoener zouden vertrekken, en gaf haar geld om de familie in nieuwe kleren te steken.

'Is er iets?' vroeg hij toen hij zag dat de vrouw geen aanstalten maakte om de zak geld aan te pakken.

'Het spijt me, monsieur, maar... ik wil daar niet heen,' stamelde zij.

'Wat zeg je nu, idioot? Doe wat ik zeg en hou je mond!'

'Is mijn vrijheidspapier daar ook geldig?' durfde Tété te vragen.

'Aha, is het dat? Natuurlijk is het daar geldig, het is overal geldig. Mijn handtekening staat eronder, mijn zegel. Het is geldig tot in China.'

'Louisiana ligt heel ver weg van Saint-Domingue, nietwaar?' drong Tété aan.

'We gaan niet terug naar Saint-Domingue, als je dat soms dacht. Is wat ons daar allemaal is overkomen nog niet ellendig genoeg? Je bent nog erger dan ik dacht!' riep Valmorain geërgerd uit.

Somber begon Tété de reis voor te bereiden. De houten pop die de slaaf Honoré voor haar had gesneden toen ze klein was, was in Saint-Lazare achtergebleven, en nu miste ze haar gelukbrengende fetisj.

'Zal ik Gambo ooit terugzien, Erzuli? We gaan nog verder weg, er komt nog meer water tussen ons in.'

Na de siësta wachtte ze tot de zeebries wat koelte bracht en toen nam ze de kinderen mee om inkopen te doen. Op bevel van de meester, die Maurice niet wilde zien spelen met een sjofel meisje, zorgde ze er altijd voor dat de kinderen er even netjes uitzagen, en op het eerste gezicht leken ze twee rijke kindertjes met hun kindermeisje.

Sancho had voorgesteld dat ze zich voorlopig in New Orleans zouden vestigen, want de nieuwe plantage lag maar op een dag reizen van de stad. De grond bezaten ze al, maar verder ontbrak alles: molens, machines, gereedschap, slaven, onderkomens en het grote huis. Ze moesten de grond ontginnen en inplanten, het zou nog een aantal jaren duren voor ze konden produceren, maar dankzij Valmorains reserves hoefden ze geen armoede te leiden. Zoals Sancho altijd zei: met geld koop je geen geluk, maar verder bijna alles.

Ze wilden er bij hun aankomst in New Orleans niet uitzien als armoedzaaiers, alsof ze elders ergens aan waren ontsnapt; ze kwamen als investeerders, niet als vluchtelingen. Ze waren uit Le Cap vertrokken met niet meer dan wat ze aan hun lijf hadden en in Cuba hadden ze alleen het hoogstnoodzakelijke aangeschaft, maar voor ze de reis naar New Orleans ondernamen moesten een complete uitzet, hutkoffers en tassen worden aangeschaft.

'Alles van de beste kwaliteit, Tété. En ook een paar jurken voor jezelf, ik wil niet dat je eruitziet als een bedelaarster. En doe iets aan je voeten!' beval Valmorain, maar de enige bottines die Tété bezat waren een kwelling. In de *comptoirs,* de grote winkels in het centrum, kocht ze alles wat ze nodig hadden, na veel afdingen, zoals ze in Saint-Domingue gewend was; ze ging ervan uit dat dit in Cuba ook wel de gewoonte zou zijn. Op straat werd Spaans gesproken en hoewel ze iets van die taal van Eugenia had geleerd, verstond ze het glibberige, zangerige Cubaanse accent niet, het was heel anders dan het harde, klankrijke Castiliaans van haar overleden meesteres. Op een gewone markt was ze niet in staat geweest af te dingen, maar in de comptoirs werd ook Frans gesproken.

Toen ze klaar was liet ze de inkopen naar het hotel sturen, zoals haar meester haar had opgedragen. De kinderen hadden honger en zelf was ze moe, maar toen ze buiten kwamen hoorde ze trommels en ze kon de roep niet weerstaan. Via allerlei steegjes kwamen ze uiteindelijk op een klein plein terecht waar een menigte gekleurde mensen in vervoering aan het dansen was op de muziek van een orkestje. Het was lang geleden dat Tété op een calenda de vulkanische impuls van de dans had gevoeld, ze had op de plantage meer dan een jaar in angst geleefd, gekweld door het geschreeuw van de veroordeelden in Le Cap, en daarna waren ze gevlucht, had ze afscheid moeten nemen, was het wachten begonnen.

Het ritme van de muziek nam bezit van haar, stroomde van haar blote voetzolen naar de knoop van haar tignon, haar hele lichaam raakte bezeten door de trommels en net zo vervuld van vreugde als wanneer ze de liefde met Gambo bedreef. Ze liet de kinderen los en voegde zich bij de dansers: de slaaf die danst is vrij… zolang hij danst, had Honoré haar geleerd. Maar zij was geen slaaf meer, ze was vrij, ze had alleen nog de handtekening van de rechter nodig. Vrij! Vrij! En laten we bewegen, de voeten aan de grond vast, benen en heupen op en neer bewegend, uitdagend draaien met de billen, armen als meeuwenvleugels, schuddende borsten, laten we nergens aan denken. Rosettes Afrikaanse bloed reageerde ook op de heftig dwingende roep van de muziek. Het driejarige meisje sprong midden tussen de dansers, vibrerend met hetzelfde genot en dezelfde overgave als haar moeder. Maurice, daarentegen, trok zich terug tot hij met zijn rug tegen een muur stond. Hij was op de habitation Saint-Lazare een paar keer bij een calenda aanwezig geweest, als toeschouwer, veilig aan de hand van zijn vader, maar daar op dat onbekende plein was hij alleen, werd hij opgezogen door een uitzinnige mensenmassa, in de war door het geluid van de trommels, vergeten door Tété, zijn Tété, die was veranderd in een wervelwind van rokken en armen; ook vergeten door Rosette, die tussen de benen van de dansers was verdwenen, vergeten door iedereen. Hij barstte in luid snikken uit. Een zwarte man, met nauwelijks meer aan zijn lijf dan een schaamlapje en drie strengen opzichtige kettingen, die plagerig voor hem op en neer kwam springen, zwaaiend met een maraca om hem wat af te leiden, maakte hem alleen maar banger. Maurice ging ervandoor zo hard zijn benen hem konden dragen. De trommels denderden nog urenlang door en misschien was Tété blijven dansen tot in de vroege ochtend, tot de laatste trommel zweeg, als ze niet door vier sterke armen was vastgegrepen die haar uit de dansende menigte wegsleepten.

Het was bijna drie uur geleden sinds Maurice instinctief en buiten zichzelf van angst in de richting was gerend van de zee, die hij van de balkons van de suite waar hij met zijn vader woonde, had gezien. Hij herinnerde zich niet meer waar het hotel was, maar een blond, goedgekleed jongetje, angstig huilend op straat, kon niet onopgemerkt blijven. Iemand bleef staan om hem te helpen, vroeg hoe zijn vader heette en deed navraag in verschillende gelegenheden tot hij Toulouse Valmorain vond, die geen moment aan het kind had gedacht; bij Tété was zijn zoon veilig.

Toen hij eindelijk uit het heftig snikkende kind wist te krijgen wat er gebeurd was, vertrok hij op stel en sprong om de vrouw te zoeken, maar voordat hij één blok verder was, besefte hij dat hij de stad niet kende en haar dus nooit zou kunnen vinden; toen wendde hij zich tot de politie. De twee mannen die met de vage aanwijzingen van Maurice naar haar op jacht werden gestuurd, gingen af op het geluid van de trommels en stuitten al snel op het plein waar gedanst werd. Tété verzette zich maar ze sleurden haar mee naar een cel, en omdat Rosette hen, gillend dat ze haar mama los moesten laten, achternaliep, sloten ze het kind ook op.

In de verstikkende duisternis van de cel, die naar urine en uitwerpselen stonk, kroop Tété met Rosette in haar armen in een hoekje. Ze realiseerde zich dat er meer mensen waren, maar het duurde even voordat ze in het schemerduister een vrouw en drie mannen kon onderscheiden, zwijgend en bewegingloos, op hun beurt wachtend om de zweepslagen te ontvangen waar hun meester opdracht toe had gegeven. Een van de mannen, die ze enkele dagen eerder de eerste vijfentwintig al hadden toegebracht, moest eerst van zijn verwondingen herstellen voor hij de rest kon verdragen. De vrouw vroeg haar iets in het Spaans, maar Tété begreep het niet. De ernst van wat ze had gedaan begon nog maar net tot haar door te dringen: in de vervoering van de dans had ze Maurice in de steek gelaten. Als er iets met het kind was gebeurd, zou zij dat met de dood bekopen, daarom hadden ze haar gearresteerd en daarom zat ze in dat vreselijke hol. Meer dan om haar eigen leven, maakte ze zich zorgen om het lot van het kind.

'Erzuli, loa, moeder, maak dat Maurice veilig is.'

En wat moest er van Rosette worden? Ze raakte het zakje aan dat ze onder haar lijfje droeg. Ze waren nog niet vrij, het papier was nog niet door een rechter ondertekend, ze konden haar dochter nog verkopen.

De rest van die nacht brachten ze door in de cel, het was de langste nacht die Tété zich kon herinneren. Rosette werd moe van het huilen en om water vragen, en uiteindelijk viel ze koortsig in slaap. In de vroege morgen viel het onverbiddelijke Caribische licht tussen de dikke tralies van het enige venster door en een raaf streek neer om insecten te pikken uit het stenen kozijn. De vrouw begon te jammeren en Tété wist niet of dat was vanwege het slechte voorteken van die zwarte vogel, of omdat zij die dag aan de beurt was. De uren verstreken, de warmte nam toe, er was zo weinig lucht en het was zo heet, dat Tété het gevoel had dat haar hoofd vol watten zat. Ze wist niet hoe ze de dorst van haar dochter kon lessen en nam haar aan de borst, maar ze had geen melk meer.

Tegen een uur of twaalf ging het traliehek open en werd de deuropening gevuld met een dikke gestalte die haar naam riep. Pas bij een tweede poging lukte het Tété overeind te komen; haar benen wilden niet en ze was zo uitgedroogd dat ze waanbeelden zag. Zonder Rosette los te laten wankelde ze naar de uitgang. Achter haar hoorde ze de vrouw met bekende woorden afscheid van haar nemen, want die had ze zo vaak van Eugenia gehoord: Heilige Maria, Moeder van God, bid voor ons zondaars. Tété antwoordde haar in gedachten, want haar droge lippen vormden geen woorden: Erzuli, loa van het mededogen, bescherm Rosette.

Ze werd naar een kleine patio gebracht, met slechts één deur en omgeven door hoge muren, waar een schavot met een galg stond, een paal en een boomstronk, zwart van het opgedroogde bloed, die voor amputaties werd gebruikt. De beul was afkomstig uit Congo, enorm breed en groot, met rituele littekens op zijn wangen, puntig gevijlde tanden en een naakt bovenlijf, hij droeg een leren schort dat onder de donkere vlekken zat. Voordat de man haar aanraakte, duwde Tété Rosette weg en beval haar uit de buurt te blijven. Het kind gehoorzaamde huilend, te zwak om vragen te stellen.

'Ik ben vrij! Ik ben vrij!' schreeuwde Tété in het kleine beetje Spaans dat ze kende, terwijl ze de beul het zakje liet zien dat ze om haar hals droeg. Maar de klauw van de man rukte het van haar af, tegelijk met haar bloes en haar lijfje, die bij de eerste ruk kapotscheurden. Met een tweede beweging trok hij haar rok kapot en was ze naakt. Ze probeerde zich niet te bedekken. Ze zei Rosette met haar gezicht naar de muur te gaan staan en zich niet om te draaien, wat er ook gebeurde; daarna liet ze zich naar de paal leiden en strekte zelf haar handen uit om die met sisaltouw bij de polsen te laten vastbinden. Ze hoorde het vreselijke sissen van de zweep in de lucht en dacht aan Gambo.

Toulouse Valmorain stond aan de andere kant van de deur te wachten. Hij had de beul opgedragen, tegen de normale betaling met wat extra als fooi, zijn slavin zo bang te maken dat ze dit nooit meer zou vergeten, maar zonder haar te beschadigen. Er was Maurice gelukkig niets ernstigs overkomen en over twee dagen gingen ze op reis; Valmorain had Tété meer nodig dan ooit, maar als ze net was afgeranseld kon hij haar niet meenemen. De zweep kletste tegen de vloer van de patio, de vonken vlogen van de stenen, maar Tété voelde het op haar rug, in haar hart, in haar ingewanden, haar ziel. Ze zakte door haar knieën en bleef aan haar polsen hangen. Van heel ver hoorde ze de beul schaterlachen en toen klonk er een schreeuw van Rosette: 'Monsieur! Monsieur!'

Met een uiterste krachtsinspanning lukte het Tété haar ogen te openen en haar hoofd om te draaien. Valmorain stond een paar meter van haar vandaan en Rosette klemde zich aan zijn knieën vast, haar hoofd tussen zijn benen, óp van het huilen. Hij streek haar over haar hoofd en tilde haar op. Het meisje kroop weg in zijn armen, inert. Zonder een woord voor de slavin maakte hij een gebaar naar de beul en draaide zich om naar de deur. De man uit Congo maakte Tété los, pakte haar gescheurde kleren en overhandigde die haar. Tété, die zich even daarvoor niet had kunnen bewegen, liep snel achter Valmorain aan, wankelend, met de energie die uit doodsangst voortkomt, naakt, haar vodden tegen haar borst. De beul liep met haar mee naar de uitgang en overhandigde haar het leren zakje met haar vrijheid.

Deel II

Louisiana, 1793-1810

Creolen met zuiver bloed

Het was Sancho García del Solar die het huis in het hart van New Orleans vond, in de wijk waar de creolen met oud Frans bloed woonden. Elke familie vormde een gesloten, omvangrijke patriarchale gemeenschap, en men ging alleen met gelijkwaardige families om. In tegenstelling tot wat Sancho beweerde, opende geld dus niet alle deuren; hij had toch beter moeten weten, want geld opende de deuren van Spanjaarden van verschillende sociale klassen evenmin. Maar toen er meer vluchtelingen uit Saint-Domingue kwamen, ontstond er een kiertje waardoor ze naar binnen konden glippen.

Aanvankelijk, voor de vluchtelingenstroom in een menselijke lawine veranderde, hadden enkele creoolse families de grands blancs die hun plantages waren kwijtgeraakt wel willen ontvangen, ze waren begaan met hun lot en geschokt door de tragische berichten over het eiland. Ze konden zich niets vreselijkers voorstellen dan een negeropstand.

Valmorain stofte zijn titel af en presenteerde zich als 'chevalier', en zijn zwager zorgde ervoor regelmatig met het kasteel bij Parijs op de proppen te komen, dat helaas leegstond sinds Valmorains moeder zich in Italië had gevestigd om te ontkomen aan het schrikbewind dat door de jakobijn Robespierre was ingesteld. Sancho vond die neiging van de Fransen om mensen vanwege hun ideeën of titels te onthoofden, walgelijk. Hij koesterde geen sympathie voor de adel, maar ook niet voor het gewone volk; de Franse Republiek vond hij net zo vulgair als de Amerikaanse democratie. Toen hij vernam dat ze Robespierre een paar maanden later met dezelfde guillotine hadden onthoofd als waaronder honderden van zijn slachtoffers waren bezweken, vierde hij dat met een twee dagen durende dronkenschap. Dat was meteen de laatste, want al was onder de creolen niemand geheelonthouder, dronkenschap werd niet getolereerd; een man die zo zoop dat hij de controle over zichzelf verloor, verdiende het niet om waar dan ook welkom geheten te worden. Valmorain, die dokter Parmentiers waarschuwingen jarenlang in de wind had geslagen, moest zich ook matigen, en ontdekte toen dat hij niet dronk omdat hij niet zonder kon, zoals hij eigenlijk dacht, maar om zijn eenzaamheid te verzachten.

Zoals ze zich hadden voorgenomen, presenteerden de zwagers zich bij aankomst in New Orleans niet als vluchtelingen maar als de eigenaren van een suikerplantage, het hoogst denkbare op de sociale ladder. Sancho's idee om land te verwerven had zeer gelukkig uitgepakt.

'Vergeet niet dat katoen de toekomst heeft, zwager. Suiker heeft een slechte naam,' had hij Valmorain gewaarschuwd; er gingen de meest vreselijke verhalen rond over de slavernij op de Antillen, en de abolitionisten voerden een internationale campagne voor een boycot van de met bloed besmette suiker.

'Geloof me, Sancho, al waren die suikerklontjes rood, de consumptie zal blijven toenemen. Het zoete goud is nog verslavender dan opium,' stelde Valmorain hem gerust. Maar niemand bracht het onderwerp ter sprake in de gesloten kringen van de hogere stand. De creolen beweerden dat in Louisiana misstanden als die op de eilanden niet voorkwamen. In hun kringen, waar men met elkaar was verweven tot een ingewikkeld kantwerk van familierelaties en niets geheim kon blijven – alles werd vroeger of later bekend –, werd wreedheid niet op prijs gesteld en zelfs ongewenst geacht aangezien alleen een dwaas zijn eigendommen beschadigde. Verder hamerde de geestelijke stand, aangevoerd door de Spaanse pater Antonio de Sedella, die bekendstond als père Antoine en door iedereen werd gevreesd omdat hij de naam had heilig te zijn, op hun verantwoordelijkheid tegenover God voor lichaam en ziel van hun slaven.

Toen Valmorain de nodige stappen ondernam om arbeidskrachten te verwerven voor zijn plantage, stuitte hij op een heel andere realiteit dan die in Saint-Domingue. Slaven waren duur in Louisiana, en dat betekende dat hij meer zou moeten investeren dan was voorzien en voorzichtig moest zijn met zijn uitgaven. Maar diep in zijn hart was hij opgelucht: zijn gewetensbezwaren konden als zwakheid geïnterpreteerd worden, maar nu had hij een aantoonbare reden om zuinig te zijn op de slaven. Het ergste van die drieëntwintig jaar in Saint-Lazare – erger nog dan de geestesziekte van zijn vrouw, het klimaat dat de gezondheid en de principes van zelfs de fatsoenlijkste man aantastte, de eenzaamheid en de dorst naar boeken en een goed gesprek – was de absolute macht geweest die hij daar over andere levens had uitgeoefend, met de bijkomende last van verleiding en verloedering. Zoals dokter Parmentier vaak had gezegd: de opstand in Saint-Domingue was de onvermijdelijke wraak van de slaven, hun reactie op de wreedheid van de kolonisten. Louisiana bood Valmorain de gelegenheid om de idealen van zijn jeugd, die diep in zijn geheugen begraven lagen, nieuw leven in te blazen. Hij begon te dromen over een modelplantage, waar net zoveel suiker geproduceerd zou kunnen worden als in Saint-Lazare, maar waar de slaven een menselijk bestaan zouden leiden. Ditmaal zou hij buitengewoon zorgvuldig zijn bij de keuze van de opzichters en hun baas. Hij wilde niet weer een Prosper Cambray.

Sancho deed zijn best om op goede voet te komen met de creolen, want zonder vriendschap met hen zouden ze het niet redden. Binnen de kortste keren was hij het hart van de gezellige avondjes, met zijn gitaarspel en zijn fluwelen stem, de goedgemutste wijze waarop hij verloor aan de speeltafel, zijn smachtende ogen en de gewiekste humor waarmee hij zich uitsloofde om de moeders en grootmoeders in te palmen – want zonder de goedkeuring van die matriarchen kwam niemand hun huizen binnen. Hij speelde biljart, backgammon en domino, hij kaartte, was een elegant danseur, kon overal over meepraten en verstond de kunst op het juiste moment op de juiste plaats te zijn. Zijn favoriete wandelingetje voerde over de met bomen omzoomde dijk die de stad voor overstromingen behoedde, waar iedereen door elkaar liep, van gedistingeerde families tot het luidruchtige plebs van zeelui, slaven, vrije kleurlingen en de onvermijdelijke *kaintucks*, die de reputatie hadden dronkenlappen, rokkenjagers en moordenaars te zijn. Het waren mannen die uit Kentucky en andere noordelijke streken de Mississippi afzakten om hun waren te verkopen – tabak, katoen, huiden en hout –, onderweg vijandig gezinde indianen en talloze andere gevaren het hoofd moesten bieden en daarom altijd goed bewapend waren. In New Orleans verkochten ze hun boot als brandhout, vierden een paar weken feest en ondernamen daarna de zware reis terug.

Alleen om gezien te worden woonde Sancho de theater- en operavoorstellingen bij, en om dezelfde reden ging hij op zondag naar de kerk. Zijn eenvoudige zwarte pak, zijn haren die hij in een staart droeg en zijn gegomde snor stonden in scherp contrast met de uitdossingen van de Fransen, met veel brokaat en kant, wat hem een ietwat gevaarlijke uitstraling verleende die de vrouwen zeer aantrekkelijk vonden. Zijn manieren waren onberispelijk, een absolute voorwaarde in de hogere kringen, waar het correct hanteren van een vork belangrijker was dan iemands moraliteit. Die uitgelezen deugden hadden die wat excentrieke Spanjaard op geen enkele manier geholpen zonder de familieband met Valmorain, die een zuivere Fransman was en bovendien rijk, maar toen Sancho zich eenmaal de salons in had gewurmd, dacht niemand er meer over hem er weer uit te gooien. Valmorain was weduwnaar, nog pas vijfenveertig jaar oud en, hoewel een paar kilo aan de zware kant, niet onaantrekkelijk, en natuurlijk probeerden de patriarchen van Le Vieux Carré hem te strikken voor een dochter of een nicht. Ook die zwager met de onuitsprekelijke naam was een kandidaat, want een schoonzoon – ook een Spaanse – was te verkiezen boven de schande van een ongetrouwde dochter.

Er was wat commentaar, maar niemand tekende protest aan toen die twee vreemdelingen een villa in de wijk huurden en later kochten, toen de eigenaar het huis te koop aanbood. Het betrof een gebouw van twee verdiepingen met een mansardedak maar zonder kelder, want New Orleans was op water gebouwd en je hoefde maar tien centimeter te graven om nat te worden. De praalgraven op het kerkhof waren opgehoogd om te voorkomen dat de overledenen tijdens elk regenseizoen weer op drift raakten. Zoals zoveel andere huizen in de stad was dat van Valmorain van hout en steen, in Spaanse stijl gebouwd, met een brede poort voor de koets, een patio geplaveid met kasseien, een betegelde fontein en koele balkons met ijzeren spijlen waar geurige klimplanten tegenaan groeiden. Bij de inrichting vermeed Valmorain elke opzichtigheid want dat zou als een teken van zelfgenoegzaamheid opgevat kunnen worden. Hoewel hij nog geen liedje kon fluiten, investeerde hij in muziekinstrumenten, want tijdens alle sociale bijeenkomsten pronkten de jongedames met hun vaardigheid op piano, harp of klavichord, en speelden de heren op de gitaar.

Maurice en Rosette moesten door privéleraren onderwezen worden in muziek en dans, net als andere rijkeluiskinderen. Een vluchteling uit Saint-Domingue gaf hun muziekles onder dreiging van het rietje, en een fatterige dikzak leerde hun, ook met behulp van het rietje, de dansen die in de mode waren. Voor Maurice' toekomst was dat net zo belangrijk als salonspelletjes en leren schermen om zich in een duel te kunnen weren.

En Rosette... ach, zij kon er het bezoek mee amuseren, natuurlijk zonder ooit de competitie met blanke meisjes aan te gaan. Ze bewoog zich elegant en had een mooie stem; Maurice daarentegen had het muzikale talent van zijn vader en woonde de lessen bij met de lijdzaamheid van een galeislaaf. Hij las liever, maar daar zou hij in New Orleans – waar intellect verdacht was en men meer belang hechtte aan de kunst van een levendige conversatie, hoffelijkheid en savoir-vivre – maar weinig aan hebben.

Valmorain, gewend aan het kluizenaarsbestaan van Saint-Lazare, vond het sociale gebabbel in de cafés en de bars waar Sancho hem mee naartoe sleepte, zonde van de tijd. Hij moest zich ertoe zetten om mee te doen aan de spelletjes en weddenschappen, hij verafschuwde de hanengevechten omdat de toeschouwers altijd onder de bloedspetters kwamen te zitten, en de paarden- en windhondenrennen omdat hij altijd verloor. Elke dag van de week werd er, steeds op een ander adres, een bijeenkomst georganiseerd door de matrones, die precies bijhielden welke mensen waren gekomen en wat er werd geroddeld. De ongehuwde mannen gingen van huis tot huis, altijd met een cadeautje – in het algemeen een monsterlijk toetje van suiker en noten dat loodzwaar op de maag lag. Volgens Sancho kon je je in die gesloten gemeenschap niet aan die bijeenkomsten onttrekken. Bals, soirees, picknicks: altijd dezelfde gezichten en niets te zeggen. Valmorain was liever op de plantage maar hij begreep dat zijn neiging om zich terug te trekken in Louisiana uitgelegd zou worden als gierigheid.

De salons en de eetkamer van het huis in de stad bevonden zich op de begane grond, de slaapkamers boven, en de keuken en de slavenverblijven op de achterste patio, gescheiden van de rest. De ramen zagen uit op een kleine, maar goedverzorgde tuin. Zoals in alle creoolse huizen, waar het leven draaide om de tafel en gastvrijheid, was de eetkamer de grootste ruimte. Een respectabele familie bezat een servies voor minstens vierentwintig disgenoten. Een van de kamers op de begane grond, de *garçonnière,* bestemd voor de ongehuwde zonen, had een eigen opgang; op die manier konden ze aan de zwier gaan zonder de vrouwen in de familie voor het hoofd te stoten. Op de plantages waren die garçonnières achthoekige paviljoentjes vlak bij de weg. Maurice zou nog twaalf jaar moeten wachten voor hij dat privilege kon opeisen, voorlopig sliep hij voor het eerst alleen, in een kamer tussen die van zijn vader en zijn oom Sancho in.

Tété en Rosette woonden niet bij de andere zeven slaven – een kokkin, een wasvrouw, een koetsier, een naaister, twee dienstmeisjes en een loopknecht –, ze sliepen samen op zolder, tussen de kisten met kleren van de familie. Als altijd stond Tété aan het hoofd van het huishouden. Via een koord met een belletje, dat de kamers met de zolder verbond, kon Valmorain haar 's nachts roepen.

Toen Sancho Rosette voor het eerst zag, begreep hij onmiddellijk hoe de relatie tussen zijn zwager en diens slavin in elkaar zat en hij voorzag het probleem.

'Wat ga je met Tété doen als je trouwt?' vroeg hij Valmorain op de man af. Valmorain, die het daar nog nooit met iemand over had gehad, mompelde volkomen verrast dat hij er niet over piekerde te gaan trouwen.

'Als wij tweeën onder hetzelfde dak blijven leven, zal een van ons wel moeten, anders gaan ze nog denken dat we niet normaal zijn,' concludeerde Sancho.

Tijdens de verwarring in die vreselijke nacht van hun vlucht uit Le Cap was Valmorain zijn kok kwijtgeraakt, maar hij vond het niet erg omdat hij in New Orleans iemand nodig had die de creoolse keuken kende. Zijn nieuwe vrienden hadden hem gewaarschuwd dat hij zich niet tevreden moest stellen met de eerste de beste kokkin die ze hem, al was het de beste slavenmarkt van Amerika, op de Bourse de Maspero aanboden, of in de handelshuizen in de Rue Chartres, waar ze, om indruk op de klanten te maken, de slaven uitdosten in elegante kleren maar geen enkele kwaliteitsgarantie boden. De beste slaven werden privé gekocht, van familie of vrienden.

Op die manier kwam Valmorain aan Célestine, een vrouw van een jaar of veertig met een magische hand voor stoofschotels en gebak, opgeleid door een van de beste Franse koks van markies de Marigny en te koop omdat niemand haar woede-uitbarstingen verdroeg. Ze had een *gumbo* van schelpdieren voor de voeten van de markies op de grond gesmeten omdat hij de onvoorzichtigheid had begaan om wat zout te vragen. Valmorain liet zich niet afschrikken door dat verhaal omdat het Tétés taak zou zijn de strijd met haar aan te binden. Célestine was mager, droog en jaloers, liet niemand toe in haar keuken en haar provisiekamer, koos persoonlijk de wijnen en de likeuren en accepteerde geen suggesties voor het menu. Tété had haar gezegd rustig aan te doen met kruiden omdat de meester gauw last had van maagpijn. 'Daar moet-ie maar tegen kunnen. Als hij een ziekenbouillonnetje wil, maak jij dat maar,' had ze geantwoord, maar sinds zij tussen de potten en pannen heerste, had Valmorain nergens meer last van.

Célestine rook naar kaneel en voor de kinderen maakte ze, in het geniep, zodat niemand haar van zwakheid kon betichten, haar als een zuchtje wind zo luchtige beignets, haar tarte tatin met gekaramelliseerde appeltjes, mandarijnencrêpes met room, mousse au chocolat met honingkoekjes en andere heerlijkheden die de theorie bevestigden dat de mensheid nooit genoeg van suiker zou krijgen. Maurice en Rosette waren als enigen in huis niet bang voor haar.

Het bestaan van een creoolse heer verliep in ledigheid, werken was een ondeugd van protestanten in het algemeen en van Amerikanen in het bijzonder. Valmorain en Sancho moesten zich in allerlei bochten wringen om de inspanningen te verhullen die zij zich getroostten om de plantage weer aan het draaien te krijgen. Sinds de dood van de eigenaar en het daaropvolgende faillissement van de erfgenamen was die al meer dan tien jaar buiten bedrijf.

Als eerste moesten ze slaven aanschaffen, zo'n honderdvijftig om mee te beginnen, heel wat minder dan Valmorain in Saint-Lazare had gehad. Hij installeerde zich in een hoekje van het vervallen plantershuis terwijl ze een nieuw, door een Franse architect ontworpen huis lieten bouwen. De slavenbarakken, aangevreten door vocht en termieten, werden afgebroken en vervangen door houten hutten met daken die overstaken om schaduw te geven en tegen de regen te beschermen. De hutten hadden drie kamers en waren bestemd om elk twee gezinnen te huisvesten, en stonden opgelijnd in parallelle straatjes die op een klein centraal plein uitkwamen. De zwagers bezochten andere plantages; veel mensen deden dat tijdens de weekeinden, onuitgenodigd, in de traditie van de Louisiaanse gastvrijheid. Valmorain besloot dat de slaven vergeleken met die in Saint-Domingue niets te klagen hadden, maar Sancho ontdekte dat sommige meesters hun mensen zo goed als naakt rond lieten lopen en ze een soort maïsbrij te eten gaven die, net als het voer voor de beesten, in een soort trog werd gegoten waaruit iedereen – met oesterschelpen, stukken dakpan of met hun handen, omdat ze niet eens over een lepel beschikten – zijn portie kwam scheppen.

Ze deden er twee jaar over om de plantage op te zetten: de velden inplanten, een molen installeren en het werk organiseren. Valmorain had grootse plannen, maar moest zich concentreren op de nabije toekomst; hij zou later vast genoeg tijd krijgen om zijn fantasieën over een tuin, terrassen en prieeltjes, een decoratieve brug over de rivier en andere plezierige zaken te realiseren. Hij kon volledig opgaan in de kleinste details, waarover hij met Sancho discussieerde en die hij ook met Maurice besprak.

'Kijk eens jongen, dit is ooit allemaal van jou,' zei hij, vanaf zijn paard naar de velden wijzend. 'De suiker komt niet uit de hemel vallen, er is veel werk voor nodig om het te produceren.'

'Maar dat werk doen de negers,' merkte Maurice op.

'Vergis je niet. Zij doen het werk dat met de hand gedaan moet worden omdat ze niets anders kunnen, maar de meester is als enige verantwoordelijk. Het succes van de plantage hangt van mij, en in zekere zin ook van je oom Sancho af. Er wordt niet één stengel suikerriet gekapt zonder dat ik het weet. Let goed op, want ooit is het jouw beurt om beslissingen te nemen en leiding te geven aan je mensen.'

'Waarom doen ze dat niet zelf, papa?'

'Dat kunnen ze niet, Maurice. Je moet ze bevelen geven, het zijn slaven, jongen.'

'Ik zou niet graag zo willen zijn als zij.'

'Dat zal nooit gebeuren, Maurice,' zei zijn vader glimlachend. 'Jij bent een Valmorain.'

Hij had Saint-Lazare nooit met dezelfde trots aan zijn zoon kunnen laten zien. Hij was vastbesloten de fouten, zwaktes en nalatigheden uit het verleden goed te maken en, heimelijk, te boeten voor de afgrijselijke zonden die Lacroix had begaan, wiens kapitaal hij had gebruikt om die grond te kopen. Voor iedere door Lacroix gemartelde man, voor ieder misbruikt meisje zou er op de plantage-Valmorain een gezonde slaaf zijn, die goed werd behandeld. Op die manier rechtvaardigde hij de diefstal van het geld van zijn buurman: het had niet beter geïnvesteerd kunnen worden.

Sancho was niet bijster geïnteresseerd in de plannen van zijn zwager, want hij werd niet gekweld door een slecht geweten. Hij bekommerde zich alleen om zijn eigen pleziertjes; wat er in de soep van de slaven zat of welke kleur hun hutten zouden krijgen, maakte hem eigenlijk niet uit. Valmorain stond op een breekpunt in zijn leven, maar voor de Spanjaard was die hele onderneming slechts een van de vele avonturen waar hij zich vol enthousiasme in stortte en zonder enige spijt ook weer afscheid van kon nemen. Hij had niets te verliezen aangezien zijn compagnon alle risico's liep, dus verzon hij gedurfde plannen met vaak verrassende resultaten, zoals dat voor een raffinaderij, waardoor ze witte suiker konden produceren die veel meer opbracht dan de melasse van andere planters.

Sancho haalde de hoofdopzichter binnen, een Ier die hem bij de aankoop van de werkkrachten had geadviseerd. Zijn naam was Owen Murphy. Hij stond erop dat de slaven naar de mis gingen. Ze hadden een kapel nodig, zei hij, en de rondtrekkende priesters moesten de plantage aandoen om het katholieke geloof te versterken voordat de Amerikanen de kans kregen hun ketterijen te verkondigen die onschuldige mensen tot de hel veroordeelden.

'Een goede moraal is het belangrijkste,' kondigde hij aan.

Murphy was het volledig met Valmorain eens dat de zweep niet misbruikt mocht worden. Die grote, zwaarbehaarde man, die er met zijn donkere haar en dito baard uitzag als een janitsaar, bezat een zachtaardige ziel. Tot hun huis klaar zou zijn installeerde hij zijn grote gezin in een tent. Leanne, zijn vrouw, die maar tot zijn middel reikte, leek een ondervoed kind met een muizensnoetje, maar haar teerheid was bedrieglijk: ze had zes jongens gebaard en was in verwachting van de zevende. Ze wist dat het weer een jongen zou worden, want God was van plan haar geduld op de proef te stellen. Nimmer verhief ze haar stem: één blik van haar was genoeg om haar man en de jongens te laten gehoorzamen. Valmorain was blij dat Maurice eindelijk andere kinderen zou hebben om mee te spelen en niet langer achter Rosette aan hoefde te hobbelen; die horde Ierse kinderen behoorde weliswaar tot een veel lagere klasse, maar ze waren blank en vrij. Hij had niet kunnen verzinnen dat de zes Murphy-jongens óók hijgend achter Rosette aan zouden lopen; die was inmiddels vijf jaar en bezat de overdonderende persoonlijkheid die Maurice' vader zich voor zijn zoon gewenst had.

Owen Murphy had sinds zijn zestiende met slaven onder zich gewerkt en was dus uitstekend berekend op die ondankbare taak.

'Je moet hen behandelen als kinderen: streng en rechtvaardig. Met duidelijke regels, met straf en beloning en wat vrije tijd, anders worden ze ziek,' zei hij tegen zijn baas, en hij voegde eraan toe dat de slaven het recht hadden bij de meester in hoger beroep te gaan als ze een straf van meer dan vijftien zweepslagen kregen opgelegd.

'Ik heb het volste vertrouwen in u, mijnheer Murphy, ik denk niet dat dat nodig is,' antwoordde Valmorain, die weinig zin had in de rol van rechter.

'Ik wil het zelf liever wel zo, mijnheer, voor mijn eigen rust. Te veel macht corrumpeert de ziel van iedere christen, en de mijne is zwak,' zei de Ier.

In Louisiana bedroegen de kosten van de werkkrachten van een plantage een derde van de waarde van de grond, je moest er dus zuinig op zijn. De productie liep al gevaar vanwege onvoorziene tegenspoed, orkanen, droogte, overstromingen, ziektes, ratten, schommelingen van de suikerprijs, problemen met machines en dieren, bankleningen en andere onzekerheden; daar kon je een slechte gezondheid of neerslachtigheid onder de slaven niet nog eens bij hebben, zei Murphy. Hij was zo anders dan Cambray, dat Valmorain zich afvroeg of hij wel de juiste keuze was geweest, tot hij zag dat de man onvermoeibaar doorwerkte en zijn wil oplegde door zijn aanwezigheid, zonder in wreedheid te vervallen. Murphy's opzichters, die nauwlettend door hem in de gaten werden gehouden, volgden zijn voorbeeld, en het resultaat was dat de slaven meer opleverden dan onder het schrikbewind van Prosper Cambray.

Hij had ploegendiensten ingesteld om ervoor te zorgen dat ze tijdens de slopende werkdagen op de velden genoeg rust kregen. Zijn vorige werkgever had Murphy ontslagen omdat hij, toen hem was opgedragen een slavin tot te orde te roepen, zijn zweep tegen de grond had laten kletsen zonder haar te raken, terwijl zij uit alle macht schreeuwde om indruk te maken. De slavin was zwanger en ze hadden haar, zoals de gewoonte was in dat soort gevallen, met haar buik in een kuil op de grond neergelegd.

'Ik heb mijn vrouw beloofd kinderen en zwangere vrouwen nooit met de zweep aan te raken,' was Murphy's enige commentaar toen Valmorain hem ernaar vroeg.

Ze gaven de mensen twee dagen per week vrij om hun moestuin te bewerken, hun huisdieren te verzorgen en hun huishouden te doen, maar Murphy had hen verplicht op zondag de mis bij te wonen. Als ze vrij waren mochten ze muziek maken en dansen, en zelfs van tijd tot tijd – onder toezicht van de hoofdopzichter – naar een *bambousse,* de bescheiden feesten die de slaven hielden ter gelegenheid van een bruiloft, een begrafenis of iets anders. Eigenlijk was het slaven niet toegestaan andere plantages te bezoeken, maar in Louisiana hielden maar weinig meesters vast aan die regel.

Het ontbijt op de plantage van Valmorain bestond uit een dikke soep met vlees of spek – er was geen sprake van de smerige gedroogde vis van Saint-Lazare – tussen de middag was er maïstaart, vers of gezouten vlees en pastei, en als avondmaal een voedzame soep. Ze richtten een van de hutten in als ziekenhuisje en vonden een arts bereid om de plantage eenmaal per maand preventief te bezoeken en langs te komen bij spoedgevallen. Zwangere vrouwen kregen meer eten en hoefden minder te werken. Valmorain wist niet – want hij had er nooit naar gevraagd – dat in Saint-Lazare de vrouwen gehurkt bevielen, op de rietvelden, dat er meer miskramen waren dan er kinderen werden geboren en dat de meeste baby's stierven voor hun derde maand. Op de nieuwe plantage waakte Leanne Murphy over de kinderen en ze trad als vroedvrouw op.

Zarité

Toen ik vanaf de boot New Orleans zag opdoemen, als een afnemende maan, zwevend boven zee, wit en helder, wist ik dat ik nooit meer naar Saint-Domingue terug zou keren. Soms heb ik dat soort voorgevoelens en die onthoud ik altijd goed, zodat ik voorbereid ben wanneer ze uitkomen. Het verdriet Gambo kwijt te zijn stak als een lans in mijn borst. In de haven werden we opgewacht door don Sancho, de broer van doña Eugenia, die enkele dagen eerder was aangekomen en al een huis had gevonden waar we gingen wonen. Op straat rook het naar jasmijn, niet naar rook en as, zoals in Le Cap toen het in brand werd gestoken door de opstandelingen, die daarna weer vertrokken om hun revolutie elders voort te zetten.

De eerste week in New Orleans deed ik al het werk in mijn eentje, soms bijgestaan door een slaaf die ons door kennissen van don Sancho was uitgeleend, maar later kochten de meester en zijn zwager hun eigen bedienden. Voor Maurice vonden ze een leraar, Gaspard Sévérin, net als wij gevlucht uit Saint-Domingue, maar arm. De vluchtelingen druppelden binnen, eerst de mannen om zo goed en kwaad als het ging kwartier te maken, later de vrouwen en kinderen. Sommigen hadden hun gekleurde gezin en slaven meegenomen. Ze waren intussen al met duizenden en de inwoners van Louisiana moesten niets van hen hebben.

Die leraar keurde slavernij af, volgens mij was hij een van die abolitionisten aan wie monsieur Valmorain zo'n hekel had. Hij was zevenentwintig, woonde in een negerpension, droeg altijd hetzelfde pak en zijn handen beefden door alle angsten die hij in Saint-Domingue had uitgestaan. Soms, als de meester er niet was, waste ik zijn hemd voor hem en verwijderde de vlekken uit zijn kazak, maar ik kreeg die geur van angst er nooit helemaal uit. Ik stopte hem ook eten toe, heimelijk, om hem niet in verlegenheid te brengen. Hij nam het aan alsof hij mij een dienst bewees, maar hij was dankbaar en liet Rosette daarom aan de lessen meedoen. Ik had de meester gesmeekt om haar te laten leren en hoewel het eigenlijk verboden is om slaven te onderwijzen gaf hij uiteindelijk toe, want hij had zo zijn plannen met haar: hij wilde dat ze later, als hij oud was, voor hem zou zorgen en hem zou voorlezen als zijn ogen hem in de steek lieten. Was hij vergeten dat hij had beloofd ons vrij te laten? Rosette wist niet dat de meester haar vader was, maar ze was evengoed dol op hem en ik veronderstel dat hij op zijn manier ook van haar hield, want mijn dochter wist iedereen om haar vinger te winden. Rosette was een geboren verleidster. Ze hield ervan zichzelf in de spiegel te bewonderen – een gevaarlijke gewoonte.

Er waren indertijd heel wat gekleurde vrije mensen in New Orleans, want onder de Spaanse regering was het niet moeilijk de vrijheid te verkrijgen of te kopen; de Amerikanen hadden ons nog niet hun wetten opgelegd. Ik was het grootste deel van de tijd in de stad om voor het huis te zorgen, en voor Maurice; de jongen moest studeren terwijl de meester op de plantage bleef. Elke zondag werd op het Place Congo, slechts een paar blokken van ons huis vandaan, een bambousse gehouden, en daar ging ik altijd naartoe. Die bambousses leken op de calenda's in Saint-Domingue, er waren trommels en er werd gedanst, maar zonder ceremonies voor de loa's want in die tijd was iedereen in Louisiana katholiek. Tegenwoordig zijn veel mensen baptist, omdat ze dan in de kerk kunnen dansen en zingen en ze het fijn vinden om Jezus op die manier te aanbidden, en is de voodoo in opkomst, door de slaven meegenomen uit Saint-Domingue maar zo vermengd met het geloof van de christenen dat ik moeite heb het te herkennen.

Op het Place Congo dansten we van 's middags tot in de nacht. De blanken die kwamen kijken spraken er schande van, want om ze slechte gedachten te bezorgen schudden we razendsnel met onze billen en om ze de ogen uit te steken schuurden we tegen elkaar aan alsof we verliefd waren.

's Morgens kocht ik water en brandhout dat met een kar huis aan huis werd bezorgd, daarna deed ik inkopen. De Marché Français bestond pas een paar jaar, maar besloeg toch al verschillende blokken en was na de dijk de meest geliefde plek om mensen te ontmoeten. Dat is nu nog zo. En ze verkopen er nog steeds van alles en nog wat, van etenswaren tot sieraden, en ook de waarzeggers, de magiërs en de kruidendokters zijn er nog te vinden. Natuurlijk zijn er kwakzalvers onder hen, die gekleurde watertjes aanbieden en een sarsaparilladrankje tegen onvruchtbaarheid, barensweeën, reumatische koortsen, bloedbraken, vermoeidheid van het hart, broze botten en bijna alle andere ongemakken van het menselijk lichaam. Ik geloof niet in dat drankje. Als het zo wonderbaarlijk was, zou tante Rose het wel hebben gebruikt, maar zij liet de wortels van die planten ongemoeid, hoewel er in de omgeving van Saint-Lazare genoeg te vinden waren.

Op de markt raakte ik bevriend met andere slaven en zo leerde ik de gewoonten van Louisiana kennen. Net als in Saint-Domingue hebben veel gekleurde vrije mensen onderwijs genoten en verdienen ze de kost met hun beroep en hun zaken. Sommigen bezitten zelfs plantages. Er wordt verteld dat zij hun slaven wreder behandelen dan de blanken, maar dat heb ik niet zelf gezien. Zo hebben ze me dat verteld. Op de markt zie je blanke en gekleurde dames met hun dienstmeiden die de manden dragen. De dames hebben handschoenen aan en dragen niets, behalve een met pailletten geborduurd zakje met geld. De wet schrijft voor dat mulattinnen bescheiden gekleed dienen te gaan om de blanke dames niet te provoceren, maar thuis hebben ze zijden japonnen en juwelen, die ze voor de avonden bewaren. De heren dragen een halsdoek, een wollen pantalon, hoge laarzen, handschoenen van geitenlamsleer en een hoed van konijnenbont. Volgens don Sancho waren de kwartbloeden van New Orleans de mooiste vrouwen ter wereld.

'Zo zou jij er ook uit kunnen zien, Tété. Kijk toch eens hoe ze lopen, licht, met wiegende heupen, hun hoofd rechtop, hun achterwerk omhoog en hun borst vooruit. Als volbloedmerries. Geen blanke vrouw kan zich op die manier bewegen,' zei hij tegen me.

Zoals die vrouwen zal ik nooit worden, maar Rosette misschien wel. Hoe moest het verder met mijn dochter?

Diezelfde vraag stelde de meester me toen ik weer over mijn vrijheid begon. 'Wil je dat je dochter in ellende leeft? Een slaaf mag voor zijn dertigste niet vrijgelaten worden en je komt er nog zes te kort. Val me dus niet meer lastig met die flauwekul.'

Zes jaar! Ik wist niets van die wet. Voor mij was het een eeuwigheid, maar het zou Rosette de tijd geven om onder de bescherming van haar vader op te groeien.

Feestelijkheden

Zoals Sancho dat graag wilde, werden in 1795 de plantage en het huis, geheel in de traditie van Louisiana, ingewijd met een overdadig feest dat drie dagen duurde. Het huis was een rechthoekig, klassiek Grieks gebouw van twee verdiepingen, met op de begane grond pilaren en een galerij, en boven overdekte balkons aan alle vier de zijden van het huis. Het had lichte kamers met mahoniehouten vloeren en aan de buitenkant was het in pastelkleuren geschilderd, zoals de Franse katholieke creolen dat graag zagen; de huizen van de Amerikaanse protestanten waren altijd wit. Volgens Sancho leek het wel een suikerzoete replica van de Akropolis, maar verder was iedereen het erover eens dat het een van de mooiste landhuizen aan de Mississippi was. De inrichting was nog niet af, maar echt kaal was het ook niet meer, want er stonden overal bloemen en er waren zo veel lampen en kaarsen aangestoken dat het die drie feestavonden net zo licht was als overdag. De hele familie was er, inclusief Maurice' leraar Gaspard Sévérin, die er, gekleed in de nieuwe kazak die Sancho hem cadeau had gedaan, wat minder meelijkwekkend uitzag, ook omdat hij op het platteland beter at en vaker in de zon kwam. Tijdens de zomermaanden, als ze hem meenamen naar de plantage om Maurice' lessen niet te onderbreken, was hij in staat zijn hele salaris naar zijn familie in Saint-Domingue te sturen.

Voor het vervoer van zijn gasten – die hutkoffers, hun persoonlijke slaven en zelfs hun kapper bij zich hadden – huurde Valmorain twee platbodems, voorzien van kleurige zonneschermen en elk met twaalf roeiers; verder contracteerde hij verschillende orkestjes van vrije mulatten die elkaar konden afwisselen zodat er aldoor muziek was, en schafte hij voldoende porseleinen borden en zilveren bestek aan voor een compleet regiment. Er was van alles georganiseerd: wandelingen, rijtochtjes, jachtpartijen, salonspelletjes en bals. De onvermoeibare Sancho was steeds de ziel van al dat feestelijks. Hij was veel gastvrijer dan Valmorain, en net zo op zijn gemak bij luidruchtige braspartijen in het criminele milieu van El Pantano als op chique partijen.

De dames brachten de ochtend rustend door en vertoonden zich pas na de siësta, met dikke sluiers voor hun gezicht en handschoenen aan, en trokken 's avonds hun mooiste jurken aan. In het zachte lamplicht leken al die vrouwen schoonheden, met donkere ogen, glanzende haren en een paarlemoeren huid, heel naturel, geen sprake van overdreven opgemaakte gezichten en mouches zoals in Frankrijk, maar in de beslotenheid van hun boudoir maakten ze hun wenkbrauwen donkerder met kohl, wreven ze rode rozenblaadjes stuk op hun wangen, werkten ze hun lippen bij met karmijn en kleurden ze eventuele grijze lokken met koffiedrab, en de helft van hun krullen had aan een ander hoofd toebehoord. Ze droegen lichte stoffen in heldere kleuren; zelfs vrouwen die nog maar net weduwe waren, gingen niet in het zwart, die enge kleur die geen enkele troost biedt.

's Avonds, tijdens het bal, wedijverden de dames in elegantie, sommige lieten een klein negerjongetje achter zich aan lopen om hun sleep te dragen. Maurice en Rosette, acht en vijf jaar, gaven een demonstratie van de wals, de polka en de cotillon die de slaag van de dansleraar rechtvaardigde en het publiek kreetjes van verrukking ontlokte. Tété hoorde het commentaar: het meisje was vast Spaans, de dochter van de zwager, hoe heette hij ook weer? Sancho of zoiets. Rosette, in een jurkje van witte zijde, met zwarte schoentjes aan haar voeten en een roze strik in haar lange haren, danste met verve, terwijl Maurice, zwetend van verlegenheid in zijn deftige pak, de passen telde: twee stapjs naar links, een naar rechts, een buiging en een halve draai, naar achteren, naar voren en buigen. En nog een keer. Zij leidde, klaar om met een zelfverzonnen pirouette de aandacht van de misstappen van haar danspartner af te leiden.

'Als ik groot ben, ga ik elke avond dansen, Maurice. Als je met me wilt trouwen, kun je het maar beter leren,' waarschuwde ze hem tijdens de lessen vaak.

Valmorain had een huismeester voor de plantage gekocht en Tété organiseerde het huishouden in New Orleans, op onberispelijke wijze dankzij de lessen van de knappe Zacharie in Le Cap. Tijdens het feest was het hun taak er samen voor te zorgen dat de bediening op rolletjes liep, waarbij ze elkaar in hun waarde lieten. Ze wezen drie slaven aan die niets anders deden dan water rondbrengen en de po's legen, en een jongetje om de poep van de twee poedeltjes van mademoiselle Hortense

Guizot, die ziek waren geworden, op te ruimen. Valmorain had twee koks ingehuurd, vrije mulatten, en Célestine, de kokkin van het huis, verschillende hulpen toegewezen. Zelfs met die extra mankracht konden ze het maar nauwelijks bolwerken, zo veel vis, schaal- en schelpdieren, tam en wild gevogelte, creoolse stoofschotels en toetjes moesten er worden bereid. Er werd een kalf geslacht en Owen Murphy hield toezicht op het boven een houtskoolvuur roosteren van het vlees. Valmorain liet zijn gasten de fabricage van de suiker zien en het destilleren van de rum, en leidde hen rond in de stallen. Maar de slavenonderkomens toonde hij met de meeste trots. Murphy had de slaven drie dagen vrij gegeven en kleren en zoetigheid uitgedeeld, en liet hen later opdraven om te zingen ter ere van de Maagd Maria. Verschillende dames waren tot tranen toe geroerd om de godsdienstijver van de negers. Het gezelschap feliciteerde Valmorain, maar achter zijn rug werd meer dan eens opgemerkt dat al dat idealisme hem nog eens te gronde zou richten.

In het begin was Hortense Guizot Tété tussen de andere dames niet eens opgevallen, behalve dan vanwege haar irritante poepende hondjes; haar instinct verzuimde haar te waarschuwen voor de rol die deze vrouw in haar leven zou gaan spelen. Hortense was achtentwintig en nog ongetrouwd, niet omdat ze lelijk of arm was, maar omdat haar verloofde – ze was toen vijfentwintig – van zijn paard was gevallen en zijn nek had gebroken toen hij het dier liet steigeren om haar te imponeren. Die verloving was een verbinding uit liefde geweest, geen verstandsovereenkomst, zoals gebruikelijk onder de creolen van adel. Denise, Hortenses persoonlijke slavin, had Tété verteld dat haar meesteres de eerste was geweest die toesnelde en de man dood had aangetroffen.

'Ze kon niet eens afscheid van hem nemen,' had ze eraan toegevoegd. Na de officiële rouwperiode was de vader van Hortense op zoek gegaan naar een andere kandidaat. Vanwege het voortijdige overlijden van die verloofde was de naam van het meisje over de tong gegaan, maar verder had ze een onberispelijk verleden. Ze was lang, blond, roze en stevig, zoals veel vrouwen in Louisiana, die met graagte aten en weinig bewogen. In haar decolleté zag je haar borsten als meloenen, die door de aanwezige heren wellustig werden bekeken. Tijdens de feestelijkheden verkleedde Hortense zich om de twee à drie uur, en ze was vrolijk want van de herinnering aan haar verloofde had ze geen last. Ze zette zich achter de piano, zong met haar sopraanstem en danste tot het licht werd, met zoveel vuur dat ze al haar danspartners, behalve Sancho, uitgeput achterliet. Er was geen vrouw op de wereld die hem klein kon krijgen, placht hij te zeggen, maar hij gaf toe dat Hortense een formidabele tegenstandster was.

Toen op de derde dag de boten met hun lading vermoeide bezoekers, muzikanten, bedienden en schoothondjes vertrokken waren en de slaven de puinhopen opruimden, stormde Owen Murphy opgewonden binnen met het bericht dat er op de rivier een bende marrons onderweg was, die een bloedbad aanrichtte onder de blanken en de slaven tot opstand aanzette. Het was bekend dat gevluchte slaven soms door Amerikaanse indianenstammen werden opgenomen, maar er zaten ook slaven in de moerassen, waar ze langzaam veranderden in wezens van modder, water en alg, immuun voor de muggen en het gif van de slangen, onzichtbaar voor het oog van hun achtervolgers, bewapend met messen, geoxideerde machetes en scherpe stenen, gek van de honger en de vrijheid. Eerst hoorden ze dat de groep aanvallers uit zo'n dertig man bestond, maar een paar uur later had men het al over honderdvijftig.

'Komen ze hier ook naartoe, Murphy? Denkt u dat onze negers mee zullen doen?' vroeg Valmorain.

'Dat weet ik niet, mijnheer. Maar ze zijn in de buurt en het is mogelijk dat ze ons bereiken. En wat betreft onze eigen mensen, niemand kan voorspellen hoe die zullen reageren.'

'Hoezo, kan niemand dat voorspellen... Ze worden met alle mogelijke consideratie bejegend, ze hebben het nergens beter dan hier. Ik ga met ze praten!' riep Valmorain, die hevig verontrust door de kamer ijsbeerde.

'Dit is niet op te lossen met praten, mijnheer,' probeerde Murphy hem uit te leggen.

'Deze nachtmerrie blijft me achtervolgen! Het heeft geen zin hen goed te behandelen, negers zijn onverbeterlijk!'

'Rustig, Toulouse,' onderbrak Sancho zijn zwager. 'Er is nog niets aan de hand. We zijn in Louisiana, niet in Saint-Domingue waar maar een handjevol nietsontziende blanken het tegen een half miljoen uitzinnige negers moest opnemen.'

'Ik moet Maurice in veiligheid brengen. Breng een boot in orde, Murphy, ik vertrek onmiddellijk naar de stad,' beval Valmorain.

'Dat gebeurt niet!' schreeuwde Sancho. 'Niemand vertrekt. We gaan er niet vandoor als ratten die het zinkende schip verlaten. Bovendien is de rivier ook niet veilig, de opstandelingen beschikken over boten. Mijnheer Murphy, we gaan de plantage verdedigen. Verzamel alle vuurwapens.'

Ze legden de wapens op de tafel in de eetkamer. Murphy's twee oudste zoons, van dertien en elf, laadden ze en deelden ze uit onder de vier blanken; zelfs Gaspard Sévérin kreeg er een, hoewel hij nog nooit een schot had gelost en zijn handen zo beefden dat hij niet in staat was te richten.

Murphy hield zich bezig met de slaven. De mannen werden opgesloten in de stallen en de kinderen in het huis van de meester; de vrouwen zouden zonder hun kinderen de hutten niet verlaten. De huismeester en Tété zorgden voor de huisslaven, die volledig van streek waren door het bericht. Alle slaven in Louisiana hadden de blanken over het gevaar van opstanden horen praten, maar ze geloofden dat zoiets alleen gebeurde op exotische plaatsen en konden zich er geen voorstelling van maken. Tété wees twee vrouwen aan om voor de kinderen te zorgen en hielp daarna de huismeester de deuren en de ramen te barricaderen. Célestine reageerde beter dan je gezien haar karakter zou verwachten. Ze had zich kapotgewerkt tijdens het feest, prikkelbaar en heerszuchtig, mopperend op de koks van buiten, onbeschaamde nietsnutten die nota bene betaald werden voor hetzelfde werk dat zij voor niets deed. Ze zat net met haar voeten in een teil water toen Tété haar over de situatie kwam inlichten. 'Niemand zal hongerlijden,' kondigde ze kortweg aan, en ze ging meteen met haar hulpen aan de slag om iedereen te kunnen voeden.

Valmorain, Sancho en de angstige Gaspard Sévérin wachtten een volle dag, hun pistolen in de hand, terwijl Murphy de wacht hield voor de stallen en zijn zoons op de uitkijk stonden bij de rivier. Leanne Murphy stelde de vrouwen gerust met de verzekering dat hun kinderen veilig in het huis zaten, waar Célestine hun koppen chocoladedrank voorzette.

Die avond, om tien uur, toen ze niet meer op hun benen konden staan van vermoeidheid, kwam Brandan, Murphy's oudste zoon, met een toorts in zijn hand en een pistool in zijn gordel aanrijden; hij vertelde dat er een patrouille onderweg was. Tien minuten later stapten de mannen voor het huis van hun paard. Valmorain, die de voorafgaande uren de verschrikkingen van Saint-Lazare en Le Cap had herbeleefd, ontving hen met zo veel opluchting dat Sancho zich voor hem schaamde.

De patrouilleleden informeerden hen over de situatie en Valmorain liet flessen van zijn beste rum opentrekken om het te vieren. De crisis was bezworen: er waren elf rebellen gedood en de negentien die gevangengenomen waren, zouden de volgende morgen worden opgeknoopt. De rest was uiteengedreven en waarschijnlijk op weg naar hun schuilholen in het moerasgebied. Een van de miliciens, een rossige jongen van een jaar of achttien, opgewonden na een nacht vol avontuur en door de alcohol, verzekerde Gaspard Sévérin dat de mannen die gehangen werden, zo lang in de moerassen hadden geleefd dat ze paddenpoten, vissenkieuwen en krokodillentanden hadden ontwikkeld.

Een aantal planters uit de streek had zich bij de patrouilles aangesloten voor deze jacht; het was een sport die ze maar zelden op een dergelijk grote schaal konden beoefenen. Ze hadden gezworen die opstandige negers tot de laatste man uit te roeien. De verliezen aan blanke zijde waren minimaal: een vermoorde opzichter, een planter, drie gewonde miliciens en een paard met een gebroken been. De opstand had zo snel onderdrukt kunnen worden omdat een huisslaaf alarm had geslagen.

Morgen, als de rebellen aan hun galgen bungelen, zal die man vrij zijn, dacht Tété.

De Spaanse ridder

Sancho García del Solar reisde heen en weer tussen de plantage en de stad, hij bracht meer tijd op een schip of op zijn paard door dan op een van die twee bestemmingen. Tété wist nooit wanneer hij in het huis zou opdagen, overdag of 's nachts; op een uitgeput paard, altijd lachend, lawaaiig en gretig.

Op een vroege maandagmorgen duelleerde hij op de dolk met een andere Spanjaard, een regeringsambtenaar, in de tuinen van Saint-Antoine, voor heren de gebruikelijke plek om elkaar te vermoorden of tenminste te verwonden; alleen op die manier kon een belediging gewroken worden. Het was een populaire tijdsbesteding en het park bood met zijn weelderige bosschage de benodigde privacy. In het huis was niemand ervan op de hoogte tot het tijd was voor het ontbijt en Sancho met een bebloed overhemd binnenviel en om koffie met cognac vroeg. Schaterlachend kondigde hij Tété aan dat hij slechts een klein schrammetje tussen zijn ribben had opgelopen, terwijl zijn tegenstander er littekens in zijn gezicht aan zou overhouden.

'Waar ging het om?' vroeg Tété toen ze de wond schoonmaakte, die zo dicht bij zijn hart zat dat ze, als hij wat dieper was geweest, hem had moeten aankleden voor zijn begrafenis.

'Hij keek me raar aan,' luidde Sancho's verklaring. Hij was blij dat hij geen dode op zijn geweten had.

Later hoorde Tété dat er om Adi Soupir was geduelleerd, een kwartbloed met opwindende rondingen, om wier gunsten beide mannen dongen.

Sancho kon de kinderen in het holst van de nacht wakker maken om ze kaarttrucjes te leren en als Tété dan protesteerde, tilde hij haar bij haar middel op, zwierde haar door de lucht en legde haar vervolgens uit dat je nu eenmaal niet kon overleven in deze wereld zonder de boel te belazeren en dat het maar beter was het de kinderen zo vroeg mogelijk te leren. Het gebeurde ook wel dat hij zich om zes uur 's morgens in zijn hoofd haalde dat hij trek had in geroosterd zuiglam, en dan moest zij zich naar de markt spoeden om zo'n beest te kopen; of hij kondigde aan naar de kleermaker te gaan, bleef vervolgens twee dagen onder water, waarna hij naar rum stinkend thuiskwam in het gezelschap van verschillende kornuiten, die hij gastvrijheid had aangeboden. Hij kleedde zich eenvoudig maar met zorg, elk detail van zijn verschijning aandachtig in de spiegel bestuderend. Sancho had de loopjongen, een veertienjarige slaaf, geleerd zijn snor te gommen en hem te scheren met het Spaanse mes met het gouden handvat dat al drie generaties lang in het bezit van de familie García del Solar was.

'Ga je met me trouwen als ik groot ben, oom Sancho?' vroeg Rosette hem.

'Morgen als je dat wilt, liefje,' zei hij, terwijl hij haar een paar klinkende zoenen gaf.

Tété behandelde hij als een aan lagerwal geraakt familielid, met veel grapjes en een mengeling van familiariteit en respect. Soms, als hij het idee had dat hij haar geduld te zeer op de proef had gesteld, nam hij een cadeautje voor haar mee dat hij haar met een compliment en een handkus overhandigde, wat zij zich verlegen liet aanleunen.

'Zorg dat je snel groot bent, Rosette, voordat ik met je moeder trouw,' dreigde hij spottend.

's Morgens ging Sancho naar het Café des Émigrés, waar hij andere vluchtelingen ontmoette voor een spelletje domino. Zijn amusante ridderlijke gedrag en onveranderlijke optimisme stonden in scherp contrast met dat van de Franse uitgewekenen, die zich, ontmoedigd en verarmd door hun ballingschap, altijd en eeuwig beklaagden over het verlies van hun bezittingen – of dat nu waar was of niet – en het voortdurend over politiek hadden. Er kwamen slechte berichten uit Saint-Domingue; het geweld vierde er nog steeds hoogtij en de Engelsen, die verschillende kuststeden hadden ingenomen, waren er niet in geslaagd tot het binnenland door te dringen. Vandaar dat onafhankelijkheid voor de kolonie er voorlopig niet in zat. Toussaint, of hoe noemt die klootzak zich tegenwoordig? Louverture? Wat een naam heeft die vent voor zichzelf verzonnen! Goed, die Toussaint, die zich eerst bij de Spanjaarden had aangesloten, is van partij gewisseld en vecht nu onder de vlag van de Franse republikeinen, die zonder zijn steun verloren zouden zijn. Voordat hij overliep heeft Toussaint de Spanjaarden die hij onder zijn bevel had, tot de laatste man laten vermoorden. Zie je nu hoe die lui te vertrouwen zijn? Generaal Laveaux heeft hem tot generaal bevorderd en tot commandant van het westelijk kordon benoemd en nu loopt die aap rond met een pluim op zijn hoed, om je te bescheuren.

'Zo ver is het dus gekomen, landgenoten! Frankrijk geallieerd met negers! Wat een historische vernedering!' riepen de vluchtelingen uit tussen twee spelletjes domino.

Maar er waren ook gunstige berichten voor de emigranten, bijvoorbeeld dat in Frankrijk de invloed van de monarchistische kolonisten toenam en dat het volk niets meer wilde weten van rechten voor negers. Als de kolonisten de benodigde stemmen behaalden, zou de Assemblée wel verplicht zijn genoeg troepen naar Saint-Domingue te sturen om een eind aan de opstand te maken. Het eiland was maar een stipje op de kaart, zeiden ze, het zou zich nooit teweer kunnen stellen tegen de overmacht van het Franse leger. Als de overwinning daar was, zouden de ballingen terug kunnen keren en dan was alles weer als voorheen. Dan zou er geen genade gelden voor de negers, die zouden ze allemaal doden en vervolgens vers vlees uit Afrika halen.

Tété hoorde het nieuws zoals het op de Marché Français werd verteld: Toussaint was een tovenaar en een waarzegger, hij kon van een afstand een vervloeking uitspreken en met zijn gedachten doden. Toussaint won de ene na de andere veldslag, en kogels konden hem niet raken. Toussaint genoot de bescherming van Jezus, die buitengewoon machtig was. Omdat ze er met Valmorain niet over durfde te praten, vroeg ze Sancho of ze ooit naar Saint-Lazare terug zouden gaan. Hij antwoordde dat je wel krankzinnig moest zijn om je in die slachtpartij daar te wagen. Dit bevestigde haar voorgevoel dat ze Gambo niet meer terug zou zien, ook al hoorde ze haar meester weleens plannen maken om zijn bezittingen in de kolonie terug te krijgen.

Valmorain richtte zich volledig op het werk op de plantage die op de ruïnes van de vorige was verrezen, het grootste deel van het jaar zat hij daar. Omdat Sancho aandrong op het belang van sociale contacten, verhuisde hij in de winter met tegenzin naar de stad. Tété en de kinderen woonden in New Orleans en bezochten de plantage alleen in de warme maanden en als er epidemieën heersten; dan ontvluchtten alle bemiddelde families de stad. Sancho bracht haastige bezoekjes aan de plantage, want het idee om katoen te gaan verbouwen bleef hem obsederen. Hij had nog nooit ruwe katoen gezien; hij kende alleen de katoen van zijn gesteven overhemden en had een romantisch idee over het project, waarvoor hij overigens niet van plan was zich persoonlijk in te spannen. Hij had een Amerikaanse landbouwkundige in dienst genomen en hoewel de eerste struik nog niet was geplant, overwoog hij een nog maar pas uitgevonden machine om de geoogste katoen te zuiveren aan te schaffen die, daarvan was hij overtuigd, een revolutie op de markt zou betekenen. De Amerikaan en Murphy stelden voor de gewassen af te wisselen: als de grond uitgeput raakte van de suikerteelt, zouden ze katoen planten en omgekeerd.

De enige constante liefde in Sancho's wispelturige hart was zijn neefje. Bij zijn geboorte was Maurice klein en zwak geweest, maar hij was veel gezonder opgegroeid dan dokter Parmentier had voorspeld; het enige was dat zijn zenuwen soms opspeelden. Hij was kerngezond maar raakte makkelijk uit zijn evenwicht. Hij was leergierig, gevoelig en een huilebalk, hij bleef liever in de tuin naar een mierenhoop kijken of Rosette verhaaltjes voorlezen dan mee te doen aan de ruwe spelletjes van de zoons van Murphy. Sancho, die een totaal andere persoonlijkheid had, verdedigde hem tegen de kritiek van Valmorain. Om zijn vader niet teleur te stellen zwom Maurice in ijskoud water, galoppeerde hij op ongetemde paarden, beloerde hij de slavinnen als ze een bad namen en rolde hij vechtend met de Murphy's door het stof tot hij uit zijn neus bloedde, maar hij was niet in staat hazen dood te schieten of een pad levend open te snijden om te zien hoe het dier er vanbinnen uitzag. Hij had niets opschepperigs, oppervlakkigs of gemeens, zoals kinderen die verwend opgroeien vaak zijn. Valmorain maakte zich zorgen omdat hij zo stilletjes was en zo weekhartig, altijd klaar om op te komen voor de meest kwetsbaren; het leken hem tekenen van karakterzwakte.

Maurice vond slavernij schokkend en niet één argument had hem van mening kunnen doen veranderen. Waar haalt hij die ideeën vandaan, terwijl hij zijn hele leven slaven om zich heen heeft gehad? vroeg zijn vader zich af. Het kind bezat een diep, onwankelbaar gevoel voor rechtvaardigheid maar had al jong geleerd daar niet te veel vragen over te stellen omdat het onderwerp vreselijk slecht viel en de antwoorden hem niet bevredigden.

'Het is niet eerlijk!' zei hij vaak, verdrietig om elke vorm van misbruik.

'Wie heeft je verteld dat het leven eerlijk is, Maurice?' antwoordde zijn oom Sancho dan.

Tété zei precies hetzelfde. Zijn vader zadelde hem op met ingewikkelde theorieën over de categorieën waarin de natuur de menselijke wezens had onderverdeeld, omdat dit nodig was voor het evenwicht in de samenleving. Hij zou nog wel merken hoe moeilijk het was om leiding te geven; gehoorzamen was stukken makkelijker.

Het kind was te jong om dit te weerleggen en had er ook de woorden nog niet voor. Hij besefte vaag dat Rosette niet vrij was zoals hij, hoewel het verschil in de praktijk niet waarneembaar was; hij bracht het meisje of Tété niet in verband met de huisslaven en al helemaal niet met de slaven die op het land werkten. Zijn mond was zo vaak met zeep uitgewassen dat hij Rosette niet langer zijn zusje noemde, maar dat was eigenlijk niet vanwege die straf maar omdat hij inmiddels verliefd op haar was. Hij beminde haar met die vreselijke, bezitterige en onvoorwaardelijke liefde waarmee eenzaam opgegroeide kinderen liefhebben, en Rosette beantwoordde zijn gevoelens met een liefde zonder jaloezie of angst. Maurice kon zich het leven zonder haar niet voorstellen, zonder haar onophoudelijke gekwebbel, haar nieuwsgierigheid, haar kinderlijke liefkozingen en haar blinde bewondering voor hem. Bij Rosette voelde hij zich sterk, beschermend en wijs, want zo zag zij hem. Hij was vreselijk jaloers. Hij leed eronder als ze, al was het maar heel even, aandacht aan een van de jongens van Murphy besteedde, als ze ergens het initiatief toe nam zonder het hem eerst te vragen, als ze iets voor hem geheimhield. Hij moest álles met haar delen, tot zijn meest intieme gedachten, angsten en verlangens, hij moest de baas over haar spelen en wilde tegelijkertijd met een totale onbaatzuchtigheid tot haar beschikking staan.

De drie jaar verschil in leeftijd was niet te merken, want zij leek ouder en hij juist jonger; zij was lang, sterk, slim, levendig en brutaal en hij was klein, naïef, in zichzelf gekeerd en verlegen; zij wilde de wereld verslinden en hij werd overweldigd door de realiteit. Hij jammerde bij voorbaat al om alle rampen die hen konden scheiden terwijl zij nog te klein was om een beeld te hebben van de toekomst.

Beiden begrepen instinctief dat hun verbondenheid verboden was, die was van glas, transparant en fragiel, en moest beschermd worden door net te doen of er niets tussen hen bestond. Als er volwassenen in de buurt waren, bewaarden ze een afstand die Tété verdacht vond, daarom hield ze hen in de gaten, en als ze hen ergens in een hoekje betrapte terwijl ze met elkaar zaten te knuffelen, gaf ze de kinderen op hun donder met een woede die buiten proporties was, maar kreeg daar later dan weer spijt van en zoende het af. Ze kon hun niet uitleggen waarom die stiekeme spelletjes, zo gewoon voor andere kinderen, voor hen zondig waren. In de tijd dat ze nog met z'n drieën op één kamer sliepen, hadden de kinderen elkaar altijd op de tast gevonden en later, toen Maurice alleen sliep, kroop Rosette bij hem in bed. Tété werd regelmatig midden in de nacht wakker zonder Rosette naast zich en moest haar dan op kousenvoeten uit de kamer van de jongen vissen, waar ze in elkaars armen lagen, kinderen nog, onschuldig, maar niet zo onschuldig dat ze niet wisten wat ze deden.

'Als ik je nog eens in Maurice' bed vind, geef ik je een aframmeling die je de rest van je leven zal heugen, heb je me begrepen?' bedreigde Tété haar dochter, dodelijk bezorgd om de mogelijke gevolgen van die liefde.

'Ik weet niet hoe ik daar ben gekomen, maman,' huilde Rosette, zo overtuigend dat haar moeder uiteindelijk geloofde dat het kind slaapwandelde.

Valmorain hield het gedrag van zijn zoon nauwlettend in de gaten, hij was bang dat het kind een zwakkeling was, of geestelijk gestoord, zoals zijn moeder. Sancho vond die angsten van zijn zwager absurd. Hij gaf zijn neef schermles en probeerde hem zijn speciale manier van boksen bij te brengen: zo hard mogelijk toeslaan en van dichtbij schoppen en trappen.

'De eerste klap is goud waard, Maurice. Wacht niet tot ze je uitdagen maar schop ze meteen in hun ballen,' legde hij uit terwijl het huilende kind de klappen probeerde te ontwijken.

Maurice was slecht in sport, maar had daarentegen de leeswoede geërfd van zijn vader, de enige planter in Louisiana die een bibliotheek in de bouwplannen van zijn huis had opgenomen. Valmorain verzette zich aanvankelijk niet tegen de boeken, hij verzamelde ze zelf ook, maar langzaamaan vreesde hij dat al dat lezen een fatje van zijn zoon zou maken.

'Wakker worden, Maurice! Je moet een man worden!' En hij vertelde hem dat vrouwen als vrouw worden geboren, maar dat je hard en moedig moest zijn om een man te worden.

'Laat hem toch, Toulouse. Als het zover is, zal ik er wel voor zorgen dat hij wordt ingewijd in mannenzaken,' zei Sancho spottend, maar Tété kon er niet om lachen.

De stiefmoeder

Een jaar na het feest op de plantage werd Hortense Guizot de stiefmoeder van Maurice. Ze was maanden bezig geweest haar strategie uit te zetten, samen met een twaalftal zussen, tantes en nichten – allemaal even vastbesloten een eind te maken aan het drama van haar ongehuwde staat – en met de steun van haar vader, die verrukt was over het vooruitzicht Valmorain zijn kippenhok binnen te halen. De familie Guizot was verpletterend respectabel, maar niet zo rijk als ze graag deden voorkomen en een verbintenis met Valmorain bood vele voordelen.

Aanvankelijk had Valmorain niet door dat die strategie op hem gericht was; hij dacht dat de attenties van de familie Guizot voor Sancho waren bestemd, die veel jonger en knapper was dan hij. Toen Sancho zelf hem zijn vergissing liet inzien, was hij het liefst naar een ander continent gevlucht; hij was heel tevreden met zijn vrijgezellenbestaan en iets zo onherroepelijks als een huwelijk schrok hem af.

'Ik ken die jongedame nauwelijks, ik heb haar nog maar een paar keer ontmoet,' wierp hij tegen.

'Je kende mijn zus ook niet en toch ben je met haar getrouwd,' bracht Sancho hem in herinnering.

'En kijk eens hoe dat is afgelopen!'

'Vrijgezellen zijn verdacht, Toulouse. Hortense is een geweldige vrouw.'

'Als je haar zo leuk vindt, trouw dan zelf met haar,' antwoordde Valmorain.

'De familie Guizot heeft al aan me gesnuffeld, zwager. Ze weten dat ik een armoedzaaier met losbandige gewoonten ben.'

'Niet zo losbandig als die van anderen hier in de buurt, Sancho. Maar hoe dan ook, ik pieker er niet over te gaan trouwen.'

Het idee was echter geopperd, en in de weken daarna begon hij er steeds meer over na te denken, eerst als een onzinnig plan maar later als een reële mogelijkheid. Er was nog tijd om meer kinderen te krijgen, hij had altijd een groot gezin willen hebben, en Hortenses wulpse lichaam leek hem een goed voorteken, de jonge vrouw was klaar voor het moederschap. Hij wist niet dat ze met haar leeftijd had gesmokkeld: in werkelijkheid was ze al dertig.

Hortense was een creoolse van onberispelijke afkomst en had een goede opvoeding genoten; de zusters ursulinen hadden haar de beginselen van het lezen en schrijven en van aardrijkskunde en geschiedenis bijgebracht, de huishoudelijke vaardigheden, borduren en de catechismus; ze danste bevallig en had een aangename stem. Niemand twijfelde aan haar deugdzaamheid en ze kon rekenen op algehele sympathie omdat ze vanwege een verloofde die niet op een paard had kunnen blijven zitten, al weduwe was geworden voor ze goed en wel was getrouwd. De familie Guizot was een van de pijlers onder de traditionele maatschappij, Hortenses vader had een plantage geërfd en haar twee oudere broers dreven een prestigieus advocatenkantoor. Advocaat was in hun kringen het enige acceptabele beroep. Haar afkomst compenseerde haar wat magere bruidsschat, want Valmorain zocht maatschappelijke acceptatie – niet zozeer vanwege hemzelf als wel om de weg voor Maurice te bereiden.

Gevangen in het fijne web dat de vrouwen weefden, liet Valmorain zich door Sancho leiden in het ingewikkelde proces van de hofmakerij, heel wat subtieler dan in Saint-Domingue of in Cuba, waar hij naar Eugenia's hand had gedongen.

'Voorlopig nog geen cadeautjes of briefjes naar Hortense, concentreer je op de moeder. Haar goedkeuring is essentieel,' waarschuwde Sancho. Huwbare meisjes lieten zich maar heel weinig in het openbaar zien, hoogstens een enkele keer in de opera met de hele familie om hen heen, want als ze zich te vaak vertoonden 'verbrandden' ze en liepen ze het risico te eindigen als oude vrijsters die voor de kinderen van hun zusters zorgden. Maar Hortense had iets meer ruimte. Ze was de huwbare leeftijd – tussen de zestien en de vierentwintig – immers al gepasseerd en hoorde tot de categorie 'overrijp'.

Sancho en de trouwfeeksen organiseerden het zo dat Valmorain en Hortense tegelijk werden uitgenodigd voor de soirees, zoals de diners dansants met familie en vrienden in de intimiteit van de familiekring werden genoemd, waar ze enkele woorden met elkaar konden wisselen, maar nooit zonder chaperonne. De etiquette schreef voor dat Valmorain zijn intenties snel duidelijk moest maken. Sancho vergezelde hem naar monsieur Guizot en de drie mannen bespraken de economische voorwaarden van de verbintenis, hartelijk maar in alle duidelijkheid. Kort daarna werd de verloving gevierd met een *déjeuner de fiançailles*, en tijdens dat etentje overhandigde Valmorain zijn verloofde een ring met een robijn met diamantjes eromheen, gezet in goud, in die tijd heel modieus.

Père Antoine, de populairste priester in Louisiana, trouwde hen op een dinsdagmiddag in de kathedraal, in aanwezigheid van alleen de directe familie, slechts tweeënnegentig personen in totaal, want de bruid gaf de voorkeur aan een intieme bruiloft. Geëscorteerd door de wacht van de gouverneur traden ze de kerk binnen, Hortense pronkend met de zijden, met pareltjes geborduurde japon die haar grootmoeder, haar moeder en verschillende van haar zussen vóór haar hadden gebruikt en die haar te strak zat, ook al waren de naden uitgelegd. Na de plechtigheid werd het bruidsboeket van oranje- en jasmijnbloesem naar de nonnen gestuurd, die het in de kapel aan de voeten van de Maagd legden. De receptie vond plaats in het huis van de familie Guizot, met een enorm vertoon van uitgelezen gerechten, bereid door dezelfde koks die Valmorain indertijd had ingehuurd voor het feest op zijn plantage: met kastanjes gevulde fazant, ingelegde eend, in likeur geflambeerde krab, verse oesters, allerlei soorten vis, schildpadsoep en – de bruidstaart niet meegerekend, een onverwoestbaar gebouw van marsepein, noten en gedroogde vruchten – meer dan veertig verschillende toetjes.

Nadat de familie afscheid had genomen, wachtte Hortense in een mousselinen nachtjapon en met haar blonde haren los over haar schouders haar echtgenoot op in haar meisjeskamer, waar haar ouders het oude bed hadden vervangen door een hemelbed. In die tijd waren bruidsbedden met een baldakijn van hemelsblauwe zijde in de mode, geïnspireerd op een heldere, wolkeloze hemel, en met een overvloed aan mollige cupidootjes met pijl en boog, bosjes kunstbloemen en kanten strikken.

De jonggehuwden sloten zich drie dagen in die kamer op, zoals de traditie eiste, bediend door een paar slaven die eten brachten en de kamerpotten weghaalden. Het zou voor de bruid te gênant zijn geweest om zich in het openbaar te vertonen, zelfs in de familiekring, terwijl ze werd ingewijd in de geheimen van de liefde. Stikkend van de hitte, verveeld door die opsluiting, met pijn in zijn hoofd van de jeugdige capriolen die hij op zijn leeftijd nog moest uithalen en zich bewust van het feit dat er minstens een stuk of tien familieleden met hun oor tegen de muur stonden, begreep Valmorain dat hij niet alleen met Hortense, maar met de hele Guizotclan was getrouwd. Op de vierde dag kon hij eindelijk uit die gevangenis ontsnappen en met zijn bruid naar de plantage vluchten, waar ze de kennismaking konden voortzetten met meer ruimte en lucht. In diezelfde week begon het zomerseizoen en ontvluchtte iedereen de stad.

Hortense had er nooit aan getwijfeld dat ze Valmorain zou strikken. Al voordat de onverbiddelijke koppelaarsters in actie waren gekomen, had ze lakens naar de nonnen gestuurd om die met hun ineengestrengelde initialen te laten borduren. De lakens die ze al jaren geparfumeerd met lavendel in een hutkoffer van de hoop bewaarde, die met de initialen van de vorige verloofde, waren niet verloren: Hortense liet gewoon een bloemenapplicatie over de letters aanbrengen, dan konden ze voor de logeerbedden worden gebruikt. Als deel van haar bruidsschat bracht ze Denise in, sinds haar vijftiende verjaardag haar persoonlijke slavin, de enige die haar kon kappen en haar kleren kon strijken zoals zij dat graag zag, en verder nog een huisslaaf die haar vader haar als huwelijkscadeau had meegegeven nadat zij haar twijfels had uitgesproken over de huismeester op Valmorains plantage. Ze wilde iemand die ze volledig kon vertrouwen.

En opnieuw vroeg Sancho aan Valmorain wat hij met Tété en Rosette van plan was, aangezien die kwestie nu niet langer vooruitgeschoven kon worden. Er waren veel blanken die er gekleurde vrouwen op na hielden, maar altijd gescheiden van het officiële gezin. Als de concubine een slavin was, lag het anders: als een meester trouwde, betekende dat het einde van de relatie en hij moest zich van de vrouw ontdoen, die werd verkocht of aan het werk gezet op de velden, waar de echtgenote haar toch niet zag. Maar wat Valmorain van plan was – de concubine en de dochter in hetzelfde huis laten wonen als zijn vrouw –, was onacceptabel. De familie Guizot en Hortense zelf zouden er begrip voor hebben dat hij zich in de jaren van zijn weduwnaarschap had getroost met een slavin, maar nu diende het probleem uit de wereld geholpen te worden.

Hortense had Rosette op het feest met Maurice zien dansen en koesterde wellicht verdenkingen, hoewel Valmorain meende dat ze er in het feestgedruis en de verwarring niet al te veel aandacht aan had besteed.

'Doe niet zo naïef, zwager, vrouwen voelen dit soort zaken haarfijn aan,' had Sancho geantwoord.

De dag dat Hortense het huis in de stad was komen bekijken, met de stoet zussen achter zich aan, had Valmorain Tété opgedragen zich met Rosette niet te laten zien tot het bezoek weg was. Maar hij wilde niets overhaasts ondernemen, legde hij Sancho uit. Geheel in de lijn van zijn karakter gaf hij er de voorkeur aan de beslissing uit te stellen in de hoop dat de zaken zichzelf zouden oplossen. Met Hortense sprak hij er niet over.

De meester was al die tijd met Tété blijven slapen als ze zich onder hetzelfde dak bevonden, maar had het niet nodig gevonden haar te vertellen van zijn trouwplannen: zij vernam het via de roddels die als een lopend vuurtje rondgingen. Op het feest op de plantage had ze met Denise gesproken, een praatgrage vrouw die ze later meer dan eens terugzag op de Marché Français, en zij had haar verteld dat haar toekomstige meesteres driftig en jaloers van aard was. Tété wist dat veranderingen hoe dan ook ongunstig zouden uitpakken en dat ze Rosette niet zou kunnen beschermen. Overweldigd door woede en angst moest ze voor de zoveelste keer vaststellen hoe vreselijk onmachtig ze was. Als haar meester haar de gelegenheid had gegeven, had ze zich voor zijn voeten geworpen en zich dankbaar aan al zijn grillen onderworpen, overal toe bereid om alles bij het oude te kunnen houden, maar sinds hij zijn verloving met Hortense Guizot had aangekondigd, had hij haar niet meer naar zijn bed geroepen.

'Erzuli, loa, moeder, bescherm tenminste Rosette.'

Onder druk gezet door Sancho bedacht Valmorain een tijdelijke oplossing: Tété zou met het meisje van juni tot november in het huis in de stad blijven om daar het huishouden te bestieren, terwijl hij met de familie naar de plantage ging; het zou hem de tijd geven om Hortense voor te bereiden. Maar voor Tété betekende dit zes extra maanden onzekerheid.

Hortense installeerde zich in een in koningsblauw ingerichte kamer waar ze alleen sliep, want zij noch haar echtgenoot had de behoefte hele nachten met elkaar door te brengen; na die verstikkende wittebroodsdagen snakten ze naar hun eigen ruimte. Het speelgoed waar ze als meisje mee had gespeeld, griezelige poppen met glazen ogen en echt haar, sierden haar kamer en haar poedeltjes sliepen op haar bed, een meubelstuk van twee meter breed met gebeeldhouwde pilaren, een baldakijn, kussens, gordijnen, franjes en pompons, plus een peluw waarvan ze de stof persoonlijk had geborduurd toen ze bij de zusters ursulinen op school zat. Boven haar hoofd hing de zijden hemel met de dikke cupidootjes die haar ouders haar als huwelijkscadeau hadden geschonken.

De jonggehuwde vrouw stond pas na het middaguur op. Ze bracht meer dan tweederde van haar leven door in bed, van waar ze het leven van anderen bestierde. De eerste huwelijksnacht, nog in haar ouderlijk huis, had ze haar echtgenoot ontvangen in een negligé met zwanendons rond het decolleté dat haar heel goed stond, maar rampzalig was voor hem, want de veertjes veroorzaakten een onbedaarlijke niesbui. Dat slechte begin kon echter niet verhinderen dat ze het huwelijk consumeerden, wat Valmorain de aangename verrassing bezorgde dat deze echtgenote heel wat ruimhartiger aan zijn wensen tegemoetkwam dan Eugenia of Tété.

Hortense was maagd, maar op het nippertje. Ze had op een of andere manier weten te ontsnappen aan de waakzaamheid van de familie en dingen ontdekt waar ongetrouwde meisjes normaal geen idee van hadden. De overleden verloofde was naar zijn graf gedragen zonder te weten dat zij zich in haar fantasie al vol hartstocht aan hem had gegeven, en dat ze dat de jaren daarna in de eenzaamheid van haar bed zou blijven doen, gekweld door haar onbevredigde verlangens en haar gedwarsboomde liefde. Haar gehuwde zussen hadden haar verteld hoe een en ander in zijn werk ging. Ze waren geen experts, maar wisten wel dat mannen enig enthousiasme op prijs stellen, maar niet te veel, dat was verdacht. Hortense had besloten dat zij noch haar echtgenoot de leeftijd had voor preutsheid. Haar zussen hadden haar ook verteld dat de beste manier om je echtgenoot onder de duim te houden was, je als een domme gans te gedragen en hem in bed tegemoet te komen. Het eerste zou haar heel wat moeilijker vallen dan het tweede, want dom was ze absoluut niet.

Valmorain accepteerde de sensualiteit van zijn vrouw als een geschenk, zonder vragen te stellen om antwoorden die hij liever niet hoorde, te vermijden. Hortenses indrukwekkende lichaam, met die rondingen en kuiltjes, deed hem denken aan dat van Eugenia voordat ze gek was geworden, toen ze nog uit haar jurk puilde en naakt wel van marsepein leek: bleek, zacht, geurig, zoet en een en al weelderigheid. Later was er van de arme ziel niet meer dan een vogelverschrikker overgebleven en kon hij alleen met haar vrijen als hij wanhopig was en afgestompt door de drank. In de gouden glans van de kaarsen was Hortense een lust voor het oog, een weelderige nimf als op een schilderij van een mythologisch tafereel. Hij voelde zijn seksuele lust, die hij voor altijd verloren dacht te hebben, terugkomen. Zijn echtgenote wond hem op zoals Violette Boisier dat eens had gedaan op het Place Clugny, en Tétés prachtige lichaam toen ze net vrouw werd. Dat zijn hartstocht elke nacht opnieuw opbloeide, verbaasde hem, soms deden ze het zelfs tussen de middag, als hij onverwacht met modderlaarzen thuiskwam en haar bordurend tussen de kussens van haar bed verraste, de hondjes van het bed af mepte en zich boven op haar liet vallen met de vreugde zich weer achttien te voelen. Tijdens een van die vrijpartijen viel er van de zijden hemel een cupidootje naar beneden dat tegen zijn achterhoofd kwam, en hij was een paar minuten buiten bewustzijn. Badend in het koude zweet werd hij wakker, want in de mist van zijn bewusteloosheid was zijn oude vriend Lacroix verschenen om de schat terug te eisen die hij van hem had gestolen.

In bed kwam het beste van Hortense naar boven: ze maakte dartele grapjes, zoals die keer dat ze een snoezig mutsje met strikjes voor het piemelmuisje van haar man haakte, maar ook wat minder dartele, zoals toen ze een stukje kippendarm in haar kont had gestoken en uitriep dat haar ingewanden naar buiten kwamen. Door al dat rollebollen tussen de lakens waar de nonnen hun initialen op hadden geborduurd, gingen ze echt van elkaar houden, zoals zij had voorzien. Ze waren geschapen voor het samenspel van het huwelijk, want ze verschilden wezenlijk van elkaar; hij was vreesachtig, aarzelend en makkelijk te manipuleren, zij bezat de onbuigzame vastberadenheid waar het hem aan ontbrak. Samen zouden ze bergen verzetten.

Sancho, die zich zo had ingezet voor het huwelijk van zijn zwager met deze vrouw, was de eerste die Hortenses persoonlijkheid doorgrondde en de verbintenis betreurde. Buiten haar hemelsblauwe slaapkamer was ze een ander mens: gierig, krenterig en sikkeneurig. Alleen muziek wist haar boven haar gewone rothumeur uit te tillen en dan leek ze even op te lichten met een engelachtige glans, terwijl het huis zich vulde met onvaste trillers die de slaven deden verstijven en haar schoothondjes gejank ontlokten. Ze had een paar jaar de ondankbare rol van oude vrijster moeten spelen en was de verholen minachting waarmee ze zo lang behandeld was, zat; ze wilde naar de ogen worden gezien en daartoe moest haar echtgenoot een plaats boven aan de maatschappelijke ladder veroveren. Valmorain zou veel geld nodig hebben om het betreurenswaardige feit dat hij uit Saint-Domingue kwam en niet uit een oude creoolse familie stamde, goed te maken.

Sancho was vast van plan te voorkomen dat die vrouw een wig zou drijven tussen hem en zijn zwager en hij deed zijn best haar met zijn vleierijen voor zich te winnen, maar Hortense was immuun voor zijn charmeoffensief, dat in haar ogen geen enkel direct doel diende. Ze mocht Sancho niet en hield hem op afstand, al bejegende ze hem hoffelijk om haar man, wiens zwak voor die zwager ze onbegrijpelijk vond, niet te kwetsen. Waar had hij Sancho voor nodig? De plantage en het huis in de stad waren van hem, hij kon die compagnon aan wie hij niets had, zo aan de kant zetten.

'Maar het was zijn idee om naar Louisiana te gaan, hij had dit al bedacht voor de revolutie in Saint-Domingue uitbrak, en hij heeft de grond gekocht. Zonder hem zou ik hier niet zijn,' legde Valmorain uit toen ze ernaar vroeg. Wat haar betreft was die mannelijke trouw, die ook nog eens handenvol geld kostte, van een zinloze sentimentaliteit. De plantage begon nog maar net te produceren, het zou nog minstens drie jaar duren voor ze wisten of de onderneming een succes kon worden genoemd, en terwijl haar echtgenoot zijn kapitaal investeerde, werkte en spaarde, smeet die ander het over de muur.

'Sancho is als mijn broer,' zei Valmorain met de bedoeling een eind te maken aan de discussie.

'Maar dat is hij niet,' antwoordde zij.

Omdat ze ervan uitging dat de bedienden stalen, sloot Hortense alles af en stelde ze drastische bezuinigingsmaatregelen in die het hele huishouden lamlegden. De suikerklontjes, die met een beitel van een soort kegel werden gebikt die zo hard was als steen en aan een haak aan het plafond hing, moesten geteld worden voor ze in de suikerpot werden gedaan en iemand moest bijhouden hoeveel er werden gebruikt. Het eten dat overbleef, werd niet langer onder de slaven verdeeld, maar verwerkt in andere gerechten.

Célestine ontstak in woede. 'Als ze hier restjes van restjes en kleine beetjes van kleine beetjes willen eten, dan ben ik niet meer nodig, dan kan iedere veldneger als kok dienen,' kondigde ze aan. Haar meesteres kon haar niet uitstaan, maar haar kikkerbilletjes in knoflook, haar canard à l'orange, haar gumbo's van varkensvlees en haar langoesttaartjes van bladerdeeg waren onvergelijkelijk, en toen geïnteresseerden een exorbitant hoog bedrag voor Célestine boden, besloot Hortense haar verder met rust te laten en richtte ze haar aandacht op de veldslaven.

Ze berekende dat ze de porties eten heel langzaam kon verminderen en tegelijkertijd de discipline opvoeren zonder de productiviteit al te veel schade te berokkenen. Als dat bij muilezels werkte, loonde het de moeite hetzelfde bij de slaven te proberen. Valmorain verzette zich aanvankelijk tegen die maatregelen omdat ze niet strookten met zijn oorspronkelijke plannen, maar zijn vrouw wierp tegen dat het in Louisiana nu eenmaal op die manier werd aangepakt. Het plan hield een week stand, tot Owen Murphy in zo'n heftige woede ontstak dat de bomen trilden en de meesteres moest accepteren dat de veldslaven, net als de keuken van haar huis, niet onder haar zeggenschap vielen. Murphy dreef zijn zin door, maar de sfeer op de plantage veranderde: de huisslaven liepen op kousenvoeten rond en de veldslaven waren bang dat de meesteres Murphy zou ontslaan.

Alsof ze een eindeloos spelletje kaart speelde, verving Hortense slaven door andere of ontsloeg hen van hun taak waardoor het niet langer duidelijk was wie je iets moest vragen en niemand meer precies wist wat hij of zij moest doen. Dat ergerde haar en dan ranselde ze hen af met de paardenzweep die ze, zoals andere dames hun waaier, altijd in haar hand hield. Ze wist Valmorain zover te krijgen zijn huismeester te verkopen en stelde de slaaf die ze van haar ouderlijk huis had meegebracht voor hem in de plaats. Die man beheerde de sleutelbos, bespioneerde de rest van het personeel en briefde alles aan Hortense over.

Het veranderingsproces nam niet veel tijd in beslag want zij kon rekenen op de onvoorwaardelijke steun van haar echtgenoot, die ze haar besluiten meedeelde tussen twee atletische standjes in bed door: 'Kom hier, mijn liefste, laat me zien hoe de seminaristen het doen.' En toen ze in het grote huis alles naar haar hand had gezet, maakte Hortense zich op om drie dringende problemen op te lossen: Maurice, Tété en Rosette.

Zarité

Toen de meester trouwde, vertrok hij met Maurice en zijn echtgenote naar de plantage en was ik een paar maanden alleen met Rosette in het huis in de stad. De kinderen maakten een vreselijke scène toen ze hen uit elkaar haalden, en bleven nog wekenlang mokken. Ze gaven madame Hortense de schuld. Mijn dochter kende haar niet, maar Maurice had haar beschreven: haar liedjes belachelijk makend, haar hondjes, haar kleren en haar manieren; ze was de heks, de indringster, de stiefmoeder, de dikzak. Hij weigerde haar maman te noemen en omdat zijn vader hem had verboden haar op een andere manier aan te spreken, zei hij helemaal niets meer tegen haar. Omdat ze hem dwongen haar met een kus te begroeten, zorgde hij ervoor dat hij altijd wel wat spuug of etensrestjes rond zijn mond had zitten, tot madame Hortense hem zelf van die verplichting ontsloeg. Maurice stuurde Rosette via don Sancho briefjes en cadeautjes, en zij antwoordde met tekeningen en de woorden die ze kon schrijven.

Het was een onzekere tijd, maar ook een periode van vrijheid, want niemand controleerde me. Don Sancho bracht het merendeel van zijn tijd in New Orleans door maar hield zich niet met details bezig; voor hem was alles best, als ik het kleine beetje wat hij vroeg maar deed. Hij was verliefd geworden op de kwartbloed om wie hij had geduelleerd, een zekere Adi Soupir, en zat meer bij haar dan bij ons. Ik deed navraag naar die vrouw en wat ik hoorde, beviel me helemaal niet. Ze was pas achttien maar had de reputatie lichtzinnig en inhalig te zijn, en het verhaal ging dat ze verschillende aanbidders hun geld afhandig had gemaakt. Zo hebben ze het me verteld. Ik durfde don Sancho niet te waarschuwen, want dan zou hij woest zijn geworden.

'sMorgens ging ik met Rosette naar de Marché Français, waar ik andere slavinnen ontmoette en we in de schaduw wat gingen zitten kletsen. Sommigen smokkelden met het wisselgeld van hun meesters om een glaasje sap te kunnen kopen of een portie oesters met limoen, maar ik hoefde niemand rekenschap te geven en voor mij was het niet nodig om te stelen. Dat was voordat madame Hortense naar het huis in de stad kwam. Veel mensen maakten opmerkingen over Rosette, die wel een meisje van goede afkomst leek met haar tafzijden jurkje en haar lakleren laarsjes. Ik heb altijd van de markt gehouden, met zijn fruit- en groentestalletjes, de fritures met hun pittige gerechten, het luidruchtige volk van kopers, predikers en charlatans, smerige indianen die hun manden komen verkopen, verminkte bedelaars, getatoeëerde piraten, priesters, nonnen en straatmuzikanten.

Op een woensdag waren mijn ogen gezwollen toen ik op de markt kwam, want ik had de hele nacht liggen huilen omdat ik over Rosettes toekomst piekerde. Mijn vriendinnen drongen zo aan, dat ik hun de angsten opbiechtte die me uit mijn slaap hadden gehouden. De slavinnen raadden me aan een beschermende *gris-gris* aan te schaffen, maar zo'n amulet had ik al, door een voodoo-priesteres gemaakt: een zakje met kruiden, botten, een paar van mijn eigen nagels en van Rosette. Maar het had niets uitgemaakt. Toen vertelde iemand me over père Antoine, een Spaanse priester met een groot hart, die geen onderscheid maakte tussen meesters en slaven. De mensen aanbaden hem. 'Ga bij hém biechten, hij verricht wonderen,' zeiden ze. Ik had nog nooit gebiecht, want de slaven die in Saint-Domingue hun zonden biechtten, moesten er in deze wereld voor boeten en niet in het hiernamaals, maar ik had verder niemand om naartoe te gaan en dus zocht ik hem op, samen met Rosette. Ik moest een hele tijd wachten, ik was de laatste in de rij biechtelingen, allen met hun eigen zonden en verzoeken.

Toen ik aan de beurt was, wist ik niet wat ik moest doen, ik was nog nooit zo dicht bij een katholieke hungan geweest. Père Antoine was nog jong maar had het gezicht van een oude man, met een lange neus, donkere, vriendelijke ogen, een baard als de manen van een paard en schildpadvoeten in versleten sandalen. Hij riep ons met een gebaar bij zich, tilde Rosette op en zette haar op zijn knie. Hoewel hij naar knoflook rook en zijn bruine habijt smerig was, stribbelde ze niet tegen.

'Kijk eens, maman! Hij heeft haren in zijn neus en kruimeltjes in zijn baard,' zei Rosette tot mijn afgrijzen.

'Ja, ik ben heel lelijk,' antwoordde père Antoine lachend.

'En ik ben mooi,' zei Rosette.

'Dat is waar, mijn kind, en in jouw geval zal God je de zonde van de ijdelheid vast vergeven.'

Zijn Frans klonk als een schor soort Spaans. Nadat hij een paar minuten met Rosette grapjes had gemaakt, vroeg hij wat hij voor me kon doen. Ik stuurde mijn dochter naar buiten om te spelen, zodat ze ons niet zou horen. Erzuli, loa, vriendin, het spijt me, ik was niet van plan me tot de Jezus van de blanken te wenden, maar de vriendelijke stem van père Antoine ontwapende me en ik barstte opnieuw in snikken uit, terwijl ik de nacht daarvoor toch al zo gehuild had. Tranen raken nooit op. Ik vertelde hem dat ons lot aan een zijden draadje hing, dat de nieuwe meesteres hardvochtig was en zich, zodra ze maar zou vermoeden dat Rosette de dochter van haar man was, op ons zou wreken, niet op hem.

'Hoe weet je dat, mijn kind?' vroeg hij.

'Zo gaat het altijd, mon père.'

'God is de enige die weet wat de toekomst brengt. Soms blijkt dat wat we het meest vrezen, een zegening te zijn. De deuren van de kerk staan altijd open, je kunt komen wanneer je wilt. Misschien staat God het me toe je te helpen als de tijd daar is.'

'Ik ben bang voor de god van de blanken, père Antoine. Hij is wreder dan Prosper Cambray.'

'Dan wie?'

'De hoofdopzichter van de plantage in Saint-Domingue. Ik dien Jezus niet, mon père. Mijn goden zijn de loa's die met mijn moeder mee zijn gekomen uit Guinea. Ik behoor Erzuli toe.'

'Ja, mijn dochter, ik weet wie jouw Erzuli is,' zei de priester glimlachend. 'Mijn God en Papa Bondye zijn een en dezelfde, maar met een andere naam. Jouw loa's zijn als mijn heiligen. In het menselijke hart is voldoende ruimte voor alle godheden.'

'In Saint-Domingue is voodoo verboden, mon père.'

'Hier kun je je voodoo beoefenen, mijn kind, omdat het niemand wat kan schelen, zolang er maar geen schandaal van komt. Zondag is de dag van de Heer, ga 's morgens naar de kerk en 's middags naar het Place Congo om te dansen met je loa's. Wat is het probleem?'

Hij overhandigde me een smerige lap, zijn zakdoek, om mijn tranen te drogen, maar ik deed het liever met de rand van mijn rok. Toen we op het punt stonden te vertrekken, vertelde hij me over de zusters ursulinen.

Diezelfde avond nog praatte ik met don Sancho. Zo gebeurde het.

Het orkaanseizoen

Hortense Guizot was in Valmorains leven een verfrissende wind die hem met optimisme vervulde, wat voor de rest van de familie en de mensen die op de plantage woonden zeker niet het geval was. Soms kreeg het echtpaar – in de stijl van de creoolse gastvrijheid – tijdens het weekeinde onaangekondigd bezoek, maar die visites werden steeds schaarser en hielden al snel helemaal op toen duidelijk bleek dat Hortense er een hekel aan had als iemand onuitgenodigd binnenviel. De Valmorains brachten hun dagen in elkaars gezelschap door. Officieel woonde Sancho bij hen, want het was de gewoonte dat vrijgezellen bij hun familie bleven wonen, maar ze zagen elkaar maar weinig sinds Sancho excuses zocht om niet te hoeven komen. Valmorain miste de kameraadschap die ze altijd hadden gedeeld. Nu vulde hij zijn uren met kaartspelletjes met zijn vrouw, met luisteren naar haar gekwinkeleer aan de piano of met lezen terwijl zij het ene na het andere schilderij produceerde van meisjes op schommels en jonge katjes met bolletjes wol. Hortense verrichtte wonderen met de haaknaald, ze maakte kleedjes om elk denkbaar oppervlak mee te bedekken. Ze had witte, tere handen, mollig en met onberispelijke nagels, handen die gemaakt waren voor haken en borduren, ze lagen soepel op de toetsen van de piano, en waren vermetel in het liefdesspel. Ze praatten niet veel met elkaar, maar communiceerden met liefdevolle blikken en blaaskusjes van de ene naar de andere stoel in de enorme eetkamer waar zij maar met hun tweetjes aten, want Sancho liet zich bijna nooit meer zien en zij had voorgesteld dat Maurice, wanneer die bij hen verbleef, met zijn leraar in het tuinhuisje de maaltijd gebruikte als het weer dat toeliet, of anders in de kleinere eetkamer, zodat de lessen niet hoefden te worden onderbroken.

Maurice was negen jaar, maar gedroeg zich volgens Hortense als een baby. Ze had een stuk of tien neefjes en nichtjes en beschouwde zich als een expert op het gebied van kinderopvoeding. Maurice zou met kinderen van hun eigen stand om moeten gaan, niet alleen met die jongens van Murphy, die zo laag op de maatschappelijke ladder stonden. Verder vond ze hem vreselijk verwend, hij leek wel een meisje, zei ze, hij moest gehard worden.

Valmorain leek stukken jonger, hij had zijn bakkenbaarden afgeschoren en was wat gewicht kwijtgeraakt door de nachtelijke acrobatische toeren en de karige porties die tegenwoordig aan zijn tafel werden geserveerd. Hij had een echtelijk geluk gevonden dat hij met Eugenia nooit had gekend. Zelfs zijn angst voor een slavenopstand, die hem sinds zijn vertrek uit Saint-Domingue achtervolgde, verdween naar de achtergrond. Over de plantage hoefde hij niet wakker te liggen, want die werd door Owen Murphy op bewonderenswaardige wijze geleid; werk waar de hoofdopzichter zelf niet aan toekwam schoof hij door naar zijn zoon Brandan, een jongeman die net zo robuust was als zijn vader en net zo praktisch als zijn moeder, en die al sinds zijn zesde jaar als een paard meewerkte.

Hoewel Leanne Murphy net was bevallen van haar zevende zoon, even fors en donkerharig als zijn broers, wist ze tijd vrij te maken voor haar werk in het slavenziekenhuis dat ze dagelijks bezocht, met haar baby in een wagentje. Ze kon Hortense niet luchten of zien. De eerste keer dat haar bazin had geprobeerd zich op te dringen in haar territorium, was ze recht tegenover haar gaan staan, met haar armen over elkaar en een ijzig kalme uitdrukking op haar gezicht. Op die manier hield ze al meer dan vijftien jaar haar hele Murphyclan onder de duim, en bij Hortense werkte de truc ook. Als de hoofdopzichter niet zo goed was geweest, had Hortense Guizot ze allemaal aan de dijk gezet, alleen om dat Ierse insect te verpletteren, maar zaken gingen haar boven alles. Haar vader, een planter met ouderwetse ideeën, zei altijd dat de familie Guizot al generaties lang van de suiker leefde en dat hij geen enkele reden zag om daar iets aan te veranderen, maar zij was net als Sancho door de gesprekken met de Amerikaanse landbouwdeskundige overtuigd geraakt van de voordelen van de katoenteelt. Ze kon Owen Murphy niet missen.

Na een krachtige augustusorkaan was een groot deel van New Orleans onder water komen te staan; niets ernstigs, dat gebeurde wel vaker en niemand die zich er al te druk om maakte als de straten in grachten veranderden en het smerige water de patio's overstroomde. Het leven ging gewoon door, men werd alleen wat natter. Dat jaar viel de schade mee, alleen de minvermogende overledenen kwamen op een moddersoep uit hun graven tevoorschijn gedreven; de rijke doden in hun praalgraven bleven rusten in vrede, zonder te worden blootgesteld aan de vernedering hun botten vermalen te zien worden tussen de kaken van de zwerfhonden. In sommige straten stond het water kniehoog, en verschillende mannen verhuurden zich om mensen op hun rug van het ene naar het andere punt te vervoeren. Tussen het afval en de paardenstront hadden de kinderen de tijd van hun leven met al die plassen.

De artsen zaaiden als altijd paniek en waarschuwden voor een vreselijke epidemie, maar père Antoine organiseerde een processie met de Allerheiligste aan het hoofd, en geen mens waagde het die methode om de strijd met het weer aan te binden belachelijk te maken want het hielp altijd. In die tijd had de priester al de faam heilig te zijn, hoewel hij pas drie jaar in de stad woonde. Hij was er eerder al heel kort geweest, in 1790, toen de inquisitie hem naar New Orleans had gestuurd met de opdracht de joden te verdrijven, de heidenen te straffen en het ware geloof te vuur en te zwaard te verspreiden; maar omdat elk fanatisme hem vreemd was, had hij het allang best gevonden dat de verontwaardigde inwoners van Louisiana, die weinig trek hadden in een inquisiteur, hem zonder verdere poespas weer op transport naar Spanje stelden.

In 1795 kwam hij terug, als zielenherder van de St.-Louis-kathedraal, die recentelijk was herbouwd nadat de vorige door brand was verwoest. Hij was van plan om joden te gedogen, heidenen te dulden en het ware geloof te prediken met mededogen en liefde. Hij was er voor iedereen, zonder onderscheid te maken tussen vrijen en slaven, misdadigers en modelburgers, deugdzame dames en die uit het vrolijke leven, boeven, piraten, advocaten, beulen, woekeraars en geëxcommuniceerden. Iedereen was welkom in zijn kerk, schouder aan schouder. De bisschoppen verafschuwden hem vanwege zijn ongehoorzaamheid, maar zijn kudde gelovigen ging voor hem door het vuur. Père Antoine, in zijn kapucijner habijt en met zijn apostelbaard, was de geestelijke toorts in die zondige stad. Een dag na de processie trok het water zich terug uit de straten, en er vond dat jaar geen epidemie plaats.

Valmorains huis was het enige in de stad dat door de overstroming schade had geleden. Het water was niet via de straat gekomen, maar door de vloer naar boven geborreld als een vet soort zweet. De fundering had de schadelijke vochtigheid jarenlang heroïsch verzet geboden, maar moest zich bij die verraderlijke aanval gewonnen geven. Sancho huurde een opzichter en een ploeg metselaars en timmerlieden in die de benedenverdieping vol zetten met steigers, koevoeten en katrollen. Ze verhuisden het meubilair naar boven, waar de kratten en met lakens bedekte meubels zich opstapelden. Op de patio moesten ze de stenen weghalen en drainage aanbrengen, en de slavenverblijven, die weg waren gezakt in de modder, moesten worden afgebroken.

Ondanks alle ongemak en kosten was Valmorain niet ongelukkig met de ramp, want die gaf hem meer tijd om het probleem met Tété op te lossen. Als hij met zijn vrouw een bezoek aan New Orleans bracht – hij voor zaken en zij om familie en vrienden te bezoeken – logeerden ze in het huis van haar ouders, een beetje krap, maar beter dan een hotel. Hortense gaf geen blijk van enige belangstelling voor de verbouwing, maar had wel geëist dat het huis in oktober klaar zou zijn; dan zouden ze het uitgaansseizoen in de stad door kunnen brengen. Het was allemaal heel gezond, dat buitenleven, maar ze had er ook behoefte aan om met beschaafde mensen om te gaan, mensen van haar eigen stand dus. Ze waren al veel te lang weggebleven.

Toen het huis weer was opgeknapt, kwam Sancho naar de plantage, luidruchtig als altijd, maar met het ingehouden ongeduld van iemand die iets op zijn lever heeft. Hortense merkte het en wist instinctief dat het om de slavin ging, om de concubine, dat haar naam in de lucht hing. Telkens als Maurice naar haar of naar Rosette vroeg, liep Valmorain rood aan. Hortense rekte het eten en het spelletje domino daarna, om de mannen geen kans te geven samen te praten. Ze was bang voor de slechte invloed van Sancho op haar man en wilde haar echtgenoot ter voorbereiding op eventuele rampen eerst in bed bewerken. Om elf uur rekte Valmorain zich geeuwend uit en kondigde aan dat het tijd was om te gaan slapen.

'We moeten praten, Toulouse, jij en ik, alleen,' kondigde Sancho aan terwijl hij opstond.

'Samen? Ik heb geen geheimen voor Hortense,' antwoordde Valmorain goedgehumeurd.

'Natuurlijk niet, maar dit zijn mannenzaken. Laten we naar de bibliotheek gaan. Excuseer me, Hortense,' zei Sancho, de vrouw met zijn blik uitdagend.

In de bibliotheek stond de huismeester met de witte handschoenen al op hen te wachten, onder het voorwendsel hun cognac te willen inschenken, maar Sancho stuurde hem weg, droeg hem op de deur achter zich te sluiten, draaide zich toen om naar zijn zwager en sommeerde hem eindelijk eens een besluit te nemen over Tété. Over elf dagen zou het oktober zijn, en het huis was klaar om hen te ontvangen.

'Ik pieker er niet over dingen te veranderen. Die vrouw blijft gewoon haar werk doen, als altijd, en wee haar gebeente als ik merk dat ze mokt,' antwoordde Valmorain, die zich in de hoek gedreven voelde.

'Je hebt beloofd haar vrij te laten, Toulouse, je hebt zelfs een document ondertekend.'

'Jawel, maar ik laat me niet door haar onder druk zetten. Ik laat haar pas gaan als het mij uitkomt, en dan zal ik Hortense ook alles vertellen. Ik weet zeker dat ze er begrip voor zal hebben. Maar waar maak jij je druk om, Sancho?'

'Omdat het betreurenswaardig zou zijn als dit je huwelijk zou beïnvloeden.'

'Dat gebeurt niet. Mijn God, Sancho, alsof ik de eerste ben die met een slavin naar bed is geweest!'

'En Rosette? Haar aanwezigheid zal voor Hortense vernederend zijn,' drong Sancho aan. 'Het is duidelijk dat ze van jou is. Maar daar heb ik een oplossing voor bedacht: de zusters ursulinen nemen gekleurde meisjes op en geven die net zo'n goede opleiding als de blanke, maar gescheiden van elkaar, natuurlijk. Rosette zou de komende jaren in het internaat van de nonnen kunnen wonen, dan is ze uit de buurt.'

'Dat lijkt me niet nodig, Sancho.'

'In het document dat Tété me heeft laten zien, wordt Rosette ook genoemd. Wanneer ze vrij is zal ze in haar eigen levensonderhoud moeten voorzien, en daarvoor heeft ze enige opleiding nodig, Toulouse. Of ben je van plan haar voor altijd te blijven onderhouden?'

In die periode werd in Saint-Domingue een decreet afgekondigd waarin de kolonisten die hun verblijfplaats buiten het eiland hadden – waar dan ook, behalve in Frankrijk – tot verrader werden verklaard; hun eigendommen zouden worden geconfisqueerd. Sommige vluchtelingen waren bereid terug te gaan om hun bezittingen op te eisen, maar Valmorain twijfelde: er was geen enkele reden om aan te nemen dat de rassenhaat was afgenomen. Hij besloot in te gaan op het aanbod van zijn vroegere agent in Le Cap, die hem in een brief voorstelde de habitation Saint-Lazare voorlopig op diens naam te zetten, om te voorkomen dat ze zou worden onteigend. Hortense vond het bizar: het was duidelijk dat die jood de plantage zelf wilde inpikken, maar Valmorain had het volste vertrouwen in de oude man die zijn familie meer dan dertig jaar trouw had gediend, en aangezien zijn vrouw ook geen andere oplossing wist te verzinnen, ging hij met het voorstel akkoord.

Toussaint Louverture was inmiddels opperbevelhebber van de gewapende machten en communiceerde rechtstreeks met de Franse regering. Hij had aangekondigd dat hij de helft van zijn troepen zou ontslaan opdat die als vrije werkkrachten terug konden naar de plantages. Dat 'vrije' was relatief: ze moesten minstens drie jaar verplicht werken, onder militair toezicht, en in de ogen van veel negers was dat een verkapte terugkeer naar de slavernij.

Valmorain overwoog een bliksembezoek aan Saint-Domingue om zich persoonlijk van de situatie op de hoogte te stellen, maar Hortense ging op haar achterste benen staan: ze was vijf maanden zwanger, haar man kon haar in haar toestand niet alleen laten en zijn leven riskeren op dat ellendige eiland, laat staan zich midden in het orkaanseizoen op volle zee wagen. Valmorain stelde de reis uit en beloofde haar dat als hij zijn eigendommen in Saint-Domingue terugkreeg, hij de plantage in handen zou geven van een rentmeester zodat zijzelf in Louisiana konden blijven. Daarop hield de vrouw zich een paar maanden koest, maar toen haalde ze zich in haar hoofd dat ze helemaal niets in Saint-Domingue moesten willen bezitten.

Voor één keer was Sancho het met haar eens. Hij had geen hoge pet op van het eiland, waar hij een paar keer was geweest om zijn zus Eugenia te bezoeken. Hij stelde voor, Saint-Lazare aan de eerste de beste belangstellende te verkopen, en samen met Hortense zette hij Valmorain onder druk, die uiteindelijk, na weken van besluiteloosheid, toegaf. Die grond was verbonden met de naam van zijn familie, met zijn vader, zijn jeugd, zei hij, maar zijn argumenten liepen stuk op de onweerlegbare realiteit dat de kolonie een hanenmat was waar mensen van allerlei kleur elkaar naar het leven stonden.

De bescheiden Gaspard Sévérin keerde wel terug naar Saint-Domingue, zonder zich iets aan te trekken van de waarschuwingen van andere vluchtelingen die in een trieste, gestage stroom naar Louisiana bleven komen. De berichten die ze meebrachten waren ontmoedigend, maar Sévérin had in Louisiana niet kunnen wennen en wilde terug naar zijn familie, hoewel hij nog steeds last had van bloederige nachtmerries en bevende handen. Hij zou net zo armoedig naar Saint-Domingue zijn teruggekeerd als hij was gekomen, als Sancho García del Solar hem niet een bescheiden som gelds ter hand had gesteld; een lening, had Sancho gezegd, al wisten ze allebei dat hij het nooit terug zou krijgen.

Sévérin bracht Valmorains volmacht om de plantage te verkopen naar de agent, die hij op hetzelfde adres aantrof als voorheen maar in een nieuw gebouw, want het vorige was tijdens de brand van Le Cap in de as gelegd. Onder de voor de export bestemde opgeslagen goederen die verloren waren gegaan, had zich de notenhouten kist met de zilveren handvatten bevonden, met Eugenia García del Solar erin. De oude man had zijn handel voortgezet; hij verkocht het weinige dat de kolonie nog produceerde, en importeerde huizen van cipressenhout uit de Verenigde Staten, die in stukjes werden aangeleverd, klaar om als speelgoed in elkaar gezet te worden. De markt daarvoor was onverzadigbaar, want schermutselingen tussen vijanden eindigden steevast in een vuurzee. Voor de spullen waarmee hij in het verleden zulke goede zaken had gedaan – stoffen, hoeden, gereedschap, meubels, zadels, boeien, en ketels om de melasse in te koken – waren geen klanten meer.

Twee maanden na het vertrek van de leraar ontving Valmorain bericht van de agent, die een koper voor Saint-Lazare had gevonden: een officier in het leger van Toussaint, een mulat die niet veel kon betalen, maar wel de enige geïnteresseerde was. De agent raadde Valmorain aan het aanbod te accepteren, want sinds de vrijlating van de slaven en de burgeroorlog bracht grond niets meer op.

Hortense moest toegeven dat ze er wat de agent betrof, die eerlijker gebleken was dan te verwachten in de stormachtige tijden waarin ze leefden, volledig naast had gezeten. De agent verkocht de plantage, toucheerde zijn commissie en stuurde de rest van de opbrengst naar Valmorain.

Zweepslagen

Met het vertrek van Sévérin eindigden Maurice' privélessen en begon zijn lijdensweg op een school in New Orleans voor jongens uit de gegoede klasse, waar hij niets leerde maar zich wel moest verdedigen tegen de bullebakken die hem als mikpunt kozen. Dat maakte hem niet dapperder, zoals zijn vader en zijn stiefmoeder hoopten, maar deed hem juist meer in zijn schulp kruipen, waarvoor zijn oom Sancho al bang was geweest. De jongen kreeg weer last van de nachtmerries over de veroordeelden in Le Cap en plaste een paar keer in bed, maar daar kwam verder niemand achter omdat Tété ervoor zorgde dat de lakens heimelijk gewassen werden. Hij kon zelfs geen troost bij Rosette zoeken, want zijn vader vond het niet goed dat hij haar opzocht bij de nonnen en had hem bovendien verboden in Hortenses aanwezigheid haar naam te noemen.

Toulouse Valmorain had vreselijk ingezeten over de ontmoeting tussen Hortense en Tété, maar dat was overdreven, bleek achteraf. Hij wist niet dat ze in Louisiana zoiets onbetekenends de moeite van een scène niet waard vonden. Als in elke creoolse familie, durfde in de familie Guizot niemand het gedrag van de patriarch in twijfel te trekken; de vrouwen verdroegen de buitenechtelijke uitstapjes van hun man zolang hij maar discreet bleef, en dat bleven ze altijd. Alleen de echtgenote en de legale kinderen deden ertoe in deze wereld en in de volgende; het zou onwaardig zijn hun jaloezie te verspillen aan een slavin, die konden ze beter besteden aan de beroemde kwartbloeden van New Orleans, die in staat waren zich tot zijn laatste ademteug meester te maken van de wil van een man. Maar ook in het geval van die cocottes deed een hooggeboren dame of ze van niets wist en onthield ze zich van commentaar; zo was Hortense opgevoed. Haar huismeester, die op de plantage was achtergebleven om er het talrijke huispersoneel te bestieren, had haar vermoedens omtrent Tété bevestigd.

'Monsieur Valmorain kocht haar toen ze een jaar of negen was en heeft haar meegenomen uit Saint-Domingue. Zij is de enige concubine, voor zover ik weet, madame,' zei hij.

'En het kind?'

'Voor zijn huwelijk met u behandelde monsieur haar als een dochter, en de jongen Maurice houdt van haar als van een zuster.'

'Mijn stiefzoon heeft nog heel wat te leren,' mompelde Hortense.

Ze vond het een slecht voorteken dat haar echtgenoot allerlei ingewikkelde strategieën had verzonnen om die vrouw al die maanden uit haar buurt te houden; misschien zat het hem nog steeds dwars. Maar toen ze het huis in de stad betraden was ze gerustgesteld. Het personeel stond in een rij om hen te verwelkomen, als om door een ringetje te halen en met Tété aan het hoofd.

Valmorain stelde iedereen voor met een nerveuze hartelijkheid, terwijl zijn vrouw de slavin van boven tot onder en van binnen naar buiten opnam, om tot de slotsom te komen dat ze voor niemand een verleiding kon vormen en zeker niet voor haar echtgenoot, die inmiddels uit haar hand at. Die mulattin was drie jaar jonger dan zij, maar versleten door het werk en gebrek aan zorg; haar voeten waren eeltig, haar borsten hingen en ze had een droevige uitdrukking op haar gezicht. Hortense moest wel toegeven dat ze een zekere elegantie bezat, een voor een slavin waardige houding en een interessant gezicht. Ze betreurde het dat haar man zo slap was geweest; dat mens kende haar plaats niet.

De dagen daarna overlaadde Valmorain Hortense met attenties, wat zij interpreteerde als een poging om de voormalige concubine te vernederen. Je hoeft je niet zo uit te sloven, dacht ze, ik zal er persoonlijk voor zorgen dat ze haar plaats leert kennen. Maar Tété gaf haar geen enkele aanleiding tot klagen. Het huis was onberispelijk toen ze aankwamen, er was geen spoor meer van de activiteiten van de timmerlieden, van de stofwolken en het zweet van de metselaars, en aan niets was meer te merken dat de patio één grote modderpoel was geweest. Alles stond keurig op zijn plek, de schoorstenen waren geveegd, de gordijnen gewassen, aan de balkons hingen bloemen en de vertrekken waren gelucht.

In het begin was Tété nog bang en stilletjes, maar na een week, toen ze inzicht kreeg in de gewoonten en eigenaardigheden van haar nieuwe meesteres, begon ze zich te ontspannen en ze deed haar uiterste best Hortense niet te provoceren. De nieuwe meesteres was veeleisend en star: als ze eenmaal een bevel had gegeven, hoe onzinnig ook, moest het worden uitgevoerd. Toen het haar was opgevallen dat Tété lange, elegante handen had, zette ze haar aan de was, terwijl de wasvrouw de hele dag niets zat te doen op de patio omdat Célestine haar niet in de keuken wilde hebben; de vrouw was legendarisch onhandig en rook naar bleekwater. Vervolgens besloot Hortense dat Tété niet naar bed mocht voor zij zelf ging slapen, en in haar kleren moest blijven wachten tot zij thuiskwamen van hun uitjes, terwijl Tété bij zonsopgang toch alweer op moest en dan de hele dag slaapdronken rondliep.

Valmorain voerde zwakjes aan dat dit misschien niet nodig was, dat de loopjongen het huis wel kon afsluiten en de lichten doven en dat het Denises taak was om Hortense te helpen met uitkleden, maar Hortense stond erop. Ze was een tiran voor de bediendes, die het schreeuwen en slaan van hun meesteres moesten verdragen. Maar met haar opgezwollen, zwangere lijf was ze niet meer behendig genoeg om met de zweep haar woorden kracht bij te zetten; ze had er ook de tijd niet voor, ze was druk met haar sociale leven, haar soirees, toneelvoorstellingen, haar gezondheid en haar schoonheidsbehandelingen.

Na de lunch was Hortense een paar uur bezig met haar stemoefeningen en haar toilet. Ze kwam pas tegen een uur of vier, vijf tevoorschijn, als ze zich had opgedoft om uit te gaan en klaar was om al haar aandacht op Valmorain te richten. De mode die door Frankrijk werd gedicteerd, stond haar goed: japonnen van lichte stoffen, in heldere kleuren, gefestonneerd, met een hoge taille, een wijde rok met plooien en de onvermijdelijke kanten omslagdoek om de schouders. Haar hoeden waren stevige bouwsels van struisvogelveren, strikken en kwikken waar ze zelf mee varieerde. Op dezelfde manier als ze de etensrestjes had willen verwerken, recycleerde ze haar hoeden: ze haalde van de ene de pompons af om die voor een tweede te gebruiken waarvan ze de veren op de eerste zette; die veren verfde ze zelfs, zonder dat ze hun vorm verloren, en zo pronkte ze elke dag met een andere hoed.

Op een zaterdag, om middernacht, toen ze al een paar weken in de stad verbleven en in de koets op weg waren van de schouwburg naar huis, vroeg Hortense haar echtgenoot naar Tétés dochter.

'Waar is dat mulattinnetje gebleven, liefste? Ik heb haar niet meer gezien sinds we hier zijn, en Maurice blijft maar naar haar vragen,' zei ze op onschuldige toon.

'Bedoel je Rosette?' stamelde Valmorain, de das om zijn hals losknopend.

'Heet ze zo? Ze zal ongeveer van Maurice' leeftijd zijn, nietwaar?'

'Ze wordt zeven, ze is groot voor haar leeftijd. Ik had niet verwacht dat je je haar zou herinneren, je hebt haar maar één keer gezien,' antwoordde Valmorain.

'Het was schattig zoals ze met Maurice danste. Maar ze is oud genoeg om aan het werk gezet te worden, we kunnen een goede prijs voor haar krijgen,' zei Hortense, de hals van haar echtgenoot strelend.

'Ik ben niet van plan haar te verkopen, Hortense.'

'Maar ik heb al een koper! Mijn zus Olivie heeft haar op het feest gezien en ze vond haar zo leuk dat ze haar cadeau wil doen aan haar dochter als die over een paar maanden vijftien wordt. Dat kunnen we haar toch niet weigeren?'

'Rosette is niet te koop,' herhaalde Valmorain.

'Ik hoop dat je daar nooit spijt van zult krijgen, Toulouse. Wij hebben zelf niets aan dat kind en ze kan alleen maar problemen veroorzaken.'

'Ik wil het er niet meer over hebben!' riep haar echtgenoot uit.

'Toe nou, niet schreeuwen...' mompelde Hortense bijna in tranen, haar ronde buik met haar gehandschoende handen ondersteunend.

'Het spijt me, Hortense. Wat een hitte ook in deze koets! Later nemen we hier wel een beslissing over, liefste, er is geen haast bij.'

Hortense begreep dat ze een stommiteit had begaan. Ze moest het voorbeeld van haar moeder en haar zusters volgen, die in de schaduw aan de touwtjes trokken, geraffineerd, zonder de confrontatie aan te gaan met hun echtgenoten, om die te laten geloven dat zij het zélf waren die de zaken beslisten. Het huwelijk is als op eieren lopen, je moet het heel voorzichtig doen.

Toen haar buik al te zichtbaar werd en ze thuis moest blijven – geen enkele dame vertoonde zich in het openbaar als het overduidelijk was dat ze had gecopuleerd – lag Hortense als een tarantula achterovergeleund in haar bed haar web te weven. Zonder een vin te verroeren wist ze precies wat er in haar domein gebeurde, was ze op de hoogte van de roddelpraatjes, het lokale nieuws, de geheimen van haar vriendinnen en van alles, maar dan ook alles wat de arme Maurice deed. Sancho kon als enige aan haar waakzaamheid ontsnappen omdat hij zo nonchalant en onvoorspelbaar was dat het moeilijk bleek om hem in de gaten te houden.

Hortense beviel op Kerstmis, bijgestaan door de beroemdste dokter van New Orleans, in een huis vol Guizotvrouwen; Tété en de rest van het huispersoneel kwamen handen tekort om iedereen te bedienen. Ondanks de winter was het in huis om te stikken en er werden twee slaven aangesteld om de ventilatoren in de woonkamer en die in het slaapvertrek van de meesteres te bedienen.

Hortense was de jongste niet meer en de dokter had gewaarschuwd voor complicaties, maar in minder dan vier uur baarde ze een meisje, net zo blozend als de rest van de familie Guizot. Toulouse Valmorain kondigde op zijn knieën naast Hortenses bed aan dat de baby Marie-Hortense zou heten, zoals dat hoorde voor het eerstgeboren meisje, en iedereen applaudisseerde ontroerd, behalve Hortense zelf, die het uitsnikte van woede omdat ze op een jongetje had gehoopt dat Maurice zijn erfenis kon betwisten.

Ze gaven de voedster de zolder en wezen Tété een hok op de patio toe, dat ze met twee andere slavinnen moest delen. Volgens Hortense hadden ze die maatregel al veel eerder moeten nemen om Maurice' slechte gewoonte 's nachts bij de slavin in bed te kruipen, te breken.

De kleine Marie-Hortense weigerde de tepel met zo veel vastberadenheid dat de dokter de raad gaf een andere min te zoeken voordat het kindje aan ondervoeding stierf. De dag dat de nieuwe min kwam, viel samen met haar doopfeest, dat werd gevierd met de meest uitgelezen gerechten uit Célestines repertoire: speenvarken met kersen, ingelegde eend, pikante schaal- en schelpdieren, verschillende gumbo's, met oesters gevulde schildpadschilden, op Franse recepten geïnspireerd gebak en een taart van meerdere verdiepingen met een porseleinen wiegje erbovenop.

De traditie schreef voor dat iemand van de kant van de moeder de peettante was, in dit geval een van haar zussen, en de peetoom iemand van vaderszijde, maar Hortense wilde niet dat die losbol van een Sancho, het enige familielid van haar man, de geestelijk leidsman van haar dochter zou worden, en daarom viel de eer toe aan een van Hortenses broers. Er waren die dag cadeautjes voor alle genodigden – een zilveren doosje met de naam van het kind, gevuld met suikeramandelen – en wat muntstukken voor de slaven. En terwijl de genodigden hun eten naar binnen schrokten, krijste de dopelinge het uit van de honger, want ook de tweede min had ze geweigerd. De derde bleef nog geen drie dagen.

Hoe ze het ook probeerde, het lukte Tété niet dat wanhopige huilen te negeren en ze meldde zich bij Valmorain om hem te vertellen dat toen ze op Saint-Lazare een keer hetzelfde hadden meegemaakt, tante Rose het probleem had opgelost met geitenmelk. Terwijl er een geit werd gekocht, kookte Tété wat rijst tot die uiteenviel, voegde er een snuifje zout aan toe en een theelepeltje suiker, zeefde de stukjes eruit en voerde het de baby. Vier uur later maakte ze nog zo'n aftreksel, maar nu van haver, en op die manier, van papje tot papje en met de melk van de geit, redde ze het kind het leven.

'Soms weten die negerinnen meer dan je zou denken,' luidde het verbaasde commentaar van de dokter. Toen besloot Hortense dat Tété terug moest naar de zolder om voor haar kind te kunnen zorgen. Omdat haar meesteres nog niet aan het openbare leven deelnam, hoefde Tété niet langer te wachten tot de hanen kraaiden om naar bed te kunnen, en omdat het kind haar 's nachts niet stoorde, kon ze eindelijk uitrusten.

De meesteres bleef bijna drie maanden in bed, met de hondjes naast zich, het vuur in de haard aan en de gordijnen open om de winterzon binnen te laten, de verveling verdrijvend met vrouwelijk bezoek en met snoepen. Nooit eerder had ze Célestine zo gewaardeerd. Toen ze eindelijk – mede op aandringen van haar moeder en haar zussen die zich zorgen maakten om die oosterse luiheid – besloot dat ze genoeg had gerust, paste geen van haar jurken haar nog en daarom bleef ze haar zwangerschapskleren dragen, met de nodige veranderingen om ze nieuw te laten lijken.

Na die periode van nietsdoen gaf ze zich nog meer airs, vastbesloten om met volle teugen te genieten van het leven in de stad voor het seizoen ten einde zou zijn en ze naar de plantage terug zouden moeten. In het gezelschap van haar echtgenoot of van haar vriendinnen maakte ze wandelingetjes over de brede dijk, die ook wel 'de langste weg van de wereld' werd genoemd, met zijn bosschages en charmante hoekjes, en waarover altijd wel koetsen reden en meisjes met hun chaperonnes liepen te kuieren, die van opzij door jongemannen te paard bespied werden, maar waar ook het gewone volk kwam, dat voor haar onzichtbaar was. Soms stuurde ze een paar slaven vooruit met de lunch en de hondjes, terwijl zij een luchtje schepte met in haar kielzog Tété, die Marie-Hortense in haar armen droeg.

Het was in die tijd dat markies de Marigny zijn luisterrijke gastvrijheid aanbood aan een lid van de Franse koninklijke familie tijdens diens langdurige bezoek aan Louisiana. De Marigny had toen hij nog maar net vijftien was een ontzagwekkend fortuin geërfd, er werd beweerd dat hij de rijkste man van Amerika was. En als dat niet zo was, deed hij al het mogelijke om het te lijken: hij stak zijn sigaren aan met bankbiljetten. Zijn gedrag was zo verspillend en extravagant dat zelfs de decadente bovenlaag van de bevolking in New Orleans ervan opkeek. Père Antoine ageerde vanaf zijn preekstoel tegen al dat vertoon van weelde, de gelovigen eraan herinnerend dat het makkelijker was voor een kameel om door het oog van een naald te gaan dan voor een rijke om het Koninkrijk Gods te betreden, maar zijn roep om matiging ging bij zijn kudde het ene oor in en het andere weer uit. De meest bescheiden families wrongen zich in allerlei bochten om een invitatie van de Marigny in de wacht te slepen; geen kameel, hoe bijbels ook, kon hen doen afzien van die feesten.

Hortense en Toulouse ontvingen een uitnodiging; niet op grond van hun namen, zoals zij eigenlijk verwacht hadden, maar dankzij Sancho, die een graag geziene gast was op de braspartijen van de Marigny en de markies tussen twee slokken door had ingefluisterd dat zijn zwager en diens echtgenote dolgraag met de edelman kennis wensten te maken. Sancho had veel gemeen met de jonge markies: de heroïsche moed waarmee ze hun leven waagden in duels vanwege ingebeelde beledigingen, hun onuitputtelijke energie voor feestvieren, hun verslaving aan het spel, aan paarden, vrouwen, lekker eten en drank, en de diepe verachting die ze voor geld voelden. Sancho García del Solar was nou eens een échte creoolse heer, verklaarde de Marigny, die er prat op ging met zijn ogen dicht zo iemand te herkennen.

Op de dag van het bal brak in huize Valmorain de noodtoestand uit. De bedienden draafden vanaf de vroege morgen rond om alle dringende bevelen van Hortense uit te voeren, trap op trap af, met emmers warm water voor het bad, massageolie, vochtafdrijvende aftreksels om in drie uur de in een aantal jaren opgebouwde vetrollen kwijt te raken, crème om de huid lichter te maken, schoenen, jurken, omslagdoeken, linten, sieraden, make-upspullen. De naaister kwam handen tekort en de Franse kapper viel flauw en moest met azijnkompressen worden bijgebracht. Valmorain, vergeten in de uitzinnige collectieve opwinding, vertrok met Sancho om de tijd te doden in het Café des Émigrés, waar altijd wel vrienden te porren waren voor een spelletje kaart.

Eindelijk, nadat de kapper en Denise de toren van Hortenses krullen hadden weten te stutten en het kapsel hadden versierd met fazantenveren en een gouden sierspeld met diamanten die paste bij haar halsketting en oorhangers, was het plechtige moment aangebroken haar de Parijse jurk aan te trekken. Denise en de naaister hesen de jurk van onder naar boven, om het kapsel niet aan te raken. De japon, een wonder van witte sluiers en diepe plooien, verleende Hortense het verontrustende uiterlijk van een enorm Grieks-Romeins standbeeld.

Toen ze het gewaad op haar rug met de achtendertig piepkleine paarlemoeren knoopjes probeerden te sluiten, bleek, al trokken ze nog zo hard, Hortense er niet in te passen. Ondanks de vochtafdrijvende aftreksels was ze van de zenuwen die week toch een paar kilo aangekomen. Ze slaakte een schrille kreet die de lampen haast in stukken deed springen en alle bewoners van het huis alarmeerde.

Denise en de naaister krompen in een hoek van de kamer in doodsangst op de grond ineen, maar Tété, die haar meesteres minder goed kende, kwam op het onzalige idee voor te stellen de jurk dicht te maken met veiligheidsspelden, die ze onder het lint om haar taille weg konden moffelen. Hortense antwoordde met nog meer gekrijs, greep de zweep – die ze altijd bij de hand hield – en stortte zich scheldend als een zeeman op Tété, haar afranselend met alle wrok die ze jegens haar, de concubine, had opgespaard en die werd versterkt door de boosheid op zichzelf omdat ze zo dik was geworden.

Tété kromp ineen en viel op haar knieën, haar hoofd met haar armen beschermend. De zweep knalde en het gekreun van de slavin wakkerde de woede van Hortense alleen nog maar aan. Acht, negen, tien zweepslagen kwamen kletsend neer, als gloeiende steekvlammen, zonder dat de rood aangelopen, zwetende Hortense tekenen van verzadiging vertoonde. Van het torenhoge kapsel was niet meer over dan wat pathetisch ingezakte slierten.

Op dat moment stormde Maurice als een stier de kamer binnen en schoof de mensen die als aan de grond genageld getuige waren van de scène, opzij. Met een enorme duw, volkomen onverwacht voor een jongen die de elf jaar van zijn leven alleen maar geprobeerd had alle geweld te ontlopen, gooide hij zijn stiefmoeder tegen de grond, rukte haar de zweep uit handen en haalde uit om haar recht in haar gezicht te raken; de klap, die in haar hals terechtkwam, benam haar de adem en maakte een eind aan het gekrijs. Maurice hief zijn arm om nogmaals uit te halen, net zo buiten zichzelf als zij een seconde eerder was geweest, maar Tété kroop zo goed en kwaad als het ging naar hem toe, greep hem bij zijn broek en trok hem naar achteren. De tweede zweepslag kwam terecht op de plooien van Hortenses mousselinen jurk.

Het slavendorp

Maurice werd naar een internaat in Boston gestuurd waar, zoals zijn vader zo vaak had gedreigd, strenge Amerikaanse leraren middels tucht en op het leger geïnspireerde didactische maatregelen een man van hem zouden maken. Hij vertrok met in een hutkoffer het weinige wat hij bezat en onder de hoede van een begeleider die voor de gelegenheid was ingehuurd en hem met een troostend schouderklopje voor de deur van het instituut achterliet. Het kind had geen afscheid van Tété kunnen nemen, omdat ze haar de ochtend na de aframmeling al heel vroeg en zonder enige consideratie naar de plantage hadden gestuurd, met voor Owen Murphy de instructie haar onmiddellijk in de rietvelden aan het werk te zetten. De hoofdopzichter zag dat ze onder de striemen zat, stuk voor stuk zo breed als het touw waarmee stieren worden vastgebonden maar gelukkig geen in haar gezicht, en zond haar naar het ziekenhuis van zijn vrouw. Leanne, bezig met een bevalling die niet goed verliep, gaf haar aloëzalf om op de wonden aan te brengen, terwijl zij haar aandacht bij de schreeuwende jonge vrouw hield, die doodsbang was vanwege de orkaan die haar lichaam al urenlang teisterde.

Leanne had zeven kinderen gebaard en haar eigen bevallingen waren altijd vlot en zonder al te veel heisa verlopen, de kinderen werden tussen twee Onze Vaders door dat magere kippenlijfje uitgespuugd, en ze realiseerde zich dat ze tegenover een serieus probleem stond. Ze nam Tété apart en vertelde haar fluisterend, omdat ze niet wilde dat de barende vrouw haar hoorde, dat het kind dwars lag en er op die manier niet uit kon.

'Ik ben nog nooit een vrouw tijdens de bevalling verloren, dit wordt de eerste,' fluisterde ze.

'Laat mij eens kijken, mevrouw,' antwoordde Tété.

Ze vroeg de barende vrouw toestemming haar te onderzoeken, smeerde een hand in met olie en constateerde met haar smalle, kundige vingers dat Leanne de juiste diagnose had gesteld. Onder de gespannen huid kon je de vorm van het kind raden alsof je het zag. Ze zei dat de vrouw met haar hoofd tegen de grond op haar knieën moest gaan zitten, met haar billen omhoog om de spanning van het bekken te halen terwijl zij de buik masseerde, met haar handen tegen het kind duwend om het van buitenaf te draaien. Het was voor haar de eerste keer, maar ze had gezien hoe tante Rose dat deed en was het nooit vergeten.

Toen slaakte Leanne een schreeuw: een klein vuistje kwam via het geboortekanaal naar buiten. Heel voorzichtig, om het armpje niet te ontwrichten, duwde Tété het terug, tot het weer in de moeder verdween, en ging geduldig verder met haar taak, pratend tegen de vrouw om haar gerust te stellen. Het leek heel lang te duren, maar eindelijk voelde ze hoe het kind zich heel langzaam omdraaide en met zijn hoofdje op de goede plek kwam. Ze kon een snik van dankbaarheid niet onderdrukken, en het was alsof ze tante Rose naast zich zag glimlachen.

Leanne en zij ondersteunden de moeder, die inmiddels begreep wat er aan de hand was en meewerkte in plaats van zich panisch te verzetten; ze lieten haar rondjes lopen, met haar pratend en haar strelend. Buiten was de zon ondergegaan en ze realiseerden zich dat ze in het donker zaten. Leanne stak een olielamp aan en ze bleven lopen tot het tijd was om het kind te laten komen.

'Erzuli, loa, moeder, help het geboren worden,' smeekte Tété hardop.

'Sint-Nonatus, opletten alstublieft, laat een Afrikaanse heilige u niet voor zijn,' antwoordde Leanne op dezelfde toon, en de twee vrouwen moesten lachen. Ze lieten de moeder boven een schone doek hurken, steunden haar onder haar armen, en tien minuten later hield Tété een paars aangelopen baby in haar handen, die ze met een klap op zijn billen dwong adem te gaan halen, terwijl Leanne de navelstreng doorknipte.

Toen de moeder schoon was en met het kind aan de borst lag, ruimden ze de bebloede lappen en de resten van de bevalling bij elkaar en gingen op een bankje naast de deuropening zitten uitrusten onder de donkere sterrenhemel. Zo vond Owen Murphy hen, die met een lamp in de ene en een kan hete koffie in de andere hand poolshoogte kwam nemen.

'Hoe gaat het?' vroeg de man, terwijl hij hun de koffie aanreikte zonder al te dicht in de buurt te komen omdat hij vrouwenzaken altijd een beetje griezelig vond.

'Jouw baas heeft er weer een slaaf bij, en ik een medewerkster,' antwoordde zijn vrouw, op Tété wijzend.

'Maak het me niet te moeilijk, Leanne. Ik heb opdracht haar op de velden in een ploeg tewerk te stellen,' mopperde Murphy.

'Sinds wanneer gehoorzaam jij de bevelen van een ander in plaats van die van mij?' Leanne lachte en ging op haar tenen staan om haar man in zijn nek te zoenen, op het plekje waar zijn zwarte baard ophield.

Zo gebeurde het, en niemand die ernaar vroeg, want Valmorain wilde het niet weten en Hortense ging ervan uit dat die vervelende kwestie van de concubine was opgelost.

Op de plantage deelde Tété een hut met drie vrouwen en twee kinderen. Als 's morgens vroeg de bel werd geluid, stond ze tegelijk met de rest op. Ze was de hele dag aan het werk, in het ziekenhuis, in de keuken en de stallen; duizend-en-een karweitjes die de hoofdopzichter en Leanne haar opdroegen. Het werk viel haar licht vergeleken met de grillen van Hortense. Ze had altijd in het huis gediend en toen ze naar de velden werd gestuurd, had ze gedacht dat ze tot een langzame dood was veroordeeld, zoals ze in Saint-Domingue had gezien. Ze had zich niet kunnen voorstellen dat ze op de plantage iets als geluk zou vinden.

Er waren een kleine tweehonderd slaven, sommige afkomstig uit Afrika of de Antillen, maar de meeste waren in Louisiana geboren, en met elkaar verenigd in de noodzaak elkaar te steunen en in het ongeluk andermans eigendom te zijn. Na de avondbel, als de ploegen van de velden terugkwamen, begon het echte gemeenschapsleven. Families kwamen samen en zolang het licht was zat men buiten, want in de hutten was geen lucht en ruimte. Vanuit een karretje werd soep uitgedeeld die in de keuken van het grote huis was bereid, en de mensen brachten zelf groente en eieren in, en kippen of hazen als er iets te vieren viel. Er was altijd wel werk: koken, naaien, de moestuin wieden, een dak repareren. Tenzij het regende of heel erg koud was, namen de vrouwen de tijd om te praten en speelden de mannen banjo, of deden een spelletje met steentjes op een speelbord dat ze op de grond tekenden. De meisjes kamden elkaars haren, de jongens joegen achter elkaar aan, en er vormden zich groepjes rond een verteller. De mooiste verhalen vond iedereen die over Bras Coupé, een enorme, kreupele neger die in de moerassen rondwaarde en al meer dan honderd keer aan de dood was ontsnapt en die zowel kinderen als volwassenen terroriseerde.

Het was een hiërarchische maatschappij. Het meeste gezag hadden goede jagers, die er door Murphy op uit werden gestuurd voor vlees in de soep: hert, gevogelte en wild zwijn. Hoog in aanzien stonden ook degenen die een vak uitoefenden, zoals smeden en timmerlieden; helemaal onderaan bungelden de mensen die het laatst waren gekomen. De grootmoeders deelden de lakens uit, maar de hoogste autoriteit was de prediker, een man van een jaar of vijftig. Hij zorgde voor de ossen, de muilezels en de trekpaarden en had een huid die zo donker was dat die wel blauw leek. Met een onweerstaanbare bariton ging hij voor in de religieuze liederen, vertelde hij heiligenverhalen die hij zelf verzon en bemiddelde hij in ruzies, want niemand wilde dat problemen buiten de gemeenschap bekend werden. De opzichters hadden maar weinig vrienden, hoewel ze ook slaaf waren en bij de rest woonden. De huisslaven kwamen regelmatig in het slavendorp op bezoek, maar waren niet populair want ze hadden het hoog in hun bol, waren beter gekleed en gevoed dan de rest en spioneerden mogelijk voor de meesters. Tété werd met voorzichtig respect ontvangen, want het bericht dat ze het kind in de moeder had weten om te draaien was al rondgegaan. Zelf zei ze dat het een wonder was geweest waarvoor Erzuli en Sint-Nonatus hadden samengewerkt, en iedereen vond haar verklaring bevredigend, zelfs Owen Murphy, die nog nooit van Erzuli had gehoord en haar voor een katholieke heilige hield.

Tijdens de vrije uren lieten de opzichters de slaven met rust; er patrouilleerden geen gewapende mannen, er klonk geen razend geblaf van vechthonden, er sloop in de schaduw geen loerende Prosper Cambray rond, die met een opgerolde zweep in zijn hand een elfjarige maagd in zijn hangmat eiste. Na het avondmaal maakte Owen Murphy met zijn zoon Brandan nog een laatste ronde om te controleren of alles in orde was, voordat hij zich in zijn eigen huis terugtrok om met zijn gezin te eten en te bidden. Hij deed of zijn neus bloedde als rond middernacht de geur van geroosterd vlees erop wees dat iemand in de duisternis op opossums was gaan jagen. Zolang iedereen 's morgens op tijd op het werk verscheen, nam hij geen maatregelen.

Net als overal brachten ook op deze plantage ontevreden slaven schade toe aan het gereedschap, ze stichtten brand en mishandelden dieren, maar het waren altijd geïsoleerde gevallen. Anderen bedronken zich en er was altijd wel iemand die zich zogenaamd ziek bij het ziekenhuis meldde om even rust te krijgen. Slaven die echt ziek waren, vertrouwden op de traditionele middeltjes: aardappelschijfjes op plekken die pijn deden, krokodillenvet op artritische botten, gekookte kruisbes tegen darmparasieten en indiaanse wortels tegen koliek. Tété had tevergeefs geprobeerd een paar van tante Roses middeltjes in te voeren, maar niemand was bereid daar zijn gezondheid aan te wagen.

Tété merkte dat, in tegenstelling tot de slaven in Saint-Domingue, maar heel weinig van haar lotgenoten obsessief bezig waren met ontsnappen. En als ze al wegliepen, kwamen ze meestal na een dag of twee, in hun eentje, doodmoe van het rondzwerven in de moerassen, weer terug, of ze werden onderweg door de miliciens opgepakt. Ze kregen een pak slaag en namen beschaamd hun plaats in de gemeenschap weer in want op veel sympathie hoefden ze niet te rekenen, niemand wilde problemen. De rondreizende priesters en Owen Murphy hamerden op de deugd van de berusting, met de hemel als beloning, waar alle zielen even gelukkig zijn. Tété vond wel dat deze regeling stukken gunstiger uitpakte voor de blanken dan voor de negers; het zou beter zijn als het geluk in déze wereld wat eerlijker verdeeld zou zijn, maar dat durfde ze Leanne niet te zeggen, en om dezelfde reden ging ze met een opgewekt gezicht naar de mis: om haar niet voor het hoofd te stoten. Maar ze had geen vertrouwen in de godsdienst van de meesters. De voodoo die zij op haar manier beleefde was ook fatalistisch, maar daarin kon ze tenminste de goddelijke kracht ervaren als de loa's bezit van haar namen.

Voordat ze haar naar de velden hadden gestuurd, was de slavin zich niet bewust geweest van haar eenzaamheid, met in haar leven alleen de liefde van Maurice en Rosette; ze had niemand om herinneringen en hoop mee te kunnen delen. Ze paste zich snel aan aan het leven in de slavengemeenschap, ze miste alleen haar twee kinderen. Als ze aan hen dacht, hoe alleen ze waren in de nacht, en bang, brak haar hart van verdriet.

'Als Owen weer naar New Orleans gaat, neemt hij bericht van je dochter mee,' beloofde Leanne haar.

'Wanneer is dat, mevrouw?'

'Als de baas hem dat opdraagt, Tété. Het kost veel geld om naar de stad te gaan en we sparen elke cent.'

Net als veel andere immigranten, sommige mulatten en vrije negers, droomden de Murphy's van eigen grond, om die schouder aan schouder met hun kinderen te bewerken. Er bestonden maar weinig plantages met de omvang van die van Valmorain; de meeste waren middelgrote of kleine bedrijven, waarvan de grond werd bewerkt door nederige gezinnen, die, als ze al slaven bezaten, hun lot met hen deelden. Leanne vertelde Tété dat ze als baby uit Ierland naar Amerika was gekomen, in de armen van haar ouders, die zich voor tien jaar als lijfeigenen aan een plantage hadden verhuurd om de kosten van de bootreis te betalen, wat in de praktijk neerkwam op slavernij.

'Weet je dat er ook blanke slaven bestaan, Tété? En dat die minder waard zijn dan negers, omdat ze lang zo sterk niet zijn? Voor blanke vrouwen wordt wel meer betaald. Je weet waar ze die voor gebruiken.'

'Ik heb nog nooit blanke slaven gezien, mevrouw.'

'In Barbados zijn er veel, en hier ook.'

Leannes ouders hadden er niet op gerekend dat hun bazen ze voor elk stukje brood dat ze in hun mond stopten zouden laten betalen, en elke dag dat ze niet werkten, al was het vanwege het weer, in rekening brachten zodat hun schuld toenam in plaats van te slinken.

'Mijn vader stierf na twaalf jaar gedwongen arbeid, en mijn moeder en ik bleven nog een paar jaar op de plantage werken tot God ons Owen zond, die verliefd op me werd en al zijn spaargeld inleverde om onze schuld af te betalen. Zo kregen mijn moeder en ik onze vrijheid terug.'

'Ik had me nooit kunnen voorstellen dat u slaaf bent geweest,' zei Tété ontroerd.

'Mijn moeder was ziek en stierf kort daarna, maar ze heeft nog mogen meemaken dat ik vrij was. Ik weet wat het betekent om slaaf te zijn, je raakt alles kwijt: hoop, waardigheid en geloof,' voegde Leanne er nog aan toe.

'Monsieur Murphy...' stamelde Tété, zonder te weten hoe ze haar vraag moest formuleren.

'Mijn man verafschuwt de slavernij. Hij is een goed mens, Tété, hij probeert het leven van zijn mensen makkelijker te maken. Als we onze eigen grond hebben, zullen we die met onze kinderen bewerken, zonder slaven. We willen naar het noorden, daar zal het makkelijker zijn.'

'Ik wens u geluk, madame Murphy, maar wij zullen hier ontroostbaar zijn als u ons verlaat.'

Kapitein La Liberté

Dokter Parmentier kwam begin 1800 in New Orleans aan, drie maanden nadat Napoleon Bonaparte zichzelf tot Eerste Consul van Frankrijk had uitgeroepen. De dokter had Saint-Domingue in 1794 verlaten, nadat de rebellen meer dan duizend blanke burgers hadden vermoord. Onder hen verschillende mensen die hij kende, en dat, plus de zekerheid dat hij zonder Adèle en zijn kinderen niet kon leven, bracht hem ertoe te vertrekken. Nadat hij zijn gezin naar Cuba had gestuurd, was hij in het ziekenhuis van Le Cap blijven werken in de onredelijke hoop dat als de storm van de revolutie was gaan liggen, de zijnen terug konden keren. Invallen, samenzweringen, overvallen en moordpartijen bleven hem bespaard omdat hij een van de weinige overgebleven artsen was en de persoonlijke bescherming genoot van Toussaint Louverture, die een heilig ontzag koesterde voor zijn beroep. Maar het was meer dan bescherming, het was een verkapte gevangenschap geweest, waaraan Parmentier had weten te ontsnappen dankzij de geheime medeplichtigheid van een van de officieren die Toussaint het meest nabij stonden: zijn vertrouwensman, kapitein La Liberté.

Ondanks zijn jeugd – hij was nog maar net twintig – had de kapitein bewezen absoluut loyaal te zijn, hij verkeerde al enkele jaren dag en nacht in de nabijheid van zijn generaal en die had hem tot voorbeeld gemaakt van de perfecte strijder, moedig en behoedzaam. Hun lange oorlog zou niet worden gewonnen door roekeloze helden die de dood uitdaagden, zei Toussaint, maar door mannen als La Liberté, die wilden leven. Omdat hij zo discreet was, werd de kapitein belast met de meest delicate opdrachten, en vanwege zijn koelbloedigheid met de meest vermetele. Hij was nog maar een jongen toen hij zich onder Louvertures bevel stelde; bijna naakt kwam hij aan, met als enig bezit zijn snelle benen, een als steekwapen geslepen kapmes en de naam die zijn vader hem in Afrika had gegeven. Toussaint benoemde hem tot kapitein toen de jongen hem voor de derde keer het leven redde, nadat een andere rebellenaanvoerder hem in de buurt van Limbé in een hinderlaag had gelokt, waarbij Toussaints broer Jean-Pierre de dood vond. Toussaint sloeg meteen terug en zijn wraak was definitief: hij maakte het kampement van de verrader met de grond gelijk. Tijdens een ontspannen gesprek in de vroege morgen, terwijl de overlevenden grafkuilen groeven en de vrouwen de lijken opstapelden voor de gieren die zich er te goed aan konden doen, vroeg Toussaint de jongen waar hij voor streed.

'Waar we allemaal voor strijden, generaal, voor de vrijheid,' had hij geantwoord.

'Die hebben we al, de slavernij is afgeschaft. Maar we kunnen onze vrijheid op elk moment weer verliezen.'

'Alleen als we elkaar verraden, generaal. Samen staan we sterk.'

'De weg naar de vrijheid kent vele omwegen, mijn jongen. Soms zal het lijken of we achterwaarts gaan, of we concessies doen, de principes van de revolutie uit het oog verliezen...' mompelde de generaal, zijn ondergeschikte met zijn scherpe blik observerend.

'Ik was erbij toen de aanvoerders de blanken aanboden de negers de slavernij weer in te sturen in ruil voor de vrijheid van henzelf, hun familie en enkele van hun officieren,' antwoordde de jongen, zich ervan bewust dat zijn woorden opgevat konden worden als een verwijt of een uitdaging.

'In de strategie van de oorlog zijn maar heel weinig zaken eenduidig, we bewegen ons tussen schaduwen,' legde Toussaint onverstoorbaar uit, zonder de waarheid te verdraaien, 'en soms móét er wel onderhandeld worden.'

'Jawel, generaal, maar niet tot die prijs. Geen van uw soldaten wil ooit nog slaaf zijn, dan gaan we liever dood.'

'Ik ook, mijn jongen,' zei Toussaint.

'Ik betreur de dood van uw broer Jean-Pierre, generaal.'

'Jean-Pierre en ik waren erg op elkaar gesteld, maar soms moeten er persoonlijke offers gebracht worden voor de gemeenschappelijke zaak. Je bent een goed soldaat, jongen. Ik bevorder je tot kapitein. Zou je een achternaam willen hebben? En welke, bijvoorbeeld?'

'La Liberté, generaal,' antwoordde de jongen zonder enige aarzeling, in de houding springend met de militaire discipline die Toussaints troepen van de blanken hadden afgekeken.

'Goed, vanaf nu heet je Gambo La Liberté,' zei Toussaint.

Kapitein La Liberté had een goede reden om dokter Parmentier te helpen met stille trom het eiland te verlaten: hij voelde zich aan hem verplicht en kon op deze manier zijn schuld jegens de dokter inlossen. Zijn dankbaarheid woog zwaarder dan zijn trouw aan Toussaint.

De blanken verlieten het eiland zodra ze een paspoort kregen en hun geldzaken hadden geregeld. De meeste vrouwen en kinderen waren al naar een van de andere eilanden of naar de Verenigde Staten vertrokken, maar voor de mannen was het heel lastig om aan een paspoort te komen omdat Toussaint hen niet kon missen voor zijn troepen en voor de plantages. De kolonie was zo goed als verlamd, er was gebrek aan handwerkslieden, landbouwers, handelaars, ambtenaren en allerlei vaklieden; alleen bandieten en hoeren waren er meer dan genoeg, maar die overleefden nu eenmaal onder alle omstandigheden.

Gambo La Liberté stond in het krijt bij de bescheiden arts, niet alleen omdat Parmentier een hand van generaal Toussaint had gered maar ook omdat hijzelf zijn leven aan hem te danken had. Toen de nonnen van het eiland waren vertrokken, had Parmentier de leiding over het militair ziekenhuis op zich genomen. Hij had een ploeg verpleegsters tot zijn beschikking die hij zelf had opgeleid. Hij was de enige dokter en de enige blanke in het ziekenhuis.

Tijdens de aanval op fort Belair werden Toussaints vingers door een kanonskogel verbrijzeld, een gecompliceerde, smerige wond; amputeren leek de enige mogelijkheid, maar de generaal beschouwde dat als de allerlaatste optie. Hij had er in zijn hoedanigheid van kruidendokter altijd de voorkeur aan gegeven zijn patiënten heel te houden als dat enigszins kon. Hij wikkelde zijn hand in een kompres van kruiden, stapte op zijn prachtige paard, de beroemde Bel Argent, en Gambo La Liberté begeleidde hem in volle galop naar het ziekenhuis in Le Cap. Toen Parmentier de wond onderzocht, verbaasde het hem in hoge mate dat die zonder verdere behandeling en met al dat stof onderweg niet was geïnfecteerd. Hij liet een halve liter rum komen om de patiënt te verdoven en twee ordonnansen om hem vast te houden, maar Toussaint weigerde alle hulp. Hij was geheelonthouder en liet zich door niemand buiten zijn familie aanraken. Onder het oplettende oog van de generaal maakte Parmentier de wonden schoon en zette de botten een voor een op hun plaats, een pijnlijke operatie die de man lijdzaam onderging, met een dik stuk leer tussen zijn tanden om op te bijten als enige troost. Toen Parmentier na afloop de hand had verbonden en de arm in een mitella legde, spuugde Toussaint het kapotgebeten stuk leer uit, bedankte de dokter beleefd en beduidde hem zich met zijn kapitein bezig te houden. Toen keek Parmentier voor het eerst naar de man die de generaal naar het ziekenhuis had gebracht: hij stond met glazige ogen tegen de muur geleund, zijn voeten in een plas bloed.

Gambo gleed tijdens de vijf weken dat Parmentier hem in het ziekenhuis hield een paar keer met één been in het graf, maar keerde steeds glimlachend terug naar het leven, met duidelijke herinneringen aan wat hij in het paradijs van Guinea had gezien, waar zijn vader op hem wachtte en waar altijd muziek klonk, waar de bomen doorbogen onder het fruit, groenten vanzelf groeiden, de vissen uit het water sprongen en zich zomaar lieten vangen en waar iedereen vrij was: het eiland onder de zee. Zijn lichaam was doorboord door drie kogels, twee in een dij en een derde in zijn borst, en hij had veel bloed verloren. Parmentier zat hele dagen en nachten aan Gambo's bed en voerde een verwoed gevecht met de dood; hij weigerde zich gewonnen te geven, want hij mocht de kapitein graag. Gambo was een uitzonderlijk moedig man, zoals hij zelf graag geweest zou zijn.

'Het is net of ik u vroeger ergens heb gezien, kapitein,' zei hij tijdens een van die vreselijke behandelingen.

'Ah! Ik merk dat u niet zo'n blanke bent die de ene neger niet van de andere weet te onderscheiden,' zei Gambo spottend.

'In dit werk doet de kleur van de huid er niet veel toe want alle bloed is gelijk, maar ik moet u bekennen dat het me soms moeite kost om blanken uit elkaar te houden,' antwoordde Parmentier.

'U hebt een goed geheugen, dokter. U moet me gezien hebben op de plantage Saint-Lazare. Ik was daar het hulpje van de kokkin.'

'Dat weet ik niet meer, maar uw gezicht komt me bekend voor,' zei de dokter. 'In die tijd ging ik regelmatig op bezoek bij mijn vriend Valmorain en tante Rose, de genezeres. Ik denk dat ze is ontsnapt voor de rebellen de plantage aanvielen. Ik heb haar nooit meer gezien, maar ze is altijd in mijn gedachten. Als ik haar niet had gekend, zou ik om te beginnen uw been hebben geamputeerd, kapitein, en daarna hebben geprobeerd u met aderlatingen te genezen – alles met de beste bedoelingen maar het zou uw onmiddellijke dood hebben betekend. Als u blijft leven hebt u dat te danken aan de methoden die zij me heeft geleerd. Weet u wat er van haar is geworden?'

'Ze is kruidendokter en mambo. Ik heb haar een paar keer gezien omdat zelfs generaal Toussaint van haar diensten gebruikmaakt. Ze reist langs de kampementen heen en weer, om mensen te genezen en hen geestelijk bij te staan. En u, dokter, weet u iets over Zarité?'

'Over wie?'

'Een slavin van de blanke Valmorain. Ze werd Tété genoemd.'

'Tété ken ik wel. Na de brand in Le Cap heeft haar meester haar meegenomen, naar Cuba, als ik het goed heb,' zei Parmentier.

'Ze is geen slavin meer, dokter. Ze heeft haar vrijheid, op papier, getekend en met een zegel eronder.'

'Tété heeft me dat papier laten zien, maar toen ze vertrokken, was haar vrijlating nog niet officieel gemaakt,' legde de dokter hem uit.

Tijdens die vijf weken liet Toussaint Louverture regelmatig naar de kapitein vragen, en telkens gaf Parmentier hetzelfde antwoord: 'Als u hem levend terug wilt, haast me dan niet, generaal.'

De verpleegsters waren verliefd op La Liberté en er glipte er meer dan eens eentje zijn bed in zodra hij weer kon zitten, om boven op hem te klimmen zonder hem te pletten en hem in afgepaste hoeveelheden het beste middel tegen bloedarmoede toe te dienen terwijl hij Zarités naam mompelde. Parmentier was ervan op de hoogte, maar besloot dat als de gewonde hier baat bij had, ze vooral zo door moesten gaan.

Eindelijk was Gambo voldoende hersteld om op zijn paard te klimmen, een geweer over zijn schouder te slingeren en zich weer bij zijn generaal te voegen.

'Bedankt, dokter. Ik had niet gedacht ooit een fatsoenlijke blanke te ontmoeten,' zei hij ter afscheid.

'En ik had nooit gedacht een dankbare neger tegen te komen,' antwoordde de dokter glimlachend.

'Ik vergeet nooit een gunst, noch een belediging. Ik hoop u ooit terug te kunnen betalen wat u voor mij hebt gedaan. U kunt op mij rekenen.'

'Daar hebt u dan meteen de gelegenheid voor, kapitein, als ik zo vrij mag zijn. Ik wil me bij mijn gezin in Cuba voegen en u weet net zo goed als ik dat het praktisch onmogelijk is om hier weg te komen.'

Elf dagen later, tijdens een maanloze nacht, bracht een vissersboot dokter Parmentier roeiend naar een fregat dat op zekere afstand van de haven voor anker lag. Kapitein Gambo La Liberté had voor een vrijgeleide en voor een plek aan boord gezorgd, een van de weinige dingen die hij in zijn glanzende militaire carrière ooit achter Toussaint Louvertures rug om heeft gedaan. De enige voorwaarde die hij de dokter stelde was dat die, mocht hij Tété ooit weerzien, haar een boodschap moest overbrengen: 'Vertel haar dat de oorlog het enige is wat voor mij telt, niet de liefde. Zeg haar niet op mij te wachten, omdat ik haar al ben vergeten.'

Parmentier glimlachte om de tegenstrijdigheid van de boodschap.

De wind bracht het fregat waarop Parmentier en andere Franse vluchtelingen reisden, naar Jamaica, waar men hen niet van boord liet gaan, en na veel omzwervingen over de verraderlijke wateren van het Caribische gebied om tyfoons en piraten te ontwijken, kwamen ze aan in Santiago de Cuba. De dokter reisde over land verder naar Havana, op zoek naar Adèle.

In de tijd dat ze gescheiden waren had hij haar geen geld kunnen sturen en hij had geen idee van de ellende waarin hij zijn gezin zou aantreffen. Hij bezat een adres dat zij hem een paar maanden eerder in een brief had doorgegeven, en op die manier kwam hij in een wijk met geplaveide straten en met bescheiden, maar goed onderhouden huizen. In de huizen waren allerlei werkplaatsen gevestigd, van zadelmakers, pruikenmakers, schrijnwerkers, schoenmakers, schilders, en kokkinnen die eten bereidden op hun patio's om dat later op straat uit te venten: grote, majestueuze negerinnen, doordrenkt van de geur van specerijen en suiker, die in gesteven katoenen jurken en met felgekleurde tignons hun huis uit kwamen, beladen met manden en dienbladen vol verrukkelijke stoofgerechten en taartjes, omstuwd door naakte kinderen en honden. De huizen hadden geen nummer, maar Parmentier volgde de aanwijzingen en had geen moeite Adèles huis te vinden: kobaltblauw geverfd, met een dak van rode pannen, een deur en twee ramen achter bloembakken met begonia's. Een bord aan de voorgevel kondigde in dikke letters in het Spaans aan: MADAME ADÈLE, MODE UIT PARIJS.

Met bonzend hart klopte hij aan, hij hoorde geblaf, een paar snelle passen, de deur ging open en toen stond hij oog in oog met zijn jongste dochter, tien centimeter langer dan hij zich haar herinnerde. Het meisje schreeuwde het uit en vloog hem om zijn hals, buiten zichzelf van vreugde, en binnen de kortste keren stond de hele familie om hem heen terwijl hij door zijn knieën zakte van vermoeidheid en liefde. Hij was zo vaak zo bang geweest hen nooit meer te zien.

Vluchtelingen

Adèle was zo weinig veranderd, dat ze zelfs dezelfde jurk droeg als toen ze anderhalf jaar eerder uit Saint-Domingue was vertrokken. Ze verdiende als altijd de kost als naaister. Haar bescheiden inkomen was maar net genoeg om de huur te betalen en haar kroost te voeden, maar het lag in haar karakter om dankbaar te zijn voor wat ze had, niet om zich te beklagen over wat ontbrak. Zij en haar kinderen voegden zich naar het leven tussen de talloze vrije negers in de stad, en al snel had ze een trouwe klantenkring opgebouwd. Ze was heel goed met naald en draad, maar van mode begreep ze niet veel; met de ontwerpen hield Violette Boisier zich bezig. De twee vrouwen deelden de vriendschap die mensen, die elkaar in hun oorspronkelijke omgeving geen blik waardig gekeurd zouden hebben, in ballingschap met elkaar verbindt.

Dankzij haar elegante verschijning en haar spaargeld had Violette zich met Loula kunnen installeren in een bescheiden huis in een wijk waar blanken en mulatten woonden, in sociaal opzicht een wat betere buurt dan die waar Adèle woonde. Ze had Loula tegen haar wil vrijgelaten en Jean-Martin op een internaat bij de paters gedaan om hem de best mogelijke opvoeding te geven; ze koesterde ambitieuze plannen voor hem. Het kind was inmiddels acht, een bronskleurige mulat met zulke harmonieuze trekken dat hij, als hij zijn haar niet zo kort had gedragen, voor een meisje had kunnen doorgaan. Niemand – het kind zelf al helemaal niet – wist dat hij was geadopteerd; dat was een verzegeld geheim tussen Violette en Loula.

Toen haar zoon veilig bij de paters zat, begon Violette haar netten uit te werpen om connecties aan te knopen met de juiste mensen die haar het bestaan in Havanna gemakkelijker zouden kunnen maken. Ze bewoog zich in Franse kringen, aangezien de Spanjaarden en de Cubanen neerkeken op de vluchtelingen die het eiland in de voorgaande jaren hadden overspoeld. De grands blancs die geld hadden vonden gewoonlijk een plek in de provincie, waar meer dan genoeg grond beschikbaar was en ze koffie of suikerriet konden planten; de rest bleef in de steden hangen. Sommigen leefden van hun spaargeld of van wat de verhuur van hun slaven opbracht, anderen zochten werk of gingen in de handel, zich niet altijd aan de wet houdend. De pers klaagde steen en been over de oneerlijke concurrentie van de buitenlanders, die de stabiliteit van Cuba bedreigde.

Violette hoefde, in tegenstelling tot zoveel van haar lotgenoten, geen slecht betaald werk te zoeken, maar het leven was duur en ze moest voorzichtig zijn met haar spaargeld. Ze had geen zin haar oude beroep weer op te nemen, daar had ze ook de leeftijd niet meer voor. Loula vond dat ze een rijke echtgenoot moest zien te vinden, maar zij hield nog steeds van Étienne Relais en wilde Jean-Martin niet met een stiefvader opschepen. Ze had haar hele leven de kunst gecultiveerd om aardig gevonden te worden en had weldra een groep vriendinnen om zich heen verzameld aan wie ze Adèles jurken en de schoonheidsmiddeltjes die Loula bereidde verkocht; op die manier kwam ze aan de kost. Die twee vrouwen werden haar hartsvriendinnen, de zussen die ze niet had. Met hen dronk ze op zondagochtend koffie, met slofjes aan haar voeten, onder een zonnescherm op de patio, terwijl ze plannen smeedden en ideeën narekenden.

'Ik zal madame Relais moeten vertellen dat haar echtgenoot is overleden,' zei Parmentier tegen Adèle, toen hij haar verhalen aanhoorde.

'Dat is niet nodig, ze weet het al.'

'Hoe kan dat?'

'Omdat de opaal van haar ring is gebroken,' legde Adèle uit, terwijl ze hem een tweede portie rijst met gebakken banaan en gehakt opschepte.

Dokter Parmentier, die zich tijdens zijn eenzame nachten zo had voorgenomen Adèle schadeloos te stellen voor haar onvoorwaardelijke liefde en haar jarenlange bestaan op de achtergrond, pakte in Havana het dubbelleven dat hij in Le Cap had geleid weer op en ging in een eigen huis wonen; zijn gezin verstopt voor de ogen van de buitenwereld. Hij werd een van de populairste artsen onder de vluchtelingen, maar het lukte hem niet toegang te krijgen tot de hogere stand van de Cubaanse creolen. Hij was als enige dokter in staat om cholera te genezen, met water, soep en thee; de enige die eerlijk genoeg was om toe te geven dat genezing van syfilis of van de gele koorts niet mogelijk was; de enige die de infectie in een wond kon stoppen en kon voorkomen dat een schorpioenenbeet eindigde in een begrafenis. Wat tegen hem pleitte was dat hij alle mensen gelijk behandelde, ongeacht hun kleur. Dat was iets wat zijn blanke patiënten nog wel konden accepteren, aangezien in ballingschap de natuurlijke verschillen nu eenmaal vervagen en ze niet in de positie waren exclusiviteit te eisen, maar een gekleurde echtgenote en kinderen van gemengd bloed zouden ze hem niet hebben vergeven. Op die manier legde hij het uit aan Adèle, hoewel zij van hem nooit een verklaring eiste.

Parmentier huurde een huis van twee verdiepingen in een blanke wijk, waarin hij op de begane grond zijn praktijk inrichtte en op de eerste verdieping zijn woning. Niemand wist dat hij zijn nachten een paar blokken verderop doorbracht, in een kobaltblauw geverfd huisje.

Op zondag zag hij Violette Boisier bij Adèle thuis. Het was de vrouw niet aan te zien dat ze al zesendertig was, en in de immigrantengemeenschap genoot ze als eerzame weduwe een goede reputatie. Als iemand in haar al een beroemde cocotte uit Le Cap dacht te herkennen, verwierp hij dat idee meteen weer als onmogelijk. Violette bleef de ring met de gebroken opaal dragen en er ging geen dag voorbij dat ze niet aan Étienne Relais dacht.

Geen van hen wist zich in Cuba aan te passen en enkele jaren later voelden ze zich er nog net zo weinig thuis als op de eerste dag. De negatieve gevoelens van de Cubanen ten opzichte van de vluchtelingen waren bovendien alleen maar sterker geworden doordat er steeds meer kwamen en het niet langer om rijke grands blancs ging, maar om geruïneerde mensen die samenklitten in achterbuurtwijken, waar de misdaad tierde en allerlei ziekten heersten. Niemand wilde iets van hen weten. De Spaanse autoriteiten maakten het extra moeilijk en bezaaiden hun weg met allerlei wettelijke obstakels, in de hoop dat ze voor altijd op zouden hoepelen.

Toen de regering per decreet alle diploma's die niet in Spanje waren behaald ongeldig verklaarde, bevond Parmentier zich plotsklaps in de situatie dat hij de geneeskunst illegaal uitoefende omdat het koninklijk stempel op zijn Franse getuigschrift van de ene dag op de andere niets meer waard was. In die omstandigheden kon hij alleen nog slaven en arme mensen behandelen en die waren maar zelden in staat om hem te betalen. Een bijkomend nadeel was dat hij geen woord Spaans had geleerd, in tegenstelling tot Adèle en de kinderen, die het vloeiend spraken, met een Cubaans accent.

Violette Boisier gaf uiteindelijk toe aan de druk die Loula op haar uitoefende en stond op het punt met een hoteleigenaar te trouwen, een zestigjarige Galiciër, rijk en met een slechte gezondheid, volgens Loula een perfecte kandidaat omdat hij binnen afzienbare tijd of met een beetje hulp van haar kant een natuurlijke dood zou sterven en hen dan goed verzorgd zou achterlaten. De hotelier, overvallen door die in zijn leven zo late liefde, had geen enkele behoefte om de geruchten dat Violette niet blank zou zijn uit te pluizen, omdat het hem om het even was. Hij had nog nooit zo naar iemand verlangd als naar die wulpse vrouw, en toen hij haar eindelijk in zijn armen hield, ontdekte hij dat ze een intense, grootvaderlijke tederheid in hem wekte, wat haar goed uitkwam omdat die verhouding de herinnering aan Étienne Relais niet in de weg stond. De Galiciër was enorm gul en ze kon uitgeven wat ze maar wilde.

Maar hij vergat haar te vertellen dat hij al getrouwd was. Zijn echtgenote was in Spanje achtergebleven met hun enige zoon, een dominicaner priester, en geen van tweeën toonde enige belangstelling voor de man die ze al in geen zesentwintig jaar hadden gezien. Moeder en zoon gingen ervan uit dat hij in doodzonde leefde, zich in de Caribische kolonies vermeiend met vrouwen met dikke billen, maar zolang hij regelmatig geld stuurde, kon de toestand van zijn ziel hun weinig schelen. De hotelier was ervan uitgegaan dat zijn gezin het nooit te weten zou komen als hij met de weduwe Relais trouwde, en als een inhalige advocaat, die op de hoogte was van zijn verleden en zich had voorgenomen hem kaal te plukken, niet op het toneel was verschenen, zou dat ook het geval zijn geweest. De Galiciër zag in dat het geen zin had het stilzwijgen van de afperser te kopen, de chantage zou zich dan alleen maar talloze malen herhalen. Er ontstond een onaangename briefwisseling en enkele maanden later dook de priesterzoon ineens op, vastbesloten zijn vader te redden uit de klauwen van satan en zijn erfenis uit die van die lichtekooi. Op aanraden van Parmentier wees Violette het huwelijksaanzoek af, hoewel ze haar aanbidder van tijd tot tijd bleef bezoeken om te voorkomen dat hij doodging van verdriet.

Dat jaar werd Jean-Martin dertien. Al vijf jaar lang hield hij vol dat hij carrière wilde maken in het leger, net als zijn vader. Trots en koppig, zoals hij altijd was geweest, weigerde hij te luisteren naar Violettes argumenten, die niet van hem wilde scheiden en een afschuw koesterde jegens het leger, waar een knappe jongen als hij het risico liep verkracht te worden door een of andere sergeant. Jean-Martin was echter zo vasthoudend dat zijn moeder uiteindelijk wel toe moest geven. Ze maakte gebruik van haar vriendschap met een scheepskapitein die ze nog uit Le Cap kende, om haar zoon veilig naar Frankrijk te krijgen. Daar werd hij opgevangen door een broer van Étienne Relais – eveneens een militair – die hem naar de École Militaire in Parijs bracht, waar alle mannen van de familie hun opleiding hadden genoten. De broer wist dat Étienne met een Antilliaanse was getrouwd en verbaasde zich niet over de huidskleur van de jongen; hij zou niet de enige leerling met gemengd bloed op de academie zijn.

Aangezien de situatie voor de vluchtelingen in Cuba steeds moeilijker werd, besloot dokter Parmentier zijn geluk te beproeven in New Orleans en later, als de zaken eenmaal liepen, zijn gezin over te laten komen. Toen gooide Adèle voor het eerst in de achttien jaar dat ze samen waren, haar kont tegen de krib want ze was niet van plan nogmaals uit elkaar te gaan: ze gingen samen of helemaal niet. Ze was bereid zich te laten wegstoppen als een zonde van de man die ze beminde, maar ze zou niet toelaten dat haar gezin opnieuw uiteenviel. Ze stelde hem voor op hetzelfde schip te reizen, maar zij en de kinderen derdeklas, en apart van elkaar van boord te gaan zodat ze niet samen gezien konden worden. Zij zorgde zelf voor paspoorten door, zoals de gewoonte was, de betreffende autoriteiten wat geld toe te stoppen nadat ze had bewezen dat ze vrij was en haar kinderen met haar arbeid kon onderhouden. Ze ging niet naar New Orleans om te bedelen, vertelde ze de consul met haar karakteristieke zachtaardigheid, maar om jurken te naaien.

Toen Violette Boisier hoorde dat haar vrienden van plan waren om voor de tweede keer te emigreren, kreeg ze voor het eerst sinds jaren weer zo'n hysterische woede- en huilaanval als ze als jong meisje zo vaak had gehad. Ze voelde zich door Adèle verraden.

'Hoe kun je een man volgen die jou niet eens als de moeder van zijn kinderen erkent?' snikte ze.

'Hij houdt van me, op zijn manier,' antwoordde Adèle onverstoorbaar.

'Hij heeft de kinderen geleerd in het openbaar net te doen alsof ze hem niet kennen!' riep Violette uit.

'Maar hij zorgt voor hen, stuurt ze naar school en houdt veel van ze. Hij is een goede vader. Mijn leven is met het zijne verbonden, Violette, en we gaan niet nogmaals uiteen.'

'En ik dan? Wat moet er van mij worden, hier alleen?' vroeg Violette, ontroostbaar.

'Je zou met ons mee kunnen gaan...' stelde haar vriendin voor.

Dat vond Violette een geweldig idee. Ze had gehoord dat er in New Orleans een bloeiende gemeenschap vrije kleurlingen bestond waarin iedereen zou kunnen gedijen. Ze overlegde meteen met Loula en samen besloten ze dat er niets was wat hen in Cuba hield. New Orleans zou de laatste kans zijn om wortel te schieten en plannen te maken voor hun oude dag.

Toulouse Valmorain, die gedurende die zeven jaar via sporadische brieven contact met Parmentier had gehouden, bood hem gastvrijheid en hulp aan, maar waarschuwde wel dat er in New Orleans meer artsen dan bakkers waren en dat de concurrentie fel zou zijn. Gelukkig was Parmentiers Franse diploma in Louisiana wel geldig.

'En hier is het niet nodig om Spaans te spreken, mijn beste dokter, want de voertaal is Frans,' voegde hij er in zijn brief aan toe.

Toen Parmentier van boord stapte, werd hij door zijn vriend, die hem op de kade opwachtte, met open armen ontvangen. Ze hadden elkaar sinds 1793 niet meer gezien. Valmorain was vergeten hoe klein en tenger Parmentier was, en Parmentier stond op zijn beurt verbaasd over de welgedaanheid van zijn vriend. Valmorain zag er anders uit, tevreden, er was niets over van de gekwelde man met wie hij in Saint-Domingue eindeloze filosofische en politieke discussies had gevoerd.

Terwijl de rest van de passagiers uitstapte, wachtten zij op de bagage. Valmorain zag Adèle niet – een donkere mulattin met twee jongens en een meisje, die een huurrijtuig probeerde aan te houden – maar er was in de menigte een andere vrouw die hem wel meteen opviel; ze droeg een elegant helderrood reiskostuum met bijpassende hoed, tas en handschoenen, en was zo mooi dat het onmogelijk zou zijn haar over het hoofd te zien. Hij herkende haar onmiddellijk, hoewel dit de laatste plek was waar hij haar verwachtte terug te zien. Hij schreeuwde haar naam en rende kinderlijk enthousiast op haar af om haar te begroeten.

'Monsieur Valmorain, wat een verrassing!' riep Violette Boisier uit, hem haar gehandschoende hand reikend, maar hij greep haar bij haar schouders en plantte in de Franse stijl drie kussen op haar gezicht. Hij stelde verrukt vast dat Violette maar heel weinig was veranderd; met het vorderen van de leeftijd was ze zelfs nóg aantrekkelijker geworden.

Zij vertelde hem in enkele woorden dat haar echtgenoot was overleden en dat Jean-Martin in Frankrijk studeerde. Valmorain herinnerde zich niet precies wie die Jean-Martin was, maar toen hij begreep dat ze alleen was, werd hij opnieuw bevangen door de verlangens van zijn jeugd.

'Ik hoop dat je me de eer verleent je te mogen bezoeken,' zei hij ten afscheid, op de intieme toon die hij al tien jaar niet meer tegen haar had gebezigd. Maar toen werden ze onderbroken door Loula, die scheldend met een paar dragers had staan onderhandelen over het transport van hun bagage.

'De regels zijn niet veranderd, u zult in de rij moeten staan als u door madame ontvangen wilt worden,' zei ze terwijl ze Valmorain met een elleboogstoot opzij duwde.

Adèle huurde een huis in de Rue Rampart, waar veel gekleurde vrije vrouwen leefden. De meesten van hen werden onderhouden door een blanke beschermer, in de traditie van de *placage,* het geheime huwelijk, dat zijn ingang had gevonden tijdens de eerste jaren van de kolonie, toen het niet makkelijk was een jonge Europese vrouw zo ver te krijgen een man naar die woeste gebieden te volgen. Er bestonden in de stad zo'n tweeduizend van dergelijke regelingen. Adèles huis was hetzelfde als de rest van de huizen in de straat, klein, comfortabel, goed geventileerd en met op de patio achter het huis een bougainville die tegen de muur groeide. Dokter Parmentier betrok een paar blokken verderop een etage waar hij ook zijn praktijk vestigde, maar zijn vrije tijd bracht hij met zijn gezin door, veel openlijker dan hij dat in Le Cap of Havana had gedaan. Het enige merkwaardige aan die situatie was hun leeftijd, omdat een placage gewoonlijk een overeenkomst was tussen een blanke man en een jonge mulattin van een jaar of vijftien; dokter Parmentier was bijna zestig en Adèle leek een grootmoeder naast al haar buurvrouwen.

Violette en Loula wisten een groter huis te bemachtigen, in de Rue Chartres. Ze hadden niet meer nodig dan drie rondjes op het Place d'Armes, een wandeling over de dijk en een bezoekje aan de kerk van père Antoine op zondag om twaalf uur, om te beseffen hoe ijdel de vrouwen van Louisiana waren. De blanke dames hadden er een wet doorheen weten te krijgen die het gekleurde vrouwen op straffe van zweepslagen verbood in het openbaar hoeden, juwelen en opzichtige kleren te dragen. Het gevolg was dat de mulattinnen hun tignon met zo veel charme droegen dat de mooiste Parijse hoed erbij in het niet zonk; met een decolleté pronkten dat zo verleidelijk was dat juwelen het beeld maar zouden verstoren; en zich zo zwierig bewogen dat de blanke dames met hen vergeleken wasvrouwen leken. Violette en Loula voorzagen onmiddellijk dat ze goede zaken zouden kunnen doen met hun schoonheidsmiddeltjes, vooral met de crème van slakkenslijm en in limoensap opgeloste parels om de huid te bleken.

Het internaat in Boston

De zweepslag die Hortense Guizot van Maurice had gekregen, weerhield haar er niet van naar het beroemde bal van de Marigny te gaan, want ze kon de blauwe plek wegmoffelen onder een smalle shawl die langs haar rug tot de grond reikte en ook de sluitspelden bedekte die haar jurk aan de achterkant bij elkaar hielden. Maar de bloeduitstorting bleef een paar weken zichtbaar. En met die lelijke plek wist ze Valmorain zover te krijgen zijn zoon naar Boston te sturen. Ze had nog een argument: ze was na de geboorte van Marie-Hortense maar één keer ongesteld geweest. Ze was dus opnieuw zwanger en moest oppassen dat ze zich niet te druk maakte, daarom was het beter dat de jongen een tijdje uit haar buurt verdween. Haar vruchtbaarheid was geen mirakel, zoals ze haar vriendinnen probeerde wijs te maken, want ze had twee weken na de bevalling met dezelfde vastberadenheid als tijdens haar wittebroodsweken alweer met haar echtgenoot in het bed liggen rollebollen. Ditmaal werd het een jongen, dat wist ze zeker, en die was voorbestemd om de familienaam en de dynastie voort te zetten. Niemand durfde haar erop te wijzen dat er al een Maurice Valmorain bestond.

Maurice verafschuwde het internaat vanaf het moment dat hij over de drempel stapte en de dikke houten dubbele deuren achter hem dichtgingen. En dat zou zo blijven tot hij in het derde jaar een uitzonderlijke leraar kreeg.

Het was winter toen hij in Boston aankwam en er viel een ijzig koude motregen. De wereld was volledig grijs, de hemel betrokken; de pleinen waren met rijp bedekt en de bomen leken op skeletten, met wat lelijke grote vogels op de naakte takken. Hij had nog nooit echte kou meegemaakt. De winter leek eeuwig te duren, zijn botten deden constant pijn, zijn oren waren blauw en hij had veel last van winterhanden. Hij hield zijn jas zelfs aan in bed en speurde constant de hemel af naar een barmhartig zonnestraaltje. Aan één kant van de slaapzaal stond een kolenkachel, die 's middags slechts twee uurtjes werd aangestoken om de jongens de gelegenheid te geven hun sokken te drogen. De lakens waren altijd ijskoud, op de muren stond een groenige schimmel en in de lampetkommen moesten ze eerst het laagje ijs breken voor ze hun handen konden wassen.

De andere jongens waren druk en agressief, hun uniform was net zo grijs als het landschap, en ze spraken een taal die Maurice nauwelijks kon verstaan omdat Gaspard Sévérin maar een paar woorden Engels sprak en de rest er in zijn lessen maar bij had verzonnen met behulp van een woordenboek. Het duurde maanden voor Maurice de vragen van de docenten kon beantwoorden en een jaar voordat hij in de grappen van zijn Amerikaanse medeleerlingen kon delen, die hem 'de Fransoos' noemden en hem kwelden met inventieve martelingen. Hij was zijn oom dankbaar voor diens merkwaardige boksopvattingen, want Sancho had hem getraind zich te verdedigen door op de testikels van zijn vijanden te mikken, en dankzij de schermlessen kwam hij als winnaar uit de bus tijdens de toernooien die verplicht waren gesteld door de directeur van het instituut, die weddenschappen afsloot met de docenten en de verliezer na afloop strafte.

Het eten had slechts het didactische doel het karakter te versterken. Wie in staat was gekookte lever naar binnen te werken of kippennekjes waar nog restjes veren aan zaten, met bloemkool en aangebrande rijst, kon alle wisselvalligheden van het leven aan, zelfs de oorlog waar de Amerikanen zich constant op leken voor te bereiden. Maurice, die de verfijnde keuken van Célestine gewend was, weigerde als een vastende fakir dertien dagen lang elk voedsel zonder dat iemand zich daar ook maar iets van aantrok en toen hij uiteindelijk flauwviel van de honger, bleef hem niets anders over dan te eten wat hij op zijn bord kreeg.

De ijzeren tucht was even streng als absurd. De arme jongens moesten bij zonsopgang uit bed springen, zich wassen met halfbevroren water, uitglijdend over de bevroren plassen drie rondjes over de patio rennen om warm te worden – als je dat kriebelige gevoel in je handen warm kon noemen – en nog vóór het ontbijt van chocolademelk, droog brood en havermoutpap met klonten, twee uur Latijn studeren. Daarna kregen ze een aantal uren les, en sport, waarbij Maurice stelselmatig werd genegeerd. Aan het eind van de dag, als de stumpers geen pap meer konden zeggen, kregen ze nog een zedenpreek van één à twee uur, al naar gelang de inspiratie van de directeur. Hun lijdensweg eindigde met de Onafhankelijkheidsverklaring, die ze in koor moesten opdreunen.

Maurice, altijd zo in de watten gelegd door Tété, onderwierp zich zonder te klagen aan dat gevangenisregime. Het kostte hem zo veel inspanning de andere jongens bij te benen en zich tegen zijn belagers te verdedigen, dat zijn nachtmerries wegbleven en hij niet meer aan de galgen van Le Cap dacht. Hij hield van studeren. Aanvankelijk verborg hij zijn liefde voor boeken om niet arrogant te lijken, maar algauw begon hij anderen te helpen met hun huiswerk, en op die manier verwierf hij zich een plekje. Hij bekende niemand dat hij piano kon spelen, de quadrille dansen en gedichten schrijven, want dat had zijn einde betekend. Zijn makkers zagen hem met de toewijding van een middeleeuwse monnik brieven schrijven, maar lieten hem met rust omdat hij hun had verteld dat ze voor zijn zieke moeder bestemd waren. Over moeders werden geen grappen gemaakt, net zo min als over het vaderland: ze waren heilig.

Die hele winter werd Maurice geplaagd door een hardnekkige hoest, die, toen het voorjaar aanbrak, verdween. Maandenlang had hij weggedoken gezeten in zijn jas, met zijn hoofd tussen zijn schouders, in elkaar gekropen, onzichtbaar. Toen de zon zijn botten verwarmde en hij zijn twee truien, zijn lange wollen onderbroek, das, wanten en jas uit kon trekken en zich oprichtte, merkte hij dat hij uit zijn kleren knapte. Hij had een van die klassieke groeispurten doorgemaakt die bij de puberteit horen, en in plaats van het miezerigste scharminkel van zijn klas was hij ineens een van de langsten en de sterksten. Het feit dat hij de wereld met een paar centimeter voordeel van boven overzag, verschafte hem zekerheid.

Hij was gewend aan het kokendhete klimaat van het Caribische gebied, de klamme zomerhitte deerde hem niet. Het internaat stroomde leeg, de leerlingen en de meeste docenten gingen op vakantie en Maurice bleef zo goed als alleen achter, wachtend op de uitnodiging om naar huis te kunnen. Die uitnodiging kwam nooit; zijn vader zond hem daarentegen Jules Beluche, dezelfde man die hem had begeleid op zijn tocht naar Boston – die lange, deprimerende bootreis over de wateren van de Golf van Mexico, om het schiereiland van Florida heen om de Sargassozee te vermijden, de golven van de Atlantische Oceaan trotserend. Beluche was een man van middelbare leeftijd, een ver, aan lagerwal geraakt familielid van de Guizots. Hoewel hij tijdens de reis te doen kreeg met het jongetje en zijn best had gedaan alles zo prettig mogelijk voor hem te maken, zou Maurice hem in zijn herinnering altijd blijven associëren met zijn verbanning uit zijn ouderlijk huis.

Beluche meldde zich bij het internaat met een brief van Valmorain waarin deze zijn zoon uitlegde waarom hij dat jaar niet naar huis kon komen. Als troost had hij genoeg geld meegegeven voor kleren, boeken en wat hij verder maar wilde. Beluche had de opdracht Maurice mee te nemen op een culturele reis naar Philadelphia, een stad van historisch belang die iedere jongeman van zijn stand gezien moest hebben omdat 'daar het zaadje van de Amerikaanse natie was ontsproten', zoals Valmorain nogal hoogdravend schreef.

Maurice ging met Beluche mee en gedroeg zich tijdens die weken van verplicht toerisme stilletjes en stuurs, in een manhaftige poging niet te laten merken hoe interessant hij de reis vond, zich verzettend tegen de sympathie die hij voor die arme duivel van een Beluche begon te koesteren.

De zomer daarna zat de jongen opnieuw twee weken naast zijn gepakte koffers te wachten, tot dezelfde Beluche verscheen, die hem ditmaal meenam naar Washington en andere steden die hij niet wenste te bezoeken.

Harrison Cobb, een van de weinige docenten die tijdens de kerstdagen op het instituut bleef, was het opgevallen dat Maurice Valmorain als enige leerling nooit bezoek of cadeautjes ontving en de feestdagen lezend doorbracht in dat praktisch lege gebouw. Cobb behoorde tot een van Bostons oudste families, die zich al halverwege de zeventiende eeuw in de stad gevestigd had. Iedereen wist dat hij van adellijke afkomst was, maar zelf ontkende Cobb dat want hij was een hartstochtelijk aanhanger van de Amerikaanse Republiek en verafschuwde de adel. Cobb was de eerste abolitionist die Maurice leerde kennen en hij zou de jongen diep beïnvloeden. In Louisiana werd het abolitionisme als een groter kwaad beschouwd dan syfilis, maar in Massachusetts was de slavenkwestie een niet-aflatend onderwerp van gesprek, omdat de twintig jaar eerder opgestelde grondwet een clausule bevatte waarin het houden van slaven werd verboden.

Cobb vond in Maurice een gretige intelligentie en een vurig hart, waarin zijn humane denkbeelden onmiddellijk wortel schoten. Een van de boeken die hij hem te lezen gaf was *The Interesting Narrative of the Life of Olaudah Equiano, or Gustavus Vassa the African,* met enorm succes in Londen gepubliceerd in 1789. De in de ik-vorm geschreven, dramatische geschiedenis van een Afrikaanse slaaf had nogal wat commotie veroorzaakt bij het Europese en Amerikaanse publiek, maar in Louisiana had de jongen er nooit iemand over gehoord. Docent en leerling brachten hun middagen samen door, studerend, analyserend en discussiërend; eindelijk lukte het Maurice het gevoel van onbehagen dat de slavernij altijd in hem had veroorzaakt, onder woorden te brengen.

'Mijn vader heeft ruim tweehonderd slaven, die ik ooit zal erven,' bekende hij.

'En wil je dat wel?'

'Jawel, want dan kan ik ze vrijlaten.'

'Dan zijn er dus ruim tweehonderd slaven aan hun lot overgeleverd en een onvoorzichtige jongen die aan de bedelstaf is geraakt. Wat win je daarmee?' wierp Cobb tegen. 'De strijd tegen de slavernij wordt niet van plantage tot plantage gevoerd, Maurice, het dénken van de mensen moet veranderen, de wetten moeten veranderen, in dit land en in de hele wereld. Daarom moet jij studeren, je voorbereiden en de politiek in.'

'Daar ben ik niet geschikt voor, mijnheer.'

'Hoe weet je dat? Ieder van ons heeft een onverwachte reserve aan kracht, die pas bovenkomt als het leven ons op de proef stelt.'

Zarité

Ik kon bijna twee jaar op de plantage blijven tot de meesters me terughaalden om me weer als huisslaaf te laten werken. Al die tijd heb ik Maurice niet één keer gezien, want zijn vader gaf hem geen toestemming om met de vakanties naar huis te komen. De meester regelde het altijd zo dat hij Maurice op reis stuurde en daarna, toen hij klaar was met school, nam hij hem mee naar Frankrijk om zijn grootmoeder te leren kennen. Maar dat was later. De meester wilde hem van madame Hortense weghouden. Rosette kon ik ook niet zien, maar mijnheer Murphy bracht me nieuws van haar, telkens als hij naar New Orleans was geweest.

'Wat ga je straks doen met zo'n mooi meisje, Tété? Je zult haar moeten opsluiten om geen opschudding op straat te veroorzaken,' grapte hij tegen mij.

Madame Hortense kreeg haar tweede dochter, Marie-Louise, die geboren werd met benauwdheid op de borst. Het klimaat deed haar geen goed, maar omdat niemand iets aan het weer kan veranderen – behalve natuurlijk père Antoine in extreme omstandigheden – was er niet veel meer wat ze voor haar konden doen dan mij terughalen naar het huis in de stad.

Dat jaar was dokter Parmentier gearriveerd; hij had lang in Cuba gezeten en was voor de huisarts van de familie Guizot in de plaats gekomen. Het eerste wat hij deed was de bloedzuigers en de mosterdkompressen afschaffen, die het kind alleen maar dichter bij de dood brachten. Vervolgens vroeg hij om mij. Ik weet niet hoe het kwam dat hij zich mij nog herinnerde, na al die jaren.

Hij wist de meester ervan te overtuigen dat ik de meest aangewezen persoon was om voor Marie-Louise te zorgen, omdat ik zo veel van tante Rose had geleerd. Toen gaven ze de hoofdopzichter opdracht mij naar de stad te sturen. Ik nam met veel verdriet afscheid van mijn vrienden en van de familie Murphy, en ging voor het eerst in mijn leven alleen naar de stad, met een vrijgeleide zodat ik niet gearresteerd zou worden.

Tijdens mijn afwezigheid was er in New Orleans veel veranderd: er lag meer afval op straat, er waren meer koetsen en mensen, en er werd koortsachtig gewerkt aan de bouw van nieuwe huizen en de aanleg van straten. Zelfs de markt was groter geworden. Don Sancho woonde niet meer bij de familie; hij was verhuisd naar een appartement in dezelfde wijk. Volgens Célestine had hij Adi Soupir aan de dijk gezet en was hij nu verliefd op een Cubaanse, maar niemand in huis had nog de kans gehad haar te zien. Ik installeerde me met Marie-Louise op zolder. Het was een bleek kindje, zo zwak dat ze niet eens huilde. Ik wilde haar op mijn rug binden omdat dit bij Maurice, die ook ziekelijk geboren was, zo gunstig had uitgepakt, maar madame Hortense zei dat het misschien goed was voor negerkinderen, maar niet voor haar dochter. Ik wilde het kind echter niet in een wiegje leggen want dat zou haar dood hebben betekend, en daarom droeg ik haar in mijn armen, altijd.

Zodra ik de kans had, sprak ik met de meester om hem eraan te herinneren dat ik dat jaar dertig werd en recht had op mijn vrijheid.

'Wie zorgt er dan voor mijn dochters?' vroeg hij.

'Ik, als u dat wilt, monsieur.'

'Dat betekent dat alles hetzelfde blijft.'

'Niet hetzelfde, monsieur, want als ik vrij ben kan ik weggaan wanneer ik dat wil, dan kunnen u en uw vrouw me niet meer slaan en zou u me iets moeten betalen waarvan ik kan leven.'

'Je betalen!' riep hij verrast uit.

'Zo gaat dat met koetsiers, kokkinnen, verpleegsters, naaisters en andere vrije mensen, monsieur.'

'Ik merk dat je goed geïnformeerd bent. Dan weet je ook, Tété, dat niemand een kindermeisje in dienst neemt; dat is altijd iemand die deel uitmaakt van de familie, als een tweede moeder en later als een grootmoeder.'

'Ik ben niet iemand van de familie, monsieur. Ik ben uw eigendom.'

'Ik heb je altijd behandeld alsof je familie was! Maar goed, als dat is wat je wilt... Ik heb wel even tijd nodig om madame Hortense te overtuigen, want het is een slecht voorbeeld en er zal veel over gepraat worden. Ik zal doen wat ik kan.'

Hij gaf me toestemming om Rosette op te zoeken. Mijn dochter was altijd al groot geweest, en op haar elfde leek ze wel vijftien. Mijnheer

Murphy had niet tegen me gelogen, ze was heel mooi. De nonnen waren erin geslaagd haar onstuimigheid in te tomen, maar niet haar glimlach met die kuiltjes in haar wangen, en ze had nog steeds een zwoele blik. Ze begroette me met een beleefde revérence en toen ik haar omhelsde verstijfde ze, volgens mij schaamde ze zich voor haar moeder, een koffiekleurige slavin.

Voor mij was mijn dochter het belangrijkste dat ik had op de wereld. We waren altijd dicht bijeen geweest, als één lichaam, één ziel, tot de angst dat ze verkocht zou worden of door haar eigen vader verkracht als ze in de puberteit kwam – zoals hij met mij had gedaan – mij had gedwongen van haar te scheiden. Ik had meer dan eens gezien dat de meester aan haar zat te friemelen – zoals mannen dat doen bij meisjes om te zien of ze al rijp zijn – voordat hij met madame Hortense trouwde. Mijn Rosette was toen nog een onschuldig schepsel dat bij hem op schoot kroop omdat ze van hem hield. De kilheid van mijn dochter kwetste me: door haar te beschermen was ik haar misschien voor altijd kwijtgeraakt.

Rosette herinnerde zich niets meer van haar Afrikaanse wortels. Ik had haar verteld over mijn loa's en over Guinea, maar op het internaat was ze dat allemaal vergeten en ze was katholiek geworden; de nonnen hadden bijna net zo'n hekel aan voodoo als aan protestanten, joden en kaintucks. Maar hoe kon ik haar verwijten dat ze naar een beter leven streefde dan dat van mij? Zij wilde net zo worden als de Valmorains en niet zoals ik. Ze praatte tegen me met een gemaakte beleefdheid, op een toon die ik niet van haar kende, alsof ik een vreemde was. Zo herinner ik het me. Ze vertelde me dat ze het fijn had op school, dat de nonnen goed voor haar waren en dat ze godsdienst- en muziekles kreeg, en netjes leerde schrijven maar dat ze niet mocht dansen, want dat was de duivel verleiden. Ik vroeg haar naar Maurice en ze vertelde dat het goed met hem ging maar dat hij zich eenzaam voelde en terug wilde komen. Ze wist dat omdat ze elkaar schreven: dat hadden ze vanaf het moment dat ze uit elkaar waren gehaald steeds gedaan. De brieven deden er heel lang over, maar ze stuurden ze altijd meteen weg als ze ze hadden geschreven, zonder een antwoord af te wachten, als in een gesprek tussen gekken. Rosette vertelde me dat ze er soms wel zes tegelijk op één dag kreeg, maar dat ze daarna dan vaak wekenlang niets van hem hoorde.

Nu, vijf jaar later, weet ik dat ze elkaar in die correspondentie als broer en zus aanspraken om de nonnen, die de post van hun pupillen openmaakten, om de tuin te leiden. Ze gebruikten een religieuze geheimtaal als ze het over hun gevoelens hadden: de Heilige Geest betekende liefde, een kus was een gebed, Rosette was een beschermengel en hij kon iedere heilige of martelaar van de liturgische kalender zijn, en natuurlijk waren de ursulinen duivels. Een typische Mauriceboodschap was bijvoorbeeld dat de Heilige Geest hem die nacht had bezocht toen hij droomde over zijn beschermengel, en dat hij wakker was geworden met het verlangen om te bidden en te bidden. Zij antwoordde dan dat zij bad voor hem en dat hij voorzichtig moest zijn met de aanhangers van de duivel, die sterfelijke zielen altijd bedreigen. Tegenwoordig bewaar ik die brieven in een kistje en hoewel ik ze niet kan lezen, weet ik wat erin staat, omdat Maurice me de stukjes heeft voorgelezen die niet al te gewaagd zijn.

Rosette bedankte me voor het lekkers, de linten en de boeken die ze had gekregen, maar ik had haar niets gestuurd. Hoe had ik dat ook gekund zonder geld? Ik veronderstelde dat de meester ze had meegenomen, maar zij vertelde dat Valmorain haar nooit had opgezocht. Het was don Sancho geweest die haar in mijn naam cadeautjes had gegeven. Ik hoop dat Papa Bondye de goede don Sancho voor mij zegent!

Erzuli, loa, moeder, ik heb mijn dochter niets te bieden. Zo was het.

Belofte maakt schuld

Zodra ze de gelegenheid had, zocht Tété père Antoine op. Ze moest een paar uur wachten omdat hij de gedetineerden in de gevangenis bezocht om ze eten te brengen en hun wonden te verzorgen. De bewakers durfden er niets van te zeggen omdat de faam van zijn heiligheid toen al de ronde deed en getuigen beweerden dat hij op dezelfde tijd op verschillende plekken was gezien met soms een lichtgevend bord dat boven zijn hoofd zweefde. Toen de kapucijner priester eindelijk met een lege mand in het kleine stenen huisje aankwam dat hem als woning diende, had hij een enorme behoefte aan een dutje, maar er wachtten hem nog andere dringende bezigheden en de zon was nog niet onder – dan pas brak het uur van het gebed aan en konden zijn botten rusten terwijl zijn ziel ten hemel steeg.

'Ik vind het vreselijk, zuster Lucie, dat ik de energie niet heb om meer en intenser te bidden,' placht hij tegen de non die voor hem zorgde te zeggen.

'En waarom zou u meer bidden, mon père, als u al heilig bent?' antwoordde zij dan steevast.

Hij ontving Tété met open armen, zoals hij met iedereen deed. Hij was niet veranderd, hij had dezelfde zachte grotehondenblik in zijn ogen en rook nog steeds naar knoflook, droeg dezelfde smerige soutane, hetzelfde houten kruis en dezelfde profetenbaard.

'Waar ben je al die tijd geweest, Tété!' riep hij uit.

'U hebt duizenden parochianen, mon père, maar u weet nog hoe ik heet?' antwoordde ze ontroerd.

Ze vertelde dat ze op de plantage had gezeten en liet hem voor de tweede keer haar vrijheidsbrief zien, geel en broos, die ze al die jaren had bewaard en waar ze nog niets aan had gehad omdat haar meester altijd weer iets nieuws verzon om de vervulling van zijn belofte uit te stellen. Père Antoine zette zijn dikke astronomenbril op, hield het papier naast de enige kaars in het vertrek en las de tekst langzaam door.

'Wie weet hier nog meer van, Tété? Ik bedoel, iemand die hier woont, in New Orleans.'

'Dokter Parmentier heeft het gezien toen we nog in Saint-Domingue waren, maar hij woont tegenwoordig hier. Ik heb het ook aan don Sancho laten zien, de zwager van mijn meester.'

De priester ging aan een tafeltje met wiebelpoten zitten en begon moeizaam te schrijven, want de dingen van deze wereld waren voor hem gehuld in een lichte mist, terwijl hij die van de andere helder waarnam. Hij gaf haar twee met inktvlekken bespatte briefjes, met de opdracht ze aan beide heren te overhandigen.

'Wat staat er in deze brieven, mon père?' wilde Tété weten.

'Dat ik hen wil spreken. En jij moet er ook zijn, komende zondag, na de mis. Intussen hou ik dit document voor je in bewaring,' zei de priester.

'Het spijt me, mon père, maar ik heb het nog nooit ergens achtergelaten...' antwoordde Tété nerveus.

'Dan wordt dit de eerste keer,' zei de priester glimlachend, en hij stopte het papier in een la van het tafeltje. 'Maak je geen zorgen, mijn kind, het is hier veilig.'

Dat krakkemikkige tafeltje leek nu niet bepaald de beste plek voor haar kostbaarste bezit, maar Tété durfde haar twijfels niet uit te spreken.

Op zondag kwam de halve stad samen in de kathedraal, dus ook de families Guizot en Valmorain met een deel van hun huispersoneel. Het was de enige plek in New Orleans, op de markt na, waar blanke en gekleurde mensen, vrijen en slaven zich mengden, hoewel de mannen aan de ene en de vrouwen aan de andere kant zaten. Een protestantse dominee die de stad aandeed, had ooit in een krant geschreven dat de kerk van père Antoine de meest tolerante plek van de christelijke wereld was.

Tété kon niet altijd naar de mis, dat hing van de gezondheidstoestand van Marie-Louise af, maar de baby had een goede dag en kon mee naar buiten. Na de mis gaf ze de meisjes aan Denise en vertelde ze haar meesteres dat ze nog even bleef om met de heilige te praten.

Hortense verzette zich niet omdat ze dacht dat die vrouw eindelijk ter biecht wilde gaan. Tété had haar satanische bijgeloof uit Saint-Domingue meegenomen en er bestond niemand met meer autoriteit dan père Antoine als het erop aankwam een ziel van de voodoo te redden. Hortense en haar zusters waren ervan overtuigd dat het de schuld van de slaven uit de Antillen was dat die afschuwelijke Afrikaanse cultus in Louisiana ingang vond, dat hadden ze zelf gezien toen ze uit gezonde nieuwsgierigheid met hun mannen en vrienden naar het Place Congo waren gegaan om naar de orgieën te kijken die de negers daar aanrichtten. Voorheen was het louter beweging en herrie geweest, maar nu was er ook nog een heks bij die als een bezetene danste met een lange, dikke slang die zich om haar lichaam wond, en de helft van de deelnemers raakte in trance. Sanité Dédé heette die vrouw, en ze was tegelijk met andere negers uit Saint-Domingue gekomen en had de duivel in haar lijf. Je moest het gezien hebben, dat groteske spektakel van mannen en vrouwen met smerig schuim om de mond en met weggedraaide ogen; dezelfden die vervolgens achter de bosjes kropen om te paren als beesten. Die mensen aanbaden een ratjetoe aan Afrikaanse goden, katholieke heiligen, Mozes, planeten en een plek die Guinea heette. Père Antoine was de enige die daar nog iets van kon brouwen en helaas had hij er niets op tegen. Als hij geen heilige was, zou zij, Hortense Guizot, persoonlijk in actie komen om ervoor te zorgen dat hij uit zijn ambt werd ontzet, verzekerde ze Guizot. Ze hadden haar verteld over voodooceremonies waarbij het bloed van de geofferde dieren werd gedronken en waar de duivel in persoon verscheen om met de vrouwen én de mannen te copuleren, de vrouwen nam hij aan de voorkant en de mannen van achteren. Het zou haar niet verbazen als de slavin aan wie zij niets minder dan haar onschuldige kinderen toevertrouwde, aan die bacchanalen deelnam.

In het stenen huisje zaten de kapucijner priester, Parmentier, Sancho en Valmorain al op hun stoel, geïntrigeerd, want ze hadden geen idee waarom de heilige hen had laten komen. Père Antoine kende de strategische waarde van de verrassingsaanval. De oude zuster Lucie kwam sloffend aanzetten met een dienblad dat ze met moeite in evenwicht hield, ze serveerde landwijn in gebarsten aarden bekertjes en trok zich weer terug. Dit was het teken waarop Tété had gewacht om binnen te komen, zoals de priester haar had geïnstrueerd.

'Ik heb jullie naar dit godshuis geroepen om een misverstand recht te zetten, mijn kinderen,' begon père Antoine, terwijl hij het papier uit de la haalde. 'Deze goede vrouw, Tété, moest volgens dit document zeven jaar geleden al vrijgesteld worden. Is dat niet zo, monsieur Valmorain?'

'Zeven jaar geleden? Maar ze is nog maar net dertig! Ik kon haar niet eens eerder vrijlaten!' riep hij uit.

'Volgens de Code Noir heeft een slaaf die een lid van de familie van de meester het leven redt, recht op onmiddellijke vrijlating, ongeacht zijn of haar leeftijd. Tété heeft uw leven en dat van uw zoon Maurice gered.'

'Dat kunt u niet bewijzen, mon père,' antwoordde Valmorain met een smalende blik in zijn ogen.

'Uw plantage in Saint-Domingue is afgebrand, uw opzichters zijn vermoord en al uw slaven zijn ontsnapt en hebben zich bij de rebellen gevoegd. Vertel mij eens, mijn zoon, denkt u dat u het zonder de hulp van deze vrouw zou hebben overleefd?'

Valmorain nam het papier en bekeek het, briesend van woede.

'Er staat geen datum op, mon père.'

'Natuurlijk, het ziet ernaar uit dat u dat in de haast en de angst van uw vlucht bent vergeten, dat is heel begrijpelijk. Maar gelukkig heeft dokter Parmentier dit papier in 1793 in Le Cap gezien, daarom kunnen we gevoeglijk aannemen dat het rond die tijd is opgesteld. Maar dat is het minst belangrijk. Wij zijn hier onder katholieke heren, gelovige mannen van goede wil. Monsieur Valmorain, ik verzoek u, in naam van Onze-Lieve-Heer, u aan uw woord te houden.' De holle ogen van de heilige drongen door tot in Valmorains ziel.

Valmorain keek naar Parmentier, die zijn ogen strak op zijn bekertje wijn gericht hield. De dokter was als verlamd, in de klem tussen zijn gevoelens van trouw aan zijn vriend, aan wie hij zo veel te danken had, en zijn eigen edelmoedige inborst waaraan père Antoine zojuist op magistrale wijze had gerefereerd. Sancho daarentegen kon zijn glimlach nauwelijks achter zijn onversaagde snor verbergen. Deze zaak deed hem enorm veel deugd, want hij herinnerde zijn zwager al jaren aan de noodzaak het probleem van de concubine op te lossen. Maar er was niets minder dan een goddelijk ingrijpen voor nodig geweest om hem zover te krijgen. Hij begreep niet waarom Valmorain Tété aanhield als hij haar niet meer wilde en Hortense duidelijk hinder van haar had. Voor hun dochters konden Toulouse en zijn vrouw een andere kindermeisje kiezen uit de talloze slavinnen die ze bezaten.

'Maakt u zich geen zorgen, mon père, mijn zwager zal doen wat rechtvaardig is,' zei hij na een korte stilte. 'Dokter Parmentier en ik zullen zijn getuigen zijn. Morgen gaan we naar de rechter om Tétés vrijlating te regelen.'

‘Heel goed, mijn kinderen. Van harte gelukgewenst, Tété, na morgen ben je vrij,’ zei père Antoine. Hij hief zijn bekertje en bracht een heildronk uit.

De mannen deden alsof ze dat van hen leegden, maar geen van drieën kreeg het bocht weg, en ze stonden op om te vertrekken. Tété hield hen tegen.

‘Nog heel even, alstublieft. En Rosette? Zij heeft ook recht op haar vrijheid. Dat zegt het document.’

Het bloed steeg Valmorain naar het hoofd en hij hapte naar adem. Hij kneep met witte knokkels in de knop van zijn stok en had de grootste moeite die niet tegen die onbeschaamde slavin op te heffen. Maar voor hij daar de kans toe kreeg, kwam de heilige tussenbeide.

‘Maar natuurlijk, Tété, monsieur Valmorain weet heel goed dat Rosette erbij hoort. Zij zal morgen ook vrij zijn. Dokter Parmentier en don Sancho zullen erop toezien dat alles volgens de wet wordt afgehandeld. Moge Onze-Lieve-Heer jullie zegenen, mijn kinderen…’

De drie mannen vertrokken en de priester nodigde Tété uit voor een kopje chocolade om het te vieren.

Toen ze een uur later thuiskwam, wachtten haar meesters haar op in de salon, als twee strenge rechters naast elkaar gezeten, op stoelen met hoge rugleuningen. Hortense was furieus en Valmorain voelde zich beledigd omdat hij niet kon geloven dat die vrouw, die twintig jaar zijn steun en toeverlaat was geweest, hem zo voor schut had gezet tegenover de priester en zijn twee beste vrienden. Hortense zei dat ze met de kwestie naar het gerecht zouden gaan, dat document was onder druk opgesteld, het was niet geldig, maar Valmorain liet haar niet uitspreken: hij wenste geen schandaal.

De meester en zijn vrouw vielen elkaar in de rede om de slavin met verwijten te overladen die zij niet eens hoorde omdat er in haar hoofd vrolijke klokjes klingelden.

‘Ondankbaar kreng! Als dat het enige is wat je wilt, kun je onmiddellijk vertrekken, nu meteen. Zelfs je kleren zijn van ons, maar die kun je meenemen want we zullen je niet naakt de straat op sturen. Ik geef je een halfuur om te maken dat je wegkomt en verbied je hier nog één voet over de drempel te zetten. We zullen nog wel eens zien wat er daarbuiten van je wordt! Je als de eerste de beste hoer aan zeelui aanbieden, dat is het enige wat je kunt!’ loeide Hortense terwijl ze met haar zweep tegen de poten van haar stoel sloeg.

Tété trok zich terug, deed de deur zorgvuldig achter zich dicht en ging naar de keuken, waar de rest van het personeel al van de gebeurtenissen op de hoogte was. Met het gevaar zich de woede van haar meesteres op de hals te halen, bood Denise Tété aan bij haar te blijven slapen, dan hoefde ze pas bij zonsopgang te vertrekken en zou ze niet zonder vrijgeleide 's nachts over straat hoeven zwerven; ze was immers nog niet vrij en als de politie haar greep zou ze in de gevangenis worden gezet. Maar Tété kon niet wachten. Ze omhelsde ieder van hen met de belofte dat ze elkaar tijdens de mis zouden zien, of op het Place Congo of op de markt; ze was niet van plan ver weg te gaan, New Orleans was voor haar de perfecte stad, zei ze.

'Je zult geen meester meer hebben om je te beschermen, Tété, er kan je van alles overkomen, er is veel gevaar in de buitenwereld. Waar ga je van leven?' vroeg Célestine.

'Waar ik altijd van heb geleefd, mijn arbeid.'

Ze ging niet eens naar haar kamer om haar schamele bezittingen bijeen te garen, ze nam alleen haar vrijheidspapier en haar boodschappenmandje mee, stak op dansende voeten het plein over, liep langs de kathedraal en klopte aan bij het huisje van de heilige. Zuster Lucie deed met een kaars in haar hand open en ging haar zonder vragen te stellen voor door de gang die de woning met de kerk verbond, naar een slecht verlichte kamer waar een stuk of tien nooddruftigen om de tafel zaten, achter borden met soep en brood. Père Antoine deelde hun maaltijd.

'Ga zitten mijn kind, we verwachtten je al. Zuster Lucie maakt een plekje in orde waar je kunt slapen,' zei hij.

De volgende dag ging de heilige met haar mee naar het gerechtsgebouw. Valmorain, Parmentier en Sancho waren er op de afgesproken tijd om de vrijlating wettig te maken van de 'vrouw, Zarité, die Tété wordt genoemd, mulattin, dertig jaar, van goed gedrag, vanwege bewezen diensten. Dit document verklaart dat haar dochter Rosette, kwartbloed, elf jaar, als slavin aan genoemde Zarité toebehoort.'

De rechter liet een openbare aankondiging ophangen opdat 'iedereen die wettige bezwaren wil aantekenen tegen deze beslissing zich binnen de maximale wettelijke termijn van veertig dagen bij dit Hof kan melden.'

Toen de formaliteiten, die nog geen negen minuten in beslag namen, achter de rug waren, trok iedereen zich in opperbeste stemming terug; ook Valmorain, want de nacht daarvoor, toen Hortense doodmoe van al dat vloeken en tieren in slaap was gevallen, had hij de tijd genomen er goed over na te denken en was hij tot de conclusie gekomen dat Sancho gelijk had dat hij Tété kwijt moest. Bij de uitgang van het gebouw hield hij haar aan een arm tegen.

'Hoewel je me ernstig onrecht hebt aangedaan, neem ik je niets kwalijk, vrouw,' zei hij op vaderlijke toon, ingenomen met zijn eigen ruimhartigheid. 'Ik veronderstel dat jij als bedelaarster zult eindigen, maar Rosette zal ik tenminste redden. Zij mag bij de ursulinen blijven tot ze klaar is met school.'

'Uw dochter zal u dankbaar zijn, monsieur,' antwoordde Tété, en ze danste weg over de straat.

De heilige van New Orleans

De eerste twee weken assisteerde Tété père Antoine bij de talloze taken die zijn liefdadigheidswerk met zich meebracht, in ruil voor eten en een strozak om op te slapen. Ze stond op voor het licht werd – dan had hij al een tijd zitten bidden – en vergezelde hem naar de gevangenis, het ziekenhuis, het krankzinnigengesticht en het weeshuis, en naar enkele huishoudens waar hij de communie uitdeelde aan oude mensen of bedlegerige zieken. De hele dag, of het nu regende of de zon scheen, scharrelde de iele gestalte van de priester in zijn donkerbruine habijt en met zijn warrige baard door de stad, met altijd een sliert uitgehongerde honden achter zich aan; hij werd gezien in de grote huizen van de rijken en in de krotten van de armen, in kloosters en bordelen, bedelend op de markt en in cafés, brood uitdelend onder de verminkte bedelaars en water onder de slaven die wachtten om geveild te worden op de Bourse de Maspero. Nooit vergat hij degenen die tot het blok waren veroordeeld te troosten, in de straat achter het stadhuis; zij waren de ongelukkigste schapen van zijn kudde, wier wonden hij, omdat hij zo slecht zag, dermate onhandig schoonmaakte dat Tété moest ingrijpen.

'Maar je hebt de handen van een engel, Tété! De Heer heeft je voorbestemd om verpleegster te worden. Je moest maar bij mij blijven werken,' stelde de heilige voor.

'Ik ben geen non, mon père, ik kan niet voor niets blijven werken, ik moet mijn dochter onderhouden.'

'Bezwijk niet voor de hebzucht, mijn kind, het dienen van onze naasten wordt beloond in de hemel, zoals Jezus heeft beloofd.'

'Vertelt u hem maar dat hij me beter hier kan betalen, al is het maar een beetje.'

'Ik zal het hem zeggen, mijn kind, maar Jezus hééft al zoveel kosten,' antwoordde de priester met een ironisch lachje.

Tegen de avond keerden ze terug naar het stenen huisje, waar zuster Lucie hen opwachtte met water en zeep, en ze zich wasten voor ze met de nooddruftigen aan tafel gingen. Terwijl Tété, met haar voeten in een emmer water, van oude lappen stroken verbandmateriaal zat te scheuren, nam de priester de biecht af, trad als bemiddelaar op, hielp onrecht de wereld uit en beslechtte ruzies. Raad gaf hij niet, want dat was verspilling van zijn tijd, had hij ervaren. Iedereen moet zijn eigen fouten maken en daarvan leren.

's Nachts sloeg de heilige een mottige deken om zich heen en vertrokken hij en Tété om zich onder het gevaarlijkste schorem te begeven. Ze namen een lamp mee aangezien geen van de tachtig straatlantaarns in de stad op plekken waren neergezet waar zij er wat aan hadden. Père Antoine werd in die misdadige omgeving getolereerd omdat hij gevloek met sarcastische zegeningen beantwoordde en zich door niets of niemand liet intimideren. Hij dreigde niet met hel en verdoemenis en kwam niet om zieltjes te redden maar om mensen met steekwonden te verzorgen, tussenbeide te komen bij gewelddadigheid, zelfmoorden te voorkomen, vrouwen te redden, lijken te bergen en kinderen naar het weeshuis van de nonnen af te voeren. Als een kaintuck het uit onwetendheid waagde ook maar een vinger naar hem uit te steken, werden honderd vuisten geheven om de vreemdeling te leren wie père Antoine was.

Hij bezocht zelfs El Pantano, de onguurste plek van de stad, een krocht van verdorvenheid, de ergste die in het Mississippigebied te vinden was, maar hij werd beschermd door zijn onveranderlijke onschuld en zijn vage aureool. Daar, in de speelholen en de bordelen, verzamelden zich de roeiers van de schepen, piraten, pooiers, hoeren, deserteurs, passagierende zeelui, schurken en moordenaars. Tété, hardop Erzuli aanroepend, ploeterend door de modder, met om zich heen overal braaksel, stront en ratten, klampte zich doodsbang vast aan de pij van de heilige, terwijl hij juist leek te genieten van het gevaar.

'Jezus waakt over ons, Tété,' verzekerde hij haar, in zijn element.

'En als hij even niet oplet, mon père?'

Aan het eind van de tweede week lagen Tétés voeten open, was haar rug gebroken en voelde ze zich terneergeslagen onder al die menselijke ellende en het vage besef dat het heel wat makkelijker was om suikerriet te kappen dan liefdadigheid te verrichten onder de ondankbaren.

Op een dinsdag kwam ze op het Place d'Armes Sancho García del Solar tegen, in het zwart gekleed en zo uitbundig geparfumeerd dat zelfs de vliegen zich niet in zijn buurt waagden, in zijn nopjes omdat hij net van een overmoedige Amerikaan een spelletje ecarté had gewonnen. Onder de verbaasde blikken van verschillende omstanders begroette hij Zarité met een zwierige buiging en een handkus, en nodigde haar vervolgens uit voor een kopje koffie.

'Heel even dan, don Sancho, want ik wacht op père Antoine, die de etterpuisten van een zondaar aan het behandelen is, en ik denk niet dat hij daar nog lang over doet.'

'Moet je hem dan niet helpen, Tété?'

'Normaal wel, maar deze zondaar lijdt aan de Spaanse ziekte en père Antoine wil niet dat ik de geslachtsdelen van die man zie. Alsof die iets nieuws voor me zijn!'

'De heilige heeft volkomen gelijk, Tété. Als ik getroffen was door die ziekte, God moge dat verhoeden, zou ik ook niet willen dat een mooie vrouw mij in mijn ellende zou zien.'

'Daar moet u niet mee spotten, don Sancho, want het kan iedereen overkomen. Behalve père Antoine natuurlijk.'

Ze gingen aan een tafeltje zitten. De eigenaar van het café, een vrije mulat en een kennis van Sancho, verhulde zijn verbazing niet over het contrast tussen de Spanjaard en de vrouw die hij bij zich had: don Sancho met zijn vorstelijke manieren en die vrouw die op een bedelaarster leek. Ook Sancho was het opgevallen dat Tété er slecht uitzag en toen zij hem verslag deed van de afgelopen twee weken, barstte hij in lachen uit.

'Heiligheid is absoluut uitputtend, Tété. Je moet zien te ontsnappen aan père Antoine, anders eindig je net zo aftands als zuster Lucie.'

'Ik kan ook niet veel langer misbruik maken van père Antoines goedheid, don Sancho. Ik vertrek zodra de termijn van veertig dagen die de rechter heeft gesteld, verstreken is en ik mijn vrijheid heb. Dan zie ik wel wat ik doe, ik zal op zoek moeten gaan naar werk.'

'En Rosette?'

'Die blijft bij de ursulinen. Ik weet dat u haar opzoekt en haar cadeautjes brengt in mijn naam. Hoe kan ik u ooit terugbetalen wat u voor ons hebt gedaan, don Sancho?'

'Je bent me niets schuldig, Tété.'

'Ik moet zien dat ik iets spaar om Rosette op te kunnen vangen als ze van school komt.'

'Wat zegt père Antoine daarover?' vroeg Sancho, terwijl hij vijf klontjes suiker en een scheut cognac door zijn koffie roerde.

'Dat God ervoor zal zorgen.'

'Ik hoop dat hij dat doet, maar voor het geval dát kun je maar beter een alternatief verzinnen. Ik heb een huishoudster nodig, mijn huis is een ramp, maar ik kan je niet in dienst nemen, dat vergeeft Valmorain me nooit.'

'Dat begrijp ik, monsieur. Maar ik vind wel iets, dat weet ik zeker.'

'Zware arbeid wordt door slaven verricht, van het werk op het land tot het verzorgen van kinderen. Wist je dat er in New Orleans drieduizend slaven zijn?'

'En hoeveel vrije mensen, monsieur?'

'Vijfduizend blanken en tweeduizend kleurlingen, zeggen ze.'

'Dus ruim twee keer zoveel vrije mensen als slaven,' berekende zij. 'Dan moet ik toch iemand kunnen vinden die me kan gebruiken! Een abolitionist, bijvoorbeeld.'

'Een abolitionist in Louisiana? Als die er al zijn, houden die zich vast goed verborgen,' lachte Sancho.

'Ik kan niet lezen, niet schrijven en niet koken, monsieur, maar verder kan ik al het werk in huis verrichten, ik kan baby's op de wereld helpen, wonden hechten en zieken verzorgen,' hield Tété vol.

'Het zal niet meevallen, Tété, maar ik ga proberen je te helpen,' zei Sancho. 'Een vriendin van mij zegt altijd dat je met slaven uiteindelijk veel duurder uit bent dan met vrij personeel. Voor het werk dat één vrij persoon met liefde verricht zijn verschillende slaven nodig omdat die tegen hun zin werken. Begrijp je dat?'

'Zo ongeveer,' gaf ze toe, zich elk woord inprentend om het tegenover père Antoine te kunnen herhalen.

'Slaven tonen geen initiatief, ze zijn langzaam en leveren slecht werk omdat alleen de meester van hun arbeid profiteert, maar vrije mensen werken om te sparen en vooruit te komen, dat is hun prikkel.'

'De prikkel op Saint-Lazare was de zweep van Prosper Cambray,' was haar reactie.

'En je weet hoe het in die kolonie is afgelopen, Tété. Je kunt niet oneindig doorgaan met een terreurbewind.'

'U moet stiekem een abolitionist zijn, don Sancho, want u praat net als die leraar, Gaspard Sévérin, en monsieur Zacharie in Le Cap.'

'Zeg dat maar niet als er anderen bij zijn want dan kom ik in de problemen. Morgen wil ik je hier weer zien, schoon en netjes gekleed. We gaan mijn vriendin opzoeken.'

De dag daarna moest père Antoine alleen op pad terwijl Tété, in haar enige, pasgewassen jurk en haar tignon netjes gesteven, samen met don Sancho voor het eerst op zoek ging naar werk. Na een paar blokken kwamen ze in de Rue Chartres, een levendige straat met winkels waarin hoeden, kant, laarsjes en stoffen te koop werden aangeboden, en wat er verder maar bestaat om de vrouwelijke ijdelheid te bevredigen. Ze hielden stil voor een geel geschilderd gebouw van twee verdiepingen met een groen ijzeren hekwerk om de balkons.

Sancho liet de kleine klopper in de vorm van een pad tegen de deur vallen. Er werd opengedaan door een dikke, humeurig kijkende negerin, die ineens een brede glimlach tevoorschijn toverde toen ze Sancho herkende. Tété had het gevoel twintig jaar in cirkels te hebben gelopen om terug te komen op hetzelfde punt waar ze was begonnen: toen ze het huis van madame Delphine verliet. Het was Loula. De vrouw herkende haar niet, dat zou onmogelijk zijn geweest, maar omdat ze met Sancho meekwam, heette ze Tété welkom en ging hen voor naar de kamer. 'Madame komt zo, don Sancho. Ze verwacht u,' zei ze, en ze verdween weer, de vloerplanken dreunend onder haar olifantenstappen.

Een paar minuten later sloeg Tétés hart over toen ze Violette Boisier van Le Cap binnen zag komen, net zo knap als indertijd en met een zelfverzekerdheid die de jaren en de herinneringen met zich meebrengen. Sancho was ineens een andere man, van zijn Spaanse mannelijke branie bleef niets over, hij kromp ineen tot een verlegen jongeman die boog om de hand van de schone dame te kussen en daardoor met de punt van zijn degen een tafeltje omverstootte. Tété wist op het nippertje een porseleinen middeleeuws minstreeltje op te vangen, dat ze tegen haar borst gedrukt hield terwijl ze Violette verbluft aankeek.

'Ik veronderstel dat dit de vrouw is over wie je me hebt verteld, Sancho,' zei Violette. Toen Tété Sancho's verwarring zag, en de vertrouwelijkheid waarmee die twee met elkaar omgingen, herinnerde ze zich de praatjes; ze begreep ineens dat Violette de Cubaanse was die volgens Célestine Adi Souper in het licht ontvlambare hart van de Spanjaard had vervangen.

'Madame... we hebben elkaar lang geleden al eens ontmoet. U hebt me als meisje gekocht van madame Delphine,' wist Tété uit te brengen.

'Echt waar? Maar daar herinner ik me niets van,' stamelde Violette.

'In Le Cap. U had me gekocht voor monsieur Valmorain. Ik ben Zarité.'

'Maar natuurlijk! Kom eens hier bij het raam, dan kan ik je beter zien. Hoe had ik je ook kunnen herkennen? Je was toen een mager kind, dat alleen maar wilde vluchten.'

'Ik ben nu vrij. Tenminste, bijna.'

'Mijn God, dit is een al te vreemde samenloop van omstandigheden. Loula! Kom eens kijken wie we hier hebben!' riep Violette.

Loula sleepte haar zware lichaam naar binnen en toen ze begreep wie Tété was, perste ze haar in een omhelzing als van een gorilla bijna fijn. Tranen van emotie sprongen Loula in de ogen toen ze zich Honoré herinnerde, die ze in haar herinnering associeerde met het kleine meisje dat Tété was geweest. Loula vertelde dat madame Delphine voordat ze naar Frankrijk was teruggegaan, nog had geprobeerd hem te verkopen, maar hij was zo oud en ziek dat hij niets meer waard was en ze had hem vrij moeten laten, waarna Honoré het in zijn eentje had moeten rooien en was gaan bedelen.

'Later ging hij naar de rebellen, dat was nog vóór de revolutie. Hij is nog afscheid van me komen nemen, we waren vrienden. Een echte heer, die Honoré. Ik weet niet of het hem is gelukt de bergen te bereiken, want de weg was steil en hij was kreupel. En als hij het heeft gehaald is het maar de vraag of ze hem wilden hebben, want hij was niet meer geschikt om te vechten, in wat voor oorlog dan ook,' verzuchtte Loula.

'Natuurlijk was hij welkom, want hij kon trommelen en koken. Dat is belangrijker dan met een wapen zwaaien,' zei Tété troostend.

Ze nam afscheid van de priester en van de oude zuster Lucie met de belofte dat ze hen, zodra ze kon, zou komen helpen met de zieken, en ze verhuisde naar Violette en Loula; daarvan had ze al gedroomd toen ze tien jaar was. Al twintig jaar lang was ze nieuwsgierig geweest naar wat Violette madame Delphine voor haar had betaald, en ze vernam dat ze was weggegaan voor de prijs van een paar geiten. Die prijs was later, toen ze aan Valmorain werd overgedaan, met vijftien procent verhoogd.

'Dat is meer dan je waard was, Tété. Je was geen mooi kind, en slecht opgevoed,' verzekerde Loula haar ernstig.

Ze wezen Tété het enige slavenonderkomen toe dat het huis rijk was, een cel zonder ventilatie, maar schoon. Violette groef in haar spullen en vond wat geschikte kleren voor Tété. Ze kreeg zo veel taken dat ze ze niet kon tellen, maar eigenlijk kwam het erop neer dat ze de bevelen van Loula moest opvolgen, die te oud en te moe was geworden voor huishoudelijk werk en de hele dag in de keuken bezig was met schoonheidsmiddeltjes en liefdesdranken. Er stond geen bord aan de straat om de spullen die binnen die muren verkocht werden aan te prijzen, ze hadden genoeg aan de mond-tot-mondreclame die een eindeloze stoet vrouwen van alle leeftijden aantrok, over het algemeen kleurlingen, hoewel er ook achter dikke sluiers weggestopte blanke dames langskwamen.

Violette was alleen 's middags beschikbaar, ze had de gewoonte de ochtenduren te luieren en aan haar persoonlijke verzorging te wijden, nooit opgegeven. Haar huid, zelden aangeraakt door het directe zonlicht, was nog steeds zo zacht als crème caramel, en de dunne lijntjes naast haar ogen gaven haar gezicht alleen maar meer karakter; haar handen, die nooit kleren hadden gewassen of hadden gekookt, straalden jeugdigheid uit, en haar figuur was met een paar kilo extra meer uitgesproken, wat haar zachter maakte zonder dat ze er als een matrone uitzag. Dankzij de geheimzinnige lotions hadden haar haren hun gitzwarte kleur behouden, en ze droeg ze in hetzelfde kapsel als voorheen: een ingewikkelde staart, met wat losse krulletjes om de verbeelding te prikkelen. Ze wekte nog immer de begeerte van de mannen en de jaloezie van de vrouwen, en die wetenschap gaf haar tred een zekere springerigheid en maakte dat haar lach klonk als het spinnen van een kat. Haar cliënten vertrouwden haar hun zorgen toe, vroegen fluisterend om raad en schaften haar middeltjes aan zonder af te dingen, in het volste vertrouwen. Tété ging met haar mee om de ingrediënten te kopen, van de parels om de huid op te lichten die de piraten aanboden, tot de beschilderde glazen flesjes die een kapitein meebracht uit Italië.

'De verpakking is duurder dan de inhoud, maar het gaat erom hoe het eruitziet,' zei Violette.

'Père Antoine beweert het tegendeel,' antwoordde Tété lachend.

Eens per week gingen ze naar een schrijver aan wie Violette in grote lijnen een brief dicteerde voor haar zoon in Frankrijk. De schrijver zette haar gedachten in een prachtig handschrift om in bloemrijke zinnen. In slechts twee maanden bereikten de brieven de jonge kadet, die met vier zinnen in militaire stijl stipt antwoordde dat het hem goed ging en dat hij de taal van de vijand bestudeerde, zonder erbij te vermelden om welke vijand het ging, want Frankrijk had er zo veel.

'Jean-Martin is net zijn vader,' verzuchtte Violette als ze die in code geschreven berichten las. Tété vond de moed te vragen hoe het kwam dat ze ondanks haar moederschap haar figuur had weten te behouden. Violette schreef dat toe aan haar Senegalese grootmoeder. Ze vertelde Tété niet dat Jean-Martin geadopteerd was, en evenmin dat ze een affaire met Valmorain had gehad. Ze sprak wel met haar over haar langdurige relatie met Étienne Relais, haar geliefde en haar echtgenoot, aan wiens herinnering ze trouw was gebleven tot ze Sancho García del Solar was tegengekomen, want op geen van haar aanbidders in Cuba, zelf niet op de Galiciër die op het punt had gestaan met haar te trouwen, was ze verliefd geworden.

'Maar om in vorm te blijven heb ik wel altijd iemand in mijn bed gehad, ook als weduwe. Daarom heb ik een goede huid en een goed humeur.'

Tété bedacht dat zij dan binnenkort wel onder de rimpels moest komen te zitten en chagrijnig zou worden, want zij troostte zich al jarenlang met zichzelf, zonder meer prikkeling dan de herinnering aan Gambo.

'Don Sancho is een heel goed mens, madame. Als u van hem houdt, waarom trouwt u dan niet met hem?'

'Tété, in wat voor een wereld leef jij? Blanken trouwen niet met gekleurde vrouwen, dat is illegaal. Bovendien moet je op mijn leeftijd niet meer trouwen en zeker niet met zo'n onverbeterlijke losbol als Sancho.'

'Dan gaat u toch met hem samenleven.'

'Ik heb geen zin om hem te onderhouden. Sancho zal arm sterven, terwijl ik van plan ben om rijk dood te gaan. Ik wil worden begraven in een praalgraf met een marmeren aartsengel erop.'

Een paar dagen voordat de termijn voor Tétés vrijlating geëffectueerd zou worden, gingen Sancho en Violette met haar mee naar het internaat van de ursulinen om Rosette het nieuws te brengen. Ze ontmoetten elkaar in een grote, kale bezoekersruimte met vier ruwhouten stoelen en een groot kruisbeeld dat aan het plafond hing. Op een tafeltje stonden kommen lauwe chocoladedrank met een laag gestolde room erop, en een bus voor aalmoezen waarmee bedelaars die bij het klooster aanklopten, werden ondersteund.

Bij het onderhoud was een non aanwezig die de boel vanuit een ooghoek in de gaten hield, want al was het de bisschop in eigen persoon, de leerlingen mochten zonder chaperonne niet in mannelijk gezelschap verkeren en al helemaal niet in het gezelschap van zo'n schuinsmarcheerder als die Spanjaard.

Tété had maar zelden met haar dochter over slavernij gesproken. Rosette besefte vaag dat zij en haar moeder Valmorains eigendom waren, maar dacht dat hun situatie weinig verschilde van die van Maurice, die ook volledig afhankelijk was van zijn vader en niets voor zichzelf kon beslissen. Ze vond dat niet vreemd. Alle vrouwen en meisjes die ze kende, of ze nu vrij waren of niet, behoorden een man toe: hun vader, hun echtgenoot of Jezus. Maar het was wel een constant thema in Maurice' brieven. Hoewel hij vrij was, leed hij veel meer dan zij onder 'de absolute immoraliteit van de slavernij', zoals hij het uitdrukte. Tijdens hun kindertijd, toen de verschillen tussen hen beiden minder duidelijk waren, placht Maurice weg te zakken in diepe neerslachtigheid, veroorzaakt door de twee onderwerpen die een obsessie voor hem vormden: rechtvaardigheid en slavernij.

'Als we groot zijn, ben jij mijn meester en ben ik jouw slavin, en dan leven we lang en gelukkig,' had Rosette eens gezegd.

Maurice had haar door elkaar geschud, bijna stikkend in zijn tranen: 'Ik zal nooit slaven hebben! Nooit! Nooit!'

Rosette was van de kleurlingen op het internaat een van de meest blanke meisjes, iedereen dacht dat ze een dochter was van vrije ouders. Alleen de *soeur supérieure* wist hoe het werkelijk zat; ze had Rosette alleen toegelaten vanwege het bedrag dat Valmorain aan de school had gedoneerd en omdat hij had beloofd dat ze in de nabije toekomst zou worden vrijgelaten.

Ditmaal verliep het bezoek heel wat ontspannener dan de keren daarvoor, toen Tété met Rosette alleen was geweest en ze zich allebei ongemakkelijk hadden gevoeld omdat ze elkaar niets te zeggen hadden. Rosette en Violette vonden elkaar op het eerste gezicht aardig. Toen ze hen samen zag, bedacht Tété dat ze in zekere zin op elkaar leken, niet zozeer vanwege hun trekken als wel door hun huidskleur en houding. Ze zaten het hele bezoekuur geanimeerd met elkaar te praten, terwijl zij en Sancho zwijgend toekeken.

'Wat een slim meisje is jouw Rosette, en zo knap, Tété! Ze is de dochter die ik had willen hebben!' riep Violette uit toen ze vertrokken.

'Wat zal er van haar worden als ze van school komt, madame? Ze is gewend als een rijk meisje te leven, ze heeft nog nooit gewerkt en denkt dat ze blank is,' zuchtte Tété.

'Ach mens, dat heeft de tijd. Dat zien we dan wel weer,' antwoordde Violette.

Zarité

Op de aangegeven dag ging ik bij de deur van de rechtbank staan om de rechter op te wachten. De aankondiging hing nog aan de muur, zoals ik elke middag van die veertig dagen had gezien wanneer ik, doodzenuwachtig en met een gelukbrengende gris-gris in mijn hand, kwam kijken of iemand bezwaar had aangetekend. Madame Hortense kon het tegenhouden, dat was heel makkelijk voor haar; ze hoefde me alleen maar te beschuldigen van losbandig gedrag of een kwaadaardig karakter, maar het zag ernaar uit dat ze zich niet tegen haar man durfde te verzetten; monsieur Valmorain had een hekel aan praatjes.

Ik had in die dagen de tijd om na te denken en werd besprongen door twijfels. Ik hoorde Célestines waarschuwingen en de dreigementen van de meesters in mijn hoofd: vrijheid betekende dat ik niet op hulp kon rekenen, dat ik geen bescherming zou krijgen, geen veiligheid. Als ik geen werk vond of ziek werd, zou ik net zo eindigen als de bedelaars die bij de ursulinen in de rij stonden voor eten. En Rosette?

'Rustig, Tété, vertrouw op God, die ons nooit in de steek laat,' troostte père Antoine me.

Er was niemand naar de rechtbank gekomen om bezwaar aan te tekenen, en op 30 november 1800 bevestigde de rechter mijn vrijheid en was Rosette mijn eigendom. Alleen père Antoine was erbij, want don Sancho en dokter Parmentier, die ook beloofd hadden te komen, waren het vergeten. De rechter vroeg me onder welke naam ik me wilde inschrijven, en de heilige gaf me toestemming de zijne te gebruiken. Zarité Sedella, dertig jaar, mulattin, vrij. Rosette, elf jaar, kwartbloed, slavin, eigendom van Zarité Sedella. Dat stond op het papier dat père Antoine me woord voor woord voorlas voor hij me zijn zegen gaf en me daarna stevig omhelsde. Zo ging het.

De heilige vertrok meteen weer om voor zijn nooddruftigen te zorgen en ik ging op het Place d'Armes op een bankje zitten huilen van opluchting. Ik weet niet hoe lang ik daar heb gezeten, maar het was een lange huilbui want de zon had zich aan de hemel verplaatst toen mijn gezicht droog werd in de schaduw. Toen voelde ik dat iemand mijn schouder aanraakte en een stem die ik onmiddellijk herkende, zei me gedag.

'Eindelijk bent u tot rust gekomen, mademoiselle Zarité! Ik dacht dat u zou smelten van al die tranen.'

Het was Zacharie, die op een ander bankje naar me had zitten kijken, zonder enige haast. Hij was de knapste man van de wereld, maar dat had ik vroeger nooit gezien omdat ik blind was van liefde voor Gambo. Toen hij in zijn prachtige livrei voor de intendant van Le Cap werkte was hij al een indrukwekkende figuur geweest, maar nu op het plein, met zijn mosgroene zijden vest, een batisten hemd, laarzen met bewerkte gespen en verschillende gouden ringen, zag hij er nog beter uit.

'Monsieur Zacharie! Bent u het werkelijk?' Hij was net een droom, heel gedistingeerd, met wat plukjes grijs haar langs zijn slapen en met een smalle stok met een ivoren knop.

Hij kwam naast me zitten en stelde voor elkaar gezien onze oude vriendschap voortaan te tutoyeren. Hij vertelde dat, toen in Saint-Domingue het einde van de slavernij was aangekondigd, hij in allerijl aan boord was gegaan van een Amerikaanse schoener die hem naar New York had gebracht, waar hij helemaal niemand kende, het ijskoud had en geen woord verstond van het brabbeltaaltje dat de mensen daar spraken, zoals hij zelf zei. Hij wist dat de meeste vluchtelingen uit Saint-Domingue zich in New Orleans hadden gevestigd en daarom was hij hier nu ook. Het ging hem heel goed. Een paar dagen eerder had hij toevallig de aankondiging van mijn vrijlating aan de muur van het gerechtsgebouw zien hangen en had navraag gedaan, en toen hij zeker wist dat het om dezelfde Zarité ging die hij kende – de slavin van monsieur Toulouse Valmorain –, had hij besloten er op de aangegeven datum ook te zijn, aangezien zijn schip dan in New Orleans voor anker zou liggen. Hij had me met père Antoine het gerechtsgebouw binnen zien gaan, had op me gewacht op het Place d'Armes en was daarna zo fijngevoelig geweest me uit te laten huilen voor hij me was komen begroeten.

'Ik heb dertig jaar op dit moment gewacht en nu het eenmaal zover is, zit ik te huilen in plaats van te gaan dansen,' zei ik beschaamd.

'Je zult nog tijd genoeg hebben om te dansen, Zarité. Laten we het vanavond nog gaan vieren,' bood hij aan.

'Maar ik heb niets om aan te trekken!'

'Dan zal ik een jurk voor je moeten kopen. Dat is wel het minste wat je verdient op deze dag, de belangrijkste van je leven.'

'Ben je rijk, Zacharie?'

'Ik ben arm, maar ik leef als een rijke. Dat is verstandiger dan rijk zijn en leven als een arme,' zei hij lachend. 'Als ik sterf zullen mijn vrienden een collecte moeten houden om mijn begrafenis te betalen, maar mijn grafschrift, in gouden letters, zal luiden: "Hier rust Zacharie, de rijkste neger van de Mississippi". Ik heb het al in de grafsteen laten beitelen die ik onder mijn bed bewaar.'

'Dat wil madame Violette Boisier ook, een indrukwekkende graftombe.'

'Het is het enige wat blijvend is, Zarité. Over honderd jaar kunnen de bezoekers van het kerkhof nog steeds de graftomben van Violette en Zacharie bewonderen en zich voorstellen hoe goed ons leven moet zijn geweest.'

Hij liep met me mee naar huis. Halverwege kwamen ons twee blanke mannen tegemoet, bijna net zo goed gekleed als Zacharie, die hem met een spottende uitdrukking van boven tot onder opnamen. Een van hen spuwde op de grond, vlak naast Zacharies voeten, maar hij merkte het niet of gaf er de voorkeur aan niet te reageren.

Hij hoefde geen jurk voor me te kopen, want madame Violette stond er op me mooi te maken voor het eerste afspraakje van mijn leven. Samen met Loula deed ze me in bad, ze masseerden me met amandelcrème, vijlden mijn nagels en verzorgden mijn voeten zo goed en zo kwaad als dat ging, maar het eelt van zoveel jaren blootsvoets lopen konden ze niet verdoezelen. Toen ik in de spiegel keek nadat madame me had opgemaakt, zag ik niet mijn bekladderde gezicht, maar een Zarité Sedella die haast knap te noemen was. Madame leende me een mousselinen jurk van haarzelf, in empirestijl, met een cape in dezelfde perzikkleur en knoopte een zijden tignon op de manier waarop zij die droeg. Ze leende me ook haar tafzijden schoentjes en haar grote gouden oorringen die, naast de ring met de gebroken opaal die ze nooit afdoet, haar enige juwelen zijn.

Omdat Zacharie me met een huurkoets kwam halen, hoefde ik niet op slippers te gaan en de schoenen in een tas mee te dragen, zoals iedereen doet om te voorkomen dat schoenen op straat vies worden. Ik veronderstel dat Violette, Loula, en de buren die nieuwsgierig kwamen kijken, zich afvroegen waarom een heer als hij zijn tijd verdeed met zo'n onbeduidend persoontje als ik.

Zacharie bracht twee gardenia's voor me mee die Loula in mijn decolleté stak, en we gingen naar de opera. Die avond werd er werk van de componist Saint-Georges gespeeld, de zoon van een plantagehouder uit Guadeloupe en diens Afrikaanse slavin. Koning Lodewijk XVI had hem benoemd tot dirigent van een beroemd Parijs orkest, maar dat duurde niet lang omdat de diva's en tenoren weigerden onder zijn leiding te zingen. Zo vertelde Zacharie me dat. Misschien was geen van de blanken in het publiek, dat zo hard applaudisseerde, ervan op de hoogte dat de muziek door een mulat was geschreven.

Wij hadden de beste plaatsen in het gedeelte dat voor kleurlingen was gereserveerd: boven, in het midden. De dikke lucht in het theater rook naar alcohol, zweet en tabak, maar het enige wat ik rook waren mijn gardenia's. Op het schellinkje zaten verschillende kaintucks die de voorstelling keer op keer met spottend geschreeuw onderbraken, tot ze hardhandig werden verwijderd en de muziek kon worden voortgezet.

Daarna gingen we naar de Salon Orléans, waar walsen, quadrilles en polka's werden gespeeld, dezelfde dansen die Maurice en Rosette hadden geleerd onder dreiging van het rietje. Zacharie leidde, zonder op mijn voeten te trappen of tegen andere dansparen op te botsen; we moesten op de dansvloer bepaalde passen uitvoeren zonder met je armen te zwaaien of je achterwerk te schudden. Er waren enkele blanke mannen, maar ik zag geen enkele blanke vrouw, en Zacharie was het zwartst van iedereen, op de musici en de obers na, en ook het knapst. Hij torende boven iedereen uit, danste alsof hij zweefde en als hij lachte zag je zijn perfecte tanden.

We bleven een halfuur, maar toen Zacharie in de gaten had dat ik me er niet thuis voelde, vertrokken we weer. Het eerste wat ik deed toen we in de koets stapten, was mijn schoenen uittrekken.

We eindigden in de buurt van de rivier, in een bescheiden straatje buiten het centrum. Het viel me op dat tegenover het huis een aantal zwarte lakeien stond, alsof ze daar al heel lang wachtten. We hielden stil voor een met klimop begroeide muur, slecht verlicht door een straatlantaarn. Er stond ook een met twee pistolen bewapende blanke op wacht door wie Zacharie heel beleefd werd begroet. We kwamen op een patio waar een stuk of zes gezadelde paarden stonden en er klonk een orkest. Het huis, niet zichtbaar vanaf de straat, was tamelijk groot maar nogal eenvoudig, met voor de ramen dikke gordijnen die het interieur aan het zicht onttrokken.

'Welkom in Chez Fleur, het beroemdste speelhuis van New Orleans,' zei Zacharie met een gebaar naar het huis.

Zacharie leidde me naar een ruime salon. In de dichte sigarenrook zag ik blanke en gekleurde mannen, sommige achter de speeltafels, andere die wat dronken en weer andere die met gedecolleteerde vrouwen dansten. Iemand reikte ons een glas champagne aan. We schoten niet erg op, want ze hielden Zacharie bij elke stap aan om hem te begroeten.

Ineens ontstond er ruzie in een groepje spelers, en Zacharie maakte aanstalten tussenbeide te komen, maar iemand was hem voor: een enorme kerel op houthakkerslaarzen, met een bos haren zo hard als ijzerdraad en een sigaar tussen zijn tanden, die met een paar fikse klappen het tumult tot bedaren bracht. Twee minuten later zaten de mannen weer met hun kaarten in de hand grappen te maken, alsof ze nooit een mep hadden gekregen. Zacharie stelde me voor aan degene die de orde had hersteld; ik dacht dat het een man met borsten was, maar het bleek een vrouw met haren op haar gezicht en een romantische bloemen- en vogelnaam die niet bij haar uiterlijk paste: Fleur Hirondelle.

Zacharie vertelde dat ze het speelhuis hadden kunnen kopen met het geld dat hij al die jaren voor zijn vrijlating in Saint-Domingue had gespaard, en met een lening van de bank waarvoor zijn compagnon Fleur Hirondelle had gezorgd. Het verkeerde in een vervallen staat, maar ze hadden het opgeknapt en nu was het voorzien van alle gemakken, van enige luxe zelfs. En ze hadden geen problemen met de autoriteiten omdat ze een deel van hun budget voor steekpenningen bestemden. Ze verkochten drank en eten, twee orkestjes zorgden voor vrolijke muziek en de meest opvallende nachtvlinders van Louisiana boden hier hun diensten aan; ze waren niet in dienst van het huis maar werkten voor zichzelf. Chez Fleur was geen bordeel – daarvan waren er al genoeg in de stad. Aan de tafels werd verloren en gewonnen, er gingen enorme bedragen om, maar het grootste deel van het geld bleef in het speelhuis achter. Chez Fleur was een lucratieve zaak, hoewel ze nog steeds moesten afbetalen aan de bank en veel kosten hadden.

'Het is mijn droom om meer van dergelijke speelhuizen te openen, Zarité. En natuurlijk heb ik dan blanke compagnons nodig, zoals Fleur Hirondelle, om aan geld te komen.'

'Is zij blank? Ze lijkt wel een indiaan.'

'Volbloed Française, maar geblakerd door de zon.'

'Je hebt geluk gehad met haar, Zacharie. Een compagnon is niet praktisch, je kunt beter iemand betalen om zijn naam te mogen gebruiken. Zo pakt madame Violette het aan om onder de wet uit te komen. Don Sancho staat borg voor haar, maar ze laat hem niet in haar zaken snuffelen.'

In Chez Fleur werd op mijn manier gedanst en de nacht vloog voorbij. Toen Zacharie me naar huis terugbracht werd het al licht. Hij moest me ondersteunen, want mijn hoofd tolde van geluk en van de champagne, die ik nooit eerder had gedronken. Erzuli, loa van de liefde, zorg dat ik niet verliefd word op deze man want dat kan alleen maar verdriet brengen, smeekte ik die nacht, toen ik bedacht hoe de vrouwen in de Salon Orléans naar hem hadden gekeken en hoe ze zich in Chez Fleur aan hem aanboden.

Vanuit het raampje van de koets zagen we père Antoine, die op weg was naar de kerk na een nacht vol goede werken, sloffend op zijn sandalen. Hij was uitgeput en we hielden stil om hem een lift te geven, hoewel ik me voor mijn decolleté schaamde en voor de alcohol die je in mijn adem kon ruiken.

'Ik zie dat je de eerste dag van je vrijheid groots hebt gevierd, mijn kind. Als iemand een beetje vreugde verdiend heeft, ben jij het wel,' was alles wat hij zei voor hij me zegende.

Zoals Zacharie me had beloofd, was het een gelukkige dag. Zo herinner ik het me.

De politiek van de dag

In Saint-Domingue had Pierre-François Toussaint, die vanwege zijn slimme onderhandelingstechniek ook wel 'Louverture' werd genoemd, onder zijn militaire dictatuur een onzeker evenwicht weten te handhaven, maar het zeven jaar durende geweld had de kolonie verwoest en Frankrijk grote economische schade toegebracht. Napoleon was niet van plan toe te staan dat die krompoot, zoals hij hem noemde, hém voorwaarden stelde. Toussaint had zichzelf tot gouverneur voor het leven uitgeroepen – op dat idee gebracht door Napoleon zelf, die zich immers tot Eerste Consul voor het leven had benoemd – en hij trad hem als gelijke tegemoet. Napoleon Bonaparte had zich voorgenomen Toussaint Louverture als een kakkerlak te vertrappen, de negers weer op de plantages aan het werk te zetten en de kolonie opnieuw onder blank bewind te brengen.

De vaste bezoekers van het Café des Émigrés in New Orleans volgden de verwarrende gebeurtenissen van de maanden daarna met gespannen aandacht, want ze waren de hoop naar het eiland terug te keren nooit verloren. Napoleon stuurde een omvangrijke expeditie, onder bevel van zijn zwager, generaal Leclerc, die zijn echtgenote, de mooie Pauline Bonaparte, meebracht. Napoleons zuster reisde met een gevolg van courtisanes, muzikanten, acrobaten en andere artiesten, en sleepte meubels mee, frutsels en franjes en wat je maar kon bedenken om in de kolonie net zo'n schitterend hof op te zetten als ze in Parijs had achtergelaten.

Ze vertrokken eind 1801 vanuit Brest, en twee maanden later werd Le Cap vanaf de schepen van Leclerc beschoten en voor de tweede keer in tien jaar in de as gelegd. Toussaint Louverture gaf geen krimp; hij wachtte onaangedaan steeds het juiste moment af om aan te vallen of zich terug te trekken. In dat laatste geval lieten zijn troepen een woestenij achter waarin geen boom meer overeind stond. De blanken die er niet in slaagden zich onder Leclercs bescherming te stellen, werden afgemaakt. In april viel de gele koorts als een nieuwe vloek over de troepen van de Fransen, die niet gewend waren aan het klimaat en geen weerstand hadden tegen de ziekte. Van de zeventienduizend manschappen die Leclerc op de expeditie meenam, bleven er twaalfduizend over: zevenduizend in een erbarmelijke conditie en vijfduizend doodziek. De andere vijfduizend lagen onder de grond. En opnieuw was Toussaint Macandals gevleugelde legers dankbaar voor hun hulp.

Napoleon stuurde versterkingen en in juni stierven nog eens drieduizend soldaten en hun officieren aan dezelfde gele koorts; er was niet voldoende ongebluste kalk om de lichamen in de massagraven mee te bedekken, en de gieren en de honden gingen er met hele stukken vlees vandoor.

Toussaints z'étoile doofde die maand echter aan het firmament. De generaal liep in een valstrik: de Fransen deden het voorkomen of ze wilden onderhandelen maar hij werd gearresteerd en met zijn gezin naar Frankrijk gedeporteerd. Napoleon had de 'grootste negergeneraal van de geschiedenis', zoals Toussaint werd genoemd, verslagen. Leclerc stelde dat er maar één manier was om de vrede te herstellen: alle negers in de bergen en de helft van die in de vlakte doden, zowel de mannen als de vrouwen, en alleen de kinderen jonger dan twaalf jaar in leven laten. Maar hij slaagde er niet in dat plan ten uitvoer te brengen omdat hij zelf ziek werd.

Alle blanke emigranten in New Orleans, zelfs de monarchisten, brachten een heildronk uit op Napoleon, de onoverwinnelijke, terwijl Toussaint Louverture in een ijskoude cel in een fort in de Alpen, op een hoogte van tweeduizend negenhonderd meter, tegen de Zwitserse grens aan, een langzame dood stierf. De oorlog ging onverbiddelijk door, dat hele jaar 1802; er waren maar heel weinig mensen die zich realiseerden dat Leclerc tijdens die korte campagne bijna dertigduizend man aan de gele koorts had verloren voor hij zelf in november aan diezelfde ziekte bezweek. De Eerste Consul beloofde nog eens dertigduizend soldaten naar Saint-Domingue te sturen.

In de winter van 1802 zaten dokter Parmentier en Tété met elkaar te praten op de patio van Adèles huis, waar ze elkaar vaak troffen. Drie jaar eerder, kort nadat hij uit Cuba was aangekomen en de dokter Tété in het huis van de familie Valmorain ontmoette, had hij Gambo's boodschap overgebracht, zoals hij had beloofd. Hij vertelde over de omstandigheden waaronder hij Gambo had ontmoet, over diens vreselijke verwondingen en die lange herstelperiode die hen in staat had gesteld elkaar goed te leren kennen. Hij vertelde haar ook over de hulp die de dappere kapitein hem had verleend om uit Saint-Domingue weg te komen toen dat nagenoeg onmogelijk was.

'Hij zei dat je niet op hem moest wachten, Tété, omdat hij je al was vergeten, maar als hij je die boodschap zendt, is dat omdat hij je juist niet is vergeten,' had de dokter bij die gelegenheid gezegd.

Hij ging ervan uit dat Tété zich inmiddels van het spook van die liefde had bevrijd. Hij kende Zacharie en iedereen kon diens gevoelens voor Tété raden, hoewel de dokter hen nog nooit had kunnen betrappen op een gebaar dat enige intimiteit verraadde; misschien was de gewoonte van voorzichtigheid en steelsheid, die ze tijdens hun slavernij zo nodig hadden gehad, te diep geworteld.

Zacharie had het druk met het speelhuis en reisde van tijd tot tijd naar Cuba en andere eilanden om drank, sigaren en andere spullen voor zijn zaak in te slaan. Tété wist nooit wanneer Zacharie in het huis aan de Rue Chartres op bezoek zou komen. Parmentier had hem een paar keer ontmoet, toen Violette hem te eten had gevraagd. De man was vriendelijk en formeel, en had altijd de klassieke amandeltaart bij zich om de maaltijd mee te bekronen. Met Parmentier sprak Zacharie over zijn favoriete onderwerp, de politiek, met Sancho over weddenschappen, paarden en gedroomde ondernemingen, en met de vrouwen over alles wat hen maar behaagde.

Soms had hij zijn compagnon bij zich, Fleur Hirondelle, die een merkwaardige sympathie voor Violette leek te koesteren. Ze liet haar wapens bij de ingang achter, ging zitten om in de kleine huiskamer een kopje thee te drinken en verdween dan het huis in, achter Violette aan. De dokter had durven te zweren dat ze geen haar meer op haar gezicht had toen ze terugkwam, en hij had een keer gezien dat ze een klein flesje had weggestopt in de buidel waarin ze haar kruit bewaarde, vast en zeker parfum, want hij had Violette horen zeggen dat iedere vrouw wel een vonkje ijdelheid bezit en dat er maar een paar lekker ruikende druppeltjes nodig waren om dat te ontsteken. Zacharie deed of hij niets merkte van de zwakheden van zijn compagnon, terwijl hij op Tété zat te wachten, die zich mooi maakte om met hem uit te gaan.

Ze namen de dokter een keer mee naar Chez Fleur, en daar had hij

Zacharie en Fleur Hirondelle in hun eigen omgeving kunnen waarnemen en kunnen zien hoe gelukkig Tété was als ze danste, op blote voeten. Zoals hij al vermoedde toen hij haar voor het eerst op de habitation Saint-Lazare had gezien – ze was toen nog heel jong geweest –, was Tété heel sensueel van aard, maar dat had ze indertijd verborgen achter afgemeten gedrag. Toen hij haar zag dansen, begreep de dokter dat haar wettige positie niet het enige was wat na haar vrijlating was veranderd, maar dat ze ook haar gereserveerdheid had afgelegd.

In New Orleans was de relatie tussen Parmentier en Adèle heel gewoon; verschillende van zijn vrienden en patiënten onderhielden gekleurde gezinnen. De dokter hoefde niet langer zijn toevlucht tot allerlei onwaardige trucs te nemen om zijn vrouw te kunnen bezoeken en niet meer als een dief in de morgen weg te sluipen om niet gezien te worden. Hij at bijna elke avond met zijn gezin, sliep in Adèles bed en wandelde om tien uur 's morgens met een slakkengangetje naar zijn praktijk, zich niets aantrekkend van het commentaar dat dit kon veroorzaken. Hij had zijn kinderen, die inmiddels zijn achternaam droegen, erkend, en zijn twee zoons studeerden in Frankrijk, terwijl zijn dochter bij de ursulinen op school zat.

Adèle werkte in haar naaiatelier en spaarde, zoals ze altijd had gedaan. Ze had twee vrouwen in dienst die haar assisteerden bij het maken van korsetten voor Violette Boisier, met walvisbaleinen versterkte harnassen die de platste vrouw nog welvingen bezorgden maar die je niet zag, zodat de jurken langs een naakt lichaam leken te zweven. De blanke vrouwen vroegen zich af waarom die op de klassieke oudheid geïnspireerde mode de Afrikaanse vrouwen zo veel beter stond dan henzelf.

Tété rende tussen Violettes huis en Adèles atelier heen en weer met voorbeelden, maten, stoffen, korsetten, en met de jurken die af waren en die Violette vervolgens weer aan haar klanten trachtte te verkopen. Bij een van die gelegenheden zat Parmentier met Tété en Adèle te praten op de patio met de bougainville, die in dat jaargetijde niet meer was dan een wirwar aan dorre takken, zonder blad of bloem.

'Het is nu zeven maanden geleden dat Toussaint Louverture is overleden, Napoleons zoveelste misdaad. Louverture is vermoord, in de gevangenis omgekomen van de honger, de kou en de eenzaamheid, maar hij zal niet vergeten worden: de generaal heeft een plek in de geschiedenis,' zei de dokter.

Ze dronken een glaasje sherry na een heerlijk diner van meerval met groente, want Adèle was een goede kok, een van haar vele deugden. De patio was de prettigste plek van het hele huis, zelfs als het, als op die avond, een beetje kil was. Het zwakke licht was afkomstig van een vuurpot die Adèle had aangestoken omdat ze gloeiende kooltjes nodig had voor haar strijkbout maar die in één moeite door de kleine kring vrienden wat warmte gaf.

'De dood van Toussaint betekent niet dat het afgelopen is met de revolutie. Generaal Dessalines heeft de macht overgenomen. Van hem wordt gezegd dat hij onverzoenlijk is,' ging de dokter verder.

'Wat zal er van Gambo zijn geworden? Hij vertrouwde niemand, ook Toussaint niet,' merkte Tété op.

'Later is hij van mening veranderd over Toussaint Louverture. Hij heeft meer dan eens zijn leven gewaagd om hem te redden, Gambo was de vertrouweling van de generaal.'

'Dan was hij er ook bij toen ze hem arresteerden,' zei Tété.

'Toussaint had gehoor gegeven aan een uitnodiging van de Fransen om over een politieke oplossing voor de oorlog te onderhandelen, maar ze hebben hem verraden. Terwijl hij in een huis zat te wachten, hebben ze zijn lijfwacht en de soldaten die hem vergezelden van dichtbij neergeschoten. Ik vrees dat kapitein La Liberté is gesneuveld terwijl hij zijn generaal verdedigde,' vertelde Parmentier haar bedroefd.

'Vroeger kwam Gambo me opzoeken, dokter.'

'Hoe dan?'

'In mijn dromen,' zei Tété vaag.

Ze vertelde niet dat ze hem voorheen elke nacht in haar gedachten opriep, als een gebed, en dat hij haar soms zo duidelijk verscheen dat, als ze wakker werd, haar lichaam zwaar, heet en loom was en ze zich gelukkig voelde omdat ze in de armen van haar geliefde had geslapen. Dan voelde ze Gambo's warmte en rook ze zijn geur op haar eigen huid; als dat was gebeurd, waste ze zich niet, om de illusie dat ze met hem samen was geweest nog even vast te houden. Die ontmoetingen in het rijk van de dromen waren haar enige troost in de eenzaamheid van haar bed, maar hij was al heel lang niet meer gekomen en ze had Gambo's dood al geaccepteerd, want als hij nog leefde zou hij op de een of andere manier contact met haar hebben gezocht.

Nu had ze Zacharie. In de nachten die ze met hem deelde als hij beschikbaar was, voelde ze zich bevredigd en dankbaar als ze de liefde hadden bedreven, met Zacharies grote hand op haar lichaam. Sinds hij in haar leven was, had ze de geheime gewoonte opgegeven zichzelf te liefkozen terwijl ze om Gambo riep, want het verlangen naar de mond van een ander, al was het die van een geest, zou een verraad zijn geweest dat Zacharie niet verdiende. De veilige, rustige liefde die ze deelden, vulde haar leven; ze had verder niets meer nodig.

'Niemand is levend ontsnapt uit de valstrik die ze voor Toussaint hadden opgezet. Er waren geen gevangenen, behalve de generaal en later diens gezin dat ook gearresteerd werd,' zei Parmentier.

'Ik weet dat ze Gambo niet levend te pakken hebben gekregen, dokter, want hij zou zich nooit hebben overgegeven. Al die opoffering en zo veel oorlog, en dan winnen de blanken uiteindelijk toch nog!'

'Zover is het nog niet, Tété! De revolutie gaat door. Generaal Dessalines heeft net Napoleons troepen verslagen en de Fransen zijn begonnen het eiland te evacueren. We kunnen spoedig een nieuwe vluchtelingengolf verwachten, maar dit keer zullen het bonapartisten zijn. Dessalines heeft alle blanke kolonisten opgeroepen terug te gaan naar hun plantages, hij heeft ze nodig om de kolonie weer net zo welvarend te maken als voorheen.'

'Dat verhaal hebben we al een paar keer eerder gehoord, dokter, dat heeft Toussaint ook geprobeerd. Zou u naar Saint-Domingue teruggaan?' vroeg Tété.

'Voor mijn gezin is het hier beter, wij blijven. En jij?'

'Ik ook. Hier ben ik vrij, en Rosette binnenkort ook.'

'Is ze niet heel jong om al te worden vrijgelaten?'

'Père Antoine helpt me. Hij kent bijna iedereen over de hele lengte en breedte van de Mississippi, en geen rechter zou het wagen hem een gunst te weigeren.'

Die avond vroeg Parmentier Tété naar haar relatie met tante Rose. Hij wist dat ze haar behalve bij bevallingen en genezingen ook vaak had geassisteerd bij het bereiden van medicijnen en hij was geïnteresseerd in de receptuur. Zij kon zich het meeste herinneren en verzekerde hem dat er niets ingewikkelds aan was en dat ze bij de kruidendokters op de Marché Français aan ingrediënten kon komen. Ze spraken over de middeltjes die Tété zich kon herinneren, over de manier waarop je bloedingen kon stoppen, koorts laten dalen en infecties voorkomen, over aftreksels om de lever schoon te maken en de pijn te verlichten bij stenen in de urinewegen en de nieren, en over vlugzout tegen migraine, kruiden om een abortus mee op te wekken en vloeiingen te stoppen, vochtafdrijvende en laxerende middelen en middelen om het bloed te versterken. Ze moesten allebei hartelijk lachen om het sarsaparilladrankje dat de creolen in New Orleans voor werkelijk elk kwaaltje gebruikten, en waren het erover eens dat de kennis van tante Rose hard nodig was.

De volgende dag deed Parmentier Violette Boisier het voorstel haar handel in schoonheidsmiddeltjes uit te breiden met een verzameling geneeskundige producten uit tante Roses farmacopee, die Tété kon klaarmaken in de keuken. Hij zegde toe alles af te nemen. Violette hoefde er niet over na te denken, het voorstel leek haar voor alle partijen interessant: de dokter zou zijn medicijnen hebben, Tété kon er iets aan verdienen en zijzelf zou er wel bij varen zonder er een vinger voor uit te hoeven steken.

De Amerikanen

In die tijd werd New Orleans opgeschrikt door een hoogst onwaarschijnlijk gerucht. In de cafés en de taveernen, op straten en pleinen kwamen opgewonden mensen bijeen om het nog onzekere nieuws dat Napoleon Bonaparte Louisiana aan de Amerikanen verkocht zou hebben, te bespreken. In de loop van de dagen kreeg het idee de overhand dat het loze praatjes betrof, maar die verdomde Corsicaan bleef het gespreksonderwerp van de dag, want u moet niet vergeten, mijne heren, dat Napoleon van Corsica komt, hij is eigenlijk geen echte Fransman en hij heeft ons aan de kaintucks verkwanseld. Het was de grootste grondtransactie ooit, en de voordeligste: meer dan twee miljoen vierkante kilometer voor het bedrag van vijftien miljoen dollar, dat wil zeggen: een paar dollarcent per hectare. Het grootste deel van dat gebied, dat door verspreid wonende indianenstammen werd bevolkt, was nog niet fatsoenlijk door blanken in kaart gebracht en niemand kon zich er een voorstelling van maken, maar toen Sancho García del Solar een kaart van het continent liet rondgaan, zagen zelfs de grootste stommelingen in dat het Amerikaanse grondgebied twee keer zo groot was geworden. En hoe moet het nu verder met ons? Hoe had Napoleon een dergelijke overeenkomst kunnen sluiten? We zijn toch een Spaanse kolonie?

Drie jaar eerder had Spanje Louisiana in een geheim verdrag, het Verdrag van Ildefonso, aan Frankrijk overgedaan, maar de meerderheid van de bevolking was daar nog niet van op de hoogte omdat het leven was voortgekabbeld als altijd. Aan niets was te merken dat ze onder een andere regering vielen; de Spaanse autoriteiten bleven op hun post, terwijl Napoleon oorlog voerde met de Turken, de Oostenrijkers, de Italianen en wie hem verder nog voor de voeten liep – en met de opstandelingen in Saint-Domingue natuurlijk. Hij moest aan te veel fronten tegelijk vechten – ook met Engeland, zijn aartsvijand – en had tijd, troepen en geld nodig, en omdat hij niet in staat was Louisiana te bezetten of te verdedigen en bovendien bang was dat het gebied in handen van de Britten zou vallen, verkocht hij het liever aan de enige die geïnteresseerd was: president Jefferson.

In New Orleans was iedereen, behalve de nietsnutten in het Café des Émigrés die al met één been op het schip stonden dat hen naar Saint-Domingue zou brengen, ontzet over het bericht. Men geloofde dat Amerikanen lompe, in buffelhuiden gehulde barbaren waren wie het volledig ontbrak aan beschaving, manieren en eergevoel. Om over stand nog maar te zwijgen! Ze waren zeer gewelddadig, alleen geïnteresseerd in wedden, zuipen, vechten en schieten, en tot overmaat van ramp ook nog eens protestant. Bovendien spraken ze geen Frans. Goed, dat zouden ze dan moeten leren, want hoe dachten ze anders in New Orleans te kunnen leven? De hele stad was het erover eens dat deel uitmaken van de Verenigde Staten het einde betekende van het familieleven, de cultuur en de enige ware godsdienst.

Valmorain en Sancho, die zakelijke betrekkingen onderhielden met Amerikanen, probeerden de geruchten enigszins te nuanceren door aan te geven dat de kaintucks niet maatgevend waren voor alle Amerikanen; het waren grensbewoners, net zoiets als zeerovers. Eigenlijk, zei Valmorain, had hij op zijn reizen veel Amerikanen ontmoet die juist heel goed opgevoed en rustig waren; je kon ze hoogstens verwijten dat ze erg moralistisch, erg spartaans in hun gewoonten waren, precies tegenovergesteld aan de kaintucks. Hun meest opvallende tekortkoming was dat ze werken, zelfs lichamelijke arbeid, als een deugd beschouwden. Ze waren materialistisch, zelfingenomen en bezield door een messiaanse geestdrift iedereen te bekeren die niet dacht als zij, maar ze vormden geen direct gevaar voor de beschaving. Niemand was bereid naar hen te luisteren, behalve een paar idioten als Bernard de Marigny, die enorme economische mogelijkheden zag, en père Antoine, die met zijn hoofd in de wolken leefde.

Maar eerst werd de Spaanse kolonie met drie jaar vertraging aan de Fransen overgedragen. Volgens de hysterische toespraak die de prefect hield voor de menigte die de ceremonie bij kwam wonen, waren de inwoners van Louisiana 'zo uitzinnig van blijdschap dat hun hart overliep van geluk'. De overdracht werd gevierd met bals, een concert, banketten en toneelvoorstellingen, in de beste creoolse traditie en als een ware competitie in hoffelijkheid, adeldom en verspilling tussen het afgedankte Spaanse bestuur en de splinternieuwe Franse gezaghebbers, die echter niet lang duurde, want op hetzelfde moment dat de Franse vlag werd gehesen, legde een schip uit Bordeaux aan met de bevestiging van de verkoop van het gebied aan de Amerikanen.

Verkocht als koeien! Gevoelens van woede en vernedering verdrongen de feestelijke stemming van kort daarvoor. De tweede overdracht, ditmaal door de Fransen aan de Amerikanen, die hun kamp op twee mijl buiten de stad hadden opgeslagen, klaar om die in te nemen, vond zeventien dagen later plaats, op 20 december 1803, en toen was er geen sprake van 'uitzinnige blijdschap' maar van collectieve rouw.

Diezelfde maand riep Dessalines de onafhankelijkheid uit van Saint-Domingue, van de Zwarte Republiek Haïti, onder een nieuwe, blauw-met-rode vlag. Haïti, 'het land van de bergen', was de naam die de uitgeroeide Arowakken hun eiland hadden gegeven. Met de bedoeling het racisme, dat de vloek van de kolonie was geweest, uit te bannen, werden alle Haïtiaanse burgers, van welke kleur ook, voortaan *négs* genoemd en iedereen die dat niet was, *blancs.*

'Ik denk dat heel Europa en zelfs de Verenigde Staten zullen proberen dat arme eiland tot zinken te brengen, want dit voorbeeld kan voor andere kolonies aanleiding zijn ook de onafhankelijkheid uit te roepen. Bovendien zullen ze niet toestaan dat ze de afschaffing van de slavernij propageren,' zei Parmentier tegen zijn vriend Valmorain.

'De ramp in Haïti komt ons hier in Louisiana wel goed uit,' concludeerde Valmorain, 'want daardoor kunnen wij meer suiker verkopen tegen een betere prijs.' Het lot van het eiland interesseerde hem niet want hij had al zijn geld er al uit weggehaald.

In New Orleans hadden de immigranten uit Saint-Domingue weinig tijd om stil te staan bij hun verbijstering over die eerste zwarte republiek, de gebeurtenissen in de stad eisten al hun aandacht op. Op een schitterende zonnige dag kwam op het Place d'Armes een bonte menigte creolen, Fransen, Spanjaarden, indianen en negers bijeen om getuige te zijn van de intocht van de Amerikaanse autoriteiten, die de stad te paard binnen reden, gevolgd door een detachement dragonders, twee compagnieën infanterie en een compagnie karabiniers. Niemand kon sympathie opbrengen voor die mannen, die een houding aannamen alsof ieder van hen persoonlijk de vijftien miljoen tevoorschijn had getrokken waarvoor Louisiana was verkwanseld.

Met een korte ceremonie in het gemeentehuis werden de sleutels van de stad aan de nieuwe gouverneur overhandigd, waarna op het plein de wisseling van de vlag plaatsvond; langzaam lieten ze de Franse driekleur zakken en werd de vlag van de Verenigde Staten met zijn sterren gehesen. Toen de vlaggen elkaar halverwege tegenkwamen, hingen ze even stil en klonk een kanonschot dat ogenblikkelijk werd beantwoord door een koor van steekvlammen van de schepen op zee. Een orkest speelde een populair Amerikaans wijsje en de mensen luisterden zwijgend; velen huilden tranen met tuiten en heel wat dames vielen flauw van verdriet.

De zojuist aangekomenen namen zich voor de stad op een zo vriendelijk mogelijke manier in te nemen, terwijl de oorspronkelijke inwoners zich voornamen hun het leven zo moeilijk mogelijk te maken. De Guizots hadden in de familie al een brief laten circuleren met de instructie zich afzijdig te houden; niemand mocht met Amerikanen samenwerken of hen in hun huizen ontvangen. Zelfs de armzaligste bedelaar van New Orleans voelde zich ver boven hen verheven.

Een van de eerste maatregelen die gouverneur Claiborne nam, was het Engels uitroepen tot de officiële taal, wat door de creolen met spottend ongeloof werd ontvangen. Engels? Louisiana was tientallen jaren een Spaanse kolonie geweest, en zij waren gewoon Frans blijven spreken; de Amerikanen moesten wel volslagen achterlijk zijn als ze verwachtten dat hun keelklankengebrabbel de meest melodische taal ter wereld zou kunnen vervangen.

De zusters ursulinen, doodsbang omdat ze er stellig van overtuigd waren dat eerst de bonapartisten en daarna de kaintucks de stad met de grond gelijk zouden maken, hun kerk zouden vernietigen en hen verkrachten, scheepten zich in allerijl in naar Cuba, ondanks de smeekbeden van hun pupillen, hun wezen en de honderden nooddruftigen die ze ondersteunden. Slechts negen van de vijfentwintig nonnen bleven, de andere zestien begaven zich treurend naar de haven, gehuld in hun sluiers, huilend en omringd door een stoet vrienden, bekenden en slaven die hen naar het schip vergezelden.

Valmorain ontving een in haast opgestelde brief waarin hij werd gesommeerd zijn pupil binnen vierentwintig uur op te halen. Hortense, die opnieuw een kind verwachtte en hoopte dat het ditmaal de zo vurig gewenste jongen zou worden, gaf haar echtgenoot in niet mis te verstane bewoordingen te kennen dat dat zwarte meisje geen voet in haar huis zou zetten en dat ze ook niet wilde dat hij met haar gezien werd. Mensen waren nu eenmaal achterdochtig en er zouden vast praatjes worden rondgestrooid – onwaar natuurlijk – dat Rosette zijn dochter was.

Na de nederlaag van Napoleons troepen in Haïti kwam een tweede lawine vluchtelingen naar New Orleans, precies zoals dokter Parmentier had voorspeld: eerst honderden, later duizenden. Het waren bonapartisten, radicaal en atheïstisch, van een heel ander slag dan de katholieke monarchisten die eerder waren gearriveerd. Een confrontatie tussen die twee groepen was onvermijdelijk en viel samen met de intocht van de Amerikanen. Gouverneur Claiborne, een jonge militair met blauwe ogen en kort, geel haar, sprak geen woord Frans en begreep ook niets van de mentaliteit van de creolen, die hij lui en decadent vond.

Uit Saint-Domingue arriveerde het ene na het andere schip, vol burgers en zieke soldaten die een politiek gevaar betekenden vanwege hun revolutionaire ideeën, en een gevaar voor de volksgezondheid vanwege mogelijke epidemieën. Claiborne probeerde de vluchtelingen te isoleren in kampementen buiten de stad, maar dat werd hem absoluut niet in dank afgenomen en het hield de stroom vluchtelingen, die de stad op de een of andere manier toch wel wisten binnen te komen, niet tegen. De slaven die de blanken meebrachten, sloot hij op in de gevangenis uit vrees dat ze de lokale slaven zouden besmetten met het virus van de opstand, maar algauw was er geen ruimte meer in de cellen en werd hij hoorndol van het gejammer van hun meesters, verontwaardigd over de inbeslagneming van hun eigendommen. Ze voerden aan dat hún negers trouw waren en van een bewezen goed karakter, waarom zouden ze hen anders mee hebben genomen? Verder waren ze hard nodig; niemand in Louisiana hield zich aan het importverbod op slaven en de piraten bevoorraadden de markt, er bleef toch nog veel vraag. Claiborne was geen voorstander van de slavernij, maar moest zwichten voor de druk van de bevolking. Terwijl het in heel New Orleans rommelde, besloot hij ieder geval individueel te bekijken, wat maanden kon duren.

Violette Boisier paste zich vliegensvlug aan de nieuwe situatie aan. Ze voorvoelde dat de beminnelijke creolen, met hun cultuur van ledigheid, de druk van die ondernemende, praktische Amerikanen niet zouden kunnen weerstaan.

'Ik zweer je, Sancho, binnen de kortste keren vegen deze parvenu's de vloer met ons aan,' waarschuwde ze haar geliefde. Ze had horen vertellen over de egalitaire geest van de Amerikanen, die onlosmakelijk verbonden zou zijn met de democratie, en bedacht dat als er in New Orleans voorheen al ruimte was geweest voor vrije kleurlingen, het in de toekomst alleen maar beter kon worden.

'Haal je niets in je hoofd, ze zijn racistischer dan de Engelsen, de Fransen en Spanjaarden samen,' had Sancho geantwoord, maar zij geloofde hem niet.

Terwijl anderen weigerden met de Amerikanen om te gaan, probeerde Violette hen juist van dichtbij te bestuderen om te ontdekken of ze iets van hen kon leren en hoe ze zich staande zou kunnen houden te midden van de onvermijdelijke veranderingen die de nieuwe machthebbers New Orleans zouden brengen. Ze was onafhankelijk, had genoeg geld en was tevreden met haar bestaan. Ze was serieus geweest toen ze zei dat ze rijk zou sterven. Met wat haar crèmes en mode- en schoonheidsadviezen hadden opgeleverd, had ze binnen drie jaar het huis aan de Rue Chartres kunnen kopen en ze was van plan er nog een aan te schaffen.

'Het is goed om in eigendom te beleggen,' zei ze regelmatig tegen Sancho, die zelf niets bezat, want de plantage was van Valmorain, 'dat is het enige wat blijft, de rest verdwijnt met de wind.'

In eerste instantie had Sancho het hele project van de plantage – het kopen van de grond en die in productie brengen – fascinerend gevonden, het tweede jaar hield hij het nog wel vol en daarna ervoer hij het als een bezoeking. Het enthousiasme voor de katoenteelt was hij verloren zodra Hortense er geïnteresseerd in raakte, want met haar had hij het liefst zo min mogelijk te maken. Hij wist dat ze haar uiterste best deed om hem kwijt te raken en moest toegeven dat ze daar eigenlijk wel redenen toe had: hij was een last die Valmorain uit vriendschap op zijn schouders torste. Violette adviseerde hem een rijke vrouw te nemen om zijn problemen op te lossen.

'Maar hou je dan niet van me?' antwoordde Sancho gekwetst.

'Ik hou van je, maar niet zoveel dat ik bereid ben je te onderhouden. Trouw maar, dan blijven we gewoon minnaars.'

Loula kon Violettes enthousiasme voor onroerend goed niet delen. Zij vond dat de huizen in die rampzalige stad vanwege de klimatologische omstandigheden en het brandgevaar een te onzekere investering vormden, en gaf er de voorkeur aan in goud te beleggen en geld uit te lenen, zoals ze voorheen met zulk uitstekend resultaat hadden gedaan. Maar

Violette had geen zin zich met woekerpraktijken vijanden op de hals te halen. Ze had inmiddels de leeftijd om voorzichtiger te worden en ze zocht maatschappelijke acceptatie. Het ging haar alleen om Jean-Martin die, te oordelen naar zijn cryptische boodschappen, bij zijn voornemen bleef het voorbeeld van zijn vader te volgen, wiens herinnering hij aanbad. Violette wilde eigenlijk iets beters voor haar zoon want ze wist maar al te goed hoe hard het militaire leven was, je hoefde maar te kijken naar de vreselijke toestand van de in Haïti verslagen soldaten. Maar het lukte haar niet hem te overtuigen met de brieven die de schrijver opstelde. Ze zou zelf naar Frankrijk moeten reizen om hem zover te krijgen dat hij koos voor een profijtelijker beroep, advocaat bijvoorbeeld; al was hij nog zo incompetent, een advocaat eindigde nooit arm. Het feit dat Jean-Martin nooit blijk van belangstelling had gegeven voor dat beroep, deed er niet toe, maar heel weinig advocaten waren geïnteresseerd in hun vak. Daarna zou hij in New Orleans kunnen trouwen met een zo blank mogelijk meisje, iemand als Rosette, maar dan met geld en van goede afkomst. Zij had zelf ervaren dat met een lichte huid en geld haast alle mogelijkheden openstonden. Ze wilde dat haar kleinkinderen met een voorsprong op de wereld zouden komen.

Rosette

Als Valmorain Tété op straat zag – en het was nu eenmaal niet mogelijk elkaar niet tegen te komen in die stad – deed hij alsof hij haar niet kende, maar hij wist dat ze voor Violette Boisier werkte. Hij had heel weinig contact met zijn voormalige geliefde, want voor ze de draad van hun vroegere vriendschap weer op konden nemen, zoals hij zich had voorgenomen toen hij haar in de haven van New Orleans zag aankomen, doorkruiste Sancho zijn plannen met zijn hoffelijkheid en knappe uiterlijk, en het voordeel vrijgezel te zijn. Valmorain begreep nog steeds niet hoe zijn zwager het van hem had kunnen winnen. Zijn verhouding met Hortense had alle glans verloren sinds zij volledig door het moederschap in beslag werd genomen en weinig trek meer had in de acrobatische toeren in het grote echtelijke bed met de cupidootjes. Ze was altijd zwanger; ze was nog niet bijgekomen van de bevalling van het ene meisje of ze was alweer in verwachting van het volgende, altijd vermoeider, dikker en despotischer.

Voor Valmorain werden de maanden in New Orleans steeds saaier, hij stikte in dat vrouwenhuishouden, in die voortdurende aanwezigheid van de familie Guizot; daarom ontsnapte hij naar de plantage, Hortense en de meisjes in de stad achterlatend. Eigenlijk vond zij het ook prettiger zo: haar echtgenoot nam te veel ruimte in. Op de plantage viel het minder op, maar in de stad werden de kamers te klein voor hen samen en duurden de uren heel lang. Hij leidde zijn eigen leven buitenshuis, maar in tegenstelling tot andere mannen in zijn positie hield hij er geen geliefde op na om zijn leven een aantal middagen per week te veraangenamen. Toen hij Violette Boisier op de kade zag, had hij gedacht de ideale minnares te hebben gevonden: knap, discreet en onvruchtbaar. De vrouw was de jongste niet meer, maar hij zat niet te wachten op een meisje van wie hij binnen de kortste keren genoeg zou hebben. Hij had Violette altijd al interessant gevonden, en nu ze wat ouder was vond hij haar nog aantrekkelijker, met haar zou hij zich nooit vervelen. Toch had hij, omdat het nu eenmaal een ongeschreven wet was tussen heren, geen poging gedaan haar te ontmoeten nadat Sancho verliefd op haar was geworden.

Die dag begaf hij zich naar het gele huis – diep in zijn hart hopend op een ontmoeting met Violette – met het briefje van de ursulinen in zijn zak. Tété, met wie hij drie jaar geen woord had gewisseld, deed open.

'Madame Violette is niet thuis op dit moment,' deelde ze in de deuropening mee.

'Dat doet er niet toe, ik kom voor jou.'

Ze ging hem voor naar de kamer en bood hem een kopje koffie aan, dat hij accepteerde om weer op adem te komen hoewel hij last van zijn maag kreeg van koffie. Hij ging op een rond stoeltje zitten waar zijn billen nauwelijks op pasten, met zijn stok tussen zijn benen, hijgend. Het was niet warm, maar hij kwam de laatste tijd regelmatig adem te kort. Ik moet wat afvallen, zei hij elke morgen tegen zichzelf als hij worstelde met zijn riem en met zijn das; zelfs zijn schoenen knelden. Tété kwam terug met een dienblad, serveerde hem de koffie zoals hij die graag dronk, donker en bitter, en schonk daarna een kopje voor zichzelf in, met veel suiker.

Lichtelijk geamuseerd, maar ook enigszins geërgerd bespeurde Valmorain een vleugje trots in het gedrag van zijn voormalige slavin. Hoewel ze hem niet direct aankeek en ook niet zo onbeschoft was om in zijn aanwezigheid te gaan zitten, veroorloofde ze zich de vrijheid om zonder toestemming te vragen een kop koffie te drinken, en in haar stem klonk niet dezelfde onderdanigheid als voorheen. Hij moest toegeven dat ze er beter uitzag dan ooit; ze had zeker wat trucjes van Violette geleerd. De herinnering aan Violette ging als een steek door zijn hart: haar gardeniablanke huid, haar donkere haren, haar ogen, overschaduwd door lange wimpers. Tété was niet met haar te vergelijken, maar nu ze hem niet meer toebehoorde, vond hij ook haar begeerlijk.

'Waaraan heb ik uw bezoek te danken, monsieur?' vroeg ze.

'Het gaat over Rosette. Maak je geen zorgen, alles is in orde met je dochter, maar vanaf morgen kan ze niet meer op school blijven. De nonnen vertrekken naar Cuba vanwege dat gedoe met de Amerikanen. Het is een wat overdreven reactie en ze komen ongetwijfeld weer terug, maar in de tussentijd zul jij voor Rosette moeten zorgen.'

'Maar hoe kan ik dat nu doen, monsieur?' zei Tété beduusd. 'Ik weet niet of madame Violette het goed zal vinden dat ik haar hier breng.'

'Dat is mijn zaak niet. Morgenvroeg moet je haar halen. Je ziet maar wat je met haar doet.'

'Rosette is ook uw verantwoordelijkheid, monsieur.'

'Dat kind heeft tot nu toe als een jongedame geleefd en dankzij mij de best mogelijke opvoeding genoten. Het is hoog tijd dat ze geconfronteerd wordt met de realiteit. Ze zal moeten werken, tenzij ze een echtgenoot strikt.'

'Ze is veertien!'

'Oud genoeg om te trouwen. Zwarte vrouwen zijn al jong rijp.' Hij kwam moeizaam overeind om te vertrekken.

Verontwaardiging vlamde op in Tété, maar de dertig jaar gehoorzaamheid aan die man en de angst die ze altijd voor hem had gekoesterd, belemmerden haar uit te spreken wat op het puntje van haar tong lag. Ze was die eerste verkrachting door de meester, toen ze nog een meisje was, niet vergeten, en de haat, de pijn, de schaamte, en zijn misbruik van haar later, dat ze jaren had moeten verdragen, ook niet. Zwijgend, trillend, gaf ze hem zijn hoed en liep met hem mee naar de deur. In de deuropening bleef hij staan.

'En, heeft je vrijheid ergens toe gediend? Je bent nog armer dan voorheen en je hebt niet eens een eigen plek om je dochter op te vangen. In mijn huis zou Rosette altijd welkom zijn geweest.'

'Als slaaf, monsieur. Ik heb liever dat ze in armoede leeft, maar in vrijheid,' antwoordde Tété, haar tranen verbijtend.

'Die trots wordt nog eens je ondergang, vrouw. Je hoort nergens thuis, je hebt geen beroep en je bent niet jong meer. Wat denk je te gaan doen? Ik heb medelijden met je, daarom zal ik je dochter helpen. Dit is voor Rosette.'

Hij overhandigde haar een zak met geld, liep de vijf treden van de trap naar de straat af en wandelde tevreden weg in de richting van zijn huis. Tien stappen verder was hij de hele zaak alweer vergeten, hij had andere dingen aan zijn hoofd.

In die periode liep Violette Boisier te piekeren over een idee dat een jaar eerder al door haar hoofd had gespookt maar pas vorm kreeg toen de ursulinen Rosette op straat zetten. Niemand had een beter inzicht in de zwakheden van mannen en de noden van vrouwen dan zij, en ze was van plan die ervaring te gebruiken om in één moeite geld te maken en iets op te zetten waaraan in New Orleans een enorme behoefte bestond. Met dat plan in haar achterhoofd bood ze aan Rosette in haar huis op te nemen. Het meisje kwam, in haar schooluniform, ernstig en arrogant; haar moeder op twee passen afstand achter haar aan, sjouwend met bagage en Violette keer op keer dankend voor haar bereidheid hen onder haar dak op te vangen.

Rosette had de statige bouw en de ogen met gele spikkeltjes van haar moeder, de amandelhuid van de vrouwen op Spaanse schilderijen, donkere lippen, lang krullend haar tot halverwege haar rug en zachte meisjesvormen. Ze was pas veertien maar zich al ten volle bewust van de vreselijke macht van haar schoonheid. In tegenstelling tot Tété, die vanaf haar jongste kindertijd had gewerkt, leek zij gemaakt om bediend te worden.

'Dat kind is verpest, ze is als slavin geboren en gedraagt zich als een koningin. Ik krijg haar wel klein,' sputterde Loula minachtend, maar Violette legde uit wat haar plannen waren, rekende Loula voor wat ze aan netto winst zouden overhouden – een Amerikaans concept waarin Loula zich uitstekend kon vinden – en wist haar zover te krijgen Rosette haar kamer af te staan en zelf bij Tété in het meidenkamertje te gaan slapen. Het meisje zou veel rust nodig hebben, zei ze.

'Je hebt me ooit gevraagd wat je met je dochter aan moest als ze van school kwam. Ik heb daar een oplossing voor verzonnen,' kondigde Violette Tété aan.

Ze hield Tété voor dat Rosette maar weinig mogelijkheden had. Haar zonder een flinke bruidsschat uithuwelijken stond gelijk aan een veroordeling tot dwangarbeid naast een armoedzaaier van een echtgenoot. En zwarte mannen waren onacceptabel; alleen mulatten kwamen in aanmerking, maar die probeerden gewoonlijk hun sociale of financiële positie via een huwelijk te verbeteren en Rosette had wat dat betreft niets te bieden. Ze had ook geen aanleg om naaister, kapster of verpleegster te worden, noch voor een ander beroep dat bij haar maatschappelijke positie paste. Voorlopig was haar schoonheid haar enige kapitaal, maar er waren wel meer knappe meisjes in New Orleans.

'We gaan de zaken zo regelen dat Rosette een goed leven kan leiden zonder dat ze hoeft te werken,' zei Violette.

'Hoe gaan we dat doen, madame?' vroeg Tété met een ongelovige glimlach.

'Placage. Rosette heeft een blanke man nodig die haar onderhoudt.'

Violette had de mentaliteit van de klanten die haar schoonheidsmiddeltjes, haar harnassen van walvisbaleinen en Adèles luchtige japonnen afnamen, goed bestudeerd. Ze hadden dezelfde ambities als zij en wilden stuk voor stuk dat hun kinderen vooruit zouden komen. Ze regelden een baan of een opleiding voor hun zonen, maar de toekomst van hun dochters was veel zorgelijker. Hen aan een blanke koppelen was over het algemeen een betere optie dan ze uithuwelijken aan een gekleurde man, maar er waren wel tien meisjes op iedere blanke vrijgezel en zonder goede connecties was dat een schier onmogelijke opgave. Had zo'n man zijn keuze eenmaal bepaald, dan kon hij met zo'n meisje doen wat hij wilde tot hij met iemand van zijn eigen stand trouwde, gewoonlijk rond zijn dertigste; een regeling die voor zo'n man dus uiterst comfortabel was, maar voor het meisje risico's inhield. Het kwam wel voor dat een dergelijke relatie een leven lang duurde of dat de blanke echt verliefd werd op de gekleurde vrouw en dan bleef hij de rest van zijn leven vrijgezel; maar zo'n meisje was hoe dan ook volledig van haar beschermer afhankelijk. Violette wilde met haar plan een wat rechtvaardiger situatie creëren: bij placage moest het meisje zekerheid kunnen eisen voor zichzelf en haar kinderen, in ruil voor haar totale toewijding en trouw. Als de jongeman geen garanties kon bieden, diende zijn vader voor hem in te staan, zoals de moeder van het meisje borg stond voor de deugd en het gedrag van haar dochter.

'Hoe zal Rosette daar zelf over denken, madame...?' stamelde Tété geschrokken.

'Haar mening doet er absoluut niet toe. Denk toch na, Tété. Dit is heel iets anders dan prostitutie, wat anderen ook mogen beweren. Ik kan je uit eigen ervaring verzekeren dat de bescherming van een blanke onontbeerlijk is. Mijn leven zou heel anders zijn verlopen zonder Étienne Relais.'

'Maar u bent met hem getrouwd...' voerde Tété aan.

'Dat is hier onmogelijk. Probeer me maar eens uit te leggen, Tété, wat het verschil is tussen een getrouwde blanke vrouw en een geplaceerd gekleurd meisje. Ze worden alle twee onderhouden, ze zijn alle twee ondergeschikt en voorbestemd een man te dienen en hem kinderen te schenken.'

'Het huwelijk betekent zekerheid en respect,' wierp Tété tegen.

'Placage zou hetzelfde moeten betekenen,' zei Violette nadrukkelijk. 'Beide partijen moeten er baat bij hebben, het mag geen vrij jachtterrein worden voor blanke mannen. Ik begin met jouw dochter, die geen geld heeft en niet uit een goede familie komt, maar ze is knap en dankzij père Antoine al vrij. Zij zal het best geplaceerde meisje van New Orleans worden. Over een jaar laten we haar debuteren, dat geeft me net genoeg tijd om haar voor te bereiden.'

'Ik weet het niet...' Maar Tété zweeg, want ze had haar dochter niets beters te bieden en ze vertrouwde Violette Boisier.

Ze overlegden niet met Rosette zelf, maar het meisje was slimmer dan ze dachten en raadde hun plannen. Ze verzette zich niet, want ze had zo haar eigen ideeën.

De weken daarna zocht Violette alle moeders van jonge meisjes in de hogere klasse op, de matriarchen van de Société du Cordon Bleu, om hun haar idee voor te leggen. Dit waren de vrouwen die het in hun omgeving voor het zeggen hadden, velen bezaten ondernemingen, grond en slaven, die in sommige gevallen hun eigen familieleden waren. Hun grootmoeders waren vrijgelaten slaven geweest met kinderen van hun meesters, die hen hadden geholpen om vooruit te komen. Dergelijke familierelaties vormden, ondanks de raciale verschillen, de pijlers waarop het ingewikkelde gebouw van de creoolse samenleving rustte. Het idee een man met een of meerdere vrouwen te delen, was niet vreemd voor kwartbloeden wier overgrootmoeders uit polygame Afrikaanse families stamden. Het was hun plicht voor het welzijn van hun dochters en kleinkinderen te zorgen, ook als dat afhankelijkheid betekende van een man die met een andere vrouw was getrouwd.

Die ontzagwekkende oermoeders, die de mannen in hun klasse wel vijf keer in aantal overtroffen, vonden maar heel zelden een geschikte schoonzoon; ze wisten dat ze hun dochters de grootste veiligheid boden door hen te koppelen aan iemand die bereid was hen te beschermen; anders waren ze overgeleverd aan de genade van iedere jager. Ontvoering, fysiek geweld en verkrachting golden niet als misdaad als het een gekleurde vrouw betrof, ook al was ze vrij.

Violette legde de moeders haar idee uit: ze was van plan een geweldig bal te organiseren in de allerbeste salon die er was, waarvoor zij de kosten gezamenlijk moesten opbrengen. Er zouden alleen gefortuneerde jonge blanke mannen worden uitgenodigd die serieus geïnteresseerd waren in placage, indien nodig vergezeld door hun vaders; loslopende jongeheren die eropuit waren zich zonder enige verplichting met een naïef meisje te amuseren, zouden niet welkom zijn. Verschillende moeders stelden voor de heren voor de entree te laten betalen, maar volgens Violette zou dat de deur openzetten voor ongewenste individuen, zoals dat wel gebeurde op de carnavalsbals of op die van de Salon Orléans en het Théâtre Français, waar iedereen tegen betaling van een bescheiden bedrag binnen kon komen – als hij tenminste niet zwart was. Dit moest net zo'n exclusief bal worden als dat van de blanke debutantes. En er zou genoeg tijd zijn om de antecedenten van de genodigden na te trekken, aangezien niemand zijn dochter wenste te overhandigen aan iemand met slechte gewoonten of schulden.

'Voor één keer zullen de blanken onze voorwaarden moeten accepteren,' zei Violette.

Om de moeders niet ongerust te maken, verzweeg ze wijselijk dat ze overwoog om in de toekomst ook Amerikanen op te nemen op de lijst met potentiële genodigden, hoewel Sancho haar had gewaarschuwd dat protestanten waarschijnlijk geen oog hadden voor de voordelen van het placagesysteem. Enfin, dat kon wachten; voorlopig moest ze zich op het eerste bal concentreren.

De blanke mocht een paar keer met het meisje van zijn keuze dansen en als ze hem beviel, kon hij of zijn vader de onderhandelingen met de moeder van het meisje meteen openen, want waarom zou je je tijd verdoen met nodeloze hofmakerij. De beschermer moest zorgen voor een huis en een jaarlijkse toelage en diende zich garant te stellen voor de opvoeding van de kinderen. Zodra men het over deze punten eens was, zou het meisje verhuizen naar haar nieuwe woning en kon het jonge paar samen zijn. Zij bood discretie zolang ze samen waren en de zekerheid dat ze er geen drama van zou maken als de relatie werd beëindigd, en dat laatste hing weer volledig van hem af.

'Placage moet een erekwestie zijn, alle partijen varen er wel bij wanneer iedereen zich aan de regels houdt,' zei Violette. De blanken konden hun jonge geliefden niet zomaar aan hun lot overlaten want dat bracht het delicate evenwicht van het geaccepteerde concubinaat in gevaar. Er werd niets zwart op wit gezet, maar als een man zich niet aan zijn gegeven woord hield, zouden de vrouwen ervoor zorgen dat zijn reputatie werd geruïneerd. Het evenement zou het Cordon Bleubal heten en Violette nam zich voor het tot het jaarlijkse evenement te maken waar alle jonge mensen van alle kleuren het meest verlangend naar uit zouden kijken.

Zarité

Uiteindelijk schikte ik me in het idee van die placage. De moeders van andere meisjes leken het de gewoonste zaak van de wereld te vinden, maar ik vond het schokkend. Eigenlijk wilde ik zoiets niet voor mijn dochter, maar welk alternatief had ik haar te bieden? Rosette begreep het onmiddellijk toen ik er eindelijk met haar over durfde te praten. Zij bezat meer gezond verstand dan ik.

Madame Violette had voor de organisatie van het bal de hulp ingeroepen van een paar Fransen die ook theatervoorstellingen organiseerden. Verder richtte ze de Academie voor Etiquette en Schoonheid op, zoals ze het gele huis voortaan noemde, waar ze werkte met de meisjes die les bij haar namen. Ze zei dat zij de meest begeerde meisjes zouden zijn, met een sterke onderhandelingspositie in de keuze van een beschermer; op die manier wist ze de moeders te overtuigen, en niemand klaagde over de kosten.

Voor het eerst in haar vijfenveertig levensjaren stond madame Violette vroeg op. Ik wekte haar met een kop zwarte koffie en maakte me snel weer uit de voeten voor ze me het kopje naar mijn hoofd smeet. Ze bleef tot halverwege de ochtend in een slecht humeur. Madame nam slechts een stuk of tien leerlingen aan, voor meer was het huis te klein, maar ze was van plan iets groters te zoeken voor het jaar daarna. Ze nam zang- en dansleraren in dienst; de meisjes liepen met een beker water op hun hoofd om hun houding te verbeteren, ze leerden hun haar kappen en zich op te maken, en als ze niets anders te doen hadden, kwam ik ze vertellen hoe ze een huishouden moesten organiseren want daar weet ik alles van. Madame ontwierp ook voor elk meisjes een jurk die bij haar figuur en huidskleur paste en die daarna door madame Adèle en haar personeel werd genaaid.

Dokter Parmentier stelde voor de meisjes ook conversatieles te geven, maar volgens madame Violette was geen enkele man geïnteresseerd in wat een vrouw te vertellen heeft, en don Sancho was het daarmee eens. Maar de dokter vroeg Adèle altijd om haar mening en volgde haar adviezen op, want het enige wat hij kon was zieken genezen; in dat gezin was zij degene die de beslissingen nam. Ze hadden het huis aan de Rue Rampart gekocht en de opleiding van de kinderen werd betaald van wat zij verdiende en investeerde, want het geld van de dokter verdampte altijd.

Halverwege dat jaar hadden de leerlingen zulke vorderingen gemaakt dat don Sancho in het Café des Émigrés met zijn kameraden durfde te wedden dat ze allemaal goed terecht zouden komen. Ik volgde de lessen stiekempjes, om te zien of ik er iets van kon leren om Zacharie te behagen. Naast hem leek ik een dienstmeid, ik bezit niet de charme van madame Violette of de intelligentie van Adèle, ik ben niet koket, zoals don Sancho me aanbeveelt, of onderhoudend, zoals dokter Parmentier dat zou wensen.

Overdag zat mijn dochter in een korset gesnoerd en als ze ging slapen, smeerde ze zich in met een crème met een bleekmiddel, en bond ze een lint om haar hoofd om haar oren plat te drukken en een paardensingel rond haar middel om haar taille samen te persen. Schoonheid is een illusie, zei madame vaak; op haar vijftiende is ieder meisje mooi, maar om dat te blijven is discipline nodig. Rosette moest hardop voorlezen uit de vrachtlijsten van schepen in de haven; op die manier trainde ze zich om met een opgewekt gezicht een saaie man te verdragen. Ze at nauwelijks, gebruikte warme ijzers om haar haren steil te maken, epileerde zich met karamel, wreef haar huid in met een papje van uitgeperste haver met citroen, en was urenlang reverences, dansjes en salonspelletjes aan het oefenen. Wat had het voor zin om vrij te zijn als je je zo moest gedragen? Geen enkele man is zo veel waard, zei ik, maar madame Violette overtuigde me ervan dat het de enige manier was om Rosettes toekomst zeker te stellen. Mijn dochter, die nooit volgzaam was geweest, onderwierp zich zonder tegen te sputteren. Er was iets in haar veranderd, ze deed niet langer haar best om wie dan ook te behagen, ze was stilletjes geworden. Voorheen was ze constant bezig zichzelf te bewonderen, nu keek ze alleen nog in de spiegel tijdens de lessen, als het moest van madame.

Madame leerde de meisjes te behagen zonder slaafs te zijn, verwijten voor zich te houden, jaloezie te verbijten en niet te bezwijken voor de verleiding van andere mannen. Het belangrijkste, volgens haar, was goed gebruik te maken van het vuur dat wij vrouwen in onze buik hebben, want dat is wat de mannen het meest vrezen en begeren. Ze raadde de meisjes aan hun eigen lichaam goed te leren kennen en zich met hun vingers te bevredigen, want zonder genot kunnen gezondheid en schoonheid niet bestaan.

Tante Rose had mij hetzelfde willen leren in de periode dat de verkrachtingen door meester Valmorain begonnen, maar mij had het niet geholpen, ik was nog maar een snotneus en té angstig. Tante Rose gaf me kruidenbaden en smeerde mijn buik en dijen in met een modderpasta die eerst koud en zwaar aanvoelde maar later warm werd en zelfs kokendheet leek te worden, alsof het iets levends was. Op die manier heeft ze me genezen. Aarde en water zuiveren lichaam en geest.

Ik denk dat ik met Gambo voor het eerst voelde waar madame het over had, maar wij moesten te snel weer uit elkaar. Daarna heb ik jarenlang niets meer gevoeld, tot Zacharie mijn lichaam weer wakker maakte. Hij houdt van me en is geduldig. Op tante Rose na is hij de enige die de littekens op de geheime plaatsen waar de meester soms zijn sigaar uitdrukte, heeft geteld. En madame Violette is de enige vrouw die ik dat woord heb horen gebruiken: genot.

'Hoe kun je een man genot schenken als jullie zelf niet weten wat dat is?' zei ze tegen hen. Het genot van de liefde, van een kind de borst geven, van dansen. Genot is ook wachten op Zacharie in de zekerheid dat hij komt.

Ik had het dat jaar vreselijk druk met mijn werk in het huis, ik moest voor de leerlingen zorgen, werd met boodschappen naar madame Adèle gestuurd en bereidde de geneesmiddelen voor dokter Parmentier. In december, vlak voor het Cordon Bleubal, realiseerde ik me dat ik al drie maanden niet had gebloed. Wat me eigenlijk het meest verbaasde, was dat ik niet eerder zwanger was geworden, want Zacharie en ik waren al een tijd samen zonder dat ik de maatregelen nam die ik van tante Rose had geleerd. Hij wilde meteen trouwen toen ik het hem vertelde, maar eerst moest mijn Rosette op haar plaats zijn.

Maurice

Toen de schoolvakantie van het vierde jaar aanbrak, wachtte Maurice, net als in de voorgaande jaren, op de komst van Jules Beluche. Inmiddels had hij geen enkele behoefte meer aan zijn familie en was Rosette de enige reden om naar New Orleans terug te willen, hoewel de kans dat hij haar zou kunnen zien, heel klein was. De ursulinen stonden geen enkel onaangekondigd bezoek toe, en al helemaal niet van een jongeman die niet kon bewijzen een nabij familielid te zijn. Hij wist dat zijn vader hem nooit toestemming zou geven, maar had de hoop nog niet verloren met zijn oom Sancho mee te mogen; hem kenden de nonnen wel omdat hij Rosette altijd was blijven bezoeken.

Uit Rosettes brieven wist Maurice dat Tété na het incident met Hortense naar de plantage was verbannen en hij voelde zich daar vreselijk schuldig over; zijn maag kromp samen als hij zich voorstelde hoe ze daar van de vroege ochtend tot de late avond riet zou moeten kappen. Maar niet alleen hij en Tété hadden die zweepslag duur moeten betalen, Rosette was blijkbaar ook in ongenade gevallen. Het meisje had Valmorain verschillende brieven geschreven waarin ze hem smeekte haar te komen bezoeken, maar ze had nooit antwoord gekregen.

'Wat heb ik gedaan dat ik de liefde van je vader ben verloren? Voorheen was ik als een dochter voor hem, waarom is hij mij vergeten?' beklaagde ze zich regelmatig in haar brieven aan Maurice, maar hij kon haar geen eerlijk antwoord geven.

'Hij is je niet vergeten, Rosette, papa houdt van je, als altijd. Hij hecht groot belang aan jouw welzijn, maar de plantage en zijn zaken nemen hem volledig in beslag. Ik heb hem ook al meer dan drie jaar niet gezien.'

Waarom zou hij haar zeggen dat Valmorain haar nooit als zijn dochter had beschouwd? Toen hij vlak voor zijn verbanning naar Boston zijn vader had gevraagd met hem het internaat van zijn zusje te bezoeken, had deze hem woedend geantwoord dat Marie-Hortense zijn enige zus was.

Het was niet Jules Beluche die zich dat jaar in Boston meldde, maar Sancho García del Solar, die, een breedgerande hoed op zijn hoofd, in gestrekte galop aan kwam zetten, een ander paard aan een touw achter zich aan voerend. Hij sprong van zijn paard en klopte met zijn hoed het stof van zijn kleren alvorens zijn neef te omhelzen. Jules Beluche was neergestoken vanwege een speelschuld, en de familie Guizot was tussenbeide gekomen om te voorkomen dat er praatjes van zouden komen want hoe ver verwijderd ook, ze waren toch geparenteerd en kwade tongen zouden de naam Beluche in verband kunnen brengen met de eerbare tak van de familie. Ze hadden gedaan wat elke creoolse familie van hun stand in dergelijke omstandigheden zou doen: de schuld betaald, Beluche onderdak verleend tot hij was opgeknapt, hem geld toegestopt en op een schip gezet met de mededeling pas in Texas weer aan wal te gaan en zich nooit meer in New Orleans te laten zien. Sancho vertelde het hele verhaal aan Maurice, dubbelgevouwen van het lachen.

'Ik zou het zelf geweest kunnen zijn, Maurice,' zei hij. 'Tot nu toe heb ik geluk gehad, maar je kunt elke dag het bericht krijgen dat je lievelingsoom ernstig gewond is geraakt in een of ander onguur speelhol.'

'Moge God dat verhoeden, oom. Komt u me halen om naar huis te gaan?' vroeg Maurice, met een stem die in een en dezelfde zin van bariton naar sopraan ging.

'Wat zeg je me nu, jongen! Wil je jezelf de hele zomer op de plantage begraven? Jij en ik gaan op reis,' zei Sancho.

'O, net als vroeger met Beluche.'

'Dat is geen vergelijking, Maurice. Ik pieker er niet over om aan je algemene ontwikkeling bij te dragen door je langs allerlei monumenten te slepen. Ik ben van plan een verdorven man van je te maken, wat vind je daarvan?'

'Hoe, oom?'

'In Cuba, neef, er is geen betere plek voor een stel schurken als wij. Hoe oud ben je?'

'Vijftien.'

'En je hebt nog steeds de baard niet in je keel?'

'Jawel oom, maar ik ben verkouden,' stotterde de jongen.

'Ik zat op jouw leeftijd al achter de vrouwen aan. Je bent een laatbloeier, Maurice. Pak je spullen want we vertrekken morgen,' beval Sancho.

Sancho had talloze vrienden en niet minder maîtresses in Cuba achtergelaten, en die waren allemaal van plan hem tijdens zijn vakantie warm te onthalen, bereid zijn metgezel op de koop toe te nemen, die merkwaardige jongen die steeds maar brieven zat te schrijven en de vreemdste gespreksonderwerpen aansneed, zoals slavernij en democratie, zaken waar zij nooit een gedachte aan hadden gewijd. Ze vonden het grappig Sancho in de rol van kindermeisje te zien, een rol die hij overigens met onverwachte toewijding vervulde. Hij zag af van de mooiste feesten om zijn neef niet alleen te laten en meed de dierengevechten – stieren met beren, slangen met wezels, hanen met hanen, honden met honden – omdat Maurice daar overstuur van raakte. Sancho had zich ten doel gesteld de jongen te leren drinken, maar moest halverwege de nacht afhaken om Maurice' braaksel op te ruimen. Hij onthulde hem al zijn kaarttrucjes, maar Maurice had niets kwaadaardigs in zich, en Sancho moest de schulden betalen als de jongen volledig was kaalgeplukt door sluwere spelers. En al snel moest hij ook zijn idee opgeven om Maurice in te wijden in de liefde, want toen hij dat probeerde viel de jongen bijna dood van de schrik.

Sancho had een regeling getroffen met een vriendin, niet zo jong meer maar nog aantrekkelijk en met een groot hart, die bereid was zijn neef met de liefde kennis te laten maken, enkel en alleen om diens oom een dienst te bewijzen.

'Dat joch is nog wel heel groen...' mopperde Sancho beschaamd, toen Maurice er op een holletje vandoor was gegaan nadat hij de vrouw in een uitdagende jurk met een hoge taille op de divan had zien liggen.

'Ik ben nog nooit zo gebruuskeerd, Sancho. Doe de deur dicht en kom me troosten,' lachte zij.

Ondanks die tegenslagen had Maurice de tijd van zijn leven en toen hij na de vakantie terugkwam op het internaat, langer, sterker en gebronsd, was zijn stem definitief gebroken.

'Niet te hard studeren want daar bederf je je ogen en je karakter mee, en bereid je maar vast voor op de volgende vakantie. Ik neem je mee naar Nueva España,' zei Sancho, toen hij afscheid nam. Hij hield zich aan zijn woord en sindsdien keek Maurice halsreikend naar de vakantie uit.

Maar in 1805, zijn laatste schooljaar, kwam niet Sancho hem halen maar meldde zijn vader zich. Maurice was meteen bang dat die hem iets vreselijks kwam vertellen en maakte zich zorgen om Tété en Rosette, maar er was niets met hen aan de hand. Valmorain had een reis naar Frankrijk georganiseerd om een grootmoeder van de jongen te bezoeken en twee vage tantes van wie zijn zoon nog nooit had gehoord.

'En gaan we daarna naar huis, monsieur?' vroeg Maurice, aan Rosette denkend. Haar brieven bedekten de bodem van zijn hutkoffer, en hij had haar op zijn beurt honderddrieënnegentig brieven geschreven zonder zich ooit te realiseren dat ze in die negen jaar durende scheiding veranderd moest zijn; hij had haar nog steeds in zijn hoofd als het meisje met de kwikjes en de strikjes dat hij vlak voor de bruiloft van zijn vader met Hortense Guizot voor het laatst had gezien. Hij kon zich haar niet als vijftienjarige voorstellen, en zij hem waarschijnlijk niet als een jonge man van achttien.

'Natuurlijk gaan we naar huis, jongen, je moeder en je zusters kunnen niet wachten om je te begroeten,' loog Valmorain.

De reis, eerst per schip dat om moest varen om de zomerstormen te ontwijken en maar ternauwernood ontsnapte aan een aanval van de Engelsen, en daarna per koets naar Parijs, bracht vader en zoon niet nader tot elkaar. Valmorain was op het idee van die reis gekomen omdat hij zijn vrouw het weerzien met Maurice nog enige maanden wilde besparen, maar hij kon de confrontatie niet eeuwig voor zich uit blijven schuiven; spoedig zou hij een situatie onder ogen moeten zien waar de afgelopen jaren niets in was veranderd. Hortense liet geen gelegenheid voorbijgaan om gif te spuwen over die stiefzoon, die ze elk jaar weer tevergeefs probeerde te vervangen door een zoon van haarzelf; ze bleef alleen maar meisjes produceren. Vanwege haar had Valmorain Maurice uit zijn gezin gestoten en nu had hij daar spijt van. Hij had zich tien jaar lang nauwelijks om zijn zoon bekommerd, hij was volledig opgegaan in zijn eigen zaken, eerst in Saint-Domingue, daarna in Louisiana, en uiteindelijk in zijn leven met Hortense en de geboorten van zijn dochters. De jongen was een onbekende die zijn schaarse brieven beantwoordde met een paar formele zinnetjes over zijn studieresultaten en nooit informeerde naar iemand uit het gezin, alsof hij zijn vader duidelijk wilde maken dat hij daar niet meer bij hoorde. Hij had zelfs niet toegehapt toen hij Maurice in een enkel zinnetje had verteld dat Tété en Rosette vrij waren en dat hij het contact met hen had verbroken.

Valmorain vreesde zijn zoon op een bepaald punt in die woelige jaren kwijtgeraakt te zijn. Die introverte, lange, knappe jongeman met de trekken van zijn moeder, leek in niets meer op het jongetje met de blozende wangen dat hij in zijn armen had gewiegd, de hemel smekend het voor alle kwaad te behoeden. Hij hield nog net zo van hem als toen, en misschien zelfs meer omdat hij zich schuldig voelde. Hij probeerde zichzelf wijs te maken dat zijn vaderlijke gevoelens van liefde door Maurice werden beantwoord, ondanks de tijdelijke verwijdering tussen hen, maar hij had zo zijn twijfels. Hij koesterde ambitieuze plannen voor zijn zoon, maar had hem nog niet gevraagd wat zijn eigen plannen waren met zijn leven. Hij wist eigenlijk niets van de jongen, van zijn interesses en ervaringen, ze hadden al een eeuwigheid niet meer met elkaar gepraat. Maar hij wilde hem terug en had zich voorgenomen die maanden in Frankrijk een volwassen relatie met zijn zoon op te bouwen. Hij moest hem bewijzen dat hij van hem hield en hem duidelijk maken dat Hortense en hun dochters niets veranderden aan zijn positie van enige erfgenaam, maar er kwam nooit een antwoord als hij erover begon.

'Het eerstgeboorterecht is een zeer wijze traditie, Maurice: dan hoeft de erfenis niet tussen de kinderen te worden opgedeeld, want elke splitsing verzwakt het familiekapitaal. Jij zult als eerstgeborene alles erven en voor je zusters moeten zorgen. Als ik er niet meer zal zijn, ben jij het hoofd van de familie Valmorain. Het is tijd om je daarop voor te bereiden, je moet leren geld te beleggen, de plantage te bestieren en je staande te houden in de maatschappij,' zei hij.

Stilte. Gesprekken doofden voor ze begonnen. Valmorain stak in feite de ene na de andere monoloog af.

Zonder enig commentaar observeerde Maurice het napoleontische Frankrijk dat altijd in oorlog was, de musea, de paleizen, de parken en lanen die zijn vader hem wilde laten zien. Ze bezochten het vervallen château waar de grootmoeder haar laatste jaren doorbracht en voor twee ongetrouwde dochters zorgde die ernstiger door de tijd en de eenzaamheid waren aangetast dan zijzelf. Ze was een trotse oude dame, gekleed naar de mode van Lodewijk XVI en vastbesloten om de veranderingen in de wereld aan haar voorbij te laten gaan. Ze was stevig geworteld in de tijd van voor de Franse Revolutie en had alle herinneringen aan de Terreur, de guillotine, de ballingschap in Italië en de terugkeer naar een onherkenbaar vaderland uit haar geheugen gewist. Toen ze Toulouse Valmorain terugzag, de zoon die al meer dan dertig jaar weg was, bood ze hem haar benige hand met de ouderwetse ringen aan elke vinger om die te kussen, en ze beval haar dochters onmiddellijk chocoladedrank te serveren. Valmorain stelde haar haar kleinzoon voor en probeerde in het kort te vertellen hoe het hem vergaan was sinds hij zich op zijn twintigste voor de Antillen had ingescheept. Zij hoorde hem zonder commentaar aan, terwijl de zussen dampende kopjes en schalen met oude koekjes brachten en Valmorain achterdochtig opnamen. Zij herinnerden zich hem als een frivole jongeman die met een verstrooide kus afscheid van hen had genomen om met zijn valet de chambre en een aantal hutkoffers enkele weken bij hun vader in Saint-Domingue door te brengen, maar die nooit meer terug was gekomen. Die kalende broer met zijn onderkinnen en een dikke buik, die met een vreemd accent sprak, herkenden ze niet. Ze wisten wel iets van de slavenopstand in de kolonie, en hier en daar hadden ze wat horen zeggen over de wreedheden die op dat decadente eiland waren begaan, maar ze hadden dat niet in verband weten te brengen met een familielid. Ze hadden nooit enige belangstelling getoond voor de herkomst van het geld waarvan ze leefden. Suiker die met bloed werd geproduceerd, opstandige slaven, in brand gestoken plantages, ballingschap en alles wat hun broer verder vertelde was voor hen net zo onbegrijpelijk als een conversatie in het Chinees.

Zijn moeder, daarentegen, wist precies waar Valmorain het over had, maar er was eigenlijk niets meer in de wereld wat haar nog interesseerde; haar hart was dor en ze had zich afgesloten voor gevoelens en nieuwe ontwikkelingen. Ze hoorde hem in een onverschillige stilte aan en toen hij klaar was luidde haar enige vraag of hij niet wat meer geld kon sturen, want van het bedrag dat hij om de zoveel tijd zond konden ze nauwelijks rondkomen. Het was absoluut noodzakelijk het huis op te knappen, dat vervallen was geraakt door de jaren en na alles wat er was gebeurd, zei ze. Het kon niet zo zijn dat als zij stierf, haar dochters geen dak meer boven hun hoofd hadden.

De twee dagen die Valmorain en Maurice tussen die lugubere muren doorbrachten, leken wel twee weken.

'We zullen elkaar niet meer zien. Dat is ook maar beter,' waren de woorden waarmee de oude dame afscheid nam van haar zoon en kleinzoon.

Maurice volgde zijn vader gedwee overal naartoe, behalve naar het chique bordeel waar Valmorain hem wilde trakteren op de duurste hoeren van Parijs.

‘Maar wat is er met je aan de hand, jongen? Dit is heel normaal, nodig zelfs, je moet de kwade lichaamssappen kwijt en je geest helder maken, zodat je je kunt concentreren op andere zaken.’

‘Het kost me geen moeite me te concentreren, monsieur.’

‘Ik heb je gezegd me papa te noemen, Maurice! Ik veronderstel dat je op je reizen met Sancho... Welnu, je zult gelegenheid genoeg hebben gehad...’

‘Dat is een privézaak,’ onderbrak Maurice hem.

‘Ik hoop dat ze op die Amerikaanse school geen mietje van je hebben gemaakt of je hebben bekeerd,’ zei zijn vader in een poging tot scherts, maar het kwam er als een snauw uit.

De jongen gaf geen verdere uitleg. Dankzij zijn oom was hij geen maagd meer, want tijdens de laatste vakantie had Sancho eindelijk zijn zin gekregen, maar daarvoor had hij wel ingewikkelde trucs moeten toepassen. Hij had het vermoeden dat zijn neef leed onder de verlangens en fantasieën die bij zijn leeftijd pasten, maar dat hij een romanticus was die het tegenstond de liefde terug te brengen tot een commerciële overeenkomst. Sancho had besloten hem daarmee te helpen. Ze waren in Georgia, in Savannah, een welvarende havenstad die Sancho graag wilde bezoeken omdat de stad ontelbare mogelijkheden tot vermaak bood, en die Maurice interessant vond omdat Harrison Cobb, zijn leraar, Savannah had getypeerd als hét voorbeeld van het immorele Amerika.

Georgia was in 1733 als dertiende en laatste Britse kolonie in Noord-Amerika gesticht, en Savannah was er de eerste stad. De nieuw aangekomenen onderhielden vriendschappelijke relaties met de indiaanse stammen en ontkwamen daardoor aan het geweld dat andere kolonies teisterde. Aanvankelijk waren in Georgia behalve de slavernij ook drank en advocaten verboden, maar zodra men ontdekte dat het klimaat en de grond ideaal waren voor de teelt van rijst en katoen, werd de slavernij gelegaliseerd. Na de onafhankelijkheid werd Georgia een zelfstandige staat in de Unie, en floreerde Savannah als aanvoerhaven van Afrikaanse slaven om de plantages in de streek van arbeidskrachten te voorzien.

‘Zo zie je maar, Maurice, dat fatsoen snel het veld ruimt als er hebzucht in het spel is. Als het om geld gaat, zijn de meeste mensen bereid hun ziel te offeren. Je kunt je niet voorstellen hoe de plantagehouders in Georgia leven dankzij het werk van hun slaven,’ had Harrison Cobb uitgelegd. De jongen hoefde zich dat niet voor te stellen, hij had het in Saint-Domingue en in New Orleans met eigen ogen gezien, maar hij was op Sancho's idee om de vakantie in Savannah door te brengen ingegaan om zijn leermeester niet teleur te stellen.

'Liefde voor rechtvaardigheid is niet genoeg om de slavernij te verslaan, Maurice, je moet zien hoe het er in werkelijkheid toegaat en een grondige kennis verzamelen over de wetten en het politieke raderwerk,' drong Cobb aan, die hem wilde laten slagen waar hij zelf had gefaald. De man was zich bewust van zijn eigen beperkingen, hij had niet het temperament en de gezondheid om te vechten in het Congres, zoals hem in zijn jeugd voor ogen had gestaan, maar hij was een goede docent: hij wist talent bij zijn leerlingen te herkennen en hun karakter te vormen.

Terwijl Sancho García del Solar met volle teugen van de verfijning en de gastvrijheid van Savannah genoot, voelde Maurice zich schuldig omdat hij het er zo naar zijn zin had. Wat moest hij zijn leraar vertellen als hij weer op school was? Dat hij in een heerlijk hotel had gelogeerd, op zijn wenken bediend door een leger behulpzame bedienden, tijd te kort was gekomen en zich op onverantwoordelijke wijze had geamuseerd?

Ze waren nog maar een dag in Savannah, of Sancho had al vriendschap gesloten met een Schotse weduwe die twee blokken van het hotel woonde. De dame bood aan de stad te laten zien, de prachtige villa's, monumenten, kerken en parken, schitterend herbouwd na een verwoestende brand. Trouw aan haar woord verscheen de weduwe, met haar dochter, de frêle Giselle; met z'n vieren gingen ze op pad en er ontstond een vriendschap waar zowel oom als neef van genoot. Ze brachten heel wat uren in elkaars gezelschap door.

Terwijl de moeder en Sancho eindeloze kaarspelletjes speelden en zo nu en dan zonder verdere uitleg uit het hotel verdwenen, liet Giselle Maurice de omgeving zien. Ze trokken er samen te paard op uit, zonder door de Schots weduwe gechaperonneerd te worden. Maurice verbaasde zich daarover want hij had nog nooit meegemaakt dat een meisje zo veel vrijheid bezat. Giselle nam hem een paar keer mee naar een verlaten strand, waar ze een lichte maaltijd en een fles wijn deelden. Ze praatte niet veel en wat ze zei was zo oppervlakkig dat Maurice zich niet geïntimideerd voelde en honderduit babbelde, terwijl normaal de woorden in zijn keel bleven steken. Eindelijk had hij een toehoorster getroffen die het niet op een gapen zette als hij zijn filosofische ideeën uiteenzette, en zelfs met onverholen bewondering naar hem luisterde. Van tijd tot tijd raakten de vrouwenvingers hem als bij toeval aan en toen was het verder slechts een kwestie van drie zonsondergangen tot het van die aanrakingen tot meer gedurfde liefkozingen kwam. Die stoeipartijen in de open lucht, terwijl ze belaagd werden door insecten, verward raakten in hun kleren en angstig om zich heen keken of niemand hen zag, leken haar te vervelen maar brachten Maurice in de zevende hemel.

De rest van de vakantie was veel te snel voorbij gegaan en natuurlijk werd Maurice, zoals dat hoorde bij zijn leeftijd, verliefd. De liefde verhevigde zijn berouw over het feit dat hij Giselles eer had geschonden. Er was maar één ridderlijke manier om zijn fout goed te maken, zoals hij Sancho uitlegde, zodra hij zijn moed bijeen had geraapt: 'Ik ga Giselles hand vragen.'

'Ben je niet goed bij je verstand, Maurice? Hoe kun je nu trouwen, je bent nog nauwelijks droog achter je oren!'

'Dat moet u niet zeggen, oom. Ik ben een man.'

'Alleen omdat je met het meisje naar bed bent geweest?' Sancho barstte in een daverend gelach uit.

De oom wist nog net op tijd weg te duiken voor de vuistslag die Maurice op zijn gezicht had gericht. Het probleem werd kort daarna opgelost toen de Schotse dame verklaarde dat Giselle haar dochter niet was, en het meisje zelf bekende dat Giselle haar nom de plume was, dat ze geen zestien was maar vierentwintig en dat Sancho García del Solar haar had betaald om zijn neef te vermaken. De oom gaf toe dat hij een ontzagwekkende stommiteit had begaan en probeerde zich er met een grapje van af te maken, maar de situatie was uit de hand gelopen en Maurice, in zak en as, bezwoer hem dat hij de rest van zijn leven geen woord meer tot hem zou richten.

Maar toen ze in Boston aankwamen en er twee brieven van Rosette op hem lagen te wachten, zakte de verliefdheid op de schone dame uit Savannah weg, en kon Maurice zijn oom vergeven. Toen ze afscheid namen omarmden ze elkaar met dezelfde vriendschappelijkheid als altijd, en met de belofte elkaar gauw weer te zien.

Tijdens de reis naar Frankrijk vertelde Maurice zijn vader niets over wat er in Savannah was gebeurd. Valmorain probeerde Maurice nog een paar keer mee te krijgen naar de dames van de nacht – na hem te hebben volgegoten met drank – maar het lukte hem niet de jongen op andere gedachten te brengen en uiteindelijk besloot hij niet meer op het onderwerp terug te komen tot hij zijn zoon in New Orleans een vrijgezellenonderkomen ter beschikking zou stellen, zoals alle jonge creolen van hun stand hadden. Maar voorlopig zou hij proberen te voorkomen dat Maurice' verdachte kuisheid het wankele evenwicht van hun relatie zou verbreken.

De spionnen

Drie weken voor het eerste Cordon Bleubal dat zijn moeder organiseerde, dook Jean-Martin in New Orleans op, maar niet gekleed in het uniform van de militaire academie dat hij sinds zijn dertiende droeg; hij was in dienst als secretaris van Isidore Morisset, een wetenschapper die de Antillen en Florida bezocht om onderzoek te doen naar de kwaliteit van de grond, met het idee daar nieuwe suikerplantages op te zetten nu die in Saint-Domingue blijvend verloren leken. In de nieuwe Zwarte Republiek Haïti was generaal Dessalines bezig met de stelselmatige uitroeiing van alle blanken, de mensen die hij eerder had uitgenodigd om terug te komen. Als Napoleon al een handelsovereenkomst had overwogen – het was hem immers niet gelukt Haïti met zijn troepen in te nemen –, zag hij er na die afgrijselijke moordpartijen waarbij zelfs de kleine kinderen in massagraven eindigden, van af.

Isidore Morisset was een man met een ondoorgrondelijke blik, een haakneus en de rug van een worstelaar die de naden van zijn jasje deed spannen; hij zag rood als een baksteen door de onbarmhartige zon tijdens de zeereis en bezigde een eenlettergrepig vocabulaire dat hem al tegen je innam als hij zijn mond nog maar nauwelijks had opengedaan. Zijn zinnen – altijd te kort – klonken alsof hij nieste. Hij beantwoordde vragen met niet meer dan gesnauw en de wantrouwende uitdrukking van iemand die van zijn naasten het ergste verwacht. Hij werd onmiddellijk ontvangen door gouverneur Claiborne, met alle eer die een dergelijk achtenswaardige buitenlandse bezoeker toekwam, zoals de aanbevelingsbrieven van verschillende wetenschappelijke genootschappen die de secretaris in een bewerkte groenlederen map overhandigde, getuigden.

Claiborne was in de rouw vanwege de dood van zijn vrouw en zijn dochter, die het slachtoffer waren geworden van de recente gele-koortsepidemie. Het viel hem op dat de secretaris heel donker was, maar door de manier waarop Morisset hem had voorgesteld, ging hij ervan uit dat het een vrije mulat betrof en hij had de man ook als zodanig begroet. De gouverneur was geen man met oog voor mannelijk schoon, maar deze jongeman vond hij opmerkelijk, met die fijne trekken – dichte wimpers, een vrouwelijke mond en een ronde kin met een kuiltje – die in contrast stonden met het slanke, elastische lichaam dat juist heel mannelijk was. De jongeman, die ontwikkeld leek en over onberispelijke manieren beschikte, trad op als tolk, want Morisset sprak alleen Frans. Het Engels van de secretaris liet nogal te wensen over maar aangezien Morisset een man van heel weinig woorden was, voldeed het.

Zijn instinct waarschuwde de gouverneur dat de bezoekers iets te verbergen hadden. De suikermissie kwam hem net zo verdacht voor als Morissets boevenuiterlijk, dat niet in overeenstemming was met de voorstelling die hij van een wetenschapper had; maar zijn twijfels onthieven hem niet van de in New Orleans verplichte gastvrijheid. Na een sobere lunch – geserveerd door vrije negers want slaven bezat hij niet – bood Claiborne hun onderdak aan. De secretaris vertaalde dat het niet nodig was, omdat ze maar een paar dagen zouden blijven en in afwachting van de boot die hen terug naar Frankrijk zou brengen, hun intrek hadden genomen in een hotel.

Zodra ze waren vertrokken, liet Claiborne hen discreet volgen en zo kwam hij te weten dat de twee mannen die middag hun hotel hadden verlaten, dat de donkere jongeman te voet naar de Rue Chartres was gegaan en de gespierde Morisset zich op een huurpaard naar een bescheiden smidse aan het eind van de Rue Saint-Philippe had begeven.

De gouverneur had raak geschoten met zijn verdenkingen: Morisset was in de verste verte geen wetenschapper, hij was een spion van Bonaparte. In december 1804 was Napoleon keizer van Frankrijk geworden en hij had zichzelf bij die gelegenheid gekroond, omdat hij ook de paus, toch speciaal voor de gelegenheid uitgenodigd, niet waardig bevond dat te doen. Napoleon had inmiddels half Europa veroverd, maar hij had zijn zinnen op Groot-Brittannië gezet, op dat kleine land met dat verschrikkelijke klimaat en die lelijke mensen die hem aan de andere kant van het Nauw van Calais tartten. Op 21 oktober 1805 kwamen beide naties ten zuidoosten van Spanje tegenover elkaar te staan, bij Kaap Trafalgar; de Frans-Spaanse vloot bestond uit drieëndertig schepen, die van de Engelsen uit zevenentwintig, onder aanvoering van de beroemde admiraal Horatio Nelson, een genie op het gebied van oorlogvoering op zee. Nelson sneuvelde na een spectaculair treffen waarin hij de vijandelijke vloot vernietigde en een eind maakte aan Napoleons droom. In die dagen bracht Pauline Bonaparte een bezoek aan haar broer om hem haar medeleven te betuigen voor de ramp van Trafalgar. Pauline had haar haren afgeknipt en op de doodskist van haar echtgenoot gelegd, de hoorndrager generaal Leclerc, die in Saint-Domingue aan de gele koorts was bezweken en in Parijs begraven. Heel Europa had zich kapotgelachen om dat dramatische gebaar van de ontroostbare weduwe. Pauline was onweerstaanbaar zonder haar lange, mahoniekleurige haren die ze in de stijl van de Griekse godinnen had gedragen, en al heel snel kwam dat kapsel in de mode. Die dag droeg ze een tiara met de beroemde Borghesediamanten, en ze had Morisset meegenomen.

Napoleon, die dacht dat de bezoeker de zoveelste minnaar van zijn zuster was, ontving de man met tegenzin, maar raakte meteen geïnteresseerd toen Pauline hem vertelde dat het schip waarop Morisset had gereisd in het Caribische gebied was aangevallen door piraten en dat de man een aantal maanden de gevangene was geweest van ene Jean Lafitte, tot hij zijn losprijs bij elkaar had en naar Frankrijk terug kon keren. Gedurende die gevangenschap had zich tijdens schaakpartijen een zekere vriendschappelijke relatie tussen beide mannen ontwikkeld. Napoleon bestookte Morisset met vragen over de opmerkelijke organisatie van Lafitte, die met zijn vloot het hele Caribische gebied beheerste; geen enkel schip was veilig, behalve de Amerikaanse schepen, die de piraat vanwege een merkwaardige loyaliteit jegens de Verenigde Staten nooit aanviel.

De keizer ging Morisset voor naar een zijkamer, waar ze twee uur in afzondering met elkaar spraken. Misschien was die Lafitte de oplossing voor een dilemma waarmee Napoleon sinds de Trafalgarramp worstelde: hoe te voorkomen dat de Engelsen zich meester maakten van de overzeese handel. Aangezien hij geen vloot bezat om hen tegen te houden, overwoog hij een verbond met de Amerikanen, die sinds de Onafhankelijkheidsoorlog van 1775 met Groot-Brittannië in conflict waren, maar president Jefferson wilde zijn territorium consolideren en peinsde er niet over in een Europees conflict te interveniëren. In een flits van inspiratie, die hij zo vaak had en waardoor hij van bescheiden soldaat in het leger had kunnen opklimmen tot de hoogste macht, gaf

Napoleon Isidore Morisset de opdracht piraten te rekruteren die de Engelse schepen op de Atlantische Oceaan lastig moesten vallen. Morisset, die begreep dat het een delicate missie betrof omdat de keizer natuurlijk op geen enkele manier in verband mocht worden gebracht met een stelletje boeven, had de dekmantel van wetenschapper bedacht, waaronder hij kon reizen zonder al te zeer op te vallen. De broers Jean en Pierre Lafitte hadden zich jarenlang ongestraft kunnen verrijken met de buit van hun overvallen en allerlei soorten smokkel, maar de Amerikaanse autoriteiten waren niet bereid belastingontduiking te tolereren en hadden de broers, ondanks hun openlijke beleden sympathie voor de democratie van de Verenigde Staten, buiten de wet gesteld.

Jean-Martin Relais kende de man niet in wiens gezelschap hij de Atlantische Oceaan over zou steken. Op een maandagmorgen had de directeur van de École Militaire hem op zijn kantoor ontboden, hem geld overhandigd en de opdracht gegeven zich burgerkleding en een hutkoffer aan te schaffen omdat hij over twee dagen scheep moest gaan.

'En geen woord hierover, Relais, het is een vertrouwelijke missie,' verduidelijkte de directeur.

Later kwam Jean-Martin erachter dat de keuze op hem was gevallen omdat hij van alle studenten het best was in Engels en de directeur ervan uitging dat hij, omdat hij uit de koloniën afkomstig was, niet meteen doodziek zou worden van de eerste steek van een tropische mug.

De jongen reisde in allerijl naar Marseille, waar Isidore Morisset hem met de passagebiljetten in zijn hand opwachtte. Jean-Martin was de man stilzwijgend dankbaar dat hij nauwelijks naar hem keek, hoewel het idee dat ze tijdens de overtocht samen een nauwe hut zouden delen, hem zenuwachtig maakte. Hij was heel trots en ervoer niets als zo kwetsend als de insinuaties van andere mannen, die hij vaak ontving.

'Wilt u niet weten waar we naartoe gaan?' vroeg Morisset, toen ze al een paar dagen op zee waren zonder meer dan een paar beleefdheden te hebben uitgewisseld.

'Waar Frankrijk me heen stuurt,' antwoordde Relais verdedigend, in de houding springend.

'Geen militaire groeten, jongeman. We zijn burgers, begrepen?'

'Positief.'

'Man, praat als een normaal mens, verdomme!'

'Tot uw orders, mijnheer.'

Al heel snel ontdekte Jean-Martin dat Morisset, hoe stil en onaangenaam hij zich in het openbaar ook gedroeg, een fascinerende man kon zijn in de privésfeer. Alcohol maakte zijn tong los en dan was hij zo ontspannen dat hij iemand anders werd: beminnelijk, ironisch, glimlachend. Hij was een goed kaartspeler en kende talloze verhalen, die hij sober en met weinig zinnen vertelde. Door al die glazen cognac leerden ze elkaar steeds beter kennen en er groeide een natuurlijke intimiteit tussen hen, die van goede vrienden.

'Pauline Bonaparte nodigde me ooit uit in haar boudoir,' vertelde Morisset. 'Een Antilliaanse neger, met niet meer dan een lendendoekje voor, droeg haar in zijn armen en deed haar in bad waar ik bij was. La Bonaparte laat zich er altijd op voorstaan dat ze iedereen in bed krijgt, maar dat is haar bij mij niet gelukt.'

'Hoe kwam dat?'

'Ik erger me aan vrouwelijke stompzinnigheid.'

'Geeft u de voorkeur aan mannelijke stompzinnigheid?' spotte de jongen met een zweempje koketterie; hij had ook een paar glazen op en was heel ontspannen.

'Ik heb liever paarden.'

Maar Jean-Martin was meer geïnteresseerd in de piraten dan in de kunst van het paardrijden of het baden van de mooie Pauline, en wist het gespreksonderwerp weer terug te brengen op de avonturen die zijn nieuwe vriend had beleefd toen de piraten hem op het eiland Barataria in gijzeling hadden gehouden.

Omdat Morisset wist dat zelfs de Europese oorlogsschepen zich niet in de buurt van het eiland van de gebroeders Lafitte durfden wagen, had hij het idee zich daar onuitgenodigd te vertonen radicaal van de hand gewezen: ze zouden hun hoofd al kwijt zijn voor ze ook maar één voet op het strand hadden gezet, en zonder de gelegenheid te krijgen hun zo gewaagde voorstel uit te leggen. Bovendien had hij geen idee of de naam Napoleon de deuren van de Lafittes voor hem zou openen; het effect kon net zo goed tegenovergesteld zijn, en daarom had hij besloten vanaf neutraler terrein, New Orleans, contact met hen te zoeken.

'Maar de Lafittes staan buiten de wet. Ik heb geen idee hoe ik ze kan vinden,' zei Morisset tegen Jean-Martin.

'Dat kan niet moeilijk zijn, want ze houden zich niet schuil,' stelde de jongen hem gerust.

'Hoe weet u dat?'

'Uit de brieven van mijn moeder.'

Tot dat moment was het nog niet bij Relais opgekomen Morisset te vertellen dat zijn moeder in New Orleans woonde; vergeleken bij het belang van de missie in opdracht van de keizer leek hem dat een onbetekenend detail.

'Uw moeder kent de Lafittes?'

'Iedereen kent hen, ze zijn de koningen van de Mississippi,' antwoordde Jean-Martin.

Om zes uur 's avonds lag Violette nog bij Sancho García del Solar in bed, naakt en zwetend van genot. Sinds Rosette en Tété bij haar woonden en haar huis vol zat met de leerlingen voor de placage, gaf ze de voorkeur aan het appartement van haar minnaar voor het bedrijven van de liefde of om er alleen maar een siësta te houden als ze de puf niet hadden voor meer. In het begin had Violette nog een lafhartige poging gedaan een beetje schoon te maken en de boel wat te beredderen, maar ze was een slechte dienstmeid en het was absurd om die kostbare uurtjes samen te besteden aan een poging Sancho's monumentale wanorde aan te pakken. Zijn enige bediende was alleen maar goed in koffiezetten. Valmorain had hem aan Sancho uitgeleend omdat hij onverkoopbaar was: niemand zou hem willen. Hij was gestoord sinds hij van een dak was gevallen, en liep altijd in zichzelf te lachen; het was begrijpelijk dat Hortense Guizot hem niet verdroeg. Sancho tolereerde de man in zijn omgeving en was zelfs op hem gesteld geraakt, want zijn koffie was goed en hij hield geen wisselgeld achter als hij inkopen deed op de Marché Français. Violette vond de man verontrustend: ze verdacht hem ervan hen te beloeren als ze de liefde bedreven.

'Ach, dat verbeeld je je maar. Hij is zo stom dat hij zelfs daar de hersenen niet voor heeft,' stelde haar minnaar haar gerust.

Intussen zaten Loula en Tété op rieten stoelen voor de deur van het gele huis, zoals alle vrouwen in de buurt tegen het vallen van de avond deden. De tonen van een piano-etude verstoorden de vrede van de herfstige avond. Loula rookte haar donkere sigaartje, met halfgesloten ogen genietend van de rust waar haar botten om vroegen, en Tété zat een babyhemdje te naaien. Het was nog niet aan haar buik te zien, maar ze had in haar kleine vriendenkring al verteld dat ze zwanger was, en de enige die verbaasd had gereageerd was Rosette, want die ging zo in zichzelf op dat ze van de romance tussen haar moeder en Zacharie niets had gemerkt. Zo trof Jean-Martin hen aan. Vanwege het bevel de reis geheim te houden, had hij zijn komst niet per brief aangekondigd; de brief zou trouwens toch later zijn aangekomen dan hijzelf.

Loula verwachtte hem dus niet en omdat ze hem vele jaren niet had gezien, had ze geen idee wie de jongen was die voor haar kwam staan; ze nam alleen nog een trekje van haar sigaar.

'Ik ben het, Jean-Martin!' riep de jongen ontroerd uit. Het duurde enige seconden voor de vrouw hem door de rook heen zag en begreep dat het inderdaad haar jongetje was, haar prins, het licht van haar oude ogen. Haar vreugdekreten deden de grond trillen. Ze greep hem om zijn middel, tilde hem van de grond en overdekte hem met kussen en tranen terwijl hij trappelend op de punten van zijn tenen zijn waardigheid probeerde te verdedigen.

'Waar is maman?' vroeg hij zodra hij zich had weten te bevrijden en zijn platgestampte hoed van de grond had geraapt.

'In de kerk, mijn jongen, aan het bidden voor de ziel van je overleden vader. Laten we naar binnen gaan, ik zal koffie voor je zetten, terwijl mijn vriendin Tété je moeder gaat halen,' antwoordde Loula zonder een moment te aarzelen. Tété rende weg naar Sancho's appartement.

In de huiskamer zag Jean-Martin een meisje in een hemelsblauwe jurk dat met een kopje op haar hoofd piano zat te spelen.

'Rosette! Kijk eens wie hier is! Mijn jongen, mijn Jean-Martin!' schreeuwde Loula bij wijze van introductie.

Het meisje onderbrak haar piano-oefeningen en draaide zich langzaam om. Ze groetten elkaar, hij met een stijf hoofdknikje en tegen elkaar klakkende hakken alsof hij zijn uniform nog aan had, en zij met knipperende giraffenwimpers.

'Welkom, monsieur. Er gaat geen dag voorbij zonder dat madame en Loula het over u hebben,' zei Rosette met de stijve beleefdheid die de ursulinen haar hadden aangeleerd. Niets kon méér waar zijn. De herinnering aan de jongen zweefde als een geest door het huis en Rosette had zo veel over hem gehoord dat ze hem al kende.

Loula nam Rosettes kopje mee en ging koffiezetten; van de patio klonken haar jubelkreten. Rosette en Jean-Martin zaten zwijgend, op het puntje van hun stoel, heimelijk naar elkaar te kijken met het gevoel dat ze elkaar van vroeger kenden. Twintig minuten later, toen Jean-Martin aan zijn derde stuk cake begon, kwam Violette hijgend binnen, met Tété in haar kielzog. Jean-Martin vond zijn moeder nog mooier dan hij zich herinnerde en vroeg zich niet eens af waarom ze zo verward uit de kerk kwam, met haar jurk maar half dichtgeknoopt.

Vanuit de deuropening keek Tété geamuseerd naar de jongen die zich duidelijk ongemakkelijk voelde met een moeder die hem zonder zijn hand los te laten overlaadde met kusjes, en met Loula die hem onophoudelijk in zijn wangen kneep. De zoute wind had Jean-Martins huid tijdens de overtocht enkele tinten donkerder gekleurd en de jaren op de militaire academie hadden zijn houding alleen maar strammer gemaakt, naar het voorbeeld van de man van wie hij dacht dat het zijn vader was. In zijn herinnering was Étienne Relais sterk, stoïcijns en streng geweest; juist daarom had hij als kind zo genoten van de tederheid die zijn vader hem had betoond in de strikte intimiteit van de huiselijke haard. Zijn moeder en Loula, daarentegen, hadden hem altijd als een klein kind behandeld en blijkbaar waren ze van plan dat te blijven doen. Om zijn knappe gezicht te compenseren gedroeg Jean-Martin zich altijd overdreven afstandelijk en stelde hij zich ijzig op, met die typisch militaire kille uitdrukking op zijn gezicht. Als kind was hij tot zijn verdriet vaak voor een meisje aangezien, en als jonge man hadden zijn kameraden hem gepest of waren ze verliefd op hem geworden. Tegenover Rosette en de mulattin wier naam hij niet had opgevangen, schaamde hij zich voor die huiselijke liefkozingen, maar hij durfde zich er ook niet aan te onttrekken. Het viel Tété niet op dat Jean-Martin dezelfde trekken had als Rosette, want ze had altijd al gevonden dat haar dochter op Violette Boisier leek, en die gelijkenis was toegenomen in de maanden dat ze werd opgeleid voor de placage, want het meisje probeerde haar docente in alles na te doen.

Intussen was Morisset naar de smederij in de Rue Saint-Philippe gegaan; hij had ontdekt dat die als dekmantel voor piratenpraktijken werd gebruikt, maar degene die hij zocht trof hij daar niet. Hij kwam even in de verleiding om een briefje voor Jean Lafitte achter te laten waarin hij zijn oude schaakvriend om een afspraak verzocht, maar hij begreep dat dit een enorme blunder zou zijn. Hij was al drie maanden actief als spion, maar kon niet wennen aan de voorzichtigheid die zijn rol als wetenschapper eiste, en voor de zoveelste keer had hij bijna een onvoorzichtigheid begaan. Later die dag, toen Jean-Martin hem aan zijn moeder voorstelde, leken zijn voorzorgsmaatregelen hem ineens belachelijk, want Violette bood heel spontaan aan hem mee te nemen naar de piraten. Ze zaten in de woonkamer van het gele huis, die bijna te klein was voor de familie en alle kennissen die waren toegesneld om Jean-Martin te begroeten: dokter Parmentier, Adèle, Sancho en een aantal buren.

'Ik begrijp dat de Lafittes een prijs op hun hoofd hebben staan,' zei de spion.

'Dat zijn zaken van de Amerikanen, monsieur Moriste!' lachte Violette.

'Morisset. Isidore Morisset, madame.'

'Ze leveren goedkoop, en daarom worden de gebroeders Lafitte hier zeer gewaardeerd. Niemand die het in zijn hoofd haalt hen aan te geven voor de vijfhonderd dollar die er op hun hoofd staat,' verduidelijkte Sancho García del Solar. Hij voegde eraan toe dat Pierre bekendstond als een lomperik, maar Jean was een heer, op en top, hoffelijk tegenover de dames en beleefd tegen de heren; hij sprak vijf talen, schreef in een vlekkeloze stijl en beroemde zich op zijn meer dan genereuze gastvrijheid. Zijn moed was boven elke twijfel verheven en zijn mannen, zo'n drieduizend in totaal, waren bereid zich voor hem dood te vechten.

'Morgen is het zaterdag, dan is er een veiling. Misschien wilt u mee naar El Templo?' vroeg Violette.

'El Templo, zei u?'

'Dat is de plaats waar ze hun veilingen houden,' lichtte Parmentier toe.

'Als iedereen weet waar ze zitten, waarom zijn ze dan nooit gearresteerd?' onderbrak Jean-Martin hen.

'Dat durft niemand. Claiborne heeft om versterking gevraagd, maar die mannen zijn geduchte tegenstanders, geweld is hun wet en ze zijn beter bewapend dan het leger.'

De volgende dag trokken Violette, Morisset en Jean-Martin erop uit, voorzien van een mand met een lichte maaltijd en twee flessen wijn. Onder het mom dat Rosette haar piano-oefeningen nog moest doen, wist Violette haar zover te krijgen dat ze thuisbleef, want het was haar opgevallen dat Jean-Martin veel te vaak naar het meisje keek en als moeder had ze de plicht elke onwelkome fantasie meteen te kop in te drukken. Rosette was haar beste leerlinge, perfect voor de placage maar volkomen ongeschikt voor haar zoon, die zijn entree in de Société du Cordon Bleu moest zien te maken via een gunstig huwelijk. Zij was van plan haar schoondochter met een onverbiddelijke realiteitszin uit te zoeken, zonder Jean-Martin de kans te geven uit liefde fouten te begaan.

Ook Tété voegde zich bij het gezelschap, op het laatste moment besloot ze ondanks haar bedenkingen toch in de boot te stappen, want net als tijdens de eerste maanden van haar vorige zwangerschappen was ze gauw misselijk, en verder was ze bang voor de krokodillen en de slangen waarvan het water vergeven was en voor een ander soort slang, die zich uit het mangrovebos op zijn prooi liet vallen. Het fragiele bootje werd voortbewogen door een roeier die met zijn ogen dicht nog de weg zou kunnen vinden in dat labyrint van geulen, eilandjes en moerassen, eeuwig ondergedompeld in stinkende dampen en wolken muggen – de ideale omgeving voor illegale handel en andere duistere zaken.

De bastaard

El Templo bleek een eilandje in de moerassen van de rivierdelta te zijn, een compacte heuvel van geërodeerde schelpen waarop een eikenbos groeide. Vroeger was het voor de indianen een gewijde plek geweest en er stonden nog resten van een altaar, vandaar de naam. De gebroeders Lafitte waren er al vanaf de vroege morgen, zoals elke zaterdag van het jaar, behalve als Kerstmis of Maria-Hemelvaart op een zaterdag viel. Op de oever lag een rij boten met weinig diepgang: vissersbootjes, kano's, sloepjes, privéroeiboten met zonneschermen voor de dames, en grove barkassen voor het vervoer van de producten.

De piraten hadden verschillende linnen tenten opgezet waarin ze hun schatten tentoonstelden, gratis limonade schonken voor de dames en Jamaicaanse rum voor de heren, en snoepjes uitdeelden onder de kinderen. Het rook er naar stilstaand water en naar de frituren waar pikante grote garnalen werden gebakken die op stukken maïsblad werden geserveerd. Er heerste een carnavaleske sfeer, met muziek, acrobaten en een hondendompteur. Op een houten plankier stonden de slaven die te koop werden aangeboden: vier volwassenen en een naakt jongetje van een jaar of twee, drie. De geïnteresseerden keken naar hun tanden om de leeftijd te kunnen schatten, naar het wit van hun ogen om te zien of ze gezond waren en onderzochten hun anus om zich ervan te vergewissen dat die niet met poetskatoen was dichtgestopt, de meest gebruikelijke manier om te verdoezelen dat ze aan de diarree waren. Een wat oudere dame met een kanten parasol woog met haar gehandschoende hand het geslachtsdeel van een van de mannen.

Pierre Lafitte was al met de veiling van de handelswaar begonnen; een volstrekt onlogische verzameling, alsof die spullen waren gekozen met als enig doel de klanten in verwarring te brengen: een allegaartje kristallen lampen, balen koffie, dameskleren, wapens, laarzen, bronzen beelden, zeep, pijpen en scheermessen, zilveren theepotten, balen peper en kaneel, meubels, schilderijen, vanille, kelken en kandelaars voor in de kerk, kratten wijn, een tamme aap en twee papegaaien. Niemand vertrok zonder iets te kopen, want de gebroeders Lafitte traden ook op als bankier en geldschieter. Elk voorwerp was exclusief, zoals Pierre luidkeels uitriep, en waarschijnlijk had hij gelijk, want ze waren afkomstig van op volle zee overvallen koopvaardijschepen.

'Kijk toch eens, dames en heren, deze porseleinen kan is een koninklijk paleis waardig!' 'En wat biedt u voor deze brokaten cape, afgezet met hermelijn? Zo'n kans krijgt u nooit weer!' Het publiek reageerde met grappen en gefluit, maar men verhoogde zijn bod in een geamuseerde rivaliteit waarvan Pierre goed gebruik wist te maken.

Intussen wandelde Jean rond in de menigte, gekleed in het zwart, met witte manchetten, een kanten kraag en pistolen in zijn gordel, de onvoorzichtigen verleidend met zijn gemakkelijke glimlach en zijn donkere slangenbezweerdersblik. Hij begroette Violette Boisier met een theatrale buiging, die zij beantwoordde met een kus op zijn beide wangen, want na al die jaren van transacties en wederzijdse diensten waren ze oude vrienden.

'En waarmee kan ik de enige dame die in staat is mijn hart te veroveren, van dienst zijn?' vroeg Jean.

'Verspil uw complimentjes niet aan mij, mon cher ami, want ditmaal kom ik niet om te kopen,' lachte Violette, terwijl ze op Morisset wees, die op vier passen achter haar was blijven staan.

Het duurde even voor Jean Lafitte hem herkende, op een dwaalspoor gebracht door Morissets ontdekkingsreizigersuitrusting, zijn gladgeschoren gezicht en de dikke brillenglazen, want hij kende hem alleen met snor en bakkenbaarden.

'Morisset? *C'est vraiment vous*!' riep hij uiteindelijk uit, hem op zijn schouder meppend.

De spion keek ongemakkelijk om zich heen en trok zijn hoed tot over zijn wenkbrauwen. Het zou hem niet goed uitkomen als die uitbundige vriendschapsbetuigingen gouverneur Claiborne ter ore kwamen, maar niemand sloeg er acht op want Pierre was net een Arabisch paard aan het veilen waarop alle mannen hun zinnen hadden gezet. Jean Lafitte ging hem voor naar een van de tenten, waar ze onder het genot van een verfrissend glas witte wijn een privégesprek konden voeren.

De spion bracht Jean Lafitte Napoleons aanbod over: een kaperbrief, een *lettre de marque*, wat neerkwam op een officiële toestemming andere schepen aan te vallen. In ruil daarvoor moesten de piraten beloven om de Engelsen aan te pakken. Lafitte antwoordde vriendelijk dat hij geen toestemming nodig had om te blijven doen wat hij altijd al had gedaan en dat hij die lettre de marque eerder als een beperking zag, omdat hij daarmee verder moest afzien van de Franse schepen, en dat zou verlies aan inkomsten betekenen.

'Maar het zou uw activiteiten legaliseren. U bent dan niet langer piraat maar kaper, wat voor de Amerikanen veel acceptabeler is,' wierp Morisset tegen.

'Het enige wat onze relatie met de Amerikanen zou kunnen veranderen is belasting gaan betalen, en eerlijk gezegd hebben we die mogelijkheid nog niet overwogen.'

'Een kaperbrief is waardevol...'

'Alleen als we onder Franse vlag kunnen varen.'

De zuinige Morisset legde uit dat dat niet in het aanbod van de keizer was inbegrepen, ze zouden de Cartageense vlag moeten blijven gebruiken, maar hij kon wel beloven dat ze op Frans grondgebied welkom waren en daar niet zouden worden vervolgd. Het waren meer woorden achter elkaar dan hij in lange tijd had uitgesproken. Lafitte zegde toe erop terug te komen, want over dit soort zaken werd onder zijn mannen gestemd.

'Maar uiteindelijk gaat het toch alleen om uw stem en om die van uw broer?' zei Morisset.

'U vergist zich. Wij zijn heel wat democratischer dan de Amerikanen en zeker dan de Fransen. Over twee dagen krijgt u antwoord.'

Buiten werd het rumoer van de bieders luider, want Pierre Lafitte was begonnen met het veilen van de slaven, het onderdeel van het festijn waarnaar het meest was uitgezien. De enige vrouw in de partij slaven hield het jongetje tegen haar lichaam gedrukt en smeekte de geïnteresseerden haar en haar kind niet te scheiden, haar zoon was slim en gehoorzaam, zei ze, terwijl Pierre Lafitte haar beschreef als een goede fokslaaf: ze had al verschillende kinderen gebaard en zou nog geruime tijd vruchtbaar blijven.

Tété keek met een knoop in haar ingewanden toe en smoorde een kreet toen ze dacht aan de kinderen die de arme vrouw al was verloren en aan de onwaardigheid geveild te worden. Dat had zij tenminste niet door hoeven maken, en haar Rosette was veilig. Iemand vertelde dat het slaven uit Haïti waren en dat ze rechtstreeks aan de Lafittes waren geleverd door handelsagenten van Dessalines, die op die manier zijn wapenaankopen financierde en zich en passant verrijkte door dezelfde mensen te verkopen die met en naast hem voor de vrijheid hadden gevochten. Als Gambo dit zag, zou hij ontploffen van woede, dacht Tété.

Toen de koop leek gesloten, klonk de onmiskenbare stem van Owen Murphy, die vijftig dollar meer bood voor de moeder en tien meer voor het kind. Pierre wachtte de verplichte minuut en toen niemand meer bood, schreeuwde hij dat de twee voor de cliënt met de donkere baard waren. Op het plankier viel de moeder bijna flauw van opluchting, zonder haar kind los te laten, dat doodsbang was en huilde. Een van Pierre Lafittes assistenten greep de vrouw bij een arm en overhandigde haar aan Owen Murphy.

Toen Tété van haar ontsteltenis was bijgekomen, zag ze de Ier met de slavin en het kind in de richting van de boten lopen en ze holde achter hen aan, zijn naam roepend. Hij begroette haar zonder al te veel emotie, maar aan zijn gezicht kon je zien hoe blij hij was om haar te zien. Hij vertelde dat Brandan, zijn oudste zoon, halsoverkop was getrouwd en dat ze spoedig grootouders zouden worden. Hij vertelde ook dat hij bezig was grond in Canada te verwerven, en dat ze hoopten daar heel spoedig naartoe te gaan om een nieuw leven te beginnen, met de hele familie, inclusief Brandan en diens vrouw.

'Ik stel me zo voor dat monsieur Valmorain niet blij zal zijn met uw vertrek,' zei Tété.

'Madame Hortense wil me al tijdenlang kwijt. We hebben niet dezelfde ideeën,' antwoordde Murphy. 'Ze zal ook wel weer tegensputteren omdat ik dit jongetje heb gekocht, maar ik heb me aan de Code Noir gehouden: het kind is nog te jong om van zijn moeder te worden gescheiden.'

'Hier houdt niemand zich aan de wet, monsieur Murphy. De piraten doen wat ze willen.'

'Daarom doe ik liever geen zaken met hen, maar ik ben niet degene die daarover beslist, Tété,' zei de Ier. Hij wees naar Toulouse Valmorain, die op enige afstand van de menigte onder een eik met Violette Boisier stond te praten, zij met een Japanse parasol om zich tegen de zon te beschermen en hij op een stok leunend en met zijn zakdoek het zweet van zijn gezicht vegend. Tété trok zich terug, maar het was al te laat: hij had haar opgemerkt en ze voelde zich verplicht naar hem toe te gaan. Jean-Martin, die in de buurt van Lafittes tent op Morisset had gewacht, liep achter haar aan en even later stond het hele gezelschap bijeen in het kleine beetje schaduw van de eik. Tété groette haar voormalige meester zonder hem rechtstreeks aan te kijken, maar ze kon wel zien dat hij dikker was geworden en nog roder. Ze betreurde het dat dokter Parmentier beschikte over middelen om het bloed af te laten koelen, middelen die zijzelf nota bene maakte; die man kon met één enkele klap van zijn stok haar onzekere bestaan en dat van Rosette vernietigen, en het was maar beter als hij op het kerkhof lag.

Valmorain was vol aandacht toen Violette Boisier haar zoon aan hem voorstelde. Hij nam Jean-Martin van top tot teen op, diens ranke gestalte waarderend, de elegantie waarmee hij zijn pak van bescheiden makelij droeg, de volmaakte symmetrie van zijn gezicht. De jongen groette hem met een hoofdknikje, eerbiedig, vanwege het verschil in stand en leeftijd, maar Valmorain stak hem een dikke, met gele vlekjes bezaaide hand toe die hij moest drukken. Valmorain hield Jean-Martins hand veel langer vast dan beleefd was, met een merkwaardig glimlachje op zijn gezicht. Jean-Martin voelde een hete blos op zijn wangen en trok zijn hand ruw terug. Het was niet de eerste keer dat een man avances maakte en normaal kon hij zich zonder al te veel misbaar uit dergelijke situaties redden, maar de opdringerigheid van deze homoseksueel was wel erg beledigend en hij vond het beschamend dat zijn moeder getuige moest zijn van de scène. Zijn afwijzing was zo duidelijk dat Valmorain zich realiseerde dat de jongen zijn gedrag verkeerd interpreteerde, maar in plaats van zich geërgerd af te wenden, barstte hij in lachen uit.

'Ik zie dat dit slavenkind het hoog in zijn bol heeft!' riep hij geamuseerd uit.

Er viel een diepe stilte toen die woorden hun gierenklauwen naar de aanwezigen uitsloegen. De lucht werd nog warmer, het licht nog heller, de geur van de markt nog misselijkmakender, het lawaai van de menigte nog intenser, maar Valmorain merkte niets van de uitwerking van zijn woorden.

'Wat zei hij?' wist Jean-Martin lijkbleek uit te brengen toen hij zijn stem terugvond. Violette pakte hem bij een arm en probeerde hem mee te slepen, maar hij rukte zich los en ging tegenover Valmorain staan. Gewoontegetrouw bracht hij zijn hand naar zijn heup, waar het handvat van zijn degen zat als hij in uniform was.

'U hebt mijn moeder beledigd!' riep hij schor uit.

'Je gaat me toch niet vertellen, Violette, dat deze jongeman niet weet waar hij vandaan komt,' zei Valmorain, nog steeds spottend.

Zij gaf geen antwoord. Haar parasol viel uit haar handen en rolde over de grond, en ze sloeg met uitpuilende ogen een hand voor haar mond.

'U bent mij genoegdoening schuldig, monsieur. Ik zie u in de tuinen van Saint-Antoine, met uw secondanten, uiterlijk over twee dagen want daarna vertrek ik weer naar Frankrijk,' beet Jean-Martin hem toe, elke lettergreep kauwend.

'Doe niet zo idioot, jongen, ik ga geen duel aan met iemand van jouw stand. Ik vertel de waarheid. Vraag maar aan je moeder,' antwoordde Valmorain. Met zijn stok wees hij naar de vrouwen voordat hij hun zijn rug toekeerde en wankelend op zijn gezwollen knieën naar de boten kuierde om zich bij Owen Murphy te voegen.

Jean-Martin probeerde hem achterna te gaan, met de bedoeling hem op zijn gezicht te timmeren, maar Violette en Tété grepen de jongeman bij zijn kleren. Op dat moment verscheen Isidore Morisset weer op het toneel, die, toen hij zijn secretaris rood aangelopen van woede met de vrouwen zag worstelen, hem in een houdgreep nam. Tété had de tegenwoordigheid van geest Morisset te vertellen dat er een conflict met een piraat was geweest en dat ze maar beter snel konden vertrekken. De spion was het ermee eens – hij wilde zijn onderhandelingen met Lafitte niet in gevaar brengen – en terwijl hij Jean-Martin met zijn houthakkershanden in bedwang hield, leidde hij hem, de vrouwen achter hen aan, naar de boot waar de roeier wachtte; de inhoud van de mand was nog onaangeraakt.

Bezorgd sloeg Morisset in een vaderlijk gebaar een arm om Jean-Martins schouder en probeerde erachter te komen wat er nu precies gebeurd was, maar de jongen rukte zich abrupt los en draaide hem zijn rug toe, zijn ogen op het water gericht. Niemand zei iets, de anderhalf uur die de tocht door dat labyrint van moerassen duurde, tot ze weer in New Orleans waren. Morisset ging alleen terug naar zijn hotel, zijn secretaris negeerde zijn bevel hem te vergezellen en volgde Violette en Tété naar de Rue Chartres. Violette ging naar haar kamer, deed de deur dicht en wierp zich op haar bed om te huilen tot ze geen tranen meer over had, terwijl Jean-Martin als een leeuw over de patio liep, heen en weer, wachtend tot ze kalm genoeg was om haar te kunnen ondervragen.

'Wat weet jij van het verleden van mijn moeder, Loula, je móét het me vertellen!' eiste hij van zijn vroegere kindermeid. Loula, die geen idee had van wat er in El Templo was gebeurd, dacht dat hij de glorieuze jaren bedoelde waarin Violette de meest goddelijke cocotte van Le Cap was geweest en haar naam over verre zeeën was rondgegaan, en peinsde er niet over dat aan haar jongen te vertellen, haar prins, al schreeuwde die nog zo hard. Violette had elk spoor van haar verleden in Saint-Domingue met de grootste zorgvuldigheid uitgewist, en het was niet aan haar, de trouwe Loula, om dat geheim te verraden.

Toen Tété Violette tegen de avond niet meer hoorde huilen, bracht ze haar een kruidenthee tegen de hoofdpijn, hielp haar zich uit te kleden, borstelde het kippennest waarin haar kapsel was veranderd uit, wreef haar in met rozenwater, trok haar een dun nachthemdje aan en kwam naast haar bed zitten. In het schemerduister, met de luiken gesloten, durfde ze zich uit te spreken, dankzij het vertrouwen dat er tijdens die jaren dat ze samen hadden geleefd en gewerkt in haar was gegroeid, elke dag meer.

'Het is niet zo erg, madame. Doe toch alsof die woorden nooit zijn gezegd. Niemand zal ze herhalen, en u en uw zoon kunnen verder leven alsof er nooit iets is gebeurd,' zei ze troostend.

Tété had uit Valmorains woorden opgemaakt dat Violette Boisier niet, zoals ze haar een keer had verteld, vrij was geboren, maar als slavin, en ze kon het haar niet kwalijk nemen dat ze dat had verzwegen. Misschien was Jean-Martin al wel geboren voordat luitenant-kolonel Relais haar had vrijgelaten en met haar was getrouwd.

'Maar Jean-Martin weet het al! Hij zal me nooit vergeven dat ik hem heb voorgelogen,' antwoordde Violette.

'Het is niet makkelijk om toe te geven slaaf te zijn geweest, madame. Maar het belangrijkste is dat u beiden nu vrij bent.'

'Ik ben nooit slaaf geweest, Tété. Waar het om gaat is dat ik zijn echte moeder niet ben. Jean-Martin is als slaaf geboren en mijn man heeft hem gekocht. Loula is de enige die ervan weet.'

'En monsieur Valmorain, hoe kon die dat dan weten?'

Toen vertelde Violette Boisier hoe ze aan het kind was gekomen, hoe Valmorain haar het pasgeboren jongetje had gebracht, in een dekentje gewikkeld, en haar had gevraagd een poosje voor het kind te zorgen, en hoe zij en haar man hem uiteindelijk hadden geadopteerd. Ze hadden geen idee waar hij vandaan kwam, maar ze vermoedden dat het een zoon van Valmorain was bij een van zijn slavinnen.

Tété luisterde al niet meer, want ze kende de rest van het verhaal. Ze had zich vele slapeloze nachten voorbereid op het moment van die onthulling, als ze eindelijk iets zou horen over het kind dat ze haar hadden afgenomen; maar nu haar zoon binnen handbereik was voelde ze geen bliksemstraal van geluk, geen gesmoorde snik in haar keel, geen onweerstaanbare golf van liefde, had ze niet eens de behoefte naar hem toe te rennen en hem te omhelzen; ze hoorde alleen een dof bonzen in haar oren, als de wielen van een koets in het stof van de weg. Ze sloot haar ogen en riep nieuwsgierig het beeld van de jongen op, verbaasd dat ze nooit iets had vermoed; haar instinct had haar nergens voor gewaarschuwd, zelfs niet toen haar de gelijkenis met Rosette was opgevallen. Ze wroette in haar gevoelens, op zoek naar de peilloze moederliefde die ze over Maurice en Rosette had uitgestort, maar vond alleen opluchting. Haar zoon was onder een goed gesternte geboren, met een stralende z'étoile, en daarom was hij bij de Relais' en Loula terechtgekomen, die hem hadden vertroeteld en opgevoed, daarom had die militair hem zijn naam gegeven en werkte Violette zo hard om voor hem een goede toekomst veilig te stellen. Ze kon zich daarover verheugen zonder ook maar een spoortje jaloezie, want zij had hem van dat alles nooit iets kunnen geven.

De wrok jegens Valmorain, die donkere, harde rots die Tété altijd in haar borst voelde zitten, leek minder ruimte in te nemen, en het hardnekkige verlangen zich op haar meester te wreken loste op in het gevoel van dankbaarheid jegens de mensen die zo goed voor haar zoon hadden gezorgd. Ze hoefde niet al te lang na te denken over wat ze aan moest met wat ze net te weten was gekomen, want haar gevoel van dankbaarheid overheerste. Wat won ze erbij als ze rondbazuinde dat ze Jean-Martins moeder was en van hem de liefde eiste die in alle billijkheid een andere vrouw toekwam? Ze koos ervoor Violette Boisier de waarheid op te biechten, zonder uit te weiden over het verdriet waaronder ze in het verleden zo had geleden, want de laatste jaren was dat minder schrijnend geworden. De jongeman die op dat moment over de patio heen en weer liep, was een vreemde voor haar.

De vrouwen zaten hand in hand een tijdje te huilen, met elkaar verenigd door de tere draad van de compassie die ze voor elkaar voelden. Daarna besloten ze dat ze, al konden de woorden die Valmorain had gesproken niet meer worden uitgewist, de gevolgen voor Jean-Martin zouden proberen te verzachten. Waarom de jongen vertellen dat Violette niet zijn moeder was, dat hij als slaaf, als de bastaard van een blanke was geboren en dat hij was verkocht? Hij kon beter blijven geloven wat hij Valmorain had horen zeggen omdat dat in wezen de waarheid was: dat zijn moeder een voormalige slavin was. Hij hoefde ook niet te weten dat Violette een cocotte was geweest of dat Relais de naam had gehad een wreed man te zijn. Jean-Martin zou geloven dat Violette haar verleden voor hem had verzwegen om hem te beschermen, maar hij zou trots kunnen blijven op zijn afkomst, als zoon van Violette en Étienne Relais. Over een paar dagen keerde hij terug naar Frankrijk en naar zijn carrière in het leger, waar het vooroordeel tegen zijn afkomst hem minder nadeel zou berokkenen dan in Amerika of in de koloniën, en waar hij Valmorains woorden zou kunnen wegstoppen in een verloren hoekje van zijn geheugen.

'Laten we dit voor altijd begraven,' zei Tété.

'En wat doen we met Toulouse Valmorain?' vroeg Violette.

'Dat wachten we af, madame. Vertelt u hem eerst maar dat hij sommige geheimen beter niet kan rondvertellen, omdat u er anders persoonlijk voor zult zorgen dat zijn vrouw en de hele stad te weten komen dat hij de vader is van Jean-Martin en Rosette.'

'En dat zijn kinderen de naam Valmorain kunnen opeisen en recht hebben op een deel van de erfenis,' voegde Violette er met een ondeugende glimlach aan toe.

'Is dat zo?'

'Nee, Tété, maar voor de Valmorains zou het een onoverkomelijk schandaal zijn.'

Doodsangst

Violette Boisier wist dat het eerste Cordon Bleubal de toon zou zetten voor de toekomst en daarom moest ze vanaf het begin duidelijk zien te maken dat dit bal iets heel anders was dan de rest van de feesten die de stad van oktober tot eind april in beroering brachten. Ze liet de grote ruimte versieren zonder op de kosten te letten. Er werden podia opgericht voor de muzikanten, rond de dansvloer werden voor de moeders en de chaperonnes tafeltjes met geborduurde kleedjes neergezet tussen met fluweel beklede stoelen, en voor de triomfantelijke entree van de meisjes bouwden ze in de zaal een plankier dat met tapijt werd bedekt. Op de dag van het bal maakten ze de geulen langs de straat schoon, legden er planken over, ontstaken gekleurde lichtjes en fleurden de hele wijk op met muzikanten en zwarte dansers, net als met carnaval. De ruimte binnen was daarentegen heel sober gehouden.

In huize Valmorain, in het centrum, was het geluid van de muziek op straat te horen, maar net als alle andere blanke vrouwen in de stad deed Hortense Guizot of ze niets merkte; ze wist wat er speelde, want het bal was al wekenlang hét onderwerp van gesprek. Ze was net klaar met eten en zat omringd door haar dochters in de huiskamer te borduren. De meisjes, stuk voor stuk net zo blond en roze als hun moeder vroeger, speelden met hun poppen terwijl de jongste in haar wiegje lag te slapen. Hortense was door het moederschap versleten en wreef tegenwoordig karmijn op haar wangen en pronkte met een kunstig gemaakte nepstaart van geel haar waar haar slavin Denise Hortenses eigen, strokleurige haren doorheen vlocht.

Het diner had bestaan uit soep, twee hoofdgerechten, een salade, kaas en drie toetjes, niets ingewikkelds want ze was maar alleen. De meisjes aten nog niet in de eetkamer en haar man ook niet meer sinds hij een streng dieet volgde en liever niet in verleiding werd gebracht. Hem was in de bibliotheek rijst en gekookte kip zonder zout geserveerd. Hij hield zich strikt aan de voorschriften van dokter Parmentier; behalve dat hij honger leed, moest hij wandelingen maken en zich onthouden van alcohol, sigaren en koffie. Hij zou dood zijn gegaan van verveling als zijn zwager Sancho hem niet dagelijks opzocht om hem op de hoogte te brengen van de laatste nieuwtjes en roddels, hem op te beuren met diens opgewekte humeur en van hem te winnen met kaarten en domino.

Parmentier klaagde veel over zijn eigen hartproblemen, maar hield zich niet aan het ijzeren regime dat hij zijn patiënt oplegde omdat Sanité Dédé, de voodoopriesteres van het Place Congo, hem de toekomst had voorspeld uit de kaurischelpen en hij volgens haar negenentachtig jaar oud zou worden.

'Jij, blanke, zult de ogen van de heilige père Antoine sluiten als die in 1829 sterft.' Dat had hem gerustgesteld wat betreft zijn eigen gezondheid, maar hem ook angstig gemaakt, want de kans bestond dat hij in dat lange leven Adèle en de kinderen verloor, die hij boven alles liefhad.

Tijdens de reis naar Frankrijk had Valmorain voor het eerst gemerkt dat er iets niet goed zat. Na het deprimerende bezoek aan zijn honderdjarige moeder en zijn ongetrouwde zusters liet hij Maurice in Parijs achter en scheepte zich in naar New Orleans. Tijdens de reis had hij een paar keer een aanval van benauwdheid, wat hij toeschreef aan de hevige golfslag, een overmaat aan wijn en de slechte kwaliteit van het eten. Bij thuiskomst constateerde zijn vriend Parmentier een hoge bloeddruk, een overslaande pols, een slechte spijsvertering, een overmaat aan gal, winderigheid, rottend lichaamsvocht en hartkloppingen. Hij deelde hem zonder verdere omhaal van woorden mee dat hij moest afvallen en zijn levensstijl veranderen, anders zou hij binnen een jaar in zijn praalgraf op het Saint-Louiskerkhof liggen. Doodsbang onderwierp Valmorain zich aan de voorschriften van de dokter en aan de machtswellust van zijn vrouw, die zich onder het mom voor hem te willen zorgen, gedroeg als een gevangenbewaarder.

Voor het geval dát ging hij ook te rade bij kruidendokters en magiërs, over wie hij altijd grappen had gemaakt tot de schrik hem van gedachten deed veranderen. Hij verloor er niets bij, hij kon het allicht een kans geven, bedacht hij, en hij had een gris-gris aangeschaft, een heidens altaartje in zijn kamer gezet, hij nam de onidentificeerbare drankjes in die Célestine voor hem van de markt meebracht, en hij had twee keer een nachtelijke tocht naar een van de eilandjes in de moerassen gemaakt, waar Sanité Dédé hem met de rook van haar tabak en haar bezweringen had gereinigd. Parmentier praatte hem geen twijfels aan over de competentie van de priesteres, trouw aan zijn opvatting dat de geest de macht heeft om te genezen en dat als de patiënt geloof hecht aan magie, er geen enkele reden is om hem die te ontzeggen.

Maurice werkte in Frankrijk op het kantoor van een handelsagent die suiker importeerde. Valmorain had hem daar geplaatst opdat de jongen ook met dat aspect van het familiebedrijf kennis kon maken. Toen hij hoorde dat zijn vader ziek was, nam hij het eerste het beste schip en kwam eind oktober in New Orleans aan. Hij trof Valmorain aan in een leunstoel naast de kachel, veranderd in een enorme zeerob, met een gebreide muts op zijn hoofd, een shawl om zijn voeten en een houten kruis en een gris-gris van lappen om zijn hals. Hij was vreselijk afgetakeld vergeleken bij de arrogante, met geld smijtende man die hem met het losbandige Parijse leven had willen laten kennismaken. Maurice knielde naast zijn vader neer en deze drukte hem in een bevende omhelzing tegen zich aan.

'Mijn zoon, eindelijk ben je er, nu kan ik met een gerust hart sterven,' mompelde hij.

'Praat geen onzin, Toulouse!' Hortense Guizot onderbrak hem ontstemd en ze stond op het punt eraan toe te voegen dat hij vandaag heus nog niet dood zou gaan, jammer genoeg niet, maar ze hield zich op tijd in. Ze verpleegde haar echtgenoot nu drie maanden en haar geduld was op. Valmorain viel haar de hele dag lastig en maakte haar 's nachts wakker met zijn terugkerende nachtmerries over een Lacroix die hem verscheen, die zijn vel als een bloederig hemd achter zich aan sleepte.

Maurice werd door zijn stiefmoeder kil ontvangen, zijn zusjes begroetten hem met een keurige reverence. Ze bewaarden afstand want ze hadden geen idee wie die broer was, die in de familiekring maar zelden ter sprake was gekomen. De jongste van de vijf meisjes lag nog in de armen van haar voedster en de oudste, die Maurice kende uit de tijd dat het kind nog niet eens kon lopen, was acht. Omdat het huis al veel te klein was voor het gezin en de bedienden, logeerde Maurice in het appartement van zijn oom Sancho. Dat was voor iedereen de beste oplossing, behalve voor Toulouse Valmorain, die zijn zoon naast zich wilde om hem met goede raad te overladen en hem het beheer van zijn bezittingen over te dragen. Dat was wel het laatste waar Maurice zin in had, maar dit was niet het juiste moment om zijn vader tegen te spreken.

Op de avond van het bal dineerden Sancho en Maurice niet bij de Valmorains zoals ze, meer uit een gevoel van verplichting dan voor hun plezier, bijna dagelijks deden. Geen van beiden voelde zich op zijn gemak bij Hortense Guizot, die nooit iets om haar stiefzoon had gegeven en Sancho, met zijn gedurfde snor, zijn Spaanse accent en zijn onbeschaamde gedrag, niet uit kon staan. Je moest wel overal lak aan hebben om openlijk met die Cubaanse door de stad te wandelen, die teef van gemengd bloed, dat mens dat direct verantwoordelijk was voor het zo veelbesproken Cordon Bleubal. Als ze daaraan dacht, weerhield alleen haar onberispelijke opvoeding Hortense ervan in een scheldtirade uit te barsten; geen enkele dame kon haar ogen sluiten voor de aantrekkingskracht die die gekleurde hetaeren op blanke mannen uitoefenden, of voor de immorele gewoonte ze hun dochters aan te bieden. Ze wist dat oom en neef zich opdoften om naar het bal te gaan, maar al lag ze op haar sterfbed, ze zou er nooit iets van hebben gezegd. Met haar man kon ze er ook niet over praten, want dan zou ze moeten toegeven dat ze zijn privégesprekken afluisterde, zoals ze zijn correspondentie las en in de geheime laatjes van zijn bureau snuffelde, waar hij zijn geld bewaarde. Op die manier was ze er ook achter gekomen dat Sancho twee invitaties van Violette Boisier had ontvangen omdat Maurice naar het bal wilde. Sancho had met Valmorain moeten overleggen, omdat er vanwege de onverwachte belangstelling van zijn neef voor placage, financiële middelen beschikbaar gesteld moesten worden.

Hortense, met haar oor tegen de muur geplakt, luisterend door een gat dat ze zelf had laten boren, hoorde haar echtgenoot het plan meteen goedkeuren. Ze vermoedde dat het zijn twijfels over Maurice' mannelijkheid wegnam, waaraan ze zelf overigens had bijgedragen door meer dan eens met betrekking tot haar stiefzoon het woord 'verwijfd' te laten vallen. Valmorain vond placage een uitstekend idee, juist omdat Maurice nooit enige belangstelling had getoond voor bordelen of de huisslavinnen. Het zou nog zeker tien jaar duren eer de jongen aan trouwen kon denken, en in de tussentijd moest hij zijn mannelijke driften – zoals Sancho dat noemde – kunnen uitrazen. Een gekleurd meisje, gezond, deugdzaam en trouw, bood veel voordelen. Sancho legde Valmorain de economische voorwaarden uit. Voorheen had men die overgelaten aan de goede wil van de beschermer, maar sinds Violette Boisier zich met de zaak was gaan bemoeien, werden ze vastgelegd in een mondelinge overeenkomst die, hoewel niet rechtsgeldig, onschendbaar was.

Valmorain protesteerde niet tegen de kosten: Maurice verdiende het. Aan de andere kant van de muur had Hortense moeite het niet uit te schreeuwen.

Het sirenenbal

Jean-Martin bekende Isidore Morisset met tranen van schaamte wat Valmorain had gezegd, en dat zijn moeder het niet had tegengesproken; ze had eenvoudigweg geweigerd het er nog met hem over te hebben. Morisset reageerde met een spottend schaterlachen op die woorden: 'God, jongen, wat doet dát er nu toe!' maar voelde zich meteen daarna aangedaan en trok zijn secretaris tegen zich aan om hem tegen zijn brede borst te laten uithuilen. Hij was geen gevoelsmens en stond zelf verbaasd over de emoties die die jongeman in hem wekten: hij wilde hem beschermen, kussen. Hij duwde Jean-Martin zachtjes van zich af, pakte zijn hoed en ging een wandeling maken over de dijk, met grote schreden, tot zijn geest weer helder was.

Twee dagen later gingen ze terug naar Frankrijk. Jean-Martin nam met de vormelijkheid die hij normaal in het openbaar in acht nam afscheid van zijn kleine familie, maar sloeg op het laatste moment zijn armen om Violette heen en fluisterde dat hij zou schrijven.

Het Cordon Bleubal verliep net zo geweldig als Violette zich had voorgesteld en de anderen hadden gehoopt. De mannen verschenen in gala, op tijd en correct, en verspreidden zich in groepjes onder de kroonluchters, in het licht van honderden kaarsen, terwijl het orkest speelde en de bedienden drankjes en champagne aanboden; sterkedrank werd niet geschonken. De tafels met het banket stonden klaar in een aangrenzende ruimte, maar het zou van lompheid getuigen om zich voortijdig op de schalen te storten. Violette Boisier, stemmig gekleed, heette hen welkom; korte tijd later namen de moeders en de chaperonnes op de stoelen plaats. Het orkest schetterde, aan een kant van de zaal werd een gordijn opengetrokken en de meisjes maakten hun entree op het plankier, langzaam achter elkaar lopend. Er zaten een paar donkere mulatjes tussen, enkele meisjes van gemengd bloed die voor blank konden doorgaan – twee of drie van hen hadden zelfs blauwe ogen – en een aantal kwartbloeden in diverse tinten; stuk voor stuk aantrekkelijk, bescheiden, zachtaardig, elegant, en opgevoed in het katholieke geloof, sommigen zo bedeesd dat ze hun blik op het tapijt gericht hielden, anderen, stoutmoediger, wierpen zijdelingse blikken naar de rij heren langs de muur. Eén meisje was echter stijf en ernstig, met een uitdagende, haast vijandige uitdrukking op haar gezicht. De luchtige jurken in heldere kleuren waren in Frankrijk besteld of tot in de perfectie nagemaakt door Adèle, de eenvoudige kapsels lieten de weelderige haren van de meisjes goed uitkomen, hun armen en hals waren bloot en het was net of ze geen make-up op hadden. Alleen de vrouwen wisten met hoeveel moeite en inspanning dat onschuldige uiterlijk tot stand was gekomen.

De eerste meisjes werden met een respectvolle stilte ontvangen, maar na een paar minuten barstte er een spontaan applaus los. Zo'n prachtige collectie sirenen had men nog nooit gezien, zouden de gelukkigen die aanwezig waren geweest later in cafés en taveernen vertellen. De kandidates voor de placage gleden als zwanen door de zaal, het orkest liet de trompetten voor wat ze waren en speelde verder dansmuziek, en de blanken begonnen hun avances te maken met een ongewoon vertoon van goede manieren; er was geen sprake van de gedurfde familiariteit waarmee ze zich gewoonlijk op de feesten van kwartbloeden misdroegen. Als ze om het terrein te verkennen een paar zinnen met een meisje hadden gewisseld, konden ze haar ten dans vragen. Ze mochten kiezen wie ze wilden, maar er was duidelijk gesteld dat als ze twee of drie keer met hetzelfde meisje dansten, ze moesten beslissen. De chaperonnes hielden alles met een adelaarsblik in de gaten. Geen van die arrogante jongemannen, zo gewend om te doen wat in hen opkwam, waagde het de regels te overtreden. Ze voelden zich voor het eerst in hun leven geïntimideerd.

Maurice keek niemand aan. Het idee alleen al dat die meisjes aan de blanken werden aangeboden, maakte hem ziek. Hij transpireerde hevig en voelde zijn slapen hameren. Hij was alleen gekomen vanwege Rosette. Sinds hij een paar dagen eerder in New Orleans van boord was gestapt, had hij op het bal gewacht, alleen om met haar samen te kunnen zijn, zoals ze in hun geheime correspondentie hadden afgesproken; maar hij had haar zo lang niet gezien dat hij bang was dat ze elkaar niet zouden herkennen. Zijn instinct en zijn diepe heimwee naar haar, die tussen de stenen muren van het internaat in Boston alleen nog maar groter was geworden, vertelden Maurice al bij de eerste aanblik dat het hooghartige, in het wit geklede meisje, het mooiste van allemaal, zijn Rosette was. Toen hij zijn voeten eindelijk in beweging kreeg, was ze al omringd door drie of vier kandidaten die ze aandachtig opnam, zoekend naar de enige die ze wenste te zien.

Ook zij had reikhalzend naar dat moment uitgekeken. Sinds haar kindertijd had ze haar liefde voor Maurice beschermd door te veinzen, door net te doen alsof het liefde tussen broer en zus was, maar ze peinsde er niet over daarmee door te gaan. Dit was de nacht der waarheid.

Stijfjes baande Maurice zich een weg naar Rosette en kwam met glanzende ogen tegenover haar staan. Ze keken elkaar aan, op zoek naar degene die ze zich herinnerden: zij de magere jongen met de groene ogen, die huilebalk, die haar in haar kindertijd als een schaduw was gevolgd, en hij het bazige meisje dat bij hem in bed kroop. Ze ontmoetten elkaar op de sintels van hun herinneringen en werden op datzelfde moment de kinderen van weleer: Maurice woordeloos, bevend, afwachtend, en Rosette die de regels aan haar laars lapte door zijn hand te pakken en hem mee te trekken naar de dansvloer.

Door haar witte handschoentjes heen voelde het meisje de ongewone warmte van Maurice' huid die door haar lichaam kroop, van haar hals naar haar voeten, alsof ze naast een vuur was gaan staan. Ze voelde haar benen slap worden, verstapte zich en moest zich aan hem vastklampen om niet door haar knieën te zakken. De eerste wals was voorbij zonder dat ze er erg in hadden, ze kregen er geen woord uit; alleen elkaar aanraken en naar elkaar kijken, zich niet langer bewust van de dansparen om hen heen. De muziek stopte maar zij dansten gewoon door, in elkaar opgaand, onhandig bewegend tot het orkest weer begon te spelen en ze de maat weer oppakten. Inmiddels wierpen verschillende mensen spottende blikken op het stel en Violette Boisier merkte dat er iets gaande was wat de strikte regels van haar feest bedreigde.

Toen het laatste akkoord wegstierf, schoof een jongeman die wat dapperder was dan de rest zich tussen hen in om Rosette ten dans te vragen. Zij merkte het niet eens, vastgeklemd aan Maurice' arm, haar ogen in de zijne, maar de ander bleef aandringen. Toen draaide Maurice, die uit een soort slaapwandelaarstrance leek te ontwaken, zich ineens om en gaf zijn rivaal zo'n onverwachte duw dat de jongen struikelde en op de grond terechtkwam. Iedereen begon te schreeuwen en de muzikanten vielen stil. Maurice stamelde een verontschuldiging en stak zijn hand uit om de ander overeind te helpen, maar de belediging was te evident geweest. Twee vrienden van de jongen hadden zich al op de dansvloer begeven en gingen tegenover Maurice staan. Voordat iemand over een duel had kunnen beginnen, zoals maar al te vaak gebeurde, kwam Violette Boisier tussenbeide in een poging de druk van de ketel te halen met wat grapjes en tikjes van haar waaier, en Sancho García del Solar nam zijn neef stevig bij een arm en sleepte hem mee naar de eetkamer, waar de volwassen heren al van de heerlijkste gerechten in de beste traditie van de creoolse keuken genoten.

'Waar ben je mee bezig, Maurice. Weet je niet wie dat meisje is?' vroeg Sancho.

'Rosette natuurlijk, wie anders. Ik heb zeven jaar moeten wachten om haar te zien.'

'Maar met haar kun je niet dansen. Zoek een ander, er zitten genoeg leuke meisjes tussen, en als je je keuze hebt gemaakt, regel ik de rest.'

'Ik ben alleen voor Rosette gekomen, oom,' verklaarde Maurice.

Sancho haalde diep adem in een poging zijn longen te vullen in de door sigarenrook en zoete bloemengeuren benauwde atmosfeer. Hier had hij niet op gerekend, hij had zich nooit kunnen voorstellen dat hij degene zou zijn die Maurice de waarheid moest vertellen, en al helemaal niet dat zo'n melodramatische onthulling tijdens een gebeurtenis als deze zou plaatsvinden, en zo halsoverkop. Hij had hun liefde al geraden toen hij Maurice en Rosette in 1793 in Cuba voor het eerst samen had gezien, toen ze net uit Le Cap waren ontsnapt, hun kleren gescheurd, de as van de brand nog in hun haren. Het waren nog kinderen geweest die hand in hand liepen, geschokt door alle verschrikkingen waarvan ze getuige waren geweest. Maar toen al was duidelijk dat ze met elkaar verbonden waren door een vurige, koppige liefde. Sancho begreep niet hoe het mogelijk was dat het anderen was ontgaan.

'Vergeet Rosette, ze is de dochter van je vader. Rosette is je zus, Maurice,' zuchtte Sancho terwijl hij naar de neuzen van zijn laarzen staarde.

'Dat weet ik, oom,' antwoordde de jongen kalm. 'Dat hebben we altijd geweten, maar het is voor ons geen reden om niet met elkaar te trouwen.'

'Je bent gek, jongen. Dat kan niet.'

'Dat zullen we nog wel eens zien, oom.'

Hortense Guizot had nooit durven dromen dat de hemel, zonder direct ingrijpen van haar kant, haar van Maurice zou verlossen. Ze bevredigde haar wrokgevoelens met het verzinnen van allerlei manieren om haar stiefzoon uit de weg te ruimen, de enige fantasieën die die praktische vrouw zich permitteerde– die hoefde ze immers niet te biechten omdat dergelijke hypothetische misdaden niet meer waren dan dromen, en dromen zijn niet zondig. Ze had zo haar best gedaan een wig tussen de jongen en zijn vader te drijven en Maurice te vervangen door de zoon die ze maar niet ontving, dat ze zich, toen hij zijn eigen ondergang bewerkstelligde en de kust voor haar vrij was om op haar eigen manier over de bezittingen van haar echtgenoot te beschikken, lichtelijk belazerd voelde. Ze had de avond van het bal doorgebracht onder de cupidootjes van haar hemelbed – dat naargelang het seizoen van de plantage naar het huis en vice versa werd gesleept – woelend tussen de lakens, zonder de slaap te kunnen vatten, in gedachten bij Maurice, die op datzelfde moment een concubine uitzocht, het definitieve bewijs dat hij zijn kinderjaren achter zich had gelaten en zijn intrede in de wereld van de volwassenen zou doen. Haar stiefzoon was inmiddels een man en zou zich uiteraard gaan bezighouden met de familiezaken, waardoor haar eigen macht zou slinken omdat zij op hem niet dezelfde invloed had als op haar echtgenoot. Het laatste wat ze wenste was dat hij in de boekhouding zou gaan wroeten of grenzen stellen aan haar uitgaven.

Pas tegen de morgen, toen ze uiteindelijk een paar drupjes laudanum nam, vond Hortense de rust om zich over te geven aan een onrustige droom vol angstwekkende beelden. Ze werd tegen het middaguur wakker, ontregeld door die slechte nacht en akelige voorgevoelens, en trok aan het touw om Denise te roepen voor haar po en haar kop chocoladedrank. Ze meende een verdieping lager vage stemmen een gesprek te horen voeren, in de bibliotheek, schatte ze. De buis met het touw om de slaven te ontbieden, die van de zolderverdieping naar de begane grond liep, was haar wel vaker van pas gekomen om te luisteren naar wat er elders in het huis gebeurde. Ze bracht haar oor dichterbij en hoorde boze stemmen, maar omdat ze niet kon verstaan wat er werd gezegd, glipte ze stilletjes haar kamer uit. Op de trap kwam ze haar slavin tegen, die zich toen ze haar meesteres in haar nachthemd en op blote voeten ontwaarde, onzichtbaar en stom tegen de muur drukte.

Sancho was vooruitgegaan om Toulouse Valmorain te vertellen wat er tijdens het Cordon Bleubal was gebeurd en hem voor te bereiden, maar had geen idee hoe hij Maurice' krankzinnige plan om met Rosette te trouwen tactvol kon aankondigen en bracht de boodschap dus maar in één zin over.

'Trouwen?' herhaalde Valmorain vol ongeloof. Hij vond het idee ronduit komisch en barstte in schaterlachen uit, maar toen Sancho hem duidelijk maakte hoe vastbesloten Maurice was, verging het lachen hem en raakte hij bevangen door een hevige verontwaardiging. Hij schonk zich ondanks Parmetiers verbod een grote bel cognac in, de derde die morgen, en verslikte zich toen hij die in één teug achteroversloeg.

Vlak daarop arriveerde Maurice. Valmorain ontving hem staand, druk gebarend, met zijn vuist op tafel bonkend, met dezelfde litanie aan argumenten als altijd, maar ditmaal schreeuwend: dat hij zijn enige erfgenaam was, voorbestemd om de titel van chevalier met trots te dragen en de met zo veel moeite vergaarde macht en het familiefortuin te vergroten; dat hij de laatste mannelijke telg was en de dynastie moest voortzetten, met dat doel was hij opgevoed, daartoe had hij hem zijn principes en zijn eergevoel ingeprent, en hem alles gegeven wat je een zoon maar kon geven; dat hij niet zou toestaan dat Maurice door een jeugdige bevlieging de illustere naam Valmorain zou bezoedelen. Nee, nee, geen bevlieging, verbeterde hij zichzelf, een zonde, een perversiteit, het was niet minder dan incest. Hij plofte terug in zijn leunstoel, snakkend naar adem.

Aan de andere kant van de muur, met haar oor tegen haar afluistergaatje geplakt, smoorde Hortense Guizot een kreet. Ze had niet gedacht dat haar echtgenoot zijn zoon het vaderschap van Rosette, dat hij voor haar zo zorgvuldig had verborgen, zou toegeven.

'Incest, monsieur? U hebt mij gedwongen zeep te eten als ik Rosette mijn zusje noemde,' betoogde Maurice.

'Je weet best wat ik bedoel!'

'Ik trouw met Rosette, al bent u haar vader,' zei Maurice, die zijn best deed niet oneerbiedig te klinken.

'Hoe haal je het in je hoofd om met een kwartbloed te willen trouwen!' brulde Valmorain.

'Het lijkt erop, monsieur, dat u zich drukker maakt om Rosettes kleur dan om onze verwantschap. Maar als u bij een gekleurde vrouw een dochter hebt verwekt, zou het u niet moeten verwonderen dat ik er een bemin.'

'Brutale vlerk!'

Sancho probeerde hen met verzoenende gebaren te kalmeren. Valmorain, die ook wel begreep dat ze op die manier geen stap verder kwamen, probeerde kalm en redelijk te lijken.

'Maurice, je bent een beste jongen, maar overgevoelig en een dromer,' zei hij. 'Het was fout om je naar dat Amerikaanse internaat te sturen. Ik weet niet met welke ideeën ze je daar hebben besmet, maar het lijkt erop dat je niet meer weet wie je bent, wat je positie is en welke verantwoordelijkheden je hebt ten opzichte van je familie en de maatschappij.'

'Het internaat heeft me een bredere kijk op de wereld bezorgd, monsieur, maar dat heeft niets met Rosette te maken. Mijn gevoelens voor haar zijn nog dezelfde als vijftien jaar geleden.'

'Zulke opwellingen zijn normaal op jouw leeftijd, jongen,' verzekerde Valmorain hem. 'Je bent de eerste niet. Niemand trouwt al op zijn achttiende, Maurice. Zoek een concubine, net als iedere jongeman van jouw stand. Dat zal je tot rust brengen. Als er ergens genoeg van is in deze stad, dan zijn het wel knappe mulattenmeisjes...'

'Nee! Rosette is de enige vrouw die ik wil,' onderbrak zijn zoon hem.

'Incest is heel ernstig, Maurice.'

'Slavernij is veel erger.'

'Wat heeft dat met elkaar te maken?'

'Veel, monsieur. Zonder de slavernij, waardoor u misbruik hebt kunnen maken van uw slavin, zou Rosette mijn zus niet zijn,' probeerde Maurice hem duidelijk te maken.

'Hoe durf je zo tegen je vader te praten!'

'Het spijt me, monsieur,' antwoordde Maurice spottend. 'Natuurlijk kunnen de fouten die u hebt begaan niet als excuus dienen voor de mijne.'

'Je bent ziek, jongen,' zei Valmorain met een theatrale zucht. 'Volkomen begrijpelijk. Je moet doen wat we in dergelijke gevallen allemaal doen.'

'Wat, monsieur?'

'Ik veronderstel dat ik je dát niet hoef voor te kauwen, Maurice. Ga met dat meisje naar bed, voor eens en altijd, en vergeet haar. Zo doe je dat. Wat kun je anders met een negerin?'

'Is dat echt wat u wilt voor uw dochter?' vroeg Maurice, bleek en met opeengeklemde kaken. Het zweet droop van zijn gezicht, zijn overhemd was nat.

'Zij is het kind van een slavin! Mijn kinderen zijn blank!' riep Valmorain uit.

Er viel een ijzige stilte in de bibliotheek. Sancho trok zich terug, zijn nek wrijvend. Hij had het gevoel dat alles verloren was. De lompheid van zijn zwager leek hem onvergeeflijk.

'Ik trouw met haar,' herhaalde Maurice uiteindelijk, en hij beende weg, zich niets aantrekkend van de reeks dreigementen die zijn vader hem nariep.

Rechts van de maan

Het was niet bij Tété opgekomen naar het bal te gaan en ze was ook niet uitgenodigd; ze begreep wel dat het niet iets was voor mensen als zij: het zou beledigend zijn voor de andere moeders en haar dochter zou zich voor haar hebben gegeneerd. Ze hadden afgesproken dat Violette als Rosettes chaperonne zou optreden. De voorbereidingen voor die avond, die maanden geduld en toewijding hadden geëist, leverden het beoogde resultaat op: Rosette zag er beeldschoon uit in haar prachtige jurk en met de takjes jasmijn in haar kapsel. De hele straat was uitgelopen om voor hen te applaudisseren. Voor ze in de huurkoets stapten, had Violette nogmaals tegen Loula en Tété gezegd dat ze er hoogstpersoonlijk voor zou zorgen dat Rosette de allerbeste kandidaat kreeg. Niemand had kunnen bevroeden dat ze het meisje een uur later, toen er nog wat buren op straat na stonden te praten, alweer mee naar huis zou slepen.

Rosette stormde het huis binnen, met die koppige houding die ze dat afgelopen jaar had laten varen voor behaagzucht, scheurde haar jurk aan flarden en sloot zich zonder verder nog een woord te zeggen in haar kamer op. Violette was hysterisch, ze krijste dat ze dat mormel mores zou leren, dat Rosette op het punt had gestaan het hele feest te verpesten, dat ze iedereen had belazerd, dat ze haar tijd had verspild, haar moeite en haar geld, dat ze nooit serieus van plan was geweest geplaceerd te worden, dat het bal alleen een voorwendsel was geweest om die klootzak van een Maurice te ontmoeten. Daar was ze zeker van. Rosette en Maurice hadden het op de een of andere manier afgesproken, onbegrijpelijk, want het meisje was nergens alleen naartoe geweest. Ondanks de oorvijg die Violette het meisje gaf, weigerde ze te onthullen hoe ze boodschappen had kunnen versturen en ontvangen. Dat mysterie bevestigde het vermoeden dat Tété altijd had gehad: dat de z'étoiles van die twee kinderen samen aan de hemel stonden, naast elkaar. Soms waren ze 's nachts duidelijk te zien, rechts van de maan.

Na de scène in de bibliotheek van zijn vader had Maurice zich teruggetrokken, vastbesloten de banden met zijn vader en diens gezin voor altijd te verbreken. Nadat Sancho Valmorain enigszins tot bedaren had weten te brengen, ging hij naar het appartement dat hij met zijn neef deelde. De jongen was volledig overstuur en gloeide van de koorts. Samen met de bediende hielp Sancho Maurice uit zijn kleren, bracht hem naar bed en dwong hem een beker hete rum met suiker en limoen te drinken, een huismiddeltje dat hij zelf altijd nam als hij liefdesverdriet had en dat de jongen in een langdurige slaap stortte. Om de temperatuur te laten dalen gaf Sancho zijn bediende opdracht de jongen af te koelen met natte lappen, maar die maatregel kon niet verhinderen dat Maurice de rest van de avond en een goed deel van de nacht lag te ijlen.

Toen hij de volgende morgen wakker werd, was de koorts gezakt. De gordijnen zaten dicht en de kamer was donker, maar Maurice wilde de bediende niet roepen, hoewel hij behoefte had aan water en een kop koffie. Toen hij zich oprichtte om de po te gebruiken, voelde hij al zijn spieren, alsof hij een week achtereen op een galopperend paard had gezeten; hij ging maar liever weer terug zijn bed in.

Even later kwam Sancho binnen, met Parmentier. De dokter, die Maurice van kinds af aan kende, kwam met de afgezaagde opmerking dat de tijd vloog: waar waren de jaren gebleven – Maurice was in korte broek door de ene deur vertrokken en door een andere teruggekeerd als een man. Parmentier onderzocht de jongen nauwgezet maar stelde geen diagnose, het beeld was nog niet duidelijk, zei hij, ze moesten afwachten. Hij schreef Maurice een paar dagen bedrust voor om te zien hoe hij daarop reageerde. In het nonnenziekenhuis had hij kort daarvoor twee zeelieden met tyfus behandeld. Het betrof geen epidemie, verzekerde hij, het waren geïsoleerde gevallen, maar ze moesten wel rekening houden met de mogelijkheid dat Maurice tyfus had. De ziekte werd overgebracht door scheepsratten en Maurice kon tijdens zijn reis besmet zijn geraakt.

'Ik weet zeker dat het geen tyfus is, dokter,' mompelde Maurice beschaamd.

'Wat is het dan?' vroeg Parmentier glimlachend.

'Zenuwen.'

'Zenuwen?' herhaalde Sancho geamuseerd. 'Waar oude vrijsters aan lijden?'

'Ik heb er sinds mijn kindertijd geen last meer van gehad, dokter, maar ik ben het niet vergeten en u ook niet, denk ik. Herinnert u zich Le Cap niet meer?'

Toen zag Parmentier het kleine jongetje weer voor zich dat Maurice in die tijd was geweest, gloeiend van de koorts omdat hij werd achtervolgd door de geesten van de gemartelden die bij hem thuis kwamen ronddolen.

'Je zou best eens gelijk kunnen hebben,' zei Parmentier. 'Je oom Sancho heeft me verteld wat er op het bal is gebeurd, en over de ruzie met je vader.'

'Hij heeft Rosette beledigd! Hij doet alsof ze een sloerie is!' zei Maurice.

'Mijn zwager is hevig verontrust, en dat is begrijpelijk,' kwam Sancho tussenbeide. 'Maurice heeft het in zijn hoofd gezet om met Rosette te trouwen. Hij wil niet alleen zijn vader, maar de hele wereld tarten.'

'Het enige wat we willen is met rust gelaten worden, oom,' zei Maurice.

'Dat kun je wel vergeten! Als jullie je zin doordrijven breng je het evenwicht in de samenleving in gevaar. Stel je eens voor! Jullie voorbeeld zou als een gat in een dijk zijn: eerst een klein stroompje, maar later een stortvloed die alles vernielt wat hij op zijn weg vindt.'

'We zijn van plan ver weg te gaan, waar niemand ons kent,' hield Maurice vol.

'Waarheen? Naar de indianen, en daar met stinkende huiden om je heen geslagen maïs eten? Ik moet nog zien hoe onder dergelijke omstandigheden de liefde beklijft!'

'Je ben erg jong, Maurice, je hebt nog een heel leven voor je,' argumenteerde de dokter zwakjes.

'Míjn leven! Is dat soms het enige dat telt? En Rosette dan? Haar leven telt zeker niet mee! Ik hou van haar, dokter!'

'Ik begrijp je beter dan wie dan ook, jongen. De vrouw met wie ik al mijn hele leven samen ben, de moeder van mijn drie kinderen, is een mulattin,' bekende Parmentier.

'Ja, maar niet uw zus!' riep Sancho uit.

'Dat doet er niet toe,' antwoordde Maurice.

'Leg hem uit, dokter, dat uit dergelijke verbintenissen achterlijke kindertjes geboren worden,' drong Sancho aan.

'Niet altijd,' mompelde de dokter.

Maurice' mond was kurkdroog en hij voelde zijn lichaam opnieuw branden. Hij sloot zijn ogen, kwaad op zichzelf omdat hij beefde, ongetwijfeld veroorzaakt door zijn verdoemde verbeelding, en omdat hij dat beven niet kon stoppen. Hij luisterde niet naar zijn oom: hij hoorde de zee in zijn oren ruisen.

Parmentier viel de druk redenerende Sancho in de rede: 'Ik denk dat er een voor ieder aanvaardbare manier bestaat waarop Maurice en Rosette samen kunnen zijn.'

Er waren maar heel weinig mensen van op de hoogte dat ze halfbroer en -zus waren, legde hij uit, en bovendien was het heus niet de eerste keer dat zoiets speelde. De meesters maakten op zo'n grote schaal misbruik van hun slavinnen dat er allerlei soorten ondoorzichtige banden bestonden. Niemand wist precies wat zich binnen de muren van een huis afspeelde, en op wat er op de plantages plaatsvond was al helemaal geen zicht. De creolen maakten zich niet druk om liefdesgeschiedenissen tussen familieleden van verschillende rassen – of het nu broers en zussen betrof, of zelfs vaders en dochters – zolang het maar niet openlijk gebeurde. Tussen blanken, daarentegen, was het ontoelaatbaar.

'Waar wilt u naartoe, dokter?' vroeg Maurice.

'Placage. Denk er goed over na, jongen. Jij kunt Rosette net zo behandelen als wanneer je met haar getrouwd was, en hoewel je niet openlijk met haar kunt samenleven, kun je bij haar zijn wanneer je maar wilt. Rosette zou gerespecteerd worden in haar omgeving. Voor jou verandert er verder niets, waardoor je haar veel beter kunt beschermen dan wanneer je maatschappelijk gezien een paria bent, en ook nog eens arm, want dat wordt de situatie als je bij je plannen blijft.'

'Geniaal, dokter!' riep Sancho uit voordat Maurice de kans had om zijn mond open te doen. 'Dan is alleen Toulouse Valmorains toestemming nog nodig.'

In de dagen die Maurice vocht tegen wat uiteindelijk toch tyfus bleek, probeerde Sancho zijn zwager te overtuigen van de voordelen van placage voor Maurice en Rosette; als Valmorain aanvankelijk bereid was geweest de kosten van een onbekend meisje te betalen, was er geen reden om dat niet ook te doen voor de enige die Maurice echt wilde. Aanvankelijk luisterde Valmorain nog somber, maar aandachtig.

'Verder is ze opgegroeid in de schoot van je gezin en weet je zeker dat ze fatsoenlijk en netjes is, en goed opgevoed,' voegde Sancho eraan toe, maar hij had dat er nog niet uitgeflapt of hij besefte dat het fout was geweest zijn zwager eraan te herinneren dat Rosette diens dochter was. Valmorain reageerde als door een wesp gestoken.

'Ik zie Maurice nog liever dood dan hokkend met die sloerie,' riep hij uit.

De Spanjaard sloeg automatisch een kruis: dat was de duivel aanroepen.

'Het spijt me, Sancho, ik zei het zonder erbij na te denken,' mompelde Valmorain, ook bevangen door een bijgelovig voorgevoel.

'Rustig, zwager. Kinderen komen nu eenmaal in opstand, dat is normaal, maar vroeg of laat binden ze wel weer in,' zei Sancho, zich een glas cognac inschenkend. 'Jouw tegenwerking maakt Maurice alleen maar koppiger. Het enige wat je bereikt is dat hij nog verder van je verwijderd raakt.'

'Maar uiteindelijk is hij degene die verliest!'

'Gebruik je verstand! Er zijn louter verliezers. Je bent de jongste niet meer en je gezondheid is slecht. Wie zal je steun en toeverlaat zijn als je oud bent? Wie zal de plantage leiden en je zaken behartigen als je dat zelf niet meer kunt? Wie zal er voor Hortense en de meisjes zorgen?'

'Jij.'

'Ik?' Sancho schoot in een vrolijke lach. 'Ik ben een schurk, Toulouse! Zie je mij als de steunpilaar van je gezin? Dat zou zelfs God hun niet toewensen.'

'Als Maurice me in de steek laat, zul jij me moeten helpen, Sancho. Je bent mijn compagnon en mijn enige vriend.'

'Alsjeblieft zeg, ik moet er niet aan denken.'

'Ik denk wel dat je gelijk hebt: ik zal niet langer openlijk ruzie maken met Maurice, ik ga het slimmer aanpakken. Eerst moet de jongen afkoelen, aan zijn toekomst denken, zich amuseren zoals bij zijn leeftijd past en andere vrouwen leren kennen. Die slet moet verdwijnen.'

'Hoe?' vroeg Sancho.

'Er zijn allerlei manieren.'

'Welke dan?'

'Haar bijvoorbeeld een fikse som geld bieden om ver weg te gaan en mijn zoon met rust te laten. Met geld krijg je alles voor elkaar, Sancho. En als dat niet werkt... welnu, dan zullen we andere maatregelen moeten nemen.'

'Voor dat soort dingen hoef je op mij niet te rekenen!' riep Sancho uit. 'Maurice zou het je nooit vergeven.'

'Hij hoeft het niet te weten.'

'Ik zou het hem persoonlijk vertellen. Juist omdat ik als een broer van je hou, Toulouse. Ik kan niet toestaan dat je zoiets vreselijks begaat. Je zou er je hele leven spijt van hebben,' antwoordde Sancho.

'Maak je niet zo druk, man! Het was maar een grapje. Je weet dat ik nog geen vlieg kwaad kan doen.' Valmorain lachte keffend.

Sancho trok zich bezorgd terug, en Valmorain bleef piekeren over het idee van die placage. Het leek de meest logische oplossing, maar het was buitengewoon gevaarlijk zijn goedkeuring te hechten aan het samenleven van een broer en een zus. Als men het te weten kwam, was zijn goede naam onherstelbaar beschadigd en zouden de Valmorains met de nek worden aangekeken. En op welke manier zouden die twee zich in het openbaar presenteren? Hij moest aan de toekomst van zijn vijf dochters denken, aan zijn zaken, zijn sociale positie, zoals Hortense hem maar al te vaak duidelijk maakte.

Hij had er geen idee van dat diezelfde Hortense er al voor had gezorgd dat er ruchtbaarheid was gegeven aan de geschiedenis. Ze had zich voor de keuze gesteld gezien de reputatie van haar gezin veilig te stellen – voor iedere creoolse dame de hoogste prioriteit – of die van haar stiefzoon te vernietigen, en had gekozen voor de laatste, verleidelijke mogelijkheid. Als het aan haar had gelegen, zou ze Maurice en Rosette persoonlijk in de echt hebben verbonden, alleen maar om hem kapot te maken. Zij vond Sancho's idee van placage maar niets, want als de liefde eenmaal was bekoeld, wat na verloop van tijd altijd gebeurde, zou Maurice alsnog zijn eerstgeboorterecht kunnen opeisen zonder dat iemand nog aan zijn misstap dacht. Mensen vergeten snel. De meest praktische oplossing was dat haar stiefzoon door zijn vader werd verstoten.

'Hij moet zo nodig met een kwartbloed trouwen? Prima. Laat hij het vooral doen en tussen de zwarten gaan wonen, zijn verdiende loon,' had ze haar zusters en vriendinnen gezegd. Die zorgden er op hun beurt voor dat het verhaal werd doorverteld.

Rosette en Maurice

Tété en Rosette waren de dag na de scène op het Cordon Bleubal uit het gele huis aan de Rue Chartres vertrokken. Violette Boisier was snel over haar woede heen en had Rosette vergeven, want gedwarsboomde liefde raakte haar altijd diep. Niettemin voelde ze zich opgelucht toen Tété aankondigde dat ze niet langer misbruik wilde maken van haar gastvrijheid. Het was beter een zekere afstand tussen hen te scheppen, dacht ze. Tété nam met haar dochter haar intrek in hetzelfde pension waar jaren eerder Gaspard Sévérin had gewoond, tot het huisje dat Zacharie op twee blokken afstand van dat van Adèle had gekocht, opgeknapt zou zijn. Tété bleef wel voor Violette werken, en ze zette Rosette bij Adèle aan het werk; het was tijd dat het kind wat ging doen voor de kost.

Ze voelde zich onmachtig tegenover de orkaan die was ontketend. Ze kon niet anders dan medelijden voelen met haar dochter, maar ze wist haar niet te bereiken, Rosette had zich gesloten als een oester. Ze praatte met niemand en zat in stugge zwijgzaamheid achter haar naaiwerk, met een granieten volharding op Maurice wachtend, blind voor de nieuwsgierigheid van anderen en doof voor de adviezen van de vrouwen die haar omringden: haar moeder, Violette, Loula, Adèle en een tiental bemoeizuchtige buurvrouwen.

Via Adèle, die het van Parmentier had gehoord, en via Sancho wist Tété van de confrontatie tussen Maurice en Toulouse Valmorain. Sancho, die een kort bezoek aan het pension bracht om een boodschap van Maurice over te brengen, vertelde dat de jongen verzwakt was door de tyfus maar niet meer in gevaar verkeerde en Rosette zo gauw mogelijk wilde opzoeken. 'Hij heeft mij gevraagd een goed woordje voor hem te doen, Tété,' had hij er nog aan toegevoegd.

'Maurice is mijn zoon, don Sancho, een goed woordje is nergens voor nodig, hij kan altijd langskomen,' had zij geantwoord. Zij en Sancho konden vrijuit met elkaar spreken, omdat Rosette bij Adèle aan het werk was. Ze hadden elkaar al enkele weken niet gezien, want Sancho was uit de wijk verdwenen sinds Violette hem met Adi Soupir had betrapt, het meisje van lichte zeden op wie hij voorheen al verzot was geweest. Het hielp Sancho geen zier dat hij bezwoer dat ze elkaar volkomen toevallig op het Place d'Armes waren tegengekomen en hij haar alleen maar had uitgenodigd voor een onschuldig glaasje sherry, verder niets. Wat was daar nu op tegen? Maar Violette was niet van plan de strijd om het wispelturige hart van de Spanjaard aan te gaan, met welke rivaal ook, laat staan eentje die twee keer zo jong was als zij.

Volgens Sancho had Valmorain zijn zoon voor een gesprek ontboden toen de jongen nog maar nauwelijks op zijn benen kon staan. Maurice had zijn krachten bijeengeraapt, zich aangekleed en was gegaan omdat hij een beslissing niet langer kon uitstellen. Zolang de problemen met zijn vader niet waren opgelost, was hij niet vrij om Rosette te bezoeken. Valmorain schrok toen hij zijn zoon zag, de jongen zag geel en zijn kleren slobberden langs zijn lijf omdat hij tijdens zijn korte ziekte een paar kilo was afgevallen. Zijn oude angst dat de dood de jongen van hem weg zou kunnen rukken, die hem zo vaak had gekweld toen Maurice nog klein was, greep hem opnieuw naar de keel. Opgehitst door Hortense was hij vastbesloten geweest de jongen zijn wil op te leggen, maar nu realiseerde hij zich dat hij te veel van hem hield: alles was beter dan met Maurice in onmin leven. In een impuls besloot hij het idee van die placage, waartegen hij zich uit trots en omdat zijn vrouw hem dat had aangeraden had verzet, goed te keuren. Hij zag heel scherp in dat het de enig mogelijke uitweg was.

'Ik zal je naar behoren steunen, jongen. Je krijgt genoeg om een huis voor dat meisje te kopen en haar fatsoenlijk te onderhouden; ik bid dat er geen schandaal van komt en dat God het ons vergeeft. Ik verzoek je alleen haar naam en die van haar moeder in mijn aanwezigheid nooit meer te noemen,' zei Valmorain.

Maurice reageerde heel anders dan zijn vader en Sancho, die ook aanwezig was in de bibliotheek, hadden verwacht. Hij antwoordde dat hij dankbaar was voor de aangeboden hulp, maar dat dat niet het leven was dat hij wenste. Hij was niet van plan zich nog langer te onderwerpen aan de hypocrisie van de maatschappij, en wenste Rosette niet bloot te stellen aan het onrecht van een placage waarin zij gevangen zou zitten terwijl hij zijn volledige vrijheid genoot. Bovendien zou het de politieke carrière die hij ambieerde, schaden. Hij vertelde dat hij van plan was terug te gaan naar Boston om in een beschaafdere maatschappij leven; hij was van plan rechten te gaan studeren om later in het Congres en via de pers te proberen de grondwet, de wetgeving en uiteindelijk de gewoonten te veranderen, niet alleen in de Verenigde Staten maar in de hele wereld.

'Waar heb je het over, Maurice?' onderbrak zijn vader hem, ervan overtuigd dat zijn zoon een nieuwe tyfusaanval had.

'Abolitionisme, monsieur. Ik ben van plan mijn leven te wijden aan de strijd tegen de slavernij,' antwoordde Maurice vastberaden.

Dat was een veel zwaardere klap voor Valmorain dan de kwestie met Rosette: het was een directe aanval op de familiebelangen. Zijn zoon was nog meer buiten zinnen dan hij dacht; wat de jongen van plan was, was niet minder dan het fundament waarop de beschaving en het fortuin van de Valmorains rustten, onderuithalen. Abolitionisten werden met pek en veren bedekt en daarna opgeknoopt, zoals ze verdienden. Het waren krankzinnige fanatici die het waagden de maatschappij uit te dagen, de geschiedenis, ja, zelfs het woord van God, want ook in de Bijbel kwam slavernij al voor. Een abolitionist, in zijn eigen familie? Geen denken aan! Valmorain hield een donderpreek, schreeuwend, zonder adem te halen, en dreigde zijn zoon vervolgens te onterven.

'Doet u dat, monsieur, want als ik uw bezittingen erf, is het eerste wat ik doe de slaven vrijlaten en de plantage verkopen,' antwoordde Maurice onverstoorbaar.

De jongen stond op – steunend op de stoelleuning, want hij voelde zich een beetje misselijk –, nam afscheid met een lichte buiging en verliet de bibliotheek, waarbij hij moeite moest doen om niet te laten merken dat hij wankelde op zijn benen. De beledigingen van zijn vader achtervolgden hem tot op straat.

Valmorain verloor de beheersing over zichzelf, zijn woede veranderde hem in een orkaan: hij vervloekte zijn zoon, schreeuwde dat Maurice wat hem betreft dood was en geen cent zou krijgen van zijn fortuin. 'Ik verbied je nog maar één voet in dit huis te zetten en de naam Valmorain te gebruiken! Jij behoort niet meer tot deze familie!'

Hij kon niet verder, hij zakte in elkaar, een opalen lamp met zich meesleurend die tegen de muur in stukken brak. Hortense en de bedienden die op zijn geschreeuw afkwamen, troffen hem aan met weggedraaide ogen, paars aangelopen, terwijl Sancho op zijn knieën naast hem zat en tussen de plooien van zijn dubbele onderkin groef om te proberen Valmorains das los te knopen.

Bloedband

Een uur later meldde Maurice zich onaangekondigd bij Tétés pension. Ze had hem zeven jaar niet gezien, maar die lange, ernstige jongeman, met zijn verwarde haren en zijn ronde brilletje was voor haar nog precies dezelfde als het jongetje dat ze had opgevoed. Maurice bezat nog dezelfde intensiteit en tederheid als toen hij klein was. Ze hielden elkaar vast in een lange omhelzing, zij keer op keer zijn naam stamelend, en hij 'maman, maman' fluisterend, het verboden woord. In het stoffige kamertje was het altijd halfdonker, en het kleine beetje licht dat door de blinden viel, onthulde haveloze meubels, een gerafeld tapijt en muren met vergeeld behang.

Rosette, die zo lang op Maurice had gewacht, groette hem niet; ze was sprakeloos van geluk, maar ook ongerust omdat hij zo mager was geworden, zo anders dan de knappe jongeman met wie ze twee weken eerder had gedanst. Zwijgend staarde ze naar haar moeder en Maurice, alsof het onverwachte bezoek van haar geliefde niets met haarzelf te maken had.

'Rosette en ik hebben altijd van elkaar gehouden, maman, dat weet u. Al sinds onze kindertijd zeggen we dat we met elkaar willen trouwen, herinnert u zich dat nog?' zei Maurice.

'Ja, jongen, dat weet ik nog. Maar het is zondig.'

'Ik heb u dat woord nog nooit horen gebruiken. Bent u katholiek geworden?'

'Mijn loa's zijn altijd bij me, Maurice, maar ik ga ook bij père Antoine naar de mis.'

'Hoe kan liefde zondig zijn? God heeft haar in ons geplant. Voor we geboren waren hielden we al van elkaar. Het is niet onze schuld dat we dezelfde vader hebben. Hij is degene die heeft gezondigd, niet wij.'

'Er zijn consequenties...' mompelde Tété.

'Dat weet ik wel. Iedereen doet zijn uiterste best me eraan te herinneren dat we abnormale kinderen kunnen krijgen. We zijn bereid dat risico te nemen, nietwaar Rosette?'

Het meisje gaf geen antwoord. Maurice liep naar haar toe en sloeg in een beschermend gebaar zijn arm om haar schouder.

'Wat moet er van jullie worden?' vroeg Tété beklemd.

'We zijn vrij en we zijn jong. We gaan naar Boston en als het ons daar niet bevalt, zoeken we een andere plek. Amerika is groot.'

'En de kleur? Ze zullen jullie nergens accepteren. Ze zeggen dat de haat in de vrije staten nog dieper is. Blanken en zwarten leven er gescheiden van elkaar en willen niets met elkaar te maken hebben.'

'Dat is waar, maar dat gaat veranderen, dat beloof ik u. Er zijn heel wat mensen die zich inspannen voor de afschaffing van de slavernij: filosofen, politici, priesters, iedereen die maar een greintje fatsoen bezit...'

'Dat zal ik niet meer meemaken, Maurice. Maar ik weet wel dat, al laten ze alle slaven vrij, er dan nog geen gelijkheid zal zijn.'

'Op den duur wel, maman. Het is als een sneeuwbal die begint te rollen, die groter wordt en aan snelheid wint, tot er niets meer is wat hem nog kan tegenhouden. Zo vinden de grote veranderingen in de geschiedenis plaats.'

'Van wie heb je dat, jongen?' vroeg Tété, die niet precies wist wat sneeuw was.

'Dat zegt mijn leraar, Harrison Cobb.'

Tété begreep dat het zinloos was te proberen hem te overtuigen, want de kaarten waren vijftien jaar geleden al geschud, toen Maurice zich voor de eerste keer over de pasgeboren Rosette had gebogen om haar gezichtje te kussen.

'Maak u geen zorgen, maman, wij redden het wel,' zei Maurice nogmaals. 'Maar we hebben uw zegen nodig, we willen er niet als een stel boeven tussenuit knijpen.'

'Mijn zegen hebben jullie, kinderen, maar dat is niet genoeg. Kom, we gaan père Antoine om raad vragen, hij weet alles over deze en over de andere wereld,' besloot Tété.

Ze wandelden in het februaribriesje naar het huis van de kapucijner priester, die er net de eerste ronde van zijn liefdeswerk op had zitten en even rust nam. Hij liet hen zonder enig teken van verbazing binnen, want hij verwachtte hen al sinds de eerste geruchten over de erfgenaam van Valmorain, die van plan was met een kwartbloed te trouwen, rond waren gaan zingen. Omdat hij altijd op de hoogte was van alles wat er in de stad gebeurde, dachten zijn parochianen dat de Heilige Geest hem die informatie influisterde. Hij bood hun zijn miswijn aan, bitter als gal.

'Wij willen trouwen, mon père,' kondigde Maurice aan.

'Maar er is dat kleine probleem van jullie ras, nietwaar?' zei de priester glimlachend.

'We weten dat de wet...' ging Maurice verder.

'Hebben jullie de zonde van het vlees begaan?' onderbrak père Antoine hem.

'Hoe kunt u dat nu denken, mon père! Ik geef u mijn woord dat Rosettes deugd en mijn eer ongeschonden zijn,' riep Maurice geschokt uit.

'Wat jammer, kinderen. Als Rosette haar maagdelijkheid was verloren en jij het begane kwaad zou willen goedmaken, was ík verplicht jullie te trouwen om jullie ziel te redden,' legde de heilige uit.

Toen sprak Rosette haar eerste woorden sinds het Cordon Bleubal: 'Dat kan vanavond nog geregeld worden, mon père. Doe maar alsof het al gebeurd is, en red onze ziel, alstublieft,' zei ze blozend en vastbesloten.

De heilige bezat een bewonderenswaardige flexibiliteit waarmee hij regels die hij onzinnig vond naar zijn hand zette en placht de wet te omzeilen met dezelfde kinderlijke onvoorzichtigheid waarmee hij de Kerk uitdaagde. Tot dan toe had geen enkele religieuze of burgerlijke autoriteit het gewaagd hem ter verantwoording te roepen. Hij pakte een scheermes uit een kist, bevochtigde het lemmet met de wijn uit zijn beker en zei de geliefden een mouw op te stropen en hem een arm voor te houden. Zonder te aarzelen maakte hij met de handigheid van iemand die dat vaker had gedaan, een klein sneetje in Maurice' pols. Maurice slaakte een kreet en likte aan het wondje; Rosette klemde haar lippen op elkaar en sloot haar ogen terwijl ze haar arm uitstak. Daarna pakte de priester hun armen en wreef Rosettes bloed in het wondje van Maurice.

'Bloed is altijd rood, zoals je ziet, maar als iemand je ernaar vraagt, Maurice, kun je zeggen dat je zwart bloed hebt. Dan is jullie huwelijk legaal,' legde de priester uit terwijl hij het mes met zijn mouw schoonmaakte en Tété haar zakdoek in tweeën scheurde om hun polsen te verbinden.

'Laten we naar de kerk gaan. We zullen zuster Lucie vragen om getuige te zijn bij deze trouwpartij,' zei père Antoine.

'Nog één ding, mon père.' Tété hield hem tegen. 'We hebben het probleem dat ze halfbroer en -zus zijn nog niet opgelost.'

‘Mijn kind, wat zeg je nu!’ riep de heilige uit.

‘U kent Rosettes achtergrond, mon père, ik heb u verteld dat monsieur Valmorain haar vader is. Maar u weet toch dat hij ook Maurice’ vader is?’

‘Dat was ik even vergeten. Mijn geheugen laat me in de steek.’ Père Antoine zakte verslagen op een stoel neer. ‘Dan kan ik deze kinderen niet trouwen, Tété. Het is één ding om de menselijke wet te belazeren, want die is vaak onzinnig, maar de wetten van God zijn iets anders…’

Somber verlieten ze het huisje van père Antoine. Rosette had moeite haar tranen te bedwingen en Maurice, die ook van streek was, sloeg een arm om haar middel.

‘Ik zou jullie zo graag willen helpen, kinderen! Maar het ligt niet in mijn macht. Niemand op deze aarde kan jullie trouwen, niemand op deze aarde’, had de heilige ter afscheid bedroefd gezegd.

Terwijl de geliefden zich ontroostbaar voortsleepten, liep Tété twee passen achter hen, piekerend over de nadruk waarmee père Antoine die laatste zin had uitgesproken. Misschien was dat helemaal niet zo, misschien had zij zich vergist vanwege het merkwaardige accent waarmee de heilige Spanjaard Frans sprak, maar de zin leek haar gezocht, en ze hoorde hem opnieuw en opnieuw, als een echo van het geluid van haar blote voeten op de keien van het plein, net zo vaak tot ze de sleutel gevonden dacht te hebben. Ze veranderden van richting en zetten koers naar Chez Fleur.

Het was bijna een uur lopen, en toen ze bij de onopvallende deur van het speelhuis aankwamen, zagen ze een lange rij sjouwers met voorraden, in de gaten gehouden door Fleur Hirondelle die elke baal in haar boekhoudschrift noteerde. De vrouw heette hen als altijd hartelijk welkom, maar had verder geen tijd en wees hen naar binnen te gaan. Maurice realiseerde zich dat het een plek van een twijfelachtige reputatie was en het trof hem dat zijn maman, die zich altijd zo druk maakte om fatsoen, hier rondliep alsof het haar eigen huis was. Op dat tijdstip, in het onbarmhartige daglicht, met lege tafels, zonder klanten, cocottes of muzikanten, zonder rook, lawaai en de geur van parfum en drank, straalde de ruimte de sfeer uit van een armzalig theatertje.

‘Wat doen we hier?’ vroeg Maurice met een grafstem.

‘Wachten tot het lot een andere wending neemt, mijn kind,’ zei Tété.

Even later verscheen Zacharie, in werkkleren en met smerige handen, verrast door het bezoek. Hij was sinds hij het slachtoffer was geworden van een overval, niet meer de prachtige man van weleer, zijn gezicht was net een carnavalsmasker. Het was nacht geweest toen hij vanuit een hinderlaag was overvallen. Hij had de mannen die zich met knuppels op hem hadden gestort niet kunnen zien, maar omdat ze zijn geld en de wandelstok met de ivoren knop niet hadden gestolen, wist hij dat het geen bandieten uit El Pantano waren. Tété had hem meer dan eens gewaarschuwd dat zijn elegantie en de manier waarop hij met geld strooide aanstootgevend was voor sommige blanken. Ze hadden hem langs de weg gevonden, in een geul geschoven, in elkaar geslagen, zijn gezicht één grote wond. Dokter Parmentier had zijn uiterste best gedaan, zijn botten weten te zetten en één oog kunnen redden, en Tété had Zacharie door een slangetje gevoed tot hij weer kon kauwen. Die vreselijke ervaring had zijn hooghartige houding niet aangetast, maar hij was sindsdien wel voorzichtiger geworden en altijd gewapend.

'Wat kan ik jullie aanbieden? Rum? Vruchtensap voor de jongedame?' Zacharie glimlachte zijn nieuwe, verwrongen glimlach.

'Een kapitein is als een koning, hij kan op zijn schip doen wat hij wil, zelfs iemand ophangen. Klopt dat?' vroeg Tété.

'Alleen als hij vaart,' legde Zacharie uit, zijn gezicht met een lap afvegend.

'Ken jij een kapitein?'

'Verschillende. Hier in de buurt doen Fleur Hirondelle en ik bijvoorbeeld zaken met Romeiro Toledano, een Portugees die een schoener bezit.'

'Wat voor zaken, Zacharie?'

'Laten we het houden op import en transport.'

'Je hebt me nooit iets over die Toledano verteld. Is hij te vertrouwen?'

'Dat hangt ervan af. Met sommige dingen wel, met andere niet.'

'Waar kan ik met hem praten?'

'Op dit moment ligt zijn schoener in de haven, maar hij komt vanavond vast een borrel halen en een gokje wagen. Maar wat wil je van hem?'

'Ik heb een kapitein nodig die bereid is Maurice en Rosette te trouwen,' beval Tété, tot stomme verbazing van de twee belanghebbenden.

'Waarom vraag je dat aan mij, Zarité?'

'Omdat niemand anders het zou doen, Zacharie. En het moet meteen gebeuren, want het schip dat Maurice naar Boston brengt vertrekt overmorgen.'

'Het schip ligt in de haven, Tété, en daar hebben de autoriteiten van het vasteland het voor het zeggen.'

'Kun jij die Toledano vragen de trossen los te gooien, zijn schip een paar mijl de zee op te varen en deze kinderen te trouwen?'

En zo kwam het dat vier uur later, aan boord van een gehavende schoener onder Spaanse vlag, Rosette Sedella en Maurice Valmorain in de echt werden verbonden door kapitein Romeiro Toledano, een mannetje dat nog geen zeven span mat, maar de handicap van die geringe lengte compenseerde met een zwarte baard die zijn ogen nauwelijks zichtbaar liet. Zacharie, in gala maar nog met smerige nagels, en Fleur Hirondelle, die voor de gelegenheid een zijden kazak had aangetrokken en een ketting van berentanden droeg, waren de getuigen. Terwijl Zarité haar tranen wegveegde, deed Maurice de gouden ketting van zijn moeder die hij altijd had gedragen af en hing die om Rosettes hals.

Fleur Hirondelle deelde glazen champagne rond en Zacharie bracht een heildronk uit op 'dat paar dat de toekomst symboliseert, als de rassen zich vermengd zullen hebben en alle menselijke wezens vrij zijn en voor de wet gelijk'. Maurice, die diezelfde woorden zo vaak van zijn leraar Cobb had gehoord en nog heel gevoelig was na zijn tyfusaanval, slaakte een lange, diepe snik.

Twee liefdesnachten

Bij gebrek aan een andere plek brachten de pasgehuwden hun twee liefdesnachten en hun enige liefdesdag door in de krappe hut van de schoener van Romeiro Toledano, zonder te weten dat in een geheime schuilplek onder de vloer een slaaf verborgen zat die hen kon horen; de overtocht met dit schip was voor veel vluchtelingen de eerste etappe van de gevaarlijke reis naar de vrijheid. Zacharie en Fleur Hirondelle waren ervan overtuigd dat er spoedig een eind zou komen aan de slavernij en tot die tijd hielpen ze de meest wanhopigen, degenen die echt niet meer konden wachten.

Die nacht beminden Maurice en Rosette elkaar op een smalle houten bunk, gewiegd door de stromingen van de delta, in het door een gerafeld roodfluwelen gordijn voor de patrijspoort gedempte licht, terwijl een klein stukje verderop het orkest een oorverdovend geluid maakte en de mensen dronken, dansten en geld verloren alsof de wereld op het punt stond te vergaan. Aanvankelijk raakten ze elkaar onzeker aan, verlegen, hoewel ze toen ze klein waren elk stukje van elkaars lichaam hadden verkend en er geen plekje in hun ziel bestond dat voor de ander was gesloten. Ze waren veranderd en moesten elkaar opnieuw leren kennen. Maurice was zo onder de indruk van het wonder Rosette in zijn armen te houden, dat hij het kleine beetje dat hij had geleerd van het gerommel met Giselle, de leugenaarster uit Savannah, vergat. Hij beefde.

'Dat komt nog door de tyfus,' zei hij bij wijze van excuus.

Ontroerd door zijn lieve onhandigheid nam Rosette het initiatief door zich zonder enige haast uit te kleden, zoals Violette Boisier haar had geleerd. Toen ze daaraan terugdacht, moest ze zo lachen dat Maurice geloofde dat ze zich vrolijk maakte om hém.

'Doe niet zo gek, Maurice, waarom zou ik jou uitlachen,' antwoordde zij, haar lachtranen drogend. 'Ik moest denken aan de liefdeslessen die madame Violette aan de leerlingen van de placage gaf.'

‘Dat méén je niet, gaf ze daar les in?’

‘Natuurlijk, of denk jij dat verleiden zomaar gaat?’

‘Weet maman daarvan?’

‘Niet van de details, nee.’

‘Wat leerde dat mens jullie?’

‘Niet zo veel, want ze moest van de praktijklessen afzien. Loula wist haar ervan te overtuigen dat de moeders dat maar niets zouden vinden en dat ze dan konden fluiten naar het bal. Maar ze heeft haar lesmethode wel op mij kunnen uitproberen, ze gebruikte bananen en pepers om me alles uit te leggen.’

‘Je wat uit te leggen?’ riep Maurice uit, die er de humor van begon in te zien.

‘Hoe jullie mannen in elkaar steken en hoe makkelijk jullie zijn te manipuleren omdat bij jullie alles aan de buitenkant zit. Ze moest het me op een of andere manier duidelijk maken, nietwaar? Ik had nog nooit een naakte man gezien, Maurice. Nou goed dan, jou, maar toen was je nog klein.’

‘Laten we er maar van uitgaan dat er sindsdien wel iets is veranderd.’ Maurice moest lachen. ‘Maar verwacht geen banaan of peper, dat zou wel heel optimistisch zijn.’

‘Meen je dat? Laat zien.’

Het speet de slaaf in de schuilplaats dat er geen kier tussen de planken zat. Op het gelach van het stel volgde een stilte die hij maar verdacht vond. Waar waren die twee zo stilletjes mee bezig? Hij kon zich er niets bij voorstellen, want in zijn ervaring was de liefde altijd veel luidruchtiger geweest. Toen de gebaarde kapitein het luik opende om hem onder dekking van het rumoer van het speelhuis en de duisternis van de nacht een hapje te laten eten en zijn benen te strekken, stond de vluchteling op het punt om te zeggen dat hij nog wel even kon wachten.

Romeiro Toledano had voorzien dat de pasgehuwden, zoals dat in die tijd de gewoonte was, hun kamer niet uit zouden komen en deed wat Zacharie hem had opgedragen: hij liet voor de deur van de hut heel discreet een dienblad met koffie met koekjes achter en later bracht de goede kapitein een blad met heerlijkheden van de Marché Français die Tété had laten bezorgen, en dat al snel door gretige handen naar binnen werd getrokken: schaal-en schelpdieren, kaas, lauwwarm brood, fruit, zoetigheid en een fles wijn.

Tijdens de te korte uren van die twee nachten en de enige dag die Rosette en Maurice samen konden zijn, beminden ze elkaar met de tederheid die ze in hun kinderjaren hadden gedeeld en met de passie die nu in hen ontbrandde, en ze verzonnen van alles en nog wat om elkaar bevrediging te schenken. Ze waren nog jong, maar al sinds ze het zich konden heugen verliefd op elkaar en hadden het vreselijke vooruitzicht elkaar lang niet te zullen zien. De lessen van Violette Boisier waren nergens voor nodig. Als ze even rust namen, gunden ze zich de tijd om te praten, steeds in elkaars armen, over de dingen die hun boven het hoofd hingen en over hun plannen voor de nabije toekomst. Het idee opnieuw gescheiden te worden was alleen draaglijk door de zekerheid dat ze spoedig weer bij elkaar zouden zijn, zodra Maurice werk had gevonden en woonruimte om Rosette te kunnen ontvangen.

Toen brak de tweede dag aan en moesten ze zich aankleden, elkaar voor de laatste keer kussen en zich bijeenrapen om de wereld opnieuw onder ogen te zien. De schoener lag weer aan de kade; in de haven wachtten Zacharie, Tété en Sancho, die de hutkoffer met Maurice' bezittingen mee had genomen. Zijn oom overhandigde hem ook vierhonderd peso, die hij in één nacht met kaarten had gewonnen, zoals hij pochte. Op Maurice' passagebiljet stond zijn nieuwe naam, Maurice Solar, de achternaam van zijn moeder, ingekort en op zijn Engels uitgesproken. Sancho, trots op het klankrijke García del Solar, uitgesproken zoals dat hoorde, was daar een beetje gepikeerd over.

Rosette bleef achter, gebroken van verdriet maar de serene rust fingerend van iemand die op deze wereld alles heeft wat haar hartje begeert, terwijl Maurice op het dek van de schoener die hem naar Boston zou brengen, naar haar zwaaide.

Het vagevuur

Valmorain verloor in één klap zowel zijn zoon als zijn gezondheid. Op hetzelfde moment dat Maurice zijn ouderlijk huis verliet om nooit meer terug te komen, ontplofte er iets binnen in hem. Toen Sancho en de anderen erin slaagden hem van de grond te hijsen, merkten ze dat een kant van zijn lichaam dood was. Dokter Parmentier stelde vast dat niet zijn hart het had begeven, waar hij altijd zo bang voor was geweest, maar dat hij een hersenbloeding had gehad. Valmorain was zo goed als verlamd, hij kwijlde en was de controle over zijn ingewanden kwijt.

'Met de tijd en een beetje geluk kunt u weer behoorlijk herstellen, mon ami, hoewel u nooit meer de oude zult worden,' had Parmentier gezegd, en hij voegde eraan toe dat hij patiënten had gekend die na zo'n attaque nog jaren hadden geleefd. Valmorain maakte hem met gebaren duidelijk dat hij hem wenste te spreken, alleen. Hortense Guizot, die alles als een gier in de gaten hield, moest het vertrek verlaten en de deur achter zich sluiten. Valmorains gestamel was bijna onbegrijpelijk maar Parmentier wist eruit op te maken dat zijn vriend banger was voor zijn vrouw dan voor zijn ziekte. Het leed geen twijfel dat Hortense de voorkeur gaf aan het weduweschap boven de zorg voor een invalide die zichzelf bevuilde, en ze zou wel eens in de verleiding kunnen komen de dood een handje te helpen.

'Maak u geen zorgen, dat probleem los ik met drie zinnen op,' stelde Parmentier hem gerust.

De arts verstrekte Hortense Guizot de medicijnen, gaf haar instructies voor de verzorging van de zieke en raadde haar aan een goede verpleegster te zoeken omdat het herstel van haar echtgenoot in grote mate afhankelijk was van de zorg die hij zou ontvangen. Hij mocht niet worden tegengesproken en moest volledig worden ontzien: rust was van fundamenteel belang. Toen hij afscheid nam hield hij de hand van de vrouw enige tijd in de zijne, in een vaderlijk gebaar van troost.

'Ik hoop dat uw man deze crisis goed doorkomt, madame, want ik geloof niet dat Maurice al zover is dat hij hem kan vervangen,' zei hij. Hij herinnerde haar eraan dat Valmorain nog niet in staat was geweest zijn testament formeel te wijzigen en dat Maurice volgens de wet nog steeds de enige erfgenaam van het familiekapitaal was.

Een paar dagen later leverde een boodschapper een briefje van Valmorain bij Tété af. Zij wachtte niet op Rosette om het haar voor te laten lezen, maar ging regelrecht naar père Antoine. Alles wat van haar vroegere meester kwam, bezorgde haar pijn in haar maag van ongerustheid. Ze ging ervan uit dat Valmorain inmiddels op de hoogte was van de overhaaste trouwpartij en het vertrek van zijn zoon – de hele stad wist ervan – en dat hij zijn woede ook op Rosette zou richten en niet alleen op Maurice, die door de roddelaars overigens al was vergeven omdat hij het slachtoffer was van een zwarte heks. Het was Rosettes schuld dat de dynastie van de Valmorains niet werd voortgezet en roemloos zou eindigen. Na de dood van de patriarch zou het familiekapitaal overgaan in de handen van de Guizots en zou de naam Valmorain alleen nog voortleven op de grafsteen van het praalgraf, want zijn dochters konden die niet doorgeven aan hun nageslacht.

Er waren allerlei redenen om Valmorains wraak te vrezen, maar Tété had zich daar pas rekenschap van gegeven toen Sancho haar aanspoorde vooral goed op Rosette te passen en haar in geen geval alleen de straat op te laten gaan. Waar wilde hij haar voor waarschuwen? Haar dochter zat overdag bij Adèle, waar ze aan haar bescheiden uitzet werkte en brieven aan Maurice schreef. Daar was ze veilig, en 's avonds haalde Tété haar altijd zelf op. Niettemin was ze voortdurend ongerust en steeds op haar hoede: de lange arm van haar oude meester kon ver reiken.

Het briefje bestond uit niet meer dan twee zinnen, waarin Hortense Guizot haar meedeelde dat haar echtgenoot haar wenste te spreken.

'Het moet die trotse dame heel wat moeite hebben gekost om jou te ontbieden,' luidde het commentaar van de priester.

'Ik ga daar liever niet naartoe, mon père.'

'Met luisteren verlies je niets. Wat is het meest ruimhartige dat je in dit geval kunt doen, Tété?'

'U zegt altijd hetzelfde,' zuchtte zij gelaten.

Père Antoine wist dat de zieke doodsbang was voor de onmetelijke stilte en de ontroostbare eenzaamheid van het graf. Valmorain was op zijn dertiende jaar van zijn geloof gevallen en had sindsdien met trots een pragmatisch soort rationalisme beleden, waarin geen fantasieën over het hiernamaals pasten, maar toen hij zich met een voet in zijn graf voelde staan, keerde hij terug naar het geloof van zijn kinderjaren. Toen hij werd geroepen, kwam de kapucijner priester hem het heilig oliesel brengen. In zijn biecht, met een vertrokken mond mompelend en hikkend, bekende Valmorain hem dat hij zich het geld van Lacroix had toegeëigend, dat leek hem de enige zonde van belang.

'Vertel me over uw slaven,' maande de geestelijke.

'Ik beken dat ik zwak ben geweest, mon père, want in Saint-Domingue kon ik soms niet voorkomen dat mijn opzichter zich te buiten ging bij het straffen, maar u kunt mij niet van wreedheid betichten. Ik ben altijd een goede meester geweest.'

Père Antoine gaf hem de absolutie en beloofde hem te bidden voor zijn gezondheid, in ruil voor ruimhartige donaties voor zijn bedelaars en wezen, want alleen liefdadigheid verzacht de blik van God, legde hij Valmorain uit. Na dat eerste bezoek liet Valmorain hem om de haverklap roepen voor een biecht, zodat de dood hem niet onvoorbereid zou kunnen overvallen. De heilige had de tijd noch het geduld voor die te late gewetensbezwaren, maar bracht hem samen met een andere priester wel tweemaal per week de communie.

In huize Valmorain hing een onmiskenbare ziekenlucht. Tété kwam via de dienstingang binnen en Denise ging haar voor naar de woonkamer, waar Hortense stond te wachten met dieppaarse kringen onder haar ogen en vette haren, eerder boos dan moe. Ze was achtendertig en zag eruit als vijftig. Tété ving een glimp op van vier meisjes, die allemaal zo op elkaar leken dat ze de kinderen die ze had gekend er niet tussenuit kon halen. In zo min mogelijk woorden, tussen haar tanden uitgespuwd, zei Hortense haar naar de slaapkamer van haar echtgenoot te gaan; ze vond het vreselijk frustrerend dat mens in haar huis toe te moeten laten, dat vervloekte kreng dat haar zin had weten door te drijven en niemand minder dan de Valmorains, de Guizots en zelfs de hele maatschappij het hoofd had geboden. Een slavin! Hortense begreep niet hoe de situatie zo uit de hand had kunnen lopen. Als haar man naar haar had geluisterd, was die snol van een Rosette op haar zevende verkocht en was dit nooit gebeurd. Het was allemaal de schuld van die koppige ezel van een Toulouse, die zijn zoon niet had weten op te voeden en zijn slaven niet behandelde zoals dat hoorde. Een stomme immigrant! Die komen hierheen en denken dat ze de vloer kunnen aanvegen met onze tradities. Die negerin vrijlaten, en haar dochter ook nog eens! Zoiets zou in de familie Guizot nooit zijn voorgekomen, daar durfde ze op te zweren.

Tété trof de zieke weggezonken in kussens aan, zijn gezicht was onherkenbaar, zijn haren verward, zijn huid zag grauw, zijn ogen traanden en een verkrampte hand lag op zijn borst. Valmorain had sinds zijn hersenbloeding een wonderbaarlijke intuïtie, bijna een soort helderziendheid. Hij dacht zelf dat een deel van zijn hersenen, dat altijd had geslapen, gewekt was terwijl een ander stuk, dat voorheen binnen enkele seconden de winst van de suiker berekende of de dominostenen bewoog, niet langer functioneerde. Met die nieuwe helderheid kon hij de drijfveren en de bedoelingen van anderen raden, en in het bijzonder die van zijn vrouw, die hem niet langer met hetzelfde gemak als voorheen kon manipuleren. Zijn eigen gevoelens en die van anderen waren kristalhelder geworden en op sommige sublieme momenten was het alsof hij door de dichte mist van het heden heen al op weg was naar de toekomst, waarvoor hij doodsbang was want die toekomst was een vagevuur waarin hij zou moeten boeten voor fouten die hij was vergeten of misschien niet eens had begaan.

'Bid, mijn zoon, bid, en verricht liefdadigheid,' hadden père Antoine en die andere priester die hem op dinsdag en zaterdag de communie kwamen brengen, hem aanbevolen.

De zieke stuurde de slavin die bij hem was met een grauw weg; het kwijl mocht hem dan wel uit zijn mond lopen, hij had nog steeds de kracht om anderen zijn wil op te leggen. Toen Tété zich naar hem toe boog om hem beter te kunnen verstaan, greep hij met zijn gezonde hand haar arm stevig vast en dwong haar naast hem op het bed te gaan zitten. Hij was geen hulpeloze oude man, hij was nog steeds angstwekkend.

'Jij blijft hier om voor me te zorgen,' eiste hij. Dit was wel het laatste wat Tété had verwacht. Hij moest het nog een keer zeggen. Stomverbaasd begreep ze dat haar voormalige meester geen idee had van haar afschuw van hem, dat hij niets vermoedde van die zwarte steen die ze in haar hart droeg sinds hij haar op haar elfde had verkracht, dat hij geen schuld of spijt voelde, misschien omdat de geest van de blanken het lijden dat ze anderen aandoen niet eens registreert. De wrok waaronder zij gebukt was gegaan, had hem niet geraakt. Valmorain voegde eraan toe dat zij jarenlang voor Eugenia had gezorgd en dat ze veel van tante Rose had geleerd en dat er volgens Parmentier geen betere verpleegster bestond. Toen er op die woorden een langdurige stilte volgde, realiseerde Valmorain zich dat hij niet langer de macht had om die vrouw te commanderen en toen veranderde hij van toon.

'Ik zal betalen waar je recht op hebt. Nee, wat je me vraagt. Doe het in naam van alles wat we samen hebben doorgemaakt en in naam van onze kinderen,' vroeg hij snotterend en kwijlend.

Zij dacht aan wat père Antoine haar gewoonlijk aanraadde en groef diep in haar ziel, maar kon geen vonkje edelmoedigheid vinden. Ze wilde Valmorain uitleggen dat dat juist de reden was waarom ze hem niet kon helpen: om wat ze samen hadden doorgemaakt, om wat zij had geleden toen ze zijn slavin was en om hun kinderen. Haar eerste kind had hij van haar weggerukt toen hij net was geboren, en haar dochter zou hij ter plekke vernietigen als zij niet op zou passen. Maar ze kreeg die woorden niet over haar lippen.

'Nee, monsieur, het spijt me,' was het enige wat ze zei. Ze kwam aarzelend overeind, bevend onder het kloppen van haar hart, maar liet voor ze vertrok de nutteloze last van haar haat, die ze niet langer achter zich aan wilde slepen, op Valmorains bed achter. Ze vertrok stilletjes uit het huis, via de dienstingang.

Een lange zomer

Rosette kon zich niet zo snel bij Maurice voegen als ze van plan waren geweest omdat de winter in het noorden dat jaar uitzonderlijk streng was en de reis onmogelijk maakte. Het voorjaar wilde niet tot die breedtegraad doordringen, en in Boston bleef het tot eind april vriezen, maar toen kon Rosette al niet meer scheep gaan. Je zag haar buik nog niet, maar de vrouwen om haar heen hadden haar staat al geraden want ze was bovennatuurlijk mooi. Ze had een gezonde kleur, haar haren glansden als spiegelglas, haar ogen waren zachter en dieper en ze straalde warmte en licht uit. Volgens Loula was dat normaal: zwangere vrouwen hadden meer bloed in hun lichaam.

'Waar anders denk je dat het kindje zijn bloed vandaan haalt?' zei Loula. Tété vond die verklaring onweerlegbaar, want ze was bij verschillende bevallingen aanwezig geweest en had zich altijd verbaasd over de gulheid waarmee moeders hun bloed gaven. Zij vertoonde niet dezelfde verschijnselen als Rosette; haar buik en borsten waren als stenen zo zwaar, ze had donkere vlekken in haar gezicht, spataderen op haar benen en kon niet meer dan twee blokken lopen omdat haar voeten zo gezwollen waren. Ze kon zich niet herinneren dat ze zich haar twee vorige zwangerschappen zo beroerd en zo lelijk had gevoeld. Verder schaamde ze zich in dezelfde staat te verkeren als Rosette: ze zou tegelijkertijd moeder en grootmoeder worden.

Op een morgen zag ze op de Marché Français een bedelaar die met zijn enige hand op een paar blikken trommels sloeg. Hij miste ook een voet. Ze dacht dat zijn meester die er misschien had afgehakt omdat hij niets meer aan de man had, die dan, omdat hij verminkt was, makkelijker zijn eigen kostje bij elkaar kon scharrelen. Hij was nog jong, als hij lachte zag je een compleet gebit en hij had een bijdehante uitdrukking op zijn gezicht die niet goed paste bij zijn ellendige omstandigheden. Het ritme zat in zijn ziel, in zijn huid, in zijn bloed. Hij speelde en zong met zo veel vreugde en met zo'n ongebreideld enthousiasme dat een aantal mensen zich om hem heen had verzameld. De heupen van de vrouwen bewogen als vanzelf op de maat van de muziek van die onweerstaanbare trommels, en de gekleurde kinderen zongen de woorden mee die ze blijkbaar veel vaker gehoord hadden, terwijl ze met hun houten degens schijngevechten hielden. In het begin waren de woorden voor Tété onbegrijpelijk, maar algauw begreep ze dat het woorden in het gesloten creools van de plantages van Saint-Domingue waren en toen kon ze het refrein vertalen in het Frans: *Capitaine La Liberté, protégé de Macandal, c'est battu avec son sable, pour sauver son général.* Haar knieën begaven het en ze moest zich op een fruitkistje laten zakken, met moeite haar enorme buik in evenwicht houdend, en daar bleef ze wachten tot de muzikant klaar was en in ontvangst nam wat het publiek bereid was hem te geven.

Het was lang geleden dat Tété het creools had gesproken dat ze in Saint-Lazare had geleerd, maar het lukte om met de man te communiceren. Hij was afkomstig uit Haïti, dat hij nog steeds Saint-Domingue noemde, en vertelde dat hij zijn hand was kwijtgeraakt in een suikermolen en zijn voet onder de bijl van de beul omdat hij had geprobeerd te vluchten. Zij vroeg hem de woorden van het liedje langzaam te herhalen, zodat ze het goed kon begrijpen, en op die manier kwam ze erachter dat Gambo al een legende was. Volgens het lied had hij Toussaint Louverture als een leeuw verdedigd tegen de soldaten van Napoleon, tot hij uiteindelijk was gevallen, met zo veel verwondingen door kogels en staal dat men ze niet had kunnen tellen. Maar de kapitein was, net als Macandal, niet gestorven: hij was weer verrezen, veranderd in een wolf, vastbesloten om eeuwig te blijven strijden voor de vrijheid.

'Velen hebben hem gezien, madame. Ze zeggen dat die wolf Dessalines en andere generaals belaagt, omdat zij de revolutie hebben verraden en de mensen als slaven verkopen.'

Al lang daarvoor had Tété de mogelijkheid geaccepteerd dat Gambo was gestorven, en het liedje van de bedelaar bevestigde zijn dood. Die avond ging ze naar Adèles huis om met dokter Parmentier te praten, de enige met wie ze haar verdriet kon delen, en vertelde hem wat ze op de markt had gehoord.

'Ik ken dat liedje, Tété, de bonapartisten zingen het als ze zich bedrinken in het Café des Émigrés, maar zij voegen er nog een strofe aan toe.'

'Welke?'

‘Iets over een massagraf waarin de negers en de vrijheid wegrotten, en leve Frankrijk en leve Napoleon.’

‘Maar dat is vreselijk, dokter!’

‘Bij leven was Gambo een held en dat zal hij blijven in de dood, Tété. Zolang dat liedje wordt gezongen, zal zijn moed als voorbeeld dienen.’

Zacharie had geen idee van de rouw die zijn vrouw doormaakte, omdat zij die voor hem verborgen hield. Tété koesterde die eerste liefde, de grootste van haar hele leven, als een geheim. Ze had het er maar heel zelden over, omdat de liefde die ze Zacharie kon bieden niet dezelfde intensiteit bezat, de liefde die zij deelden was vredig en zonder drang. Hij tetterde in alle vier de windstreken rond dat hij vader werd. Hij was gewend om te pronken en zich te laten gelden, dat was zelfs in Le Cap zo geweest, waar hij slaaf was, en het pak rammel dat bijna zijn dood had betekend en van zijn gezicht één lelijk litteken had gemaakt, had hem zijn lesje niet geleerd: hij bleef met geld smijten en zich luidruchtig gedragen. Hij gaf rondjes onder de gasten van Chez Fleur om te toosten op het kind dat Tété verwachtte, en zijn compagnon Fleur Hirondelle moest hem terugfluiten omdat dit geen tijden waren om geld over de balk te smijten of jaloezie te wekken. Niets irriteerde de Amerikanen meer dan een neger die naast zijn schoenen liep.

Rosette hield hen op de hoogte van Maurice’ wederwaardigheden via de brieven die ze van hem ontving en die er drie maanden over deden om haar te bereiken. Toen hij zijn oude leraar, Harrison Cobb, zijn verhaal uit de doeken had gedaan, bood die Maurice gastvrijheid aan in zijn eigen huis, dat hij deelde met een zus die weduwe was en met zijn moeder, een dement oudje dat bloemen at. Maanden later, toen hij hoorde dat Rosette zwanger was en in november zou bevallen, smeekte hij Maurice toch geen andere woonruimte te zoeken, maar met zijn gezinnetje bij hen te blijven wonen. Agatha, zijn zus, was nog het meest ingenomen met dat idee, omdat Rosette haar zou kunnen helpen met de verzorging van de moeder, en de aanwezigheid van de baby zou iedereen tot vreugde zijn. Dat enorme huis, waar het overal tochtte en met die lege kamers waar vele jaren niemand een voet had gezet, met voorouders aan de wand die in hun portretlijsten de wacht hielden, dat huis had behoefte aan een verliefd stel, vond ze, en aan een baby.

Toen Maurice begreep dat Rosette ook die zomer niet zou kunnen reizen, schikte hij zich in een scheiding die langer dan een jaar zou duren, tot na de volgende winter, wanneer zij was hersteld van de bevalling en de baby de reis zou kunnen doorstaan. Intussen voedde hij hun liefde, zoals hij altijd had gedaan, met een stroom brieven, en concentreerde zich elke vrije minuut op zijn studie.

Harrison Cobb had hem als zijn secretaris in dienst genomen en betaalde hem meer dan redelijk was om zijn papieren te ordenen en hem te helpen bij de voorbereiding van zijn lessen, werk dat weinig om het lijf had en Maurice genoeg tijd liet voor zijn rechtenstudie en voor het enige wat Cobb belangrijk vond: de abolitionistische beweging. Ze gingen samen naar openbare manifestaties, stelden pamfletten op, bezochten krantenredacties, gingen langs bedrijven en kantoren en spraken in kerken, clubs, theaters en universiteiten. Harrison Cobb vond in Maurice de zoon die hij nooit had gehad, en de strijdmakker waarvan hij altijd had gedroomd. Met die jongeman naast zich leek de overwinning van zijn idealen binnen handbereik.

Zijn zus Agatha, die net als de rest van de familie Cobb, inclusief de bloemenetende dame, ook abolitionist was, telde de dagen die ze nog hadden te gaan voor ze naar de haven konden om Rosette en de baby te verwelkomen. Een familie van gemengd bloed was het mooiste dat hun kon overkomen, het was de vleesgeworden gelijkheid die zij predikten, het meest overtuigende bewijs dat rassen zich konden en moesten vermengen en in vrede samenleven. Wat een indruk zou Maurice maken als hij zich met zijn gekleurde echtgenote en hun kind in het openbaar zou vertonen om de vrijlating van de slaven te verdedigen! Dat zou meer zeggen dan een miljoen pamfletten. Maurice vond die verhitte toespraken van zijn weldoeners enigszins absurd, want hij had Rosette nooit als anders dan zichzelf beschouwd.

De zomer van 1806 duurde lang en bracht New Orleans een cholera-epidemie en verschillende branden. Toulouse Valmorain werd, vergezeld door de non die hem verpleegde, naar de plantage overgebracht waar het gezin zich installeerde om er de heetste zomermaanden door te brengen.

Parmentier had vastgesteld dat de gezondheidstoestand van de patiënt zich had gestabiliseerd en was van mening dat het platteland hem goed zou doen. De geneesmiddelen die Hortense door zijn soep moest mengen omdat hij weigerde ze in te nemen, hadden zijn humeur er echter niet beter op gemaakt. Hij was zo nukkig geworden dat hij zelfs zichzelf niet verdroeg. Alles ergerde hem, van het branderige gevoel dat zijn luiers veroorzaakten tot het onschuldige gelach van zijn dochters in de tuin, maar vooral zijn herinneringen aan Maurice.

Elke fase van het leven van zijn zoon stond hem helder voor ogen. Hij wist nog woord voor woord wat ze op het eind tegen elkaar hadden gezegd en nam dat eindeloos vaak door, op zoek naar een verklaring voor die zo pijnlijke en definitieve breuk.

Hij was van mening dat Maurice de krankzinnigheid van zijn familie aan moederszijde had geërfd; door zijn aderen moest het verzwakte bloed van Eugenia García del Solar stromen en niet het krachtige bloed van de Valmorains. Hij herkende niets van zichzelf in die jongen. Maurice was net als zijn moeder, hij had dezelfde groene ogen en dezelfde ziekelijke neiging tot fantaseren en zelfdestructie.

In tegenstelling tot wat dokter Parmentier verwachtte, vond de patiënt geen rust maar wond hij zich juist nog meer op omdat hij zich zorgen maakte over de plantage, waar hij de teloorgang kon waarnemen die Sancho hem had voorspeld. Owen Murphy was met zijn gezin naar het noorden getrokken om het stuk land te gaan bewerken dat hij met zo veel moeite had verworven, na dertig jaar als een lastdier te hebben gewerkt. In zijn plaats was een jonge opzichter aangesteld, die door Hortenses vader was aanbevolen. Al op de eerste dag dat Valmorain aankwam, besloot hij een andere te zoeken, want de nieuwe hoofdopzichter had de ervaring niet om een plantage van die omvang te leiden. De productie was teruggelopen en de slaven leken nukkig. Het had voor de hand gelegen dat Sancho zich met die problemen bezighield, maar het was Valmorain duidelijk dat zijn compagnon slechts een decoratieve rol vervulde. Dat dwong hem zich op Hortense te verlaten, hoewel hij besefte dat naarmate zij meer macht naar zich toe kon trekken, hij dieper wegzakte in zijn rol van gehandicapte.

Sancho had zich voorgenomen Valmorain en Maurice met elkaar te verzoenen. Hij moest daarbij tactvol te werk gaan, zonder de achterdocht van Hortense Guizot te wekken, voor wie de zaken beter hadden uitgepakt dan ze ooit had kunnen denken omdat ze inmiddels de controle had over haar echtgenoot en al diens bezittingen. Sancho onderhield contact met zijn neef via heel korte briefjes, omdat schrijven in het Frans hem niet goed afging; in het Spaans deed hij het beter dan Góngora, bezwoer hij, hoewel geen mens in zijn omgeving enig idee had wie dat wel mocht zijn. In zijn antwoorden schreef Maurice gedetailleerd over zijn leven in Boston en dankte hij Sancho uit het diepst van zijn hart voor de hulp aan zijn vrouw. Rosette had hem verteld dat ze regelmatig geld kreeg van zijn oom, die het daar met hem nooit over had.

Maurice vertelde ook over de kleine stapjes voorwaarts van de abolitionistische beweging en over een ander onderwerp dat hem fascineerde: de expeditie van Lewis en Clark, door president Jefferson uitgezonden om de Missouri te exploreren. De missie bestond uit het bestuderen van de indianenstammen en de flora en de fauna in dat gebied waar nog vrijwel geen blanke was geweest. Als het mogelijk was, wilden Lewis en Clark doorstoten naar de kust van de Stille Oceaan.

Sancho liet die Amerikaanse ambitie om meer en meer grond in te nemen, onverschillig. Wie te wijd gaapt, krijgt kramp in zijn kaken, dacht hij, maar het werkte enorm op Maurice' verbeelding en als Rosette, de baby en het abolitionisme er niet waren geweest, was hij het spoor van de ontdekkingsreizigers gevolgd.

In de gevangenis

Tété beviel van haar dochter tijdens de hete junimaand, bijgestaan door Adèle en door Rosette, die van dichtbij wilde zien wat haarzelf over enkele maanden te wachten stond. Loula en Violette liepen op straat te ijsberen, net zo zenuwachtig als Zacharie. Toen ze haar baby in de armen nam, huilde Tété van blijdschap: ze zou van dit kind kunnen houden zonder bang te hoeven zijn dat ze het haar zouden afnemen. Deze dochter was van haar. Ze zou haar moeten verdedigen tegen ziekte, ongelukken en andere voor de hand liggende narigheid, zoals alle kinderen, maar niet tegen een meester die het recht had over haar te beschikken zoals hem dat uitkwam.

De vreugde van de vader was overdreven en de festiviteiten die hij organiseerde waren zo genereus dat Tété er bang van werd: het zou ongeluk kunnen aantrekken. Als voorzorgsmaatregel nam ze het pasgeboren kindje mee naar de priesteres Sanité Dédé, die vijftien dollar ontving om haar te beschermen met een ritueel waarin haar speeksel en hanenbloed een rol speelden. Daarna begaf het hele gezelschap zich naar de kerk om de baby door père Antoine te laten dopen met de naam van haar peetmoeder: Violette.

Voor Rosette duurde de rest van die klamme, hete zomer eindeloos. Hoe dikker haar buik werd, des te meer ze Maurice miste. Ze woonde met haar moeder in het huisje dat Zacharie had gekocht en was omringd door vrouwen die haar geen moment alleen lieten, maar ze voelde zich kwetsbaar. Ze was altijd sterk geweest – ze had zich altijd bevoorrecht gevonden – maar nu was ze angstig, ze leed aan nachtmerries en werd gekweld door vreselijke voorgevoelens.

'Waarom ben ik in februari niet met Maurice meegegaan? En als er iets gebeurt? Als we elkaar nooit meer zien? We hadden nooit uit elkaar moeten gaan,' huilde ze.

'Niet aan nare dingen denken, Rosette, want door eraan te denken roep je ze op,' zei Tété dan tegen haar.

In september waren enkele families die de maanden daarvoor op het platteland hadden doorgebracht, alweer terug, onder hen Hortense Guizot en haar dochters. Valmorain was op de plantage gebleven, hij had nog steeds geen vervanger gevonden voor de opzichter, en hij had genoeg van zijn vrouw en zij van hem. Bovendien zat hij niet alleen zonder opzichter, hij kon ook niet op Sancho rekenen, want die was naar Spanje vertrokken. Sancho had bericht gehad dat hij in het bezit was gekomen van een aantal stukken grond, eigendom van de familie García del Solar, die, hoewel ze braak lagen, enige waarde vertegenwoordigden. Hij zat niet te wachten op die onverwachte erfenis, maar verlangde er wel naar zijn vaderland terug te zien, waar hij tweeëndertig jaar niet was geweest.

Dankzij de goede zorgen van de non begon Valmorain enigszins van zijn beroerte te herstellen. De non was een strenge Duitse die zich absoluut niets aantrok van de woedeaanvallen van haar patiënt en hem dwong wat stapjes te zetten en met zijn zieke hand te oefenen door hem in een wollen bal te laten knijpen. Verder genas ze hem van zijn incontinentie door de spot te drijven met zijn luiers. Intussen had Hortense zich met haar gevolg van kindermeisjes en andere slaven in het huis in de stad geïnstalleerd om te genieten van het uitgaansseizoen, bevrijd van haar echtgenoot, die als een molensteen om haar nek hing. Misschien zou het haar lukken hem in leven te houden, dat was verreweg het beste, maar dan wel zo ver mogelijk van haar vandaan.

Hortense was nog maar nauwelijks een week terug in New Orleans, toen ze in de Rue Chartres, waar ze met haar zus Olivie linten en veren wilde kopen – ze hield nog steeds vast aan de gewoonte zelf haar hoeden te veranderen – Rosette tegen het lijf liep. Ze herkende het meisje in een oogopslag. Rosette droeg een jurk van een donkere wollen stof en een gebreide omslagdoek om haar schouders; haar haren zaten in een staart, maar die bescheiden verschijning deed geen afbreuk aan haar zelfbewuste houding. Hortense had het altijd al als een provocatie ervaren dat het meisje zo knap was, en nu, nu ze zelf zo moddervet was geworden, meer dan ooit. Ze wist dat Rosette niet met Maurice mee naar Boston was gegaan, maar niemand had haar verteld dat ze zwanger was. Er begon onmiddellijk een alarmbel te rinkelen: dat kind, en helemaal als het een jongen was, kon haar leven in de war schoppen. Haar echtgenoot was zo zwak van karakter dat hij een kind als voorwendsel zou gebruiken om een verzoening met Maurice tot stand te brengen en hem alles te vergeven.

Rosette zag de twee dames pas toen ze vlakbij waren. Ze stapte opzij om hen voor te laten gaan en groette beleefd, maar zonder een spoor van de nederigheid die de blanken van gekleurde mensen verwachtten. Hortense ging recht voor het meisje staan en daagde haar uit.

'Kijk toch eens, Olivie, die is brutaal!' zei ze tegen haar zuster, die net zo schrok als Rosette zelf. 'En zie je wat ze om haar hals heeft? Dat is goud! Negerinnen mogen in het openbaar geen juwelen dragen. Die verdient een paar zweepslagen, vind je ook niet?'

Haar zus, die geen idee had wat er aan de hand was, pakte Hortenses arm vast om haar mee te voeren, maar Hortense trok zich los en rukte Rosette de medaille die Maurice haar had gegeven, af. Het meisje week met haar handen beschermend om haar keel naar achteren, en toen sloeg Hortense haar recht in haar gezicht.

Rosette was opgegroeid met de privileges van een vrij meisje, eerst in het huis van Valmorain en later in het internaat van de ursulinen. Ze had zich nooit slavin gevoeld en had, omdat ze zo mooi was, een groot zelfbewustzijn ontwikkeld. Tot dat moment was ze nog nooit door een blanke mishandeld en ze had geen besef van de macht die ze over haar hadden. Instinctief, zonder zich te realiseren wat ze deed of wat de gevolgen konden zijn, gaf ze die onbekende vrouw die haar had aangevallen een klap terug. Hortense Guizot, volkomen overdonderd, wankelde, brak een hak en dreigde te vallen. Ze begon als een bezetene te krijsen en binnen de kortste keren waren ze omringd door nieuwsgierigen. Rosette zag zich ingesloten door mensen en wilde ertussenuit knijpen, maar ze werd vastgegrepen en even later door politieagenten weggevoerd.

Tété hoorde het een halfuur later – want er waren veel mensen getuige geweest van het incident en het nieuws vloog van mond tot mond en had Loula en Violette, die in de Rue Chartres woonden, bereikt – maar ze kon haar dochter pas die avond bezoeken, toen père Antoine met haar meeging. De heilige, die de gevangenis kende als zijn eigen huis, duwde de bewaker opzij en ging Tété voor door een smalle gang die met enkele fakkels werd verlicht. Door de tralies konden ze vaag de cellen zien waarin de mannen zaten, en aan het eind van de gang bevond zich de gemeenschappelijke cel waarin de vrouwen werden ondergebracht. Er zaten alleen kleurlingen, op één meisje met geel haar na, mogelijk een lijfeigene, en er waren twee in vodden gehulde zwarte kindertjes die dicht tegen een van de gevangenen aan lagen te slapen. Een andere vrouw had een baby in haar armen. Op de vloer lag een dunne strolaag, er waren wat smerige dekens, een emmer waar ieder haar behoefte in moest doen en een kan goor drinkwater; het feit dat het er onmiskenbaar naar rottend vlees rook, droeg bij aan de algehele smerigheid van de omgeving.

In het bleke, gefilterde licht dat via het gangetje naar binnen viel, zag Tété Rosette zitten, in een hoek, tussen twee andere vrouwen in, in haar omslagdoek gewikkeld en met de handen op haar buik, het gezicht gezwollen van het huilen. Dodelijk ongerust snelde ze op haar dochter af om haar te omhelzen, maar ze struikelde over de zware boeien waarmee men haar dochters enkels had geketend.

Père Antoine was voorbereid, want hij kende de omstandigheden in de gevangenis maar al te goed, en had in zijn mand brood en suikerklontjes meegenomen om onder de vrouwen uit te delen, en een extra deken voor Rosette.

'Morgen halen we je hier uit, Rosette, nietwaar mon père?' zei Tété huilend. De kapucijner priester gaf geen antwoord.

De enige verklaring voor het gebeuren die Tété kon verzinnen, was dat Hortense Guizot zich had willen wreken voor de belediging die zij, Tété, de familie had aangedaan door te weigeren de zorg voor Valmorain op zich te nemen; ze besefte niet dat alleen het bestaan van haarzelf en Rosette al diep krenkend was voor die vrouw.

Verslagen begaf ze zich naar het huis van Valmorain, hoewel ze sinds haar laatste bezoek gezworen had daar nooit meer een voet te zetten, en wierp zich voor haar oude meesteres op de grond om haar om Rosettes vrijheid te smeken en aan te bieden in ruil daarvoor voor haar echtgenoot te zorgen; ze was bereid te doen wat ze maar wilde, alles, heb medelijden, madame.

Hortense, vergiftigd door wrok, gunde zich het genoegen alles tegen Tété te zeggen wat maar in haar opkwam en liet haar daarna het huis uit gooien.

Tété deed, met haar beperkte middelen, al het mogelijke om Rosettes lot te verlichten. Ze liet haar dochtertje bij Adèle of Loula achter om elke dag eten naar de gevangenis te kunnen brengen; voor alle vrouwen, want ze wist dat Rosette wat ze kreeg met de anderen zou delen en kon het idee dat ze honger leed niet verdragen. Ze moest het voedsel bij de bewakers achterlaten, want die lieten haar maar heel zelden binnen, en had geen idee hoeveel die mannen werkelijk aan de gevangenen gaven en wat ze voor zichzelf hielden. Violette en Zacharie betaalden de kosten en zij was de halve nacht aan het koken. En omdat ze ook nog bleef werken en voor haar kleine Violette moest zorgen, raakte ze de uitputting nabij. Ze herinnerde zich dat tante Rose de verspreiding van besmettelijke ziekten voorkwam door het drinkwater te koken, en smeekte de vrouwen niet te drinken van het water in de kan, al stierven ze van de dorst, en alleen de thee te nemen die zij bracht. In de maanden daarvoor waren in de gevangenis verschillende vrouwen aan cholera overleden.

Omdat het 's nachts koud was, zorgde Tété ook voor dikke kleren en meer dekens voor iedereen – haar dochter kon toch niet de enige zijn die geen kou leed – maar het klamme stro op de vloer en het water dat langs de muren sijpelde, bezorgden Rosette pijn op de borst en een hardnekkige hoest. Ze was niet de enige die ziek was, een andere gevangene was er nog erger aan toe met een gangreneuze ontsteking die door de enkelboeien was ontstaan. Op aandringen van Tété wist père Antoine toestemming te krijgen haar naar het nonnenziekenhuis te brengen. Een week later hoorden ze dat het been geamputeerd was.

Rosette wilde niet dat Maurice te weten kwam wat er was gebeurd, want ze was ervan overtuigd dat ze weer zou zijn vrijgelaten voor een brief hem zou bereiken, maar de rechterlijke macht was traag. Er waren zes weken verstreken toen de rechter haar zaak in behandeling nam, en dat was nog relatief snel omdat het om een vrije vrouw ging en père Antoine druk op de ketel zette. Andere gevangenen moesten jaren wachten, soms zonder ook maar enig idee van de reden waarom ze waren opgepakt. De broers van Hortense Guizot, die advocaat waren, hadden de aanklacht opgesteld: 'Het aanvallen en slaan van een blanke dame'.

Rosette werd veroordeeld tot zweepslagen en twee jaar gevangenisstraf, maar de rechter trok op aandringen van de heilige de zweepslagen in, gezien Rosettes zwangerschap en het feit dat Olivie Guizot de gebeurtenis beschreef zoals die werkelijk was voorgevallen en haar zus dus openlijk afviel. De rechter was ook onder de indruk van de waardige houding van de verdachte, die in een nette jurk voor de rechtbank verscheen en op de beschuldigingen antwoordde zonder blijk te geven van enige hooghartigheid, maar ook zonder te verslappen, hoewel het spreken haar moeite kostte doordat ze nauwelijks op haar benen kon staan en hevig hoestte.

Toen ze het vonnis vernam, stak er een oorkaan op in Tété. Rosette zou twee jaar in een smerige cel niet overleven, en haar baby al helemaal niet.

'Erzuli, loa, moeder, geef me kracht.'

Ze zou haar dochter bevrijden, al moest ze de muren van de gevangenis er met haar eigen handen voor afbreken. Tété was volledig overstuur en kondigde iedereen die ze tegenkwam aan dat ze Hortense Guizot en die hele godvergeten familie ging vermoorden.

Om te voorkomen dat ze zelf ook in de gevangenis zou belanden, besloot père Antoine in actie te komen. Zonder iemand iets te zeggen vertrok hij naar de plantage om met Valmorain te praten. Dit besluit kostte hem de grootste moeite, niet alleen omdat de mensen die hij bijstond hem niet enkele dagen achtereen konden missen, maar ook omdat hij niet kon paardrijden en de tocht over de rivier tegen de stroom in zwaar was en duur; maar hij speelde het klaar.

De heilige trof Valmorain in een betere toestand aan dan hij had verwacht, hoewel de man nog hulpbehoevend was en moeite had met spreken. Voordat hij hem met hel en verdoemenis kon bedreigen, realiseerde hij zich dat de man niet het minste idee had van wat zijn vrouw in New Orleans had aangericht.

Toen hij hoorde wat er was gebeurd, wond Valmorain zich meer op over het feit dat Hortense alles in het werk had gesteld om het voorval voor hem verborgen te houden – wat ze ook met zoveel andere zaken deed – dan dat hij zich druk maakte om het lot van Rosette, die hij 'die snol' noemde. Zijn houding veranderde echter toen de priester vertelde dat het meisje zwanger was; hij wist maar al te goed dat een verzoening met Maurice geen schijn van kans meer zou hebben als Rosette of de baby iets zou overkomen. Met zijn goede hand luidde hij de koeienbel om de non te roepen en hij droeg haar op onmiddellijk alles in orde te maken voor zijn vertrek naar de stad.

Twee dagen later trokken de advocaten Guizot alle aanklachten tegen Rosette Sedella in.

Zarité

We zijn inmiddels vier jaar verder, het is 1810. Ik ben mijn angst voor de vrijheid kwijt, hoewel ik altijd bang zal blijven voor blanken. Ik treur niet meer om Rosette, ik voel me bijna altijd tevreden.

Toen mijn oudste dochter uit de gevangenis kwam, mager en bleek, zat ze onder de vlooien en had ze etterende wonden aan haar voeten door het gebrek aan beweging en de boeien. Ik hield haar in bed en verzorgde haar dag en nacht, gaf haar versterkende soepjes van rundermergpijp en voedzame stoofpotjes die de buurvrouwen ons brachten, maar niets kon voorkomen dat ze voor haar tijd beviel. Het jongetje was nog niet klaar voor zijn geboorte, hij was piepklein en had een doorschijnend velletje, als nat papier.

De bevalling verliep snel, maar Rosette was zwak en verloor veel bloed. De tweede dag kreeg ze koorts en de derde riep ze ijlend om Maurice, en toen begreep ik, vol wanhoop, dat ze me ontglipte. Ik nam mijn toevlucht tot alle kennis die tante Rose me had nagelaten, tot de wetenschap van dokter Parmentier en de gebeden van père Antoine, en ik riep mijn loa's aan. Ik legde het pasgeboren kind op haar borst, in de hoop dat haar moedergevoelens haar zouden dwingen voor haar leven te vechten, maar ik geloof niet dat ze merkte dat hij er was. Ik hield mijn dochter in mijn armen, probeerde haar te ondersteunen, smeekte haar een slokje water te drinken, haar ogen open te doen, me te antwoorden. Rosette, Rosette... Om drie uur 's morgens, terwijl ik haar vasthield en Afrikaanse liedjes voor haar zong om haar te sussen, hoorde ik haar iets mompelen en ik boog me over haar uitgedroogde lippen.

'Ik hou van je, maman,' zei ze, en toen doofde ze uit met een zucht.

Ik hield haar lichaam, dat bijna niets woog, in mijn armen en zag hoe haar geest zich zachtjes losmaakte, als een draadje mist, en door het geopende raam naar buiten gleed.

Het gruwelijke verdriet dat ik toen voelde is niet te beschrijven, maar dat hoef ik ook niet te doen: moeders weten waar ik het over heb, want het gebeurt maar heel zelden dat een moeder het geluk heeft dat al haar kinderen blijven leven.

Die morgen kwam Adèle ons al heel vroeg soep brengen, en zij was degene die Rosette uit mijn verkrampte handen moest losmaken. Ze liet me een tijdlang mijn verdriet uithuilen, ineengekrompen op de grond, stopte me daarna een kop soep in handen en herinnerde me aan de kinderen. Mijn arme kleinzoon lag als een klein hoopje naast mijn dochter Violette, in hetzelfde wiegje, zo klein en weerloos dat hij elk moment achter Rosette aan zou kunnen gaan. Ik trok hem zijn kleertjes uit, legde hem op de lange lap van mijn tignon, die ik kruislings ombond zodat hij tegen mijn blote borst lag, op mijn hart geplakt, huid op huid, en het gevoel zou hebben dat hij nog in de buik van zijn moeder zat. Zo heb ik hem een paar weken gedragen. Mijn melk was, net als mijn liefde, genoeg voor de twee kinderen samen: mijn dochter en mijn kleinzoon. En toen ik Justin uit zijn holletje haalde, was hij klaar voor het leven in deze wereld.

Op een dag kwam monsieur Valmorain naar mijn huis. Twee slaven ondersteunden hem toen hij uit de koets stapte en droegen hem vervolgens tussen zich in naar de deur. Hij was heel oud geworden.

'Alsjeblieft, Tété, ik wil het kind zien,' vroeg hij met gebroken stem. En ik had het hart niet hem buiten te laten staan.

'Het spijt me heel erg van Rosette... Ik zweer je dat ik er niets mee te maken had.'

'Dat weet ik, monsieur.'

Hij bleef lang naar ons kleinkind kijken en vroeg me toen hoe hij heette.

'Justin Solar. Zijn ouders hebben die naam gekozen omdat die 'rechtvaardigheid' betekent. Als het een meisje was geweest, had ze Justine geheten,' legde ik uit.

'Ach! Ik hoop dat ik nog lang genoeg leef om enkele van mijn fouten goed te maken,' zei Valmorain, en ik dacht even dat hij zou gaan huilen.

'Iedereen maakt fouten, monsieur.'

'Dit kind is een Valmorain, van vaders- en van moederszijde. Hij heeft lichte ogen en kan voor een blanke doorgaan. Hij zou niet tussen negers op moeten groeien. Ik wil hem helpen, zodat hij een goede opvoeding kan krijgen en mijn achternaam dragen, zoals dat hoort.'

'Dat moet u met Maurice bespreken, monsieur, niet met mij.'

Maurice vernam in één brief dat zijn zoon was geboren en Rosette was gestorven. Hij scheepte zich onmiddellijk in, hoewel het hartje winter was. Toen hij aankwam was het kind al drie maanden, een rustig jongetje, met de fijne trekken en de groene ogen van zijn vader en zijn grootmoeder, de arme doña Eugenia. Maurice hield hem vast in een lange omhelzing, maar hij leek afwezig, van binnen dor, zonder licht in zijn blik.

'U zult nog een tijdje voor hem moeten zorgen, maman,' zei hij.

Hij is nog geen maand gebleven en weigerde om met monsieur Valmorain te praten, hoe vaak zijn oom Sancho, die weer terug was uit Spanje, het hem ook vroeg. Père Antoine, die gewoonlijk alles aan elkaar probeert te lijmen, weigerde als bemiddelaar tussen vader en zoon op te treden. Maurice besloot wel dat de grootvader Justin van tijd tot tijd mocht zien, maar alleen in mijn aanwezigheid, en hij verbood me ook maar iets van de man aan te nemen: geen geld, geen enkele vorm van hulp, en zijn familienaam voor het kind al helemaal niet. Hij droeg me op Justin over Rosette te vertellen, zodat hij altijd trots op haar en op zijn gemengde bloed zou zijn. Hij geloofde dat zijn zoon, de vrucht van een onmetelijke liefde, was voorbestemd om grote dingen te verrichten in zijn leven, hetzelfde wat hij had willen doen voor Rosettes dood zijn wil brak. Ten slotte beval hij me hem uit de buurt te houden van Hortense Guizot. Maar het was niet nodig me voor haar te waarschuwen.

Mijn Maurice verliet ons al spoedig weer, hij keerde echter niet terug naar zijn vrienden in Boston maar gaf zijn studie op en werd een onvermoeibaar reiziger; hij heeft meer van de aarde gezien dan de wind. Hij schrijft ons regelmatig een paar regeltjes, daarom weten we dat hij nog leeft, maar hij is zijn zoon de afgelopen vier jaar maar één keer op komen zoeken. Hij ging gekleed in huiden, had een baard en was donker verbrand door de zon, hij leek wel een kaintuck.

Op zijn leeftijd sterft niemand aan een gebroken hart, Maurice heeft alleen tijd nodig om moe te worden. Lopend en lopend over de wereld zal hij langzaam maar zeker troost vinden en op een dag, als hij zo moe is dat hij geen stap meer kan zetten, zal hij zich realiseren dat je niet kunt ontsnappen aan je verdriet: dat moet je temmen, zodat je er geen last meer van hebt. Dan zal hij Rosette naast zich kunnen voelen, die hem vergezelt, zoals ik haar naast me voel, en dan, wie weet, komt hij zijn zoon halen en gaat hij zich opnieuw interesseren voor het einde van de slavernij.

Zacharie en ik hebben een tweede kind gekregen, Honoré, die zijn eerste stapjes al begint te zetten aan de hand van Justin, die niet alleen zijn beste vriend maar ook zijn oom is. We willen nog meer kinderen, hoewel dit huis wat aan de krappe kant wordt en we niet jong meer zijn – mijn man is zesenvijftig en ik ben veertig. We zouden graag oud worden te midden van veel kinderen, kleinkinderen en achterkleinkinderen, allemaal vrij.

Mijn man en Fleur Hirondelle drijven nog steeds het speelhuis en ze zijn blijven samenwerken met kapitein Romeiro Toledano, die het Caribische gebied bevaart met smokkelwaar en gevluchte slaven. Zacharie heeft nooit een lening kunnen krijgen – de wetten voor gekleurde mensen zijn steeds strenger geworden – dus zijn ambitie verschillende speelhuizen te bezitten heeft hij nooit kunnen waarmaken. Wat mijzelf betreft, ik heb het vreselijk druk met de kinderen, het huis en de geneesmiddelen voor dokter Parmentier die ik tegenwoordig in mijn eigen keuken bereid, maar 's middags neem ik de tijd voor een kopje koffie bij Adèle, op de patio met de bougainvilles, waar de buurvrouwen bij elkaar komen om te kletsen.

Madame Violette zien we minder, zij gaat voornamelijk om met de dames van de Société du Cordon Bleu, die maar al te graag vriendinnen met haar willen zijn omdat zij de bals organiseert en kan beslissen over het lot van hun dochters in de placage. Het heeft meer dan een jaar geduurd voor ze het goedmaakte met don Sancho, omdat ze hem wilde straffen voor zijn avontuurtjes met Adi Soupir. Ze weet precies hoe mannen in elkaar zitten en verwacht niet dat ze trouw zijn, maar het minste wat ze eist, is dat haar minnaar haar niet vernedert door openlijk met haar rivale over de dijk te wandelen. Madame heeft Jean-Martin niet aan een rijke kwartbloed kunnen uithuwelijken, zoals ze van plan was, omdat de jongen in Europa is gebleven en er niet over piekert terug te keren.

Loula, die inmiddels zo oud is dat ze bijna niet meer kan lopen – ze moet over de tachtig zijn – heeft me verteld dat haar prinsje het leger vaarwel heeft gezegd en samenwoont met Isidore Morisset, die perverseling die geen wetenschapper was maar een agent van Napoleon of van de Lafittes, een salonpiraat, zoals ze me zuchtend verzekerde. Madame Violette en ik hebben nooit meer over het verleden gesproken, en omdat we ons geheim zo goed hebben bewaard, zijn we er uiteindelijk allebei van overtuigd geraakt dat zij de moeder is van Jean-Martin.

Ik denk er maar heel zelden aan, maar soms droom ik ervan om al mijn nakomelingen samen te zien, ooit: Jean-Martin, Maurice, Violette, Justin, Honoré en alle andere kinderen en kleinkinderen die ik nog zal krijgen. Op die dag nodig ik al onze vrienden uit, bereid ik de beste creoolse gumba van New Orleans en zal er muziek zijn tot het licht wordt.

Zacharie en ik hebben al een verleden samen, we kunnen achteromkijken en de dagen tellen dat we samen zijn, de balans opmaken van vreugde en verdriet; zo bedrijven we ook de liefde: zonder haast, dag na dag. Ik hou nog net zoveel van hem als altijd, maar ik voel me meer bij hem op mijn gemak dan vroeger. Toen hij zo knap was, keken alle mensen hem naar de ogen, vooral de vrouwen, die zich schaamteloos aan hem aanboden, en worstelde ik met de angst dat zijn ijdelheid en die verleidingen hem van mij zouden verwijderen, hoewel hij me nooit enige reden tot jaloezie heeft gegeven. Tegenwoordig moet je hem vanbinnen kennen, zoals ik hem ken, om te weten wat hij waard is. Ik weet niet eens meer hoe hij eruitzag; ik hou van zijn vreemde, gebroken gezicht, de lap voor zijn dode oog, zijn littekens.

We hebben geleerd niet om kleinigheden te kibbelen, we maken alleen ruzie om dingen die ertoe doen en die zijn er genoeg. Om onrust en ergernis te voorkomen maak ik van zijn afwezigheid gebruik om me op mijn eigen manier te vermaken, dat is het voordeel van een drukbezette echtgenoot. Hij vindt het niet prettig als ik – wanneer ik met père Antoine meega om de zondaars in El Pantano bij te staan – blootsvoets over straat loop, want ik ben immers geen slavin meer, en het is nog gevaarlijk ook. Of wanneer ik de bambousses bezoek op het Place Congo, die heel ordinair zijn. Ik vertel hem daar gewoon niets over en hij vraagt me er ook niet naar.

Gisteren nog ben ik gaan dansen op het plein, op de muziek van de magische trommels van Sanité Dédé. Dansen en dansen. En soms neemt Erzuli, loa, moeder, loa van de liefde, dan bezit van Zarité. En dan gaan we samen in galop op bezoek bij mijn gestorvenen op het eiland onder de zee. Zo is het.